有去无回

ONE WAY NO WAY

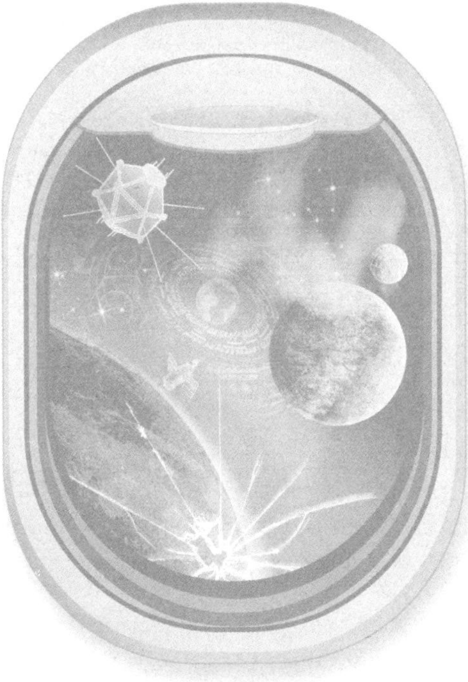

[英] S. J. 莫登 著
曹水皮 译

S.J.Morden

北京联合出版公司
Beijing United Publishing Co.,Ltd.

图书在版编目（CIP）数据

有去无回 /（英）S.J. 莫登著；曹水皮译 . -- 北京：北京联合出版公司，2022.3

ISBN 978-7-5596-5736-7

Ⅰ. ①有… Ⅱ. ① S… ②曹… Ⅲ. ①科学幻想小说－英国－现代 Ⅳ. ① I561.45

中国版本图书馆 CIP 数据核字 (2021) 第 235214 号

北京市版权局著作合同登记号：图字01-2021-6869

有去无回

作　　者：[英] S.J.莫登
译　　者：曹水皮
出 品 人：赵红仕
责任编辑：李艳芬　徐　鹏
封面设计：吴黛君

北京联合出版公司出版
（北京市西城区德外大街83号楼9层 100088）
北京新华先锋出版科技有限公司发行
天津旭丰源印刷有限公司印刷　新华书店经销
字数566千字　620毫米 × 889毫米　1/16　38印张
2022年3月第1版　2022年3月第1次印刷
ISBN 978-7-5596-5736-7
定价：79.00元

O N E W A Y

PART 1

有 · 去 · 无 · 回

一

内部备忘录

2046 年 10 月 2 日

致环形监狱数据资源部

自环形监狱杰拉尔多 · 阿维拉

我们正在寻找符合以下要求的囚犯：

被处以终身无期徒刑或服刑期限超出其自然寿命。

已有长时间（5 年以上）未与外界人员接触，外界人员包括但不仅限于家人、朋友、前雇主或雇员、律师、记者及作家、倡议团体、外部执法机构、联邦调查局、中央情报局及其他包括移民服务在内的联邦组织。

在以下任一领域中曾取得专业资格，曾从事相关工作或拥有相关可迁移技能：交通运输、建筑（全包）、计算机科学、应用科学、医学、园艺学。

未患有任何退化性或慢性身体疾病及精神疾病，在接下来的时间里（5 年以上）不会因此导致死亡或衰竭。

年龄在二十一至六十岁，目前身心状态良好。

请整理一份潜在候选人员名单，并在周五之前发给我。

杰拉尔多 · 阿维拉

环形监狱特别项目协调员

“把你的手放在桌子上。”

弗兰克的双手此时早已被铐住，连着一条由三个环组成的钢链。他的脚上拴着脚链，身下的座位和面前的桌子被固定在地面上。房间里所有物体表面都被擦拭得干干净净。漂白剂的碱性气味刺痛着他的喉咙与眼睑。他心想搞得好像他现在有能力为离开这里做点儿什么似的，不过他仍旧听从了狱警的命令。他慢慢地将双手从大腿上抬起，感觉到被拉拽的金属正在剐蹭他的皮肤。双手放下，落在覆盖着黑色聚乙烯塑料膜的桌上，桌上钻了一个大洞。另一条锁链从他双臂围成的圆圈中穿过，伸入洞中。狱警将其用锁扣锁好，然后回到了他俩刚刚一同穿过的那道门旁站着。

弗兰克试着起身，想看看他得到了多少放松空间。随着嘎啦嘎啦的响声，链子拉紧了。二十厘米左右，还不够把手伸到桌子对面。椅子和桌子都纹丝不动。他被困在了原地，并且他们想让他困多久都可以。

不过这至少是一个改变，有些东西不一样了。他的左侧有一扇结了霜的窗户，窗外装着铁栏杆，窗内则装着格栅。他抬起头向上望见一盏灯，灯里面有一根荧光灯管，正在轻微地嗡嗡作响，在它那铁丝笼中跳动着。他可以从右眼角瞥见狱警的身影。

他等待着，耳边萦绕着近在咫尺的嗡嗡声和远处传来的回声，还混合着各种摔门声、蜂鸣器作响声以及大喊大叫声，这些都是他最熟悉的声音。他能感觉到自己的呼吸，蓝色衬衣轻轻地剐蹭着他。他将姿势由前倾调整为后仰，随着身体重心的转移，又传来了一阵嘎啦嘎啦的声响。

他只能将双手放在桌上，甚至不能站起来走走。他等待着，这是他唯一能做、唯一被允许做的事情。时间流逝，他开始难受起来。最终，他不耐烦地咕哝道：“为什么要把我带来这里？”

狱警纹丝不动，脸上也没有任何笑容。弗兰克并不认识他，也不确定他之前是否一直在这儿工作。相同的制服却是陌生的面孔。弗兰克放松身子向前倾去，扭动胳膊以便将手肘靠在桌上，然后将自己的重量都压在上面。他的脑袋耷拉着，灯光不停地闪烁着，无事可做，这让他感到疲惫至极。这不是那种辛苦工作后的疲倦，也不是那种让人感觉良好的疲倦。

门口传来一阵钥匙在门锁中摩擦的声音，紧接着，他正对面的那扇房门打开了，那扇通往自由的门。一名身着西服的男子走了进来，没有跟弗兰克或狱警打任何招呼，便径直将手提箱放在桌上，按下锁扣开关。箱盖弹开，他将其打开至最大，在弗兰克的面前形成了一道屏障。箱中装着什么不得而知。

手提箱散发着皮革和泥土的味道，还有满满的香氛精油味。锁扣和箱角均由亮金色黄铜制成，打磨光亮，不见刮痕，在室内的人造灯光下闪烁着。这个男人掏出一个硬纸板文件夹，上面贴有弗兰克的名字，接着他合上手提箱，放在地上。他坐了下来，翻看了一下手中的文件，说道:“你现在可以离开了，谢谢。”

弗兰克没法离开，此刻的房里除了他以外就只有狱警了。狱警随即离开，并将房门锁好。现在这里只剩下他们二人，另外那个人靠得很近，弗兰克便再次向后仰去，猜测着这到底是怎么回事。很多年都没有人来探访他，他也不想有人来，当然更没有想过要叫眼前这名身着西服的男子来。他系着领带，领口的第一颗扣子敞开。他有着光滑的古铜色皮肤和剃得干干净净的脸颊，身上喷了古龙水，一头短发打着发胶。一个自由之人。

“是弗兰克林·基特里奇[1]先生吗？”他依然没有抬头，亦没有目视弗兰克。他翻动着印满了铅字的半透明薄页，快速翻看着那份贴有弗兰克名字的文件，上面还有一个加利福尼亚州惩教与改造局的印戳。换作是其他任何单位，都会配一台平板电脑，但缺钱的加州惩教局可不会。

“哎，如果我不是的话，那我俩可都白跑一趟了。”

不是很幽默，但似乎足以破冰，足以使这个男人抬起下巴，瞥了一眼弗兰克，而后他又再次低下头，继续翻看文件内容。

已经有好多年没有人叫过他“基特里奇先生”了。弗兰克能感觉到他那长眠已久的好奇心被唤醒了，此时，它正搅动着他的内心深处。曾经，为了避免自己发疯，他将它锁了起来。

---

[1] 弗兰克是弗兰克林·基特里奇的昵称。

“需要我帮你弄点儿什么东西来吗？”男人问道，“你想吃点儿或者喝点儿什么？”

弗兰克转头看了眼身后那扇锁着的房门，狱警的踪迹全无。他转了回来说：“你可以先告诉我你的名字。”

男人思考着他的要求，左眼微微眨了一下，开口说道：“你可以叫我马克。”他说话的样子告诉弗兰克，他的真名并不是马克。

“如果我们已经开始直呼彼此名字的话，那你为什么不直接叫我弗兰克呢？”

“好的，弗兰克，”那个并不叫马克的人合上了文件，再次打开，翻了几页，“你是怎么进来的，弗兰克？”

“我想既然你带着眼前的这份文件，那你一定是有阅读能力的吧，你知道里面写着什么。你为什么来这儿？”

“你知道你到死也不能出狱的，对吧？”马克终于抬起了头，也许是对弗兰克的直接感到惊讶。

“我在 85 年后可以申请假释。马克，你怎么看？”弗兰克抽搐着嘴角，这就算是他这些日子里的微笑了，“你觉得我能活到那时候吗？”

“那你就有……”一阵停顿，“一百三十六岁了，我觉得不能。”

“我还想着能出去呢。”

“你杀了一个人。”

“我知道我自己做了什么。我也知道我为什么这样做。但如果你过来是想要我忏悔的话，那也许你找错人了。”

马克将双手放在文件上。他的手指很长，修尖的指甲被精心抛光过，如同他手提箱上的黄铜装饰一般闪闪发亮。他说：“我想知道的是，你对于会死在监狱里这件事是怎么想的？”

沉思片刻后，弗兰克总结道：“我是不喜欢这里，但我在开枪的那一刻就已经做好了准备。至于现在，我并不觉得我还有得选。”

马克抬起一根优雅的手指，在纸板文件夹封面上那颗七芒星周围画着圈。“也许我可以帮上忙，”他说，“也许我可以给你一个选择。”

“你怎么帮？”弗兰克举起被锁在桌边的双手，接着又缓缓放下，慢到足以让那根锁链上的每一个金属环都擦过桌洞的边缘，然后滑落，“你为什么要这么做？”

“这座监狱是归属于一家私营企业，代为国家管理的。”

“我在这里穿的所有东西上都有个标志，几年前标志变了，但对我来说这里还是同样的监狱。马克，你跟我说了一堆我早就知道的事，我还等着你能说一些我不知道的事。”

“你不想听我说完？”马克说，“没关系，那是你的权利。但是后面也许会有你感兴趣的事情。”他靠回椅子上，端详着自己精心保养过的双手。

弗兰克再次戴上顺从的假面，心里有些许恼火，但仅此而已。“是你点名让我来的，记得吗？而不是反过来。你是这个环形监狱公司的员工吗？”

“准确来说并不是，他们的母公司委托我来询问你是否愿意接受我们的一项提议。在我告诉你它的具体内容之前，我想先说一下几个前提，”他停顿了一下，看看弗兰克是否想说点儿什么，但这并不是弗兰克的作风，“这不是赦免，你的二级谋杀罪名不变；这不是减刑，你的刑期仍为120年；这不是假释，你将始终处于监狱的管控之下；你的刑期也不会因表现良好而减短。”

弗兰克思考了一下到目前为止所听到的信息，说：“继续，你说的这些听起来可真诱人呢。”

“我们不能给予你以上的任何条件，因为法律并不允许。加利福尼亚州政府，也可以说是法律，并不允许我们与你达成此类协议。我们可以给你提供的是转移服刑地点。”

“环形监狱公司在其他地方还有别的监狱？”

马克噘起嘴唇，这是他第一次流露出真实的情绪。尽管他穿着昂贵的西服，拿着皮革制的手提箱，有着精心保养过的指甲，弗兰克却感觉他像是一条冷血的鱼，甚至像一条死鱼，但也有可能正是因为这些东西才让弗兰克有这种感觉。他说：“从某种意义上来说是这样。”

“你们为什么不直接转移我呢？你们又不需要我的同意。”

“倒确实如此。不过在这件事情上，我们需要你的配合。”

“我还是一头雾水，我感觉你是一个直接的人，为什么不干脆把所有事情都说清楚呢？”

马克再次用手指在弗兰克的档案上面乱划，说：“考虑到我刚才所说的条件，你是否还愿意参与？”

“参与什么？我不还是只能在监狱里等死吗？至于那座监狱在哪里真的有区别吗？”

“我们不是随机选择你的，弗兰克。和这里的大多数囚犯相比，你有很多技能，但这些技能在这里没有任何用处。你想不想再把它们用起来？”

“你们想让我帮你们造一座监狱，然后让我待在那儿，直到死去？”

“从某种意义上来说是这样。”马克再次说道。

弗兰克试图让自己坐得更舒适一些，但被铐住的双手阻碍了他。他朝对面那个完美无缺的马克皱了皱眉，说：“所以你们是为了省钱？”

“是的，为了节省母公司的钱，”马克纠正了他，“那也是计划之一。”

“马克，我不得不说，我完全无法理解这对我有什么好处。”

“你将会吃得更好，住得更好，还会得到一支小小的团队、充满挑战且刺激的环境、一个非常独特的项目，以及可观的自主权。你会感觉不像是待在监狱里，我可以向你保证，肯定不会管理得像现在这样严格。”

“但我仍旧不可以离开那个地方，是这样吗？”

“是的。我们这项协议要求你必须一直留在那里处理后续的维护工作，”马克说，“但这并不意味着你没有属于自己的空余时间去享受。不过，你每次都必须返回原来的地方。它所处的位置是与外界隔绝的，所以实际上你也无处可去。”

“所以它到底在哪儿？沙漠里？”

“首先，你需要在一处私人机构接受一些特殊培训及体能检测。如果你拒绝合作或者未能完成公司要求的任何一项任务，你就会被直接送回这里。没有任何上诉机会，立即遣返。如果你体能测试不达标也是同样的结果，”马克将双手平放在文件夹上，“你是否还有兴趣参与？”

“当然有兴趣，又不用我承诺什么。不过，我还在等着你告诉我那个最劲爆的部分，你可别告诉我后面没什么爆点了。”

“只有你接受我刚才所列出的条件，我才能更明确地告诉你项目的相关细节。”

“你听起来像个律师。”

马克又做了那个左眼微眨的动作，然后说道：“你接受以上条件吗？”

“行吧。”

“你接受吗？”他玩着这样的文字游戏，弗兰克似乎也必须配合他才行。这是法律文件的规范用语，弗兰克突然之间意识到他们的整个对话都被录下来了。

“是的，我接受你的条件。”他强调道。

马克深吸了一口气。此时，弗兰克突然感觉自己似乎越过了某条看不见的线，他的人生也即将发生巨大的变化。他的脸上泛起了一层薄汗，双手也变得有些湿润。

“你将会接受近一年时间的培训，它有一个特定的截止日期，无法延期，你要么通过，要么就不通过。那个培训设施确实是在沙漠里，在那里，你需要学会使用某些非常专业的设备，希望你在建筑与项目管理方面的相关背景能帮上你的忙。到时我们会把你介绍给团队的其他成员，你们需要一起工作，彼此信任，相互依赖。”

“一共有多少人？”

“八个人。”

“他们等级都和我一样？”

“其中有六个人和你一样，另外还会有一名公司的人在现场监督项目的进程。”

“其他那些人也是曾服刑的囚犯？”

“是仍在服刑期间的囚犯。”

“在我们的建造工作完成以后，他们也必须继续留下？”

“是的。”

弗兰克抬头望向明亮的窗外，而后又转了回来，说：“看来我得喜欢上他们才行。”

“这并不在公司的考虑范围内，我们只需要你能够与他们共同工作即可。”

“你们要送七个犯人过去，让他们建造一座监狱并在那里度过余生，所以这个地方到底在哪儿？”

“火星。”

弗兰克再次望向窗外，凝视着窗外那一根根平行的栏杆，正是它们将这里与外界区隔开来。一共七根，彼此相距约五厘米，栏杆是铁质的，上面锈迹斑斑，表层剥落的油漆碎片犹如脱落的死皮一般掉落下来。

“你刚才是说火星，没错吧？火星，那个行星？”他问。

“是的。行星的那个火星。”

弗兰克沉思了一段时间，说：“你他妈的一定是在跟我开玩笑吧！”

“我向你保证，我们给你的提议没有任何虚假。”

“你想要送一堆犯人去火星建一座监狱？然后待在那里？”

马克将双手在西裤上擦了擦，那是一件弗兰克买不起的奢侈品。他说：“它不是一座监狱，而是一个联邦科学研究设施。让我慢慢给你解释：犯人们首先会被送往火星；到达后，他们将使用预制的各种组件来建造基地，并使其达到可居住的条件；完工后，这个团队将继续生活在火星并服完剩余刑期，同时维护设施，在需要时扩建设施，并协助到来的科学家开展工作。关于这个地方会是你今后所在的监狱这一点，我想这只是理论上如此。但也如我刚刚所说明过的，你并没有可以逃去的地方。”

弗兰克一边试图消化这些信息，一边缓慢地点了点头。

“你还没有拒绝这个提议。”马克说道。

“我得想想，给我一分钟。”

随着精神错乱的感觉逐渐消退，他感觉这个提议实际上还是挺直截了当的：死在狱中或是到火星上生活。他绝不可能在死前出狱，他因在光天化日之下、一大群目击者面前射杀了一名男子而被判处 120 年徒刑。幸好他在法庭上得以证明了死者曾向他儿子贩毒的事实，这才使他免于一级谋杀的罪名，最终未被判处死刑。

他没有对指控提出任何异议，也没有为自己做任何辩护，愿意承担一切可能发生的后果。他现在也确实在承担着。经过共同商议，他的妻儿在审判之后便不见了踪影，他们搬去了一个很远的地方。那些坏人，比如他杀掉的那个人的同伙是不会轻易放手的，他们也有很多渠道来实施报复。在那之后，便无人联系过他，他也从未尝试过与任何人联系。不对，大约在他入狱一年后，他收到过一次来自外界的联系。他收到了经由新罕布什尔州检察官办公室送达的离婚协议。当时，他毫不犹豫地签署了协议，然后交还给了公证人。

在地球上等待着他的只有死亡，他已不再被任何人惦记与在意。

但如果是在火星上呢？

当他还是自由之身时，他看到过有关计划建造永久性火星基地的新闻。说实话，他并没有很关注这件事，因为那时他已身陷水深火热之中，他努力地想为家人做一些好事，然而失败了。至于后来怎么样了？好吧，这并不重要。有人想在火星上建一座基地，这些人可真够厉害的。

他根本没有想过这件事会找上他。

这样说来，这会是一份值得留下的“遗产”。在某个地方，他的儿子已然长大成人，但愿他正过着自己喜欢的生活，做着自己擅长的事情。弗兰克给了他又一次人生机会，因为弗兰克爱他胜过自己的生命，尽管他的表现方式有些怪异。

不知道这个男孩有想念过他的父亲吗？哪怕一次？当他突然发现自己的老爸是一名宇航员，而不是一个犯人的时候，他会有什么感觉？“这就是几年前公布的那个有名的火星基地，对吧？”弗兰克问。

“是的，‘火星一号’基地。”

“那确实很有意思。但你们为什么要挑选几个囚犯呢？为什么不选那些最聪明、最厉害的人，让他们去当那该死的英雄？还是你们已经对外招募过了，那些年轻、健康、聪明又没有前科的高才生都不愿意来敲你们的门，导致你们无人可找了？”

马克摸了摸上唇，说：“尽管公司希望能够最大程度地减少相关风险，但仍旧无法完全避免。如果一个年轻、健康又聪明的高才生死了，那将是一场公关灾难，这就是他们为你提供这个机会的原因。同时，他们也想要告诉大家这个计划需要的不仅仅是那些最聪明的脑袋。既然南极基地需要管道工、电工和厨师，那么火星基地也同样需要。公司想要告诉全世界的是，只要经过适当的培训，任何人都可以参加。”

弗兰克弯腰前倾，说：“那你们就不能直接雇一些合适的人员吗？”

“弗兰克，我就跟你说实话吧。安排一艘大型宇宙飞船需要花费大量的金钱和时间，况且它能够把人送过去，但能保证把他们都安全送回家吗？当然了，这不是我们现在讨论的重点。就这项提议而言，你和公司都能够从中得利，一方面，公司可以迅速地建造基地，而且还很省钱；而你将有机会用你剩下的人生做一些有价值的事，也不至于在这里腐烂至死。这是一件能让全人类都受益的事情。一物换一物，公平交易。”

“好吧，我能明白你们不想让那些小可爱们死在那儿，但到底会有多危险？”弗兰克再次点了点头，这似乎有些道理。

“太空是一个危险的地方，”马克说，“意外总是会发生的。我听人说过，太空能够用很多种不同的方式把你杀死。我们并不清楚你在火星上的预期寿命会是多久，我们也没有相关数据，它可能会因为各种环境因素的影响而衰减，到时你在培训中也会学到相关知识。只要遵循那些简单明了的规则，你就可以最大程度地降低风险，增加生存的概率。一般犯人的平均预期寿命是五十八岁，而你现在已经五十一岁了，你自己可以算算。”

“火星。”

“是的，火星。”

弗兰克将舌尖抵在牙齿之间，然后轻轻咬了一下。他能感觉到疼痛，这也是他最近唯一能够感觉到的东西。他想象着，如果他这次有所作为，他的儿子就会在抬头仰望夜空时自豪地说：“我的父亲就在那里。”

这些理由足够充分吗？他不会再回到地球了。不过再说了，他也并不真的存在于此地。这也算是他的又一次机会。

“我在哪里签字？”

二

发件人： 布鲁诺 · 蒂勒 <bruno.tiller@xo.com>
收件人： 泽维尔 · 希尔德斯特伦 <x.hildestrom@xo.com>
时间： 2039 年 4 月 29 日（星期五）15:35:02，时差 +1000
标题： 大新闻

泽维尔：

我就是想和你说一下，我是真的很开心能在金山见到你和其他弟兄们。你那里的设施真是有趣，景色也棒极了！你很幸运能在那里工作，尽管我清楚你有多忙，也知道你不能待在玛丽亚身边一定很难受。

你知道的，保罗现在已经把项目的各项事宜都交给我负责了，我们马上就要进入下个激动人心的阶段了。你所做的工作一直都很出色，我想现在该是你得到回报的时候了。丹佛这边有一个职位空缺，我需要你的才能——没有其他人可以胜任。更重要的是，我希望你可以把你的整个团队都带过来。

你们可以一起回到里高城！我会去监督你在金山的交接工作，我们把交接日期定在七月底可以吗？一想到你可以回到芝诺总部，你都不知道我有多激动。相信我，你一定会爱上你的新项目的！

布鲁诺

一天的时间过去了。弗兰克在一辆未经改装的小型面包车后座上已经坐了整整十个小时，他被铐住了双手，但可以自由走动。除了弗兰克以外，车上只有一个人，他名义上是本车司机，毕竟开出监狱后，自动驾驶就包揽了他的大部分工作。他还时不时地停下车，好让弗兰克上个厕所或是单纯地伸伸腿，还总会问弗兰克想吃点儿什么。

那个司机托什甚至都没有携带武器，就只负责按一按操作面板上的那些按钮。他坐在方向盘前，只是为了防止自动驾驶出现什么问题。除了加州以外，大多数州都已经取消了这项规定。

不过另外两辆车上坐的都是武装人员。车队前后各有一辆黑色SUV，无论停靠还是起步，它们都始终保持着相同的速度与方向，宛如在舞一段芭蕾。托什警告过弗兰克，如果弗兰克想试图通过攻击他来夺取车子的控制权，那么另外两辆车上的人马上就会把他们挤到路边，把弗兰克拖出来，然后在阴沟里给他一枪，绝不手软。但就另一方面来说，托什是个很好的旅伴，他明白什么时候该说话，什么时候该闭嘴。

他们离开监狱后，便经由蜿蜒崎岖的里士满桥越过海湾，接着向东行驶，进入了山区，那里的路边仍堆着被铲过的积雪。一开始，海岸边还能看见湛蓝的天空，阵阵暖风拂来，空气中充满了咸腥味，渐渐地，这些景色被片片低云与令人胆战的暴风所取代了。

弗兰克看着窗外的风景从眼前溜走，汽车、房屋，还有那些山间小路。他对这些小路感到尤为好奇，一直想着它们的沿路会有些什么东西，但他永远都无从得知了。外面的自由世界与他仅仅隔着一扇面包车的防窥车窗，他完全可以伸手打开车门跳下去。如果车门被中控台锁上了的话，他也许可以试着夺取他身边这扇电动车窗的控制，然后从窗户里挤出去，尽管他最后落在车道上时很可能会以头着地。如果只是想自杀的话，他曾有过许多机会，但都没有实施。因此现在也没必要纠结这件事。再说，就算他经过一番努力跳车后幸免一死，也会马上被人射杀。

现在，周围的建筑环境引起了他的注意，他不再关心地面的那些起伏和褶皱。自从他入狱以来，外界环境似乎并没有发生什么变化，这让他有些失望。也许客观上并没有过去那么久，只是他感觉上如此而已。一开始监狱生活对他来说还是一种新奇的体验，但不久，那感觉便开始变得模糊不堪，只剩下无休无止的监禁伴随着他。他旁边的座位上放着一个棕色纸箱，里面装着他在上段人生中尽力留存下来还未被其他囚犯和恶毒狱警蚕食的少量物品。一路上，他一次都没有打开过它，他很清楚里面有些什么，会时不时地摸一摸它，只是为了确认它还在那儿。

到了罗斯维尔，路面开始升高；到了里诺后，又暂时变得平缓。他们穿梭在山脊之间，沿着寒冷的高河床蜿蜒而行。灰褐色的大地之上，长长的云带将天空撕裂，天空再度放晴。到了某个时候，路边的树木开始再度变得茂密，路面也开始缓缓向下倾斜。

I-80 高速旁，只见一片片特殊的无人区域。路边点缀着少数建筑，它们除了为沿途旅行者和生活在腹地的少数人提供服务外，似乎毫无存在的意义。

他现在要去的也正是一个无人之地，即便是他的加入，也不会给它增添丝毫生气。

他们的最后一次停靠，是在一个建于山坳最高处的小型休息区。此刻时间已近黄昏，空气有些凛冽。弗兰克的衬衣显然有些单薄，于是托什在护送他去洗手间前，直接把自己的外套披在了他肩上。车队的另外两辆车也已经停靠完毕，与他们相距不远。一个男人站在其中一辆车旁，镜面般的车窗在阴影中闪着光，他看着他们朝那座整洁木屋里的洗手间走去。

和之前一样，托什并没有跟着他进去，也没有骚扰他，或是以任何方式催促、羞辱他。当弗兰克在里面解决自己的需求时，他便坐在门外的灰色水泥矮墙上欣赏外面的风景。其实也没什么可看的：只有眼前的公路和稀稀拉拉的过路车辆，还有一座耸立在近旁山峰上的通信塔，也只能窥见一小部分上方与后方的山谷，以及上面正在变少的积雪。

这并不是自由的味道。马克告诉弗兰克的一切如实：没有缓刑，没有假释，没有特许，他被铐住的双手提醒了他这一点。但他也许能够再次得到作为一个人的待遇，毕竟这件事情永远不会过时。

他用冷水洗了手，然后泼了一些水在脸上。他的皮肤摸起来跟蜡似的，光滑得如同浸过化学药水一般。他大力地用指甲刮蹭着脸颊，他的内心挣扎了好一番，才得以强迫自己停下，差一点儿就要把脸抓破了。周围的空气中弥漫着复杂的情绪，他得控制住自己，不然他马上就会被送回去。

他将手尽量弄干，然后开门出去。车队的另外两个人原本正在与托什交谈，看到弗兰克出来后，便立即离开托什，站回了原处。

弗兰克径直走回小型面包车旁，然后靠在上面。托什一边走近他，一边用遥控器将车解锁。

“你的朋友们似乎觉得我有传染病。”弗兰克说。

“标准程序而已，”托什说，“并不是针对你。他们觉得如果自己站得够远的话，就可以在你扑向他们之前及时拔枪、瞄准，然后开枪。”

“你们完全可以给我拴条链子，或者给我戴个电击项圈。”

“但这样也会导致我们的工作量增加。你是那种坦率的人，我相信你，至少我觉得你不会做逃跑这种事。”他帮弗兰克打开车门，上车以后从弗兰克背上拿走了外套。等弗兰克坐好后，他说道：“还剩不到一小时的路程。”

“谢了，托什。”

“我的荣幸。”

他们再次出发，三辆车成一列，继续沿着I-80高速前行，只不过开始朝东南方向开去。越过了这片平坦的土地后，在接近犹他州州界线时，他们离开了高速公路。

接着，他们来到了与生辉的盐滩接壤的南部，一路上行至另一片山脉，愈加深入荒野。

弗兰克看着丛丛灌木从眼前滑过。前方的道路宽阔而平坦，并非那种野地里只见两条车轮印的泥泞道路，柏油碎石是新铺设的，且修缮良好，这是证明他们前方有处可去的唯一迹象。

车外只见路边一个铲起的土堆，以及它周围的一片萧瑟。就在你以为除了那些个蠢得要死的铺路工以外，从没人走过这条路时，他们的车拐了一个弯，一座小镇随即出现在了眼前。一座座模块化的活动板房整齐有序地排列着，建筑之间那些土色的水泥路上可见行人走动的身影，方形的小窗户里有着点点灯光。

“是这里吗？”弗兰克问道。

托什查询了卫星导航系统后说:“还剩 0.2 千米，应该就是这儿了。我要在这儿让你下车了，不过你的最终目的地还没到。”

车队驶入小镇，然后完美地停在了一座无名的临时建筑前。没有人下车。

正如开始时的那通电话一般，当时托什开着免提，因此弗兰克可以听到“已确认”这个词，这段旅程以另一通同样的电话结束了。这位司机拨通了某个号码，通知对方他们已经到达目的地。“已确认。”对方再次如此回应道。

两辆 SUV 停得很近，从而有效地将面包车挡在中间。形形色色的人们从旁边经过，他们离得如此之近，近到触手可及。弗兰克已经有好多年没见到过这么多女人了。在车上等待的几分钟里，他看着那些女人，并没有像一般人那样感叹她们的美丽，反而愈是美丽的女人愈让他感到陌生，他无法辨别这是不是因为他的感知已经出现了变化。

内心毫无波动，甚至都没有任何情绪。他皱了皱眉，从另一面车窗望向街道对面。这里的人大致可以分为三类：穿西服的、穿便服的和穿工作服的。假设这是一个企业镇，那么那些穿便服的就是已经下班的人；那些穿工作服的人则会在一天三班倒的制度里，辛苦地进行自己所负责的工作；至于那些穿西服的呢，他们就很轻松了，就和平日里那些穿西装的人一样，起床、上班、回家、放松。

那么，一群所谓的宇航员又会被分配到哪里呢?

弗兰克曾是一名蓝领，他对这个身份感到自豪且无愧于心。他猜自己会和那些穿工作服的人分配到一起，他们会让他像狗一样工作，把所有他需要学习的东西迅速地塞进他的脑子。监狱生活让他变得羸弱而苍白，为了变得强壮，他还有很多事情要做。真正有营养的食物、阳光，还有除了重量训练及测心率以外的各种训练。

训练一个宇航员需要多久？马克曾提到需要一年。他不确定这够不够，即便他并不需要成为那个驾驶宇宙飞船的英雄。成为一名真正的宇航员对他来说到底意味着什么呢？零重力？维护电气和管道系统？宇宙飞船就像是一座复杂的小型建筑，只不过一头装着一台大马达而已，不是吗？还有宇航服。火星确实有大气层，他在监狱的电视上看到过那些脚踏红尘的家伙都穿着宇航服。

他们需要的是他那些已有的技能，通过操作机械来建造建筑。弗兰克告诉自己不要多想，只要先了解工作内容，制定时间表，给团队分配任务，然后把事情做完。就跟他之前做过的工作差不多，他已经干了大半辈子这样的活儿。

这时，突然有人敲打车窗，他的脑袋正好靠在那儿。他并没有被吓得弹起，只是转过头看到两个男人站在外面，一个穿着西服，一个穿着工作服。

“祝你生活愉快，弗兰克，”托什说，“千万不要擅自行动。”接着他走下车，钻进了前面那辆车。

他没有关车门，车里的暖气都偷偷溜走了。托什的座位被那名西服男占领了，另外那个男人则一把拉开另一侧车门，与弗兰克一起坐在了后排。前面的车往前挪了挪，接着那名西服驾驶员一把打过方向盘，绕过前面的车向前驶去，全程都是手动驾驶。

弗兰克看向身旁那个男人。虽然有纸箱横在他们之间，但他感觉他们仍然离得太近了，仅仅用一个纸箱阻隔还远远不够。他用脚一推，将背抵在车门上。这个人似乎一下子就激发了弗兰克的战逃反应，但他并不清楚为什么。尽管身上的皮肤正在犹如要脱落般地疯狂发痒，但他仍努力保持镇定。那人继续盯着他。

“让你觉得不舒服了？”他终于开口道。他的口音听起来像是东南部的，也许是德州那边。

弗兰克正努力思索该如何回击。一般来说，其他犯人都会让他一个人待着，毕竟一个老头而已，打赢了也不光荣。但真的受到威胁时，他通常也不会去理他们，直接走开。但在这辆车的后座上，他什么也做不了。

他不得不重新思考，重新制定策略，说道：“这就是你的目的吗？”

那人眨了眨眼，也许他不明白这句话的意思。然后他改变了姿势，由腰板挺直变为靠在座位上，但他所带来的压迫感丝毫未减。他说：“赶紧习惯起来吧。从现在开始，只要我在，你的日子就不会好过。”

弗兰克吞了吞口水，这个男人正试图直击他的要害。以前在监狱里，为了让对方明白自己并不是个软柿子，他总会以某种方式做出回应。但这次并不是一场可以用拳脚解决的战斗。

弗兰克回应道：“所以你的意思是，你是我的新狱友？那你是要上铺还是下铺？”

弗兰克的回应又一次令这个男人感到困惑，他说：“我看你还不太明白，基特里奇。从现在开始，我是你的老大，你说什么都是为了回应我说的话，你做什么都是为了服从我的指令。我来决定你什么时候起床，什么时候睡觉；我来决定你什么时候开始，什么时候停下。懂了吗，基特里奇？你整个人都归我管。”

“我还以为我归公司管呢。除非公司也是你的，不然你也归他们管。”

那人握紧拳头，咬紧下巴，仿佛在嚼口香糖一般说道：“你还敢回嘴？”

虽然弗兰克的双手仍处于被铐住的状态，但如果真的要打架，他还是可以想办法动起来的。他甚至可以将双手之间的这根铁链用作临时绞具。

他得冷静下来。那只是监狱模式的弗兰克在思考。他并非一直都处于这种模式，他曾经也是个完全不同的人，只要他能想起怎么做，就可以回到那个时候。这个男人正在试图恐吓他，让他感到害怕，从而维护自己的权威。往好的方面想，是他们招募了他，这是弗兰克唯一的筹码，他们需要他这个人。这意味着他一定不会被打，因为谁会去打一个宇航员呢，对吧？

“嘿，”弗兰克举起双手，手铐撞到了一起，发出叮叮当当的声响，“你是老大。”

“你可别再忘了，”男人再次松开拳头，继续盯着弗兰克，“除非你是想再次回到监狱里。”

弗兰克一言不发。不管他回答什么都没用，这些问题似乎就是事先准备好，为了羞辱他的。

男人靠近他，伸出一根手指，如同一把枪一般对准弗兰克的头，说：“很好。是时候告诉你真相了，你得知道无论出于什么原因，只要你在这里瞎搞，就会有严重的后果等着你。最高安全等级，鹈鹕湾监狱，单人监禁单元。小子，你知道那是什么的，对吧？在剩下的刑期里，你再也不会见到任何一个活人，将成为一坨行尸走肉，明白了吗？”

他花了一段时间才得以消化这个消息。他不能回到原来的牢房了，没有机会在那里度过剩下的那段灰白色人生，直到自己变成一堆干燥的尘土。他会被带到一个单人监禁单元里，被锁在一个囚洞之中，他的视力与大脑将不再发挥任何作用。那个洞会使人发疯。

弗兰克坐在座位上的身体僵硬了，缓缓说道：“那不是我签署的协议内容。”他尽力不让自己的声音流露出任何愤怒与恐惧，但他没有成功。他被耍了，他已无能为力。

“这让你的语气变了，是不是，基特里奇？这件事会让你对我感到恐惧，你现在会长点儿记性了。如果现在我叫你跳一下，你该说什么？”

沉默是他仅剩的东西了。

“我刚才问了你一个问题，基特里奇。当我问你问题的时候，我需要一个回答，而且是立刻回答，因为我不会问第二遍。”

“跳多高？”弗兰克无奈地说。显然，去火星的决定从表面上看似是他自愿的，实则是将他推入了面临一辈子单独拘禁的绝境之中。他不禁心想，如果一开始就拒绝马克的话会发生什么？他会不会现在就已经被扔进了一间没有窗户的小牢房里，只剩满身怒气与后悔之情在心中缠绕？

他本可以避开那颗子弹的，但他在事前无从知道这些，也无从知道他们在找到他以前已经找过多少人。有可能他是名单上的最后一个，也可能是第一个。那种以为自己对他们来说是有特殊价值的感觉消失了，他们随时都可以丢弃他。

他的地位并不稳固。是的，他会记住这一点。他厌恶这种感觉，他会一直厌恶它。

他的表情不小心出卖了他试图掩盖起来的恐惧之情。他试着重新摆出一副漠不关心的样子，但已然于事无补。那个男人已经看到了，他已经看穿了他。

“告诉我，你明白了。”那人说。

弗兰克简直是太明白了，回应道:“是的，我明白了。”

那人咧嘴一笑，他试图用手掩饰自己的偷笑，但已经晚了。即使威胁的内容是真的，刚才他也只是在演戏，仅此而已。即便弗兰克从来没有真正地恨过任何人，包括那个被他枪杀的男人，但他此刻能感觉到自己已经发自内心地憎恶起了眼前这个咧嘴笑的恶毒蠢货。

“至少你再也不会忘记这件事了。”

弗兰克的内心仍在翻腾。在他登上那枚火箭并启程前往火星之前，他将一直处于恐惧之中。只有到了那里，他才能真正摆脱这个威胁。

他转过头，暂时不看那个男人。他们正绕着一座山峰行驶，太阳向西滑落，色彩逐渐消失，只留下一片冰冷的黑白风景。

继续沿路前进，现在他们向南转去。

这时，就在一片茫茫荒野之中，一道双层围栏挡住了他们的去路。上面可怕的标志警告着人们内有巡逻犬，擅自闯入者将会有致命危险，未经授权私自进入本保密区域者将会违反诸多相关条例。但其实有这道围栏真的就足够了，它大概有五六米高，上面还有一圈刀片铁丝网。再往里，穿过一片光秃秃的射杀区后，还有另一道相同的围栏。要说警告在哪里，它已经被明晃晃地放在人们面前了。这里就是世界的尽头。再往前就没有建筑物，没有人，仅有一条路。

在这里，他们可以对弗兰克做任何事，而他对此毫无还手之力。

车子停下了，“下车。”那人说。

他走下车，完全没有回头查看弗兰克是否跟上，大概是因为他知道弗兰克一定会听从指示。弗兰克打开侧门，拿起纸箱后下了车。外面的天气凉爽，并不是很冷，但空气异样地干燥且稀薄，闻起来有一股盐和石头的味道，盘旋的乱风拉扯着他的衬衣。

弗兰克用脚将门推上。就在车门关上的那一刻，车子立马沿原路倒退回去，然后掉头离开了，就仿佛它也在害怕似的。尾灯熄灭了，前灯也快速地消失在他的视野中。现在只剩下他们二人站在这扇钢丝门前，钢丝门正在这沙漠的微风之中摇曳并抖动着。在这片无人区的半路上，一根电线杆的顶部装有一个角度朝上的摄像头，这时，它嗡嗡地转动了。

第一扇大门噼里啪啦地退到一边。

那个男人向前走去，弗兰克立即跟上，他向后看了看，同时将纸箱紧紧抱在逐渐收紧的胸前。他们身后的那扇门在面前的第二扇大门打开之前就关上了，电网在哗啦作响。

这可不是他离开加州时所期望看到的。对于当时的情况，他虽然算不上张开双臂欢迎，但现在这样也绝不是他想要的结果。他是被……他甚至不知道该用什么词来描述现在所发生的一切，说是被绑架了，甚至说是被人从世上抹除了，都不足以描述现在的情况。

另一辆车从门内驶来迎接他们。车轮扬起阵阵灰尘，像一阵银云般在车后旋绕着。车停了下来，他被赶了上去。他们乘坐的车向里驶去，去往更深、更低处。

他被奴役了。就是这样，他是他们的奴隶。他们拥有他的身体和灵魂。

弗兰克紧紧抓着他那一小箱物品。远处那闪耀着的探照灯正在离他们越来越近。

三

美国国家航空航天局（NASA）关于芝诺系统特别行动的简报

2035 年 2 月 23 日，华盛顿特区，美国国家航空航天局总部 D64 室

本资料属于公共领域，不受著作权保护

一、设施须位于环境、地质稳定的区域；

二、设施周边资源丰富；

三、设施须位于可被地图清晰标示的位置；

四、设施周边有各异的形态、地质特征；

五、设施能自给自足；

六、初始设施必须是可扩展的，以便后期能够在当地取材并建造设施内的车间与生产厂房。

弗兰克已经开始习惯口中的那股酸胆味、胸口的灼热，以及如同在刀尖上奔跑般的极大痛感，在经过了那么多年的麻木后，他甚至开始享受起了现在这种感觉。这是一个尖锐、艰苦而无情的世界，原本监狱里那种呆滞而凝固的氛围早已消失得无影无踪。

在这里，甚至连空气都变得不甚相同：无比稀薄而冷峻，猛吸一口，肺都会生疼。他从来没有过跑步的习惯，他一直觉得自己的身体过于沉重，不适合跑步。现在他的想法、他的愿望已经变得不再重要，他只能按照收到的指示行动。他们要求他以最快的速度跑上这座高得要死的山。虽然下山时可以跑慢一些，但上山时训练的就是速度，山道旁的那些呕吐物正是他此刻成就的证明。

他并不健壮。他已经五十一岁了，八年来，他几乎没有进行过任何锻炼，同时伙食也糟透了。身体退化的程度令他意外，他心想大约是已经跌到谷底了吧。

他胸椎骨处的皮下被植入了某样东西，此时它正在给某处的电脑传送着数据，他的通信耳机中传来让他全力奔跑的指令。那些人，也就是医疗团队，想要知道他的上限，他们想在不致死的前提下，将他的身体功能发挥到极致。然而有些时候，比如现在，他不禁深深怀疑他们并不真的在意他的心脏是否会突然爆炸，也不在意他是否会径直跌入那些矿山的尾矿之中。这群医生似乎并不怎么关心他的身体健康，对他们来说更重要的是如何才能更好地操纵他这个提线木偶，以便榨取更多的劳动力。

头顶天空的深蓝色正逐渐褪去，如缎带般环绕着远处的地平线，那里的灰色大地有着粗糙的轮廓。一双轻便到难以置信的跑鞋包裹着他的双脚，它们似乎拥有自己的意识，正在这尘土飞扬的道路上自行跑动着。每跑一步，就会响起一声“哔”，而他也在不知不觉间陷入了那节奏之中。他原本并不想要跑这么快，但他们正用卫星定位系统追踪着他的位置，因此，他需要注意的不仅仅是步速，还包括步幅，他们要求他保持一定的速度。他跑出的每一步都艰辛无比。

他向上攀爬着，仿佛在试图抓紧那铺满煤渣石的跑道一般，他的脚趾紧紧地嵌入了鞋子的缓冲垫里。他的脸上汗如雨下，汗水刺痛了眼睛，渗入了嘴角，嘴中一阵咸味。一吸，一呼，他跟随节奏喘息着，但氧气还远远不够。

小腿疼得如同被剥了皮一般，但他仍坚持跑着。

他为了不被扔进那个囚洞之中，为了下一座山头上等待着他的火星而奔跑着。只要他能顺利离开地球，那就足够了。他绝不会放弃，也绝不会失败，他会跑上山顶，然后再跑下去。他会让他们知道他的内心有多坚韧，他的防线也绝不会被轻易击破。

所有这些想法都在某一刻遁入了身后的背景之中。现在，他的眼前只剩下了那条通往山顶的道路。那是一种纯粹而干净的感受，但也正是因为这种纯净，事情似乎变得更为糟糕了，只剩下疼痛与眼前的道路。那些哔哔声对他来说只是噪声罢了，脑中的声音全都消失了。一百米，五十米，十米，五米，一米……

他停下了脚步，四肢发软。他弯下腰朝地上咳嗽了几声，却几乎什么都没吐出来，他太渴了。他将双手撑在膝盖上，看着汗水一直从鼻尖流到地上。哔哔声消失了。他又咳了咳，然后用湿透了的上衣擦了擦脸，小心翼翼地控制着呼吸，以免发生换气过度。

东边的景色一览无余，他越过山谷中的盐场眺望着远方。放眼望去，不见任何人类居住的痕迹，只有那道高悬头顶的航迹云昭示着此处人类的存在。他疲倦的双眼甚至都看不到那两道围栏的踪影。这里，只有他一个人。

他直起身子，双手叉腰，抬头望向太阳。尽管冷风冽冽，但阳光中仍残存着一丝热量。他试着放空自己，但这样的时光转瞬即逝。他载着满腹的烦恼跑到了山上，现在，他还得把它们再运回去。

哔哔声再次响起，他明白自己不能无视它，因为囚洞正在召唤着他。他几乎每晚都会梦见它：身后那扇上了锁的房门，近在咫尺的无尽沉默，以及四面无窗的墙。

他转过身，前往下山的路。他努力让双腿重新动起来，努力调整着呼吸。

比起上山，下山又是另一门学问了。他在松散的石子路上前进着，不得不用脚跟控制自己的速度。走得太快便很容易一脑袋猛扎进石子堆里，那样肯定会受伤，甚至还可能死掉；如果走得太慢，就得从头再来一遍，他也不想见到这种结果。不论怎样，他都会因此失败。

他每跑出一步，脚趾就撞上一次训练鞋的鞋头。他的多个脚指甲已经变黑，并且出了好多血，他不得不将湿透的袜子脱掉，那些脚指甲也随之掉落。医疗团队并不在乎这些，只要他还能继续进行他们丢来的一连串测试和锻炼就没有关系。

他还没见过剩下的那些宇航员，因此也无从与之交流经验。他必须相信还有其他人，他不可能是第一个或者唯一的一个人，这不现实。芝诺承诺过会有一整个团队，因此这只能意味着芝诺出于某种目的将他们分开管理，到了某个时候才会让他们彼此见面，也许只需等到他们通过体能检测以后。如果某人因为身体的原因没有通过测试，那么让这个人加入团队也将毫无意义。

也许这里不止有七个人，也许他们需要一起争夺飞船上的席位，但彼此之间并不知道。那些没有通过的人，则会被扔进那个囚洞之中，这可不是一个令人愉悦的想法。他只是一个中年男子，如果要和环形监狱里那些更年轻、更健康的躯体竞争，他很可能会失败，但这并非是他的过错。

集中精力跑了一段时间后，他能感觉到每一次落脚都变得越发坚实，身体也已经适应了地表轮廓的变化。赢得这场比赛就可能意味着另一个人会被送进那间单独监禁牢房，这个想法也令他感到不适。

是的，他曾经开枪打死过一个男人，那是一场有预谋的施暴。他确实开枪将那人击倒在地，但他的良心并没有因此受到任何谴责。当时，他的儿子染上了毒瘾，正在一步步地被卷入那个贩毒与犯罪的世界之中。换作其他人也许会继续寻找别的解决方法。多年以来，他们早已尝试过许多方法，但无一奏效。

经过百般衡量后，弗兰克决定一枪崩了毒贩的脑袋。毒贩也有家人，但他觉得自己的儿子才是更重要的那一个。在这件事中，无论是凶手还是犯人，没有一方是无辜的，他甘愿接受这一事实。

但仅仅因为一个意志坚定的五十一岁中年男子采取了先发制人的策略，就会被送往那个囚洞之中？那太不公平了。这是环形监狱账本上的又一个污点。他们必须彼此争夺几个有限的位置，难道他们在进行一场赌局？这还用说吗？在某个地方，一定有人赌了他会输，并且正等着他发狂呢。

道路开始变得平坦。他的双脚受了伤，嗓子发哑，肩膀也痛极了。怎么会这么疼？他正在前前后后地甩动双臂，只有这样他才能稳住身体的重心。他每跑一步就甩一下，还有更有效的方法吗？也许吧。好像现在需要他考虑的事情还不够多似的，还在考虑跑步姿势的问题。他不能再在夸张的动作上浪费任何能量了，因为他的体力正在流失。他必须变得更加明智，他得保存体力。

他决定不再去想其他对手，因为他什么也做不了；同样，他们也做不了什么。他不会因此而减速，更不会停下并放弃。抱歉了，未曾谋面的对手，即便他们并不是弗兰克的敌人。错的是环形监狱公司，还有那家芝诺系统特别行动公司，他们的命运掌控在他人手中；错的是第一天在这儿威胁他的那个人——布拉克。这个名字是他在无意间听到的，至少它听起来是这么念的。布拉克，那个喜欢傻笑的光头男，在弗兰克艰难前进时，他欢喜雀跃；当弗兰克越过了又一个障碍后，他便瘪起嘴不再出声。

弗兰克可不会上他的当，更不会因此而轻举妄动。弗兰克有能力控制好自己的行为，当然这只是与一般的囚犯相比而言。也许会有人试着反抗，即便这意味着会消失在那个囚洞之中。

现在，他来到了平地上，哔哔声变慢了些许。但这仅仅意味着他必须把步幅跨得更大，从而跑得更快，只是不如爬山那般折磨人罢了。他们今天真是把他逼到头了。他凭着自己坚韧的意志力完成了任务。

这并不会被记录在册。勇气、毅力、决心，统统不会。他为了拯救自己的儿子，蓄意开枪打死了一个人，他也做好了要接受任何判决的准备。他虽然胆量十足，但最担心的还是自己这具正在衰老的身体。

他继续沿着山路前进，同时留意着哔哔声，并先于它做出反应。接着，他进入了一段漫长而缓慢的下坡，它所通往的正是训练基地所在的山谷。那些巨大而低矮的水泥平台仍处于待建状态，一根根不锈钢管道从压力容器中挤出头来，一间间低矮而宽敞的停机库，大到可以吞没一整架喷气机。一辆辆小型电动车在千篇一律的办公楼之间穿梭，它们或是牵引着小推车，或是运送着人们去往各处。山谷一侧的洞穴前，全都铺设有通往里侧的宽阔轨道。目前，他只去过其中的部分设施，毕竟他时刻都处于管控之下，并没有随意逛逛的机会，更不用提到处探索了。这里的房门全都上了锁，并且只能用指纹解锁。他的手指只能打开特定的几扇门，其余的门并不对他开放。

他何时起床、睡觉、休息、活动以及吃什么、喝什么都有着严格的时间表。他要么是在跑步道上呕吐，要么就是戴着个面罩在跑步机上，或者是按照屏幕上的影像搭建积木，制作一些简单的模型，又或者是观看关于火星的教学视频。这里的医疗团队观察他眼睛的时间甚至比他妻子——是前妻——还要多。除此之外，他们还一天到晚对他从头到尾进行 X 光扫射和各种心理、生理测试，把一切可能的测试都做了一遍。他也不知道自己到底通过没有，但目前他还没有被送走，这一定有其意义。

他即将到达标记杆处。在两条水泥路的拐角处，地上就杵着那么一根孤零零的金属杆，它标记出了他的起点和终点。他知道在到达之前，还不能轻易放慢脚步。跑到之后，他用手拍了一下它，接着便放松下来。没有什么用处，他只是想这么做一下。停下脚步后，一种持久而沉重的疲惫感笼罩着他，他不清楚自己还能坚持多久。至少也要坚持到去火星以后。他别无选择。

哔声消失了，耳中有一个声音响起。他不确定这到底是电脑合成的声音，还是一个发音标准到像电脑的人在说话。但不管是人还是电脑，这个声音从未理会过他的回复，声音说道：“前往六号楼二〇五室报到。请确认。”

“已确认。”弗兰克说。除了这句话以外，他一直以来都没怎么说过话，因为并不需要多说什么。布拉克会喜欢让他多说一些，不过通常来说，每隔几天才会碰见布拉克一次。这也已经够他受的了。

弗兰克再次用上衣擦了擦脸，然后将衣服猛地拉到脖子处，再松开。六号楼就在那边，他并不打算跑着过去，但也不想拖拖拉拉。这里的工作人员都会乘坐小型电动车往返，但这些车也需要用指纹启动，他并没有使用权限。

他已经给周围的东西都起好了名字，虽然并没有人告诉过他它们的正式名字。他将现在所处的地方叫作“山谷”；那座衰败的、布满矿雷的山就叫作“山”；还有那张限制他自由的“电网”，以及他在三号楼里睡觉的地方叫作“地堡”；医疗中心实际上就叫二号楼，但因为他在那里遭受过的那些事，他将它命名为“血库”。

他沿着坡道来到了六号楼，将手指按在玻璃面板上，然后等待着开门。在里侧门厅里，有人在来回走动，但他很清楚，就算他试着跟他们打招呼或者敲敲门，他们也不可能帮他开门的。

门锁发出咔嗒一声。他推开门入内，等着它在身后关好。如果没有关好，他就会收到一张罚单。他是不是已经被开了一大堆罚单了？他其实并不清楚具体的数量，因为没有任何可以询问的对象。那些医疗人员不行，其他工作人员也不行，布拉克更不行。但他可以大致猜到。

二〇五室在二楼。他将手指放在房间的门锁上，等门开了后便走了进去。他以为只是来观看又一段培训视频而已，完全没有想到会有这么多犯人在房间里等着他。

很明显这些人都是囚犯。他们在房里的排布方式就像是一群囚犯，蹲过监狱的人一眼就能看出来。那些更厉害、更自信的人通过占据显眼的位置来标榜权威，而那些较弱的人则只能待在角落里。一共有六个人，他们齐刷刷地看向他，他这时还满身是汗，气喘吁吁。此时，一个上了年纪的灰发女人朝他皱了皱鼻子，她有着显眼的颧骨和眉毛，在会议长桌的中间位置。一个瘦弱的年轻黑人，还有一个卷发的白人男孩——真的就还是个孩子而已——则远远地坐在桌子的另一头。“灰发女”的对面坐着另外一个女人，咖啡色的皮肤，一头弹簧般的卷发。还有一个脸似圆月的男人在门边，至于最后那个成员……他的身形巨大无比，有着粗壮的手臂和双腿，脖子像轮胎一样，头皮上留着金色的发楂。还有他身上那些文身，弗兰克花了好些时间才扫视完毕。他的额头上文着“1488”；一只手的指关节上文着“仇恨”，看不见他的另一只手；脖子上文着万字旗[1]，那是雅利安兄弟会[2]的标志。

弗兰克看得有些太久了，那个男人已经发现了他的注视。那个男人微微点了点头，一副我记住你了的样子，随后将注意力转向了房间尽头的矮墙，那里有一块巨大的屏幕。

“刚才他们让我在山上跑步来着，”弗兰克说，“真不好意思，来得有点儿迟，还有点儿邋里邋遢的。”

就在弗兰克耳机中的声音叫他坐下的同一时间，那个圆脸男人一脚把他身旁的那把椅子踢了出来。所有人都戴着通信耳机，穿着一模一样的制服。突然间，弗兰克意识到这就是他的团队，一共七个成员。

他将那把被踢出来的椅子拖拽回来并坐下，就在后背碰到塑料椅背的那一刻，屏幕闪了闪，亮了起来。与此同时，一段评论音轨在弗兰克耳中响起，从其他人的表情来看，他们也听到了同样的声音：“以下是芝诺系统的操作培训视频。以下操作指南对于能否成功完成任务来说至关重要，请您全程集中注意力。”

其他那些视频也都是这样开头的。

“恭喜您已入选火星第一基地的训练生，它将是历史上第一个永久存

[1] 德国纳粹党的标志。

[2] 一个成立于美国的“白人至上”主义新纳粹组织，2006年因领导者被起诉判刑而解散。

在于火星表面的人类基地。这一久负盛名的项目将由芝诺系统特别行动公司代表美国国家航天航空局建设并招募参与人员，这个项目将造福于我们的国家以及全人类。您已被芝诺招募来协助我们履行这一合约，将在六个月后启程离开地球，前往火星。”

六个月。几个人不安地低声抱怨起来，因为他们意识到留给自己的时间是如此之短。

“在整个旅程中，您都将处于冬眠状态，整个过程大约需要八个公历月。”

更多的抱怨声。

“到达以后，第一阶段将立即启动，组装预制的模块舱体单元。建立基地最初阶段的自给自足是绝对的优先事项。合成足够的氧气和水，为自己提供生命支持，自行种植食物和自行发电，以上这些将会是我们前进道路上极为关键的里程碑。为了在指定期限内完成基地的建设，我们将需要您的完全配合。

“国家航天航空局的宇航员将在您到达火星之前出发。我们不允许，也不希望看到任何一处设施的建成有所延迟，基地的建成是刻不容缓的。基地建成后，您必须严格地检查所有的建筑和基础设施，然后进入第二阶段的维护模式，您需要按职责分工，维护基地的系统运作。如有必要，将会有额外的材料被运送至基地，以便进行扩展和重新配置，此时将需要您恢复第一阶段的职能。

“到访的科学宇航员和其他美国国家航空航天局员工将会拥有优先支配您时间的权力。您必须对他们抱以最大的尊重，并在他们所要求的时间和地点为他们提供协助。请记住，您仍在服刑期间，在整个刑期中，您都处于加利福尼亚州刑法的管控范围之内。”

屏幕上正播放着这般影像：一艘即将着陆的宇宙飞船轻拂着一片砖红色的平原，周围散落着几座被弹出的补给舱。此时，几个人出现了（那只能是弗兰克和其他组员），他们去到最近的补给舱旁，组装了一辆牵引车，然后将剩余的补给舱拖成一圈。牵引车驶离后，其他身穿白色宇航服的组员开始搭建第一个模块。在短得几乎不可能的时间内，他们将其连接至下一个模块，然后开始进行加压。

如变魔术一般，一块太阳能接收板凭空出现了，除此之外，还有一个碟型卫星天线。接着，更多的模块弹了出来，这些全都是使用那一排整齐的回收型补给舱里的组件组装的。已经着陆的飞船则朝向另一侧，近旁有着三排平行的舱体，嵌在火星的地表之上。

弗兰克转过头去。基地比他想象的要大，一共有十五个不同的区块，附近还有另外两个独立单元，大套的太阳能面板、碟型卫星和天线以及其他各种功能不明的器械。

只有六个月的时间，就要学会所有事情？他们需要在培训中学会如何安装气闸舱[1]，以及铺设各个模块舱体的结构性地面。在设施内部，还有更多专业工作，他们不仅需要各自的房间、医疗舱、维护舱和温室，还需要电力系统、供水系统和供气系统，不然他们连一个土豆都种不出来。

他瞥了一眼其他人。坐在他对面的黑人女子正紧紧盯着屏幕，她挑起一道眉，下颌一侧的肌肉扭曲着。在桌子另一侧的所有人要么是一副惊呆的样子，要么就是皱着眉头。面对如此艰巨的任务，想到他们到目前为止那些微不足道的培训，不禁让人感觉到形势如此严峻。弗兰克是什么时候到这里的？二月底？现在应该是四月还是五月？最多过了三个月。他们什么都没告诉过他，他猜测其他人应该也是如此。

影像继续播放着：基地大部分完工后，另一艘飞船到达附近，然后几台无顶篷小型越野车出动并接走了飞船上的船员。尽管弗兰克完全没看明白这些突然出现的小型越野车是哪里来的。

影片就这样结束了。这就是他们现在可以得到的所有信息。弗兰克用力向后靠去，以至于椅子都发出了嘎吱一声。

“这根本是狗屁。”灰发女人说。

“只有六个月？”

---

[1] 进出太空飞船或设施时使用的气密性装置，可保持舱内或设施内的气压稳定。

“在太空飞船里睡一年？这件事情合法吗？”

“我们可学不会所有东西。宇航员一般都得训练好多年。”

弗兰克抬起头，一直望向天花板，然后他缓缓说道：“我们得做出自己的选择，要么就完成它，要么就只能在一个洞里度过我们的下半生。”

“在我看来，后面那个更有可能。”他身旁的圆脸男说。

“你觉得他们搞了多少支队伍在做这件事？”弗兰克将身体慢慢转回来，然后把手肘靠在桌面上，“除了我们以外还有多少支团队？”

“这是什么意思？”那个瘦弱的年轻黑人问道，灰发女人则翻了个白眼。

“我的老天，他的意思还不明显吗？你以为我们是唯一的队伍吗？你以为我们只要同穿一条裤子，就会对他们有所影响吗？他们只要选择真正想去的人就行了。”

“相信大家也都听到了我刚才说的话，我们是一队训练生。虽然我们还是有失败的可能，但我想说这个房间里的每个人都一定会去火星。就算我们彼此都不喜欢，那也没有关系。我去火星的唯一方法就是和你们一起，你们也会通过我的帮助到达那里，这是双赢。”弗兰克说。

“所以，你，”灰发女指着圆脸男，“不管你叫什么，我都不想因为你的原因被扔进那个洞里，剩下的人也不会。我劝你赶紧打起精神。”

“不然你能把我怎么样，这位女士？”

“不然那边的阿道夫就会把你的头扯掉，撕烂你的嘴。”

所有人一齐看向那个如小山一般的新纳粹党成员。他耸了耸肩，说：“我现在不干这些事了，但我也不想去洞里。”

圆脸男用手指轻轻扣着桌面说：“这位女士，你嘴巴可真臭。”

“你可以叫我医生，或者爱丽丝。”

“你甚至都不知道我的名字。”

“但你会记住我的，”她瞪着桌边的一圈人，“没有人可以乱来，都明白了吗？”

“谁说我们会乱来的？”年轻黑人说，“我一定要去那该死的火星。”

“我们还有六个月的时间来好好解决这个问题，”阿道夫说，“我不会让任何人失望的。”

“嗯，也许吧，”那个黑人女子两手一抬，“反正我们也没有什么可损失的了，对吧？”

那个白人男孩则一直缩在椅子里，直到意识到所有人都在看着自己，缓缓说道：“嗯，很好，这样可以。”

圆脸男缓缓点了点头，说：“行吧，如果大家一致同意的话，到时你们觉得火星上不好的话，可别怪我。”

弗兰克将手指摆成金字塔状，说：“我们确实被买卖了，环形监狱属于芝诺，而我们归环形监狱所有。当他们询问我们要不要去火星时，所有人都选择了同意。只要我们愿意，那里的生活就可以变得很好。从现在开始，那里就是我们的家了。你想把自己的床搞臭吗？”

“这听起来像是在威胁我们。”医生爱丽丝说。

“并没有，我只是说出真相。如果我做了什么不好的事情，你们也可以这样对我。我们就把工作做好，把自己照顾好，尊重彼此。你还想要更好的生活？那也许在入狱之前，我们就应该好好选择一下自己的人生道路。”

“他说得没错，”阿道夫打破了随后的一片沉默，“好了，现在我的耳朵里有个小小的声音正在叫我去别的地方。你们继续。”

他慢慢站了起来，整个房间仿佛都快要被他的身体填满了，接着他又说了一句“已确认”后溜出了房间。

黑人女子按着桌子站了起来，说：“我也要走了。已确认。”

接着是那个年轻人，说：“我一定会去那该死的火星，你们可不要忘了，”他紧接着说，“已确认。”

他们一个接一个地离开，最后只剩下了弗兰克和爱丽丝。一直等到门关上以后，弗兰克才开口说话。“我记得你是谁，”他说，“我知道你做了什么。”

“似乎只有你发现了，”她说道，一边看向弗兰克，不惧他的凝视，“如果你愿意的话，我们可以继续保持这样。”

“当然。也许他们没有看过我看的那些新闻网站。”

“你还会阅读？那你可真是和那些已经被打发走的蠢材很不一样呢！”她的目光以及她的蔑视都坚定不移。

“我还会自己报税呢，才不需要那些个花哨的会计来帮我做。”

“那我这里有一些饼干可以拿来奖励你哦。”

“你才没有什么饼干。就算有，我也不敢吃啊！”

“我们都有各自的过去，但我们还有未来的路要走。”

“前往四号楼十七号房间报到。请确认。”

“已确认，”他说，目光仍盯着医生，“顺便说一句，我叫弗兰克。你仍旧是个危险人物，爱丽丝·谢泼德医生。”

“很高兴你这么想，弗兰克。有一些危险因素也许会让我们的这次旅途变得更加令人兴奋。”

弗兰克离开了房间，穿过走廊走向楼梯。就在演示视频快结束时，他越过她看向屏幕。她扎得紧紧的辫子里掉落了一根发丝，他看着她抓起它，这时他终于意识到了这件事。她转过头，就在那静止的一瞬间，他认出了她。虽然在美国安乐死是合法的，但也绝不允许医生以此中饱私囊。警方指控她实行了大约三十起无证、未登记的安乐死案件，但据他所看到的报道称实际数量远远不止于此。

他是不是应该警告一下其他人？这是个困难的抉择。芝诺想要挑选哪些人并不关他的事，他对此也没有任何影响力。她大概会成为他们的医生，负责船员的医疗工作，芝诺一定觉得她不会强行对他们实行安乐死。那弗兰克又是为何如此担忧呢？

也许他应该保守这个秘密。还有，近期千万不要生病！

四

布鲁诺·蒂勒的私人日记

条目名称：2038 年 11 月 26 日

抄录自纯纸质副本

我向上帝发誓，如果那些机器人再发生故障，我就把那些工程师也送上去。

弗兰克正在进行跑步训练。他的身体很痛，但他决心证明自己并未受其影响。即使在洗澡时腿抽筋，他也忍住不吭声，不愿显露自己的任何一丝痛苦、恐惧和绝望。他在手背上位于拇指和食指之间留下了一道道咬痕。

在得到下一条指示之前，他并不能自行关闭那微凉的洗澡水。他戴着耳机洗澡、吃饭，甚至戴着耳机上厕所。他深深感觉自己已经到了五十一岁的年纪，宛如一个可以随时被丢弃的破烂品。除了观看训练视频，他平时一直都是一个人，时不时出现的布拉克并不能被算在内。说真的，布拉克真不是个东西。他可以在一秒钟之内，从一个轻蔑、居高临下的人变成一只卑鄙而恶毒的黄鼠狼。也许他觉得这样可以更有动力。

相反，弗兰克开始有些想要认输了。他完全可以直接甩手不干，拆散自己的队伍，把他们全都扔进那个洞里。

不过他并不能这么做，他仍是这个项目的一员。如果爱丽丝·谢泼德都能坚持到底，那么也许他也可以。

他听从指示来到了他们之前观看培训视频的那个房间，里面还有一名黑人女子。

她坐在长桌的一头，被防窥玻璃窗投下的阴影笼罩着，几乎看不清她的样子。这时，她原本搭在桌面上的双手如退潮般迅速放到了膝盖上。

弗兰克故意放慢脚步，绕至远处的另一头，背朝窗户，在她的斜对角，而非旁边的座位坐下。他伸出双手握拳，大拇指那面朝上。她看着他的拳头，而后又看了看他。她微微抬起右手，轻拍了一下弗兰克的手。

“你好。”她说。

“我叫弗兰克。”

“我叫玛西。”

“这里也被监控着，是吗？”

“是啊。”

“行吧。”弗兰克重重地靠在桌上。他眨了眨眼，突然发现面前的桌上有一瓶水。在刚才的昏暗之中，他没看见有水。他伸手抓起这瓶水，扭开瓶盖，然后递到玛西面前。

“不用这么客气。”她说。

于是他一饮而尽。他喝完了瓶中的最后一口水，这时，塑料瓶发出啪嗒一声后扁掉了。

“我这几天总是感觉口渴。”他希望这并不意味着某些潜在疾病，他可不想因为这个而被装进那个“罐头”里。

“大概是因为空气太干燥了吧。你刚从盐滩那边回来。”

“也许是这样。”

他们相互瞥了一眼。

“你过得还好吗？”弗兰克问。

“还行，至少还没被扔进那个洞里。”

“我也是。”

“我签字的时候，那个狗日的东西完全没提这事。”她说。

“是啊，完全没有。所以我们千万不能失败。”

“不过我们俩为什么会在这里？这又是一个测试吗？”

弗兰克用拇指擦了擦嘴唇，说：“我们总得要见面说说话，不是吗？这当然又是一次测试。如果我们可以证明我们能够一起工作，那么我们登上飞船的机会应该也会更大。”

“我猜也是。你刚才在外面做什么呢？”

“搭些狗屁玩意儿。你呢？”

“开些狗屁玩意儿。”

“好吧，看来他们需要一些可以在火星上造房子和开车的人。”

“但他们需要的是我们吗？”

弗兰克耸了耸肩，说：“至少我们还在这里。我们只需要让他们觉得比起把我们关进罐头里，带上我们会更容易一些。”

“好像我们有得选似的。”

他不想再拿着那个空水瓶玩来玩去，于是便放到一边，说道：“所以我们现在该做什么呢？”

“我不知道。我们是不是得彼此熟悉一下，然后分享一下各自的经历？”玛西低头看着大腿，“我不是很喜欢这样。”

“他们才不管你愿不愿意。但至少待在这里的话，我就不用跑到那座山上，我的血也不用被那些医疗人员抽干了，所以我觉得现在挺好的。”

“他们有没有把你这里切开？”她指着自己胸部中间一道深深的阴影。弗兰克抬起头，盯着那里看了一会儿后，才明白了她的意思，但并没有久到令人尴尬的程度。

“在晚上，有时候我还会有当时的那种感觉。只是胸口有些紧，也没有那么糟糕。”

他们陷入了一阵沉默，最终弗兰克开口了。

“我不太会说话，宁愿多做些事。我们并不会去伤害彼此，对吗？你看起来像是个好人，但你也确实来到了这里。事已至此，我们现在已经是宇航员了。”

“我杀死了二十六个人，”她说，“你呢？”

“就那一个。”

二十六这个数字听起来似乎有些多，也许弗兰克的表情透露了他的想法。

“那是一个意外。我搞砸了，”她撇了撇嘴，“感觉已经过去很久了。”

“这就是我想说的。除了我们自己，没有人会帮我们，这些家伙可不在乎我们是会留下还是会失败，就算我们走了，也马上会有更新鲜的血液补上我们的位置。但我们自己得上点儿心。”

她噘起嘴唇，点了点头，说：“确实。”

他的耳机嗡嗡响起。从她那奇怪的表情看来，她的也响了。

“每位船员都须将自己的任务教授给另一个人，”那声音对弗兰克说，“玛西·科尔是主驾驶员，你将成为她的副手。请确认。”

“那我的副手又是谁？”他问。

“请确认。”声音重复道，没有任何音调变化，也没有感情，只有冰冷的话语。

玛西对着空气说:“已确认。”随后她叹了口气，她的耳机也在和她说话。

弗兰克明白他也必须照做，说道:“已确认。”

这是他们第一次认真地看向对方。她有着匀称的脸庞，棕色的皮肤，颧骨和鼻子上有一些深色雀斑。她的头发和他的一样，被剃得短短的。他的头发像是一块扁扁的黑色抹布，而她的头上已经长出了一截截像棉花球似的小卷卷。至于年龄？她比他至少年轻了几十岁。而且她是个坚强的女人，不然可没办法坚持到现在。

“我们可以做到的，”弗兰克说，“我会好好学。”

“这取决于我是不是会教，”她抬头看向天花板，朝着上面说，“那我们什么时候开始？”

“立即到外面报到。”

他们两个都已经习惯了服从，马上站了起来。

“你还记得那些可以躺在自己牢房的床上，听听音乐、读读杂志的日子吗？”弗兰克把手放在腰背部，用力按了下去，直到听到咔嗒一声才停下。

“完全不记得了。”

“我也是。”

他们来到了外面。就在四号楼正对面，有一块和足球场差不多大小的水泥平台。现在上面只有一辆奇奇怪怪的车和一堆橙色的锥形交通路标以及布拉克。也许到时候上面会建起某个建筑。

“该死！”玛西喃喃道。

“我们赶紧速战速决吧。”弗兰克说，他没有选择眼前那条铺满了松散煤渣的通道，而是用自己的方式来到了这座平台上。他直接爬了上去，然后仔细查看起了这台大概会在火星上被他们开来开去的东西。

“你把它弄坏的话可是要赔钱的，基特里奇。”布拉克说道。

它的底盘呈矩形，是一个开放式的格栅结构，由各种近乎纤细的基础支架及交叉撑条组成。它的车轮仿佛几个巨大的气球，驾驶座则是一个单纯被螺栓固定在车架上的斗式塑料椅，旁边有翻车防护栏，但看上去并不怎么牢固的样子。驾驶座的前面装有一套控制装置。

玩具车都比这玩意儿更精细。

“我们就带这玩意儿去火星？”

“你以为就你懂得多？就因为它不是亮黄色的，没有装反铲？你是想要罚单吗？还是想违抗命令被关起来？”布拉克用手拢住一只耳朵，“发生什么了？基特里奇正在去往囚洞的路上？”

弗兰克咬紧了嘴唇，好让自己保持沉默。

“我可不在乎你喜不喜欢我，基特里奇，只要你能够一直惧怕我就行了。这就是你们的火星探测车，你必须马上跟它熟悉起来，小子。燃料电池就挂在那下面，轮毂上装有四轮驱动电机，车上有后置摄像头，还有约 50 米长的电动绞盘及牵引装置，那个两轮车斗就是你们的拖车。前面的车灯可以把夜晚照得跟白天一样亮，最高速度可达每小时三十二千米，”布拉克踢了踢离他最近的那个轮胎，“唯一的区别是，这里的充气轮胎到时会被替换成更加合适火星环境的金属轮胎，根据可靠的消息来源称，它们很有可能会在真空中爆炸。”

玛西摇了摇车架，然后钻到车下查看燃料电池与轮毂之间的连接器，说：“续航里程是多少？”

“至于这个嘛，那得看情况。电池只有一个，不过一般情况下，在电还没用完之前，宇航服就坚持不了了，所以你们最好在那之前赶紧把它开回基地，”他咯咯地笑着，但这并不有趣，“你们已经收到指令了。本周结束前，你们必须把这东西学到可以跳舞的程度。到了下个礼拜最好连后空翻也学会。你们两个明白了吗？”

“我明白了。”玛西在一个轮胎后面说道。

“基特里奇？”

“已确认。”弗兰克说。他只是单纯表示对一条指令的接受，别无他意。当然了，布拉克把它理解成了别的意思。

“你是觉得我是一台电脑吗，小子？我可不是你耳机里的声音，我将会成为你的噩梦。”他靠了过来，用手指钻向他的太阳穴，弗兰克除了忍受，什么也做不了。

布拉克扬长而去，这时玛西从探测车下面钻了出来。

“你怎么看？”

“我怎么看？”弗兰克用脚摩擦着地面，“没有他，这个世界会变得更美好。”

“别管他了。我是说这台小车。”

弗兰克将注意力转回手头的工作，说：“你才是专业人士。你怎么看？”

“坚固，轻巧，重心足够低，可以增加稳定性，但仍有足够的离地间隙。我们坐上去转一圈看看吧。”

车边并没有可供踩踏的台阶，因此她抓住了最低处的那根支撑条，然后借力把自己抬了上去。弗兰克也同样照做，他们现在都变得很强壮，甚至不费吹灰之力。玛西坐进了它的斗式座椅，想要找个地方放脚，于是她将它们架在了控制装置两侧的支撑条上。这玩意儿就和电动玩具车差不多。

“这东西跟电子游戏似的。看这小方向盘，启动、熄火都是用的电子触发器。这里还有个控制屏和几个按钮。”他说。

她对他咧嘴一笑，说道：“说认真的，赶紧上来吧，我们可不剩多少像现在这样的时间了。”

她一边缓慢地在水泥平台上驾驶着这辆车，一边寻找着倒挡、车灯、绞盘的按钮。弗兰克则靠在后面的翻车防护栏上，他对脚下的水泥平地感到有些不安。

他们交换了位子。弗兰克把车往前、往后都开了一遍。它看起来像个玩具，开起来也像个玩具，完全不像一台能在其他星球上行驶的车。

紧接着课程开始了。玛西跳下车，在越野车后面放置了一圈锥形标，接着弗兰克向前开去，驶出了这个警戒圈。

“你刚刚就是从这个位置开出来的，”她说，“你只需要再倒回去就行了。”

刚才玛西一直在叫他后退，为了退到最开始的位置，弗兰克轧到了三个锥形标，他完全没听见它们被轧扁的声音。他爬了下来，站在她身旁，审视着眼前这场灾难。

“作为初次尝试者来说还算不错，我见过开得更烂的，”她把手放在臀部上，对他进行着点评，“不过如果我们现在是在火星上的话，轧到一个锥形标就可能会要了我们两个人的命。你以前是做什么的？”

“我开过一家建设公司，”弗兰克说着，用加固的靴子尖轻敲着那个大气球似的轮胎，“当时我还雇了一些员工帮我做事。”

“那都过去了，现在只有我和你。我去把那些重新放好，你把车再开出去，”玛西拿起一个锥形标，用拳头用力敲打它，“现在你知道这有多难了吧，所以你最好认真听从我的指挥。”

“反正我总是要听你话的，”弗兰克爬上驾驶座，一个转身坐了进去，“我可不像那个家伙，对吧？”

玛西将锥形标放回地上，它或多或少变直了一些。她说：“根据我的经验，所有的男人都跟那家伙差不多。往前十米，然后停下。我们得练到你蒙上眼睛也能倒进去的程度，然后我才能给你继续加大难度。”

弗兰克已经掌握了基本的技巧，只差一点儿就能完美地倒进去了，几乎每一次都是这样。但等真的到了火星上还是远远不够的。在稍远一些的地方，倒车影像还能帮上些忙。但靠近以后就没那么容易了，因为那些锥形标总是在错误的时间从他的视野中消失。当然了，玛西可以直接告诉他具体的位置，但总会有需要他自己搞定的时候。十次尝试中只要有一次失败，就很有可能会把这辆车烧毁。

虽然现在的周围环境并不像火星上那般严峻，但如果他不能在此时此地把它学好，等真的到了生死攸关的时刻，他也注定会失败。仅仅一个错误就可能会导致他们丧命，又或是造成其他严重后果。他将手放在方向盘上，用手指轻轻蹭着油门踏板。不过由于它既没有油门也没有踏板，所以也许并不应该叫它油门踏板。

他向前开了一段，然后松开了手指。车上装有刹车，但他没有必要用，因为这台越野车的电机本身就能提供足够的刹车阻力。

他看向身后锥形标围出来的区域，想象自己穿着那笨重而厚实的宇航服，耳边环绕着自己无比响亮的呼吸声，吃力地扭过头去，那感觉就像套着一个轮胎似的。玛西说的是对的。他必须练到蒙着眼睛都能做好的程度，因为在火星上他不能冒任何风险。他得看着屏幕倒车，他必须得弄清楚倒车方向正确时到底是什么样的影像。

她也爬了上来，靠在他的座位后面问道："准备好了吗？"

他点了点头。

"你看起来很紧张。"

"开这个车让我很有负担。"

"现在只是练习而已，可别在我面前崩溃。慢慢开，特别特别慢，慢得感觉不到移动的那种。你开得越快，校准方向的时间就越少。就算旁边有人朝你大喊大叫，你也得淡定，保持自己的节奏。开车的那个人可不是他们，而是你，你有决定权。如果你觉得不对，那就先停下来。不管是这辆车还是上面载的东西都归你负责，你要负责把它开到正确的路上去，而不是其他任何人。你明白了吗？"

"明白了。"

"你确定你明白了吗？像我们这样的人已经习惯了遵守命令，总会有人在你耳朵里面大呼小叫地叫你快点儿，而且你还没法关掉它。那不仅会分散你的注意力，还会让你做出某种近似强迫的行为，因为你会想让他们闭嘴，想向他们证明你能够以更快的速度完成。"

弗兰克越过玛西，又往身后的那圈锥形标看了一眼，然后抬起头看向她，说："不。我会按自己的意愿做事，不然我就不干了。"

她一拳打在他肩膀上，说："那我们赶紧给这些混蛋一些厉害瞧瞧吧。"

突然的肢体接触让他一下有些不知所措，甚至不得不喘口气缓缓，幸好她似乎并没有注意到这一点。

"好，"他说，"特别特别慢。快告诉我，我现在该注意些什么。"

它有一个诀窍，就是以一种违反直觉的方式转动方向盘，与此同时放松油门，从而把车屁股塞进正确的位置。他做得不算太好，不过在小心翼翼地尝试下，他还是有所进步。幸好玛西没有在他面前露一手，不然他可就尴尬了。现在，即便是在进行各种开车绕圈和转弯后，他仍能一步就把它停到位。

到了他们的耳机中传来解散命令时，他自信地认为自己已经掌握了这台越野车的倒车技巧，不会像最开始那样乱撞了。

“我不清楚下一次会是什么时候，”玛西说，“但如果有下次的话，我们就加上拖车来练习。你可得做好准备。”

“做好会很困难的准备？”

“难得可以把一个大男人虐哭，”她把手放在耳朵上，“已确认。我得走了。”她踢了一脚地面，似乎想说些什么，但随后又决定不说了。她看了一眼越野车和旁边那些橙色锥形标守卫们，然后走向了坡下的那栋建筑物。

弗兰克等待着他的下一条指令，但它迟迟未来。玛西离开时扬起的一溜灰尘渐渐落定，只剩他独自一人站在那干燥的尘土之中。他抬头望向那座山，望向那湛蓝的天空，望向东面那片闪着光泽的广阔盐滩，远处的另一条山脊在薄雾之中颤动着。那是自由的世界。

他眯起眼睛。现在他拥有一台可以冲破双重围栏、足够马力的机器，并且它可以带着他穿越那片晶体沙漠。他几乎是下意识地用手指在胸骨上蹭了蹭，那里的疤痕几乎已经完全愈合，里面那个因植入物而隆起的硬块此时正紧紧压着他的骨头。

他们不是傻子。他也不是。唯一的出路是向上。

“前往二号楼报到。请确认。”

“已确认。”

五

音源：芝诺公司未知员工 1 与芝诺公司未知员工 2 之间的私人通话

2047 年 4 月 2 日 09:35（主机时间）

注：其中一方的通话内容已被隐去

芝诺1：迈耶体检没通过，说是因为什么激素失调。

芝诺2：……

芝诺1：是的，我明白。

芝诺2：……

芝诺1：只要直接把他送到那个洞里就行了，没必要让他和金山剩下的那些人再有进一步接触。我会派个身边的人把他接去鹈鹕湾。

芝诺2：……

芝诺1：不会，他们知道不能告诉他的。就算他知道了，他又能怎么样？没人关心那些黑猩猩，就算有一只不见了也没什么大不了的。我来搞个替补就行了，希望这次能顺利通过。

芝诺2：……

芝诺1：当然，过段时间。

尽管耳中的指令从未停止，但弗兰克还没有收到过关于五号楼的指令。总是二号楼、四号楼、六号楼、三号楼，然后循环往复。五号楼是新建的，他很好奇他们在那儿到底放了什么。可以肯定的是，它的门厅区域看上去就与众不同，看起来就不像是会有办公室和会议室的地方，一尘不染、几近无菌，就像是一家医院的病区，只不过那是二号楼的用处。

他的周围全是身穿白大褂的人，仿佛身处科学之国一般。十四号房间位于顶楼的某处，他抬头看了看指示牌，找到了要去的路。那里有一扇巨大的双开门。他将手指按在门锁上，锁开以后，他用另一只手推开了门。

房内非常的明亮。在房间的中央有个东西，看起来就像是一具悬在空中、被钉在十字架上的超大号人体模型。不过他第一眼并不确定那是什么。房间里摆放的各种绑带、管子、固定装置以及那些挽具和贴片让他在门口踌躇不前，身子一半在里，一半在外。

他耳中的声音让他把衣服脱掉。此时，一个个穿着洁净服，戴着头套和口罩的白色身影向他慢慢靠近。他们带着一个个巨大的、装满了设备的包朝他走来。“脱衣服，”声音重复道，“请确认。”

“已确认。”房门在身后咔嗒一声关上，接着他脱下身上的衣服。他已经在“血库”里多次经历了这样的情况，而且这也不像是在一座不把你当人的监狱里做肛门检查。在很久之前，他那种尴尬与耻辱的感觉就已经消散了。

有人递给他一套灰色男士套装，衣服非常合身。在经过了这么多次测量后，他们早已对他的体形了如指掌。然而这件衣服仍旧很难穿，他不得不坐在冰冷的地板上才得以穿上，但现在至少是他在穿着它们，而不是反过来。

他又穿上了几近透明的薄袜子，戴上了相同材质的手套和一顶泳帽似的软帽。他们把他领到那具悬在半空的雕塑旁，雕塑的背后有个洞，那是一个有着完整门框的入口。门是开着的，往里望去只见一片黑暗。

他犹豫了一下，这时他感觉到有一只手按住了他的腰背部，把他用力往前推去。人体模型的底部放置着一段矮阶。不过现在他可以看出它并不是一具人体模型。

他爬上台阶，从上方凝视着这个东西。他低下头，眼前是一个类似透明有机玻璃泡泡的东西，沿着其中一侧手臂望去，它的尽头是一只构造复杂的手套。这是一件宇航服。

他指了指宇航服背后的洞，说：“从这里钻进去？”

那名技术人员的眼神朝那个方向飘了过去。弗兰克只能看到他的眼睛。

于是弗兰克抓牢开口的坚硬边框，一脚跨了进去。他绷直脚趾，用力将双脚伸进靴子里。接着是左臂、右臂，然后他低下身子，将头穿过了颈环。

他好不容易将手指伸进了外面的手套里。接着技术人员在他身后钩了某件很重的东西，他可以感觉到它的重量压在身上。

“正常呼吸。”耳中的声音说。他甚至没有意识到自己刚才呼吸不正常。他吸了一口气，屏住，然后又吸了一口。那块离他鼻子仅几厘米远的面板起雾了。他仿佛被套在一个金鱼缸里。

“看下面。”

弗兰克看到宇航服正面隆起，但看不见自己的双脚。

“你的胸口那里有个控制器。把它打开。”

一套从天花板上垂下的复杂滑轮系统将他挂在半空，他发现自己能够利用它活动手臂。他大可不必将手臂老老实实地放在最开始的位置。他将手伸向那个位于肋骨下方的盒子，盒子上固定着一块由某种特殊材料制成的翻盖。他只需要用一只手就能将它提起到合适的位置，另一只手则可以用来掀开盖子。令他意外的是，这副手套很灵巧，甚至比他之前常用的那些工具手套更为顺手。

盒子里有一块小小的屏幕，上面显示着各种读数。他看不明白这些数字的意思，但是所有的指示灯都呈绿色，这应该是好的意思。上面还有三个用来浏览菜单的按钮：向上、向下、确认。

“打开主菜单。”

他用戴着手套的指尖轻击着按钮，浏览至主菜单，上面只有两个选项：“打开”和“关闭”。

“选择‘关闭’。”

马达嗡嗡响起，他感觉背上的重物移动了位置。有什么东西在他背后发出了响亮而结实的咔嗒一声，外界的声音开始变得沉闷而模糊不清。

这时有一阵很小的风吹过他的脸，然后吹向了他面前的面板。

他穿着一件真正的宇航服。

“合上控制器，然后慢慢地走到房间的另一头。”

他站得笔直，测试着重心，寻找着平衡。在认为自己已经准备好后，他试探着伸出了一只脚。他能感觉到身体重心正以一种奇异的方式转移着，略微有些蹒跚，因此他马上绷直了双腿，以稳住身体。他的上半身被装在一副笨重的盔甲中，实际上就是一块胸板加一块背板而已，还有那个无缝衔接在上面的头盔，它们由此形成了一个整体。如果他想要转头看下侧身，就只能转动整个上半身，又或者挪两步把整个身体都转过去。他得习惯这件事。

他听从指示，慢慢地向前走去，那些滑轮和缆绳也跟着他在房中移动。尽管宇航服从外面看起来松松软软的，但其实它的材质很硬，还算能够接受。他稍微走了几步后感到累极了。突然之间，在山上跑步这件事就说得通了。

他到达了墙边。

“转身。分别触摸你的头、肩膀、腰、膝盖和脚趾。”

他面对这间明亮的白色房间举起了双手，这里满是技术人员和设备。他在头盔顶部、肩关节和盔甲的腰间各轻拍了一下，然后弯下腰，试图触摸膝盖。重心再次转移，现在它位于他背的上半部分，他意识到这样很容易就会翻倒，并且最终会以脸着地。他甚至不确定自己能够及时伸出手来撑住。至于他是否可以在没有帮助的情况下再次起身，不得而知。

于是他改为弯曲膝盖，然后蹲下。他用手轻拍了下膝盖，然后伸向弯曲双腿的下方，戳了戳靴子的脚尖处。他缓慢地起身，有些困难，但至少没有摔倒。

“回到你的起始位置。”

他再一次以适当的步幅划过地面。房间的四周均装有摄像头，他看了一眼最近的镜头。本以为自己表现还不错，然而在那倒影之中，他看到的是一个奇怪的驼背生物。比起人类，它更像是一只怪物，那张没有眼睛的脸正回望着他。

他停了下来，更仔细地盯着它看。在深深着迷的同时，一阵反感袭来。

“回到你的起始位置。”

咒语被打破，他又想起了如何走路，于是继续将重心放在脚后跟上，小步向前走去。

“打开你的控制器，选择‘打开’。”

他查看胸口的屏幕，轻点了一下那个发着光的指令。

后舱口打开了，身后那件重物也被移开了。他可以明显地感觉到实验室中的空气与宇航服中的空气重量是不同的。

“爬出去，穿好衣服。测试到此结束。”

他照做，并脱掉身上的长裤、手套、软帽和袜子。一名技术人员将它们装入一个贴有标签的袋子，然后放在架子上。与此同时，弗兰克将平时的衣服穿好，并单膝跪地系好靴子。除此之外，他被彻底地忽略了。这些技术人员并不是不会说话，他们只是不跟他说话，比起他们剩下的工作来说，他只是一件次要品。

但刚刚发生的这件事毫无疑问是意义重大的。这件宇航服一定是他们特意制作的，因为必须要大体合身。除非他们本来就有一大堆现成的，但无论是在电影里还是电视上，他都从未见过这种款式的宇航服。这是定制的，那意味着他们在他身上已经投资了一大笔钱。同时也意味着如果他现在把事情搞砸，他们一定不会善罢甘休。

“前往十号楼报到。”

该死，就不能让我一个人待五分钟吗？

“前往十号楼报到。请确认。”

这该死的十号楼在哪儿？也许只要他问得足够礼貌，耳机里的声音就会给他指示。千万别搞砸了，问吧，现在就问。

“已确认。”

他被引导着，找到了一条绕过山的通道，它通往一处看上去像是停机库的地方——又深，又高，又大。这里和他练习开车的地方差不多大，甚至可能更大。芝诺公司可不缺钞票。

一队小型电动车像往常一样从他身后的路上驶过，但他没有理会。巨大的门上还嵌着一扇小门，它的把手旁边有着和以往一样的指纹锁，上面闪烁着红色的灯光。他越过那堵水泥矮墙，上方屋顶投下的一片冰冷阴影吞没了他。

他用拇指打开门锁，而后按下门把手，向里推去。里面一片漆黑，并且散发着怪味，就像是那种新车会有的味道。他的脚下是一大片沙子，又深又干，仿佛可以把人吸进去。身后的门咔嗒一声关上了，方才跟着他悄悄溜进来的那一丝阳光也随之消失了。

他站在那儿等待着，然而什么都没有发生。

“你得走动一下，灯才会亮。”他的左侧有个声音说道。

此时，弗兰克的医疗监护人员一定会注意到他的心跳猛地加快了，但他们可能并不明白原因。

“那你他妈的怎么不把灯打开。”

弗兰克小心翼翼地向前迈了一步，没有撞上任何东西，于是又走了一步。灯在屋顶上，离他很远。从离门最近的地方开始，灯一排接一排地亮起，一直通向最深处。

“这地方很大。”声音说道。

“我看得出来。”弗兰克说。

地上放着一座座白色的圆柱体舱，看上去就像一堆翻倒了的薯片桶，占据着这片宽阔沙地的中央。一开始，弗兰克觉得很难一下子把握它们的大小，但只要眯起眼睛，稍微转一下脑袋，就能很容易地看出它们的直径约六米，长度在九米以上。

他身边的沙子嘎吱作响，有人走近了。“我叫德克兰，我是你的副手。”那人说道。

弗兰克稍微走开了一些，上下打量着这个德克兰。弗兰克从来没有见过他，他肯定也没有参加那次团队见面。他头顶上没有什么头发，瘦瘦矮矮的，眼眶有些发红，说话时喉咙里会发出咯咯的声响。他将手掌在身侧擦了擦。

他一眼就能看出这个人并不如玛西那样能干。但负责人事的并不是他们，因此他们俩都必须全力以赴。

“你现在是我们队里的一员了？”

“我想是的，”德克兰说，“他们一定是踢掉了你们当中的一个人。我想我应该感激才对，但那个人好像有点儿惨。”

“我们中的任何人都可能被踢掉，现在也是如此，”弗兰克的眼睛看向那些管状体，问道，“你看过那些了吗？”

“他们叫我等着，”德克兰指了指耳朵中的通信器，“我可不想找麻烦，毕竟我的麻烦已经够多了。”

“行。那让我们来看看到底有些什么吧。”弗兰克穿过机库，朝着最近的那个圆柱体舱走去。

德克兰匆忙跟上，说：“所以你在这里就是负责搭建这种东西？”

“不是。但我确实有搭过一些东西，我猜芝诺觉得那就够了。你也是建筑行业出身吗？”

“算是吧。商业电工、大功率电路以及给整栋楼布线之类的。”

“那也行，我们可以一块儿好好弄弄。”

现在他们来到了近处，弗兰克发现这些圆柱体舱的侧面是由可拉伸塑料制成的，每一截的末端都装有一个金属环，这样就有了用以支撑的骨架。外侧装有带脚的竖向支架，可以保证其不会滚动。

一个预制件。这就是他们需要他的原因。到时，他必须使用一套组件来搭出一整个火星基地。这些组件会被运到现场，他和德克兰则必须将所有组件固定到一起。先搭好一个框架，然后再把塑料膜铺在上面。实际上并不是这样，每处都有两个金属支撑环，一个在里，一个在外，从而保证了舱体的气密性。

他将手伸向其中一个支架，摇了摇。它被一根岩石锚杆用螺栓固定在地面上。支架纹丝不动，比看上去要更为坚固。他在四周进行了一番查看，推一推、拉一拉各个组件。他觉得等到了火星上，这些塑料膜应该会变得更加坚硬，因为内部会受压。那样会好一些。

它的另一头是开放的，他们可以走进去。弗兰克检查了一番内部的金属环以及装配方式，一条横梁从一边伸向另一边。他伸手把自己挂在上面，然后用力，双脚抬离了地面，确实有一些弯曲，但几乎看不出来。只要在另一头再放一根，他就可以在它们之间再多架几根托梁。那就做成两层的好了，工作空间加倍。

“你的话不多。”德克兰说。

“我有时候喜欢自己思考。”弗兰克走到了另一头。那层塑料膜看起来又厚又有弹性，将会在火星上为他们阻隔室外气体。塑料膜与地面之间还放有一块橡胶垫，但到时下面的沙子一定会升级成更为锋利的岩石。

按顺序捋一捋。首先搭好基础架构，不管他们有什么车，只要拖着车斗走一圈，然后手动清理一下那些较大的障碍物。下一步，用同一台车把地垫拖到位。接下来，先装一个内环，再装一个外环，然后再把它们用螺丝固定在一起，可能这样会容易一些。火星上会刮风，他可不愿意在那片红色沙漠里追着他们的铺盖跑来跑去，好像它是个飘在空中的塑料袋似的。这可不会给他们带来任何荣誉。

然后再装下一个环。在地面上作业可比在高空中简单多了，他们有没有可能会需要在这个圆柱体舱的高处工作呢？如果有车载升降台或者脚手架就再好不过了，再不济也要有个梯子才行。

这需要绳索才能牵引。即使是质量很轻的金属（眼前这个看起来像是铝），也不会轻到哪里去。他们可以先在地面上把那些舱外支架组装好，然后拖到位，再用螺丝把它们固定或者焊接在那些岩石螺栓上。必须要有一个气闸舱用以进出，也许在其余那些模块里会有，一会儿可以看一下。

他走回沙地上，说道："这行得通。"

尽管这里的空气是如此干燥而寒冷，德克兰仍然需要再次擦手，说："你觉得可以？要知道穿着宇航服做起来可不简单。"

"那我们就穿着宇航服练习。他们用颜色对这些组件进行了编码。内环是绿色，外环是黄色，螺栓都是同样大小，我们也不可能丢失需要用的那一枚。即便是一只受过训练的猴子，都能随便拼好这里面的任何一个。"

"但他们并没有要把猴子送上火星，要去的是我们。"德克兰听起来并不是很有干劲。

"我是说，他们确实在设计上下了一番功夫，尽管我们谁都不是什么太空英雄。我不在乎这些。他们设计得越简单，我们就越不可能搞砸，这样就够了。"

弗兰克逛了一圈，查看了剩下的全部模块，它们的完成状态都处于不同阶段。他现在明白了，这就是一份乐高玩具或组装家具操作手册的实物版本，没有文字，有的只是分阶段的实物演示。

在机库的尽头，有着一个呈最终完成形态的舱体模块。敞开式的金属舷梯通向中央的气闸舱，上面有一块弹出式平台，舱门就在那里。他踩上台阶，伴随着响亮的脚步声，他原本觉得门上至少会有把电子锁，但眼前这把就只是舱门上的一个闸柄，技术含量太低了。

他按下闸柄，用肩膀抵着舱门。橡胶密封条已经发硬，随着一声叹息般的声音，门开了。里面的空间很小，再往里就是内闸门。他想，即便外闸门破裂了，内闸门也还是有被打开的可能，也许他们应该始终将其中一扇门保持关闭的状态。

接着他又看了看，两扇门都只能向内打开，内部的正压力可防止舱门被意外打开。他笑了笑，好的，这很好。多年之前，就已经有人注意到并解决了他们未来将面临的问题。他在心中默默向他们致敬。

他打开了内闸门。舱内仅有的光源都需要经由这些塑料墙的过滤，这里昏暗极了。天花板比他想的要矮，约两米高，他并不怎么喜欢。如果将吊顶和地板下的空隙也算在内的话，约有三米高。比起一般情况，这里弯曲的屋顶让头顶的可用空间变得更少了。如果那个新纳粹党人形小山也要和他们一起来的话，他估计会感到行动困难。

这里的地板是由一块块硬质蜂窝芯材料制成的地砖，上面是类似瓦楞纸的表层，中间有个洞，里面有一架通向下层的梯子。为了完成这次参观，他趴在地砖上，透过这个洞向下层望去，他猜测这一层的主要用途应该是存储。虽然他本来也没指望能像酒店房间那样，但与监狱相比较来说，眼前这幅该死的光景确实更像是一个房间。他需要一些时间来仔细琢磨一下工作计划，对于做好这份工作的信心也变得更为坚定了。同时，他也更加相信自己能够赢得前往火星的机会。

他转身看向身后，德克兰正站在那儿四处张望，打量着这个地方，似乎在计算着该如何放置电缆线路，照明整个内部。同时，他也在看着弗兰克。

弗兰克站起身，德克兰便立马假装正在专心察看地面，翻起那些方形地砖，并用手指沿着地板来回比画着。

“今后，我们会经常一起工作的，这需要我们共同努力。所以我们需要确保双方都能够做好，对吧？”弗兰克说。他并不清楚芝诺对于他与其他犯人在一起时的情形可以看到或听到多少，但必须假设他们什么都知道，这样更安全。

“我可以做到的，”德克兰说，“如果你是想问，我对你有没有意见的话，那我完全没有。那你对我有意见吗？”

考虑到可能有别人在听，弗兰克花了点儿时间才想出一个合适的答案，说：“我没有任何意见。我们先拆开一个模块来看看吧，找找看他们有没有留下什么可以帮忙的工具。你一定会惊讶于这能让我们学到多少东西。”

六

音源：14855 号录音文件

2038 年 5 月 21 日 23:54（主机时间）

科罗拉多州丹佛市，光之塔 65 楼，芝诺系统特别行动公司董事会议室

蒂勒：不行就是不行，不管你说多少遍都没用。我们还剩七年时间，需要一个新的方案。

卡斯特：像你刚才所说还有七年，我们只要两年就可以解决所有问题，剩下五年的时间去付诸实施。我觉得你还没认识到在这件事上，我们已经有了多大的进展。保罗自己都这么说了。

蒂勒：保罗是个思想大于行动的人。我要处理的是具体实施的问题。听着，让我们回到这个部分来。你说你那些液压机可以自动部署整个基地，它们确实在地球上有用，但当我们在火星条件下对其进行测试时，它们立马就失效了。

卡斯特：那些组件并不是太空等级的。这只是一个初号原型机，所以我们无须使用真空等级的活塞，而是直接用了一些现成零件，到时我们可以把它们换掉。这些额外测试并没有经过我的授权，我不清楚是谁擅自做的，它们又是怎么跑到你办公桌上的。

这些测试是完全没有意义的，我都不知道该怎么说了。

蒂勒：面对事实吧。你们想要做一套全自动系统吗？那真是太不切实际了。

卡斯特：但这就是我们的协议，是我们协商一致后得出的标准啊！

蒂勒：看看窗外，看看这座城市。有什么东西坏了，马上就会有人出来修理。你认为整个系统崩溃需要多久的时间？一开始是一组灯？也许两组？紧接着全面的崩溃就会到来。

卡斯特：你开玩笑的吧。整个任务就是围绕基地能够在自动建设的前提下设计的。我们只需要把它放到火星的表面，剩下的事情它自己会做。

蒂勒：有太多故障的可能性了，而且这些故障将会导致严重后果的，艾弗拉姆。只要发生其中一种可能性，那就全完了。如果我们无法交付基地，那么就拿不到钱。如果能成功地把一堆载着货物的航天着陆器放到火星上，那当然会是一次足以载入史册的壮举。除非我们能完全保证在美国国家航空航天局需要它之前，就能把一个具备人类居住条件的基地准备好，否则芝诺就将会被历史遗忘。你认可这一点的吧？

卡斯特：是的，但是……

蒂勒：我很抱歉，董事会已经要求我想出一个替代方案。你会收到全额遣散费，并且不要忘了你签署过保密协议。我毫不怀疑你的专业能力对于任何一家公司来说，都会是无价之宝。

卡斯特：你们要开除我？

蒂勒：艾弗拉姆，不要让我太难做。你办公桌上的物品已经放在前台了，这几位先生会送你出去。

卡斯特：我真是不敢相信。十年啊！我十年的岁月都给你们了。

保安人员：请您跟我来好吗，卡斯特博士？

卡斯特：放开你那该死的手。我知道怎么走。是我的工作成果为你们赢下这个项目的。不要以为，这是你最后一次听到我的消息。

蒂勒：我认为这就是我最后一次听到你的消息。你可能没有仔细看过保密协议，但我看过。如果你想要违反协议，我建议你好好考虑一下你将会失去的东西。请吧，不然你将属于非法入侵。

（房门关闭）

蒂勒：保罗？我是布鲁诺。很抱歉打搅您，先生，但您会想要听一听的。事情已经都办好了，一切都很顺利。我明天就带新的人进来。

11

在本该认真练习驾驶的时候，弗兰克的脑中仍在想着组装基地舱体的事情，他以前从来没见过类似的东西。

从培训视频中可以得知，他以前熟悉的那些工地设备都将无法在火星上运作。比如说，任何气动或液压的设备。虽说液压设备不管在哪个世界上都不是最可靠的那一个，因为它的管体总是会松动或泄漏。尽管你需要从十千米开外的供应商那里采购，但至少里面的液体是可以替换的。在他要去的那个地方，要做到这一点可就没这么容易了。至于那些在地球上被设计用来润滑的油，到了火星上则会直接蒸发。像水冷式切割机，以及所有那些平时依靠二冲程发动机来供能的设备直接就出局了。

可用的就只剩下那些电动或是纯机械式的设备了，他需要依靠电池动力和纯蛮力或一些巧劲来完成自己的工作。他最担忧的是那些铝制螺栓，众所周知，铝制螺栓是很容易松动的。虽然使用一把带力矩调节功能的标准扳手就可以很好地解决这一问题，但到时他们会有很多螺帽要拧。考虑到舱体的搭建必须优先于所有后续事务，如果仅仅依靠两个穿着笨重宇航服的男人和两把力矩扳手，那剩下的组员岂不是要闲得踢自己脚后跟了？这可不是正确的前进方向。

每个人都必须参与施工，将此告知负责人的唯一方法就是跟布拉克谈谈。这正是弗兰克最讨厌的事情，他宁可去山里上上下下跑两趟。

这里也没有可以让他组织会议的机制。布拉克只会突然出现，然后诋毁弗兰克的努力以及任何在他身边的人，接着以弗兰克看自己的眼神很奇怪为由，威胁给他开罚单，然后再度消失。但布拉克确实是弗兰克与那些决策者们的唯一接触渠道，至于“血库”里的那些医务人员，有关任何与任务实操层面的事似乎都与他们毫无关系，并且对弗兰克说的话也完全没有任何兴趣。

弗兰克正试图集中精力，牵引一台单轴拖车拐过一个急弯。他本来正在仔细思忖着该如何继续前进，这时布拉克偷偷摸摸地站在他身后，他猛地按下刹车，本能地跳了出来，以至于骨头都颤动了，车子的底盘也发出了嘎啦嘎啦的声响。

这时，一直站在旁边看着的玛西向前走去，同时有些恼火地张开双臂，准备给这名闯入者一点儿颜色瞧瞧。但等她看清那是谁后，便放慢了脚步，并把手放了下来。布拉克看了看她，然后看向了弗兰克。

弗兰克从越野车上下来，走到了拖车后面。他的耳机嗡嗡作响，声音追问着他为什么中断训练。他们马上也会知道原因的，他终于无视了它一次。

“你知道自己在做什么吗，基特里奇？”

“我需要跟你谈谈。”

“你并没有这样的特权。你要做的就是说‘好的，先生’，‘没有，先生’，还有‘全听您安排，先生’。”

弗兰克看着自己的靴子沉思了一会儿，然后抬起头，说：“我需要组里的每一个人都接受建筑方面的培训。不然我们一开始就会把任务搞砸。”

布拉克伸手拍了拍弗兰克的胸口，弗兰克差点儿就要以为他是善意的，直到他的手指开始弯曲，然后握拳，紧紧攥住了弗兰克的上衣。“你只是一名囚犯，基特里奇，”起初他的声音很平静，随后开始加大音量，“你，不尊重我。”随着最后这个几乎是喊出来的字，他开始粗暴地前后摇晃弗兰克的身体。

弗兰克稳住双脚，不肯退让一丝一毫。

“这是我的意见。我们必须对全体船员进行搭建舱体的培训，这样才能以最快的速度将其建好并投入使用，先生。”

布拉克放开了他，还帮他捋了捋连体工作服，说道：“这还不错，我会传达的。”

布拉克盯着自己的手掌，仿佛以前从未见过它们似的，接着便径直走开了。

“他在这里做什么？”玛西问，“他不会要和我们一起去吧？哦，天哪！别告诉我他要和我们一起去。”

弗兰克深吸了一口气，试着恢复镇定，说道：“不知道，但我能确定的是他们已经踢掉了某个人。”

“我是泽罗的副手，就是那个年轻黑人。他负责种地，虽然他管那叫水培法。然后他是宙斯的副手，就是那个雅利安兄弟会的家伙。他们俩都还在，然后还有我们俩。”

“他们把一个雅利安兄弟会的人和肤色最黑的那个年轻人安排在一起，他们是多想要我们失败啊！”弗兰克抬起头来，“真他妈该死，他们在想些什么？”

“其实也没有那么糟，”玛西说，“在你第一次和我们见面之前，六号楼那次，宙斯有为他那些文身以及之前的行为站起来向我们道歉。”

“如果他敢骚扰你……”

“他能直接把你撕成两半，弗兰克，”她摇了摇头，“他看起来还挺真诚的。”

二人的耳机中同时传来指令，叫他们继续各自的任务：弗兰克，学习；玛西，教学。

“我们没得选择，”玛西说着，重新回到了锥形标后方的观察位，“也没法挑选队友，这可是你自己说的。”

弗兰克爬进了水桶一般的驾驶座，说：“希望他对我们也抱有相同的想法。”

他擦去了手上的汗，接着将双手放在方向盘六点钟的位置。他试着放空自己，脑中只想着应该将拖车车尾转往哪个方向。他坐在座位上，扭过身向后看去。他们还剩多少时间，能够让自己成为芝诺的唯一选择并乘上那枚火箭？他在这里坚持得越久，被关进洞里的概率也就越小。比起待在那个洞里，他前往火星对他们来说会更为有利，这件事到底几时才会发生？这个转折点究竟在何处？

他是不是已经通过了测试，又或者已经搞砸了自己的唯一一次机会？

“喂！你这是要开去哪儿？”玛西尖叫着。

他停了下来，摇着脑袋，试图摆脱那些干扰，回答道：“没事，我可以的。”

他接着按计划牵引着各式拖车，装了货又卸下，又是向前又是向后，反反复复地练习着。然而，这件事仍萦绕在他的脑中。如果他们真的要把他囚禁起来的话，他该怎么办？虽然布拉克并不随身带枪，但弗兰克知道那些外围的保安一定会有。也许他之前那个开车冲出围栏并穿越盐田的想法也并不是太坏。

他无法摆脱这个想法。才吃过午饭，他便被命令再度前往十号楼。负责监测他的人会对他的心律、血压和呼吸反应作何评估？他们会知道吗？他们是否真的能看穿他的想法？

他推门再次进入这片黑暗之中，走过那片沙砾。灯亮了。这里只有他一个人，德克兰不在。通往第一个模块的路又是如此的漫长，这可不是什么好兆头。也许他应该立刻逃走，因为如果他们现在就来抓他的话，他将无力抵抗。他们会直接用电击棒撂倒他，给他戴上头套，然后把他运走。或许，他可以拿扳手打爆自己的头，但这似乎很难做到。

他到达模块旁，发现那里躺着一个和打包箱差不多大的大号航空箱。他环顾四周，沙子上有几道轮胎的痕迹，通往机库昏暗的深处。他还没去过那一头，但他马上就会去的。他将箱盖弹开，里面有六把电动扳手，他拿起其中一把。

他按下开关，听着电轴转动的声音。除此之外，还有很多备用电池。这是不是意味着他的愿望成真了，他们听取了他的建议，而他也不需要尝试类似自杀的过激行为了？

这时门开了。在那片长方形的阳光被挡住之前，一个人影闪现了一下。有一个人正朝他走来。来的并不是一整支芝诺搜捕队，弗兰克松了一口气，但紧接着气氛又紧张了起来，因为他意识到，这时到来的正是那个新纳粹党巨人。

这就有点儿意思了。

“嘿，老兄。”巨人说着，伸出一个握紧的拳头。

“嘿，我想你应该就是宙斯吧，”弗兰克必须抬高手臂，才能碰到他的拳头，相较之下，他就是个小矮人，“我是弗兰克。”

“很高兴认识你，弗兰克，”宙斯轻轻转头，扫视了一遍所有的模块舱体，“这就是我们今后要住的地方吗？”

“我想到时我们会拿到一整套组件，到了那里之后，我们必须自己把它们拼起来。虽然很高兴他们能把这件事告诉我们，但在我看来，这只是在拖我们的后腿罢了。”

“你负责这个？”

“现在是的。你呢？”

“铺设水管。我以前在油井工作过，不过这比我之前常用的那些尺寸小多了。”他伸手拿出工具箱里的一把电扳手，转了转它，然后又放下，“我可以帮你一起做。”

“那正是我想要的，”弗兰克踢了踢沙子，下定决心后问，“我必须得问一句。”

“我也猜到你会想问。你懂的，就是各种打打杀杀。”

“我明白。”

“之前总有人想搞我。我被单独监禁了六个月，不过还是不得安宁。所以那个西装男来找我说可以把我带到其他地方的时候，我想都没想就接受了。这样我就不用在剩下的人生中，时时刻刻都想着提防别人了。你完全可以觉得这是一个懦夫的选择，有时连我自己都会这么认为，但似乎上帝还没想要放弃我。”

“你是因为信教才离开了兄弟会？”弗兰克眨了眨眼，“我想，那确实很有可能。”

宙斯的胸口文着一只展翅的纳粹老鹰，与身躯同宽。他的两只手上文着两个字“仇恨”，他的头上也有文身。这个人当时已经陷得很深了。

“还有那个叫泽罗的孩子。我敢打赌你把他吓得够呛吧，是不是？”

“就像现在一样，我向他解释了，也向他请求宽恕了。”

“他的……宽恕？他接受了吗？”

“还行吧。”宙斯活动了一下手指，移开了视线。他耸了耸一边的肩膀，而后自嘲地笑了笑，说：“我想我并不该指望会有奇迹发生，对吗？”

“这是你自己要面对的问题。我管不了。”

远处的门再次发出咔嗒一声，两个人影遮住了外面的光。

“我们在这边。”宙斯说。

是那个上了年纪的女人，爱丽丝，还有那个卷发男孩。她迈着充满自信的步伐，仿佛没有任何事或人能够伤她一分一毫；与此同时，那个男孩则显得无比苍白和虚弱，他跌跌撞撞迈着犹豫的步伐，仿佛对自己的影子都感到恐惧。

“我叫爱丽丝，”她对宙斯说，“如果你还没猜到的话，那我告诉你，我就是你们的医生。”

男孩站得稍远一些。他无法将自己的视线从宙斯身上挪开。

“我叫狄……狄。”他说。

“他叫狄米特律斯。”爱丽丝说。

“他想叫自己什么都可以。”弗兰克说。

爱丽丝啧了一声：“他在紧张的时候会口吃。”很明显，她并没有耐心等那些有结巴，或者容易紧张的人把话说完。至于她对待病人的态度，更需要多加注意。

“不用介意宙斯。他……”弗兰克差点儿要说“人畜无害”，但这显然不是事实，“是我们当中的一员。你在这里负责什么？”

“他负责电脑那些东西。”爱丽丝又一次替他回答道。

恼怒让弗兰克感到浑身刺痛，但他尽力不去理会。他已经很久没有负责领导一个团队了，但只要他们能够把工作做好就行。

门再次打开了，他们都转过身去。弗兰克立刻认出了玛西，至于她身旁那个瘦削的身影，那一定就是泽罗了，他们在原地等待着这两人走过来。

“我是玛西，”玛西说，“负责交通运输。”

“你们可以叫我泽罗，”泽罗说，“他们让我负责种植。”

“那他们又让你负责什么呢？”爱丽丝问弗兰克道，她抬起脑袋，以便居高临下地看着他，“负责管我们？”

弗兰克别无选择，必须与她合作，回答道：“等我们到达火星表面时，我猜那里应该还什么都没有。我们的第一要务是把这些大号塑料袋给搭好，这样泽罗才可以种东西，宙斯装厕所，德克兰——不管他在哪里——才可以把照明安装好。我们越早把它们搭好，就可以越早拥有属于自己的空间。这样才能更快地得到更好的食物和上厕所的地方。你们觉得合理吗？”

无人回应。

“我说这番话，并不仅仅是为了我自己的健康，”弗兰克说，“我的工作就是干活。如果你们想穿着宇航服在那里坐上一礼拜，就为了看着两个男的把这些东西拧到一起，那随便你们。但我认为从长远来看，如果我们能够至少假装团结起来，或许我们每个人都能过得更舒服一些。所以，你们觉得这个计划合理吗？还是说，我只是在白费口舌？”

“这很合理，”玛西说，“你需要我做些什么？”

“别人干活的时候，我可不会坐在那里干看着，”宙斯举起一把电动扳手，“我相信大家都不会这么做。”

“那得看他们自己的选择了，大个子，”爱丽丝说，但沉默片刻之后，她让步了，“虽然我觉得我不能帮上很大的忙，但我愿意试一试。”

狄米特律斯和泽罗只是点了点头，表示同意。仍旧不见德克兰的踪迹，可他的工作就是协助弗兰克啊！该死，在弗兰克出事时能够随时替换他，才是他的工作。他的配合仅存在于特定情况之下。

“大家都同意了吗？玛西，我们需要先搞清楚我们手头有些什么。我很肯定，这个机库深处的某个地方有辆越野车，因为地上有朝那个方向去的轮胎印。你可以过去找找吗？”

“没问题。”她说着便朝沙地的另一头走去。

“剩下的人，每人拿一把这个，我会教你们如何安全地使用。”

在确定他们不会去抓电动扳手会转动的那部分之后，弗兰克便让他们在地上一个已经装好的金属环周围散开了。他们先是把各个部件全部拆开，像一张电路设计图似的摊在地上，那场面乱得仿佛发生了一场爆炸。接着，他们开始把它们重新拼回去。

“以后，你们都会在自己参与搭建的舱体里生活，”他说，“你们得注意不要让它漏气或者倒塌了。如果你偷工减料的话，很可能就会有人因此丧命。”

显然，他们中的一些人并没有好好听他的建议，比如泽罗和爱丽丝。弗兰克必须再多观察一下他们搭出来的东西，并对此做出适当的评估。宙斯做得很好，也许他更能习惯体力劳动以及这种环境——海上油井、宇宙飞船或火星基地一类的场景或许有着相似之处——他的技能会对他们的工作有很大帮助。并且，宇航服也会挡住宙斯脖子后面的那个万字旗符号。

弗兰克从来没想过要这样生活。他想要的仅仅是与家人待在一起，安静、平淡无奇地生活罢了。但他现在只能和一个新纳粹分子一起，在火星上度过余生了，更不要提剩下的其他人都做过些什么了。仿佛这个世界还不够疯狂似的，他们现在还想把这些人运到其他星球上去。

玛西开着车从机库另一头驶来。她找到了一辆越野车，后面的拖车上还放着一个圆柱体舱。

“我找到了这个。我觉得我们应该可以用它做点儿什么。”她说。

玛西和弗兰克一起将这个圆柱体舱从拖车上弄下来，放在了地上。她环顾四周，将弗兰克拉近了些问道:“他们做得怎么样？”

“正忙得不可开交呢。宙斯是最不需要我担心的那个。你也不需要担心他。也许某些原则并没有我们想象的那么重要。”

整个舱体由外壳上的可拆卸螺栓固定，螺栓的外侧均罩有上拉式的小型舱口。弗兰克把手塞进第一个舱口后方轻轻一推，它便从表面突了出来，然后他用指尖在舱缘下摸索着，他用力一拉，这个装有弹簧的装置便直直地弹了出来。

宙斯站在下一个舱口旁，做着同样的事情。他身后的泽罗也是一样。

固定螺栓的螺杆上带有螺纹，螺栓头部有两翼，可以被扭下来。他们弄出来的空隙差不多刚好够伸一只手进去。当然不是宙斯的手，但他可以帮忙把剩下的舱口都打开，同时让一个身材较小的人（在本次情况下，也就是玛西）来拧开螺栓。如果有专门的工具会更方便，但显然他们并没有。弗兰克在心里记了一笔，准备之后去提提意见。提意见的对象甚至可能是布拉克。

突然之间，原本藏在圆柱体舱阴影下的货舱门因内部压力的增强而弹开了。宙斯、弗兰克和玛西立马上前用力拉拽着舱门，直至其完全打开。里面的货物被整齐地装在一个个货桶中，宙斯率先抓起了一个，紧接着弗兰克也拿起一个，推着它穿过沙地，然后停在了一片平地上。

每个货桶均为标准尺寸，直径两米，高一米，又大又重，可正好装入那些同样为标准尺寸的圆柱体舱中。火星上的重力是地球上的三分之一，在这里三吨重的东西，火星上只会有一吨重。

把所有的货桶都排好后，弗兰克将所有贴在外侧的标签都查看了一遍。他们得先找到需要的东西，两端的支撑环、舱外支架以及最重要的气闸舱，它应当是完整的，并且需要特定的安装方式。“找到了，先弄这个。”他说。

虽然桶盖周围的闩锁能被轻松打开，但把盖子拉出来需要两名成员合力，打开后，盖子就被放在了一旁。此时，搭建一个居住舱所需的组件似乎都齐了。该干活了。

“好的，”弗兰克说，“那么我们从头开始。”

他将组装内环所需要的东西在地上排好，然后叫剩下的人把它们拼到一块儿。

塑料罩子的固定工作开展起来异常困难。它配置的端板就是一个扁平的圆片，这还算好的，那些管子则完全不行。为了固定一根管子，他需要用上十几根尼龙扎带，才能保证它不会在安装到位前翘起来。也许到了没有空气的环境里会容易一些吧。

“不要踩到塑料膜上，也不要弄破它们。”他警告他们。他们将一组又一组外环与内环固定到一起，一个区块接一个区块。接着，他们笨拙地用密封条将塑料膜的每个部分都安全、牢固地封好。

泽罗将螺栓一个一个安好后，舞动着手指准确、快速地将螺母拧到螺纹之上；相比较之下，狄米特律斯就没有那么熟练了。这种原本无伤大雅的玩笑很快变得残酷起来。在美国国家航空航天局的人出现之前，火星上只会有他们几个，而且教训他们本来也不是弗兰克的职责所在。再说，泽罗的工作也确实挑不出任何毛病。

“狄米特律斯，来帮我一下。”弗兰克说着，拖出一块要垫在完成舱体下面的地垫。虽然狄米特律斯不擅长建设方面的活儿，但他精通电脑，这也是他能够被选中来这儿的原因。他还很年轻，言行举止就像个小孩子一样。他以前到底做过什么才会被抓到这里来执行这个任务？

这个男孩从弗兰克手中接过这卷地垫的另一头，然后他们一起把它扔在了地上。

“检查一下有没有石头。”

“这里没有石头。”狄米特律斯说。

“但火星上会有的。你沿路走一圈，然后把所有可能会跑到垫子底下的石头都捡起来，把它们扔到一边。如果碰到的是突出来的基岩，你就把尖锐的部分给凿掉。来吧，检查一下。我知道这里没有石头，因为这些都是人工打磨过的沙子。但这是训练，每当我们要搭一个新模块时，这就是你的工作。沿路走一圈，检查一下有没有障碍物。明白了吗？”

狄米特律斯毫无怨言地接受了指令，还算孺子可教。他拖着脚步沿沙地向前走去，然后转了个弯，又拖着脚步走了回来。

“没有障碍物。”

“做得很好。那么现在让我们来把垫子铺好。”铺好后，弗兰克注意到垫子上有一个充气口，它可以充任何其他种类的加压气体，甚至水也可以。

两头的金属环已经搭建完毕，舱外支架安装完毕，气闸舱也连接好了，他们将绳索绑在上面，把它拖到合适的位置。这一切——毕竟都是铝和塑料制品——显得挺简单的。他们还需要把这个模块固定到地面上，两个小时就可以做完这些事情了。当然，穿着宇航服做这件事一定会需要更久。至少应该让他们都戴着手套训练的，弗兰克倒是要看看在那种情况下，他们能有多厉害。

这可不对。弗兰克并不希望他们失败，他希望他们成功，只是想让他们不要那么理想化，毕竟在一定时间内可以做完的事情是有限的。如果他们可以在一天之内搭完几个区块，并完成所有加压和充气工作，那也许还能算得上理想。

他们彼此间的友谊似乎没有任何进展，爱丽丝仍旧一副痛恨所有人的样子；泽罗趁此机会欺负了一番狄米特律斯；宙斯身上那些文身使得他几乎无法与任何人亲近；至于德克兰，仍然不知去向；还有玛西，弗兰克和玛西的关系还不错。不要把这件事情搞砸了就行。

他检查着搭建完毕的模块、两端的金属环，以及连接在上面的支架腿，这时，机库门开了。眩光之中，一个人影闪过，是德克兰。弗兰克向前走去与他碰头。

“我等你好久了。”弗兰克说。

“他们刚刚让我在那座山上跑来跑去。”德克兰身上比之前更为潮湿了，T恤上散着点点黑斑，他正一遍又一遍地擦着手。他看向弗兰克身后的其他五个人，他们正站在刚刚搭好的居住舱周围。“这些是你的队员？”他问。

弗兰克转过头，该死，还真是。由于新来了一个人，他们几个本能地靠得更近了。

“是的，”弗兰克说，“这些是我的队员。过来吧，我来介绍一下。”

七

发件人：布鲁诺 · 蒂勒 <bruno.tiller@gmail.com>

收件人：米开朗琪罗 · 阿尔瓦雷斯 <m.t.alvarez@gmail.com>

时间：2036 年 9 月 14 日（星期日）00:03:29，时差 +1000

标题：回复：关于那个项目

我刚把周一上午要用的正式会议文件上传到了服务器。我在里面列出了我们到目前为止做的所有工作，还在里面加入了金山真空实验室那边发来的数据，但没有加上完整的技术报告，我想在私下和你谈谈这个问题。

你清楚我担心的问题。我们已经承诺了要建好这个巨大的开放空间，它差不多有美国国家航空航天局太空军设施（SPF）的五倍大，且造价不菲。提交的技术报告中有提到，我们有条件建好它，但是我认为我们并不需要它。只要有太空军设施的两倍大就够了，这就意味着在“发射日”不可避免地到来以后，我们会有更多用来解决那些麻烦事的专项资金。

我想跟你强调的是我们绝对不能超出预算，不然股东们一定会让我们不得好死，到时我们两个的股票加在一起都不够买一个小便池的。

我希望你能来参加这次会议，然后提议建立一个更小的真空实验室，并提出你的论据。会有反对的声音，最有可能来自那个基地研究团队的卡斯特，但我会站在你这边，帮忙转移火力，基地研究部门活该如此。

不要让我失望。

布鲁诺

十五号楼的内部比外面看起来大。紧靠山坡的后墙被挖了一个洞，连接着一条隧道。他们穿着各自的宇航服，坐在小型电动车朝后的座位上，车一直开到了隧道尽头才停下。耳机里的声音叫他们下车，准备进行一场现场测试。

转过身，他们的面前有一扇门，它仿佛来自于一部那种世界末日题材的电影。那些将领与国家领导人就喜欢把自己锁在这种门后面，以躲避那场即将来临的巨灾。

“该死！”玛西说着，艰难地抬头往上看，“他们到底在这种地方搞什么？”

响亮的警笛声响起，眼前的大门缓慢地打开。门很大，也很厚，它由一个咆哮着的、锃亮的大型液压机驱动着，向内侧打开。高高的门槛位于几阶楼梯之上，门里面是一整片空荡的灰色空间。有什么东西在门的边缘处嘎吱作响，他们走上楼梯后，才看到两名一身白色的技术人员慢悠悠地出现在了门口。他们往门外走去，最后停在了楼梯的最下面。

布拉克推开他们，抢先登上楼梯，转过身看着他们，仿佛他是一名正在向部队发表讲话的将军。

弗兰克听见了其他人爬楼梯时发出的呻吟声。

布拉克也戴着耳机，因此他们没法背着他说话。“快点儿！我们的时间有限。”他说。

他们一个接一个地越过布拉克，走进他身后这片死寂沉沉的区域。水泥地面，凹凸不平的水泥墙，高处的天花板上有一扇百叶窗。地上的几件物品引起了弗兰克的注意，一座长长的白色圆柱体货舱，就和他们在十号楼捣鼓的那些一样，另外还有两个类似冰屋的舱体。它们的顶部呈圆形，但入口处没有冰屋的那种入口隧道，取而代之的是两个看起来类似气闸舱的东西。

“听着，你们几个蠢货，这次是来真的。你们可能会死在这里，也没有人会来帮你们。在那个像管子一样的东西里，准备了搭建和加压模块所需的一切物品。他们没采纳我的建议，倒是给你们搞了几座救生舱。如果你们在紧急医疗以外的情况下使用它们，便会被我直接扔进那个洞里。但无论什么情况，只要你们用了，我都会把你们关起来。

“我离开这个设施以后，这扇门会关闭，室内的空气会被抽空。抽空气需要半小时，重新充气需要二十分钟，只有这样你们才不会爆炸。三十分钟后，你们就可以开始工作了。你们需要在完全的真空中作业，并且只能靠自己。这里装有摄像头，但不要试图跟他们交流。我们不会提供任何帮助，你们只能自己搞定。

“我在工作的时候，最讨厌看到的就是你们这群混混。我是真心希望等这扇门再次打开时，你们都已经死了或者疯了。你们只有把工作做完，才能从这座棺材里出来，做不完就别出来了，懂了吗？”

背对他的那几个人需要转个身才能看到他。

“我刚才问了你们一个问题。”

“我们明白了，也清楚该怎么做。”弗兰克说。

响亮的警笛声响起，大门再次关上了。

“我叫你们开始才能开始。不然我就把你们关起来。”

那扇巨大的门挡住了他的身体，但他们仍可以听见他的声音。

“我可是压了五百块钱赌你们会搞砸。”

门在最后关上时发出了巨大的回响，回声一直不停地回荡着。接着，远处天花板上的风扇开始转动并抽走空气。弗兰克走到那段被抛弃的活动阶梯旁，锁好了车轮刹车。他坐在第三级台阶上，仿佛那是一座看台，准备干等着度过接下来的半小时。

“我们要早点儿开工吗？”宙斯说。他蹒跚着走来，越过弗兰克，爬上了最高的那级台阶。

“很诱人的建议，但这里有摄像头。我们很清楚自己要做的工作，而且我们一定可以做好的。”弗兰克说，他能感觉到宇航服正开始变硬，“我们之前就做得很好，而且还有充足的时间，这只是又一个平常的工作日罢了。”

“你觉得我们有多少时间？”

“这本来应该由布拉克告诉我们的。我们在空气回来之前搞定就不会有事的。”

其他人也跟着过来了。爱丽丝坐在弗兰克旁边，直接堵住了其他人上台阶的路，于是他们只好站在那里。

“有人感到头昏眼花、身上冷或者呼吸困难的吗？”

“我没事，”泽罗说，“你呢，玛西？”

“放轻松，我挺好的。狄米特律斯呢？”

狄米特律斯在他的宇航服里点了点头，要不是盯着他衣服里面看，他看起来就好像没有动一样。

“你必须把话说出来，狄米特律斯，”弗兰克说，“这样大家才能知道你没事。”

“我很好，”他过于突然地脱口而出，以至于没有控制好开口的音量，“不好意思。我没事。这……”

“感觉很正式？”德克兰说，“玛西说得对，我们应该放轻松点儿，毕竟我们之前都操练过了。”

弗兰克翻开他的控制器盒子，低下头看着它。上面闪烁着绿灯，那颜色一直没有变化。他从没遇过这样的情况，因此他宁愿相信指示灯，而不是自己的感觉。他说：“我挺好的。宙斯呢？”

“不用担心我，我在这儿欣赏美景呢。”

弗兰克关上控制盒。他知道它一定是在发出咔嗒一声后合上了，但事实上他并没有听见。他抬起一只脚，轻点在台阶上。他可以感觉到振动，除此之外，一片安静，声音已经无法传播了。他不禁想到在搭建现场很可能会因此发生事故。就算他开着一辆越野车也没人听得到。在倒车时，他可能会撞到人。实际上，他甚至可能会撞上同一个人好几次，除非他们刚好在同一通信频道，否则直到下车检查之前，他都不会知道自己撞到了人。

他完全可以站在某个人的身后，而那个人全然不觉；其他人也有可能就在他的身后……

这些宇航服的正面视野很清晰，但侧面就不这样了，他看不见十点钟到两点钟方向以外的范围。就算他站在某人的身侧，这个人只要不转过身来，就不会看见他。

以上这些全都是坏消息。

“我想对原本的规则进行一些修改。”弗兰克说。

“天啊！又开始了。”爱丽丝说。

“闭嘴，爱丽丝，”弗兰克打断她，但她已经表达完了自己的不满之词，“现在由于我们的视野受限，听觉也受限，平时那些可以防止我们受伤的感官都不存在了，所以我们必须换种方法来做这件事。因此，我们需要轮班留一个人在旁边，留心那些其他人发现不了的东西。例如那些可能掉落、倾倒、会压到人或刺到人的东西，以及那些可能会撞到一起的人。只需要在发生之前提醒大家就行。”

“你要来值第一班吗？”爱丽丝问道。

“我不会参与值班。德克兰？如果可以的话，你先来。你就坐在这上面，帮我们好好看着。我们每十五分钟左右换一次班，这样方便保持清醒。”弗兰克说道。

“我……我们真的会爆炸吗？”狄米特律斯问。

“不会。在十秒钟之内，你就会失去意识，更别提你的恐慌症肯定会发作。你的双肺会同时发作气胸，并在一分钟之内，心脏就会骤停。中间大约有三十秒的抢救时间，如果有新的氧气输入，你就可以被抢救过来。大概就是这样吧。”爱丽丝说。她听起来很不耐烦，仿佛她只要一想到要给他们提供医疗服务就烦。

“今天不会有人死。”弗兰克说。

“事故总是会发生的。”她说道。

弗兰克与她互看了一眼，说：“事故是可以预防的。所以我们要把预防工作做好。”

他们原地等待着，久到仿佛已经过去了许多年。终于，一个声音通知他们可以开始工作了。

弗兰克摇晃着站了起来，他能感觉到背后生命保障系统的重量。他的脚步有些摇晃，但没有乱。那些他原以为理所当然的事情，原来对周围环境的构成是如此重要，这感觉真是怪异。他只能听见自己的呼吸声。

“来吧。”他说着开始朝圆柱体舱走去。他并不清楚他们有没有跟上，因为他看不见。现在，他只能感觉到自己的存在，面罩离他很近，而在面罩另一侧等待他的是随时都会来临的死亡。

这就是他要去的那个星球上生存的规则，没有例外。

他们将货舱打开，接着将货桶拖了出来并在地上排好，方便弗兰克全部检查一遍。里面的气压使得舱口都弹了出来。

德克兰发出了一声类似哈欠的声音，弗兰克仍很清醒。“清醒点儿，哥们儿！我们需要你保持警惕。”弗兰克说。过了一会儿，他才想起自己的声音会以同样的音量传到所有人耳中。

“我很警惕，目前还没有人做任何蠢事。”

他打开的第一个桶里放的是电动扳手和备用电池。他数了数，全部检查了一遍，然后交给了他们。他在其中三个桶上拍了拍，说：“这个，这个，还有这个，开始吧。”

最先铺设的是地垫，原本它展开时会发出一声响亮的声音和带来一阵风，但现在只有无尽的沉默。接着气闸舱被搬了过来——这用了四个人——背面朝下被放在水泥地上。弗兰克检查了以后，又让玛西复查了一遍，他可不想把这个东西装反了。

他让玛西去接德克兰的班。他们在气闸舱周围将塑料膜展开，然后开始搭建内环。一切都在不可思议的沉默之中进行着。

“这真他妈诡异。”德克兰说。

你本以为你的工具会发出声音，但并没有。它明明有在好好运转，但你又会好奇到底是不是这样，搞得人很难集中精神。不过没关系，这只是一个测试。我们应该事先就把问题找出来，只有这样，等我们真正到了火星以后，才不至于被吓到。

第一个内环已经搭建完毕，他们用拉索将气闸舱固定在上面，然后将主塑料管抬到上面并小心放好。接着，他们开始搭建第一个外环。

每一个动作都需要做到精准，这确实需要额外的力气。弗兰克感到十分疲惫，他本不应该感到如此程度的劳累。他的计时器显示他们已经工作了四十六分钟。

他们可以工作满一个小时，然后大家一起休息十分钟。虽然他们没有可以吃的东西，但他们可以通过一根细细的吸管来吸宇航服里供应的水。

弗兰克把宙斯换成爱丽丝，因为他们年纪差不多，很可能会跟他感到同样程度的吃力，但她一定不会承认这一点。因此，他时不时地就让她去值班看着大家。

大家开始掉东西，拧错螺丝，放错螺栓，彼此抱怨。如果没有穿着宇航服，到现在为止，他们本可以完成一半，但事实上完成量还不到整个工程的四分之一。

外环的最后一块装好了。泽罗将其固定到位后，缓慢地站了起来。他一副十分疲惫的样子，仿佛快要晕倒了。

弗兰克觉得情况即将变得危险起来，说：“来，我们休息一下。”

大家都累坏了，没有人反对。他们放下工具。在火星地表上可做不到这样，因此弗兰克叫他们重新捡起来，并收在腰带上，然后才让他们去休息。

很难找到一个合适的休息姿势。由于背后装着的生命保障系统，导致他们无法选择仰卧。面前又有一个凸出的面罩。侧着身子休息是可行的，最后所有人能够找到的最优姿势是：坐着，低下头，身体前倾，前臂压在大腿上。四个人刚好把阶梯坐满了。这时一把小型折叠凳会很有用，但这里并没有这样的东西。剩下的三个人（弗兰克、宙斯和玛西）将几个桶盖叠到合适的高度后坐下了。

弗兰克脸庞周围的冷风在吹干他脸上汗水的同时，也吹走了他面罩上的雾气。他的眼睛发痒，皮肤紧绷，体内的活力已荡然无存，所以他的脸耷拉了好一会儿，同时他也补充了一些水分。

如果他们没有每天强迫他在山里跑上跑下，没有让他疯狂踩动感单车直到腿部失去知觉的话，那他现在会变成什么样子？他可以勉强承认这样做确实有用，尽管他仍对那些训练感到不快。不，在火星上并不会像现在这样。虽然穿着宇航服工作还是会很累，但它是根据那里的环境所设计的。

他们坐在那儿，大部分时间都保持着沉默，偶尔蹦出一两个几乎不需要回答的词。时间嘀嗒嘀嗒，他控制器上显示的数字像落下的灰尘一般缓慢地累积着。他能感觉到肌肉的疼痛正逐渐消退，随之而来的是一种席卷全身的疲劳感。

他看着计时器上的数字走过了十分钟，便决定让他们再度投入工作之中。

“你们都听到那个人说了什么，做完之前没人可以离开，所以我们继续来把它做完。”

在他最先站起来之前，没有一个人动弹。他把电动扳手从腰带上取下。三个人负责搭建下一个金属环，剩下的人则负责组装舱外支架。

他仍旧没有什么实感，仿佛在宇航服之外发生的所有事情都只是一段在屏幕上播放的无声影像而已，仿佛一部默片。在眼前的无声影像里，人们在工作着。

他们需要音乐。什么音乐都行，如无人声的轻音乐，不然他们就只能听着自己的呼吸声来度过这段时间了。等他们到达火星以后，这就是他的要务之一。让狄米特律斯下载一些音乐（如果他们有这个条件的话），然后再通过大家的耳机播放。这就是从前那些“链锁囚犯[1]”会做的事。他们穿着宇航服，而不是戴着镣铐，也许他们只不过是一群会使用高科技的“链锁囚犯”罢了，并没有从根本上改变这种相似性。

他并不是唯一一个想到这点的人，他能听到有人在哼歌。他们的语音通信中有一个阈值，如果音量低于某个值，就不会被广播。因此他们对话中的第一个字常常会被切掉，必须在要说的话之前发出点儿别的声音才行。他在一开始几乎听不太出曲调，但几个小节过后，歌声就变得很清楚了：“可爱的马车，轻轻地摇晃。”[2]

弗兰克抬起头，想看看是谁在唱歌。从扬声器里传出的声音有些奇怪，音调很高。但是所有人都弯着腰，埋头工作。他分辨不出。

“我有时低沉，有时高涨，载我回故乡。”

“请保持本频道的畅通。不要增加不必要的数据流量。”

歌声停了。这让弗兰克感到有些不适，他对着一片沉默说道：“没事的。我们只需要继续干活就行了。保持警惕，然后把工作做完。”

爱丽丝突然插话：“所有人检查一下自己的宇航服，确保温度和供氧正常。”

他们照做了，并都报告说自己处于绿色状态。

---

[1] 过去在美国的一种惩罚政策，指被用铁链锁住腿脚的同时做体力劳动的囚犯们。

[2] 来自美国童子军歌谣 *Swing Low, Sweet Chariot*（《可爱的马车，轻轻地摇晃》）的歌词。

此刻，狄米特律斯说道：“我的宇航服失压了。”

弗兰克立即放下手上的工具，紧接着又再次拿起工具，把它别在腰间。他找到了狄米特律斯，后者正盯着自己胸前的屏幕，不停用手指戳着它，好像这样就可以改变上面的数字似的。

“它确实是这个意思，对吧？”狄米特律斯斜过屏幕，以便弗兰克可以看到，“我的氧气正在变少。”

弗兰克看着倒过来的屏幕，读数正上上下下地波动着。指示灯由绿色变为琥珀色，接着又变回绿色，因为宇航服在检测到气压过低后会重新加压。他问：“你的警报怎么没有响？”

“我不知道。弗……弗兰克，我该怎么办啊？”

“放轻松，你别慌。确实漏气了，但速度很慢。我们只需要找到漏气口在哪儿，然后把它堵上就行了。”

“漏气了？我是不是得放弃测试？我会不会被关起来？弗兰克，我不想被关进洞里。”

“狄米特律斯，不会有人被关进洞里的。让我检查一下你的宇航服。”

玛西也在旁边应声道：“不会有事的，狄狄。乖乖站好，把手臂抬起来。”

弗兰克站在一侧，玛西在另一侧。其他人都在看着这边。弗兰克检查了一遍接缝、封条和最外侧的面料层。

“你有哪里觉得冷吗？”玛西问。

“手臂那里好像有点儿冷。”

“左边还是右边？”

“右边。我还以为……”

玛西在右边，于是她重新检查了一遍，说：“我找到了。就在手肘上面有一条裂痕。”

狄米特律斯立即转动自己手臂想看一下，但又因为那在他的肘部，所以他看不到，惊呼道：“我该怎么办？我该怎么办？如果氧气用完了怎么办？”

弗兰克一把抓住狄米特律斯的手臂，紧紧握住，说：“别乱动，让我看看。”谁也不知道为什么这会是他的工作，但他现在确实就站在那里。他将外侧面料绷紧，发现狄米特律斯的上臂那里确实有一条两厘米长的裂缝，他说：“你到底是怎么在这里弄出一条缝来的？”

“我刚被一个闩锁钩住了，便用力扯了一下，然后……它就松开了。我不知道会变成这样。”

“你得小心一点儿。”

“现在我们怎么办？总有什么东西可以把它修好的，是不是？”

他们并没有修理的工具，救援远在那堵两米厚水泥墙的另一侧。

“你得使用一座救生舱。”

“布拉克会把我关起来的。”

“他很可能会把所有人都关起来，我相信他会这么做的。我们都知道这里还有其他人在训练，而且我们当中已经有一个人被换掉了。”爱丽丝有意地看向德克兰，“我不想冒任何险，所以我们得自己想想办法了。”

她推开玛西，查看了一番面料上的裂缝。她把手指戳进洞里，将其扯开。没有撕裂的声音。她对着宇航服的里层又是捏又是拉，然后退了回来说：“天知道你都做了些什么。你钩到的是手肘垫那里的接缝，由于你扯得太用力了，压力服被扯出了一个洞。你手臂弯着的时候它会堵上，但一旦把手臂伸直，宇航服的内层就松了，洞也就变大了。”

“我们有可以把它修好的工具吗？”玛西问。

“我们可以拿一条棘轮带当成止血带来用，”弗兰克说，“如果就一只手臂暴露在真空里，时间久了会有什么影响？”

“肿胀，瘀血，还可能导致栓塞。如果止血带绑得太久的话，他会失去那条手臂的。我不推荐这么做，”爱丽丝再次看向那个洞，“还是把带子给我吧，我会用到的。给我找一个带刀片，或者可以磨尖的东西。我可以封上这个大小的洞。”

“我是不是应该把手放在上面？”狄米特律斯正试图用另一只手按住裂缝，这时爱丽丝把他的手打掉了。

“你现在可是在漏气。这个洞被封起来之前，它会一直漏气。我再重复一遍，我绝不会因为你干的这种蠢到家的事情而被关进去的。你听懂我说的了吗？”

狄米特律斯在头盔里点了点头。

“我现在需要一把刀。”

“我们没有刀或任何类似的东西。”弗兰克说。

“没有这种东西的话，那他那个洞是哪来的？我们可是一群囚犯。如果我们连把刀都搞不定，那我们到底在这里能做什么？”

“我可以弄一把闩锁下来，”宙斯说，“在地上磨五分钟，差不多可以有个尖头。”

“那样就够了，”她抓住狄米特律斯的手臂，让它保持弯曲，“别乱动。”

地上有一个未完成的支撑环，宙斯拿起其中一块组件，把闩锁敲了下来，然后开始在地上磨它。所有人都站在周围看着他，但实际上他们并不需要这么做。

“来吧，这是爱丽丝的工作，”弗兰克向大家说道，“我们得继续自己的工作，越早离开这里越好。”

于是他们把狄米特律斯留给了爱丽丝，重新返回了自己的工作岗位。德克兰开始了新一轮的值班，宙斯又在忙着制作刀片，能工作的就只剩下弗兰克、玛西和泽罗。

“我们得快点儿弄完，老兄。”泽罗说。

“不，不用急。我们必须求稳，这是首要的。我们可承担不起再一次的失误。”

“但是狄狄的氧气？”

“这正是我们需要继续工作的原因。支撑环快搭完了。我们只需要把舱外支架固定好，再把模块摆上去，然后充上气就弄完了。”

“在火星上不会发生这种事吧？我们根本不需要做这些事，只要马上把他送到舱内就好了。他们为什么不给我们提供修理宇航服的工具呢？”

“我不知道。也许我们应该问他们要一些东西，如补丁贴片之类的东西。”

“你去要吗，弗兰克？”

“好，我会去问的。”

宙斯打磨完这片扁平的金属后，将其交给了爱丽丝。弗兰克过去查看她到底要怎么做，他让另外两个人继续工作。宙斯是爱丽丝的副手，但现在并没有任何医疗方面的事务。现在要做的是修理宇航服。

“这很尖，”宙斯警告说，“小心不要让它碰到你的宇航服。”

“把带子扎在他手臂上面肱二头肌那里。”她用刀片锯掉了一小片外层面料，揉了揉，然后将其对折，再对折递给弗兰克，“不要干站着，做点儿贡献吧。宙斯，把他手臂弄直，抓牢他。”

“你要做什么？”狄米特律斯的声音又尖又紧，“到底要做什么？”

“闭嘴。”爱丽丝说着，拿起刀片，穿过裂缝刺向了他的手肘。

“垫片给我，”她说着，然后一把从弗兰克那里夺走了它，压在了一瞬间渗出的那朵血之花上，“织带。”

宙斯单手将那条织带压在上面，然后绑好。他的另一只手则迅速地抓住了狄米特律斯。

“不要绑太紧。我们要做的是固定垫片，而不是阻止他的血液流动。”

“你割伤我了！”狄米特律斯抗议道。

“你的血会渗入这块布里，等到血液凝固就会形成一个不透气的密封层。还有人对此有疑问吗？”

“你明明可以事先就和他说清楚。”弗兰克说。

“这样他的呼吸就会变平稳了，对吗？他还可以帮我们值班，至少现在他没有再漏气了。”

她说得没错。狄米特律斯的宇航服内压已经稳定了下来。

“去那边坐着，”弗兰克告诉他，“你不会有事的。”

男孩的脸色苍白，他点了点头坐在了楼梯上。德克兰则重新加入了安装支撑环的队伍。

狄米特律斯咧嘴笑道：“虽然我不太认可她作为一个医生的态度，但她确实挺能解决问题的。”

对，她确实可以解决问题，但她仍旧是个危险分子。弗兰克不禁好奇芝诺对这场小小的余兴节目又会是什么想法呢。“去把拉索拿过来，我们来把这玩意儿立起来。”弗兰克说道。

八

为庆祝火星基地协议签订两周年的新闻稿

来源：芝诺系统特别行动公司

2037 年 2 月 5 日前禁止发稿

我们向往着太空，憧憬着崭新的世界；我们梦想着未来的一切可能、广阔的天地与视野，以及那番人类前所未见的美妙景色。因为梦想，所以建造。自芝诺系统特别行动公司诞生以来，一直都在追求着那些难以企及、超越人类想象、不可能的目标，并努力使其成为现实。

我们是世界航天技术的领导者，我们信守承诺，广受政府与企业的信赖。同时，我们也因对人类命运的远见卓识而受到了全世界的爱戴。在这个充满着探索、殖民、竞争与剥削的新时代，芝诺有着自己独具一格的优势。

这也难怪两年前美国国家航空航天局宣布与芝诺达成了这段历史性的合作关系，目标是在火星表面建造一座永久殖民地。“火星一号”基地将会把创新工程的解决方案与久经考验的精湛技术相结合，在这颗红色行星上为人类提供一个独特的居住空间。那些勇敢的男男女女将追随加加林、格伦、捷列什科娃、赖德以及阿姆斯特朗与卢杰[1]的脚步，率先在一颗陌生的星球上开辟崭新天地，驯服它，将它变为人类的地盘。

[1] 以上均为著名宇航员。

两年以来，我们的研究机构已创造出了诸多喜人成果，他们研发的技术可以用于改善人们在土星，又或是其他星球上的生活，这将造福于每一个在那里生活的人。小型的全自动机械将会帮助我们处理日常事务，先进的医学技术将会挽救无数我们所爱之人，完善的监视系统将会保护我们的社区免受外来侵害。这个最好的时代得益于芝诺公司每一天的科技进步。

我们的梦想是为宇航员们提供一个赖以生活与工作的美好环境，也许有一天，他们甚至可以将其称为“家”。我们的任务就是让这个梦想得以成真。我们是芝诺系统特别行动公司，我们来自不同的世界。

“我们还没准备好。”弗兰克说。

“这可由不得你来决定，”布拉克双手拍桌，“已经到时候了，基特里奇。”

这里只有弗兰克和布拉克两个人，面对面地坐在同一个房间里。

“有些事我们很清楚，但有更多的事我们还不是很明白，甚至完全不懂，我们训练得也还远远不够。你说得对，这由不得我们。你当然可以就这样把我们送上去。我们没有太多选择，但我们很清楚自己的能耐，至于你，”弗兰克转了转手指，而后指向天花板，“你上面的那些人也应该要知道这一点。”

“他们才不管你们怎么想。他们一直在密切关注你们过去六个月的训练，甚至连你放了多少个屁都知道。如果他们认为你们这群蠢货已经准备好了，那你们需要做的就是向公司的旗帜敬礼，然后高喊‘好的，先生’，一直喊到肺部出血为止。”

弗兰克用舌头舔了一圈前排牙齿，面部扭曲着说：“我说了，我们确实无法违抗公司的命令。毕竟我们只是你们的所有物罢了——环形监狱以及芝诺公司的所有物——在知道目的地的那一刻，我们就已经很清楚这一点了。”

布拉克用力躺倒在座椅上，弗兰克差点儿以为他要翻过去了。天花板上装有照明灯、监控器以及麦克风，他凝视着那里，说道："你知道吗，基特里奇？我不喜欢你们，你们就是一群谋杀犯、变态，还有几个蠢到自投罗网的家伙。在地球上，没有人会想念你们。这就是你们被选中的原因，连我们都不会记得你们。"

"我知道。"

"现在，事情是这样的。等你们到了火星，你们就会知道该做什么，因为如果你们不知道，可能连五分钟都活不了，但芝诺比较担心的是你们在上面会不会好好合作。你们在这边能够一起合作的唯一原因是你们都不想被关进那个洞里。你也不想被关进洞里吧，基特里奇？"

"我确实不太想。"弗兰克说。

"等你们到了火星，被关进洞里的威胁就不复存在了。没有纪律，也没有人管你们。你们这支队伍将会分崩离析，项目也就随之不复存在了。你知道山姆大叔[1]为此投了多少钱吗？"

"我好像在哪里读到过。"

"上万亿美元，这些钱都是为了现在的这一刻。至于你，还有你那群可爱的小伙伴，是挡在'火星一号'基地与一场昂贵的失败之间唯一的东西。因此我会和你们一起去。"

过了一会儿，那个男人从桌子的另一边望向他起伏的胸膛。

"你接受起来倒是很冷静嘛。"

"我早想到了，我猜这个决定应该做了有段时间了。"

"又或许你只是嘴上这么说而已，"布拉克交换了一下两腿位置，调整好坐姿后靠回桌边，"既然现在只有我们两个在这里说话，那就让我跟你讲清楚。我的工作就是要维护一个不法之镇上的法律，这段路会很难走。至于你，在所有人当中是我最信任的那一个，虽然这不能说明什么，但至少有你这么个人。如果我这个警长想要维持好秩序，我将会需要一名副警长。"

---

[1] 指美国政府。

弗兰克将手指摆成金字塔状，说："你这几个月都把我踩在脚下，突然之间我就变成你的得力助手了？你变得也太快了，我感觉自己好像是那只被赶上架的鸭子。"

"我又不是叫你穿个西装，假装成专业人士。你仍旧是一个被判了无期徒刑的囚犯，和剩下的那些人一样。我需要时间睡觉，需要有人帮我注意身后，如果有人说闲话，我需要有人立刻告诉我。我也需要你保我性命无忧，以防万一。"

布拉克盯着弗兰克，弗兰克冷冷地回盯着他，说："你想让我当一个告密者。"

"我们会给你相应的回报。"

"我上一次收到别人提议的结果是被送到火星，所以这次最好能让我满意。"

"你在签署之前就知道合约内容了。你去那里把基地建好，然后留下来直到刑期结束，到那时应该已经二十二世纪了吧？"布拉克对他窃笑道，弗兰克讨厌极了他那副嘴脸。原本到了这个时候，他已经可以永远地摆脱他了，但现在他意识到自己今后的每一天都要看到这张脸。

他不想把自己对这个男人的憎恶展现在脸上，他甚至无数次幻想过布拉克死去的场景。弗兰克说："你刚刚还在说要给我相应的回报。"

"我会和你们一起去，但我是不会一直留在那里的，因为我跟你们不一样。我手里有回程的船票。虽然不是马上，但只要我把工作做完就可以回去，你明白了吗？"

弗兰克缓慢地点了点头，说："我明白。"

"芝诺雇用我是来监督你们工作的，他们想确保自己的投资没有白费。只要我做好并完成美国国家航空航天局的第一个任务，就可以把这份工作安全地移交给别人。我会坐上他们原本在飞船上的座位，然后返回地球，因为我不是在服刑，而是在工作。你也许能够和我一起回来。"

弗兰克挠了挠下巴。时间的流逝仿佛变得十分缓慢，透过空调吹出的风声，他甚至可以听见指尖在胡楂上摩擦的声音。"那回到地球以后，外面到底有什么在等着我？"

"一扇为你敞开的大门。你会被安上追踪器，行动将受到一些限制。但最终你会获得自由。"布拉克向他微笑着，"看看你这样子，完全没想到会这样，是不是？我还挺喜欢看你那小脑筋在那儿翻腾，想要理清楚这一切的样子。"

"而我唯一要做的就是确保你不会死掉？"

"毕竟我死了的话，这件事就没有多大意义了。你帮我一个忙，芝诺也会帮你一个忙。把那些没用的家伙留在那儿，而你可以回家，这事听起来不赖吧，基特里奇？我们早就看过你的心理测验得分了，知道你一定会同意的。"

"他们不会喜欢这个计划的，并且会非常生气。"

"他们不会知道的。如果他们发现了，那我们的交易也就结束了，一切也就都完了。不能泄密，这是通往成功的唯一道路。"

"到时如果我们俩一起偷偷跑到外面被他们发现了的话，怎么办？他们很可能会意识到有问题。"弗兰克问。

"这个问题我会解决。我只需要听到你说你愿意与我合作。"布拉克从桌子的另一头靠了过来，"你想回家，不是吗？没有人不想。成为殖民先锋之类的事情根本就只是狗屁，那是给傻子看的。你和我都想做好一份工作，完成任务，然后回家倒在自己的乐至宝[1]沙发里，喝着啤酒，看看比赛，外面也没有那些致死的空气。"

还能够以自由之身再次找回儿子。该死，那可真是绕了好长的一段路。

那其他人怎么办？那他们对于未来的希望和恐惧呢？布拉克说让他来处理。他又能做出什么好事呢？如果最后的奖赏是值得的，弗兰克还会在意他们吗？哦，那可真是冷漠啊！但这也不是他第一次考虑牺牲他人了，他完全能够承担随之而来的后果。

"我可以问你一个问题吗？"

"你当然可以问，但这并不意味着我就一定会给你一个有用的答案。"

---

[1] 美国家具品牌。

弗兰克身体前倾，将手臂靠在桌面上，问道："外面的人是怎么说我们的？"

"你以为你们是英雄吗？就因为你们要去火星？我必须纠正一下你这愚蠢的念头。对于外界来说，你们就是囚犯一号到七号罢了。"

"他们甚至都不知道我们的名字？"

"芝诺可不想让那些受害者的家人跑来搞事情，那可明摆着是一场巨大的公关灾难，"布拉克对弗兰克摆了摆手，"你以为你们这些没用的东西很重要吗？"

这与弗兰克原本想象的计划有很大出入，他原本以为他的儿子会为他去火星这件事感到骄傲。除非芝诺取消对他们名字的禁令，当然也有可能永远不会，否则这一切都将化为泡影。他现在该怎么做？这是证明自己的存在并非毫无意义的最后机会，除了同意他还能做什么？

"行，"弗兰克说，"我会帮你。"

"这感觉也不赖，你不觉得吗？"

"我还是得装出一副恨你入骨的样子，不能让任何人发现。"

布拉克坏笑着，说："我相信你一定会带来一场很棒的演出，基特里奇。但你会在心里记着的，是不是？"

"我会好好记着的。"弗兰克说。他有些好奇布拉克到底知不知道，有时候同一个词可以有两种相反的含义。

"赶紧去收拾你的东西，运输车辆半小时后出发。"

弗兰克回到房间。这里比他从前的牢房要宽敞许多，准确来说，这应该是一个套间，也就是说在卫生间和床之间有一扇门隔着。不过它从未让他感到有什么不同，他很清楚自己只是带着棕色纸箱从一个牢笼辗转至另一个牢笼罢了。

当然，现在的他变得更瘦、更健康、更有动力了。他没有任何不满，至少他还能发挥一些作用，而不是在一处无人之地腐烂至死。他曾以为那就是他的一切。他将额头靠在冰凉的墙壁上。

简直出乎意料。他一直都清楚他们会派一个人来监视他们，但居然是布拉克！真该死！他们是活该如此吗？并不是说他们没有犯错，他们确实罪无可恕。但如果抛开一切，抛开他们那些与生俱来的缺点，喜欢走极端、喜欢将自己的错误归咎于他人、内心没有任何警示力量，他们还是在某种意义上组成了一支团队。他们都为自己赢得了前往那里的资格，只要他们好好完成工作，不要故意激怒彼此，便能和平相处。基地建设完毕后，会有足够大的地方，他们每个人都可以拥有自己的独立空间。在这样的道路上颠簸前行，其实与被困在一间小小牢房之中并没有什么不同。

但至于他们是否可以做到如此，又完全是另一回事了，而且到时会有越来越多的人来了又去，随着时间的流逝，基地应该也会扩大。他们的罪行会被时间冲淡，最终变成一群平凡的船员。考虑到所有方面，这样还算不错。

他已经准备好了迎接以上的所有事情，也已经准备好了要成为一个远在天边的榜样，那本将会是一个曾经犯过错的人如何改过自新的例子。而现在，他知道外界并不清楚他的名字，也许他的终点也并不在那里。这两件事被同时揭开了面纱，也许这意味着……

也许他日思夜想的儿子就不必整日思考自己的父亲到底出了什么事，也许他们可以一起坐在院子里，看着出现在地平线上的那个小红点，也许孙儿们也会想要听爷爷讲讲火星的故事。他只需要活下来并确保布拉克的安全。飞行一年，工作一年、两年或三年，回程路上一年。这是一场不赖的交易，比起自由，他失去的这点儿东西并不算什么。

他打开纸箱盖，翻看着那些熟悉不已的东西。几本书，还有来自他前妻的几封信。他坐在床沿上，从头开始读所有的信，能读多少是多少。感到困惑与无助时，他总会通过这样的方式来度过，直到那种感觉逐渐干涸，直到身上只剩下一副冷淡而疏离的盔甲。

她向他提出了离婚。她当然会这么做，因为他曾明确地叫她这样做，然而她同意的速度可比他想的快多了。但他也确实背叛了她，她对他的计划毫不知情。如果他爱她够深的话，当时也不会选择这么做。

不过，重读这些信仍然给了他些许安慰。他曾被人爱过，亦曾有过爱人的能力。到了某个时候，他甚至可能会再次拥有爱的能力。

“前往二号楼报到。请确认。”

“已确认，”这可能是他最后一次听见耳中的这个声音了，“这次是来真的了。”

他拿起纸箱直奔二号楼，一排小型面包车在门前等候着。傍晚的风很凉爽，带着一股咸味，因为它是从盐滩那儿来的。

其他人都已经到了，他们聚集在医疗中心的台阶上，每个人手里都拿着一个加州惩教局的纸箱。玛西的那个被绳子捆住了。一群西装男在马路的另一边待命。除了他们耳机中的那个声音，这群囚犯的旁边没有任何其他人。

原本坐在“血库”台阶上的宙斯挪了挪位置，给弗兰克腾出了一些空间，说：“可以吗？”

“相当可以。”

“我有种不祥的预感，”宙斯的纸箱停在膝盖上，他那粗壮的手指几乎戳进了纸板里，“现在出发太早了。”

“我也向他们提出过异议，但完全没用。我们别无选择，大个子，”风猛刮着弗兰克的脚踝，“倒计时早就开始了。自我们离开监狱后，倒计时就开始了。那些大大的时钟被掌握在某个地方的某些人手里，而现在倒计时结束了。”

“我一直觉得这个倒计时的玩意儿很奇怪。如果一切都已经准备就绪，为什么不直接按下按钮发射呢？”

“我想这件事要复杂得多，”弗兰克说，“在水泵里没有加水之前，没有人会打开泵的开关，得知道正确的顺序，才能把事情做好。”

“我想是的。如果有人可以回答我们的问题的话，那就还行，你明白吗？他们就好像故意要把我们蒙在鼓里似的，”宙斯朝身后的二号楼瞥了一眼，“你知道他们打算对我们做什么吗？”

“我们会坐上车，然后被带到某个地方，他们会把我们迷晕，等我们醒来时就已经在火星上了，”弗兰克看到他有了一个新听众，“我想这就是他们的计划。”

爱丽丝用手指了指其中一辆面包车，说：“你可以去看看后备厢里有什么。”

“哪一辆？”

“随便哪辆。”

弗兰克放下纸箱，慢慢朝那边走去。他用手围住眼睛周围，好挡住那些反光，他透过黑色的防窥车窗朝里望去。他皱了皱眉，弯下腰查看另一扇窗，这里看得更清楚些。

里面就像是救护车的后车厢，放有各种机器、束带、电线和瓶子，还有很多他不认识的东西。

“他们打算在这里就把我们弄昏，”她喊道，“我们甚至都到不了火星。我们只是一堆并不重要的货物。”

弗兰克突然意识到他早该想到会如此。每当他希望那些看守者们能够表现得像个有礼貌的正常人时，他们总会令弗兰克失望。他们下定了决心要事事刁难弗兰克。他想要的不过是像一名普通的宇航员那样登上火箭，这样他才能够相信真的有一场太空旅行在等着他。布拉克刚才说的是“运输车辆”，他们只会被当作一具具待运的冷冻尸体，这也解释了要叫他们在“血库”外等候的原因。

“真他妈该死！”弗兰克说。他走回台阶旁，重新拿起纸箱，将它抱在胸前。

二号楼的大门随即打开，那些西装男改变了站姿，就和狱警预感到有人要来的时候一模一样。耳机里没有传来任何信息，取而代之的是一名手里拿着平板电脑的医务人员正在招呼他们进门。

弗兰克环顾四周，看了看大家。他们之中有哪一个看起来比平时更紧张的吗？会有人想要尝试一次徒劳的逃亡吗？他们无处可去，也没有任何人会帮助他们。狄米特律斯因恐惧而几近颤抖着，于是玛西将手放在他肩上，对他低声说了些什么，而后男孩犹豫地点了点头。

“我们可不会轻言放弃，”宙斯说着，站了起来，朝台阶上走去，“也许我们做了很多坏事，但绝不会放弃。”接着他唱起歌来。

“啊，哀悼者，我们走吧，我们走吧，我们走吧。啊，哀悼者，我们走吧，走入那山谷中祈祷。”

“不要唱歌。”他的耳机说。

弗兰克从小就不怎么喜欢唱歌，但如果他现在还不愿意尝试一下的话，那可真说不过去了。他以前好像听过这首曲子，只不过歌词不同。

“别停，宙斯，为我们唱这首歌。”

宙斯朝身后瞥了一眼，仿佛获得了力量一般唱道：“当我走入那山谷祈祷，修习那古老的法门，”他的声音高亢、干净而清澈，听起来更像是一个唱诗班的男孩，而不是一个大个子，“你将戴上那星辰之冠，仁慈的主，将我指引。”

那名医务人员一言不发地站在旁边，看着他们一个个走上来，宙斯走在最前面，玛西则在最后方推着身前的狄米特律斯。到了合唱段落，弗兰克小声地迎合着。

“啊，戴罪之人，我们走吧，我们走吧，我们走吧。啊，戴罪之人，我们走吧，走入那山谷中祈祷。”

“不要唱歌。”他耳机中的声音再次道。宙斯大概也听到了，但他同样不会屈服。

“我想我听到那罪人在诉说，来吧，让我们走入那山谷中祈祷。你将戴上那星辰之冠，仁慈的主，将我指引。”

他们沿走廊一直走着，去往远处的另一头，弗兰克之前从未去过那里。

“啊，哀悼者，我们走吧，我们走吧，我们走吧。哀悼者，我们走吧，走入那山谷中祈祷。”现在是所有人都在唱吗？如果不停下来仔细聆听，便很难分辨。至少听上去是所有人都在唱，也许只有爱丽丝没有。如果一个前白人至上主义者都能唱圣歌，那一个谋杀自己病人的医生又有什么理由不能唱呢？

可以肯定的是，这是一种抗议示威。看守者们对此无能为力，至少现在是这样。这同时也是一种悔悟。宙斯的身上文满了对曾经那些人的仇恨之情，但现在他唱起了他们的歌。

这时走廊尽头的双开门打开了，露出里面明亮的白色空间，宙斯跨着大步走了进去，其他人尾随而入。

七张操作台，那也是七座棺材。监视屏穿插其中，每张操作台旁都配有两名医务人员。

宙斯的声音有些颤抖，但仅过了一拍便恢复了镇静，继续唱道："我想我听到那哀悼者在诉说，我们走吧，走入那山谷中祈祷。你将戴上那星辰之冠，仁慈的主，将我指引。"

每张操作台旁，都有一名医务人员向他们走来，领走他们各自的受害者。接着，他们被领至各自的操作台处，与医务人员待在一起。

"脱掉衣服，"声音告诉弗兰克道。他将纸箱放在自己那座白色塑料棺材前面的地上，以一种刻意的方式脱下衣服，想为后人记录下这种感觉。

"啊，戴罪之人，我们走吧，我们走吧，我们走吧。"

衣物的面料摩擦着他的身体，他能感觉到它落下时的重量。光滑的橡胶地板，室内微凉的无菌空气令他起了一身鸡皮疙瘩，这可能会是他记忆中的最后一件事。这件弹力连体衣神奇地包裹着他，一直包到头顶，只有脸露在外面。

"啊，戴罪之人，我们走吧，走入那山谷中祈祷。"

有些时候火箭是会爆炸的，甚至那些载人火箭也逃不过。他们要去的是火星，可能甚至都无法到达目的地。或者就算到了火星，他们也可能会撞上地表，然后在那儿留下一个新的撞击坑。

"我想我听到那罪人在诉说，我们走吧，走入那山谷中祈祷。"

他爬上阶梯，进入那座棺材。棺材里面甚至更冷，如冰柜一般。它的外壳上连接着各种进进出出的输送管。

"你将戴上那星辰之冠，仁慈的主，将我指引。"

他躺下了，但不知道该把手放哪里。他们要在这个地方待上一年，那些人本该告诉他到底是将手放在身体两侧，还是叉在腰上，还是交叠在胸前。

"啊，哀悼者，我们走吧，我们走吧，我们走吧。"

他的牙齿开始颤抖。一直以来，他们都把他完完全全地玩弄于股掌之间。也许他根本不会去火星，就算醒来时发现自己身在他处也不足为奇；也许他根本不会醒来，只是一件备用工具。如果是这样的话，为什么还要训练他们呢？这可真蠢。

“啊，哀悼者，我们走吧，走入那山谷中祈祷。”

他们的声音被一一堵住了。他看不到他们发生了什么，但此时面前的这组医务人员拿出一个面罩，盖住了他的脸。他听见一阵气体的嘶嘶声，随后闻到了一股马克笔的味道。

“我想我听到那哀悼者在诉说，我们走吧，走入那山谷中祈祷。”

面罩盖了下来，他必须呼吸，但又不想吸入这些气体。他继续唱着，直到只剩他一人的声音。

“你将戴上那星辰之冠，仁慈的主，将我指引。”

九

关于斯巴达项目的修订报告

2047 年 5 月 20 日

来源：金山评估中心二（2）号楼

弗兰克林·基特里奇

生日：1996 年 1 月 20 日

出生地：加利福尼亚州莫德斯托市

婚姻状况：与杰奎琳·克里斯蒂娜·斯科特于 2022 年 6 月 6 日结婚；于 2040 年 7 月 5 日离婚

生育状况：育有一子，迈克尔·克莱·斯科特，生于 2023 年 12 月 5 日

逮捕情况：于 2038 年 7 月 4 日因一级谋杀罪被逮捕

判刑情况：于 2039 年 3 月 20 日被判二级谋杀罪，刑期 120 年，不可假释

支配性：38

情绪稳定性：78

变化适应性：35

完美主义倾向：82

世故性：92

规则意识：86

独立性：87

乐群性：25

综合评分：83

疼痛使他苏醒。

他感觉自己的身上仿佛着火一般，有那么一会儿，眼前那团闪着白色磷光的火焰正在吞噬着他。随着最初的冲击退去以后，他感觉浑身冰冷。

有什么东西正在试图冲破他的双唇，他想要躲开，可他无法转动自己的头，唯一能做的就是咬紧牙关，不让它进来。

一个巴掌扇向他的脸颊，他疼得倒吸一口气，这时有人趁机将一团温暖而湿润的东西塞入了他的嘴中。

“那是海绵。嚼一嚼，不要吞下去。”

这声音是……爱丽丝？

这时，她一把将胶带从他眼皮上扯下来。严格来说，完全用不着撕这么快。

大量炫目的光线涌入他的双眼之中，与此同时，还有那些不知道有没有滴对位置的眼药水，导致他几乎看不见任何东西。他咀嚼着海绵，将水分完全咬干后，把它挤到口腔前部，接着任由其从嘴角滚落。

“这是火星？”他嘶哑地问道。

“这里要么是火星，要么就是一个特别糟糕版的死后世界。”

他试着眨眼，虽然很痒，但他还是做到了。头顶的灯光正逐渐将眼前的这片白雾分解为一个个单独的个体。海绵之后是一根试管，一股冷水随之溅到了他的舌头上。

“咽下去。”

他照做了，那感觉像是在吞石头，他不禁因此喘着粗气。

“再试一次。”

虽然并不怎么愿意，但他知道自己必须这么做，除非她想毒死他。但如果她想这么做的话，他也没法阻止她，于是他用舌头裹住那颗水球，强行咽了下去。

“这里东西不多，这里面是你的那份。事实证明，我们能找到的东西真的很少。”

视线范围之外，他能够听到她在忙碌着，他的头还动弹不得，几乎只能看见天花板。他试着弯动手指，当手指第一次有反应时，他甚至有些惊讶。他的脚趾也是同样的状况。

“意思是？”

“意思是我们的供给严重不足。我们能够忍受饥饿，但不能没有水。”

他正躺在一块类似软橡胶的物体上，为了更好地将他固定，橡胶被切割成了契合他体形的样子。他试着抬手，随着一声响亮的吮吸声，他的手臂脱离了那块橡胶。

“那火星呢？”

“下面有窗户，你可以自己去看看，也可以看下船体上装的摄像头。看上去确实是到了火星。最重要的是重力变小了，这可假装不来。注意点儿你的移动方式，因为这家伙可坏了，”她说着伸出手来，而他一下子没能抓住，“你安静待着就好，让我把事情做完。”

她握住他的手腕，将他拉了起来。一切都感觉糟透了，没有一件事是好的。他头昏眼花，不得不扶着棺材的侧面，只有这样他的世界才不会天旋地转，虽然他也不知道这是哪个世界。

“在一段时间内，你都会感到不适。但你能越早下床越好，因为你不会是我唯一的病人。”

弗兰克还没意识到这是在哪里，他之前从没见过太空舱的内部。他眯起眼睛，看着那些靠着圆形墙壁排列的八口棺材，还有那个处于开放式格栅地面中央的洞。他们的上方似乎没有东西了，现在应该正处于这艘飞船的顶层。

爱丽丝向他扔了一套连体工作服。他没有伸手去接，任由它罩在脸上后滑到了腿部。它从空中飞来的那个样子看起来怪极了，抛物线呈平坦的弧形，仿佛一只外星生物。

“该死，怎么什么都扔不中，”她说，“来吧，赶紧起来。下一个是玛西，我敢保证她一定会跟个宝宝似的嘤嘤半天。”

“还有谁起来了？”

“我，你，布拉克。我是说认真的，我们可没有一整天时间来做这事。”

现在的一天比之前多了四十分钟。

“你不要以为自己很特殊。我只是按照轻重缓急来排序罢了，目前的情况下，你和玛西排在最前面。别挡着我的路。”

她的脸看起来浮肿而潮红，也许他的脸也是如此。他们现在正处于失压与失重的环境之中。他听说人类的体液可能会积聚在一些本不应该积聚的地方，尽管他已经沉睡了很久，并且在那期间几乎一直处于零重力的状态，但他还是需要先等待身体适应目前的环境。

他试着抬腿，先是右腿，然后是左腿。他把那件连体工作服挂在棺材外侧，而后极为费力地把腿伸进去。他的口袋上有一块刺绣徽章，上面既没有绣他的名字，也没有那些花里胡哨的任务徽章[1]。上面只有一个编号“2”。他是二号。

他将目光转向爱丽丝，看到她穿着一件和自己一样的蓝色工作服。她正背对着他，检查着其中一口棺材的读数，那很可能就是玛西的。

“什么？”她咕哝道。

[1] 美国国家航空航天局会为重要宇航任务设计徽章，每次任务的徽章各不相同，这些刺绣徽章会被缝在宇航员的服装上，上面有宇航员各自的名字，中国、俄罗斯等也有类似传统。

“你是几号？”

“一号，”她说道，眼神依旧盯着原来的地方，“大概是因为我比你厉害吧。这不是我在监狱里的编号，他们很可能只是随便分的。”

“那你感觉还好吗？”

她顿了顿，扭过头看着他。她的马尾以一种不自然的缓慢速度移动着，她说：“我挺好的，也许女性的生理机能更能适应这些鬼东西吧。芝诺会想要知道我们所有人的状况，我还得把你们每个人都测试一遍才行，”她转过身来，“布拉克在下面，也许听到这个你心里会舒服点儿，他的状态没比你好到哪里去。但还是谢谢你的关心，他完全没问候我们。”

弗兰克把手臂套进袖子里，然后拉上工作服的拉链坐了一会儿。他本以为这一刻的到来应该会隆重一些。他来到了一颗外星上，如果给之前来过这里的人列一个表，那一定会很短。这简直有些不可思议。好像他只是早上刚起床感到有些不适，但还是不得不去上班似的。

他试着站起来。多年来，他积攒了许多宝贵的人生经验，但这并不能让他习惯这种跌倒与飞起同时发生的奇异感觉。他猛地伸手将自己挂在了梯子的圆顶上。幸好这里的速度还是正常的，至少他没有一屁股摔到地上，也没有从那个洞滑到下面。

爱丽丝没有做任何大幅度的动作。在穿越船舱时，她拖着双脚在格栅地面上行走。他得像爱丽丝那样行动，他可不想让自己的脚踝在接下来的六周里都打着一块应急石膏。

他将水壶放在工作服的一个长口袋里，然后跨出一只脚，踏在梯子的第一节上。他故意以极慢的速度踩了下去，一次一步。这感觉非常奇怪，但他必须习惯起来。

下面这一层到处布满了各种开关和屏幕面板。他并不清楚它们的功能，因此没有乱碰。梯子仍在往下延伸，正当他准备继续往下爬时，其中一块屏幕上的影像突然从内部拍摄角度切换到了外部。

深红色的沙地上点缀着一块块浅粉色的石头，远处的一座山从那飞扬的尘雾中缓缓升起。这时，影像又突然切换了，弗兰克可以看到布拉克正从一个控制台移动到另一个。他还听见了布拉克的声音正从自己脚下传来。

“你这个懒鬼，赶紧到下面来，基特里奇。我们遇到了些情况，我需要通知你们。”

弗兰克爬了下去，发现布拉克正盯着一台电脑的屏幕，上面打开了几个窗口。他没看见任何可以坐的地方，布拉克正弯着腰，将手肘抵在一块折叠式键盘的边缘。

“有可以吃的东西吗？”弗兰克问。

“难道爱丽丝没有跟你说我们物资有限吗？如果你现在就把食物一股脑儿全吃了，那之后可就没的吃了，到时候我们可是会很需要它们的。”布拉克说。紧接着他的态度缓和了下来，递给弗兰克一块用箔纸包着的长方体块状物。里面的东西咬起来就像是一块难嚼的砖头，弗兰克只能咬下它的几个角。他原本其实想要喝点儿咖啡，但现在只能接受手中这杯不温不热的水。

“出了什么问题吗？”

“是你们出了问题，基特里奇。还是说我应该叫你‘二号’？那还挺适合你的。”布拉克轻击着屏幕，将一张地图调到了最前面，“现在我们在这里，离原定目的地偏了几千米，但仍在拉厄撞击坑内部。”

弗兰克弯下腰靠近布拉克，发现他身上散发着一种奇异的腐烂气味。他的身上可能原本就是这个味道。他看向屏幕，这是一幅甚为眼熟的地图：一座巨大死火山的脚下，有着一个形状不规则的撞击坑，长约三十二千米，宽约十六千米。这个形似足球场的坑是由一次撞击形成的。

“我们原定在这个地方建立基地，”布拉克点了点另一个窗口，“我们所有的原材料都在那里。”

弗兰克歪着脑袋，试图搞明白屏幕上的这些影像到底意味着什么。他清楚那些东西长什么样：那个椭圆形的东西就是拉厄撞击坑，也是他们所在的位置；往南一些，有个看起来像是巨大子弹伤口的东西，那是火山；再往北，可见另一座火山的轮廓，那座更小一些；还有其余几个零星的撞击坑点缀着这片土地。

撞击坑以东的一片平原上散布着一些发光物体，仿佛有人将一把鹅卵石扔到了地上一般。

“那些就是我们的圆柱体舱吗？”

“是的。”

“糟了。基特里奇，我终于有一次从心底里同意你的意见。最远的圆柱体舱距离我们有一百三十千米远，最近的那个约二十四千米远。我正在按优先级制作一份清单，到时，我们需要按顺序回收它们。我所说的优先级是由它能否维持我们的生存所决定的。”布拉克说。

“所以你需要司机。这就是我被叫起来的原因，也是爱丽丝正在唤醒玛西的原因，”弗兰克吸了口水，又咬了口能量棒，“那其他人会怎么样？”

“其他人将继续被冷冻。他们在这个任务里做不了任何贡献，只会消耗宝贵的资源。在你和‘高速杀手’着手解决我们目前面临的这个问题时，我也不想听到他们在我耳边大呼小叫的。”

弗兰克咀嚼了一会儿，把东西吞了下去，同时努力维持着自己的站姿。布拉克正在切换浏览着各个窗口。弗兰克听到了玛西的绰号：高速杀手。他把它存进脑袋里，准备之后再说。

“不错，”布拉克说，“我们还算运气好，越野车就在离我们最近的那个补给舱里。”

“等等，你说什么？”弗兰克咳了满嘴碎屑，“我们这里没有越野车吗？”

“我们当然有啊，”他轻点着屏幕，“就在二十千米之外。”

“不，我是说在这艘飞船上。”弗兰克不知道该怎么称呼它，他并不清楚它是否有一个类似“老鹰号”或者“奋进号”的名字。

“如果这里就有的话，那就算不上什么紧急情况了，”布拉克调出地图，“你们只需要步行大概四个小时。这里的重力仅有地球的三分之一，所以你们在这里的能量消耗会变少，氧气和水的消耗也是同样的道理。你们的氧气足够供应九个小时之久，你们花一两个小时把两辆越野车搭好，然后再花一个小时把它们开回这里，这样还能多出两个小时，就算你们再怎么蠢也够用了。”

“穿着宇航服，四个小时走二十千米？”

“现在给你们的可是地表勘探服。你说你四个小时走不了二十千米？”

这时，从两层楼板之上传来玛西的干呕声，于是他不再说话。他们俩都抬头往上看了一眼，又慢慢转回来，看着彼此。

弗兰克原本以为布拉克在火星上也许会变得有所不同，也许他们之间能够多一些合作，少一些对抗，这个想法最终消逝在了那不可一世的语调之中。

“所以你是在命令我？”弗兰克问道。

“什么都没有改变，基特里奇。不论我说什么你都得照做。你的每一次呼吸，用的都是我给你的氧气。你必须为此支付报酬。好了，我已经解释完了，现在该你们去收拾烂摊子了。我还有很多其他事情需要检查，你去把这个消息告诉玛西吧。”布拉克转回屏幕前。片刻之后，他嘟哝道：“你怎么还在这里？”

弗兰克将食物和水装在口袋里，爬回了梯子上。那感觉不像是浮在半空中，但也不像在爬梯。无论如何，他还是一只手接一只手地向上爬去，穿过那满是监控设备的隔层时，他又一次看到了外面那片荒芜的粉色沙漠。最后，他回到了最上面的舱室。

玛西正弯腰抓着膝盖处。她全身只穿着一件薄薄的连体紧身衣，除此之外，别无他物。她身上包裹着的那条毯子曾经有过一个很恰当的名字：太空毯。她浑身颤抖着，大声喘气，消耗着属于布拉克的氧气。每当痛苦袭来，她的手指便随之掐入皮肤之中。

“拜托，告诉我不会一直这么难受。”她的话语从打战的牙齿间蹦出。

他没有经历过她的症状，如果不是发现爱丽丝正在瞪着自己的话，他差一点儿就要如实相告了。

“会好的，”弗兰克说，“你不会有事的。”

爱丽丝将注意力转了回来，往注射器中灌入一些透明液体后说：“用这个就可以解决休眠舱的副作用。”弗兰克注意到她并没有戴着手套，也没有往玛西的大臂上抹任何东西。她又说道：“把她按住，不然我没法下针。”

弗兰克犹豫了一下，结果她朝他咆哮：“赶紧的！”

除了拳脚相向，他已经有很多年没与别人有过肢体接触了，“血库”里那些人不算。他突然意识到自己很害怕打破这种封印。在监狱中，触碰他人就意味着伤害，要么打人，要么被打。

“快点儿！”爱丽丝那挥舞注射器的样子好像在说，如果他不马上照做，她就把针扎到他身上。

他深吸一口气，用双臂环住玛西，并且尽可能将手放在有毯子覆盖的地方。她的紧身衣很薄，几乎等于没穿，她的身上摸起来十分冰凉。玛西猛推了一下他，只是因为她的身体在不由自主地抖动。他紧紧抱住她那颤抖的身体，用头抵着她的头，看着爱丽丝推动着手中的针管。

“好了，现在可以放开了。”

弗兰克松开手，尽量向远处退去，尽管这间舱室是如此之小。玛西颤抖了几秒后安静了下来，她裹紧那条沙沙作响的毯子，环顾四周。

“那是什么？”弗兰克问。

“阿托品。本来应该用自动注射器的，但这里没有，”爱丽丝低头看着她的平板电脑，手指在屏幕上快速地飞舞着，“你……现在很稳定。”

“你这样就能知道了？”

“我这里能看到你的实时生命体征。如果你有意见，随你的便。离你最近的另一个医生在一亿千米开外的那边。”她指向飞船上方的太空。

弗兰克掏出他那根能量棒，将其分成两半，递给玛西一半，说：“这就是我们的食物。爱丽丝会给你找些水，然后我们得谈谈，计划有变。”

“这跟我原本想象的完全不一样，”玛西把能量棒举到嘴边，用舌头轻轻舔着，“我吃过更难吃的，不过至少这个不是日式拉面。”

爱丽丝将平板电脑盖上后说道：“布拉克还什么都没告诉过我。如果这不是什么蠢不拉唧的安全保护措施的话，我想知道不把所有人都唤醒的原因。”

“我们应该让玛西再休息会儿。”弗兰克说。

“我又不是玻璃做的，没那么脆弱，”玛西接过爱丽丝给她的水，每吸一口都要咳一下，“快告诉我们吧。”

弗兰克耸了耸肩，低头看着金属格栅地面。他可以在格栅的间隙之间隐约看到布拉克的身影。“那些供给舱没有降落在原本计划的位置，最远的离我们这儿有一百三十千米。如果考虑到它们的飞行距离，其实不算偏得很远，但现在我们没有任何交通工具。所以我们，也就是你、我和玛西，必须徒步二十千米，找到那个装着越野车的供给舱。如果布拉克整理的清单是正确的话。”

“如果他弄错了，又或者它们坏了呢？”

“我们就得再走回这里，希望到时我们的宇航服里还能剩下足够的水和氧气。”

“这里就没有什么让我们带在路上用的东西吗？”

“据布拉克说是没有。我们搭建基地需要的所有材料、我们生活所需的一切，以及那些用来制造氧气、水、电力、食物的机器都散落在那片沙漠上。我不知道这是谁导致的，但现在这已经不重要了。既然我们现在已经到了这里，就必须得解决这个问题。”

“我们什么时候出发？”她问。

“越早越好，”弗兰克说，“我甚至都不知道现在几点，但我猜还是白天。”

“你们今天哪里都别想去，”爱丽丝说，“你们现在是我的病人，在我放你们走之前别想做任何工作。”她提高了音量，“你听到了吗，布拉克？明天出发也不算晚。”

他们静静等待着回复，却未闻任何声响。

“你可以这么做吗？你可以否决他的命令？”弗兰克问。

“我才不在乎他怎么想。重点是你要做的事，”她说，“如果他叫你去做一些很蠢或者很危险的事，你完全可以拒绝。即便这里的重力比较小，也不代表你要对他言听计从。”

十

音源：10206 号录音文件

2036 年 12 月 19 日 21:47（主机时间）

科罗拉多州丹佛市，光之塔 65 楼，芝诺系统特别行动公司 62B 室迪帕克：根据目前的技术，我们可以让火星表面常规着陆的成功率达到 85%。

蒂勒：所以你的意思是说我们会浪费掉 15% 的预算。

迪帕克：这还是最好的情况。还有其他影响因素，包括我们无法预测会丢失多少货物组件。我们只能在发射舱中放入更多货物，用来抵消部分基地组件丢失的风险。每台放射性同位素热电机（RTG）需要花费十亿美元。如果这个东西丢了，任务就相当于失败了。如果我们为了确保至少有一台能够达到火星表面，从而发射两台上去的话，那预算将增至两倍。而且你必须提前五年订购，才能在发射前顺利交付。

蒂勒：那我们现在还有什么选择？

迪帕克：我们可以使用现有的科技，通过提高成本的方式来提高成功率，也可以投入经费来研发新技术，最初的研发成本可能很高，但最终的平均单位成本会降低。在未来几年中，也许一项足以改变历史的新技术会被研发出来，但我们不能只依靠这个，把新技术整合进来也会不可避免地推迟我们的原有计划。在火星上着陆将会是一项艰难的任务，但通过使用充气式防热罩和旧型号火箭，我们基本上就能完成目标。通常我们也不会把所有鸡蛋都放在一个篮子里，如果把关键的组件分别放置在几个舱体中，那我们至少还能确保其中一部分顺利地通过进入、下降与着陆阶段。

蒂勒：但这似乎与基地的自动搭建程序相违背。

迪帕克：这确实会让程序变得更复杂。简单来说，无论我们发射了什么东西，怎么发射的，可能最终都无法用到它。如果我们为了以备不时之需，发射多于计划量的组件，那我们的成本将会增加约一倍；如果我们发射刚好的量，如果有组件丢失，我们将无法履行合约。你必须在两者之间画一条线，这条线画得太往左边或者太往右边都有可能导致芝诺破产。这就是你要做的决定。

蒂勒：所以你到底想跟我说什么？

迪帕克：这么说吧，如果你想往左边靠一些，那我们这里有一些非任务级飞船，跟石头一样笨，但它们确实能飞，也能够将货物完好地送至火星表面，但这是以准确性为代价的，这也是它们被列为非任务级的原因。如果我是负责人的话，我会考虑让它们重新加入这次任务。一旦你的货物全都到达火星，把它们放到原定位置这件事总比更换整批货物要更容易解决吧。

蒂勒：明天来我办公室，明白了吗？

11

这艘飞船上的气闸舱一次只能容纳一个人。弗兰克主动提出要先出去，但玛西与他争执不下。最后，他们决定用剪刀石头布来解决这个问题。三局当中，他输掉了两局。

他的宇航服——他一直都这么叫它，而不是什么地表勘探服，因为这就是一件宇航服——与他受训时穿的那件一模一样，要么他当时穿的就是真的宇航服。它有些过于合身了。宇航服内的低气压弄得他全身肿胀，尽管爱丽丝向他保证，它过几天就会自行好转。

他在内闸门前等待着，透过一扇小型双层塑料窗望向另一侧的气闸舱。玛西周围的空气正在被抽走，他看着她将身体的重心从一条腿换到另一条腿上，她背上的生命保障系统与背部开口所组成的整体模块也随之晃动。

“我的灯还是绿的。”玛西的声音在弗兰克耳边响起。他身后的舱室里也传来了回声，爱丽丝正在查看手中显示生命体征的平板电脑，布拉克则站在那儿，脸上带着往常的奸笑。

弗兰克不明白这是为什么。假设布拉克说的是真的，何况也没有什么理由不相信他，那么他们现在面临的情况已然十分紧急，长期发展下去还可能造成更为严重的灾难性后果。他们赖以生存的所有东西都散落在这片火星沙漠的数千米之外，除非能回收其中的大部分（几乎没有内部冗余），不然他们都会死。

他们会因缺少氧气、食物和水而死，他们使用的电量最终会超过总发电量，耗尽他们的电池，最终被冻死在这里。他们要组装的那些太阳能面板，以及那台提供基底负荷的热电机还依然散落在外面的某处。仅仅是走出气闸舱，就已经开始消耗他们有限的氧气了。可供气泵回收的空气量是有限的，至于剩下的就只能被排入火星的那一片虚无之中，抽出再放入空气只是在消耗他们的储备罢了。

弗兰克的脸上难觅一笑。爱丽丝甚至认为即便是在最好的情况下，他们也不一定能够回收足够的供给品。他们今后将会面临许多艰难抉择，至于这个做选择的人将会是谁，弗兰克心里已经很清楚。但谁也说不准布拉克将会对此做出何种应对。

至于剩下的人，他们也有自己的工作，如果他和玛西未能把越野车顺利组装好并开回来，那等待他们的就只有一个结果。他们两人是最有可能挽救这次任务的人，这是他们目前的首要任务。如果爱丽丝唤醒的是没有相关知识的人，这样一来，成功的可能性就会变小，他们也会犯下更多错误。

玛西按下气闸舱内的一个按钮，外闸门打开了。随着最后一丝空气的抽离，整个舱体都抽搐了一下。这是弗兰克通过双脚感觉到的，毕竟他唯一能听到的就只有自己的呼吸声。透过小窗，可见外面那片不断扩大的玫瑰色红光，他看到玛西正情不自禁地往那个方向挪动着脚步。

“哦，天哪！”玛西说。

“控制好你的呼吸，”爱丽丝说，“不然就让我来帮你控制。”

“但它……真的好大。”

“你们还得走过去呢，所以不要太兴奋了，小朋友。”布拉克说。

布拉克调整了一下耳机，继续说道：“不要忘了，你们不是来旅游的，赶紧从气闸舱出去。再不快点儿的话，二号你的氧气可是很快就会用完的。”

玛西转过身，面朝着气闸舱，透过小窗给弗兰克竖起两个大拇指，然后她抓着扶手，沿着外置舷梯缓缓向下爬去。外闸门关上了，气泵开始对这间小小的舱室重新加压。

“基特里奇，尽量不要闲逛。你们已经带上了工具，而且我也告诉过你们时限了。”

“你就不能祝我们好运吗？”弗兰克说。

“那这样说吧，我们的选项里没有失败。”布拉克说。

“失败当然可以是选项之一，”爱丽丝说，“治疗过那么多病人，我可是很明白这一点。”

内闸门随着嘶嘶的声响打开了，里面什么都没有，只等着弗兰克步入其中。闸门在身后关上了，他打开控制盒的盖子，看着上面的绿灯，希望它们能一直保持这个颜色。

舱内的音质发生了变化，周围的各种回响随着空气的抽离逐渐消失。他能感觉到宇航服在身体周围膨胀开来，内侧的压力正拼命挤压着它的弹性面料。他站在这个仅比一个楼梯间稍大一些的空间里。那扇金属舱门的外面就是一个全新的世界，它正等着他把事情搞砸，然后杀死他。

这一刻，他突然意识到自己早在很久以前就已经搞砸了，正是之前的所作所为导致他来到了这里。至少与在火星上相比，这里的规则与处罚都很明确。在这扇舱门外面，是一个更简单、更诚实的环境。他会死在这里吗？可能吧，但也不一定。

这扇复杂而精巧的门上闪烁着绿光，弗兰克按下按钮，它朝一侧移去。舱内剩余的空气突然涌出，拖拽着他那软趴趴的宇航服外层。就这样，火星出现在了眼前：一开始是一条裂缝，紧接着是一小块光影，然后全部，这块棕粉色的矩形在他面前缓缓展开。闸门完全开启后，他拖动着脚步向前走去。

他站在气闸舱的门口，扶着门框，看着眼前这片荒凉无比的废土，太妃糖色的岩石周围飘扬着红色尘土。眼睛适应了光线以后，他能够看到远处那个苍白的太阳正缓缓升入撞击坑壁上方玫瑰粉色的天空之中。向北望去，可见那条黑色的地平线，更近一些的西边则有着一片表面坑坑洼洼的峭壁。

这是一片寂静、空旷、毫无生气的沙漠。在某些方面，这里有点儿像犹他州。

和玛西一样，他在小小的平台上转过身，然后爬到了地面上。最后一步是跳下去的，有几米高，他的两脚正好落在了玛西先前留下的靴印上。

穿着宇航服很难抬头，因此他不得不将身体后倾。虽然这可能会让他失去平衡，但他还是想要看一眼这艘载着他们来到这儿的宇宙飞船。它呈常见的圆柱体状，顶部为子弹状，侧面伸出四条支腿。在火箭的下方，也就是那个降落时会喷射柱状火焰的地方，现在只剩下了一片裸露在外的岩石以及上面的焦痕。船体的白色表面现已染上了一层淡淡的粉色，上面那个巨大的芝诺公司标志显得有些发旧了，毕竟距离发射已经过去了一年。

比起他们即将要搭建的居住区域，这艘宇宙飞船实在是太小了。不过是一个易碎的罐头罢了，甚至普通得有些诡异，它绝不可能胜任维持他们生存的工作，更别提让他们拥有自己的生活了。

他没有余力去想今后的事，包括布拉克所说的让他回家。他必须活下来才能获得这份报酬。他们是火星上仅有的人类，这不是重点，重点是他们现在只能依靠自己来解决问题。

“空荡荡的，”玛西说，“这里什么也没有。飞船外面什么都……”她本想耸耸肩，但因为穿着宇航服而失败了，“你懂的。”

“也不是什么都没有。”他再次转身，小心翼翼地踏出了在火星这片土地上的头几步。他的脚下是一块硬质岩石基层，上面覆盖着一层薄薄的细土，它们随着踩下的脚步被压实。在他看来，这是一片足够坚固的土地，足以在上面搭建基地，至少对他们计划中的那些舱体来说是足够了，而且较为平坦也是一个优点。他们需要把那些散落在地表的碎石清理掉，不过它们的数量似乎要比培训时更多。这部分工作将会花上比预期更久的时间，并且他们没有捷径可走。

他蹲下身捡起一块拳头大小的石头。这件事说起来容易，做起来难。这块石头似乎有些太轻了，他马上就意识到这是由于重力的改变。这是一块坚固的砂岩，更有意思的是，它的底下还藏着一小片白霜。他一直看着它在空中汽化，直到烟消云散。

他把石头扔回地上，它缓慢而无声地落了下去。宇航服显示外部温度为 -4℃。刺骨的寒冷。

“我们最好赶紧动身。”他说着，小心翼翼地直起身子。

“时间飞逝啊，孩子们，”布拉克说，他们无法回避他的声音，他们和彼此说的话也都会立马被他听到，“现在是当地时间 7：08。你们的生命保障系统将持续供应至四点之前的某个时间，你们的宇航服将会提供更为准确的结果。请多加留心，否则下一个出去的人就只能踏过你们的尸体去完成任务了。玛西，地图在你手里，本次任务由你指挥。赶紧出发。”

玛西的平板电脑被放在一个小袋子里，并用铁扣钩在腰带上。她将它举到头盔前，用巨大的手指戳着屏幕的保护层。

“往这个方向。”她说着，开始沿这片石子地向前走去，她的脚步落在散落的碎石之间。弗兰克跟上她，朝着那个白色的太阳前进。天穹慢慢地变幻着色彩，由破晓的深红过渡为早晨的浅粉。

天空中有许多云，他没想到这里居然还会有云，珍珠白色的云迹高悬在胭脂色的天空之中，交相辉映。它们飞快地朝他身后奔去，逃离太阳的所在之地，一道道稀薄而绵长的白光就像刚才的那层霜一般逐渐消逝在了空中。

“你觉得这里怎么样？”玛西问道。

他抬起头，但仅仅是一瞬间，因为必须将注意力集中在地面上，这是他们两个得以前进的唯一方法。太阳缓缓升起，它的光晕扩散到了天空中。那些远处的撞击坑壁正在慢慢显露真容。现在的光线就如冬日早晨那般昏暗。

感觉就像是一场全新的冒险。我们要做的事情、要去的地方，之前从来没有人做过、去过。是的，我们确实是一群囚犯，一群被惩罚的“链索囚犯”，但我们可是火星上的“链索囚犯”啊！这肯定是有意义的。

随着太阳升起，外部温度也开始升高。地面似乎在冒烟，雾气缭绕。

“露水。”弗兰克说着，弯下腰用手将其扇走，然而他的手套仍然保持干燥。

“我们还有很长的路要走。观光得先放一放了。”玛西说。她将平板电脑放在他面前，向他展示标示着目的地的那条红线。他们身后的飞船几乎没有变小。

开始的一切都很新颖，他想到自己身处外星球的这一事实、想到他们是一亿千米内仅有的两人，但又想到其他人需要靠他们才可能生存下来，事情就开始变得无聊起来，这转变迅速得令人惊讶。

最初这段路的地形是完全相同的，他们的周围仍旧是这种铺满了石头的坚硬地表，和气闸舱外一模一样，没有任何迹象显示他们正在离目的地越来越近，即使那艘如白色小塔一般的飞船已经开始变得又小又模糊。

比起边走边把石头踢到旁边来说，避开它们走路还是要容易得多，但他们前进时仍然不可避免地会踩到几块。终于，弗兰克踩到了一块石头，石头一直向前滚动，完全没有要停下的意思。他惊讶得停了下来，观察着它，直到他意识到它其实是在下坡。地面的性质已经发生了变化。

那不是一个陡峭的斜坡，但它确实向下倾斜着，一直延伸至下面的撞击坑底部，整个高度约为六十米。边缘看起来似乎塌陷过很多次，顶部仿佛被咬了好几口似的，被咬下来的那些物质则聚集在了底部。他们目前的前进路线所通往的正是这段斜坡。

“你说从这里走安全吗？”玛西问。

“如果你觉得不妥，那就不要走这条路，”她离那个可能并不稳定的边缘有些太近了，这令他感到不安，“你最好往后退几步。”

“那下面看起来不太结实，”她说，“但也许我们能找到一条更好的路线。”她打开地图，放大了他们的所在区域，“如果继续沿着山坡边缘前进，我们就可以走到这些山脊这里。”

这条路线有些绕，但潜在危险较小。更准确地说，是没有那么明显的潜在危险。但他们两个人并不清楚这个决定所带来的后果。

“等我们开着越野车回来的时候必须得绕开这个区域。你可以在上面把它标记出来吗？”

“我不太清楚，”她在屏幕上戳来戳去，但那条红线仍然笔直，“布拉克？布拉克？”

“你难道没有接受过通信纪律的培训吗？”布拉克说。

“这里除了我们还有别人吗？我还能跟谁通话？”玛西说。

“你得遵守纪律，玛西。”布拉克说。

“哦，天哪！”玛西感叹道。

“你说什么，玛西？我有些听不清。”布拉克说。

她转身看向飞船的方向，现在它终于消失在了他们的视野之中，说：“我真不敢相信到了现在你还要这样。玛西呼叫布拉克，玛西呼叫布拉克，完毕。”

“布拉克收到。并没有那么难，不是吗？你遇到了什么问题吗？还是单纯想我了？完毕。”

她的手撞到了头盔上。弗兰克不清楚她想做什么手势，是想用手捂脸还是把手指捅进喉咙。当然，她现在哪个都做不了。

“我们现在走到了一个山坡边缘，它看起来很不结实，所以我们决定绕个道，但我没法在平板电脑上标记出来。你能标一下吗？”她等待着，当终于意识到对方并不准备回复后，她勉强地加上一句，“完毕。”

“你们一个半小时只前进了五千米，还想绕个道？以这种速度，你们的供氧在到达货舱之前就差不多要用完了。绕道可不在计划之内，玛西。除非你想死在外面。你们要做的就只有一件事，赶紧搞定它。通话完毕。”

“只有五千米？那不可能，”她看了看地图，将其放大，以便将他们的当前位置与整个路线对比，“我们一个半小时才走了五千米？”

“前面的路看起来似乎比之前要好走一些，”弗兰克说，“但我们得加快速度了。”

他看着脚下的斜坡。登山杖？在冒险下坡之前，有没有什么东西可以拿来测试一下这个斜坡的稳固程度呢？但现在似乎为时已晚。他向边缘处走了两步，然后轻轻跳了一下。他跳起，落下，靴子落在那片赤红色的沙土上。他留一只脚踩在斜坡的上方，将自己大部分的体重压在那上面，随着沙粒的滑落，他整个人向下滑了一些，但紧接着坡面也稳定了下来，靴子嵌入了沙土之中。他屈膝再次起跳，为了能够稳当地落地，这次他跳得更低了一些。更多的沙粒随之滑落，但看上去似乎并没有大量沙子滑落的危险。

“我感觉应该不会有危险，”他说，“跟在我后面。”

他跳着前进了好几步才到达斜坡的底部。玛西也跟着他跳了下来，随之滑落的沙子数量跟他跳下来时的差不多。他们的靴子在这个松垮的表面上留下了道道深痕，那些被踩过之后的沙子仿佛被冻结在了原地。

现在，他们一直到腰间的位置都已变成了粉红色。弗兰克用指尖在腿上划了划，最终仅仅是把这些飞尘揉进了宇航服的银色外层之中罢了。

“二十千米，我们才走了五千米，这太慢了，弗兰克。”玛西说着，再次拿起地图，与眼前的景观对照。

“但我们还是得按照自己的步速来走。我们的折返点是四个小时。”

“到那时我们也只走了十千米，还是不够。以目前的速度，我们要七个多小时才能到达补给舱，那我们就只剩两个小时了，一小时用来组装探测车，还有一个小时要赶在宇航服停止工作前把它们开回来。”

“那我们现在就回头，明天再来。”

“明天跟今天又会有什么不一样吗？”她望向远方，确定了一个点后开始前进，“同样的问题，同样的距离，同样的组件。来吧，弗兰克，赶紧翻过这座山。他们派我们来做这件事是有原因的，正是因为如此，我们更要快点儿。”

地面相当平坦，即便是部分有扬尘的松动地面，也会随着他们的踩踏而变得结实起来。确实前进得更快了，但也很累。在地球上，重力能够让他的脚牢牢地踩到地上，然后借力迈出下一步；但在火星上，他的身体仿佛飘在半空中。虽然步伐变得更大了，但每一次迈步前都需要等上一会儿。同时，他必须将身体前倾，才能稳稳地踩在火星这片松散的沙地上。

尽管重力在变小，但在实际操作中仍难有提升。他的双腿生疼，肩膀也已经开始灼痛。他甩动手臂，这是他得以顺利前进的方式之一。

一小时后，他们又前进了近四千米的路程。他们停下喝了点儿水，咬了几口固定在头盔内部支架上的能量棒，互相看了看。两个半小时，走了九千米。

再用同样的速度前进两个半小时，供给舱马上就会出现在他们眼前，但到了那时，氧气量已经用掉了一半以上。如果在那个圆柱体舱里找不到越野车的话，那么他们永远都不可能及时回到飞船上了。

“布拉克？”

只有无线电波在嘶嘶作响。

“基特里奇呼叫布拉克，完毕。”

“这样才对嘛。你们的进度可有点儿慢啊，基特里奇。你们打算怎么办？完毕。”

“我们会加快速度，但我们无法在第三节比赛开始前到达供给舱处，完毕。”

“好吧，我想你和玛西必须得做出一些抉择了，完毕。”

“你能确定我们现在所前往的舱体里存放的是越野车吗？”

“清单上是这么写的。唯一的确认方法就是打开它，看一看。”

“如果清单错了，那我们可就死定了，这个基地也就永远建不起来了。”

“那你最好赶紧祈祷那份清单是正确的。真可惜，你从来都不怎么喜欢祈祷，基特里奇。通话完毕。”

十一

音源：布鲁诺·蒂勒和斯巴达项目小组之间的私人通话

2040 年 8 月 5 日 14:30（主机时间）

蒂勒：我们已经核对过报表了，支出仍然过高。虽然没有超出预算，但我相信还是可以再省一些出来，好让我脸上有点儿光。

斯巴达：蒂勒先生，你愿意为此走多远？

蒂勒：有多远走多远。告诉我有哪些选项。

斯巴达：我不是这个意思。就个人而言，你愿意为此付出多少？我们的分析师做了几个新的预案，但我得先知道你的性格特点，才能决定要不要把它们告诉你。如果你有些拘谨的话，那么我们可能已经走得够远了。

蒂勒：我的性格特点？拜托，我可是布鲁诺·蒂勒，你还不知道我是什么样的人吗？

斯巴达：我需要听到你自己说出来。我们现在已经远远偏离了原本的合约，美国国家航空航天局对此仅仅是勉强同意。今后再有任何偏差，你将不得不向他们隐瞒一部分的事实。不仅仅是向美国国家航空航天局，也许还包括芝诺董事会，你必须假装自己并不知情，并做出一些看似合理的解释。只要我们按照当前计划行事，就能在预算范围内完成合同，我们的承包商会得到他们想要的东西，芝诺也能够获得丰厚的报酬。现阶段我们不需要再做任何更改了。

蒂勒：有多远走多远，明白了吗？用尽全力，想尽办法，把预算压到最低，一分钱也不能放过。

斯巴达：那我们保持联系，蒂勒先生。

11

弗兰克和玛西已经在外面走了四个小时，共前进了十三千米。安全折返时间的极限点马上就要到了，如果他们选择继续前进，要么成功，要么窒息而死，二选一。没有人会来救他们，因为这里没有其他人。即便布拉克忽然间大发慈悲决定要来救他们，他能做的也十分有限。

一行低矮的小山丘沿着撞击坑排成长队，一直延伸至撞击坑的中心，山坡上铺满了碎石沙砾。更远处的地表上裂痕更少、沙层更厚，但依然布满了撞击坑。比起直接穿越，绕过它们显然要容易许多，但他们还是循着导航穿越了它们。现在，他们来到了又一个撞击坑的底部，正朝着它的主山壁前进。

他们离终点已经很近了，路程只剩下五千米。目标位于撞击坑的边缘附近，从坑壁的一处侵蚀沟里看过去就像是两座悬崖间的一道海湾。

弗兰克用自己的头盔碰了碰玛西的头盔，说:“你觉得应该怎么做？”

“为什么让我决定？”她问。

“因为布拉克让你负责指挥，而且我也不想做出一个可能害死你的决定。”

“那你是觉得我把你害死就没关系了？”

“那样也行。”

“那真是谢了，”她转身看了看他们来时的路，而后又转了回来看着面前的路，“你觉得应该怎么办？”

“把飞船开到离越野车近一点儿的地方？但这只是空谈罢了。”

“我们只能尽力往前了。如果我们现在回头，又能怎么样呢？只不过是明天又重来一遍罢了，我们不会走得更快，也不会有什么更大的进展。”

“我们本来可以带上备用氧气瓶的。不过氧气瓶的更换也只能在封闭环境中进行，除非他们已经把那些敞篷越野车换成了封闭式的，不然我们还是没有办法更换。”

“所以我们得继续前进，没有别的办法了。”

“如果我们有别的选择呢？如果在那个遥远的终点里并没有我们想要的东西，那我们就只能跟彼此一起度过人生最后的这几个小时了。你想冒这个险吗？”

“我们可是在火星上，弗兰克。你现在才来担心有没有危险吗？”

“我之前很担心会被抓走关进那个洞里，但现在我要担心的是自己的死活。”

玛西向前迈了一步，说:“我要继续向前了。你也一起吗？”

现在只能孤注一掷了。看着她走开的同时，他不禁好奇起来，她到底做了什么才会得到这个“高速杀手”的称号。他心想，那也许跟不懂得适可而止有点儿关系吧。“我来了。”他说。

他跟着她穿过平地，每跨出一步，工具腰带就随之抖动一下。他剩余的生命可以换算成呼吸的次数，越卖力，死得越快。

他们并肩前进着，因为这样才能避开彼此踢起的扬尘，即便如此，他们的头盔上仍旧覆盖着一层粉红色的薄膜。它让原本就已经很沉闷的一天变得更加灰暗了。太阳几乎高悬在他们头顶的正上方，外部温度已经达到了整整23℃。旧金山湾区可从来没有这么热过，但在这里也算是合理。阴影变了方向，地面变成了棕色，天空也不是很蓝。

就在这时，他看到了它，那一道道鲜艳的红色衬得周围的颜色都模糊了，还有少量黑白夹杂其间，它被扭成了一支蜡烛的形状，融化在地表上。

他放慢了脚步。他们穿着宇航服视野有限，这意味着玛西并没有看见他的动作，他们之间的距离仍在继续扩大，他说："玛西，等一等。"

她花了好一段时间才找到他在哪儿。他指着山坡底部的那个物体，被指出来以后，它的存在就变得更加显眼了，而且那里基本上也正是他们要前往的方向——不太可能会错过它。

"那是什么？"

"我觉得是一个降落伞，只有这个可能。"

她打开地图，举到自己面前，激动地说："那圆柱体舱肯定就在附近了。"

弗兰克趁此检查了一下时间以及宇航服的氧气储量。他们已经跨过了五个半小时的大关，而氧气瓶上的数字则显示储量还有不到40%。应该是正确的吧？他自己计算了一番，这看起来很合理。他们真的有可能完成这次任务。

由于并不确定这张地图的准确性，他们缓慢地走完了这最后一千米。不过他们倒是很快就发现了那个圆柱体舱，它侧躺在山坡底部的一个小型低洼处。再往上有一块变黑的区域，各种迹象表明补给舱曾降落到那里，但随后滚开了。有着一圈圈黑白相间花纹的伞衣被风卷起，拖拽着后面那根巨长无比的降落伞吊索，最后，它与一块巨型圆石缠结在了一起。

舱体看起来完好无损。里面的货物既没有撒落在撞击坑的地面上，也没有被烧毁的迹象。

"很好，"玛西说，"那些就是我们的货物。"

眼前的巨大白色圆柱体舱，周围几近真空的环境，还有那些扬尘与沙子，一切都跟他们培训时做过的一模一样。唯一不同的是，被固定在其中一头的火箭装置和另一头的降落伞上面连着几根长到不可思议的吊索。估计在几千米之外的某处，还会有一个报废的隔热罩。他们目前没法回收它，即便它现在就在污染着这个未经破坏的行星地表。

制作降落伞的材料、火箭发动机里残留的燃料，甚至这个空的圆柱体舱都可以被重新回收利用。这些东西和他们一样，越过了千山万水才得以降落在这里，直接丢掉真是太蠢了。

弗兰克从腰带上取下用来打开舱口的工具，然后试图把那些附着在设备上的尘埃吹走，尽管这毫无意义。

“你刚才在干什么，是我想的那样吗？”玛西问。

“嘘。基特里奇呼叫布拉克，基特里奇呼叫布拉克。我们已到达目标处，完毕。”

“收到。不要再浪费氧气和我通话了，赶紧把任务做完。通话完毕。”

弗兰克将螺栓的保护盖打开，然后将一根曲柄撬棍伸到里面那个翼形螺母的上面，他的手沿密封圈挪动着，一次拧开一个螺栓。如果里面不是他们的越野车，那么这件事在开始之前就已经结束了。对，他确实不怎么喜欢祈祷。也许，还是应该把宙斯叫起来的，毕竟他还可以为他们祈祷。

他将工具放回腰带，用力拉动手动开关。一阵空气从里面喷出，帮着打开了舱门。是真的空气，还是只是惰性气体而已？但门仅仅向上打开了一些，弗兰克必须将整个身体都抵在上面才得以将其完全打开。他目之所及是一个个气鼓鼓的包裹。

“里面都有些什么？”玛西突然出现在他身旁，探着头看向里面。

“还看不出来。我们把另一扇门也打开吧。”他拉动控制闸柄，门朝他们所在的方向打开了。他仍下意识地以为会有巨大的动静，但实际上舱门只是抖动着无声地打开了。

玛西迫不及待地将双手伸向那些包裹，试图扯开上面的保护层，仿佛现在是圣诞节的早晨。

“我们需要把这些材料存起来，越多越好。”

“为什么？就是些包装材料罢了，我们要这些做什么？”

“我也不知道。单纯觉得如果现在没有了的话，以后就再也用不了了。”弗兰克掏出一把可伸缩的弹簧美工刀。他不仅要使用双手进行操作，还要尽量避免刀片碰到他身上的任何一处，当然后者才是关键。他割开了几层，这些隔热材料上的气囊随之瘪了下去。他慢慢地操作着，确保不会割到里面的东西。每一个无声爆裂的气囊，都会让他想到自己正在呼吸的这些氧气。他们也许再也回不去了。

“现在可以了。”

玛西扒开这些隔热保护层，说：“我看到了一个车子底盘，谢天谢地。”

“基特里奇呼叫布拉克。我们打出了‘本垒打’，完毕。”

答复传来，但有些断断续续、含混不清：“收到，完毕。”没有更多的话语了，弗兰克本以为布拉克会对他们的发现表现得更激动一些，毕竟现在他们有活下来的机会了。

他检查了一下氧气余量，35%。

“我们可以先搭好一台，开回去，然后明天再来取第二辆。”他说。

“为什么不两台都弄呢？”

“因为我们没有时间这样做。”他用刀割断了绑着格栅底盘的尼龙扎带，然后他们两人一起把它从里面拿了出来。他们选了稍远处一块开阔的、不太崎岖的地面，把它放在上面，准备开展工作。底盘是由轻量化钛管制成的，它在火星上显得更为轻巧了。

密封的货桶里还有许多其他重要组件，车轮、作为减震器使用的成对弹簧，以及每个车轮上都需要装的电机；控制板已被固定在了底盘上，位于驾驶座的前方，同时，驾驶座也已经被固定在车架上了；还有动力单元，它是这整套装置中最复杂、最关键的部分，如果这个东西没用，那他们手边有的就只是一辆巨大的购物推车罢了。

整个燃料电池是一个真真正正的黑色盒子，外部还有几个插入端口。说明上写道，其内部零件无法由用户自行维修。但到了某个时候，他们总归不可避免地要打开并维修它，因为这里没有其他人能够帮他们修。

不过他们早已练习过组装。弗兰克和玛西的组合虽算不上天衣无缝，但也算是合拍。他们倾听过彼此的抱怨，也见识过彼此的愤怒。

弗兰克负责力气活，在他将底盘抬起的同时，玛西负责将车轮放置到位。随这批货物一起的两把电动扳手都没电了，要么是因为在货舱里待了一年电量耗尽，要么就是一开始就没人给它们充过电。他们必须手动拧紧车轮，可手边只有一把可调节扳手。

那会在很大程度上拖慢他们的进度。

他再度查看了自己的氧气余量，20%。那么他还有……好吧，这可不是什么好的预兆。他本可以直接算出来的。他原本就擅长计算，在脑中计算工作量以及荷载，并得出一个正确的结果。一小时四十五分。

他们的时间很紧。

“但凡我们能留到下次做的事，我们都先不做了，”他说，“能把这辆车开起来就行。”

“我以为我才是负责人，弗兰克。”玛西将轮毂上的最后一个螺母拧好后，将扳手递给他，然后转身去拿第二个车轮。那车轮几乎跟她一般高，她仍毫不费力地把它立了起来，然后推着它穿过火星的地表。团团尘土在她身旁升起又落下，给周围的一切都蒙上了一层灰。

弗兰克用空着的那只手擦了擦面罩，说：“你确实是，我只是想提醒你一下。”

“不需要提醒我，做好你的工作就行。我还是觉得我们有时间把两台车都搭好。”

“我们为什么不先看看装一台要花多久呢？”

“你为什么不把底盘抬起来，好让我把轮子装上呢？”她调整好轮胎的方向，扶着它立在原地，看着弗兰克将两只手套拍了拍，然后抬起了那个开放式格栅底盘。尘土飞扬，但它们几乎就在下一秒又落回了地面。

“再高点儿，”弗兰克照做了，“抓好了。”

他感觉到手上传来一阵令人心满意足的、结实的振动，车轮随之滑了进来。

“扳手。”

他将它递给她，然后边踢着脚跟边看着她工作。这就是问题所在，他没有她那么多事可做，也没有什么事情可供他转移注意力。

他可以去测试一下电路。燃料电池真的很重，在地球上的时候，他们两个人一起才能抬得动它。它在这儿就没有那么重，但长度有些尴尬，一个人还是难以搬动。不过他可以把控制面板搬过去，直接在货桶里进行测试。

控制面板上显示着各种数字，一条绝缘粗电缆从燃料电池的后面伸出，它另一头的终端插头需要被牢牢地插入并固定到燃料电池的黑色外壳顶部。他将控制面板从驾驶杆上取下，夹在胳膊下面，然后俯身靠在货桶边，试图插好它的连接插头。

宇航服的躯干部分有些过于坚硬，使得他在弯腰时够不到那么远。于是他站在桶盖上，又试了一次，这一次他成功地将插头推入，并拧好了上面的锁扣。

他将控制面板放在桶沿上，取下了电池开关上的盖板。他的手指停在了上方，他不明白自己还在等什么。它只有两种可能，要么有电，要么没电。就算它无法正常工作，也不会导致什么灾难性的后果。

至少目前还不会，因为圆柱体舱里还有另一块电池包，那是配给第二辆越野车的。

他压下开关，经过了令人心跳骤停的一秒后，控制面板亮了，开始了它的启动程序。

“情况不错。”他说。他本想直接用手擦掉脸上的汗水，但现在只能等风扇慢慢地将其吹干。他喝了些水，看了看各项读数，说道:“我们的功率为百分之百，系统压力稳定，电量满格。这真的能行。”

“我准备好装下一个轮子了。”

弗兰克将控制面板放进货桶，这样即便人不在旁边，它也不会有掉下来的风险，接着他再次抬起了底盘。她一下子就把车轮放到了正确的位置，这很好，因为如果越野车的平均速度为每小时十千米的话，那么他们需要花一个半小时才能回去。弗兰克的氧气余量基本上也就只有这么多了。

如果是开车回去，他们就不用走路，也不用因此而消耗额外的能量，氧气也可节省一些。这能够带来一些富余。但他们才刚刚开始连接电路，再搭一辆越野车是绝不可能的了。至少今天不行。

他开始把所有东西都拖出来，这样一来，他们就不必三番两次地回到圆柱体舱里去取各种零件了。车轮驱动电机的电源线、斗式座椅以及控制板下面的驾驶杆，他现在就可以把它装上，鉴于目前第三个轮子已经装好了，至少可以把它手动固定在车架上。电动绞盘、牵引杆、车灯、翻车防护栏和摄像头还需要等一会儿。

如果他们不能在十分钟之内启程返回的话，他们就回不去了。也许十五分钟吧。他可不想赌一把。

第四个车轮。

“如果你能装得更快一点儿，那就更棒了。”

“难道你想让轮子在我们行驶的途中掉下来吗？我们一开始就要把它装好，不然不如不做。”

“我们没有什么别的选择了，玛西。差不多就行了。”

“那倒是赶紧开始把东西插起来啊，把电缆固定好，座椅装上。燃料电池可以最后装。”

他用力将电缆抖开。由于低温的关系，这些电缆线变得又僵又硬——还有那些用来把电线固定到管道上的尼龙扎带也是同样的状态。现在的状况是，插头的连接器都躲在车轮后面。要够到它们是挺容易的，但要将插头推到底并锁好还是比平时难得多。时间的紧迫又让这件事变得更为困难了。

他为了稳住情绪而深吸的每一口气都是在透支所剩的氧气量。

玛西完成了手头的工作，她跳上车子底盘，将控制面板上的螺栓都固定好后，说道：“把椅子给我。”

他半递半摔地把椅子交给她。她把椅子放好，开始费力地拧起每个角上的螺母来。

“我只剩 14% 了，”弗兰克说，“别管它了。来帮我把电池包装好。”

她有些不情愿地放下扳手，跳了下来。即便是如此简单的一个动作，也花了她很长时间。

他们将燃料电池从货桶中取出。它的包装散落在了铁锈色的沙地上。

“我说真的，别管它了。”

车子底盘的前部装有一个笼子，他们将燃料电池插入其中，其目的是给前轮施加更多的重量，让车子变得更容易驾驶。笼子上有一块用于保护电池外壳的坚固底座，以及用于连接插头的开放式侧面。上面甚至还有一个红色箭头，标出了电池包放置时，应该哪边朝上、哪边朝前。

他们徒手把它抬起，将底部对准笼子。

“把它滑进去。稳一点儿，直着进去。”

玛西用扎带固定好笼口，弗兰克则负责将剩余电缆的另一头都插好，一根，两根，三根，四根，固定到位并锁好。至于那些连接着控制面板的电缆，一推、一扭、一拉即可，玛西趁此时间完成了驾驶座的固定工作。

她按下开关，控制台被点亮了。驾驶杆看起来就像是电子游戏里的那种，以最小的限度与车子连接在一块儿。油门和刹车一类均由驾驶杆上的手柄控制。

玛西活动着手指，握住了驾驶杆。

“赶紧爬上来，准备出发了。我们来看看，是不是可以开到每小时十千米以上的速度。”

弗兰克爬到她身后，在这之前，他还不忘捡起她落下的扳手，找到了它两头之间的平衡点，然后放进了自己的腰带。他将双脚夹在开放底盘的格子里，身体向前，紧紧地抓住椅背。

“随时可以出发。”他说。

她按下加速按钮，越野车开始以极慢的速度向前滚动。“我可以做到的。”她说。

玛西开着车转了一个圈，车轮根据转弯的方向各自转动着。终于，她将车头对准了下方的撞击坑，他们朝着那座遥远而低矮的火山出发了。火山的脚下正是他们的飞船以及活下去的唯一希望。她紧紧地握住驾驶杆，飞驰而去，片片尘土在他们身后飞扬。

十二

斯巴达项目报告（文件日期标注为 2039 年 1 月 11 日）

已修复文档目录中的第 7 节

7. 船员功能

7.1 机器人与人类船员的比较

7.1.1 机器人仅能执行既定任务

7.1.1.1 人类船员有多种功能

7.1.2 机器人无法学习

7.1.2.1 人类船员能够通过重复训练更快、更好地完成任务

7.1.3 机器人无法随机应变

7.1.3.1 人类船员的工作效率能够随时间增长而变高

7.1.4 机器人可能会损坏

7.1.4.1 人类船员能够进行自我救治或对医疗干预做出反应

7.1.5 机器人无法做出应急措施

7.1.5.1 人类船员能够对紧急事件做出即刻响应

7.1.6 机器人需要大量电能

7.1.6.1 人类船员能够很大程度地减少所需电能

7.1.7 机器人可以通过重新编程的方式立刻执行新任务

7.1.7.1 人类船员需要一定的训练时间才能执行新任务

7.1.8 机器人不消耗资源

7.1.8.1 人类船员在基地搭建阶段内需要大量的持续资源投入以保证其正常运行

7.1.9 机器人不需要受保护的安全环境

7.1.9.1 人类船员需要大量的前期基础设施投入

7.1.10 机器人不会抱怨

7.1.10.1 人类船员需要进行心理管理

7.1.11 机器人不会累

7.1.11.1 人类船员需要休息时间

7.1.12 机器人的损耗不会带来感情波动

7.1.12.1 人类船员会对失去成员一事做出情感化反应

影子已经变了方向。不知不觉间，太阳已经高高升起，开始朝着地平线往下沉去。他们迎着太阳的方向驶去，周围的光线仍旧像沉闷的冬日那般暗淡。地表的岩石颜色正在不断变深，天空也在由粉转红。大气中的浮尘仿佛一条柔软的毯子，低垂在地平线附近，随着太阳的不断下沉，这片浮尘投下的阴影正在变得越来越大。

弗兰克全身都粘上了一层这种灰尘。这层薄膜有一种莫名的黏性，他怎么都掸不干净。

他开始担心起今后要使用的任何一台机械上面都可能会积起这种灰尘。以前在现场工作时，他总会让设备保持清洁，因为这样不但可以让它们保持良好的工作状态，即便发生了故障，也能够随时发现。路上有一块半掩在土里的小型岩石，玛西撞到了它的边缘，整个车架都震动了，他不禁嘟哝着抱怨了一番。她可是有座位的，而他却只能徒手抓着椅背。希望她能记得后面还有个人。

尽管弗兰克看不见码表，但他可以感觉到他们似乎更像是在观光，而不是在以每小时十千米以上的速度前进。他能看见的只有两脚之间的地面。他也不敢放开手去查看宇航服的剩余氧气量，因为如果他这么做的话，很有可能整个人都会被震下车。车轮的吸震速度似乎有些跟不上目前的速度了，即便是小石子一类的障碍物，也能造成整车的震动。如果速度慢一些，一定会更舒服。但现在舒服并不是他最关心的问题。但愿玛西能够在氧气用尽之前及时地把他们载回去。

在他刚开始工作那会儿，在拥有自己的公司之前，曾发生过一起致命的事故。当时，他们正在拆除并清理一间废弃加油站，好让后续开发商在上面重新建一堆千篇一律的楼房。有几个人进入了位于地下的废弃油罐。较重的石油气沉淀在油罐底部，排光了那里的空气，那几个人正好跑了进去。如果弗兰克年纪再大一些，如果那些更明智的人没有及时地制止他，那么他很有可能也已经加入其中了。

他发现他们就瘫倒在梯子底下。他们没有受苦，仅仅是睡着了。

他不会变成那样的，他还有一整个基地要建。并且有人向他做出过承诺，他能够再次回家。所以他必须先回到飞船上，而飞船仍远在看不见的某处。

玛西开得有像她刚才放言的那般快吗？也许吧，甚至比那更快。他已经浑身发疼，但不得不坚持下去。如果他摔下去的话，她会回来找他吗？她会注意得到吗？她好像也没有办法转头查看身后。如果他大声呼救的话，她会怎么做？她可能会停下，重新把他接回车上，即使这样可能会把他们两个人都害死。

他一边想知道他们还剩下多少误差的余地，一边又不想知道。无知是福，但同时也很吓人。

尽管他们只走过一次这段路，而且还是从另一个方向，但他还是认出了这里的地形。撞击坑的中央排列着那些低矮、参差不齐的小山丘。山壁约三百米高，将中央的低地团团围住。他们看不见，但能感觉到火山的主体在南部的边缘处。在前面等待着他们的是一段陡峭的上坡路，他们必须想办法上去。

整个山坡都铺满了松散的沙砾，这就是来时的那段路。

玛西放慢了速度，越野车逐渐停了下来。她花了点儿时间查看自己宇航服上的控制器，把它合上后又抖了抖手臂。

“你在后面还好吗？”

“还活着。”

“开车上沙丘时有一个小技巧。我知道这不是沙丘，但它看起来就像一座沙丘，所以我准备用同样的方法。这个斜面挺滑的，坡度不算太陡，但它很长、很高。如果我开始往两边开或者快要翻车时，你必须马上跳车，不然留在车上你的脖子会断掉的。”

“那你怎么办？”

“我也会跳下去的，不需要担心。”她活动着手指，把手放回控制杆上。

“我只剩5%了，”弗兰克说，“你呢？”

“一样。”

“够让我们回去了。刚刚好。”这建立在宇航服上的读数是准确的前提下。如果实际的数字比误差范围更大一些，那就更好了。

他把腿从车架里抽出，改为跪在上面，双脚抵在翻车防护栏上，然后用双手撑住自己。这不算什么舒服的姿势，但至少到了必要时，他可以随时起跳。

玛西将轮胎硬度调低了一些，越野车往下沉了沉，原本两片靠在一起呈尖角状的轮胎护板向两边松开，整片与地面贴合在一起，然后车轮开始再次滚动，向着山坡底部顺利地加速前进。

车轮转动着，向上挖出一条通路来。至少车子在一开始似乎完全没有减速。到了山坡中途，坡度开始变陡，沙层开始变厚。山坡的表层裂开了，沙子开始往两边溢出。玛西判断这没有问题。她继续笔直地朝着山坡顶部前进，并借着先前积累的动能，一鼓作气越过了这个最困难的路段，来到了上方沙层更浅的地段。

这时他听见周围有规律地响起阵阵低沉的隆隆声。经过了一整天的寂静无声，他起初以为自己幻听了，或者只是通过紧紧抓在手中的金属架感觉到的。事实上，他所听见的正是开足最大马力的四台电机，以及车轮不断撞击在流沙上的声音。

声音逐渐消失，他们只需冲破山坡的边缘——一道柔和的山脊——即可到达山坡顶部。玛西握紧了转向控制杆，身体略微向前，他们艰难地前进着。越野车向前一颠簸，接着重心恢复了正常，速度慢了下来。

“我们每次都要这样吗？”他问。

她没有立即回答。“是的，”她最终说，“不过应该会有更简单的上下山方法。我们需要在地图上标出来。”

“你刚才做得很棒。”弗兰克拍了拍她的肩膀，或者说是盖在上面的那具坚硬盔甲。他感觉到她在颤抖，于是迅速将手拿开。他听到她嘀咕了一阵后，用吸管喝着水。他将手收回，重新调整好姿势，并等着她把轮胎的硬度调回去，然后离开这一片岩石遍布的高原。

她没有动静。

“玛西？”

“事情有些，”她咳嗽道，“不对劲。”

“好的，等一等。爱丽丝，玛西出问题了。”

一小段死气沉沉后，传来声音：“闭嘴，布拉克！没人在意我是叫谢泼德还是爱丽丝。是她本人还是宇航服出问题了？”

“还不清楚，”他翻过越野车的车架，来到控制装置的另一侧面对着玛西，“我看不清楚她。”

他伸手擦了擦玛西的面板，看到她的眼睛又红又湿，喊道：“玛西！玛西！”

玛西一脸困惑地看着他，张着嘴，似乎在拼命喘气。

“我找到她的诊断信息了。血氧量没问题，呼吸频率过快，心率过快，血压也在不断升高。等一等，我需要看下心电图。”

“玛西？”弗兰克捧住她的头盔，敲击着它，“你还能说话吗？我正在和爱丽丝通话。”

“心律异常。”

“什么？”

“她的心脏跳拍了。她宇航服的二氧化碳量显示什么情况？我这里可以找到，但你那边会更快一点儿。”弗兰克把她的宇航服控制器翻下来，看着倒置的屏幕。正当他试图用按钮滚动菜单时，玛西一把将他的手推开了。

“你干什么？”她口齿不清地说。

“我想帮你，”他又试了一次，但她再次将他推开，“她不让我看。”

“等我一下。”

“我们没时间了，爱丽丝。”

“我猜测她的二氧化碳过滤器很有可能失效了。她吸入了过多的二氧化碳。你可以接手把她载回来吗？”

“我马上就来。”

他跨过控制台，解开玛西的安全带。安全带落下后，他抓住她的手臂，一只手架在她的腋下，另一只手放在那台隆起的生命保障系统下面。

“起来，玛西。剩下的路我来开。”

她反抗着，过于激烈的反抗让他一下子没反应过来，失去了平衡。他的脚滑了一下，接着缓慢地向后倒去。但他仍旧抓着她，把她从斗式座椅里拖了出来。

在落地之前，他还有一些时间可以思考到底应该放手还是继续抓着她。他既不想用背部，也不想用脸部着地。那就用肩膀着地好了，把双手放在里侧。他将玛西拉近，想要护住她宇航服的那些重要部位。

弗兰克双臂环抱着她，他们落地了。地上有石头，但还好没有扎破什么东西。尘土飞扬，落在他们身上。玛西的身体开始痉挛，她的眼睛翻白，呕吐物在头盔内部飞溅。

“她……发作了。爱丽丝，我该怎么办？”

“把她脸朝下放在地上，打开她背上的舱口，强制重启她的生命保障设备。”

“把它关掉？”

“然后打开。抓紧！”

玛西现在不再抵抗了。弗兰克将她翻过去，手指在开口处笨拙地摸索着。他终于把手指伸了进去，向上一拉，盖子打开了。他受过训练，知道要找什么：右上角的那个嵌入式按钮。

他按下那个红色按钮。灯光熄灭了。

“等多久？”他问。

“十？十秒钟？”

“你不知道？”

“不知道，我只能尽力而为。”

他等了八秒，再也受不了了，便按下绿色按钮，看着宇航服再次启动。

“弗兰克？”

“爱丽丝。”

“她还是心律不齐。”

“我能做什么？”

“什么也做不了。把她抱到越野车上，尽快回到这里来，越快越好。”

“她又发作了。”

“那就让她保持脸朝下。”

“我得把她绑起来。我没法抱着她开车。”

“天哪！那就赶紧去做，弗兰克。”

他抱起玛西，她就像个布娃娃，很轻，四肢软趴趴的，但搬动起来还是很困难。她的双腿拖在地上，手臂荡在两边，尽管宇航服的坚固外壳套住了她的上半身，但它的体积太大了。他没法把她轻柔地放到越野车上，于是他以一种类似举重的动作将她高高举起，然后把她扔上车架。

他还剩下一些扎带，便用其中一根绑住她的手腕，收紧，然后穿进另一根，固定在一根支撑条上。他对她的脚踝也进行了同样的操作。他透过头盔看向她的脸。她闭着眼睛，没有任何反应。

他没有时间胡思乱想了。他必须把她救回来，让爱丽丝施展一下她的魔法。他爬进座位都花了好几秒钟，更别提去系什么安全带了，已经没有时间可以再浪费了。他握住方向控制盘，按下加速按钮。电机在格栅底盘下面轰隆作响，轮胎在泥土中留下道道抓痕。越野车向前驶去。

他已经可以看到他们的飞船，看到它在眼前变得越来越大、越来越清晰。只剩下几分钟的路程。他不能转头去看玛西，甚至不清楚她是否还在后面。车上原本配置了后置摄像头，但他们把摄像头留在了那一堆零件中，准备之后再装。

一种熟悉感向他袭来。那种无能为力、做什么也改变不了眼前情形的感觉，那种被迫要看着他关心的某个人、他负有责任的某个人在自己面前死去的感觉。

越野车开起来的感觉跟地球上很不一样。它仿佛是飘在地面上的，每撞到一个小土包，都好像要飞起来似的，每撞到一块大石头，轮胎都会暂时失去控制。如果他没有开得这么快，也许情况会好一些。他与方向盘斗争着，不断调整着方向，仿佛在参加一场拉力车赛。

他咬紧牙关，专心往前。

“爱丽丝，我马上就到了。”

“一到这里，你就给我马上进去，听懂了吗？我来处理玛西的事情。”

“我可以把她抱进去。”

“你没有氧气了，弗兰克。我可不希望手边有两个病人，还得决定要先治疗哪个。我是医务负责人，这是命令。”

“我没有必要听你的。”

“如果你还想活下去就照做。”

还有三十秒的路程，二十秒，十秒……

他把车停在外面，这时，他才意识到这些充斥耳周的噪声正是宇航服的警报声，尖锐的声音响个不停。气闸舱门已被打开，有人正站在最高一级台阶上等着他。

“爱丽丝？是你吗？

“赶快进来，弗兰克。”

他爬出座椅。他的双手已然麻木，他的前臂因崎岖地形导致的震动而疼痛不已。他什么都抓不住，就连从越野车的敞开式格栅底盘上走下来也是那么艰难，他半滑半跌地倒在地上。

爱丽丝抱住他，把他扶起来，然后将一只手放在他背上，把他推上舷梯。

“玛西怎么办？”

“我说过我会处理她的事情。”爱丽丝把他放在气闸舱入口，然后猛地把他推了进去。他摇摇晃晃地飘向另一侧的舱门，她从他身后伸手进来，按下了按钮。外闸门开始关闭。

“玛西呢？”

在门还没有关上多少，他还可以钻出来的时候，她站在门槛上再次将他推到最里面。门隙变小后，她退回到了外面的平台上，闸门将弗兰克关在了里面。

“你在做什么？”

“我在救你的命，你这个白痴。”

“但是玛西。”

“她死了，弗兰克。她已经死了五分钟了。我们已经无力回天。”

“但是……”

“没有但是。在所有人当中，我最清楚死人是什么样子。她的心脏已经停止跳动，也没有呼吸了。我把她弄到里面要花五分钟，再花五分钟脱掉她的宇航服，然后还要清理她的呼吸道，注射肾上腺素，最后才能给她做心肺复苏。”

他的宇航服还在发出警报，但随着空气涌入这个空间，噪声的性质正在发生改变。

“你现在脑子不太清楚，你马上就要缺氧了。当压力一旦保持平衡，你就要马上把宇航服打开，知道了吗？”

内闸门滑到一边，弗兰克跌倒在布拉克的脚边。

“你听到医生说的话了。把宇航服打开。”

仍然四肢着地的弗兰克翻开控制器的盖子。他的视线变得模糊，什么也看不见了。

“我……”

“天哪！你甚至连最简单的事都做不好，基特里奇。”

弗兰克眨了眨眼睛。其中一个选项是亮着的，另一个没亮。他用手指戳了下去，只能相信自己按对了。

一声咔嗒声，随后是一阵嗡嗡声。弗兰克透过过滤器感受到了稀薄的空气。

气闸舱门再次移动，爱丽丝走了进来。她把弗兰克拖成坐姿后，径直站在布拉克面前，那是一个显而易见的直接挑衅。

布拉克背过身去看着那些显示屏，说道：“帮他调整好。他明天还得出去。再解冻一个人，我们不能偏离计划。”

十三

内部备忘录

2039 年 3 月 7 日

致布鲁诺 · 蒂勒

自斯巴达项目小组

抄录自纯纸质副本

我们建议您不要将本项目看作一个殖民项目。它更像是一次排练。如果我们将这次任务当作一次全新的尝试，预计将会有一定程度的船员损耗。任务途中会出现失误，设备会失灵，不是每个人都能活下来。因此，请您做好可能损失两名船员的准备，他们可能会遇到某些致命或致残事故。如果他们事前知晓此情况，我们的应征人员会有很大概率变少。

由于我们有可能会失去部分声誉良好的芝诺员工，公司内有他们的朋友，公司外还有他们的家人，并且考虑到今后的诉讼与赔偿费用将会侵占我们原本节省下来的费用（这些费用几乎可以再建造一个火星基地）。在此，我想提出一个能从根本上解决问题的方案。

芝诺在十八个月前收购了一家名为环形监狱的安全公司。环形监狱公司与加利福尼亚州惩教和改造局签订了一份合约，它负责管理运营该州的四座监狱设施。这为我们提供了将囚犯运送至火星并将他们用作劳动力的机会。我已咨询过，如果我们将火星基地指定为教养所，这项操作是被允许的。

您可能会对此项提议有很多疑问。我的团队正在努力寻找这些答案。我建议我们下周见面开个会，以便向您展示一下我们的所有调查结果。

弗兰克并不确定狄狄在这之前有没有见过尸体。但弗兰克已经割断了扎带，他们俩唯一的选择就是共同把玛西从越野车后面抬下去。也许是因为弗兰克的某些肢体语言已经透过这件笨拙的宇航服传达了出来，狄狄并没有任何怨言或反对。弗兰克对此感激不尽。他们俩都不爱说话，在沉默中完成了搬运工作。

爱丽丝说她会兑现自己“处理”玛西的承诺。他不明白那是什么意思。他猜测，也许有某些埋葬死者的正规程序。他甚至不清楚这里有没有铁锹。但关于这个问题，他不想再进一步深入思考了。

经过无声的协商，他负责抬起脑袋那头，他故意将目光看向别处，接着，他们将她脸朝下放在了地上。她的宇航服仍然充着压，鼓鼓囊囊的，像之前那样沉。似乎人类的灵魂还没重到能够让他感觉到有什么差别。他从她的腰带上取下平板电脑，然后打开，确认它还有足够的电量可以工作，他把它固定在了自己的腰带上。

“你准备好了吗，狄狄？”

狄狄点点头，眼神越过弗兰克，飘向了飞船、火山、撞击坑壁和粉红色的天空，他那张年轻的面孔因敬畏而变得呆滞。

“你得跟我说话，告诉我你没事。你必须随时保持联系，如果你觉得热、冷、困、头疼、呼吸不顺或你的警报响了都要告诉我。明白了吗？”

狄狄再次点了点头，酝酿了一番情绪后，说道：“好的，弗兰克。没问题。”

“爬上来，腿从这些支撑条里穿过来，抓住这把椅子的靠背。我会开慢一点儿，时不时停下来看看你的情况——这样我们也可以相互看看彼此的情况——可不能傻乎乎地冒险。明白了吗，狄狄？”

“明白了，弗兰克。”

他们今天有两项工作：把第二辆越野车搭好并安上拖车，然后开到撞击坑的另一侧上面，回收太阳能电池板。如果他们不去回收的话，燃料电池将无处充电。飞船上的发电机与电池已经到达了极限，仅够维持船上系统的运转。如果越野车没电了，他们便失去了交通工具。如果飞船也供电不足，那他们就只能在原地干等着被冻死或者窒息而死，就看哪个会先找上门来。

弗兰克认为这是任务的又一个缺陷之处。缺陷还远不止于此，其中让他感到最为棘手的是那台落在一百三十千米之外的供给舱。他们几乎对此无能为力，但重点是，它甚至也有可能在大半个星球以外。

其实只要把飞船开到撞击坑东侧附近，然后降落在整片空投区域的正中央，许多问题就可以迎刃而解了。当然了，他们都不会开飞船——至少弗兰克并不觉得布拉克会，虽然实际上他对布拉克一无所知——毕竟他们一路上一直处于冬眠状态。但在已经知晓补给舱降落位置的情况下，任务控制中心的某个人仍然将飞船降落在了最初的目标附近。

他无权干涉。即便这一切的发生自有其原因，他也未曾有过任何发言权。他和其他队员不得不面对这一堆烂摊子，并从这片混乱之中找到一条出路。

弗兰克在座位上坐好，把自己的面罩擦干净后，以每小时十千米的速度将越野车向货物投掷点驶去。他在地图上可以看到——昨天还是玛西给他看的——在山坡与撞击坑山缘交接的地方，坡度是最平缓的。这会让他们绕一些路，但这样更安全，这才是他们现在最需要的。就在他们面罩的另一侧，危机已然四伏，不需要再增添任何风险了。

低速显然让整个行驶变得更为顺畅了。轮胎上的护板在轧到石头时会变形，开过去以后又会恢复。甚至连通往撞击坑底平地的那段下坡路，开起来也平缓极了，弗兰克只需统一车轮的朝向即可。

“这些地方有名字吗？”狄狄问。

“除了火山和撞击坑以外吗？我不知道。”

“也许我们应该给它们起几个名字。”

“也许吧。”他还没想过要在这里给东西取名字，不过在地球上的芝诺设施里，他确实这么做了。这好像是那些会在这里一直待下去的人才会做的事。这仅仅是他醒来的第三天，也许昨天的不真实感影响到了他。他仿佛仍在做梦，如果要给这个山坡、那排小山和那个有着尖锐山缘的撞击坑，或是一块大石头取上一个永久的名字，那只会更加明确他眼前所面对的现实。如果他给事物取上名字，那么他便拥有了它们。

行驶到撞击坑底部后，他看到了他们前一天留下的轮胎痕迹，在整片沙地中依旧清晰可见。他现在可以放下地图，只需跟着轮胎印向东走即可。

一个多小时以后，他们到达了圆柱体舱附近，各自检查了一下自己的宇航服，查看了氧气瓶和水箱的存量，检查了压力有没有问题，内部气体的成分是否正常。他们俩几乎没有消耗多少，余量仍有90%。跟昨天相比，真是完全不同的境况。

他需要手把手地教狄狄安装方法，不过这并不是什么大问题。“站在那里，把东西拿好。”这一句话足以胜任大多数步骤。当到了某些需要专业知识的环节时，弗兰克会事先一步一步地进行讲解。

此时，两台越野车都已安装完毕，配好了车灯、摄像头、翻车防护栏、牵引杆和电动绞盘，接着他们将注意力转向了拖车。他们得把它们组装起来——通过贯穿螺栓将其固定在水平方向上，车轮则需要安装在全长的三分之二处。

组装完成后，他们将拖车钩在越野车上，弗兰克爬进空空如也的舱体，检查是否有遗漏。狄狄则负责收起所有的包装材料，并放在货桶里交给他。他一左一右地把它们堆好，最后，只剩下那顶巨大的降落伞伞衣要收了。

本来以为那会很困难，但事实并非如此。褶皱中几乎没有什么空气，他们两个人就可以把伞衣捆好并搬走。弗兰克关上这艘补给飞船的舱门，检查了一下自己的工具腰带。

“感觉还行。”狄狄说。

“现在感觉还行是因为我们清楚自己还有充足的氧气。在这个前提下，所有的事情都容易多了。”

“对不起，弗兰克。她……她人很好。”

他从爱丽丝那里得知玛西是如何杀死那二十六个人的，她为了绕过交通管制，擅自关闭了卡车的自动驾驶系统，结果在高速公路上撞到了一整排堵着的车。但她一直以来都对别人很好。

“是的。”弗兰克咬着嘴唇。他真的不想讨论这件事。伤口还未愈合，仍在隐隐作痛。她是在他把她绑在越野车上之后、到达飞船之前的某一时刻死去的，爱丽丝很可能永远都不会告诉他确切的时间。他总觉得自己可以做得更好一些，但这样的话，他可能也已经死了。

狄狄用戴着手套的手指在圆柱体舱一旁的沙地上画出了一个符号。不，不是符号，是几个字母。他拼出了布拉克的名字？

弗兰克在下方写道：无线通信一直开着，可以听见所有谈话。

狄狄往旁边挪了一步，又写下：可以解决，完成后会通知。

接着，他用手掌飞快地抹去了整个谈话内容，像销毁证据一般拍着双手，抖去上面的灰尘。

弗兰克点点头，说："我们得出发去下一站了，你得开车。你有驾驶证吗？"

"我有的。虽然在这里意义不大，但我会玩电脑游戏，这个控制面板看起来就跟游戏手柄差不多。"

"这跟那些射击游戏可不一样。跟着我，慢慢开。"

"我可以的，弗兰克，"狄狄爬进第二辆越野车的座位，"再说一遍，要怎么启动这玩意儿来着？"

"右手侧的按钮，"弗兰克说，"如果你开始觉得车子动力不足，或者警告灯亮了，马上告诉我。要随时讲，不要等到出现问题再说。"

弗兰克爬上车，查询地图。撞击坑壁的大部分都如同一道土城墙：称不上是一面垂直的石头墙，它被一层又一层破碎的岩石彼此堆叠着，垒得高高的，除了最厉害的那些登山者之外，没有人过得去。他们所在的东面的土墙有一段坍塌处。高处平地上的沙子被风吹落，覆盖了那些滚落的石头，使得这片斜坡变得平缓许多。此处的倾斜度为 10%，而其他地方为 100%。他将此视作幸运的开端。

他还是老老实实将车子的减震悬架调低，并教给狄狄同样的做法。很难判断沙层到底有多厚。周围撞击坑壁的大部分仍由崎岖的岩架构成，同样的岩架很有可能正潜伏在这些沙层之下。

要开到多快才可以？玛西一定知道，随后弗兰克很快意识到现在只能依靠自己大致的猜测了。那就中速吧，在斜坡底部蓄好力，希望这足够让他一直开到上面。撞击坑底的海拔比其边缘低了五百米。无论眼睛看到的是什么样，他们都是在开车上山。

弗兰克传达了他的指示，接着，他为了把越野车调整到最佳的助跑状态，开始开着它兜圈。他再次检查了一遍宇航服的状态，75%。与昨天的状况完全不同。他们本应该事先制订好应急计划，准备得更充分一些。这样的话，玛西就不会离开他，他就不必在这儿给狄狄当保姆，也不必独自舔舐伤口了。

他通过后置摄像头确认了狄狄的位置后，按下油门，慢慢地提高车速。车轮飞转，接着又慢了些下来，他能感觉到底下的地面在上升，而他则被压在了椅背上。一阵接着一阵的颠簸，车子的后轮撞到了某个看不见的障碍物，但这并不影响他稳步行进。他更用力地按着油门按钮。每小时二十千米的速度似乎足以让他开上这段缓坡。

他屏幕上的影像显示狄狄正在越落越远，说："再加点儿油门。你马上就要成功了，不要害怕。"

在没有载任何重物的情况下，空拖车猛烈地上下晃动着。它没有像前面车头那样的可调节车轮，有的只是愚蠢的普通车轮，没有电机，没有自动控制功能。在低重力作用下，它甚至发生了侧滑以及摆尾，现在他开始担心连杆可能会因此损坏。他别无选择，只得冒着熄火的危险，稍稍松开油门，并放慢车速。

不，不是熄火，因为电动发动机在停转时反而会产生最大转矩，但这同时也会带来发动机过热与烧坏的隐患。

他继续前进，脸部正对着天空。他的眼前只剩下了山坡的顶部，两侧的撞击坑壁仿佛幕布一般向两侧延伸开去。时间仿佛被拉长了。他很清楚车子正在向上爬，但他看不清身后——从后置摄像头里，很难清楚地分辨撞击坑的底部到底在哪儿——无法分辨自己到底走了多远。

他不禁好奇，如果从宇宙中向下望会是一副什么样子。两只小虫子正在爬过这座星球上那道宽广无比的红砖墙。对于火星这座宏伟的大厦来说，他们这趟艰难无比的旅程就仅仅如同一只虱子罢了，微不足道且毫无意义。

山坡的顶部似乎离他越来越近了。这是他的幻想吗？路变得更陡峭了，这是肯定的。他能够听到四周环绕着电机的咆哮声，车下的沙层松动了，下面的石头在噼啪作响。车速在下降，他紧紧握住油门控制杆。地面很松，他必须加大牵引力。他微微向前倾身，尽管这么做并没有任何用处。

里程表以每下零点几千米的速度往上跳着。他现在是不是本应该已经到达山顶了？但眼前的山坡仍旧无情地往上延伸着，迎接他的只有前方越来越高的坡面。

电机的音调发生了变化。他一瞬间以为是有什么东西爆炸了，不过紧接着他身下的座椅突然变了位置，沙滩车的头部向下一推。车子一个急停，眼前的坡面突然消失了，取而代之的是一片广袤而冷漠的严寒。

远处的尘雾使他无法望得很远，但仿佛整个世界都已尽收眼底。从撞击坑的狭窄视野中跳出后，一时间暴露在一整片火星的宏伟景象之下，他感觉肚子上好像挨了一拳。他开始剧烈地喘气。

“弗兰克？”

“爱丽丝。”

“你还好吗？你出现换气过度的症状了，心律加快，血压上升，呼吸频率加快。”

“我现在在撞击坑山壁的上面。你真得看看这个。”

“你可以跟我描述一下。”

“那里有三座大火山，一座就在我前面，一座在左边，然后……”他检查了一下刹车，然后从座位中爬了出来。狄狄还在后面，沉浸在自己的世界里，慢悠悠地蹒跚前进着。他继续道：“还有一座在后面，要穿过拉厄撞击坑。地面没有什么起伏，很平，有点儿像中西部；天空很蓝，靠近头顶这边几乎是黑的；粉色的尘雾环绕着地平线，随处可见各种大小的石头、沙子和撞击坑，深深浅浅的红色和棕色。”

“你的呼吸现在已经恢复正常了，所以你可以闭嘴了。说认真的，我又不是你们的保姆，你得学会自己照顾自己。不管你是晕倒、摔倒还是割到自己了，只要你在外面，就得自己处理。我当然可以坐在这里，像个老母亲一样看着你们的生命体征，但我现在得去解冻德克兰。他就是个喜欢哭哭啼啼的蠢货，所以赶紧去把那些太阳能电池板运回来，这样我就不用跟他关在一起太久了。懂了吗？”

“遵命，女士。”

“赶紧去。这次记得把你的同伴活着带回来。”

那话语如同酸性物质一般灼烧着他。即便伤口早已愈合，他仍得一遍遍地重新揭开那一层痂。

“一号清楚明白。通话完毕。”

作为一名公路老司机，玛西一定会喜欢这片景色的。弗兰克向狄狄举手示意，第二辆越野车也慢慢停了下来，就停在离第一辆车几米远的地方。

“我们来检查一下各自的宇航服和车子，到处都看看，然后确定一下方位，继续朝目标前进。”他绕着越野车走了一圈，事无巨细地检查着车轮和燃料电池的底部：上面有了一些划痕，还有部分轮胎护板上出现了凹痕，但不是很严重。牵引装置依旧牢固，金属焊接处没有任何裂开的迹象。

狄狄可能并不清楚要检查哪些地方，因此弗兰克带着他转了一圈，晃晃车轮，确保没有螺栓松动。

“你还好吗？”狄狄问。

“挺好的。”

“因为……”

“我很好。”

狄狄明白不该再追问下去了。

弗兰克拿出平板电脑，把地图拖来拖去地查看着。几个小小的白色叉叉标注着补给物品的降落点，它们看起来就像是一座古老的墓园，令人浑身不自在。他把手指放在屏幕上的某个叉叉上时，详细的清单就会显示出来：太阳能农场、水培设备、制氧机、制水仪，居住舱模块、通信设备、内部固定装置。他们的私人物品也在里面的某处。弗兰克那个小小的棕色纸箱，里面有他的信和书。这算不上什么优先事项，但如果到时会经过那里的话，顺便去取一趟的诱惑还是挺大的。

“就在这里以北九千米处。等你准备好了，我们就走？”

“我准备好了。”

眼前是没见过的新鲜风景，但这种感觉仅持续了一小会儿。几千米过后，就只是在重复着昨日的景象，没有任何变化。那些火山仍旧离他们很远，一片又一片似曾相识的赭石色广阔沙地，拳头大小的石头散落其上。弗兰克不断告诉自己这里是火星，一个完全不同的星球，一次全新的经历。但没有什么实感，他的体验与身体脱节了。

也许与眼前这块厚厚的有机玻璃有关，大部分声音都被它阻隔在外，就好像在观看一块静音的荧幕，仿佛根本不存在似的。他必须对此多加小心。

他跟着地图来到了圆柱体舱被标出的地方，他又一次看到了旁边的降落伞，然后他发现……

“啊，糟了！”

圆柱体舱已经皱成了一团，各种碎片散落在火星的地表上，旁边还有一堆溢出的包装材料一直延伸至远处，直到被岩石缠住，半掩在扬起的尘埃中。舱体的顶部完好无损，那里正是藏有通信器的地方，但显然那枚本该带它降落至地面的火箭出现了某种失误：发射得太早或太迟，又或者在着陆之前就熄火了。舱体的底端就如同一个汽水罐一般被压扁了，剧烈的撞击导致两扇舱门中的一扇已被完全损坏。

弗兰克走近圆柱体舱后，朝它踢了一脚。很多东西都坏了。舱体中最下面的两个货桶已经完全粉碎了，再往上的那个货桶整圈都爆开了。里面也许还有一些东西有救，但在把它们全都弄出来之前，什么都不得而知。

“看起来很糟糕的样子。”狄狄说。他捡起一块碎片，把上面的灰尘抖掉。它表面呈黑色，上面闪着光，那是太阳能电池板的其中一块。他说：“我们可能会需要这个的，是不是？”

尽管他现在并不想跟飞船上的任何人讲话，但弗兰克发现自己别无选择。

“爱丽丝，我们现在可以问德克兰一些问题吗？”

“差不多了，等一下。”

他听到一些刮擦声，然后声音传来：“行啊！我睡了一年，所以别指望我的脑子太好使。”

“装着我们太阳能农场的那艘补给船成功地把自己撞进了地里。虽然这里的地面不像撞击坑那么硬，但我们很可能已经失去了，我不知道，三分之一吧，也许更多。”

弗兰克可以听到德克兰的呼吸：“哪个部分的三分之一？”

“这里简直一团糟。我需不需要把它们全都带回去，然后你再看看能不能做点儿什么？”

“我可以从你的宇航服摄像头上截一个图。你稍等一会儿。”

“原来我们是有摄像头的？”狄狄说。

“天哪，狄狄。专心一点儿，好吗？”德克兰叹了口气，然后一言不发地看着那张模糊的照片，“这不是我想看到的。”

“那真是很遗憾。”

“我们必须把发电系统建好。你们开的那些高级版高尔夫球车可没有魔法，它们很快就会没电的。我来看一下地图。”

无线电波的噪声消失了一会儿，在此期间，狄狄开始把地面上那些乱七八糟的东西捡起来，抖一抖，然后又扔回地上。弗兰克怒视着他。

“狄狄，当心那些锋利边缘。不记得上次的事情了？”

“我找到了。你们现在所处的位置再往东十千米左右，有台负责基底负荷的放射性同位素热电机。这本来是在我们把所有东西安装好以后才要用到它的。不过在我们整理这些太阳能电池板碎片的同时，它可以马上投入使用。”德克兰说。

“那这些东西，你希望我们该怎么办？”

“能装多少装多少回来。特别是电缆、调节器、开关面板，除了明显损坏的设备以外的任何东西。找到那台热电机后马上回来。还有……要注意的是，它本质上就是一大桶放射性金属，如果它的外壳恰好也破裂的话，你们是会丧命的。明白了吗？”

“没问题，我们明白了。”

弗兰克检查了宇航服的各项读数，然后让狄狄也做了相同的检查。

“你听到他说的话了。我们赶紧把东西搬上去。”

十四

内部备忘录

2042 年 5 月 12 日

致火星基地知识库

自火星一号基地（物流部）

关于火星基地持续供给的几点注意事项：

先等需求明确后再发射的成本效率更高，仅靠猜测他们可能需要的东西会导致供大于求。到达火星的有效载荷成本平均每磅约为八万美元。因此，一吨的供给物资将花费约一亿六千万美元。

进入标准转移轨道的火箭平均需要二百六十天才能到达目的地，并且在特定的发射窗口条件以及火箭方程式中的变量影响下，整个航程所需的时间可能会有一定的减少或增加。目前，我们计划分两阶段发射，最初的基地与基础设施建设所需物品将会在 2045 年 12 月至 2046 年 4 月之间离开地球，美国国家航空航天局的专用设备则会在 2048 年初离开地球。

在第二轮发射前，我们就会知道哪些物品未能到达火星。轨道摄影的数据将在 2046 年 11 月之前传回，到时即可弄清货物的所在位置，即便有关键物品未能成功到达火星，我们也仍有时间通知美国国家航空航天局。在必要时，我们将自费重新发射补给物品。

他们有电了。那台热电机现在就放在飞船外面的沙地上，粗壮的电缆从中间蜿蜒而出，在电缆的长度范围内，他们将其放在了离飞船最远的位置。它看起来就像是一个矮胖的死亡天使，那对翅膀所辐射出的热量是如此巨大，以至于上方的空气全都闪着光亮。

德克兰也在外面，正在尽他所能将太阳能电池组的残骸拼到一块儿，它们本可以为他们提供更多的电力。太阳能接收板本身损毁最为严重，他们目前也没有找到什么很好的解决方法。唯一的办法就是从地球重新发射一组新的太阳能电池板过来。

他们必须重新规划目前的供电能力，至少也算个开始吧。他们的电力只够供应飞船上的一台水暖设备工作，虽然这里很多设备的能耗都被设计得很低。飞船自带一台发电机，虽然它的功率远没有这么高，但如果把所有东西串联到一起，它仍有可能发挥一定作用。

德克兰刚说完，这个想法就被布拉克直接否定了。飞船不能进行任何改装，没得商量。

下一个优先事项是供氧。制氧机需要电力，但他们电力不足，无法产生氧气。现在氧气也供应不足，已经有五个人被唤醒了，氧气存量消耗得很快，芝诺似乎完全没想过要给他们打包一些紧急情况下使用的备用氧气瓶。

越野车需要接上电源整整半天后，才能将电池中的水重新电解回混合燃料气体，从而为下一次任务做好准备，但制氧机也需要用电，才能把宇航服生命保障系统里的那些氧气瓶重新灌满。

弗兰克并不喜欢这些预计，尤其考虑到还要加上诸如水、暖气和照明等其他必需品。供应不足是一定的。如果有某个地方更需要电，他们就必须关掉几台设备。

“那不在你的考虑范围内，基特里奇，你唯一要做的事情就是把全部有用的东西运回到这里。”布拉克说。

弗兰克在脑中纠结了一会儿要不要再多说些什么，不过在看到狄狄的表情后，他最终决定说出来：“如果我们失败了的话，怎么办？如果我们在地表上找到的那些未受损组件加在一起都不足以拼凑出一座可供我们生活的基地呢？”

“难道现在这里没有供氧吗？你是听不懂我说的话吗？”

“我们的应急措施是什么？我们的退路在哪里？”

他们现在身处最底层，这里没有任何可供他躲避的空间。无论愿意与否，他们必须面对彼此。

“你在这里的职责只有一个，就是把基地建好，并让它顺利运行。如果你不喜欢你的工作，气闸舱就在那里。自己找人抱怨去吧。”布拉克说。

弗兰克的内心升腾起一股一反常态的怒火。他现在只想朝着布拉克的脑袋来上结结实实的一拳，让他整个人撞到梯子上。这个人没有做出过任何贡献，除了呼吸、吃、喝，他有做过什么事吗？

但他们有过一个约定：如果他们活了下来——如果他们两个都活了下来——他们都可以回家。

“没有人跟我们解释过为什么食物会不够，没有人跟我们解释过当食物、水或者氧气用尽时到底会发生什么。也许，如果我们清楚现在到底是什么情况……”他的情绪崩溃了，“那还能找到些什么？”

“可以更好地生活。我们现在喝的可是自己的小便，虽然可以撑一段时间，但不可能一直这么下去。我们的食物会先被吃完，接着水也会被喝完。现在，你们要去把居住舱模块找回来，下一次任务则是要把水培模块找回来，”布拉克站在那里，双手叉腰，“你还在等什么？你和口吃男孩赶紧把宇航服穿好，该去山上了。”

爱丽丝退了回去。一开始，他们都把那个地方称作“冰盒”，虽然船员们只是被低温保存起来而已，并没有被真的冻起来。弗兰克检查了自己的宇航服，然后敦促狄狄也做了同样的检查——这个男孩对这件事总是表现出一种奇怪的松懈态度，每次都是如此，即便这件事在关键时刻也许能救他一命。

弗兰克检查了自己的氧气瓶、空气过滤器，然后把水箱加满，并在支架上放上一条新的能量棒。然后，他眼看着狄狄在那里开心地玩着胸口的控制器，将按钮按来按去，浏览着上面的菜单。

弗兰克将平板电脑与主电脑连接，下载好更新过的地图与详细信息。

在这种时候，狄狄就有兴趣了。他向弗兰克挥挥手，叫他把平板递给自己。等到弗兰克准备爬进宇航服时，他还在上面戳来戳去。

“狄狄，把它放下，赶紧准备一下。我们还有工作要做。”

“我就是检查一下等下要用的东西，一会儿会有用的。”他将平板电脑递还给弗兰克，然后看了眼布拉克在哪儿。此时，这个男人正站在总控制台前，背对着他们俩，于是狄狄向弗兰克抛了一个极为夸张的媚眼。弗兰克完全搞不懂那是什么意思。布拉克被屏幕上的某样东西吸引住了，几乎是在心不在焉地操作着，完全没有看到这边发生的事情。

弗兰克先是将平板电脑与重新充好电的电动扳手一起扣在自己的腰带上，然后将上半身伸进宇航服。他的脑袋穿过颈环，伸进了头盔。他甚至已经有些习惯周围那圈沉闷的声音了。他合上宇航服，检查了一遍所有的读数，以及脸周的气流是否正常，然后给狄狄竖起大拇指。

狄狄终于爬进了自己的宇航服，合上了背上的后开门。弗兰克率先走进气闸舱。

他已经对这种空气被抽走时的感觉很熟悉了，外闸门打开时那股突如其来的吸力也不会再吓到他了。他走到外面的平台上，环顾四周，看着越野车、飞船、撞击坑壁以及远处那片蒙尘的天空。就连那台黑乎乎的热电机——高如弗兰克的身高，宽如他的臂展——也不再那么震撼了。

其中最为显眼的则是德克兰，他正在努力地拼着那些太阳能电池板拼图。他身穿宇航服在各个组件之间移动，进行着各种测试、连接与拆卸工作。几块已经初具框架的圆形接收板散落在近处，但里面没有任何一块是完整的。

“德克兰，怎么样了？”

“有好有坏。这本来应该是一组供电量为十五千瓦的列阵，平均负载量为十千瓦。好消息是它的两个电池包都完好无损，其中一个外壳裂了点儿，但那只是没用的装饰。坏消息是现在它的最大发电量只有七千瓦，加上我们的基本负荷电量为三千瓦，那么一共大约是十千瓦。他边说边比画着。所以在上午十点到下午三点之间，我们的电应该还够用。在其他时间段里，就没有那么多了，如果不趁白天把电池充好的话，晚上就只有三千瓦了。”

“我们需要更多的电力。”

“再加上几千瓦，就可以在晚上给我们的居住舱供暖了，”他尖锐地指出，“如果我们不能用飞船上的发电机，那我们就得试试别的办法了。”

“比如？”

“但现在的情况也不允许我们去批发商那里买零件，不是吗？我只能试着看看能不能捣鼓出些什么。本来狄米特律斯应该来当我的副手，帮我一起整理这一大堆乱七八糟的东西。”

“这是布拉克决定的。等到有其他愿意驾驶越野车的人，他就可以接替你的位置了。”

狄米特律斯从气闸舱里走了出来。现在，他们就已经是在浪费氧气量了。在拔下越野车插头，检查了燃料电池后，弗兰克认为有必要用扳手重新拧一遍车架和车轮上的螺母。其中大部分是紧的，有一两个松动得有些过分，他并不清楚它们到底是被晃松的，还是一开始就没有拧紧。

“天都快黑了。”狄狄说。

“我可是在救你的命，”弗兰克绕着拖车，准备把它们也检查一遍，他将电动扳手的顶部压在螺母上面，然后按下开关，“这里面只要有一个螺丝松动，我们就会陷入不必要的麻烦之中。”

他们驱车来到了之前的那个货物降落点，狄米特律斯给它取名为“高地”，这里的撞击坑则叫作“山谷”。至于撞击坑中间那一圈绵延的山脊，不可避免地变成了“比弗利山庄”，还有他们向南走的那条路线，则叫作“日落大道”。

他们途中又经过了三个撞击坑，因为太小了，它们还没有官方名称，但也没有小到可以直接穿过的程度，他们还是得绕过去。第一个被命名为“康普顿市”，第二个叫“佛蒙特州”，第三个则叫“好莱坞”。弗兰克是一名土生土长的旧金山人，狄狄是在洛杉矶长大的——直到他被关进监狱之前。弗兰克搞不明白这些标签到底是讽刺性的还是描述性的，可能两者兼而有之。除了本身的含义之外，这些名字听起来似乎并没有什么其他深意。它们可能会被大家记住，也有可能不会。

他们在撞击坑壁的底部停了下来，就是昨天他们开车上去之前的那个地方，这时，狄米特律斯从弗兰克那儿拿走了平板电脑，不知怎的，他就把那些名字直接输入了地图。他将他们即将要征服的这段长坡命名为“长滩”。

狄狄示意弗兰克走近一些，然后他打开胸前的宇航服控制盒。他按动着上面的按钮，就像刚才在飞船上那样，然后在弗兰克的控制器上也同样操作了一番。他把他们俩的头盔靠在一起。

“你能听到我说话吗？”

弗兰克确实能听见，但不是通过宇航服里的扬声器。狄狄的声音是通过贴在一起的两块有机玻璃传过来的。

“你做了什么？”

“把麦克风关掉了。信号发射器还在工作，所以我们不会被标记为故障，但其他人都听不到我们说话。”

“有点儿厉害。那我要重新打开的话该怎么做？”

“这里这个菜单：下，下，右，右，下。这就是麦克风的开关方法。可以肯定的是，这个命令本来是不应该在那里的，但它又确实存在。”

“那只要我们像现在这样站着，就可以拥有自己的隐私了。”

“我……我做得好吗，弗兰克？”

“你做得很好，狄狄。”

“世事难料，也许我们以后某个时候可能会用得上。不过我们最好把麦克风重新打开，以防他们注意到我们不在线。”狄狄说。弗兰克记不住操作顺序，于是狄狄又重新跟他说了一遍。

他们分开后，弗兰克说：“你准备好再次攻陷这堵山壁了吗？”

“当然。”狄狄走回自己的越野车旁，爬了上去。弗兰克开在前面，虽然他并不确定沿着相同的路线前进到底是好还是坏。虽然他之前留下的那些轮胎痕迹边缘有些模糊了，但仍然十分醒目。至少，他清楚地知道这条路上不会有什么可怕的意外，如突如其来的塌陷、沙坑，因此这个办法值得再试一次。虽然这里并不会一直保持相同的状态，但自满也有可能导致他在行驶途中撞车或翻车。

关于这条目前为止从撞击坑里出去的唯一道路，他们应该安排一次实地考察。但只有在他们收集完所有供给品之后，有理由离开拉厄撞击坑的时候，这件事才有可能会变得重要一些。否则这个任务永远都落不到他头上。

他们到达了山壁顶端，又一次面对着同样的广阔远景，火星袒露着自己那片光秃秃的大地，寒冷而恐怖的光辉照耀着他们。弗兰克停下车，给狄狄看了看地图。

“制氧机在东北方向的二十千米处，最近的居住舱在它往东四千米处。这样一来，我们的往返里程总计将会有约九十千米。如果发生任何问题，我们就放弃其中的一两个圆柱体舱，如果有必要，拖车也可以放弃，返回飞船是我们最先需要考虑的事情。”

“弗兰克，不会有事的。九十千米也不是很远。”

“这意味着将消耗你三分之二的氧气量。在这里，可没有人会帮我们打 120 电话。你还记得你的宇航服被割开的时候吗？你不记得自己当时有多害怕了吗？那可是爱丽丝扎了你一刀才把它封上的。”

“我记得，但那时候他们也不会真的眼看着我死掉吧？”

弗兰克把平板电脑抵在狄狄硬邦邦的宇航服上，说：“那我们就会得到一个新组员了，就像德克兰加入我们那时一样。他们压根儿就不在乎你。那个时候，我们甚至连修补宇航服的补丁贴片都没有。”

“不过我们现在有了。”

“我们之所以能够得到这些补丁，是因为再运一个囚犯到火星上要花好多钱。对于他们来说，我们只是一些可消耗的资源罢了，但对我们来说可不仅仅是如此，”弗兰克回到自己的越野车旁，“除了我们自己，没有人会在意我们的安全。你需要这样考虑问题。”

就在狄米特律斯自行琢磨之际，弗兰克开始考虑起该如何回收那个一百千米外的圆柱体舱。这样的距离，再加上将舱体装到拖车上所要花费的时间，完全超出了他们的续航范围。他们需要一个加压环境，用以更换自己的生命保障设备。除非他们能够在“长滩”上面搭建一个这样的地方，否则是不可能将所有组件都全部回收的。

解决方案显而易见。也就是说，他们要在这块平地上搭起一个带有气闸舱的居住舱，然后加压，并在必要的时间段内将它作为一个驿站来使用。最后，等他们不需要的时候再把它拆掉。这个居住舱搭建完成后，他能预见的唯一问题就只剩氧气瓶了。氧气瓶仅需要压强为每平方五米的纯氧气即可工作，但这个方案是否可行仍旧取决于他们找到的氧气瓶数量。

还有更好的选择就是只带一个气闸舱过来。要在如此狭窄的空间里更换生命保障系统，他还需要多加练习。但他也可以拖上一个气闸舱，在某个地方把它卸下，然后在需要的时候去使用，这样更快，也更容易安排，不需要把所有人都运到撞击坑的山缘上，然后叫他们搭一个完整的居住舱出来了。他仍然需要给它加压，等到制氧机装好以后，他们就可以使用其中一个“潜水氧气瓶”来加压了。

这样一来，所有的一切就都在可操作范围内了，而且还可以为在外执行任务的人提供一处急救舱。

布拉克会不会拒绝？如果他是真心想把基地建好的话，他会同意的。芝诺肯定会让他这样做，他不同意也得同意。

他们现在要做的就是解决自己的能源危机。也许芝诺会要求德克兰把飞船上的电接出来。又也许这原本就是芝诺的命令，布拉克只是在执行罢了。他完全无法预见事态的走向，但可以肯定的是，不管那些人允不允许，只要还有制造更多发电能力的机会，他们最终肯定还是会去尝试的。

他们继续驱车前进。车轮轧过那些散落在地表的石头，发出嘎吱嘎吱的声音，不断颠簸的车子让他们感到浑身发麻。一个小时过去了，那个装有制氧机的圆柱体舱本该躺在眼前这片开阔土地上，默默等待着他们的到来，但弗兰克此时并没有看到任何降落伞的踪迹。根据信号发射器显示，舱体距离他们还有几百米，考虑到降落伞的伞衣几乎有三十米之长，现在本该已经可以看到了。

他放慢速度，缓缓向前挪动。如果制氧机受到了严重的撞击，那么他们基本上就完蛋了。他的前方有一个撞击坑，不过边缘看起来并不尖锐，也不像是最近形成的；本应凸起的边缘已经被侵蚀得与周围的平原差不多高了。

他停下车，同时向狄狄挥手示意停车。他跳下车，按照地图的指示往前走去。降落伞和圆柱体舱就在那儿，正躺在大约向下几百米的一个洼地底部。整个洼地约有三百米宽。

“好吧，可真是会帮倒忙。”

“至少它没有损坏，”狄狄用力踩了踩地面，还挺牢固的，“把车开下去？”

“我走下去，你可以开车跟在我后面。留一辆越野车在上面，这样就算发生什么事情，我们也不至于被困住。”

“如果我们需要用两辆车才能把它拖出来的话怎么办？”

“我们两辆车的绞盘上各装有四十五米长的缆绳。加上拖车，如果在这个距离范围内够得到的话，那我们就可以同时用两台车来拖了。不过这里坡度还算可以，‘长滩’要更陡峭一些。”

弗兰克沿着撞击坑向下走。四面都堆满了砾石，底下则是已碎裂的岩石路面。他本来以为会有更多灰尘和沙土吹进来，把里面填满，但事实似乎正好相反，整个盆地看起来就像一个被擦洗一新的锅。

他朝着圆柱体舱走去，挥手示意狄狄跟上，脚下发出嘎吱嘎吱的声音。火箭留下的焦痕已经发灰，印在上面的芝诺标志以及其余的白色颜料也均已褪色。将所有舱门打开后，他发现里面所有东西的包装仍旧完好无损。

现在没有必要将任何东西取出，可以把东西运回去以后再拆。

狄狄不会带着拖车倒车，于是弗兰克只好自己来，他甚至也花了三遍才把它开到正确的位置上。他们将舱体底端的发动机单元卸下——那些燃油残留物有毒且易爆，最好把它留在不会造成任何伤害的地方——将绞盘缆绳与舱体的剩余部分连接好后，他把它慢慢绕回绞盘，一直到拖车的重心又回到前方为止。这时，拖车的后方翘了起来，重心的转移让整台越野车都抖了起来。

“好的。那就先在平地上加速，然后再一口气开到上面。就算打滑也要继续笔直往前，尽量不要停下。”弗兰克抬头看向那个苍白的太阳，然后看了看时间。快四个小时了。他说：“去吧，我跟你在上面会合。”

狄狄朝着撞击坑的边缘驶去，留下弗兰克在后面一路跋涉。坡度稳定，路面上也没有散落那些拳头大小的石头，步行并没有什么大的问题。

弗兰克走到一半的时候，耳机中突然传来刺耳的声响。他缩了一下，本能地将双手伸向头的两侧，但只碰到了自己的头盔。

“该死的，是谁？”

“弗兰克！弗兰克！是我，狄狄。这是怎么回事？”

拖车的尾巴已经消失在了撞击坑的边缘处。他看不到狄狄和越野车。弗兰克只有一个选择，就是用最快的速度跑上去。

与其说是在跑，不如说是在跳，比跟玛西一起的那次低速大跨步要更快一些，但还是比在地球上的全力冲刺要慢一些。他在空中停顿了太久，但也没有久到可以在空中把自己往前推。宇航服也限制了他的大幅动作。他无法提速，这是一种怪异的感觉，就仿佛是在做梦时，挣扎着想要醒来那般。

他挣扎着踏出向上的最后几步。

“坚持住，狄狄。不要慌，我马上来！”

眼前的光景让他一时间说不出话来。很多股龙卷风正朝着他们盘旋而来，那些风柱仿佛一个个苍白的鬼魂，蜿蜒向上，直至消逝在天空之中。随之而来的还有一团团旋转的白色尘土。

“我们该怎么办，弗兰克？”

弗兰克仿佛着了迷。龙卷风吹过弗兰克的拖车，紧接着直接从他身边越过。他可以听见尘土落在头盔上的拍打声，然而上面非但没有留下一层灰，那些原本附着在上面的灰尘似乎还被剥落并带走了。

这股龙卷风向下飞入撞击坑里侧，抹去了他的脚印。其他的龙卷风则继续待在原本的路线上，它们大体上都朝同一个方向前进。接着空气变得清新起来，龙卷风全都离开了，消逝在了地平线的尘雾之中。

他听见耳中传来另一个人的声音。是爱丽丝。

“弗兰克，报告情况。”

“没事，只是……很惊讶。一堆火星龙卷风伏击了我们，但我们都没事。我会检查一下宇航服和越野车。我们拿到制氧机了。”

她似乎挺满意的。弗兰克走到越野车边瞪着狄狄。

“下一次你得告诉我具体的问题是什么，”他还在因为刚才的奋力奔跑而气喘吁吁，“不然我就把你一脚踹回飞船里，懂了吗？”

拖了好一会儿，狄狄张口说道：“对不起，我……很抱歉。”

“该死！你确实应该感到抱歉。你已经不是小孩子了。你可是个宇航员，做些与之相符的行为吧！”弗兰克转过身，大步回到自己的车边，“我们赶紧去找到剩下的居住舱，然后回家。”

他对狄米特律斯感到愤怒，但更多的是对自己的愤怒。他本应该早点儿做出反应的，而不是像个白痴一样站在那里，最终还导致自己被龙卷风缠住了。他并不清楚当时会发生什么，这件事完全有可能导致一种全然不同的后果。

他需要一个人待一会儿让自己平静下来。不然的话，他可能会做出一些更愚蠢的事，而他并不希望如此。现在还不可以。

十五

内部备忘录

2040 年 7 月 6 日

致布鲁诺 · 蒂勒

自斯巴达项目小组

抄录自纯纸质副本

船员最低要求

假设从零开始搭建一个居住区块，对其加压并将设备配备齐全直至其达到可居住条件，我们需要发射零个机器人，使用零个自动系统，以及一百二十到一百五十个人工工时：

（我们需要更为准确的数据来计算所需的人工工时数。）

根据以上数据，我们目前的建议是在搭建阶段，船员的人数应不少于六名且不超过八名，预计每名船员的最低输出为每火星日八工时，并会在最初的居住舱安装完毕后增加至每火星日十二工时。

因此，搭建阶段预计将持续一个月以上，但不会超过两个月。

基础舱体模块与基础设施完工后，将进入测试阶段，以确保所有组件均按计划运行，找出并修复所有可能发生的故障。劳动力需求预计将降至每名船员每火星日四到六工时之间。

预计测试阶段将持续不超过一个月。

在此之后，基地将进入维护模式。在此阶段，预计劳动力需求将基本降至零。

因此，预计施工活跃阶段将持续不超过三个月。

这是他们所有人第一次都处于被唤醒的状态，除了玛西之外。这件事折磨着他。在良好地运转了八小时后，她的空气过滤器出现了故障。是，那只是一个意外，并不是他的错，也不是任何人的错。当时，他们俩的生命保障系统都已经到达了极限。但也有可能活下来的会是她，留在那里等死的人则会变成弗兰克。

他的内心依旧如同吃坏了肚子一般翻腾着，完全不肯让他一个人安静地待一会儿。

由于着陆地点的原因，弗兰克本以为他们的计划会改为在飞船周围建设基地，然而事实证明他错了。布拉克坚持要在原定地点建造基地。这个地点位于他们降落并存放材料的山谷“高地”的另一侧底部，离他们有将近一千米远。那里居然还有一座由流水形成的山谷，火山顶部的碎石被一路冲刷至底部，这整件事真是不可思议。这道山谷一直通向火山的顶端，长度约为三十千米，高度约为四十千米。

除此之外，火星上居然还有一条河，它被狄狄命名为“圣克拉拉”。

尽管抱怨了一番这个选址，因为它距离他们有四十分钟的步行路程，但他们仍旧无力改变这一事实。显然，那是美国国家航空航天局指定的地点，他们不得不在那里建设基地。

“我们就不能把飞船开近一点儿吗？”宙斯问。

布拉克抿着嘴唇，说：“那你会开宇宙飞船吗？”

“那就是不行的意思了。我本来还以为你可能会开。”

“穿好你的宇航服，七号。你还有工作要做。”

德克兰清了清嗓子。在这干燥又低压的大气环境中，他似乎不再流汗了，但仍然习惯性地搓了搓自己的双手。大概是因为紧张吧。

“关于这一点，”他说，“我一直在思考。”

“你一直在思考？”布拉克尖声嘲讽道，德克兰却一反常态地打断了他。

“由于芝诺的失误，我们的太阳能发电装置被砸进地里坏掉了，这最终导致了电力不足的问题，但总有人要来解决这件事。我说的‘最终’的意思是，如果不解决它，我们可能会死的。因此，如果你愿意的话，麻烦闭嘴听一听我要说的话，我会告诉大家该怎么做到这一点。”

德克兰的声音中流露着对布拉克的挑战，没有人说话，只是静静等待着，看布拉克会对此做出什么反应。他们七个一起挤在最底层，这感觉不舒服极了。

没有任何反应，这个空间里的部分紧张感正在逐渐消退。

“热电机可以给我们提供三千瓦电力，但那东西散发出来的热量就跟学校里用的供暖炉似的。根据它的说明有十万瓦。这里有谁不清楚十万瓦是什么概念吗？没有吗？好的。我们现在无法使用，是因为它仅仅是一种副产品：它会直接从排气管里飘走。我的提议是用这些被浪费掉的能量来加热我们的居住舱。”

“继续。”宙斯说。他也在思考，额头上的文身全都挤在了一起。

“它是一大块可裂变材料，我们也可以把它看作是一个核反应堆。我们可以在散热片周围铺一圈冷水管道，等水被加热以后就流回居住舱周围，然后等它变冷了再回去，封闭系统，不会损失能量。如果我们设计得够好，完全可以把它做成全自动的，不需要任何手动操作部件，一切都交给重力即可。”

“这样我们确实可以加热居住舱，”泽罗说，“但电怎么办？我的照明怎么办？”

“本来，我们能源预算的很大一部分都被留给了夜间取暖，因为这里的晚上几乎冷得可以结冰。但如果我们可以从其他地方获取能源的话，就可以用剩下的这些来做其他我们想要做的事了。虽然这个计划并不完美，但至少有用。但是有两个问题。”

“管道。”宙斯说。

“还有水，”弗兰克补充道，“如果你指的是定期供水的话。”

“我们可以使用加压的液态二氧化碳，但水更好。与散热片接触的表面积越大，水就会越热，虽然操作起来会有点儿复杂。完全理想化的情况下，我们甚至可以把这一整个该死的玩意儿都浸泡在一个水箱里，等它煮沸并产生蒸汽后，就可以给那些涡轮机供能了。这样一来，我们就可以得到大量的电力和热水，有史以来最时髦的公寓就要诞生了。”

“这种水不会有放射性吧？”泽罗问道。

“没有。全封闭单元。”

“那这个东西可以让我们用多久？”

“等到它用坏的那一天，我们所有人早就已经老死了。说明书上说在性能明显下降之前，它能够运行八十年。等到制水仪可以用了以后，我们就可以想用多少电，就用多少电了。但目前我们大概只能在热电机的顶部放上一口大锅。但我们还是需要铺设管道。最好是封闭的管道系统，为了避免日间差太大，我们可以将管道埋在地里。”

“什么差？”

“天哪，泽罗。日间差就是白天和晚上的温度差。”

“我知道。”

德克兰咳嗽一声，擦了擦手，说：“大个子，我们可以拿走这里的东西吗？”

“不，你们不可以。”布拉克说。

“先是电，现在又是管道。反正这艘飞船也没有要去的地方，不是吗？我们就应该把没用的部件拆下来。”德克兰直面布拉克，他的两侧分别是宙斯和泽罗。通常来说，囚犯与看守之间斗争只会有一个结果，弗兰克是真的不想去当那个和事佬，不过为了自己回家的船票，他还是会这么做的。幸好最终妥协的是德克兰。

“行吧，还有谁有其他想法？”德克兰问道。

“火……火箭发动机，”狄狄说，“供给舱上面的。”

“这主意……确实不坏。确实是个高质量的现成玩意儿。那些火箭的燃料是什么？”没有人能够回答，于是德克兰耸了耸肩，“我们可以查一查，或者直接问一下地球那边。不过里面都会装有压力容器、泵以及阀门这些东西，我们只需要把里面的燃油冲掉就可以用了。”

“这要多久？”布拉克问，“你们为了做这个要拆掉多少东西？”

“我不知道，如果有必要的话，大概会拆一些吧。如果管道的数量足够建造一个电力二次系统的话，那么我们甚至不必这样做。这可是生与死之间的抉择，因此我们必须多做一些工作。维护是必须的，如果水冻住了，它就会堵塞管道，我们还需要在热水箱里安装一个压力阀。”

“这并不难，我可以根据已有的材料来制订计划。”宙斯说。

布拉克松了口，说：“只要不影响基地的建设就行。”

“这也会影响到你的生存问题。”泽罗说。

“可别忘了，我的生存问题优先于你们所有人的生存问题。你这小鬼。”

布拉克已经认可了他们想让他同意的事情，继续激怒他是没有意义的。

“我们的制氧机需要电才能给居住舱充气。搭第一个居住舱的时候，我们可以带上外面那些剩下的太阳能面板，把它们用起来。这样在我们搭建舱体的同时，制氧机就可以开始存储氧气。我们可以开车把所有人带过去，到时候我和狄狄还得去找另外两个补给舱。这样工作的人就只剩下你们四个了。”弗兰克说。

“本来可以是五个人的，如果……”泽罗起了头。

“布拉克有他自己的工作，我们的工作则是负责建设基地。如果明天你们想在这里干瞪眼，无聊一整天的话，那么随便。不然的话，我们就分头行动。”

“出气闸舱的顺序是三号、二号、七号、五号、四号、一号，”布拉克说，“快点儿，时间在流逝。”

弗兰克是第二个出去的。德克兰已经把太阳能面板装进了一个货桶里，正准备放到拖车上。

“计划会成功的，是吧？”弗兰克问。

“在目前的情况下，这是我能想到的最优解了。”德克兰说着举起了那个货桶，“看，我已经不是以前那个一百斤的死瘦子了。”他把它抬到越野车旁边，然后又放下了，“现在的情况并不理想，事情不会完全按照预期发展的，你明白吧？”

“但这已经是我们能期望的最好结果了。”

“差不多吧。”

“我可不喜欢把自己的屁股冻掉，我打赌美国国家航空航天局的那些人也不会喜欢的。”弗兰克抬头仰望天空。在他们的头顶，有一个形状似花生的明亮物体，正在由西向东沿着很明显的曲线轨迹移动着。那就是这里的月亮之一。他不记得它的名字了。“我搞不明白。”他又说道，然后又顿了顿。和德克兰一样，他也想知道为什么布拉克不愿意让他们使用这艘飞船，然而那个威胁，以及最终能够回家的希望还是让他闭上了嘴。“算了。我们可以去带一个火箭发动机回来。”

“哇，等等，这位牛仔，”响亮的声音传入他的耳中，是布拉克在说话，“这些发动机可是一个个废旧的炸弹罐。我需要先和地球方面确认，在确认它们绝对安全之前，没有人可以动它们。告诉我你听懂了，基特里奇。”

“好的，收到。”

“那就拍个照吧，”德克兰说，“拍一张清晰的特写，或者你能想到的任何事。”

这时宙斯加入了他们，开始帮忙装车。装有居住舱的那个圆柱体舱仍旧在另一辆拖车上，弗兰克把驾驶这台越野车的任务交给了狄狄，自己则负责运送更加易碎的太阳能电池板。德克兰和宙斯坐在他这台越野车后面，泽罗和爱丽丝则爬到了狄狄旁边。

泽罗正试图说服狄狄让出他的驾驶席。

“你的驾驶经验比狄狄少，”弗兰克说，“以后，在有人监督的情况下，我们所有人都会有练习开车的时间的。”他差一点儿就要加上一句“因为现在玛西已经不在了”，但还是憋了回去。

弗兰克以几乎是步行的速度在前面带路。他花了一番功夫研究地图，想要定位得更精确一些。最终，他们停在了“圣克拉拉”。

“就是这里。”

他下车后环顾四周，今后，这里将会是他的家，要住上……至少几年吧。南边是“圣克拉拉”山谷，有着陡峭的两壁以及平缓的底部，北边则是“高地”以及撞击坑的下坡入口。左右两侧的撞击坑壁与山谷的两壁已然融为一体，陡峭的山壁中间是一条河，由火山顶部一直流淌向下方深深的洼地。

一瞬间，他仿佛看见了一个全新的世界，这里的水流湍急，形成一道道瀑布，填满了低处的洼地，并形成了多个广阔的圆形湖泊。但又一眨眼，眼前的世界又变回了那片红色土地，只留下阵阵蒙面的飞尘。

该把居住舱拆出来了。弗兰克拿出挂钩，将绞盘固定在圆柱体舱的一头，然后将其在沙地上朝反方向拖去。这里的土质与飞船周围的相似，更大、更少的石头，更平坦的土地。

他和狄狄一边朝居住舱的所在位置走去，一边将周围那些块状的巨石推到旁边，堆成一堆。不久之后，堆起来一个圆锥形的石堆纪念碑，这是他们在这座星球表面创建的第一个永久性标志物。

其他人将货桶从圆柱体舱中取出后打开，在里面找到了地垫。宙斯把它搬了过来，然后将它以南北朝向摊开。理想情况下，弗兰克会有一整支测量员团队，以及各种测量杆、旗标和激光水平仪。但正如德克兰所说，现在远非理想情况。弗兰克所掌握的相关知识已经足够让他们把这件事做好。

在其他人搭建第一个支撑环期间，他和狄狄将太阳能农场从车上卸下，准备前往另外两个居住舱的降落区域。在他们出发之前，爱丽丝从建设小组里脱身出来，然后挥手叫弗兰克下来。她打开宇航服的控制盒，在上面按着各种按钮，看这样子，他猜她已经和狄狄聊过了。

于是他也将自己的麦克风静音，在越野车前轮的阴影之下，他们将彼此的头盔贴在一起。

“怎么了？”

“我们的消耗品快要用完了，”她说，“食物、水、氧气。我昨天算了一下，省着用甚至都不够了。我们的储备告急。”

“有多急？”

“我们有制氧机，但它没办法同时在两个地方使用。如果你们这次不能把制水仪带回来的话，我们今后就只能以定量配额的方式分水了，但即便如此也还是不够。只有我们四个人醒着的话，是可以应付的，但七个人……即使能够做到完全的闭环回收，我们目前也只能喝机器过滤过的水。食物的储量就好像他们不想让我们吃东西似的。”

“那我们现在有什么选择？”

“即便我们可以在接下来的几天里把温室搭建好，我也只能以吃不饱的分量来分配。如果我们都正常吃饭，那么在温室能够进入生产之前，我们的食物就会用完。”

“那氧气呢？”

“飞船本身可以制氧，但还是那个问题，我们每天有七个人在进行舱外活动，在不消耗储备的情况下，给每个人的生命保障系统都重新充氧是不可能的。这势必会降低我们的工作效率，也会加剧我们原本的问题。”

弗兰克思考了一会儿，说：“布拉克怎么说？”

“就一句‘解决它’，然后他又回去做自己那些事。好像我们的氧气、水和食物永远不会用完似的。”

“我是不是可以把‘解决它’理解为，你懂的，真的解决它？”

爱丽丝犹豫了一下，说：“可以。”

“哪个优先级最高？水、食物还是氧气？”

“食物最低，我们可以忍受一定程度的饥饿。氧气最高，你知道那会带来什么后果的。水？希望我们永远都不必做出这个抉择吧。越早把这三样都搞定。”

弗兰克将面罩移开了一会儿，想看看搭建工作进展到哪里了，而后又靠了回来，说：“我们现在这个舱里有三个居住模块。搭建温室需要两个。所以我们就先把手头的用起来，充好气，把水培组件放进去，尽快把它启动并运行起来。你去和泽罗对接一下这件事，但最好不要告诉他原因。他会需要很多的水。我和狄狄会去把种子、鱼卵、制水仪以及他需要的所有东西都带回来。这个居住舱加压完毕后，我们可以把这些东西存储在里面，等到作物开始生长，空气的问题也就可以缓解一部分了。是这样的吧？”

“从长期来看，这些作物是会发挥作用，但从短期或中期来看，它们并不能解决问题，”她抬头看着他，“你打算做什么？你是负责建设的。”

“我确实是负责建设的，但你不是说我可以不听布拉克的吗？”

“这需要你自己来决定。把这件事告诉其他人会导致恐慌。我们这些人面对压力时，情绪似乎都不怎么稳定，可能会有人做出某些蠢事，所以我们要尽量避免这种情况发生。”

弗兰克端详了一番爱丽丝的脸。他已经很久没有和别人靠得这么近了——狄米特律斯能算吗？他们的这次谈话其实很短暂，也没有什么深刻意义，但就是感觉奇怪极了，尴尬而又亲密。

“我们会去把制水仪和泽罗的植株带回来的。明天再去把其他居住舱运回来。我们只能全力以赴了。所有人都会被逼至极限，到时，就只能靠你来保障我们的生命安全了。”

“去做吧。”

她走开后，重启了麦克风。弗兰克看着她以弹跳的步伐回到了原处，宙斯和泽罗正在用电动扳手工作着，德克兰也已经组装了足够数量的太阳能电池板用以启动制氧机。

狄狄正坐在越野车上眯着眼睛看着弗兰克。弗兰克回盯着他。

“有问题吗？”

“没问题。”狄狄说。

“很好，”弗兰克爬到他旁边，打开了地图，“这些是我们的目标。我们今天必须把这两个都取回来。”

狄狄侧过身子，看向所指的方向，问道：“那有多远？”

“我们到达长滩以后就必须分头行动了。”

“但我们本来应该……”

“我清楚我们该怎么做，狄狄。我们可以全程用无线电联系，你像昨天一样做就可以了，只要别被那些‘沙子怪’吓到就行了，你不会有事的。”弗兰克轻轻拍了拍狄狄的腰带，那里放着他的平板电脑，“把它打开，好好看看，规划一条路线。我会在撞击坑壁那里跟你会合。我们会分开一个半小时，顶多两个小时。”

“我不知道，弗兰克。我们难道不应该……”

“他能听到我们的所有对话。如果他想要反对的话，他早就会说了。”

这让他闭上了嘴，至少闭了一会儿。

“到底怎么了？”

“我们可不是来观光的，狄狄，我们是有截止时间的。”

弗兰克翻身下车，爬回了自己的越野车上。他检查了一下氧气余量。刚刚好。

十六

内部备忘录

2044 年 5 月 16 日

致火星基地知识库

自火星一号基地（物流部）

讨论回复：船组人员的食物需求

对于一名处于休眠状态的男性，最低卡路里摄入量约为1900。对于一名处于休眠状态的女性，最低卡路里摄入量约为1400。

从飞船至温室的这段时间里，我们需要为船组成员提供充足的卡路里，保证他们能够高效地工作。需要注意的是，热量摄入不足会导致以下症状：易怒、士气低落、嗜睡、身体虚弱、困惑感、定向障碍、决策不力、免疫抑制，以及无法保持体温导致的低体温症、热衰竭和热射病。

我们建议在整个体力搭建阶段期间，每日提供充足的卡路里（男性3600，女性2600），然后在测试阶段减少（男性2800，女性2100）。温室预计将在第5周前开始补充食物库存，并在第12周前开始提供碳水化合物。蛋白质（以落花生与罗非鱼的形式提供）将在第14周前开始提供。在可预见的将来中，除了从食物中获取的维生素外，补充剂也是必须的。

所有人默默达成了一个共识，即爱丽丝睡在飞船的第三层，其余的囚犯在第二层，布拉克则在第一层。中间那层刚刚好能够躺下五个男人。他们会打呼、转身、说梦话，在清醒与睡梦之间担心着彼此间过近的距离。

很难说他们整夜是否都睡得安稳。一开始只有弗兰克和狄狄，后来是他、狄狄和德克兰，至此，弗兰克还可以安心睡觉，完全不必担心不小心碰到别人这件事。宙斯……他的体形完全是另一种规格。虽然不是故意的，他的身体仍旧填满了整个空间，那些文身在暗淡的应急灯光之下依然极具威胁性。泽罗还会时不时地抽搐一下，弗兰克很难习惯这一点。

在闹钟响与灯亮之前的几分钟里，弗兰克躺在那里，聆听着周围的人声与机械声。他基本上已经能够辨别出空气过滤器的嗡嗡声，他不禁想，如果哪天它们停止工作了，自己会不会注意得到呢。

他盯着头顶的格栅，看着爱丽丝身下的那个白色矩形垫子。等到基地建成后，一切都会好起来的。他们将会拥有自己的空间，各忙各的，不用与彼此见面，也不必对迫在眉睫的氧气与食物产生危机感，甚至可能还会有时间去做些什么，探索？创造？娱乐？如果他们能够生产出大于消耗量的资源，那为什么不可以呢？即便他们仍是一群囚犯，即便他们的记忆中只有那场一亿千米的火箭飞行。

他不禁好奇起地球上的状况来，不知道他们是如何对外宣传这次任务的。某段时间，有关火星的新闻一直占据着头条，即便在大家对此都已耳熟能详之后，仍有一系列专题报道的出现。但大家对火星一号基地可不熟悉，特别是他们使用囚犯劳动力的这件事。

到了某个时候，会有人站出来并强制要求芝诺公开这些囚犯的名字吗？也许会是美国公民自由协会？某些想出名的厉害律师？芝诺会如何应对？他们的匿名身份会被取消吗？这样一来，弗兰克的儿子就会知道父亲的去向了。

他继续躺在那儿。这时，传来一阵动静，他发现那是宙斯。他先是挠了挠自己，然后站了起来。

“你去哪儿？”

“厕所，”宙斯说，“避开早高峰。”

他小心翼翼地越过大家的躯体，走向那个为所有人服务的小隔间。虽然它装有一扇折叠门，但它对里面发生的事情并没有起到什么遮蔽作用。宙斯的身体几乎把整个隔间都填满了，尽管他们现在吃的是那种东西，但对任何一个此刻身在此处的人来说，里面传来的气味仍旧并不怎么友好。但值得庆幸的是，过滤器不仅会过滤空气中的有害成分，也会清除这种异味。总的来说，至少是带来了一些安慰，就像是医院里的消毒剂一样。

过了一会儿，灯光被调至最亮，铃声大响。弗兰克并不清楚这是不是监狱里那些尖锐的蜂鸣器声与警铃声的温和版替代，但它们有相同的作用，并且都不在他的掌控范围内。因此，它们都很糟糕。

他们伸展着身体，抱怨着，因为路被挡住了而互相咒骂着，他们用力地敲打厕所旁边的隔板，催促着宙斯。在他们的下方，各种屏幕上的亮光早已照亮了布拉克，而在上方的爱丽丝并没有发出任何动静。

“爱丽丝？该起来了。”

没有回应。

弗兰克伸出手，用手掌拍着格栅的下面，喊道：“爱丽丝？”

有什么东西划过了他的脸庞。小小的、白白的，仿佛一片雪花。然而它没有停下，径直穿过了他脚下的地面。

“爱丽丝？”

也许是因为他说话的语气有些异样，周围那些暴躁的人安静了下来，一个接着一个向上望去。宙斯把厕所的门拉好，嘴里开始念叨着些什么，但最终他只是吸了口气。

“上面怎么了？”布拉克喊道。

“我去看看。”弗兰克说。他带着恐惧迅速地爬上梯子，把头从洞里伸入顶层，呼唤道：“爱丽丝？”

她蜷缩在垫子上，犹如一个婴儿，还在睡觉。她的脸朝着弗兰克，眼睛紧闭，嘴巴微张，水壶被丢在手臂与身体的空隙之中。她的手中攥着一小板铝塑泡罩包装的药片，弗兰克伸出手，轻轻地从她手中抽出。

他看到破裂银箔的周围写着：芬太尼，600微克口含片。

“芬太尼是什么？”他问。

泽罗的声音回应道：“老兄，那可不得了。”

“那到底是什么？”

“类似海洛因，但药效更强。”

“强多少？”

“制药级。大概一百倍吧。”

弗兰克再次伸出手，摸了摸她的脸颊。冰冷，没有弹性，像是一块蜡。他数了数已经消失的药片，六片。在刚才掉在地面上的第七片药片之前，她就已经死了。

“叫布拉克过来，”他说，“叫他上来。”

“她怎么了？”

“她……选择了离开。”

“该死！”泽罗顿了顿，“她可是我们的医生啊！真他妈的该死，搞什么啊？”

“别挡住我的路，基特里奇。你要上还是下？”

弗兰克选择了上去，布拉克缩在爱丽丝的尸体旁。他听了听她的呼吸，摸了摸她的心跳，掰开她的眼皮检查了一番，然后摇晃着站了起来。

“如果说这里有谁知道自杀的正确方法，那这个人就是她。”当弗兰克把手中那板药片递过去时，布拉克喃喃道。布拉克把它翻过来查看，然后扔了回去，“愚蠢的贱人。”

弗兰克一把抓住空中的药片。他感到内心再次升腾起一股异常的愤怒，说：“不许这样叫她。”

“那你说该怎么叫她，基特里奇？她那么软弱，选择了一条胆小鬼的出路，还在没有任何有效前进装备的情况下，甩手让你们去艰难跋涉。你们现在准备怎么建设这个基地呢？你们五个人要做七个人的工作？全能的上帝啊，你们根本没有成功的机会。”

他们在爱丽丝的两侧对峙着。

“你可以帮我们一起做。”

弗兰克的建议遭到了冷漠的拒绝。“我一直在后方保证着这场演出的顺利进行。我让这艘飞船的系统保持运转，以便你们可以安心地做自己的工作。还有其他想自杀的吗？这里就有现成的药，又快又好用，”布拉克恫吓着弗兰克，“我来处理这个东西。赶紧吃点儿东西，穿好宇航服，然后去外面干活。”

“是真的吗？”弗兰克握紧了拳头，然后刻意地依次松开各个手指，“我们的储备不足了。”

“你从哪里听来的？”

弗兰克看向爱丽丝，说：“她说的。她说我们所有的东西都快要用完了。”

“我们有足够的储备。只要你们这群吊儿郎当的家伙不要再把这件事当作在参加夏令营就行。”布拉克伸出手，示意弗兰克把药片给他，弗兰克递了过去。“所有人都听到了吧？我希望你们能够理解现在的情况并听从指挥，知道了吗？不能再出现任何失误了。从现在开始，医疗用品的分发将受到管制。好好工作。我只想要、只需要你们做好这一件事。”

“布拉克。她死了，放尊重一点儿。”

“是不是还要叫我们那位满身文身的纳粹男孩到下面给我们高歌一曲《欢聚一堂》？在我们这片100%纯度的氧气里，点上几支蜡烛？基特里奇，她摆了你一道，摆了我们所有人一道。她拥有的所有知识，她能做的一切工作，现在都随她而去了。这就是她对你所谓的尊重，因此，我也会报以她同样的尊重。是的，她死了。而你还活着。你还要继续这样吗？这儿荒山野岭的，可不会有什么骑兵游行来给她送葬。除了你们之外，这里没有任何人。”

宙斯的声音从下面传来：“我们可以等下再做点儿什么，但现在必须得去工作了。来吧，弗兰克，快下来吧。”

弗兰克对自己感到厌恶极了，但搞不清楚原因。以前在监狱里的时候，他从来没想过要为难狱警，也从来没有打过狱友的小报告。他只是想摆脱布拉克罢了。他不再是以前的那个他了，他妥协了。他爬下梯子，去储藏室取了一些没有味道的糊糊做早餐，重新灌满了水壶，然后在厕所里花了几分钟，让系统回收循环那些液体，最后又检查了一遍宇航服和生命保障系统。他没有跟任何人说话，不愿想起任何关于爱丽丝的事情。

他将平板电脑与主电脑同步——只需按一下按钮，然后让软件完成剩下的工作即可——并选择了今天的目的地。泽罗的水培装置和制水仪已被运至现场，这工作量够他们忙上好久了。他们已经搭好了一个大致上可以运行的舱体模块。弗兰克需要花时间把它全部检查一遍，最后安装在交叉支架上。在这之前，他们可以用太阳能电池板给制氧机供电，从而给舱体充气，然后就可以开始安装地板、各种支架、水箱以及供暖设备了。为了给作物补充营养，还需要搭建管道，将水从种植槽引入种植水族箱，虽然此项工程甚为浩大，但对宙斯来说不会有任何问题。至于照明和供暖，则是德克兰的工作。

宙斯可以干两个人的活，即便累到瘫倒，他还是会重新站起来，继续自己的工作。他仿佛想要证明些什么。可能这就是他的忏悔方式吧。弗兰克同时负责建设和运输两件事，因此他可以想怎么做就怎么做，他还可以教一教宙斯如何驾驶越野车，好让宙斯坐下来缓一缓。狄狄在加压环境中度过自己的一天。

“狄狄？我今天准备带宙斯出去。你留下和德克兰一起工作。”他说。目前，他专注于短期目标。他们需要一个睡觉的地方，一个不会绊倒彼此的地方。居住舱的降落点位于“长滩”东北方向的一百一十千米处，中央连接模块则位于东北方向三千米处的一个圆柱体舱中。“有人对这个安排有意见吗？”他问。

他仍需要练习如何在途中更换生命保障系统，因为其中一个补给品的降落点位于可达范围的边缘，还有一个则超出了这个范围。一处是通信设备——虽然飞船上已有通信设备，但这个是用于基地通信的高带宽设备——且距离最远；另一处则是用于处理危险工作的独立车间舱体——制造燃料、焊接，以及处理同时需要压力和氧气的一切事务。即便有一些小火花，这个舱体也不会着火。

这两样东西都可以等一等。他们现在需要的是更多的空间。明天，他们所有人会一起参与搭建工作，等到夜幕降临之时，他们也许就能够说自己的工作真的已经对火星产生了一定的影响。这个已经夺走了两条性命的火星。

没有人对他的行程安排有任何意见。他挂好生命保障系统，爬进宇航服，然后关上了后背的开口。气闸舱是令他感到孤独的第一个地方，然而等到外闸门打开后，这种感觉便消失得无影无踪，粉红、红色与金色的火星现身于这片微弱的清晨阳光之下。

火星是一个生物，一个会呼吸的生命体。

尽管不能实实在在地感觉到它，但他可以看到它、听到它。一阵风将片片尘土吹起，吹向沙地远处。在他膝盖以下的某处，传来一阵低沉的电流噪声，紧接着又消失了，这个声音并非来自他的耳机，而是来自外部。飞船的前方是一片被踩踏过的地面，上面还有各种纵横交错的轮胎印，火箭着陆后留下的燃烧痕迹已然模糊不清，甚至就在他注视着的这段时间里，它仿佛一直都在褪色。

这里居然有天气。虽然永远都不会下雨，但此时天空中阴云密布。

他感到了脚下的震动，转过身，原来是宙斯正在逼近。

"我们需要先把制氧机转移到'圣克拉拉'，"弗兰克说，"狄狄可以载其他人过去，然后我们就从那里出发。"

这个设备跟一个货桶差不多大，而且是实心的。弗兰克把它从热电机上拔了下来，拆下那些给飞船供氧的软管，然后他和宙斯（主要是宙斯）把它抬到了拖车上。他们把电源线和软管绕好，放在一个空货桶里，并收好那些空的氧气储存罐——黑色的碳纤维轻型大气缸。他们把所有东西堆好，并用棘轮皮带绑紧，然后爬上了车。

弗兰克让宙斯坐在驾驶座上，并向他说明了控制装置的使用方法。本以为玛西和弗兰克会负责所有运输工作，所以没有其他人进行过此类相关训练。这显然是不合理的。他们每个人都需要学习一部分其他人负责的事情，以防万一。

宙斯握住了方向盘，那场景看起来就像是一个小孩在握着自己的玩具。他以非常谨慎的速度向着"圣克拉拉"驶去。车轮上的尘土升腾起一股浓烟，接着又被横风吹散了。

搭好的居住舱还在原来的地方。它的轮廓在远方的雾中逐渐清晰起来，先是一片模糊的灰白色，然后是支撑环那锋利的轮廓，以及抻在中间的塑料膜。这让人松了口气。那看起来就像是一个建筑工地，摆放着待使用的成堆材料、各种空了的供给舱以及货桶，还有那些因自身重量而并未被吹走的包装材料，正在风中颤抖着。

太阳能电池板阵列已经开始自动对准太阳方向，那些漆黑的光滑面板如花朵一般转动着。

"把我们的车停到居住舱旁边。"弗兰克说。宙斯把越野车挤进那些容器之间，然后松开了油门。车轮停止转动时，周围的沙子发出了一阵低音。他们开始卸货。远处的第二辆越野车也扬着阵阵尘埃，正离他们越来越近。

弗兰克招手示意宙斯过来，然后他们静音了自己的麦克风。

“她为什么要这么做，宙斯？她没必要这么做的。”

“也许她到这里感受了一下以后，认定这里不适合自己；也许她认为自己的工作已经做完了——她已经唤醒了所有人，只是为了这一件事才一直坚持下来的；也许她因为玛西的事而感到自责；也许她无法面对记忆中那些被自己杀害的人；也许她只是感到孤单；也许她受够了。不要怨恨她，弗兰克。虽然布拉克说这是一条懦夫的出路，但我不这么认为。我从来不觉得爱丽丝是个胆小鬼，即便她记忆中的那些鬼魂最终还是缠上了她。”

“作为火星上的唯一一个女人，确实很难。但事情总会好起来的，不是吗？不可能是因为这个的，毕竟谁也不敢惹她，”弗兰克想到这事，不禁做了个鬼脸，“她会不会是因为食物问题自杀的？少一张吃饭的嘴，留给我们剩下的人一个斗争的机会。”

“我们有很多疑问，但她已经不在了，我们永远没法弄清楚了。我们剩下的这些人就只能尽力接受这一现实了。”

“这跟我想象的完全不一样。”

“你本来觉得是怎么样的？”

“更好。比现在这样要更好。”

“弗兰克，我也杀过人。你呢？我从其他人那里听说你也杀过人。我们都没有被处以应有的惩罚。我们本该下地狱的，但现在我们拥有了在炼狱中涤罪的机会。我们有机会在这座星球的铁砧上重新铸造自己的生命，我们有机会救赎自己，我们有机会重归正途，弗兰克。记住这些。”

他向后退去，重新启动了自己的麦克风，接着单手从拖车上抬起制氧机，扔到了沙地上。这时，另一辆越野车出现在了这片飞舞的沙尘中，德克兰和泽罗从上面爬了下来。

“我们得把温室要用的材料运到居住舱里，”泽罗说，“外面的人传给里面的人，这样会更快。或者把这个气闸舱的舷梯装好也行。”但无论那个开放式梯架在哪里，反正都不在目前这个圆柱体舱里。这个位于舱体一端中央的气闸舱模块距离地面约有四米高。

“我到时去查一下存货清单，找找它们在哪儿，”弗兰克向后靠了靠，“把车停在它的下面，然后把东西递上去。我们往居住舱里搬东西的时候要多加小心，尤其是锋利的边缘，知道了吗？”

他解开拖车，把越野车挪到气闸舱底下。泽罗跳了上去，手动打开了气闸舱的门——指示灯没有通电，内开舱门两侧的压强也是一致的——然后跳进了里面。居住舱的覆膜几乎呈半透明，外面的人可以看到他的身影在里面移动着。

“老兄，里面很暖和，就像一个温室一样。宇航服显示温度已经超过四十度了。作物们一定会喜欢这里的。”

弗兰克照着泽罗的样子从越野车后面跳上了气闸舱，他们在接下来的半个小时里，将伸缩梁、板材和螺栓这些材料搬运到了主舱体中。即便是在低重力环境下，这项工作依旧艰难。

“你不在的时候，我们怎么进出？”德克兰问，“等一会儿你把拖车和其他东西带走了以后怎么办？”

周围有足够的货桶供他们使用。虽然他们还是得跨一大步才能上去，但总比一下子跳上去要容易一些。

“用石头把四个货桶装满一半。底下堆三个货桶，上面放一个。如果你们可以清理一下中央连接模块的所在区域的话，大概在这个位置……“弗兰克在地上大致比画了一下地垫的放置位置，其实他真正想要的是那些可以直接插进土里的旗标测量杆，“还有这里，这是第二个居住舱的搭建位置，我们明天就不需要再这样弄了。知道了吗？”

德克兰竖起一根大拇指，说道：“听上去不错。狄米特律斯，我们得去把制氧机开起来。还有，弗兰克，我们都为爱丽丝的事感到抱歉，但现在更重要的是专注手头的工作，不是吗？”

“知道了。专注。”

他转过身，脸上的表情随即变得和这片土地一样冰冷而无情。不可原谅。

十七

音源：8106 号录音文件（工程团队简报）

2036 年 3 月 10 日 08:30（主机时间）

科罗拉多州丹佛市，光之塔，芝诺系统特别行动公司 35E 室

卡斯特：这是居住舱初步设计的最终稿，接下来我们要制作一个二分之一比例的概念验证模型。在工程设计方面，我们很大程度上受到了 20 世纪 90 年代初期一项研究的影响，这项研究来自德州农工大学，设计的是一种可重复使用的模块化组装建筑，它被命名为“火星”。我们对该设计进行了一定程度的简化（你是知道这些建筑师有多喜欢过度发挥的）。根据拓扑学方面的计算，我们有可能还需要进行更多的改进。

从本质上来说，问题是这样的，我们需要把一个搭建完毕后高两层、长约九米的工作居住舱打包成一个体积只有展开后八分之一大的包裹，其中还要加上用于展开的液压及气动装置。我们目前已确定的是每间房都有一定间隔的金属支撑环系统，舱外以支架做支撑，由伸缩梁隔开之间所需的距离。金属环将被拆分为几部分，在运输过程中，这些部件仅会占据完成后周长的一小部分，且外部保护层也已被整合至设计中。

在地表上展开后，可分两个阶段对舱体进行充气。第一阶段，将支撑环以最大程度向外撑开，并将其锁定到位；第二阶段，在液压机的辅助下，扩大垂直方向的尺寸。整个过程预计需要 24 小时，其中相当长的一段时间将会用于地球后方人员的远程影像检查。

概念验证完成后，我们将进入全面生产阶段，并添加诸如地

板与墙壁一类，在拓扑应用方面更为困难的物品。我们的数学家（尤其是那些对折纸工艺感兴趣的）向我保证，这是可行的，而且这也是地球上预制安装建筑行业惯用的方法。

也许我们自己永远没法前往火星，但我们在这里所做的工作可以。切记，今后人们的生活将依赖于这些建筑以及我们的制造技术。为了他们，我们必须把这件事做好。

11

随着周围气压的增加，弗兰克感觉到自己身上的宇航服软了下来。气闸舱的指示灯由红转绿，他可以听见安全锁打开时的咔嗒一声。他打开闸门——内外气压平衡得刚刚好，但因为密封圈的存在，他总是需要再加大力气推一把——然后跨了进去。墙上的钩子上挂着另外四套仿佛空壳一般的宇航服，旁边的架子上生命保障系统正往空氧气瓶中灌入新的氧气。

他满身都是灰尘，全身都被一层橙色的薄膜所覆盖，事实也证明这层膜几乎没法被抹掉。唯一有用的是水，虽然他们有一部分储备水，但也算不上充足，而且在外出的时候，这个方法并没有用。弗兰克似乎一直以来都在透过头盔上的这片污渍看向外面。宙斯告诉他这是盐霜，但即便知道这东西是什么，也没有多大的帮助。降落伞的布料是他们手头仅有的清洁布料。它又轻又薄，异常耐磨，但不吸水。

他打开宇航服的后面开口，爬了出去。他很瘦。确实，这段时间一直在挨饿，但与其说是挨饿，不如说是如狼似虎，而且这还是因为玛西和爱丽丝都已经不在了，他们才有了足以维持到现在的食物。他不是唯一一个这样的人，饥饿的男人们总容易互斗——不是因为摄入的热量，而是因为除此以外的一切。

他穿上连体工作服——它脏兮兮的，有几个地方还破了，口袋上的编号已经开始变得模糊——然后把自己的宇航服挂在了一个空架子上。他断开了生命保障系统的连接，将宇航服滑入架子中，然后插好电线，连上氧气。它现在已经被接入了废水回收系统之中。他得上个厕所。现在也有了更多的空间：面前有三扇门供他选择。其中一扇通往另一个气闸舱，后面连接着温室。左侧那扇舱门后连接的将会是他们的医疗舱。宙斯还没开始拆那些材料的包装，因为他正忙于建设管道工程。右侧则通往休闲区——即便它在室内，他们仍旧称为“院子”——以及船员的居住区。

弗兰克快速穿过院子，沿着走廊朝厕所走去。那些非气闸门并不会自动关闭。它们就应该保持打开的状态，与那些安装在楼层之间的狭窄通风管道相比，这样才能够起到更好的空气流通作用。即使关上了，它们也并不完全密封，为了在紧急情况下确保严丝合缝，船员还是需要自行将闸柄用力向上拉好。

他不禁惊讶于隔门、房间门以及窗帘一类的常见物品给自己带来的影响，对他们每个人来说都是如此。不夸张地说，温室安装完毕后，他们首先做的就是搭建各个卧室之间的墙壁，从而可以分开睡觉。虽然最初只能睡在地板上的一块海绵垫上，但现在他们已经有了底下带储物的床架。

也不是说他们有什么要存放的东西。他们的个人物品仍旧不见踪影。弗兰克的书信无处可寻，其他人设法从上段人生中保存下来的极少物品也同样没有出现。布拉克一律用“我不知道”来回答与此相关的问题。他是唯一一个能与芝诺联系的人，完全可以咨询一下任务控制中心这些东西的去向，但他就是不愿意这么做。

弗兰克将马桶间的隔门拉好，蹲下，再次阅读它的使用说明——拉动手柄 A，按下按钮 B，松开手柄 A，拉动手柄 C，再次按下按钮 B。他将下巴抵在胸前。他累极了，比其他任何人都要累。

宙斯仍然对体力劳动跃跃欲试，试图向某个比芝诺更高等级的存在证明自己的价值。狄狄和泽罗还是年轻人，泽罗整天泡在温室里，播下一粒粒种子，然后观察它们的生长；狄狄则更为活跃，一直在和德克兰一起布置基地的线路。托举重物以及长时间的外出工作则落在了弗兰克的肩上。

弗兰克还是不见布拉克有做任何实际工作。他是他们的狱警和监督者，但他们并不需要这些。他们都清楚事务的轻重缓急，他的角色完全是多余的。这趟旅程是需要代价的，弗兰克也清楚自己并不是唯一一个厌恶它的人。不过他的内心深处依旧惦记着那个达成的协议，为了订到那张回程船票，弗兰克必须保证布拉克能够活到那个时候。

弗兰克按照正确顺序对着那些东西一阵推和拉，然后清洗了一下自己的手和脸。消过毒的凉水溅入他的掌心。他用水擦拭着脸颊，然后顺势揉进已经长出来的头发里。他的皮肤干燥极了，这是长时间穿着宇航服的后果，鼓风机里的风吹向他那已然如羊皮纸一般的皮肉。

居住区里的空气变得比以前更为湿润了。他们每天都在制造更多的水，并将其存储在温室一层的回收货桶中，同时这些水也会穿过隔板搭出来的墙壁以及各种半路上的气闸舱，通过那些组装管道被输送到其他舱室中。其中的一部分水蒸发了，将这里的湿度变得更为宜人了一些。早上，温室内侧的墙壁上还会出现水雾。他们现有的电力确实能够加热居住区里的空气，但这里还是很冷。所有与温室相邻的居住舱中，都有着令人窒息的寒冷。这个问题亟待他们解决，尤其是等到更多的灯与设备安装完毕后，电力的需求将会进一步增加。现在，电力系统就已经开始因为某些设备的开启而时不时地跳闸，总有一天他们需要舍弃一些重要的东西。

正如德克兰所说，这里很危险。每当他气冲冲地去找出问题的电路在哪儿时，总是会这样大声警告他们，但最终还是他去打开故障处修理并重新恢复基地的供电。这里的气氛总是很紧张，每个人都绷着一根弦，而这件事只是导火索之一，他们仍旧缺乏相关的基础知识，也许下一场事故就会导致灾难性的后果。

将热水从热电机周围输送到居住区仍然停留在计划阶段。经过略微的调整后，他们决定将水先输送到温室，因为无论如何居住区域都是需要供暖的，利用温室来存储这些热水，则可以把供暖设备腾出来供其他地方使用。重力给水循环系统还有很多细节问题未解决，拆卸火箭发动机并排出剩余的肼燃料这件事也还未得到准许。

明天，他们要把热电机运到“圣克拉拉”去，弗兰克今天就已经累坏了。

他弄干了手。这里没有毛巾，所以有很大一部分降落伞布料是派不上用场的，去外面把剩下的找回来也是无济于事。

船员居住区还会有洗衣服的地方——虽然那只是一台手摇式的洗衣机。他们将会拥有内部通信设备、电脑以及健身器材，今后还可以下载各种娱乐内容——音乐、电影、书籍。他们会有椅子。弗兰克从没想过自己会怀念椅子这种东西，但除了越野车上的驾驶座以外，火星上没有任何椅子。

这是今后的事情。其中一部分物品已经到达了火星表面，他猜测另一部分还在运输当中。也许那里面会有他的私人物品，也许他是时候放手了。

他转身离开厨房区域，继续沿着通道前往中央连接舱。

这里有一个很矛盾的地方。在他们赖以生存的纯氧环境中，作物将无法生长。因此，温室中的空气需要用二氧化碳稀释。差不多千分之一吧，少于这一数值，作物将枯萎而死。超过这一数值，也不会带来更多的好处，对人类来说也是十分危险的。

因此，温室与其余区域之间的气闸舱是必须的。两边的空气都需要进行精细的控制。弗兰克打开外闸门，走了进去。这个气闸舱很是令人困惑，因为它所读取的两侧压力是相同的，所以一直都亮着绿灯，但在打开另一扇闸门进入温室之前，弗兰克还是要进行一整套关门、抽气以及等待三十秒钟的操作。

里面已经安好了一些架子，铺好了一些负责保暖和滴灌的垫子，上面已经出现了第一批绿色。蓝白色的灯无处不在，它们被挂在垫子旁边，向下照射着。眩光令人痛苦极了，并且还会导致残影的出现。

温室为两层结构，中间由一块开放式的格栅地板隔开。弗兰克可以看到下面泽罗的身影，他正在调整毛细管垫上的水流，水资源对他们来说很珍贵。他顺着其中一段梯子爬了下去，落在泽罗的身边。

泽罗没有回头，只是伸出一个拳头，弗兰克则用自己的拳头和他碰了碰。

“怎么啦？”

“来看看你的工作怎么样，装备够不够用。”

“我的营养液膜种植槽已经投入使用了，供液装置也差不多可以了。如果能有更多的栽培基质就更好了。虽然我可以把高氯酸盐[1]冲洗掉以后使用，但我需要的是它的那种质地。颗粒状的，像猫砂一样，有吸收性。我想我们得像以前那些罪犯一样，自己把石头凿开来用。”

“行，还需要别的吗？”

“更多的灯？”

“德克兰会有意见的。”

“我就需要他帮我做两件事，灯和供热，仅此而已。剩下的都由我自己来做，”泽罗转过身，“你想吃东西吗？我这里有一半的种植空间没法使用，就因为他说电不够。五百瓦，老兄，甚至还没有一台吹风机的瓦数高。我们本可以吃到鱼、沙拉、豆子、豌豆、花生，甚至还可以种草莓。我这里还有实验型小麦，可以用来做面包，除非他给我更多的电，否则这一切都实现不了。”

“我不负责这个。如果你愿意的话，也许可以跟布拉克谈谈，让他命令德克兰去做。但我们没有的东西，他是给不了你的。”

“他难道就不能再修几块破掉的太阳能面板吗？”

“也许可以吧。我感觉这话好像已经说过上百次了，我们的车间还没有搭建好，而且我也不想他把这儿给烧了。泽罗，你们彼此之间能不能好好地沟通一下，不要老是期望我来当你们的人质谈判专家。你们都是成年人了。自己解决吧。”

泽罗生气地说道：“这人总是让我莫名烦躁。就比如他到底为什么会在这里？”

“因为他干了一些烂事，所以他有了和巴克 · 罗杰斯[2]一样的遭遇，

---

[1] 火星土壤含有高氯酸盐。

[2] Buck Rogers，二十世纪七十年代科幻电影《巴克 · 罗杰斯》及其后续衍生电视剧中的角色，是一名被派乘坐实验性飞行器前往击毁一颗苏联卫星的美国军官。

我们剩下的人也都一样。”

“他从来不说自己做过什么。你懂吗？”

“确实没有，但他也从来没问过你是为什么进去的，”弗兰克看着那些小小的作物以及蓝白色的灯光，试图想象着到底什么样的植物才会导致它的种植者被判处终身监禁呢，“我可能已经猜到了，但这并不是重点。我们必须齐心协力。你明白的。就跟他谈谈吧，好吗？我会把你的石头带回来的，但你必须和他谈谈。”

他并不清楚自己到底是得到了泽罗的承诺，还是这个年轻人只是想把他支开罢了。弗兰克爬上梯子，回到了上层。就在他要进入气闸舱之际，传来离别的话语。

“我可以在这儿种一些水培大麻。就是随便一说。”

弗兰克摇了摇头，而后关上了门。

宙斯正在医疗舱下方的吊顶空间里工作，捣鼓着一根根有着推合式接口的长塑料管。气温很低，接口上的橡胶密封圈有些硬化了。他在稀薄的空气中呼着白气，那满是文身与汗水的裸臂伸入了他头顶上的空间。他不用椅子和梯子就能够得到。他是这里唯一可以这样做的人。弗兰克的指尖只能刚好碰到天花板。

宙斯正在哼唱着一首赞美诗，过了好久他才问道：“外面怎么样了？”

“太阳开始落山了。你得尽快结束手头的工作了。”

宙斯捏着一根管道的两端将它们焐热，说：“还剩一根。你可以挪一下那盏灯吗？”

就在弗兰克的脚边，有一盏固定在三脚架上的可转动 LED 灯。弗兰克把它拿了起来，带到宙斯的另一侧，向上照射，问道：“这样可以吗？”

“谢谢你，哥们儿。”

“明天我需要你来帮我一下。”

宙斯的双拳使着劲儿，嘴里嘟嘟囔囔的，试图将一根管子的两段接在一块儿。即便他这么有劲儿，这两截管子还是坚持了好几秒钟才缓和下来，随着空洞而沉闷的咔嗒一声，终于扣在了一起。

“是要去最远的那里吗？”

“最后几个居住舱搭建完毕后，气闸舱就不好移动了。我们需要随身带一个气闸舱，以便在半路更换我们的生命保障系统。机不可失。”

宙斯放下双臂，随它们无力地垂在两边耷拉着。过了一会儿，他拉下袖子，盖住了上面的文身。

“我们可以再等等，目前电力还不够供给我们手边所有的居住舱。”

“德克兰需要车间来修复那些太阳能面板。等我们把最后一个圆柱体舱也回收了以后，就可以知道少了什么东西，然后我们可以让布拉克联系地球那边，让他们送补给品过来。”

“补给品？”

“可不是嘛。我就是不懂芝诺是怎么想的。”弗兰克关掉了那盏便携灯，虽然它的耗电功率不到五瓦。这时，只剩下了一盏应急 LED 射灯照明。灯的颜色让这里变得更冷了。他问:“你愿意跟我去吗？”

“在这里，没有什么事情是不可以再等一天的,”眼前的大个子抖了抖，但仍然没有丝毫退让的意思，“我们可以先把热电机和热水暖的事情搞定。”

他将头转向那个长着黑色翅膀的装置，它现在被放在温室后方的沙地上。它正满负荷地运转着，然而产生的所有热量都被浪费掉了。这些热量足以让整个基地都进入亚热带气候。

“可惜我们不能把它放到里面来。”他说。

“你看过那些数据的,”弗兰克说，“我们现在还不能及时地把多余的热量排走。”

“我们需要控制它、驯服它。我们可以的。”

“我们可以把最后两个圆柱体舱完整地带回来，这样我们就不用再跑一趟那么远的路了，不过需要先把肼燃料排掉,”弗兰克环抱双臂，“你怎么受得了？这里这么冷。”

“工作嘛。我以前在北冰洋上的油井工作过，那里的冰又厚又重，你甚至都可以听见钻塔被压得吱吱作响的声音。至于这里，这里的天气简直温和极了。来吧，哥们儿，我们去热点儿吃的。”

他们爬到上层，往船员居住区走去，这里的温度稍微暖和了那么一点儿。已经是晚上了，他们将经过的舱门一一关好，以防止热量的消散。太阳能接收板已经不再工作了，在接下来的十二个小时中，他们需要依靠电池中存储的那些东西来度过。

食物被放在一个个小袋中，这是专为航天人员设计的。它们经过了脱水处理，大部分都让人没有胃口。泽罗决定优先种植草本植物，因为无论食物的冷冻干燥过程中有多少处理步骤，最终所有味道都还是会被剥夺。无论外界是怎么描述的，它们吃起来基本上都是一样的。

将其与热水混合后——从理论上来说是沸水，但由于空气压力的原因，只能勉强达到温水的程度——然后你需要把这个混合物揉上五分钟，直到它变得不热。它就是人体的燃料，仅此而已。

“你为什么不让狄米特律斯跟你去呢？”宙斯问，“还是你已经问过他了？”

“我还没有。”弗兰克从厨房往下望向通道，想看看狄狄或是德克兰有没有出现，但这里除了他们以外并没有别人，“这年轻人挺好的。他会按照我的要求做事，但他这人有点儿不靠谱。出这样一趟任务，我们得挤进一个没有连接任何其他舱体的气闸舱，不仅要给它加压，还要脱下宇航服，更换生命保障系统。我不想带一个可能会崩溃的人。两起死亡已经够多了，如果发生第三起……”

他的声音低了下去。

“所以你是在保护他。”

“我想是的。”

这里没有椅子，因此他们坐在厨房尽头的墙边，前后晃动着双腿。

“你还好吗，弗兰克？”

“为什么这么问？你是想帮我祈祷？”

宙斯耸了耸肩，说：“无论如何，我都会为你们所有人祈祷，甚至布拉克。爱你们的仇敌，善待恨你们的人[1]。我并不认为他是我的敌人。他和我们一样，都被困在了这里。”

---

[1] 本句出自《圣经·路加福音》。

弗兰克差点儿就想要把真相和盘托出。那些话已经到了嘴边，他不得不硬生生憋了回去。布拉克才没有被困在这里。他们会付给他多少报酬？当然，不管多少都是不够的。

“人们会被各种动力驱使。爱、仇恨、贪婪，或者仅仅是想感受活着的感觉。我不知道布拉克为什么要来参加这次任务，但我肯定也不会去问他。”

“你还没有回答我的问题。”宙斯撕开食物袋的顶部，看着里面的东西。那东西看起来远远不够吃，在他那只巨手的衬托下，显得渺小极了。

“我好不好这很重要吗？”

“这对我来说很重要。你总是操心所有的事情，除了食物、居住舱、电力、越野车和补给品的事情以外，还要操心我们彼此间的状况。你总是担心会不会有人死掉，但我更担心的是这个人会不会就是你。实际点儿说吧，你很会调节这里的气氛，能够让泽罗与德克兰和平共处。”

“你注意到了？”

“你还是没有回答我的问题。”

“我没有必要回答你，”弗兰克打开自己的食物袋。虽然并不难闻，但说实话，它什么气味都没有。“我不想谈这个。”他说。

“那我放弃，”宙斯将一些糊糊挤进嘴里后，嚼了起来，尽管这种稠度并不需要咀嚼，“这里和油井并没有什么太大的差别。孤立无援，严酷的环境变着法儿地想要置你于死地。还全是一帮老爷们儿。我已经习惯了。”

弗兰克想起了玛西和爱丽丝，两个女人都死了，这件事确实颇为蹊跷。他思考了一会儿，但不清楚应该对此做何感想。他将自己的晚餐挤出，一阵饥饿感袭来，虽然眼前这份食物还是令他毫无胃口，但他还是努力把它咽了下去。

“我们还剩下很多工作要做。如果在我们赖以生存的这些设备里，有任何一台发生了故障的话，我们就只能撤回飞船上了。所有设备都应该要两台才对，有充足的补给，”他用水将软食冲了下去，“我确实很累，因为我一直都在害怕。害怕会出什么问题。”

“你会想起那个人吗，弗兰克？你杀掉的那个人？我总是会想起我杀掉的那个人。我甚至已经不记得事情的经过，我当时陷得太深了。不记得到底是他还是我先挑起的。真的出问题时，到底是怎样的状况，我们早已见过了。”

“我从来不会想起他，这大概会让我看起来像个坏人吧，是不是？我们都是在清醒的时候做出的选择，”弗兰克摇了摇头，“但就像我说过的，我不想谈这个。”

“有些事情你可能还没考虑到：等到温室完全投入使用以后，将会产生超出我们所需要的氧气。存储不了的部分，我们就只能任其消散在空中。我们的水、食物和氧气在目前来说是足够的。今后，我们可以发更多的电，我这里有一些关于汽轮机的想法。到时，芝诺会给我们发射更多的太阳能面板过来，在它们到达之前，我们可以凑合着用。”

“等美国国家航空航天局的人到了，然后发现我们的基地有一台用来发电的汽轮机，那会发生什么？”弗兰克伸展着双腿，脚踝处发出了咔嗒一声。关节老化了，这就是他现在的状态：老了。

“他们早在到达之前就会知道这件事了。这种事情是不会让他们惊讶的。他们在整个飞行期间都是醒着的，不像我们。”

“你是说他们都是有价值的人，不像我们。”

“对那些身居高位的人来说，他们是很有价值的，但这并不代表我们就一文不值。在美国国家航空航天局的人到达前以及离开后，我们得负责把这个地方运行起来。我们只是这里的管理员和看门人，但这没有关系。与我们以前的状况相比已经好多了。”

弗兰克无法否认这一点。

通道里传来吵闹声——门开了，地板上出现了几只脚，随后传来各种声音——于是他抬头望去。狄米特律斯和德克兰一前一后朝他们走来，他们搓揉着已被冻麻了的手，然后又将手放在嘴巴前面，朝里面呼气，好让它们温暖起来。

弗兰克收回伸开的腿，给他们腾出空间。今后生活的流向仿佛是可以预见的，所有人聚集在厨房里，吃饭、聊天、吵架、交流自己遇到的趣事或问题。布拉克仍旧驻扎在飞船上，没有任何要搬过来的迹象。德克兰坚信他们不可能被窃听，因为这片居住区从头到尾是由他们自己搭建的。在不被他们发现的情况下，把隐藏式麦克风和摄像头藏进来，几乎是不可能的。

到时，他们还会安装一些连接自动灭火系统的摄像头，所有的监控可以在今后的控制室里查看。但现在这一切都还只是一堆没插好的电线和没通电的监视屏。他们拥有真正的自由，但还是认真地做着这些被分配的工作，因为这里是他们的家，而且没有其他人会替他们做这些。

后来的两人从储藏箱里挑出自己的晚餐，然后冲入热水，将它们捣成糊状。他们抱怨着寒冷的天气，以及这项任务是如何的无休无止，尽管它显然是有一个终点的。

接着泽罗到了。

“嘿，大伙儿，”他用那瘦削的手指晃荡着几个小小的箔纸包装袋，仿佛摇着铃鼓一般，“有人想要开派对吗？”

德克兰以出人意料的飞快速度一把抢走其中一包，仔细研究起包装一侧的细小文字来。

“咖啡？你找到了真的咖啡？”

“用‘找到了’可能并不确切，毕竟我们可是一群犯人呢。”

宙斯抬起头，问道：“你偷来的？”

“从飞船上弄来的。布拉克能把我们怎么样？判处我们终身监禁？可是我们已经在服刑了啊！”他给每个人扔了一个小袋子。弗兰克的那包落在了腿上。

他已经有多久没有坐下来好好喝一杯咖啡了？至少有一年了，尽管大部分时间他是处于睡眠状态的。那么就当它是几个月吧。

弗兰克将小袋子放在一旁，爬起身，然后把自己那个大塑料杯里的水倒进水槽。他小心翼翼地撕开箔纸包装，将颗粒摇晃着倒入杯中，确保不落下任何一粒，然后将加热水壶中的热水倒入杯子，直到半满。他搅拌着杯子里的东西，俯下身，闻着那热腾腾的香气。

“明天一早我会负责销毁这件事情的所有证据。同时，”他说着举起手中的咖啡，依次向每个人致敬，“敬我们自己，敬火星上最优秀的男人们。”

十八

41303 号通信文件

2048 年 10 月 7 日 00:53（主机时间）

致火星一号基地（拉厄撞击坑）

自火星一号基地（任务控制中心）

控制中心：第一阶段完成，已确认。

弗兰克站在热电机外架的背风处，摇晃着那些可回收利用的货桶，以确保它们都已被牢牢固定。在整个结构内部往下两米处，巨大的热量和少量的电正从反应堆里喷涌而出。在“圣克拉拉”山坡这片硬邦邦的冲积冻土上挖出一个洞来，会是他们做过的最艰难的工作吗？至于热量，解决方案很简单，十分野蛮，但有效。拿一个货桶，把它放到上方适当的位置，然后灌满水，就能收集那对黑色翅膀上散发出来的一部分多余能量。等储水箱里的水都热了以后，就会通过一条地下管道（外面包裹着隔热材料）被运送至温室后面那个未被使用的气闸舱。那里面放有另外一个储水箱，经由一个由废旧火箭发动机制成的简易水泵，功率为五十瓦，水流在各个居住舱周围循环着。

水冷却后会变重，就会自动返回到那些鱼缸里。回收过滤水也会返回室外，与重力给水同时进行，这能把储水箱灌满一半。宙斯在所有地方都安装了隔离阀和紧急排水装置，如果有必要，他们随时可以把水排掉。他们已经变得非常善于节约资源，在制水仪运行了几周后，便将其关闭了。到时，如果需要更多的水，他们可以再次将其启动。

他们现在淋浴有热水了，热水量充足。这一路走来，可谓艰难无比。最后的那趟外出回收任务是最艰难的，他们需要把那两个落在最远处的圆柱体舱给运回来，但同时也让人感觉莫名的宽心。这段无尽的红土路绵延了数千米，他们的旅途在期间中断了两次——去和回各一次——他们需要钻进一个独立气闸舱，并更换自己的生命保障系统，这是一段独特且令人不安的经历。弗兰克的情绪之所以没有崩溃，是因为有宙斯一直在外面和他说话。至于弗兰克有没有给宙斯帮上什么忙，那就不得而知了。

他们做到了。他们一路奔向乌拉纽斯火山脚下的那个山坡，把东西装上车后带回了家。他们没有把自己或彼此害死。这是一场胜利，甚至可以说是一趟破纪录的旅程。在那之后，他们已经没有任何理由要再去做类似的事情了，现在，他们的生活范围被缩小到了基地周围。

这里有充足的食物、氧气、供暖、照明、供水、干净的衣服以及可以四处活动的空间，还有工作可以做。这里感觉并不像是一座监狱，尽管它确实是。

热水箱由另一个倒置的货桶罩住，为了抵抗恶劣的天气，外面包裹着大量隔热材料。它摸上去很暖和，但还远远比不上吹来的猛烈热风。他检查了一下通风口是否有灰尘堆积，并用一把简易铲的锋利边缘将附着在上面的脏物刮掉——这把铲子由一块检修口盖板和一根固定在上面的支撑杆制成。

这里的盛行风一直都是由西向东吹，因此他们很清楚该在哪儿停放越野车以及搭建车间。太阳能农场则位于最东侧，以便最快地捕捉到那抹初升的阳光。他们中的某个人（通常是德克兰）需要对太阳能面板进行一天三遍的手动除尘，从而让它们更好地发电。

供电量刚刚好。由于热电机会制造热量，如果他们记得把那些不用的东西关掉的话，基地的各个控制面板、安全系统、摄像头以及空气压缩机就可以同时顺利运行。外面那些巨大的天线不需要太多电就可以传播信号，至于那两台追踪设备则是两只两百五十五瓦的耗电巨兽，通电之前必须提前通知。

他们的电路仍会时不时地跳闸，但将其修复如初已经不像以前那么麻烦了。

宙斯继续研究汽轮机。这计划听起来还是那么的荒谬，但他坚信自己可以把它做好。除了有时要疏通堵塞的管道，他手头有着大量的零件以及充裕的时间。狄狄的工作量更大一些，他需要将各种数据分类，并使用卫星的上行链路将更新的详细信息传回芝诺。德克兰只要醒着就会去走廊上巡逻，寻找那些耗电量大的东西，他还想在不影响温室的情况下，把整个照明系统调整为昼夜自动切换的模式。泽罗基本上等于住在温室里，从来不在吃饭、睡觉和拉屎以外的时间露面。

弗兰克现在的工作基本上就是里外来回跑，他始终把一把电动扳手带在身上。凌晨之前与正午之间这段时间的温差很大，导致他们那些用来固定所有东西的螺栓很容易松动。目前，这个问题还不是很显著。当温度降到零下六十五摄氏度时，那些原本坚若磐石的紧固件就会松动，单用人手就可以将其卸下。

同时，他还负责维护越野车，每天都要检查它们能否正常工作。有时他会借此机会把车开得比平时更远一些。他清楚自己可能会被追踪，还浪费了许多资源，并且轮胎也会因此磨损，但没有人（主要是布拉克）阻止过他。

他们的这位监督员最近开始在飞船与基地之间来回。他第一次来的时候，只带了一个上锁的金属箱，在徒步走了几千米来到“圣克拉拉”后，只是敷衍且随意地警告了他们几句。然后，他就把自己安顿在了医疗舱的那间私人问诊室里，而非有着宽敞空间的船员居住区。

那里有着整个基地中唯一一扇可上锁的门。弗兰克不禁想知道这到底只是一个偶然，还是刻意的设计。大部分时间，布拉克都与狄狄待在通信室里，有时布拉克又会一个人在位于下一层的控制室里做这做那。大多数情况下，他们这些囚犯会忘记他的存在——德克兰向他们保证，那些摄像头只会探测火情，并不会被用来监视他们。但弗兰克不太相信。

有些时候他们会想要发泄一下，或是讲讲布拉克的坏话，但现在已经没有可以安全地做这些事的地方了，于是他们只好在工作时贴近彼此，讲些悄悄话。他们能做的就只有这样了。不然他们就只能穿好宇航服走到外面去讲，还得关掉麦克风。那看起来真是一点儿也不可疑呢！

这也是弗兰克喜欢开车去“圣克拉拉”山顶的原因。下面山谷的两壁十分陡峭，他无法顺着它们开上两侧宽阔的火山坡，也没法跟在“长滩”顶上一样，将大片景色尽收眼底。不过只要他再往上开几千米，南部的空间就会变得更为开阔，从那里可以看到火山口壁之外的风景。

他们的基地看起来很小，上面只有一堆白色的矩形，并不比他在靠近圣费尔南多地区所建造的那些牧场风格房屋大。空了的圆柱体舱以及货桶被随意地堆放在车间的另一侧，基地所覆盖的面积甚至比这片废料场还要小。这里看不见飞船，它还在“高地”更东面的地方，但可以在同个方向的地平线上见到又一座火山，它如一粒丘疹般从平原上冒出头来。他观察了它几天，认为距离应该不止看起来的三十千米。它的高度几乎与塞拉山脉的山峰一致，但没有山麓，仿佛是从地里直接冒出来的。

有时候天空的颜色近乎蓝色，一瞬间让他感觉仿佛回到了地球。但那一道道薄薄的冰白色云朵，以及天上那两颗周身泛着红光且飞快移动的月亮，很快就将他的白日梦给打碎了。他意识到这里是火星，自己正身穿着太空服。

如果运气好的话，他会得到一次在前排观看货物降落的机会。当某艘飞船向这颗星球投掷下一个包裹时，他可以看到一朵明亮的火花在沙地与太阳的中央绽开。灰尘与烟雾从其尾部喷射而出，然后又被强风给吹散。低沉的隆隆声仿佛是远处传来的雷声，在整片大地上翻滚。通常，这就是他所能听到与看到的一切了。但有两次在货物消失在视野中之前，他都瞥见了降落伞的那团黑影。虽然它以自由落体的飞快速度移动着，但他确信自己没有看错：一顶巨大的、展开的伞衣在距离他很远的地方。

他第一次看见这番场景时很兴奋，以为这是给他们送来的补给品。可能是一架来自芝诺或美国国家航空航天局的货运火箭。

但次数似乎并不合理，而且这些降落的飞船理应是在弗兰克和其他船员到达火星之前被发射的。

回到基地后，他并没有找到任何来自它们的信号。这么说来，这些东西是其他人送来的，有人闯入了那片广阔的塔尔西斯平原。布拉克否认了这个太空海盗的推测，大约一星期左右就会发生一次这样的事，最终他们也只得习惯这件事。火星突然变成了一个繁忙的地方。

弗兰克驶回基地所在的山谷底部，继续完成自己的工作任务。他把车停在车间附近，与德克兰确认了他们有足够的富余电力后，才插入电网，为燃料电池充电。

“要充多久？”

弗兰克查看了控制面板后，回答道：“可以提供几个小时？”

“我们目前还没有充满电。我现在可以给你一个小时，早上再给你一个小时。”

“好的。”只要能充电就行，至于什么时间充并不值得争论。他从车上爬下，将存放在货桶中的电缆一头取出——电缆的大部分都被埋在里面，只有一小段从容器底部的一个洞里伸出——然后将连接插头插到位。控制面板上的灯变色了，说明已经开始充电，然后他看了看时间，好确定自己应该在什么时候断开连接。但这并不意味着德克兰就会任由他忘记。他总是会在平板电脑上记录下所有这类事情，并提前设好闹钟。

他走向主气闸舱，它的一部分现在被合体的通信舱给挡住了。他用力蹭掉脚上的灰尘。在经历一整个脱掉宇航服的流程时，他不禁注意到了中央连接模块的地面变得有多脏，以及与潮湿的空气接触后，这些红色尘土是如何从一层灰尘变成一层污油的。

本来是有人负责处理这个问题的，他不记得是谁了。爱丽丝吗？他们还真的叫一个医生来负责清洁工作？在医务工作花不了太多时间的前提下，也许他们确实这么分配了。现在只能轮流来做这些不受欢迎的杂务了。这里有专门的清洁用品吗？毕竟他们连牙膏都没有。也许只能去那些没开封的货箱里翻一翻了。这些箱子目前被堆放在医疗舱的底层。

他去了趟厕所，比起宇航服的集尿袋，他更喜欢坐下来思考一会儿。穿着工作服增加了这件事的难度，他必须将上半身的衣服都脱掉，才能把它堆到脚踝处。多亏了那些管道，船员居住区现在很暖和，虽然在皮肤刚碰到马桶时还是会感觉很冷。

“弗兰克？”德克兰说。

“天哪，德克兰。不能等一会儿吗？”

“放轻松，我又不是要闯进去。我就是有个疑问。”

“不能等一等吗？大概就几分钟？”一定不行，德克兰这个混蛋一贯我行我素。

“在你开车出去之前，有检查过燃料电池的电量吗？直接告诉我有还是没有。”

弗兰克叹了口气，回答道：“我看了，它的电是够的。”

“那你有没有检查并记录下它的实际液位？”

“没有。”

“你以后可不可以记录一下？”

“你认真的吗？”

“超级认真，”接着德克兰降低了音量，并将头靠在隔间门上，“除了你之外，还有其他人在用车。布拉克一直来来去去的。”

“什么时候用？”弗兰克皱了皱眉，“晚上吗？”

“就帮我记录一下吧，可以吗？”

“好的。”

德克兰离开了，弗兰克可以听到他渐渐远离的脚步声。越野车停车区周围的地面上总会有轮胎的痕迹，但车子本身又差不多总是停在他上一次停的地方。或者只是他这么以为罢了。越野车上有装追踪器吗？他不清楚。宇航服上是有的，还是说，他身体里的植入物基于某个火星上的卫星定位系统在工作？他原本并没有想太多，以为它就像在地球上一样，是一种标准配置。

但在晚上把车开来开去，这实在是说不通。首先，晚上很黑，虽然越野车装有车灯，但就算是在白天开车也已经够危险了，因为有可能会撞到隐藏在地表下的东西；其次，在没有人知道你要去哪儿，通信室也没有人，连紧急呼叫都不会有人接的情况下，会有人独自去外面吗？

除非他们不是独自前往？那意味着至少有两个人在说谎，这似乎不太可能。如果不是他，不是德克兰，那又会是谁？布拉克不需要偷偷摸摸地开。如果他想要用车，他会直接说，然后开走一辆。那就只剩下狄狄、泽罗和宙斯，而泽罗似乎连温室都不想出，更不用说离开基地了。

这会给他们带来麻烦吗？在冰冷的夜晚，开着一辆越野车兜风是一个颇为愚蠢的行为，但只要他们能把它好好地开回来，又有什么危害呢？他开车前往“圣克拉拉”的山顶时，不是也在做同样的事情吗？

是，也不是。他是有权限的，但他们没有。

所有的这些推论都必须基于德克兰所说的是正确的前提下，他那股对于电力消耗保护的狂热之情也很有可能会影响他的判断。弗兰克认为自己不该来操心这件事，他的事情已经够多了，一个人要做两个人的工作。他拉动手柄，按下按钮，洗净双手，并拉好拉链。

基地外部的膨胀与收缩也转化至了内部。目前，他们已将居住舱的地板和天花板全部安装好了，其中也包括检修舱口和吊顶在内，每个区域都有数百个螺栓等着他随时去检查。这是一项漫长而艰苦的工作，并且需要按照严格的顺序进行，这样他才不会忘记检查其中的任何一个。

没人可以否认这是一项单调的工作，但这是在火星上的工作。他将中央连接舱的上层检查了一遍后，爬下梯子来到底层。现在除了他，没有人会来这里。原本装在天花板上的六十台摄像头已被德克兰禁用——功率不到半瓦，但他认为没有这样的富余——虽然它们已不再闪烁红光，但他仍觉得它们在看着他。他做完了日常检查。现在，基地的温度似乎更加稳定了，螺栓似乎确实也不怎么松动了。他甚至也许可以缩小自己的工作范围，并减少一些检查次数。

他的私人物品——他的书、他的信——依旧不见踪影。所有人的东西都没有出现。他查看过库存清单，上面并未列出这些东西。少了一个圆柱体舱，一种可能的解释是它要么是在进入大气层时被烧毁了，要么就是还在太空里飘着。但他们基本上已经回收了基地的所有组件，这一事实与上述推测并不吻合。

他从中央连接舱移动到了医疗舱，将手按在舱体的薄膜上。透出的光线勾勒着手指张开的轮廓，外面的寒意偷偷溜了进来。他们的基地需要一些更好的隔热材料。他可以把土铲到舱体两边，铲上几天又或几周，一直把土堆到每个区块都被土半掩的程度。不是整个埋进去，因为只有支撑环是能够承重的，这些塑料膜则不行。即便在目前的情况下，他也必须小心支撑环那些锋利的边缘。

如果把圆柱体舱当作模具呢？用它们给这些泥土塑形？他认为是可行的，但如果要铲起大量的泥土，还需要一个可以钩在越野车上的类似推土机的东西。那段遥远的记忆在他脑海深处中的某个地方盘旋着，关于如何把土变成砖，然后造一个类似土坯房的结构。那样会容易些，也更持久。

他抬起吊顶，检查了里面的楼板梁固定件后，穿过院子走向另一头，然后和之前一样爬下梯子，前往检查底层。没有什么需要重新调整的东西。这很好。他们搭建这个基地，艰难地前进，解决了种种问题，他为此感到自豪。

“无聊是你的敌人，基特里奇。”

弗兰克突然感到心跳加快，不由自主地举起了电动扳手，做好了攻击态势。布拉克就坐在那儿，周围放着一堆没打开的箱子……那里面装着什么？实验设备？医疗用品？

布拉克伸出手，把弗兰克举起的胳膊按了下去，说：“别紧张啊，大老虎。”

“我正在做自己的工作。我可不想落下任何工作行程。”

“我知道你不想。我一直在密切观察你们所有人。那是我的工作。你最好能记住这点。”

如果布拉克一直在监视他们，那他要么已经知道偷偷开走越野车的人是谁了，要么他根本什么都不知道，只是在谎称能够对所有人进行监视而已。无论哪种，他都不需要弗兰克来告诉他这里发生了什么事。他们这些囚犯可以内部解决。这件事还没有重要到需要向布拉克出卖同伴的地步。

“我并没有觉得无聊。”弗兰克说。

“你感到无聊了，因为你的注意力涣散了，所以你才没有看到我。我们不要继续讨论这个了。每一天你都会迎来新的挑战，你必须随时做好准备。”

弗兰克无法确定布拉克到底是什么意思。难道这是一项测试？为了测试弗兰克会不会告发其他人？“我做好准备了。”他说。

“我很高兴听到你这么说，因为我并不想失去你。”随后布拉克发出了一声轻轻的奸笑。

然后他便爬上梯子离开了。

弗兰克咬紧牙关，直到自己平静下来。布拉克所说既对也不对。他刚才确实注意力涣散了，但他确定自己能够在发现异常情况后及时做出反应。好吧，也许因为他做着白日梦变得有些草率了？那句话是怎么说的来着？保持清醒，处变不惊？

一朵漏电时蹦出的火花就可能导致他被烧死，还有可能在数秒内就将整个基地尽数烧毁，这样的想法本应使他保持足够的清醒，但也很容易被遗忘。他现在的生活很规律。就如被蜂鸣器的嗡嗡声、警铃声以及摔门声所支配时那般规律，他很快就习惯了这样的生活，这令他自己都感到惊讶。

正要离开这里时，他突然好奇起来布拉克刚才到底在那里做什么。他抬头看着摄像头。也许他可以去看看那些箱子里装着什么，到底是什么东西让布拉克感到如此心神不宁。但与此同时，布拉克也有可能正在暗中观察他。他应该怎么做？

弗兰克决定暂时不去理会这些箱子，爬上了梯子。

狄狄在通信室里。弗兰克探头进去，点了点头，说：“布拉克呢？”

狄狄打了个手势，表示他在楼下。虽然控制室并不禁止他们入内，但布拉克大部分时间都会待在这里。没有任何一个囚犯想与他共处同一空间，除了负责安装整个控制台的狄狄之外，这个地方对所有人来说，都是一片陌生领域。

“今天的通信任务就快完成了。数据加载好了。新拍了一些火星照片。它看起来好大。”

“因为它确实很大。你能帮我个忙吗？帮我转移一些物品。”

狄狄将椅子推回原处——现在他们已经有椅子了，由塑料直接浇铸成型，非常轻，甚至灵活得令人有些头疼——然后跟着他离开了房间。他们穿过院子和厨房，来到中央连接舱，接着进入了医疗舱。弗兰克从梯子上滑下，向后退一步，接着狄狄也来到了他所在的这片昏暗之中，他们的四周被一个个箱子包围着。

“需要做什么？”

“把这些搬开就行。”他递给狄狄一个箱子，在这个动作的掩护下，他迅速查看了一眼刚才布拉克所在附近的那些箱子。大多数箱子仍处于密封状态，有两个被打开了。

“到底怎么了，弗兰克？”

“最近发生了一些奇怪的事情。”弗兰克决定暂时不要说出德克兰的名字。他随意翻开一个储物箱的盖子，查看着里面，“最近有人在私自使用越野车。我需要那些人停止这样的行为，因为现在火已经烧到我身上了。”

他并不清楚是不是狄狄干的，但他也会与宙斯和泽罗进行同样的谈话，并警告他们所有人。

“你觉得我知道些什么？”狄狄瞥了他一眼，然后去拿起另一个箱子。

“我也不知道。我晚上睡得很熟。也许你不是这样，也许你有因为某些原因被吵醒过。”弗兰克眼前是各种形状、大小不一的药片。好的，这就很有意思了。

“他们在晚上用车？那些人疯了？”

“可能是这样。但我们并不想看到这样的事情，但凡有一台车被弄坏了，那我们可就完蛋了。你有看到过或者听到过什么吗？”弗兰克将盖子重新合上，然后把它挪到了对面的架子上。

“我……没有。我想不到任何事，”狄狄将手中的箱子放在架子上，然后推着它移动，“‘那个人’知道吗？”

弗兰克摇了摇头，说：“不清楚。但我们需要先在内部把它解决。”

“我会帮你留意的。”

“谢谢你的帮忙，”他大声地说，“剩下的我可以自己来。”

狄狄停下了搬运的动作，弗兰克跪在地上，用手将一块新露出的地板掀开。他朝里面看去，接着将电动扳手伸向那空隙之中。

“那我先走了。”狄狄说。

“多谢了。”

一堆囚犯在一起生活总是会出现各种各样的问题。只需一瞬间，就可以摧毁这份好不容易建立的信任。在本以为一切都已回归到一种像样的、安静的日常生活时，奇怪的药片出现了，还有偷偷兜风的人。无论是谁做的，弗兰克都不会让他们妨碍自己回家。

十九

内部备忘录

2038 年 10 月 20 日

致火星基地知识库

自火星一号基地（供电部）

供电部团队想要跟大家确认一下电力输入的问题。

基底负荷将由一台放射性同位素热电机提供，其持续输出功率为三千瓦。该值预计十年内不会降至低于两千八百瓦。

可调负荷将由三块额定功率为两千瓦的闭式循环燃料电池提供。

在火星日间的十二小时内，将通过一组以一万五千瓦功率运行的太阳能电池阵列为燃料电池充电。

初始基地的总能耗将不超过十千瓦。随着用电需求的增加，可以集成额外的太阳能电池和燃料电池，也可引入地热源（水井/热泵）。

需要注意的是，热电机仅能够无限期地为最低限度的生命保障（基地供暖及大气二氧化碳过滤）供电，并且由于外界环境因素，将无法发挥其最大功效。在不降低生命保障供应的情况下，热电机将不能用于为燃料电池充电。

不过，基地搭建阶段确实存在一个问题。根据组装机器人的数据显示，它们的每日电力消耗将超过初始基地供电量的三倍。如果要保持所有机器都同时运转，我们需要提供约三万瓦的持续负荷。如果要保持所有应用程序也同时运行，则将需要一组额外的六万瓦功率的太阳能电池阵列。每个机器人的电池组均为内置，因此不需要额外的燃料电池。

有人正瞒着弗兰克使用越野车，而且动作很小心。每次仅有很少的电量被消耗，德克兰已经想办法又拼好了几块太阳能面板，这给他们又带来了近一千瓦的功率。实际上，这已不再是一个平衡电量需求的问题。

他记录了燃料电池中气体与水的体积，发现德克兰的推测是正确的，而且他不止一次发现这些数据发生了微小的改变，这说明他们的目的地离这里很近。他还在每个车轮背面的沙地上画上一条线，在火星夜晚的整片黑暗之中，那几乎是无法被发现的。

每天早晨，他都会发现越野车下方的标记变模糊了，而且不在原来的位置。他将痕迹擦去，回想着前一天晚上除了那些遇冷收缩的金属所发出的嘎吱声之外，听到的那些其他的杂音是否代表着些什么呢？这样的事情已经持续一周了。

越野车没有钥匙，也没有锁，就和他们这些船员一样，是公司的财产。没有人需要偷偷摸摸地用车，但事实并非如此。

他跟每个人都进行了一次秘密谈话。没有一个人承认。但这种行为也并未停止。可能的人选有限。那个人要在所有人睡觉时，穿好宇航服，然后开走越野车，那只能是那个他想到过又排除了的人。

布拉克和他们不一样。这个可能性一直在弗兰克的脑海中挥之不去。

实际上就只有一个可去的地方。飞船周围数千米别无他物，根据刻度表上的数字显示开得并不远。穿越“高地”和回程的几千米就足够解释其中大部分的消耗。寒冷——他没有自行测试过——也可能是造成剩余损耗的原因。

他并不认为飞船上会有他们这些囚犯需要的东西。如果是布拉克的话，那到底是什么样的事情需要他在晚上偷偷地做？

那些药片？这一猜测使他更为困惑。他们附近就有一家药房，并且任何人都可以自行取用。据他所知，还没有人盘点过医疗用品。如果爱丽丝没有偷尝其中一种的话，那么这项工作本来应当由她进行。宙斯是爱丽丝的副手，但他没有时间，也没有意向来完成这样一项乏味且要求颇高的任务，因此那些药品就这样被扔在了那儿。那个人至少打开了其中两个密封箱，顺手拿了一些里面的东西，如果没有的话，弗兰克反而会感到讶异。

很明显布拉克知道这件事，他在进行自行调查。他知道是谁做的吗？如果他知道的话，为什么不采取任何相关措施呢？弗兰克怀疑他声称他能看到一切、知道一切只是在夸大其词。但话又说回来，布拉克从来不吃除了包装好的运输食品以外的东西，这件事似乎有些说得通了。

这让弗兰克感到不安。几周以来，弗兰克都没怎么注意过布拉克。他就像是一个没什么存在感的幽灵，总是在瞎忙着些什么。也许那些奇怪的声音、外面的人影、被移动的东西的背后还有更多隐情，然而弗兰克并不清楚那是什么。

但如果布拉克就是那个晚上往返飞船的人的话，那么他需要警告德克兰不要再到处调查了。

弗兰克挑选了一个他和德克兰同时在外面的时机：他在检查越野车，德克兰在调整太阳能面板。

他向他示意关闭麦克风，并等着德克兰将那些朝向正午阳光的太阳能面板清洁完毕。

他们将头盔碰在一起。

“是布拉克？”

“不是我们当中的人。”

“他到底在向我们隐瞒什么？又为什么要这样做？”

他们面罩之间的灰尘被压得发出嘎吱嘎吱的声响。

"我们不需要知道，而且我们可能并不想知道。"

"但我想知道。"德克兰说。

"那你自己去问他。我反正不会去问。"

"你当然不会了，因为它不属于你的意识形态。他是你的老大，又是一个厉害的白人，所以你不会质疑他的所作所为。你仍然是一名囚犯，"他用食指敲了敲了弗兰克的头盔，"你的这里还保留着这样的意识。我猜测是他在和芝诺联系。"

"那根本说不通。基地这里有通信中心。"

"所以说，他不希望我们听到他跟芝诺在联系的事情。"

弗兰克耸了耸肩，问道："那有什么奇怪的吗？"

"难道你不想知道他们在联系什么事吗？"

"并不怎么想，因为这跟我们没有任何关系。"

"老天啊！总有一天会跟我们有关系的。你难道不好奇吗？完全不好奇？"

"也许有一点儿吧，但这只会造成不必要的麻烦。听着，我们现在这样就很好了。我们在这里做着自己应该做的工作。到时候等美国国家航空航天局的人来了，我们还可以跟那些宇航员一起做事。我可不想阴沟里翻船。"

"弗兰克，听听你自己在说些什么吧。你已经被制度驯化了。我们必须弄清楚布拉克到底在干什么，这正是为了防止阴沟里翻船。我会叫狄狄留意下，看能不能找到什么线索。"

"你别把那孩子牵扯进来。"

"虽然我们听不到布拉克在跟芝诺说些什么，但也许我们可以在他们回复的时候截取对话的另一半。"

"我是认真的，不要把狄狄牵扯进来。他不需要承担这些。"

"他想怎么做应该由他自己决定。他已经是成年人了，弗兰克。而且你又不是他的爸爸。"

这句话刺痛了弗兰克。即便德克兰很可能并不清楚其中的缘由，但这股刺痛仍旧直戳弗兰克的心脏。弗兰克几乎是踉跄着向后退去，德克兰则冷淡地注视着他。这名电工按下宇航服控制器上的几个按钮，这场谈话结束了。弗兰克只得默默走开，走向热电机基座的另一侧，这台机器正无偿地给上方的储水箱注入一股又一股充满生命力的热量。他精神涣散地从它旁边经过，这时他想起了布拉克关于“无聊”的那番话，于是决定一会儿要重新认真地检查一遍。

重新打开麦克风后，他的目光越过“高地”，从“比弗利山庄”的山顶向下一直望向远处的撞击坑壁。它总是或多或少地蒙着一层尘雾。在地球上的那些日子里，有时雨过天晴便可以见到清晰无比的地平线。但火星上从不会出现这样的风景，无论是近处还是远处，看到的只是无尽的沙尘。等到沙尘暴来临时，实际能见度几乎为零，并且太阳能农场也无法发电，这样的情况会持续上好几天甚至好几周。

那可就有意思了。

他仍在从长远角度考虑问题。现在的状况不会一直持续下去，布拉克最终会带他回家。

他应该怎么做？他是否应该告诉布拉克，他们已经知道他会在晚上来回开飞船的事情，而其中某些人（主要是德克兰）对此有着超乎寻常的兴趣？然而弗兰克还得继续跟德克兰一起生活，依赖他，并与他一同工作。

他现在所应该做的是回去检查供暖装置、所有的管道，以及温室后侧气闸舱中的那些固定装置。

他需要一个新的项目。他已经完成了所有模块建设的监督工作，也做了大部分的驾驶工作，那是一项危险而艰巨的工作。现在这一切都结束了，身处危险之中的那种生活已经渐渐淡出记忆，他怀念那种敏锐的、活着的感觉。从前在监狱里的生活沉闷极了，他不想让现在生活的这个基地也退化成另一座监狱。对他来说，这里并不是监狱。

因此，他需要和布拉克谈谈，并不是要讨论布拉克开车都去做了什么，而是关于更多的建设工作，如那些夯土墙与土坯砖。

如果德克兰想要继续调查，很难说他会挖掘出多少事实。如果布拉克知道了又会做出什么样的反应？整个基地的气氛还算可以。他们一路上磕磕绊绊，大部分时间都相安无事，只是偶尔会发生一些摩擦。主要是电力的问题以及德克兰的那个性格。

还有偷药的事情。这里有一间可上锁的房间。为什么不把它们放到那里去呢？布拉克发现箱子被人打开过后，为什么不马上把它们转移到那里呢？

如果他们都想搞点儿自己的小动作，那就随他们去吧。管住所有人并不是他的工作，只要他自己保持警惕就行了。

他结束了热电机周围的检查工作，往车间舱走去。它看起来和平时略有不同，稍微有些不对劲。它有点儿漏气。

他加快了脚步，到达后立马将手按在了舱体的一头。平时按下去的阻力会更大一些。

“狄狄？”

“弗兰克，怎么啦？”

“我现在在车间外面。你那边有收到相关的警报吗？”

“我看看。”

弗兰克试着透过塑料膜朝里面看。太阳高悬在头顶，除了一些模糊而分散的轮廓之外，他辨别不出任何东西。

“是这样，我记得警报器之前有点儿问题，所以我们把它关掉了。”

“我们这样做是因为？”

“因为车间里面是加压过的常规火星空气，所以那些检测空气含氧量的指示器老是触发正压的误报。”

“宙斯在哪儿？”

“他刚才说要去温室进行某些关于罗非鱼鱼缸的工作。”

“我认为我们出现了一处泄漏。我需要检查一下。你可以从连接舱那里扔几块补丁贴片给我吗？”

“当然。”

弗兰克爬上车间气闸舱的舷梯，然后等待着空气循环流程结束。他扭动闸柄向里推去，这时，他发现外闸门被堵上了。他将肩膀抵在门上，同时用脚撑住自己，身上的这具坚硬外壳楔进了气闸舱上面那层红色尘土之中。如果这样也推不开，他就只能再去取一些工具了。

他用力地推着，门打开了约六厘米的空隙。烟雾从开口处飘出，一道道浓稠的烟带扭动着，最终消散在了那饥肠辘辘的火星大气之中。

“着火了！”弗兰克说，“车间着火了！”

耳机里传来喧闹声，周围警报声大作，他听见了狄狄和其他人的大喊大叫声。几秒钟的混乱之后，布拉克大喊着让所有人闭嘴。

“没有着火，那里根本就没有可以烧的东西，蠢货们。”

“那这些烟又是从哪里来的？”弗兰克说。烟雾仍在喷涌，那些白色的穗带在风中翩翩起舞，升腾着飘向远方。

“那些不是烟，”狄狄说，“不是烟，弗兰克。”

“那它是什么？”

“是宙斯。”

“该死！不要啊！”弗兰克用肩膀猛烈地撞击着舱门，一次、两次、三次。宙斯个子很高，也很重，他刚好倒在合页的后面。弗兰克被困在这件巨大的宇航服里，无论他多么努力地尝试，仍旧够不到宙斯。他猛地关上舱门。太迟了，已经太迟了。他十分清楚这一点，但他还是想试一试。

他必须把舱体的塑料膜割开，只有这样才能进去。这种塑料膜又厚又硬，没法直接撕开，他需要一把真的刀或者锯条一类的物品，但他现在手边没有任何锋利物体，他什么也做不了。

他爬下舷梯。这里有石头。他可以利用这些石头。他捡起一块，扎向舱体瘪掉的那一边，但仍旧无法刺穿，仅仅能够在表面弄出一些划痕。他继续划着，因为他的一切努力、坚持与汗水都是宙斯应得的。

“把它放下，基特里奇。把它放下！”

弗兰克转过身来，拳头仍旧紧紧地攥着那块石头。布拉克就在那儿干站着，凝视着他。

“我们得赶紧进去。”

“已经太晚了。”

“我们还不能确定这件事。”

“我们可以确定。他的体征监测已经没有起伏了，没有心跳，没有任何反应。”

植入物不会骗人。

弗兰克将石头扔在脚边，抬头看向舱体扭曲的那一侧。

“赶紧回去，基特里奇。”

“我总得……做点儿什么。”

“这是命令。赶紧回去。”

“不。”

“小子，你可别来烦我。我给你下了一道命令，请你绝对服从。你的情绪已经失控，无法好好思考，还不愿意服从我的命令。你现在已经变得很危险了。赶紧回到基地里面去。现在，马上！”

弗兰克听着自己呼吸的声音。他的喉咙被堵住了，空气流过，只能发出一阵咯咯的刺耳声响。他的心脏用力地颤抖着，似乎是想要弥补宙斯已经不再会动弹的这一事实。

一阵咆哮出现在他的内心深处，它先是变成一声呻吟，接着又化作一声尖叫，最终成了一声怒吼。这声怒吼最终被扼杀在了面板的另一侧。

弗兰克吼完以后，布拉克还站在那儿。

“进去。我来处理剩下的。”

没什么要说的了。弗兰克艰难地回到了主气闸舱，在空气循环进行的同时，他将头盔靠在了墙上。

他穿过内闸门，将自己从宇航服的上半身里拖出来后坐下，任由双腿张开在地上。

刚才发生了什么？宙斯被关在了气闸舱里，两扇闸门都是关闭的，他也没有穿宇航服，到底是怎样的前因后果才会发生这一切的事情？他到底去那里干什么？他本应该和泽罗在一起玩小鱼的。他们都喜欢时不时地那样做：把裸露的手臂伸进水箱里，动来动去，玩那些即将被做成干货的小鱼。

车间确实出现了一处泄漏。但那里明明设有供所有工作人员使用的氧气瓶以及可以罩在脸上的潜水面罩，它们可以防止人们迷迷糊糊地昏过去。而且气闸门旁边理应也会放着工作人员自己的宇航服，就算没有时间就地穿上，至少也可以把它拖进去。关上开口处的门，打开氧气瓶上的阀门，重新加压宇航服，并使用上面自带的通信设备寻求帮助，最后爬进去将开口关好。

他没穿宇航服被锁在了气闸舱里，这太奇怪了。他的死不合常理。

等一下。从外闸门的小窗口望进去，并不见宙斯的踪影。当然，弗兰克有透过小窗朝里面看。在进入气闸舱之前，他们都会先检查一下，这是无意识间形成的习惯。检查里面有没有人，或者是不是有人忘了把内闸门关好。他当时并没有看到宙斯，那是因为他的身体已经被压在了外闸门上，就在他看不见的地方。

但如果他那时还活着的话，可能还有救。弗兰克但凡能够意识到这一点，结果也许就会变得不同。

他抬起头，看到狄狄正站在门边。

“到底发生了什么？”

“我也不知道发生了什么。”

“他是不是……”

“是的。”弗兰克想扔东西，任何东西都行。这时，他想起自己仍然身处一个加过压的气球之中，“对，他死了。”

“我本来还希望……”

“还是不要抱希望了。”

弗兰克盯着地板，狄狄在理解了他的意思后离开了。他并不知道自己在那里坐了多久。后来，泽罗从温室里出来了。他们互相看着彼此，久到有些令人不适，于是同时移开了视线。

“很抱歉，老兄。”

弗兰克点头表示复议。

“你以为他和我在一起。”

弗兰克点了点头。

“他说他想去处理一下压力阀的问题。想用塑料管，还是什么东西做一个出来。一小时前离开的。”

“我有过一个弟弟。他很聪明，聪明到知道不要掺和我的生意，会得也很多。他被人用枪打死了。从学校回来的时候，一辆经过的车里窜出来的流弹射进了他的脖子，就这个地方，”泽罗指了指耳后的一个地方，“医生、警察和来我家看望我妈妈的那些人都说他没有受苦。弗兰克，他没有受苦的话，那算是什么好事吗？”泽罗继续说道。

弗兰克抬起头，用头骨的后侧不断撞着一个架子，说：“是我把空气放出来的，泽罗。我把他剩余的所有空气都给吸走了，帮他打开了那扇通往火星的门。我们谁都不清楚他有没有受苦。那该死的家伙甚至可能还想要受苦呢。”

弗兰克猛地把头往后面一撞，墙板发出一声巨响，泽罗被吓到了。

“我认为我们的谈话已经结束了。”

泽罗没有说话，随后他起身往温室的气闸舱走去。就在气泵循环着两侧的空气时，他凝视着那扇闸门。

“他当时已经死了。如果他还活着的话，一定会向你呼救的。”

“也许吧。”

“不要再为此而折磨自己了。他已经走了，就和我弟弟一样。你只是碰巧第一个到那里罢了。”

弗兰克任由自己的头垂着，下巴抵在胸上。

“随便吧。”

泽罗离开后，气泵再次发出嘎吱嘎吱的声响，弗兰克可以听到温室内闸门开启的声音。他不能整天都这样坐着，他得动起来。

他脱下鞋子，双腿从宇航服里滑出。他收好生命保障系统，挂好宇航服，然后穿好工作服和船用拖鞋。每一个动作都令人感到疲惫至极，仿佛他才参加了一场跑步比赛似的。他累坏了。

他只是刚好第一个到那里的情况已经出现三次了。玛西、爱丽丝，现在又是宙斯。这样的概率似乎很低。不过，如果天生幸运的话，他也根本不会来到火星。

他需要查出宙斯的死因，但他也需要洗个澡。可悲的是，洗澡的念头更加强烈。至于另一件事就只能再等一等了。

二十

音源：10126 号录音文件

2038 年 8 月 2 日 09:30（主机时间）

科罗拉多州丹佛市，光之塔 65 楼，芝诺系统特别行动公司董事会议室

蒂勒：保罗先生，我的团队一直在努力工作，我想向您汇报一下最新的相关情况。

保罗：继续说，布鲁诺。我很有兴趣，但也有些担心。我们的进度已经落后了。

蒂勒：我现在就向您保证，我们会赶上进度的，甚至还有可能提前完成。我觉得我们取得的进展一定会让您感到满意的，而且还会给您留下深刻的印象。我们还可以在金山设施取得的巨大进展上更进一步，并将其无缝融合进未来的前进方向之中，我希望您能够认可我的这项计划。

保罗：好的，布鲁诺。情况听起来挺乐观的。我就不必再跟你强调在芝诺我们是如何看待失败的了吧。对我们来说，那就是一个不认识的词罢了。继续。

蒂勒：最初的计划是完全革命性的。从货舱状态到搭建完毕均为全自动的，仅需远程干预即可。概念验证测试也已证明，只要它能够正常运作，就能完美地完成这项工作。我们有多种故障模式。在时间、重量以及失效保护装置方面都可能会出现故障，而解决故障的成本则会以指数级增长。最简单的解决方案就是送一名人类操作员过去，就地解决问题，但我们所签订的合同里只写了非载人级别的载货飞船。

保罗：一艘载人飞船也是非常昂贵的。

蒂勒：是的。在我们成功拿下合同时，那还是把人类送到火星的唯一方式。现在，两年过去了，一个新的解决方案出现了。

保罗：好了，不要再吊我的胃口了。

蒂勒：不夸张地说，我们可以像存储货物一样存储人类，并在到达后将其唤醒。在航程中，他们不会消耗任何资源、食物、空气或是水。他们不需要娱乐，不需要锻炼身体的空间，也不会发疯。这个方案能够完美地协同我们的愿望以及需求。这就是我们的计划。

保罗：这可需要某种特殊的人格品质，这个人不仅要有强烈的道德勇气，还得足智多谋。

蒂勒：我可禁止您报名哦，保罗。但认真地说，我们完全有时间来寻找一批完美的候选人。到时，他们将在现场帮我们维修机器人以及处理其他可能的潜在问题。我们只需要说服美国国家航空航天局，让他们保证会把我们的人带回家就行了。我认为不会有任何问题。

保罗：它还处于实验阶段，对吗？国家药监局还没有批准吧。

蒂勒：发射要等到八年以后，在那之前一定会得到批准的。我向您保证。

11

弗兰克回到了车间。他发现布拉克已经想办法强行入内，带走了宙斯。一辆越野车不见了，地上还有一片通往飞船方向的扬尘。他清楚他们要去的地方，但并不清楚布拉克会做什么，同样，他也不清楚布拉克是如何处理玛西和爱丽丝的。说真的，他应该问一下。他猜测在飞船后面的某处有一排坟墓，在地上挖出一个浅坑，然后用石头盖好。三座石冢。人类征服火星的象征。

外闸门是关闭的，他将手放在闸柄上，犹豫了一会儿。他会在里面找到什么？

他自己也不清楚。于是他旋开闸门，地板上有着红色的污渍，飞溅的痕迹布满了墙壁。

还有一个黑色氧气瓶和一个软质面罩被孤零零地遗弃在中央。面罩的内侧有一层血膜，那是一个已经虚弱到无法呼吸的肺部所咳出来的血。

他并不想走进去，不想站在宙斯去世的地方。他低头看着地面，最终，他还是跨出了越过门槛的那小一步。他关上门，弯腰将那个氧气瓶捡起。面罩上的血膜碎裂掉落下来，然后粉碎成一片片更小的雪花。它呈现出一种完全干燥的状态，已经变成了某种与火星尘埃没有区别的东西。

他打开内闸门，走了进去，然后关好门。

这里充满了外界的空气。宙斯的宇航服放在气闸舱旁边的工作台上，头盔无神地凝视着屋顶，胳膊和腿则无力地垂着，一副了无生气的模样。他将氧气瓶放在旁边，然后把连接面罩与阀门的软管拖到它的胸口位置。

两张长长的工作台上散落着宙斯那些手工制品的各种部件，在仪表、电线、临时钻头、老虎钳和钳具之间零散地放着一些管道、货桶以及火箭发动机的碎片。即使他的计划是可行的，他们也再没有机会用上那台汽轮机了。这个项目随宙斯一起死去了。弗兰克并没有这样的聪明才智能够造一台出来，他觉得其他人也没有。

更远处是德克兰修复太阳能电池板时留下的那些东西。黑色的晶状玻璃碎片在那堆废弃品中闪闪发光。

上层的塑料膜上没有任何破损，也有可能是因为并不明显，所以他没有看到。他沿着梯子爬到底层，然后打开灯。通道两侧，那些空荡荡的架子无声地颤抖着。他慢慢地走到尽头，仍然没有找到任何不对劲的地方。

“德克兰，我需要用空气泵把压力升高，进行一次压力测试。”

“收到。”

空气泵就在远处的那堵墙背面，被用胶带固定在管道中。他拨动开关，然后打开宇航服的控制器盒子，看着外部压力的读数不断上升，虽然他能够很直接感觉到自己的宇航服正在变松以及下垂。舱体的墙壁慢慢地拉伸着，声音也随之回来了。现在，他已经可以听到空气泵那富有节奏的敲击声，漏气时的那种高音也没有出现。

他又在底层走了一圈，仔细检查了每一个暗处的角落，并用手按压塑料膜，寻找那个漏气的地方。什么都没找到。他不仅把架子移开，双手双脚地跪在地上，还将地板抬起，用手在靠近厚橡胶垫那面的塑料膜上检查了一遍。还是没有找到。没有任何一块扎进来的石头。

他花了好长的时间来检查，以至于舱内压力读数骤增。他急忙关掉了气泵，然后默默地坐在那儿，希望能看到读数逐渐降低。

然而半小时过后，没有任何变化。

他再次站了起来，爬到上层。他又等了半个小时。读数仍旧没有变化。就算这里有漏气，那也是几乎无法察觉的一处漏气。温度的变化确实也能够引起压力波动，即便在认为周围环境是安全的时候，他们也会在脱下宇航服之前检查外部压力，这是他们在训练时学到的。

这里没有漏气，但这座舱体确确实实有被减压过。

会不会是宙斯干了什么蠢事，导致舱门被不小心打开了？他有办法做到这样的事情吗？顶着内部近八吨的气压，没有任何一扇气闸门能够被手动打开。这甚至连宙斯也无法做到。闸门两侧的压力必须呈几近相等的状态。会不会是空气泵出现了故障，或者被动了手脚，这样空气就被从内部循环到了气闸舱里，然后又被循环到了室外？

不可能，因为气泵的闸门是单向的。不论舱内有没有被加压，它只能把来自气闸舱内的空气送到舱体内部。

剩下的唯一弱点，是他们在铺设穿过各个舱体的电缆以及管道时所使用的连接装置。直至目前，他已经证明了这里并没有发生泄漏。但他还是从内到外全部检查了一遍，最终发现它们也没有漏气。

他做得已经够多了。他回到车间，把空氧气瓶挂到肩上，然后把宙斯的宇航服抱在怀里。

返回主气闸舱的途中，宙斯的宇航服一直被拖在地上。他望着远方。这时扬尘已经落定，他可以看见远处的飞船如同一根苍白的手指般从“高地”上升起。埋葬一具尸体需要多久？显然，那比他调查这具尸体的时间还要久。

应该举行一场仪式的。前两个人死去的时候，他们正好处于那种绝命狂奔的状态之中，没有时间停下来。现在，他们已经有余力来做这件有意义的事了。尽管宙斯已经不在了，但他也很可能会对此表示感激。事实上，他们做这件事也不是为了他，而是为了那些还活着的人。

在他爬上主舱体舷梯的同时，宙斯的靴子也不断敲打着每一个台阶。

“老兄，真该死。”弗兰克嘟囔道。

“弗兰克，你还好吗？”狄狄问。

“我只是在自言自语。我现在正准备进门。如果你能来搭把手，那就更好了。”

弗兰克按下按钮，启动闸门的循环，把自己塞了进去，随后气闸舱开始加压。他仔细地观察着自己所做的每个动作，试图找出可以在无意间破坏安全装置的方法。他失败了。他无法理解在没有漏气口的情况下，车间又是如何发生泄漏的呢?

狄狄打开闸门，从他手上把宙斯的宇航服接了过去。弗兰克将氧气瓶放在地上，打开了自己的宇航服，回到了室内的空气之中。

“你找到了吗？”

弗兰克用手指挠着头，问:“找到什么？”

“泄漏的地方。”

“没有，我没找到。”他将宇航服脱至膝盖处。

“但是……”

“我也不明白。我将它保持加压的状态留在了那里。到时，如果它瘪掉的话，那就说明我错过了某些东西。”

“到时是什么意思？”

“就是不是现在，狄狄。我已经把整个舱体都检查了一遍，包括密封条。你想现在去那里重新检查一遍吗？那可随便你。不用在意我。”

“这些鬼事情是由你负责的，弗兰克。建筑和维护是你的事情。”

“你以为我自己不清楚吗？你还同意把那该死的警报给关了呢，那是唯一可能救他一命的东西。”

狄狄的身形很小，在冬眠以及低重力状态下度过的这段时间里，也没有让他长高分毫。弗兰克每天都在动来动去。如果他们争执起来，谁会赢是显而易见的。

狄狄还只是个孩子。现在，他就是个害怕的孩子。打他一顿也解决不了任何问题，只会把情况变得更糟而已。

“我们给彼此留点儿空间，冷静一下，好吗，狄狄？对我们俩都好。”弗兰克心中的那股愤怒之情化作了某种其他东西。他从来都不是一个善于自省的人。他宁愿保持忙碌。那为什么不去继续琢磨车间里发生的事情，一直到找出答案为止呢？

这对他们所有人都是有利的，因为这种事情随时都有可能再次发生，这一次撞上的人刚好是宙斯，下一次可能就会是他们中的任何一个人。他们想要他负起责任吗？那么，好的，从现在开始，所有人禁止进入车间，直到他宣布安全为止。

狄狄将宙斯的宇航服丢在脚下，然后离开了，接着德克兰又来了。

“怎么？你也要来找我麻烦吗？”

“不是。我有一个想法，我想和你聊聊。我在医疗舱等你。”

现在又只剩弗兰克一个人了。好吧，如果下决心要把这件事做到底，不妨干脆就破釜沉舟一把。

他挂好自己的宇航服，插上生命保障系统，然后从地上捡起了氧气瓶。它需要手动连接制氧机才能重新加气，他现在可没有时间干站在那儿一直等到它加满。他发现宙斯的面罩不见了，一定是在车间时不小心脱落了。等下回去测试压力时再把它收回来。

至于宙斯的宇航服，他把它扛到肩上，而后久久地凝望着那块被灰尘覆盖的面板，他仿佛看到了宙斯那张带有文身、巨大的脸庞正在回望着他。

作为一名前新纳粹白人至上主义的帮派成员来说，宙斯还算挺好的。他可信、可靠，甚至还挺亲切的，虽然他总是会令人有点儿紧张。

弗兰克挂好这件宇航服，将它的生命保障系统放到架子上后，准备去看看德克兰在做些什么。

德克兰坐在一张那种特制床上——可以通过摇柄上下控制的带轮医用床——身旁放着一盒已经打开的蓝色丁腈橡胶手套。

"你还应付得来吗？"德克兰问。

"糟透了，一想到发生的这些事。"弗兰克回应道。

"确实很糟。"德克兰拿起一只手套，甩了甩，并对其进行了一些准备性的伸展动作。上面的那些白色粉末飘到了空中，在灯光下翩翩起舞。然后他把手套口放在嘴唇边，朝里面吹了几口气，使手指处略微膨胀。为了不让空气漏出，他捏住手套的手腕处并扭了几下，然后迅速地打上一个结。他把这个形似一只软趴趴的蓝色章鱼的东西扔给弗兰克，弗兰克接住了它并拿在手里。

"我要拿这东西干什么？"

"把它放进你的口袋，"德克兰紧接着开始制作下一个，"快点儿！"

弗兰克没有精力与他争论，于是把手套挤进了自己的一个口袋里，问道："现在要干什么？"

德克兰给第二只手套打好结，跳下床，然后走向舱体另一头的气闸舱。他们平时不会使用这个气闸舱——仅供紧急情况使用——但它的功能都是完好的。他打开内闸门，将手套扔到里面的地上，然后把门重新关好。他招呼弗兰克过来，然后指着那扇小窗。

"看。"

德克兰拨动开关，里面的空气开始被抽出并排入舱室内部。弗兰克低头盯着那只手套，它开始慢慢地、不可阻挡地变大。它变得越来越大，空气泵停止运转后，手套已经变成了一个气球大小，伸展开后的蓝色外层呈半透明状，上面还有五个胖乎乎的突起物。

弗兰克拍了拍自己的口袋，里面的那一小坨橡胶依旧如初。

"是不是要多注意一下这个问题？"德克兰问。

"我觉得需要。"

"那你要多注意了，"他开启气闸循环，将压力调回，然后从地上取回了那只已经重新瘪回去的手套，"到时如果警报因为某些原因没有响或者没有及时响，这也许能够救你一命。"

“也可以救宙斯一命，”弗兰克转身离开气闸舱，“我搞不明白，舱体明明没有任何问题。”

“他之所以死就是因为他的氧气供应出了问题，他吸不进去。出于某种原因，车间的压力下降了，等到意识到这点的时候——显然他意识到了，否则他就不会跑到气闸舱里去了——他已经快要死了。”

“照理他是可以用身边那个氧气瓶对气闸舱进行加压的啊。”

“如果当时他已经晕倒了的话就不行了。而且你也知道，只有在抽气的时候，气闸舱才会处于与舱体完全隔绝的密封状态。”

弗兰克停下了走向连接通道的缓慢脚步。

“就算他还有力气打开氧气瓶的阀门，那些氧气也只会被吹回车间里。他只能通过打开维护罩板并手动关闭排气口的阀门来隔断排气。但正如我刚才所说，这些事情你都是知道的，不是吗？”

“也许我忘了，”弗兰克靠在门框上，“所以你为什么会在这儿，德克兰？你以前做了什么？我是说我知道自己做过什么，清楚这是我应得的惩罚。还有爱丽丝、玛西和宙斯。我们都杀过人。我知道泽罗参与过毒品供应链，狄狄从事过严重的网络犯罪。至于你呢？你看起来似乎很正常。”

“我们每个人都有自己的心魔，弗兰克。我的只是有些特殊而已，”他长吁一口气，“你真的想知道？”

“想，也不想，也许想吧。”

“我喜欢偷看，弗兰克，”德克兰沉浸在自己的世界里，继续说道，“在我的工作领域，在我这个层级，可以看到许许多多的人在做各种各样的事情。等你被抓到的时候，好几个小的罪名加在一起，你就会发现那够让你在里面待上好几百年了。那并不是我想要的结果。”

“所以你达成了一个协议？”

“就跟你达成的协议一样。要么死在监狱里，要么在火星上生活下去。”

“是的，就是这样。”

“跟你不一样的是，我每顿饭里都会出现毛玻璃或者某些更糟的东西。迟早会有人把我给处理了。我可以失去的东西甚至比你还少，”他耸了耸肩，“好了，就是这样了。我还得再去检查一下某些电池的使用效率，日夜间的温度波动这么大，我怀疑长期下来已经开始影响并降低这些电池的蓄电能力了。你也差不多可以去做自己的事情了。不管你有没有做什么，我都认为你对宙斯的死并没有责任。杀死他的是这个该死的星球。这只是我个人的想法。”

他拿起自己的平板电脑，与弗兰克擦肩而过，将弗兰克独自一人留在了医疗舱之中。

弗兰克整理了一下。他将手套放回盒子里，然后又把它们放回了原本的包装箱里。他把手在海绵床垫的即净乙烯塑料膜上蹭了蹭，然后又回到箱子堆放的地方。它们已经全被打开过了。现在，他们身边有的已经不仅仅是一家高端药店了。那里放着一个个密封塑料包装的预消毒手术包，旁边就有一把锋利得可以切开骨头的手术刀，它被放在一个泡罩包装里，挡在它们之间的就只有那两层单薄的包装。

宙斯没有注意到气压变低，有没有可能是因为这些药品？这里有数百个锡箔小包被整整齐齐地排在一起。即便少上那么一两包或者更多也很难被发现。

宙斯是爱丽丝的副手。在她已经离开的情况下，清点药品本该是他的工作。没有任何证据显示他曾经对照清单检查过，也许他曾经私下清点过。爱丽丝是用芬太尼自杀的，也许宙斯也一直在吃这种药。

也许“去研究汽轮机”是某种暗号。按出一片药的动作可以在瞬间完成，摄像头不会捕捉到任何蛛丝马迹。在那之后，单纯喝一口水似乎也没什么奇怪的。谁会花上几个小时只为了观察他到底有没有真的在工作呢？

但这一切都无法解释气压变低的原因。这仅仅解释了宙斯为什么会被它困住，如果他是正确的话，不过这是一个很难被证实的假设。

弗兰克关好这些箱子，将指关节用力地压在架子上。情况很不妙，他必须去跟布拉克谈一谈发生的所有事情，让布拉克把药品放到一个安全的地方。也许可以带回飞船上，因为问诊室的这种门锁是很容易被破坏的。虽然接受过基础的急救培训，但他们都不是医生，只有宙斯拥有更多的相关知识。把这些危险药物放到别处对他们不会有任何坏处。

他们还在金山的时候，并没有遇到过“如果一名船组人员对药物上瘾了，该怎么办？”这样的问题。本该预见这个问题的，毕竟他们可都是罪犯啊！一整间可以随意进出的药房当然不可能会是一个好主意。这是一个错误，一项糟糕的计划。

当然了，除非爱丽丝和她开的那些处方也能算，不然泽罗就是这里唯一一个犯罪履历上沾过毒品的人。如果这个泽罗一直在和宙斯一起服用的话，那之后他一定会很生气，还会出现戒断症状。弗兰克很清楚那是什么样子，他早已在自己儿子身上见识过了。

以上推测中，有多少是他自己的胡思乱想？这是否仅仅是针对嗑药后果所做出的臆测，他的内心只是在抗拒这一可能性呢？他没有任何证据，也找不到任何证据，除非他能够记录下每个箱子里每粒药的去向，然而这间繁忙的药房里总会有人来往，并且这些药品能够满足他们一整年的供应量。

那其中又有多少是为了转移自己的罪恶感，从而怪罪到别人头上呢？他的行为模式难道不是一直如此吗？车间舱里出现了故障，无论如何，他都要找到问题所在。

二十一

音源：7893 号录音文件

2035 年 2 月 5 日 08:30（主机时间）

科罗拉多州丹佛市，光之塔 65 楼，芝诺系统特别行动公司董事会议室

保罗：女士们，先生们。就在今天，芝诺公司朝着一个崭新而激动人心的全新领域迈出了它的第一步。一直以来，我们都在进行积极地探索。从我们的第一颗卫星开始，到我们的第一台火箭发射器，再到我们的第一台载人飞行器，我们一直都站在创新的最前沿，不断地突破极限，这正是因为我们从不限制自己的想象。我们突破了地球这一简单而又粗暴的束缚，飞向了那广阔而雄伟的太空。现在，是时候迈出我们在星际间的下一步了，仅仅探索是不够的，我们要把那些远在天边的丰富资源利用起来。有关这一点，我在今天上午已经得到确认，公司在火星表面永久定居的设计与建造提案已获得众议院委员会的批准，全部资金由政府提供。

（掌声，其中有部分喊叫声、喝彩声）

保罗：谢谢。我们为此付出了长期的努力。经过公司代表在华盛顿的不懈努力下，芝诺最终成为了这个项目的主要承包商，我想说的是，与那些规模更大、更成熟的对手竞争绝非易事。当然，也不便宜。

（桌子周围传来大笑声）

保罗：我们之所以能取得今天的成就是因为我们相信自己能够做到。我们相信星际殖民能够带来巨大的商业潜力，我们相信天空中那些被我们的祖先所仰望的、以众神的名字命名的、遍地是恐怖怪物的星星，其实只是一颗颗等待我们切割、塑形并出售的原始宝石。只有那些勇敢而大胆的人们才会得到这笔财富，芝诺则会成为这些人当中的先锋。我们当然可以谈论科学、谈论研究，但我们都清楚这世上唯一的驱动力就是利益。马可·波罗知道这一点，麦哲伦知道这一点，哥伦布也知道这一点。

蒂勒：说得真对！

保罗：现在，我们有十年的时间用来投资、配置设备以及建设，所有费用将由联邦政府承担。十年之后，芝诺的旗帜将在火星上飘扬。在这期间，我们还有许多事情要做，但如果可以的话，我希望你们能与我一起进行一场短暂的庆祝。

（房门开启的声音，叮叮当当的碰杯声，多个酒塞拔出的

声音）

身份未知人员1：你看过预算了吧？

身份未知人员2：我正好在想这个问题，有史以来最难啃的骨头。

保罗：我提议，请大家举杯，敬芝诺，敬未来。

所有人：敬芝诺，敬未来！

蒂勒：敬保罗，如果没有他，这一切都将遥不可及。您就是我的引路人，我的灵感源泉，我的领导者，我很荣幸能在您手下做事。

（礼貌的掌声）

身份未知人员3：该死的马屁精。

保罗：谢谢。来，大家喝吧。这是我们应得的。前路漫漫，我们还有许多伟大的工作要做。我们将会用自己的双手编写历史，我们注定会成功。

弗兰克正坐在车间里。他不明白的是，为什么差不多十八个小时过后，这里仍然处于满气状态。他仍旧穿着宇航服，因为不敢轻易相信这里环境的安全性，虽然它还是跟刚建好时一模一样：一个完全气密的舱体。

因此，他的思路转向了人为减压的方法，想看看自己是否可以如法炮制出宙斯当时所面对的状况。

在这种气闸舱构造中，只有在外闸门打开前留在舱内的最后一小缕空气可以被排到室外。其他情况下，空气只会在主舱体的内部来回循环。这项操作完全是傻瓜式的，这本该是一件好事。那么到底怎么样才能手动覆写这些安全装置呢？

气闸舱里有一个通往主舱体的排气口，上面连着空气泵。以防止空气泵发生故障，气闸舱内还有另外一个通往外部的排气口——在内部有压力，外部没有压力的情况下，两扇内开式闸门都是无法使用的。只有通过手动排空气闸舱，让空气流向外部，最终压力平衡，才能将外闸门打开。

他试过这个方法。确实有效。

还有另外一种反向的手动覆写方法。在主舱体停电的情况下，船组人员可以从外部排空气闸舱，入内后开启另一个阀门，平衡与主舱体之间的压力。

每当此种情况发生，就会有一整个气闸舱的空气流失入火星的大气之中。

如果他可以将两个阀门同时打开的话，会发生什么？主舱体中的空气会泄漏到气闸舱中，与此同时又被排至室外？在正常情况下，只有疯子才会尝试此举。

但他还是这么做了。阀门需要通过操作闸柄开启。确实可以让它一直保持开启状态，然而在此状态下，闸柄外面的舱口罩板是无法关闭的，因此他可以随时清楚地看到阀门所处的状态。

他被困在宇航服之中很难分辨这个方法是否奏效。由于听不见空气的流通声，于是他拿起一块降落伞衣制成的方巾，盖在格栅上方。它轻微地扑棱着。舱体正在排气，他成功了。只需在气闸舱中就可以完成这一切，甚至不必进入舱体内部。这个从内部向气闸舱排气的阀门可以在内闸门的任意一侧操作。

他关好两个阀门，盖好罩板，开启气闸舱的正常循环后回到工作台边，坐在了一张高脚凳上。

还有没有其他方法可以使气闸舱排到室外的空气细流加速通过？唯一的可能就只剩下那个位于底层的空气泵了。

他花了半个小时来破解它，试图让它反向运作，把各种东西塞到里面，想让那层密封双挡板保持打开的状态。但他没有成功。

最后，他带着一根从火箭发动机上取下的细长管来到了室外，那是宙斯为了制作原型汽轮机所使用的零件之一。他在车间舱体的外侧找到了排气口，掀开盖子，把管子推入。他把管子顶在第一块挡板上，尤为用力地推开了后方的密封圈。

他继续往里推去。一小缕烟雾飘入了火星的空气中。他弯下腰，在不弯曲管子的情况下，用上了自己最大的力气。管子进入，稳稳地卡在了里面。他抓起一把灰尘，轻轻地撒在出风口的位置。它们马上就落了下来，被一小股强风给吹走了。

弗兰克启动宇航服上的计时器，再次回到了车间内部。他观察着外部气压的读数。压力已经开始下降了。十五分钟后，气压降至了原先的一半，在这种情况下，无论是谁都会感到呼吸困难。又过了三十分钟，气压变为与外部一致。共计四十五分钟。他只用了一根管子就完成了这一切。

他取回管子，重新固定好挡板，开始给舱体重新加压。

因此，车间发生的失压事件绝不是一场意外。这是有人蓄意而为之的。唯一的问题是，这到底是宙斯自己干的，还是其他人干的？面罩就掉在气闸舱旁边的地上，缝隙中残留的血迹已经干透，并且渗入了内部，弗兰克花了好一会儿才用一块黑色降落伞方巾将其擦洗干净。面罩本身或多或少地有点儿像一件未经改装的消防装备，需要与一个纯氧气瓶连接才能工作，其工作压力与舱体内部一致。他并不清楚自己在寻找什么，但还是把它从头到尾地检查了一遍。如果宙斯还在的话，他曾在油井工作过，一定会是这方面的专家。虽然弗兰克要看到用户手册才能知道具体参数，但他能确定，在火星大气的压强下，面罩并不能被当作呼吸机使用。

他已经尽力调查了，毕竟他还有自己的本职工作要做。他得去继续工作了，因为时间已经不多了。

然而他一定会分心。事情的发展方向令他忧心忡忡。不仅仅是想要负责任的问题——尽管这确实是其中很大一部分的原因。弗兰克必须查清楚这到底是不是又是一起自杀事件，如果不是的话，那么这意味着他们所有人都处于危险之中。

他拿起面罩，蹒跚地走向连接舱。他在回去的路上听到了一声轰鸣声，于是便停下了脚步。他眼看着那一大串火花与烟灰在天空中划过。从遥远的东边出现，然后向南边划出一道弧线。随着闯入物的飞行速度逐渐放缓，弗兰克也开始渐渐地有些看不清了，等到它完全消失在视野中后，他转身爬上舷梯，朝着气闸舱走去。他迈着沉重的脚步，无声地踏在这段金属阶梯上。

布拉克正随意地靠在温室入口处等着他，仿佛对布拉克来说，一名队员刚刚死亡的事情完全没有发生过。

“你有什么发现吗？”布拉克从门边起身，将面罩一把抄走。他盯着它，然后将它拿到极近处嗅了起来。

“舱体没有问题，也没有泄漏。但如果你故意破坏安全装置的话，是可以人为制造泄漏的。”弗兰克将自己的生命保障系统放到架子上，然后拖着宇航服来到了衣架处。他准备换上自己的连体工作服。

“所以你是什么意思，小子？”布拉克任由面罩在连接软管上晃来晃去。

“要么就是宙斯自己故意覆写了安全装置，要么就是其他人做的。反正这不是一场意外。”他面对墙壁，开始穿衣服。

布拉克的目光越过了弗兰克的肩膀，说：“闭嘴，跟我来。”

弗兰克将工作服提到腰间，双臂抱在胸前。

一直走到医疗舱后，弗兰克被一把拖进去，按在了一堵隔断墙上。放在他脖子上的那只手掐得更紧了。布拉克踮起脚尖，他的脸就在弗兰克面前。

“现在，你可听好了。你最好对此有百分之百的把握，不然我会直接把你从那个气闸舱里扔出去，然后从小窗里看着你被烧。”

“舱体是完全气密的，已经过了一整晚，压力一直没有降低，”尽管弗兰克正在感到越来越不适，他也没有挣扎，“舱体本身没有任何问题。”

布拉克放开手，将手掌在弗兰克的胸前擦了擦，说：“所以你是怎么验证的？”

“你可以在气闸舱里的手动阀门上动手脚，这样它就会把整个舱体内的空气都排掉。但这比较困难，而且完全排气也需要很长时间。另一种方法是利用空气泵，密封层可以从外侧被打破，不到一刻钟，舱体内的气压就会进入危险状态。只要往排气口里面插点儿东西就可以做到。”

“他靠自己可以做到吗？”

“当然，可以像我一样操作。但他死了以后是没法把东西收拾掉的，”就是这一点一直困扰着弗兰克，“我到那里的时候，气闸舱是处于正常状态的。我没有绕到后面去查看空气泵的出气口，但就在当天我给舱体加压时，它还可以正常运作。”

“说下去。把你的想法全部说出来。”

“有人给车间降压了。也许他们不知道宙斯在里面，也许他们是故意这样做的，但他们并没有想把他吓到没穿宇航服就爬进气闸舱的程度，认为那些潜水装备就足够他自救了。又或许他们确实想把他杀了。不论是哪种情况，不论是谁，至少他们都很聪明，知道要抹去自己的痕迹，”弗兰克的目光徘徊在那一箱箱医疗用品上，“也许他们事先就给他下了药，或者早就知道他在嗑药，于是利用了这一点。”

“你们这群又懒又没用的蠢蛋，好像死于事故、自杀都还不够似的，现在居然都开始内斗了。”

“我们俩都清楚有人来过这个‘毒品柜’，但只有你知道那个人是谁。”

“也许我知道，也许我不知道。关于密切观察你们那件事，我可能夸大了一些，但那是为了更好地管理你们。”

“该死！布拉克，你到底是知道还是不知道。”

布拉克再次前倾，把脸接在弗兰克面前，说：“注意你的言辞，基特里奇。你要记住，我才是那个要在这座火星基地中面对四名潜在谋杀犯的人。”

此时上半身赤裸且精神脆弱的弗兰克根本无力逃开布拉克的近距离盘问，弗兰克说：“我只知道不是我做的。”

“你之前就越过一次线，第二次只会更容易。”

“不是我干的。宙斯是……”弗兰克没有说下去。

“什么？他是什么？你是想说‘他是你的朋友’吗？”弗兰克能感觉到布拉克的呼吸吹过自己的皮肤，“像你们这样的人是不会有朋友的。你们身上全都有印记，小子。”

“我没杀他。”

“那又是你们当中的谁做的呢？”布拉克转身走开，踱着步走向医疗舱的另一头，然后又走了回来，“小狄米特律斯胆小如鼠，从来都不会离开他那个伊甸园。至于那个变态德克兰？他既有时常待在室外的理由，而且又很喜欢对消耗他那些宝贝电力的人叽叽歪歪。行吧，我信了。”

弗兰克抓住机会，两手伸进袖子，把工作服拉到肩膀处后，问道：“宇航服上有追踪器的吧？你可以查看那些数据吗？”

“当你外出回收那些降落的货物时，你的距离分辨单位是多少？”

“我的距离分辨单位是多少？”弗兰克皱了皱眉，“我……大概九十米的样子？”

“这就已经可以把整个基地都包含在内了。你完全可能在室内或室外的任何地方，而它只会显示‘在这里’。基特里奇，你得更努力一些才行。”

“我得更努力一些？”

“我还以为我们达成了某项协议，你也说过要成为我的耳目。事到如今，你可不能背叛我。”

“那谁的宇航服有被使用过总能看出来吧？”

布拉克将宙斯的呼吸面罩一把甩在架子上，大声说道：“这里又不是警察局。这整件事、整个任务都建立在信任的基础上。这里并没有那种可以一直追踪每个人的系统，因为合同里并没有这样写。这里本该是一个正常运作的科学基地，不是什么超级监狱的分支机构。信任，基特里奇。把我之前说的可以追踪所有人的事情忘了吧。我只能相信你了。如果等美国国家航空航天局到达时，基地出现什么差错，负责擦屁股的那个人也会是我，而不是你。”

“你到底想不想要我找出凶手？”

“你想知道当我们找到这个人的时候，我会对他做什么吗？”布拉克问，“我们这里可没有关押犯人的牢房。如果你给某人贴上了凶手的标签，那等待他的就只有一种判决结果。看来，我们可以搞一场太空处刑仪式来观赏观赏了。”

“那么我必须很有把握才行。”

“小子，仅仅是有把握可不够，我要的是百分之百确凿的铁证。我可不想联系芝诺，说我浪费了他们的一件宝贵资产，就因为这个人看你的眼神很滑稽，”布拉克用一根硬邦邦的手指刺向他的胸口，“要么做到最好，要么干脆别做。”

然后布拉克检查了两遍，确保没有人在偷听，继续说道：“你想要那张回家的船票就必须保证不会走漏关于这件事的任何风声。一个字都不行，明白了吗？”

“我明白。”

“好的。那你现在赶紧出去吧，表现得自然一点儿。”他被布拉克一把抓住，踉跄着被推出了医疗舱门外。

弗兰克花了点儿时间整理自己的衣着，最后拉上了工作服前面的拉链。

“你还好吗？”德克兰正好经过，他几乎一直盯着自己的平板电脑。

“还行吧。”

“你有找到什么线索吗？”

“你说在车间里吗？”弗兰克刚才就把生命保障系统收到架子上放好了。然而他刚才放在充气机上的那个氧气瓶已经不见了。他皱了皱眉：“没有，什么都没找到。”

“那我们是不是可以用车间了？”

“我已经跟布拉克谈过了。这得由他决定。但我个人认为车间是安全的。”弗兰克看了看旁边的氧气瓶放置区，它就在那儿，并且气已经充好了。如果真的有人对它动过手脚，他已经失去了找到证据的唯一机会。

“所以……”

“我也不知道，德克兰。这就跟玛西和爱丽丝那时候一样，又是一起类似事件罢了。”

“行吧，”他顿了顿，低头看着手中的屏幕，“但就是感觉它不太可能仅仅是一起类似事件。”

“我只知道杀死他的并不是舱体本身。我的工作也没有出现任何问题。”

“那么又是谁干的呢？”

弗兰克滑进自己的船用拖鞋里，直起身子，缓缓说道：“也许是宙斯自己干的。也许他干了某些蠢事，然后死了。他已经不在了，也没法问他，所以我现在只能猜测以及吐槽。如果你能找到些什么，比如他打开、关闭各种设备的记录，那我们也许就可以找到一些答案。”

“当然，”德克兰点点头，“我会去查查看的。”

弗兰克发现说谎居然如此简单。这不是他的本意，他是被要求这样做的。他声音中流露出的任何波动都有可能被会错意。他看着德克兰走开，思考着凶手会不会是他，思考着时间点以及种种的一切。德克兰似乎对这件事并不怎么关心，就仿佛已经知晓答案一般。

在这件事上，泽罗完全可以从架子上拿走自己的宇航服和生命保障系统，然后在温室里穿戴好，再从后方离开。就算他拿着一根临时从水培装置上取下的长管，偷偷摸摸地绕到车间后面，也没有人会看到。

至于那些摄像头总会拍到些什么吧？尽管它们只负责探测火情，但通信室里的人应该还是可以调取实时画面的。会有保存下来的录像吗？

他并不清楚。他得去问狄狄。

二十二

音源：7907 号录音文件

2035 年 2 月 10 日 10:00（主机时间）

科罗拉多州丹佛市，光之塔 65 楼，芝诺系统特别行动公司董事会议室

保罗：来吧，布鲁诺。快坐下。

蒂勒：谢谢您，先生。

保罗：现在叫我保罗就行了，布鲁诺。喝点儿什么？

蒂勒：好的，给我来一杯汤力水就行了。在所有活着的人当中，我最尊敬的就是您了。我称您为“先生”只是一种自然流露。

保罗：好吧。希望我能以某种方式回报你对我的这份信任。

蒂勒：您不用做任何事来回报我，我是真心地感激您。我说的都是肺腑之言。没有您，我现在什么也不是。

保罗：我很清楚事实并不是那样。像你这样有着出挑才能以及奉献精神的人，对于任何公司来说都会是一笔宝贵的财富。能把你早早地招进芝诺是我们的运气，你在管理岗的迅速升职也绝对是恰如其分的。

蒂勒：公司就是我的家，先生。自加入以来，我就一直致力于维护公司的利益。我对公司有着百分之一百的忠诚。我愿意为您做任何事。

保罗：你在周六还能赶来，对此我深表感谢。我想请你帮一个忙。这是一个很大的忙，我希望你慎重考虑。

蒂勒：您请说。

保罗：我已经观察你一段时间了，你身上有的正是那些我所欣赏的品质。你并不畏惧做出困难的决定，而且还有能力在预算范围内按时完成工作。你觉得自己准备好应对人生中的那个巨大挑战了吗？你人生中最好的时光都会花费在上面，但我保证，一旦完成了这项工作，你将变得所向披靡。

蒂勒：我愿意尝试您提出的任何挑战。

保罗：我想让你来当火星合约的负责人。有些人可能经验更丰富，任职时间更久，以为自己能够得到这个机会。我很清楚他们是想要这个机会的，但他们已经老了，而且作风也比较谨慎，比较官僚。我更想要的是一个行动更迅速的，大约十五年后还会继续待在公司的人。我可不想要那些已经开始盯着俄勒冈某个退休牧场或者中部某处私人岛屿的人。你能帮我吗？

蒂勒：我很荣幸，先生。

保罗：很好。我就知道我没错看你。

（碰杯声）

蒂勒：敬芝诺。

保罗：敬火星。

他们没有保存任何录像，不管是来自宇航服还是那些火情摄像头的。他们的电脑没有足够的存储空间。布拉克所言不假，这个基地是一个为了科学研究与行星探索工作才被设计出来的地方。没有人会料到船员中居然会有一个需要监视的潜在破坏分子。

同时，狄狄也向他展示了火情监控的工作原理。天花板上的那些并不是普通的摄像头，而是红外摄像头，它们可以及时识别那些可能会在高纯度氧气环境中引发燃烧的高温热源。画面的整个背景几乎呈黑色，一个个苍白的船员幽灵在屏幕上飘来飘去。温室是唯一一个有明显对比的地方：那些日光灯下的区域以及鱼缸。至于那个被放置在二楼的热水箱，则被一个货桶罩住，充分的保温措施使它仅呈现出一片暗灰色。

这样的画面完全辨别不出上面的人是谁，弗兰克之前居然还一直担心会被监视。

“你的副手是谁？”弗兰克问。

“爱丽丝。”狄狄给屏幕设置了每五秒钟切换画面的模式，那些摄像头软件一刻不停地监控着一切。

弗兰克望向屏幕上的黑白影像，说：“希望我们当中没人会生病。不过我们还是可以联系地球方面，叫他们找个医生跟我们交流。等美国国家航空航天局的人来了以后，他们总会自己带一个医生吧？这样在旅途中才可以有人照顾他们，毕竟他们是不会像我们一样被冻起来的。”

“我在新闻里读到过有一个俄罗斯人，他在南极的一个基地当驻地医生，然后他得了阑尾炎，”狄狄在腹部做了一个切割的动作，“他必须自己给自己做手术。没有麻醉。他让其他人给他举一面镜子，这样就可以看到自己的身体内部，然后进行手术。这很夸张。”

“我可以想象爱丽丝也会做类似的事情。她是个坚强的老女人。不过我还是不能理解她为什么要那样做，”弗兰克越过狄狄，点了点屏幕上的监控继续说，“为什么我们在车间也要装一个呢？那里明明没有任何发生火灾的危险。”

“说明书里是这样写的。舱体上下两层，每层各装一个。”

“所以你在这里可以看到大家都在哪儿，虽然认不出谁是谁。”弗兰克看着那一个个鬼影，泽罗在温室里，这两个是控制室里的他和狄狄，德克兰在院子里。

“我想是的。但我们只是在顺便使用这些火情探测软件而已。这些东西都不是为我们设计的。”

“所以室外根本就没有任何摄像头？”

“没有，”狄狄皱了皱眉，“为什么要有？”

“我也不知道。我习惯了被监视，以为这里也是一样。”

“如果你早点儿来问我的话，我就可以早点儿告诉你了。”

“泽罗知道吗？”

“当然。我在温室里安装摄像头的时候就告诉他了。他说我是在给‘那个人’干活，然后我就解释说他们并不是在监视他，只是在监测火情而已。”

“好吧，我现在是不是像个白痴？”弗兰克向后靠去，环顾四周。控制室里并没有安装很多硬件，但确实还是有很多冗余。这里是为数不多的东西超过严格实际需求的几处地点之一。所有的摄像头和环境传感器都被接入了一个个黑匣子中。无线电通信记录也保存在这儿，旁边还安装了一个用于发送视频信息的通信台：一个摄像头正对着一把椅子，桌上的麦克风与头戴式耳机组合还仍旧装在一个透明塑料纸包装里。

这里还有一堆屏幕，比起他进监狱之前见过的那些，这些都已经是新一代产品了。它们就如同一块塑料板一样薄，四边包着一个外框，就像一张被塞在相框里的相片。由于会消耗电能，它们目前处于关闭状态。狄狄就坐在唯一开启的那块屏幕前。

“你在这里可以做什么？”

“做什么？几乎什么都可以。只要是被记录并传输过的舱体数据，我都可以看到。这里还有我们的数据……”

“等等。你可以访问我们的医疗植入器？”

狄狄在屏幕上点来点去，调出各种菜单。

“这是泽罗的，这是德克兰的，这是我的，这个是你的。”

弗兰克看着贯穿整块屏幕的那条线，同时把一只手放在胸前。可以清楚看到他的心律、呼吸频率、体温、血压以及一个名叫“血氧分压”

的条目。

“它是怎么收集这些数据的？”

“通过无线网络，就跟那些平板电脑的工作原理一样。”

“我是说我们穿着宇航服的时候。”

“信号会被宇航服接收，然后传回这里。”

“好吧，该死，”然后他有了一个想法，“那布拉克也有吗？”

“就算他有也不在这个系统上。目前这里只有我们四个人的数据。”狄狄又按下几个键。玛西：无信号。爱丽丝：无信号。宙斯：无信号。他迅速地点击着屏幕，“这些是电器的数据——这就是德克兰每天最关注的东西。红色代表高电力消耗，蓝色则代表低电力。温室用电是最多的，当我们去厨房里加热食物、转动碟形卫星天线以及给越野车充电的时候，那里也会变红。你懂的。总消耗显示在这儿，发电量在这儿，电池的数据显示在其他屏幕上。我们的用水和用气也有类似的记录系统。”

“但你没法在这里打开或者关闭设备吧？”

“当然可以了。我可以重置任何自动控制系统，更改设置、打开或关闭各种东西。这并不难，但为什么要那样做呢？我可不会去管那些乱七八糟的，反正它们都运行得好好的。我要做的就是把每天的报告绑定到一起，然后把它们传回地球。为了避免因文件意外损坏而不得不重新发送的情况，我把它们设置为自动保留七天，这已经是我们能保存的极限了。然后我会用第八天的数据把它们都覆盖掉。我编写了一个可以自动执行所有操作的脚本。这没什么大不了的。”

“所以你其实不需要一直待在这里。”

“出现问题的时候，你就会需要我了。平时的话大概不需要。我只是来这里偷懒。不要告诉布拉克和其他人。”

“那你整天都在做些什么？”

狄狄点击屏幕，返回到菜单树的顶部界面，此时，芝诺公司的标志仿佛正在屏幕那一侧盯着他们。“我就是……看各种东西，像手册、科技类产品、地质报告、地图等。我就是单纯喜欢这些东西。”他双手合拢，低头看着地面。

“没事的，”弗兰克轻轻拍了一下狄狄的肩膀，“你完全可以继续这样。我又没有权力管你，或者管任何事。”

“我只是想等美国国家航空航天局的人来这儿以后，让自己能派上点儿用场。如果我知道一些他们不知道的，那些关于基地和整个区域的事情，也不赖吧？他们总会需要有人帮着扛一扛装备、帮帮忙什么的。我想让他们觉得我还不错，愿意让我加入，愿意来依靠我。你懂的。”

弗兰克确实能够理解这种感觉，说：“我明白了。我知道接下来的问题可能会有点儿蠢，就是如果有人想查看刚才这些数据需要密码吗？”

“为什么会需要密码呢？我们又不会受到黑客或者未授权用户的攻击。所有来这个基地的人都是授权用户。”

“我不知道，我只是在想，也许布拉克……”

“布拉克总是在飞船上跟地球方面联系。为了方便起见，数据会经由主卫星发送，但不会经过这台电脑，”狄狄按了几个按键，“这里是最近七天的上行链路日志。就像我说的那样，它们只是一些自动生成的报告而已。”

“德克兰之前说会叫你截取芝诺给布拉克的回复消息。我还挺希望你没有照做的，因为我觉得那主意糟透了。”

“他没有找过我。他为什么要这样做？”

弗兰克忽略了这个提问，继续说：“如果他来找你的话就直接拒绝他。”

“那些信息都是加密的，”狄狄耸了耸肩，“我破解不了的。”

“你已经试过了？”

“我就是想看看我能不能做得到。他们搞了一个密钥，虽然我可以获取信息块，但不知道它在说些什么。飞船的密钥应该在布拉克那里。还有，我只会给德克兰跟现在一样的回答。”

“所以你没有任何破解代码的方法？”

“没有，”狄狄说，“这个密钥由二十个左右的随机字符组成，它可以在算法中对数据进行加扰。虽然我可以写一个脚本把所有可能的组合都尝试一遍，但还没等它破解出来，我就已经变老一百倍了。除非我手里有密钥，不然是无法破解的。所以别想了。”

“不想了，”弗兰克举起双手说，“谢谢你的讲解。我感觉自己学到了一些东西。”

“不客气。”

于是弗兰克转身离开。

“宙斯为什么会死？”狄狄问。

弗兰克停下了脚步，撒谎道：“我还不清楚。如果有人来这里叫你做一些让你不舒服的事，或者来问你各种问题，或者只是做了某些出乎你意料的事，你都可以跟我说。”至少一大半是在撒谎。他为什么会死，跟他是怎么死的，是不一样的。

狄狄低头看向屏幕，接着又抬起头问：“弗兰克，到底出了什么事？”

“我还没有搞清楚，随时保持警惕，好吗？”弗兰克回到了船员居住区，他需要上个厕所。他在这里待了比预想更久的时间。废水回收系统就在院子的下方，但那不过是一台可以把废水排入真空中，在水沸腾时回收蒸汽的机器罢了。干燥以后的固态火星泥土经过灭菌处理后会被制成砖块，然后直接交给泽罗。以上所有这些都是宙斯的工作。

除非真的出了什么问题，不然这里的计算机系统其实并不真的需要狄狄。想到这件事，再加上刚才狄狄所说，他不禁好奇保持基地的运行实际上需要多少人？他们的最低船员人数是多少？

玛西曾是他们的司机，但现在所有人都会开车了。爱丽丝曾是他们的医生，但自从他们从长时间休眠状态中被唤醒后，就再也没有用到过她的专业技能。宙斯负责管道系统，但现在所有东西都已安装到位，火星冰冻土壤中的水分也已经抽出，整个系统是一个闭合回路。如果他们需要更多的水，只需要往机器里放上几铲新鲜的泥土。他负责建造，所有东西目前都已建设完毕。一开始确实出现了热膨胀现象，但最初的几周过后，螺栓仍旧牢牢地固定着所有的一切。狄狄建好了通信和控制系统。德克兰？他在手动清洁各种隔板以及在监视通道朝人大喊大叫方面倒是做了很多工作。布拉克？他对维护基地一事没有做出过任何贡献。

至于泽罗，他是唯一的例外。他不工作的话，他们就没饭吃了。他的大部分工作就是监控自己最爱的植物的生长情况，分析需要注入水培储液罐的混合营养液成分，同时调节它们的流量。他收割，然后重新播种。如果接手他的工作会增加多少工作量？是多还是少？弗兰克必须深入调查一下这个问题。在他们所有人当中，泽罗是工作最努力、抱怨也最少的那一个。

因此他刚才那个问题的回答是：两个人。也许泽罗甚至可以独自一人维护基地数月甚至数年，直到某些设备出现他无法修理的故障。尽管他很聪明，但也不可能习得所有方面的知识，而且他看起来似乎也并不怎么想去了解。他在这里怡然自得，弗兰克不得不承认自己也许对此有些许嫉妒。但即便是泽罗，也需要另外一个在幕后四处走动的人，才能让所有的系统都保持良好的运行。

到底是他们当中的哪个人？出于以上原因，于他们的需求而言，宙斯是多余的。宙斯有这样考虑过吗？宙斯之死会不会仅仅是因为某个人认为自己可以不用受罚？

虽然他并不想认可布拉克的观点，但总是回到与他相同的结论上来。如果宙斯是被人杀害的，那么狄狄和泽罗似乎不太会是凶手。不管是在训练时还是在火星上，他们都没有和他起过任何争执。也许泽罗和狄狄对宙斯那些雅利安兄弟会的文身感到有些不安，但没有证据表明他们对他有任何敌意。也许宙斯的死亡只是一场意外，并不是蓄意谋杀，也许他只是遗漏了某种可能性。

德克兰。每一次都会回到德克兰身上。

弗兰克又该作何反应呢？他手边没有证据，除了打德克兰一顿对他进行逼供之外，他也没有其他可以取得证据的方法。不管他的判断是对是错，没有人会对被关进一个封闭空间内拷问而感到高兴的。

如果不想被人唾弃，他又该如何取得证据呢？还有可能找到证据吗？他已经答应了要帮布拉克，以换取回家的船票。由于基地中这起潜在的谋杀案，布拉克已经收回了这一承诺。弗兰克到底有多想回家呢？

弗兰克并没有那么喜爱火星。它是如此迷人、美丽、荒凉且致命，但这里并不是他的家，也不是他儿子的家。好吧，所以为了见到儿子，他把能够回地球看得比什么都重要。所以他到底要怎么做？

他必须做出一些假设。首先，德克兰对车间动了某种手脚——要么是动了气闸舱里的阀门，要么就是打开了气泵的排气口——并最终杀死了宙斯。也许德克兰可以事先偷塞给他某些东西，从而让他失去应对能力，或者他是自行服用的。德克兰对他很不满，所以想给他一个教训。其次，在德克兰杀死了一个人并且没被抓到的前提下，如果这时有其他人惹怒他，他尝试再杀一个人的可能性也会变高。

至少在这一点上，泽罗太重要了，他不能被杀。所以下一个就是弗兰克、狄狄或者布拉克当中的一个。如果布拉克死了，就失去了回家的船票。如果他自己死了，他就不需要那张票了。那狄狄呢？他还只是个孩子，本来就不该来火星上服刑的，他更应该在地球上继续服自己的无期徒刑。加利福尼亚有那么多科技公司，总有一家可以雇用这个男孩，并把他保出监狱。

杀死一个人并逃脱罪责的最好方法就是把它伪装成一次事故，并在操作时尽可能保持基地设施的完好无损。

那弗兰克什么时候最容易受到攻击？在外面？开车时？还是穿着宇航服的时候？他的宇航服是他专用的，可以识别，但生命保障系统是从架子上随机拿取的。越野车？他和布拉克都会开车，德克兰几乎没怎么开过。狄狄和泽罗也都不怎么用车。德克兰总是在外面待很长时间，不受监督、不受监视。如果他想对越野车做点儿什么手脚，也是完全可行的。

弗兰克决定让狄狄给他调取一下越野车的完整使用手册。他经历的培训几乎都是实战性的：如何识别以及解决问题。其中并不包括那些可能导致灾难性后果的错误，对于这些他完全不在场时所发生的问题，他也无法予以解决。有没有可以让燃料电池爆炸的方法？电池内部存储着压缩气体以及大量的电能，驾驶员几乎就坐在它的正上方。快速飞溅的外壳碎片完全可以把宇航服割成碎片。

有太多要考虑的了，这实在令人非常沮丧。他并不想在火星上花时间做这些——扮演侦探。真的只是扮演而已，因为他对此毫无头绪。

他按下冲水按钮，拉动手柄，拉好拉链，洗了洗手和脸。肚子不舒服就如同林火一般，它会到处传播，并且没有一个船员可以躲过。这是培训中讲到过的。

泽罗在厨房里，弗兰克穿过通道想去看看他在做什么。

“我以前从来没有做过这个，”泽罗的两脚之间放着一个水桶，他指着里面的一条鱼说，“我学习过如何解冻鱼卵，然后将它们在鱼缸里养大，我也知道它们需要长到多大才能被放进我们嘴里，但我完全不知道烹饪之前该怎么处理。”

“我上次看到的时候，它们还不超过手指的大小，”弗兰克双手撑地跪下，向里望去，“看看它们现在都多大了。有几条比我的手还长。”

“它们长得很快，而且只需要吃海藻就行。我本来觉得我们需要一些开心的东西，所以我挑了四条最肥的，但我现在完全不知道该怎么办。”

“你得先把它们清理干净。”

“我已经蒙了。”

弗兰克将手浸入凉水之中，抄起一条罗非鱼。它很强壮也很黏，正试图从他的手掌中挣脱出来，上面滑溜溜的黏液层导致它很难被握住。

“我需要一把刀，最锋利的那种，还需要一个塑料餐盘。”

泽罗从工作台上拿起一把刀。这把刀没有尖头，但足够锋利。弗兰克把鱼在餐盘上按牢，迅速地将鱼头一刀利落地砍了下来。

“天哪，弗兰克！”

“这只是一条鱼，泽罗。它们的大脑小得几乎无法识别疼痛。”他握着鱼把它翻了个面，然后割开了鱼肚。他把刀放在餐盘上，然后用两根手指把它的内脏挖了出来。“这就是把鱼清理干净的方法。”

泽罗的脸色肉眼可见地变白了，眼睛瞪得跟两个茶碟一样圆。

“你去帮我们做点儿沙拉吧，我来处理剩下的。”弗兰克建议道。

“好的。都听你的，老兄。”

弗兰克快速地处理好剩下的三条鱼，然后把脏东西扔进了下水道。这是一个近乎完美的回收循环。厨余将给作物提供营养，水分则最终会流向鱼缸。清洗双手的时候，他看见零散的银色鱼鳞落在下水道塞子的周围，就像一颗颗微小的行星一样闪着光。

他看着它们旋转着，打着越来越小的圈，最终消失在了排水管之中。

该怎么烹饪它们？他们有两个选择：微波或蒸汽。那就蒸吧。先来看看有哪些种类的香草，再把它们塞进鱼肚中等上五分钟即可。这段时间足够把所有人都叫过来坐在了一起。他们已经有多久没有这样吃过饭了？通常，他们只有在想起来的时候才会过来拿一包食物捣碎，然后随便地对付一餐。为什么不时不时地像今天这样一起吃顿饭呢？

弗兰克这时已经开始考虑该如何把对话引向想要的方向，有没有什么看似不经意的话语可以引那个人上钩。从现在开始，他所做的任何事都是为了找出杀死宙斯的凶手，他必须利用一切机会来达到这一目的。

二十三

内部备忘录

2038 年 6 月 4 日

致布鲁诺 · 蒂勒

自斯巴达项目小组

抄录自纯纸质副本

蒂勒先生：

接下来的两周中，我们将针对以下各种情况展开研究，并用四点分析法对每种情况进行分析。如果您或其他芝诺董事会成员有任何意见，请补充。

一、规格与协商时保持一致，时限与协商时保持一致；

二、规格与协商时保持一致，时限延长 5~10 年；

三、重新协商规格，时限与协商时保持一致；

四、重新协商规格，时限延长 5~10 年；

五、重新谈判整个合同；

六、取消合同。

宙斯不在了以后，日子变得很不一样。虽然失去玛西和爱丽丝时也有过类似的失落之感，但她们在任务的初始阶段就死了，那时的一切都是全新的，也没有什么常态可言。基地甚至都还没有开始搭建，更不用提完成了。剩余的五名囚犯共同经历了一段颇为艰难的时光，他们会互相帮助，会朝对方大喊大叫，也会故意无视彼此，最终他们也明白了即便彼此并不合拍，仍然必须一同工作。他们甚至都已经不记得这样反反复复了多少次。

现在，心里多了一个洞。由于宙斯已经不在了，他的工作则必须由泽罗接手，虽然很不情愿，但是由于管道系统与温室的紧密联系，泽罗也别无选择。

第二天上午，弗兰克陪着泽罗一起转了一圈，以便了解管道系统是如何将淡水从储水箱输送到居住舱周围，废水又是如何输送回再循环设备中的。他们有这方面的详细手册。至于想了解那个热水供暖系统便有些困难了，因为它基本上是由宙斯独自搭建起来的，仅靠他留在本地计算机系统里的少数几张潦草图纸还远远不够。他给美国国家航空航天局写的那些笔记还算有点儿用，但他们两人仍会时不时地陷入窘境之中，不得不追着地板下方的管道，试着找出它们下一步的去向。

弗兰克还有自己的工作要做：维护舱体结构的稳固以及保养越野车。与泽罗一起度过了一整个上午之后，他还是得继续外出检查。所有的一切都是那么的不真实。宙斯被人谋杀了。嫌疑人的名单很短。他还是得到处检查螺母、螺栓一类的普通物品，因为除了蓄意把人堵在一个小舱室里之外，还有许多其他的杀人方法。

所有舱体状态良好。那些被气压撑开的塑料膜似乎没有劣化的迹象，看上去完全可以保持许多年。

至于那些越野车——其实只有一辆越野车，因为布拉克开了一辆回飞船去了，很有可能是去跟芝诺汇报这几个廉价的囚犯船员是如何回报他们的投资的——状态有些欠佳。除了外壳底部有些杂音之外，燃料电池仍然能够以百分之百的功率运行。车架上有许多划伤，但都没有损伤到深处。为了便于组装，车轮部分为一体式结构，包括电机、驱动器和车胎在内，但该死的是这些东西加在一起很沉。总有一天会将驱动电机拆下来并打开，以便检查里面的密封圈是否完好，或是有没有灰尘堆积。

不过，轮胎才是最需要他担心的。那些提供抓地力的金属轮胎护板正在劣化，不管是由于在布满小石头的地表上行驶所造成的物理磨损，还是由于土壤中的高氯酸盐所造成的化学腐蚀，事实上是哪个原因导致的并不重要。还有不到一千千米的里程，到时他们必须对其进行更换。

他们没有备用轮胎。弗兰克心想用货桶或圆柱体舱的外壳来制作备用护板是否可行？毕竟没有其他可用的材料了。一个轮胎的损坏将意味着失去一整台越野车。他们已经在蚕食剩余物资了，所有材料最终都会被用完。如果他们可以制造出某种够好的替代材料，那么也有可能永远都用不完。轮胎是一种消耗品，弗兰克不敢相信居然会被它逼入绝境。

今天的天空特别粉，空中那些高高扬起的尘土让原本就微弱的阳光变得更为惨淡了，那唯一一丝斜照向地表的阳光，在浮尘中也显得苍白极了。德克兰正又一次烦恼着电力平衡的问题。他和弗兰克一起在室外，正在用一块降落伞布擦拭着那些黑色玻璃的表面。它们确实需要清洁，弗兰克注意到越野车的控制面板上积起一层灰尘，也许是因为南方出现了一场大风暴，因此这些肮脏的空气也被吹到了赤道上空。

虽然外面平原上的那些“沙子怪”似乎从不会出现在拉厄撞击坑里，但这里的天气还是一样的。他们的基地并未设置气象站，这似乎有些奇怪。也许它和他们的私人物品在同一个货舱里，在太空深处的某个地方，正在红色的火星映衬下的那一片黑暗中打着转呢。

他们没有天气预报，没有来自地球的消息，没有任何信息，什么都没有。仿佛外界的一切都已不复存在，只剩下他们五个人远在亿万千米之外，身处一个微小的、无知的泡泡之中。

不过布拉克一直在和芝诺联系，狄狄也一直在从某处获取信息。地球还在，弗兰克一心只想回去。

“你在干什么呢，弗兰克？”德克兰停下手中的抛光面板工作，抬起头说道。

“我在找越野车的使用手册，”弗兰克在自己的平板电脑上戳来戳去，尽管上面搭载的软件已被配置为与宇航服适配，但他那胖乎乎的、戴着手套的手指仍不断地点错地方，“如果我们没有办法修理这些轮胎的话，那就得跟地球方面联系一下了。如果让美国国家航空航天局那些客人走路的话，他们可是会不高兴的。”

“我们可没有多余电力用来制造物品，我们的总电力甚至只能完成他们要求的一部分实验，”德克兰甩了甩手中的清洁布，挥着手，把那些一时间变成粉色云朵的灰尘给掸走，“今天中午，我们下跌了15%。如果没人来把这些灰尘弄掉，所有设备就只能原地待机了。”

一直以来都是这样。总的来说，通过省下部分以瓦数计的电力，他们多少还是能够维持平衡的，但现在已经没人会把他的话当真了。虽然德克兰一直在抱怨，但其他人都不怎么理会他。

“那我只好去找布拉克谈谈了。”弗兰克说。尽管看不清楚德克兰的脸，但弗兰克看得出来他的表情已经变臭了。他并不喜欢被统治，这里没有一个人喜欢，因为这会让他们在感到自身没有权力的同时却负有责任，还会让他们想起自己仍是一群被监视的囚犯。但确实只有德克兰总是对此愤愤不平。

“我会检查一下相关数据，弄一个可行方案出来。”片刻死寂后，德克兰说道。

“谢谢。”

就像《狼来了》里的那个男孩，“没电了”只是他在虚张声势罢了。

“狄狄，你在吗？”

“嗨，弗兰克。怎么啦？”

“越野车手册下载到我们的下行链路上了吗？”

“应该有了吧。我来看看。已经有一部分……”

在通信因超载而被切断前，弗兰克耳中传来的响声甚至导致他一时间失去了听觉。他跌跌撞撞地靠到越野车上，整个人撑在底盘上才最终得以恢复。另一边还在太阳能面板旁的德克兰则摇晃着，徒劳地捂着自己的头盔两侧。

“狄狄？狄狄？”

无人应答。

弗兰克开始奔跑、跳跃，穿过布满岩石的火星地表朝着气闸舱而去。

“泽罗？能听到我说话吗？”

就算他能听到，他发出的声音也无法盖过那些背景音中的警报声。那是火警的警报声。

“泽罗，待在原地。”弗兰克非常清楚泽罗的宇航服现在正挂在中央连接舱里，随着警报声响起，他的第一反应很有可能就是去穿好宇航服。温室不仅自带气闸舱，并且它与周围的舱体是完全隔离的。弗兰克可以从那里更快地进入，而且他已经穿着宇航服了。

他三步并作一步向前，一拳打向气闸舱的开关。德克兰也在赶来的路上，但弗兰克不能等他了。他推开门挤进去，把身后的门一脚关上，然后等待着室内的空气循环到气闸舱内。原本那只需要花上几秒钟，但现在这一刻仿佛永远都不会结束。

他打开了通往连接舱的内闸门，并不清楚等待着自己的会是什么。

一切都和他离开时一样。没有着火的迹象，没有烟，也没有受损。他沿着通道迅速前往船员居住区，这里也都一样，一切如常。

“狄狄？”

他的声音传向舱体深处变得沉闷无比，最终迷失了方向，被那仍然叫嚣着的警报声给压了下去。

“你找到他了吗？”他的耳中传来泽罗的声音。

“没有。”

“快点儿啊！”

弗兰克拐向通往控制室的通道。门是关着的，他将其一把推开，狄狄就在那儿，瘫倒在地上。空中飘着一缕缕的白色蒸汽，但没有起火，弗兰克也没有找到任何可能触发警报的东西。

他蹲下身，把狄狄翻过来。狄狄重重地落地，看起来就和之前那几条鱼一样，皮肤呈青紫色。他已经没有了呼吸，弗兰克也没有时间去电脑上查看他的生命体征。

“泽罗，打开温室气闸舱。我把他带到你那儿去。”

德克兰突然出现在弗兰克身后，弗兰克吓了一跳，直接滑向一边。德克兰径直跳过狄狄的身体，抓住了他的脚踝。弗兰克将双手抄在狄狄的腋下，然后他们一起把他抬到了温室。

这里没有同时容纳他们三人的空间，于是弗兰克说:“去把警报关了。我都没法思考了。”接着他把狄狄拖过了气闸舱的门槛。

德克兰把手伸进来拉好了舱门，弗兰克没有松手，直接用手肘按下了循环开关。

泽罗打开了他那一侧的闸门，弗兰克把狄狄拖进去，放在了另一侧的网格地面上。

“发生了什么事？”

“吸入过多的二氧化碳。马上开始心肺复苏。我还得从宇航服里出来。”弗兰克用大拇指拨弄着自己的控制器。

泽罗只是呆呆地看着那个全身青紫色、失去了反应的狄狄。

“你必须得去做，泽罗。”

“他已经死了，弗兰克。他死了。”

“泽罗，快点儿去做！”弗兰克大喊着。他的宇航服的后舱口极为缓慢地开启着。

“知道了，知道了。”泽罗跪下，双手重叠放在狄狄的胸骨上开始有节奏地按压。

弗兰克宇航服上的绿灯终于亮起，他急忙往后爬了出去。警报声终于停了，除了泽罗的嘟哝声以及流水的冒泡声之外，寂静笼罩着一切。弗兰克俯在狄狄的脸庞前，捏住他的鼻子，撑起他的脑袋，然后把空气吹进他的肺里。

他们的动作持续了一分钟、两分钟、三分钟……

随后泽罗恢复了蹲坐的姿势，说:“我们该停下了，弗兰克。这不起任何作用。”

“我们不能放弃他。”弗兰克继续吹气，狄狄的胸口起伏着。

“听着，弗兰克。就算我们能把他救活，接下来又该怎么做呢？我们没有医生，完全没有相关知识，没人知道下一步该怎么做。就算现在把他救活，他也还是会死掉的。你能明白我在说什么吧？我们得放手让他离开了，不然可能会发生更糟糕的事情。”

弗兰克给狄狄又吹了一口气，然后坐了回去，双拳紧握。

“真他妈该死！”他说，“这到底是怎么回事？”

“起火了……”

“没有起火。根本没有任何火。”

“火警响了。”

“我刚才就在那儿，泽罗。完全没有火。”

“那……就是有什么东西出问题了。我不知道，”泽罗拽着一根支架，把自己拉了起来，“也许当时火已经被扑灭了，而你刚好没有看见。也许火警系统就是这样运行的。”

“那狄狄也不应该就这样死了啊。他应该有时间逃出去才对。”

“他可能忘记了训练内容，然后深吸了一口气就晕倒了。”

“从我发现他出事情到找到他最多就只有几分钟，他应该还活着才对。他怎么会已经死了呢？”

“我很抱歉，弗兰克。我们已经无能为力了。”泽罗走向温室的另一头，透过气闸舱上的小窗向外眺望着火星。

弗兰克伸手将狄狄的眼皮盖好。他的皮肤已经开始变冷。这怎么可能是一场事故？怎么可能会有如此不幸的一群人？

他把已经死去的、全身青紫色的狄狄就那样地留在了温室的顶层。他再次爬进宇航服，用拇指操作关上了身后的舱口。

“德克兰，你在哪里？”

“在控制室里，我在找起火点。狄狄挺过来了吗？”

“没有，他没挺过来，”弗兰克从温室气闸舱的空气循环里出来，“把制氧机连上，然后把过滤器开起来。我们需要给那里重新充氧。”

“等我这里弄完。”

“这要花上好几个小时，再不快点儿太阳就要下山了。现在你再不把制氧机打开，我们今晚就只能睡在温室里了。”

“谁说你可以指挥我了？”

“该死！德克兰，赶紧去做，不要跟我吵架。我们要是无法呼吸，这可是一件大事。我会负责检查警报触发的原因，因为那就是我的工作，而不是你的。”还有一个原因，弗兰克不想让德克兰在他不在的时候待在那里。如果那里有任何证据的话，弗兰克需要把他从那里弄出来。

他们在通道上擦肩而过时撞到了一块儿，坚硬的躯干撞向另一具坚硬的躯干。德克兰的体重要更轻一些，也许他不想要正面冲突，仅仅在连接通道的墙壁上弹了一下便作罢了。

他们彼此不发一言，但谁都不会忘记今天的一丝一毫。

布拉克到底在哪儿？哦，他在飞船上。难道他的通信也断了吗？为了让基地恢复运转，每个人都清楚自己该做什么。弗兰克站在通信室的门口，思考着自己该寻找哪些蛛丝马迹。

有什么东西触发了火警报警器。可能是火花，也有可能是白炽灯里的热源引起了摄像头的注意，随即便被无情地掐灭了，灭火器会立即释放出内部压缩的二氧化碳，覆盖原本的纯氧压力环境。在空气环境变成人类无法呼吸的状态之前，警报系统本该发出分段警告的。

他们全都接受过相关培训，先深呼吸，然后逃跑，最后关上身后的门。狄狄应该还活着才对。直到警报响起之前，他都还活着。他就在控制台旁边，还在对麦克风讲话，还在帮弗兰克找系统里有没有他想要的文件。

弗兰克站在狄狄的位置上，就是这个位置，狄狄本该坐在这儿。他用手指触碰了屏幕，屏幕随即点亮，上面显示着系统的搜索界面，这就是狄狄在看的最后一样东西。他接下来本该向弗兰克询问组件编号的。

紧接着便出事了。舱体这边出现了某种过高的热量——每一层的灭火系统都是独立的——然后狄狄不知怎么就忘记了训练内容，把空气吸了进去。虽然他几乎立马就会感到眩晕，但还是应该有时间逃出去才对。只需三、四步路就可以到达门口。只要把门关上，二氧化碳就会被封在里面，即便他已在晕倒边缘，门的另一侧也理应会有足够的氧气供他恢复。

在那之前，狄狄在做什么？弗兰克检查了船员的居住区、卫生间、卧室，但是没有任何证据表明狄狄有做过什么会让自己无法正常反应的事情。

嗑药？又是这样？他应该搜一下狄狄的口袋，毕竟他们的医生已经在几个月前去世了，他们也做不了任何法医方面的检查。但就像宙斯一样，就算他们有嗑药，也不代表可以宣判其死刑。再说了，在警报响起前的那一刻，狄狄的声音听上去非常正常。

刚才所有人都在哪儿？弗兰克在外面越野车旁边，德克兰就在他近旁的太阳能农场那里。他们两个都在彼此的视线范围内。布拉克在飞船上，离这儿有整整三千米之远。那就只剩下泽罗和狄狄在室内了。从警报响起到弗兰克到达气闸舱的这段时间里，差不多二三十秒钟，泽罗能做什么？气闸舱的循环流程差不多也需要花上这么久的时间。

弗兰克刚才估计的几分钟应该没有错。先是要把狄狄翻过来，然后把他搬到温室，再带着他通过气闸舱开始进行心肺复苏。

四分钟，也许五分钟。那时狄狄的生还概率就已经很低了，但应该还是可以把他救过来的吧？这段时间里，他一直在呼吸接近百分百纯度的二氧化碳气体，他还有机活下来吗？他的相关知识并不足以回答这个问题。

但如果狄狄刚才能够按照训练时教过的步骤（屏住呼吸、逃跑、摔门）操作的话，那么这一切都将变得无关紧要了。还有在那之前的问题：最初触发火警的到底是什么？

弗兰克并不清楚，他也搞不清楚。那把通常放在控制台正前方的椅子现在跑到了房间的另一头，并且还倒在了地上。他扶起椅子，放回屏幕前。

他们之中已经有四个人离开了，这似乎太不合常理了。

二十四

内部备忘录

2038 年 6 月 21 日

致布鲁诺 · 蒂勒

自斯巴达项目小组
抄录自纯纸质副本

感谢您对我们上一份备忘录提出的意见。目前为止，我们已经彻底探讨了所有可能的途径，因此我们有了更多选择，但这也带来了更多问题。很显然，您认为对时限进行更改是不可取的。关于美国国家航空航天局对您提出的有关基地建设规格的最低要求，我们完全可以巧妙地处理。您可以为其提供合同中提到的所有物品，只不过无须按照合同规定的方式提供。

我有一项提议，希望最好能够与您面谈。也许您可以将这项提议看作是一种折中的办法。

和以往一样，布拉克把尸体带走了。弗兰克用降落伞衣裹住狄狄，搬到了主气闸舱里。至于此后会发生什么，他并不想看到。

尸体还是湿的。人体中的水分沸腾并蒸发了出来，就和宙斯那时候一样。等布拉克回到飞船后，就只会剩下一具干巴巴的人体躯壳，等着被埋进火星那片冰冷的土壤之中，与其他三个人排成一列。

狄狄的死因和宙斯一样，十分显而易见。在意识到车间出现失压时，宙斯本应能够带着自己的宇航服进入气闸舱。在因二氧化碳灭火器窒息而死之前，狄狄也本应能够及时从通信室里逃出。尽管近在咫尺，但他们俩都没有进行任何逃生行动。

他们被人在水里下药了？这是一种可能性。不可能是公用水，一定是针对个人的，比如他们的宇航服？虽然这样不足以杀人，但足以让这个人变得虚弱，从而无法逃脱杀手所创造的夺命场景。弗兰克又该如何证明这一点呢？他现在不相信任何人、任何事物。他仍穿着自己的宇航服。还要过上好几个小时，舱内的空气才能重新补充完毕，因此他只能继续穿着宇航服，要么就只能跟泽罗一起待在温室里。他现在只想一个人待着。他已经帮泽罗把宇航服和补充完毕的生命保障系统都拿到里面了。德克兰还在基地的某处。

弗兰克开始重新思考刚才的问题。由于没法坐在正常的椅子上，他靠在了控制室的门上，不动声色地观察了一遍四周，接着开始四处走动，重新回顾狄狄生命中的最后几秒钟。接听通信，在座椅中转过身，然后点击上方的搜索屏幕。

显然没有任何可以导致功率骤增或闪络现象的东西。弗兰克绕过控制台，重新回到门口。

火警响起。狄狄一下子跳起，动静之大导致椅子直接滑向了另一头，然后跑到门口。

这就是弗兰克无法理解的地方。门也就是逃生的出口，就在那儿。狄狄为什么不直接出去呢？他为什么要……

弗兰克一把将门关上。

他到达的时候门是关上的。该死，泽罗。

当时，他和德克兰都在外面，只有泽罗一个人在室内。如果是泽罗触发了火警警报，然后抵住门，等狄狄挣扎着跑来时，他会发现自己根本出不去。再然后，就听到狄狄倒地的重击声。就算狄狄朝泽罗大喊开门，结局也只会是吸入几大口二氧化碳饱和的空气罢了。那根本用不了几秒钟。

然后泽罗跑回温室。在两边压力相同的情况下，他甚至不必开启气闸舱的循环，只需打开门走进去，然后关上。他便毫发无伤地到家了。

这样说来凶手不是德克兰。

温室装有两个气闸舱。一处与居住舱内部连接，另一处直接通往室外，也就是基地的后方。在那里，泽罗可以自由地来去，不受任何人监视。他只需拿上自己的宇航服，正如弗兰克刚刚帮他拿的时候一样，回来后再重新放回架上。想要让气泵里的阀门保持开启，他只需随意挑选一件温室里的工具，结束后，他也只要正常地回到温室里即可。

泽罗很了解毒品，不仅仅是那些街头随处可见的药，还有黑市里流通的处方药。该死！这就是那个一直不明朗的联系点。他是唯一一个有能力杀死狄狄和宙斯的人。

但为什么要这样做？这一切又有什么意义呢？弗兰克十分清楚自己杀人的原因：爱，这世间最美好、最纯粹的动机。但是泽罗呢？妒忌？愤怒？不可能是由于钱或性，因为这里没有钱，据他所知这里也不存在任何性。他们的墙壁都很薄。在晚上，他们甚至可以听到彼此的呼吸声，更别提其他事情了。那就只剩下复仇了，但弗兰克觉得也不像。

为了保住剩下的人，他必须把这件事告诉布拉克。布拉克打算如何处理是他自己的问题，虽然弗兰克很清楚那会带来什么结果。

布拉克必须做出抉择：如果他决定要把没穿宇航服的泽罗从气闸舱里扔出去的话，那就只剩弗兰克和德克兰两人来维持基地的运作了。那怎么可能？他们俩都不了解温室的运作方式。关于这一点，即便泽罗一直在杀人，但他才是让他们一直以来得以存活的那个人。

弗兰克重新把门打开，德克兰就站在那儿。虽然并没有人要攻击弗兰克，不过他还是被吓了一跳，立马举起双手呈防御姿势。双臂防御性地举了一会儿后，他突然感觉自己就像个傻子。

他的肩膀松弛下来，让出了进门的路。德克兰挤了进来，他们瞪了彼此一会儿，什么也没说，只是在彼此的表情中搜索着有关下一步该如何行动的线索。

弗兰克关掉自己的麦克风，等着德克兰关掉他的麦克风。

“你在做什么，弗兰克？”

“想搞清楚是谁杀了狄狄和宙斯。”

其实他们并不需要把头盔碰在一起。现在的空气中有充分的介质可以传播他们的声音，然而这个习惯难以打破。

“你觉得是泽罗。”德克兰说。

“不可能是我们。名单后面并没剩下几个嫌疑人了。”

“他为什么要那样做？”

“我不知道。可能他就是单纯想一个人在火星上生活，种种庄稼，养养鱼。就跟这里发生的其他事情一样，没有什么道理。”

“有几件事我觉得很奇怪。”德克兰说。

"只有几件？"

"闭嘴，弗兰克，好好听着。关于爱丽丝。"

"爱丽丝是自杀的，很有可能是因为不想眼看着我们全都饿死。"

德克兰挪开头盔，在控制台周围走了一圈，然后把手靠放在桌面上，说："真的是这样吗？"

"她手里拿着药。"

"那她嘴里有吗？"

"我……我没有检查。但是旁边有药片，有水，她就死在那儿，德克兰。我又不是警察，你觉得还有什么别的可能？"

"你是第一发现者，对吗？"

"你也在那儿。我就在你面前爬的梯子。"

"我确实在那儿。不过玛西死的时候我可不在。"

"德克兰，你到底想表达什么？"

"玛西死的时候，你和她在一起；爱丽丝死后，你先发现了她；宙斯死后，你打开了他顶着的气闸门；狄狄死后你又是第一发现者。你难道没发现这里面有某种固定模式吗？你以为没有其他人注意到吗，弗兰克？也许他们太蠢了并没有发现。我可以肯定'布拉克长官'也不是这里最锋利的那把刀，不然也不会和我们这群穷途末路之徒困在一起了。但是我注意到了。我已经观察你一段时间了。"

"因为你就喜欢偷窥，不是吗？"

"把恶习变成美德，没什么不好的。你还没有摆脱嫌疑。就算我们在火星上，也不代表你可以在随意杀人之后脱身。"

弗兰克环顾四周，说："脱身？这里无处可逃。听着，我没有杀人。"

"嗯，但这并不是真的，不是吗？"德克兰开始朝门边走去，弗兰克挡住了他。

"在这里，我没有杀过任何人。"

"所以在地球上杀人就没关系了？"

"他一直在卖毒品给我儿子。"

"可大多数人会选择报警。"

“他就是警长的儿子。”

德克兰靠近，将他们的头盔碰在一起，说道：“我只看到了一个糟糕至极的家长。别挡着我的路。”

弗兰克一把将他推回去，再次强调道：“我不是一名杀手。”

“现在这个房间里，没有杀过人的人，请举手，”德克兰举起手，“还有谁吗？还有吗？”

“我是认真的，德克兰。”

“难道你觉得我不清楚这一点吗？我和一个疯子被困在了火星上，目前唯一能让情况好转的方法就是除掉这个疯子。”他转身离开，再次占据了控制台的后方位置，“我曾经喜欢过你这个人。我是真的喜欢过你。至少我以为我们可以合得来。你看起来愿意像对待一个人类一样对待我，而不是什么社会渣滓强奸犯。狄狄也很仰仗你，他还只是个孩子。至于宙斯，你在的时候他看起来就没那么吓人了。爱丽丝？她很难让人喜欢，但还是有令人尊重的地方。玛西是个很有趣的人，但在我被解冻前她就已经死了。弗兰克，为什么？你是觉得你能从中得到什么好处吗？”

“但我什么都没做。是泽罗干的。”

“玛西死的时候，泽罗甚至还没有被唤醒。”

“玛西之所以死，是因为她的过滤器发生了故障。她就死在我怀里。我已经尽力救她了，但没有成功。”

“这只是你的一面之词。”

“至于爱丽丝，她是服药死的。她自己了结了自己。”

“当然了，那是你想让大家以为的样子。”

他们继续在房间两头瞪着彼此。

“穿着宇航服打架是一个非常愚蠢的主意。”弗兰克说道。

“我同意你说的这一点。”

“我没有杀玛西，也没有杀爱丽丝。你只是在胡言乱语罢了。我们很清楚他们是怎么死的，那不是任何人的错。但宙斯是被谋杀的。有人故意给车间降压。”

“那狄狄呢？”

"他们把他关在了这里。他不可能来不及逃脱。但如果有人把门堵上，他便无路可逃。"

德克兰扫视着控制台、发着柔光的舱体墙壁，以及那些他自己串联起来的 LED 照明灯，问道："你知道是什么触发了警报吗？"

"不知道，我对这个系统了解得不多。我只知道它会被高热量触发，但这里没有任何着火的迹象。我搞不明白的是，如果没有真的火焰，它又怎么会被触发呢？"

"你到底是怎么回事，你不是都不关心这些事的吗？"德克兰冒险绕过桌子，用戴着手套的手指在系统菜单上向下滑动着，最终打开了火灾响应系统的界面，"就在那儿，看到了吗？"

弗兰克越过他的肩膀查看，那是一张居住舱区域的示意图，以及各个摄像头的开关按钮。旁边还有标示着灭火器二氧化碳含量的状态栏。每一栏旁边都有一个手动排出键。

"这是备用系统。在灭火器没有自动启动的情况下，你可以通过这里的开关按钮启动它。但大多数情况下是用不上的——只要没有更多的氧化剂，舱体的泄漏足以将火完全扑灭。也没有什么特别的管控系统，你还可以通过平板电脑操作。"

"为什么芝诺不告诉我们这些事情？"弗兰克紧盯着屏幕。

"因为我们只是一群猴子罢了。我们本不应该瞎倒腾这些的，这是给真正的宇航员准备的。他们清楚自己的使命，同时也不会想着要用系统深处的控制系统来互相残杀，"德克兰转过身与弗兰克面对面，"你要知道我是想相信你的。我们很清楚自己正身处险境。尽管我很想相信在几个月之内死掉四个人只是偶然事件。但我们都清楚事实并不是这样。我会把这件事交给布拉克处理，毕竟这是他的工作。"

"德克兰，你有一点想错了。狄狄死掉的时候，我跟你在一起，不可能去抵着门。你就是我的不在场证明。"

德克兰用一根手指点了点弗兰克的胸口，说："你也是我的不在场证明。"

弗兰克眨了眨眼，而后转身离开，走出了门外。如果凶手不只一个，而是两个人的话，他们是否在故意或不小心地栽赃弗兰克？他所身处的基地已然变成了这世间最糟糕的容身之所。他的心跳加快，皮肤发冷。他必须赶紧出去，可这座基地就是火星上唯一可以让他生活的地方。他总得要回来。

他可以去飞船上找布拉克，告诉布拉克已经找到了证据。这就是他最后的机会。他现在就得去，赶在有人试图阻止他之前。

他从架子上取下一包补充完毕的生命保障系统。紧接着，他犹豫了。如果他不想让自己的残骸洒在气闸舱地上的话，那么唯一可以让他更换保障系统的地方就只剩下温室了。但是泽罗还在里面。

何种事故能够把弗兰克置于死地？他的宇航服会失灵吗？他的氧气瓶会失灵吗？还是说事到如今，已经无须假装了？他们会落到刀剑相向的地步，还是会用装满石头的袜子来进行攻击？

他可以带着生命保障系统上路，等到了相对更安全一些的飞船上以后再进行更换。布拉克已经开走了一辆越野车，他会把剩下的另一辆也开走。即便他们想追赶他，也会落下近一个小时的路程。

“嘿，”泽罗说，声音微弱而空洞，“是谁在连接舱里？”

“是我，弗兰克。”弗兰克说。他转过身，透过温室的气闸舱小窗可以看到泽罗的脸。

“你在干什么？”

“考虑该怎么更换我的生命保障系统。”

“你快用完了？”

“我不想冒那个险，不行吗？”

“随便你，老兄。你又不需要我的许可，”泽罗转动脑袋，查看着连接通道的部分区域，“你要出去吗？”

“是的。尽管发生了这么多事，但我还是有工作要做。”

“冷静点儿。明天再做吧。基地可不会因为你翘了一天班就塌掉。”

“可能会，也可能不会。”弗兰克说完后朝着通向外面的气闸舱退去。他小心翼翼地抱着自己的生命保障系统。他身上还有什么？外侧的腰带上挂着一把电动扳手以及他的平板电脑。一包即贴式补丁，可用于舱体的即时修补。没有什么可以用于战斗的物品，不过电动扳手可以用来临时充当一根棍棒。他需要补充自己的工具。他不能去厨房，因为德克兰就在那个方向。

“你不进来换吗？我来帮你开门。”泽罗问道。弗兰克朝着医疗舱飞奔而去。那一箱箱的药品以及医疗设备仍旧好好地摆放在架子上。他放下手中那包笨重的生命保障系统，查看着上面标签，然后打开其中一个箱子，取出一包密封的外科手术器械，将其滑入了放有补丁贴片的那个袋子里。

再次拿起生命保障系统后，他并没有回到主气闸舱，而是通过那个很少有人使用的医疗舱自带气闸舱离开了基地。随着空气的抽出，他能感觉到宇航服在收紧。这种感觉就和最开始时一样：幽闭、恐怖且难以挣脱。他本该早已习惯了。他等待着惊慌失措的感觉淡去，回忆着正确的呼吸方法。他闭上双眼，想象着心中的那个静谧之地：夏日的阳光温暖着明亮的后院，脚下是一片片柔嫩的新草，远处传来一个男孩在新买的泳池中兴奋扑腾的声音，闪着光的水珠在空中划出道道优美的弧线，最终溅在了周围的石头上，破碎后延展成了一片片水渍。

他不会有问题的。他可以做到的。

他小步跑下舷梯，穿过红色的沙滩，走向剩下的那台越野车。把生命保障系统滑到面前后，他爬了上去，把这个大箱子塞在腿和驾驶座之间。他点着了燃料电池开关。依旧不见德克兰的踪影。这很好。他和泽罗都不必知道弗兰克的去向。

越野车向后退去，弗兰克接着将前轮对准了远处飞船的尖顶，它刚好从地表泛起的这片尘雾中冒出头来。一团尘土在他身后飞扬，停留在空中的那部分则被风吹走了。

这段距离只需几分钟车程，步行则需要一个小时才能到达。

他停在了飞船外。旁边还放着一些空掉的圆柱体舱，里面原本装的是他们在任务初始阶段就拖过来的那些物品。他没有见到另一辆越野车。布拉克不在基地，也不在飞船上。弗兰克从驾驶座上站了起来，搜寻着远处是否有那些可以显示其去向的证据，但那里什么也没有。

下车后，他在飞船周围走了一圈。本以为能找到那些为死去同事搭建的石冢，不过他依旧没有找到任何相关迹象。如果“高地”的顶面平地上竖有一座墓地，那它一定会非常显眼。也许出于某种原因，它还在更遥远的地方。

他回到车上取来生命保障系统，然后爬上舷梯，来到了飞船的气闸舱前。他准备在里面等待布拉克的到来。

二十五

布鲁诺·蒂勒的私人日记

条目名称：2041 年 9 月 2 日

抄录自纯纸质副本

有时候连我自己都觉得惊讶，我们是怎么做到这一切的。到目前为止，我们所花的费用远远低于预算，甚至还成立了空壳公司来竞标一些不存在的项目，这样我才能让数据看起来正常一些。

斯巴达项目的负责人所言不假，我们省下来的钱甚至可以再建一座属于芝诺的火星基地了。这是一项无与伦比的成就。保罗一定会为我感到很骄傲的。

自从他们把建好的船员居住区充完气后，弗兰克就一直没有回过飞船。尽管内部结构没有发生任何改变，但这里已经变得异常肮脏。他怎么会觉得它会变呢？一层到处散落着吃完的食物包装、撕开的金属箔、各种空袋子以及灰尘。

他把备用生命保障系统靠在气闸门上，然后打开了宇航服。飞船里充斥着一股刺鼻的奇怪气味。即便是他们八个人还挤在一起生活的时候，空气过滤器也有能力将异味阻隔在外。看来，它们现在终于支撑不住了。他把脑袋伸进那稀薄而冰冷的空气之中。这股味道实在不怎么好闻，有点儿像是一名青少年房间里的气味。这名少年也就是年少时的他自己。

他从宇航服中滑出，穿过这一地杂物。那些没来得及踢到一边的东西就直接被他踩扁在了脚下。所有的物体表面都覆有一层红色厚膜，摸起来又油又沙，诡异极了。他用手指滑过一处，嗅了嗅手上的残留物。它同时散发着刺鼻以及甜腻的两种气味。

垃圾丛中有一件东西引起了他的注意，于是他蹲下身去。那是一板泡罩包装的药片。他把它捡起。上面每一个小小的泡罩都已经被挤压过，里面空无一物。他把它翻过来读着上面的说明：盐酸羟考酮，三十毫克。

这可不是什么好兆头。

他把它扔回地上，然后用脚扫了扫这块区域。他又发现了几板，可能在他看不到的地方还有更多。

他爬上第二层。布拉克的床铺就在那儿，他的睡袋皱成一团，拉链敞开。他本以为布拉克一直睡在基地医疗舱旁的诊室里。可能确实如此，不过看起来他也会在飞船上过夜。睡袋的周围有更多的垃圾：食品袋、药物包装以及其他弗兰克不太认得出的垃圾。

这地方根本就是个垃圾场。已经没有其他的词可以形容了。布拉克生活的这个地方，就只能用脏乱不堪这个词来形容。

弗兰克慢慢地转身，将整个画面收入眼底，他清楚自己一定漏掉了什么。

除了最初的那几天，布拉克一直以来都没怎么插手过他们的工作。他会过来检查，确保他们都在好好工作。检查完毕后，他就会离开。接着他们便继续工作。他们搭建了所有的居住舱，配置了必须物品、供电系统，安装了通信设备，甚至还提出了新的解决方案，用以克服由于芝诺的疏忽而导致的能源短缺问题。只要宇航服的供给没有用完，他们就不会停下手中的工作。虽然工作都已经转移到了室内，但他们也总是一直工作到累瘫为止。洗一洗，然后再继续工作，一个火星日接着一个火星日。

他们都清楚自己的职责，根本不需要布拉克。他们完成这项任务是为了自己，不然就会被饿死。早在基地建造完毕之前，飞船自带的补给品就已用尽。正如当初爱丽丝告诉他的那样，即便到了现在他也没有理由怀疑她的判断。

由于担心没有足够的食物热量供给，他们甚至还优先搭建了温室。不管泽罗是不是凶手，他都十分专业地引入了整个水培系统。像是谷物一类的食物也都快成熟了。确实，他们已经快要吃腻这些用于补充蛋白质的鱼类和绿叶菜了，他们的食物供给是富余的。尽管如此，布拉克也没有碰过其中任何一样，甚至连一片菜叶也没有。

他捡起几个空的食品袋，查看了上面的打印标签后，又把它们扔回地上。全都是相同的食物，日复一日。总有一天，布拉克的食物储备会耗尽。

弗兰克开始在储物箱里翻找，想要算出剩余食物的准确天数。里面所剩不多，大约十几包食品袋和几根能量棒。估计不会撑过一周。船员住所内的厨房里有一个抽屉，里面专门存放着以备不时之需的密封袋速食粥，他们会在需要快速补充碳水化合物的时候食用，但也所剩无几了。大概就只剩两周的短期口粮了。

然后会怎么样？

这意味着需要自己备餐，不过布拉克别无选择，他必须吃温室里生产的那些农作物。弗兰克不得不承认，尽管时间很短，但是这些食物不仅新鲜、优质，而且说实话味道也还行，比监狱里提供的那些咸味糨糊要好上许多。难怪服刑人员的预期寿命如此之短，就算没有被其他囚犯杀掉，饮食最终也会置你于死地。

那么在短短一周多一点儿的时间内，到底发生了什么事才会让布拉克认为食用温室里的产物也是安全的？他有考虑得那么远吗？弗兰克强迫自己仔细看着那些吃完的铝箔包装，这简直就是一名瘾君子留下的一地垃圾。

除了药以外，布拉克似乎并不想考虑更多。

真是一团糟！他在基地还有三个队员，其中至少有一个正打算杀掉他，只不过那个人目前还没有出手罢了，或者是因为尝试失败，他并没有注意到。而本该负责维持秩序、解决一切事端、指望可以带自己回家的这个人居然沦落至此。仅仅以吃软食、吞鸦片为继。

芝诺知道这件事吗？他们有没有注意到自己派来的这个人已经走上了歪路？他们是否清楚“火星一号”基地的命运已经脱离了他们的掌控，并落入了此处最后一个理智尚存的人，也就是谋杀犯弗兰克林·基特里奇的手中？

他必须和布拉克谈谈。布拉克仍旧是他再次见到儿子的唯一希望。他必须做出相应的行动。毕竟他确实很擅长解决问题，难道不是吗？从前的一系列干预行动只给他带来了一场又一场的惨败，最后，整个事件以他在一大群目击者面前枪杀了向自己儿子贩毒的毒贩而告终。

爱丽丝才是有能力解决本次事端的那个人。她有权利，也有义务干预以及接手相关医疗事件。然而事实是她已经死了。

他透过头顶的地板，望着飞船的顶部。然后他手握梯子爬了上去，休眠舱成对地排列在墙壁上。

其中四座是打开的，四座是合上的，上面的控制面板发着光。

他站在标有一号的箱体前。爱丽丝曾经是一号，狄狄是五号，玛西和宙斯则是六号和七号。这正好是合上并通电的那几座。

他清楚自己不该随意打开它们，但无论如何还是要试一下，而且最好马上就着手进行。他笨拙地跪下，看着控制面板。上面似乎没有什么可按的按键，他意识到它们可能都是由飞船的电脑控制的。

他拿出自己的平板电脑后，它便自动连接至了飞船的网络。之前他查询装载越野车的圆柱体舱时连接过，所以现在自然也会连上。他不断尝试着各个菜单，终于，他似乎找到了正确的那一个，于是便深入研究。最终，出现了一副上面有八个方块的示意图，每个方块的上方都有一个状态栏，与现场的情况一致：一号、五号、六号和七号处于工作状态，二号、三号、四号和八号则处于关闭状态。

他按下一号方块。展现在眼前的诸多信息令他摸不着头脑，尽管并不清楚其中大部分的意义，但他可以确定的是，箱体内的温度刚好在冰点左右，并且正处于“保存模式”。

他解除了保存模式，下拉菜单中出现了“打开”的选项。

他需要亲眼确认。他点击了“打开”，箱体上的指示灯立刻开始闪烁。一阵闪烁过后，传来了一声咔嗒声。

他打开舱盖，直到可以清楚地看到里面后又将其向下推好。

将休眠舱恢复至保存模式前，他尽力不让自己胡思乱想。随后，指示灯恢复了稳定。

爱丽丝就躺在那里面，皮肤惨白、全身冰冷。

他以为布拉克已经埋葬了她，埋葬了所有人。他怎么会这么觉得？布拉克是真的有这样告诉过他们，还是只是想让他们这样以为？被自己的呕吐物噎死的玛西周身还是一团脏污。至于宙斯——天知道他算是处于什么状态，由于体内的水分同时沸腾并且结冰的缘故，他的肺部、眼球和耳膜全都破裂了，皮肤呈紫色并伴有瘀青。窒息而死的狄狄则全身呈青紫色。

他们都在那儿，又重新回到了各自的休眠舱里，这里就仿佛是一间太平间。谁会想要在太平间里安眠呢？

弗兰克点击平板，返回主屏幕，然后爬回了底层。

他要和布拉克谈一谈，叫布拉克停止这样的行为。如果这不起作用的话，他就必须和芝诺联系，跟他们解释目前的情况并寻求帮助。不过这里距离地球有一亿千米之远，也只是可以寻求一些建议。到目前为止，这一距离似乎还是很不真实。

不过，无论布拉克目前身在何处，都没有要急着回来的迹象。也许他就是在撞击坑内部随意兜风，不想面对这段要在飞船上度过的时间罢了。

如果布拉克的宇航服上装有定位器的话，那么弗兰克只需要打开地图并找到他的位置即可。于是弗兰克便这么做了。

然而弗兰克没有找到任何踪迹。即便这一信号源真的存在，他也无权查看。事实上，布拉克可以在任何地方，无法追踪，无迹可寻，就好像这一切是刻意而为。

他关上自己的平板电脑，最后一次环顾四周后更换了他的生命保障系统，然后爬进了宇航服。从飞船里出来后，他决定开车到“高地”的山缘处，从那里俯视撞击坑并寻找布拉克的踪影，这是他能想到的最好办法了。

弗兰克估计这里的景色已有数千年未曾改变。然而在短短的几个月内，人类就在上面到处留下了自己的印记。各种轮胎痕迹，那些被反反复复驶过的线路甚至微妙地改变了眼前的地形，逐渐形成了一条小径，然后变成一条通道，最终变成了一条穿越这片原始荒野的道路。

在“高地”与下方的“日落大道”之间，就有着这样一条破败而狭窄的荒野小径，一直沿着这段赭石斜坡而下。它的底部正躺着三座白色的圆柱体舱，尽管它们完全没有待在那里的权利。

一时间，他还以为它们就是被他和狄狄一起拖到飞船附近的那几座，那段时光已然恍若隔世。然而他刚才还见过它们，所以这几个是新的，是他之前遗漏的那些。

弗兰克之前并没有遗漏任何圆柱体舱。在极度困难以及颇具危险的状况下，他回收了地图上标记的每一座货舱。如果它们的通信器已经损坏，还不在他的地图上的话，那他在这片大地上找到它们的概率也只会为零。毕竟要找到那些没有具体坐标的货舱就已经很困难了。

他的信和书都有可能在那下面。为什么布拉克什么都没说呢？如果这些货物批次并不属于他们，那又会是谁的呢？在警告他们不要接近那些所谓的“太空海盗”之后，布拉克自己是否也有照做呢？那些在傍晚光线下呈惨白的圆柱体舱看起来就和之前芝诺的那些货舱一模一样。

不见另一辆越野车的任何踪影，地平面上也没有尘土飞扬的迹象。弗兰克完全有时间自行检查一番这些货舱。他有些害怕自己可能找到的东西。他仍然觉得自己必须做得够好，才能赢得狱警的信任，并证明自己值得那个回家的座位。

他头脑中野性的那一部分已然被各种疯狂而断断续续的想法所搅动着，整个脑袋嗡嗡作响，它一直在告诉他，他会在这里死去。也许不是今天或明天，但那一天总会到来。他会在火星上死去，故事结束。没有回家的机会，没有假释委员会，不会有任何原始而未经过滤的阳光洒在他的脸上，也不会感受到那从骨头里散发出来的暖意，更不会有机会踌躇地踏上那条陌生的车道，走到纱门前，并犹豫地按下门铃。

他把越野车车头对准山坡下方，然后向下驶去，停在了三个圆柱体舱中最近的那个旁边。他把手放在舱体外壳上，检查着这些白色塑料的涂料上到底积了多少灰尘。有一些，但不是很多。它看起来似乎并没有在沙漠中待很久，侧面的芝诺公司的标志依旧清晰可见。

由于专用工具被落在了基地，他便徒手打开了舱口盖。虽然一个人很难操作，但他还是设法分阶段打开了其中一半。他必须很用力地扯开那一层层熟悉的隔热包装材料，才能够到里面的货桶，但最终他还是设法看清上面的标签内容。

所有的货桶上都贴有一个乙烯材质标签，上面均有美国国家航空航天局的标志、二维码、序列码以及关于内容物的简短说明。科学实验（生物）4B，2 号组件（共 7 组件）；技术设备（地质）2F，1 号组件（共 3 组件）；环境设备（大气）36G，1 号组件（共 1 组件）。

这是多批次货物补给中的一部分。他之前见到过、听到过那么多次的货物降落，眼前的这些一定属于其中。那他为什么没有被派来回收呢？是因为觉得他在基地的工作过于忙碌，还是仅仅因为布拉克觉得无聊了？

布拉克对于基地的搭建或维护并没有做出过任何贡献。为什么现在却开始干活了？为什么要独自外出三次来回收这些未被系统记录的货物？不，是四次，他现在肯定也在某处做着相同的事情。

难道是因为他们这些囚犯本不该知晓一切？为什么会这样？并没有迹象表明弗兰克刚才打开的这批货物中，有任何他们可以用来内斗的违禁物品、危险化学品或者设备。远远没有他们手边那间库存富余的药房来得危险。

弗兰克把手伸进装着补丁贴片的袋子，他刚才拿走的那包手术器械正好好地待在那儿。他拍了拍它们。

如果芝诺已经开始发射美国国家航空航天局的包裹，那么宇航员们马上就要来了。这些训练有素的科学家、探险家以及驾驶员即将陷入险境。几乎可以肯定的是，这里至少有一名凶手存在，甚至还可能有两名。这就是布拉克为什么不告知他们，将这一切保密的原因吗？他为什么要嗑药，还在飞船上过夜？他并不清楚他们之中的谁才是凶手。他的船员已从七人减少到了三人，芝诺一定会揪着他的尾巴，要求他负责并找出罪魁祸首。

必须给美国国家航空航天局那些人提供一个安全的工作环境，毕竟他们所花费的数十亿美元早已使自己骑虎难下。这一定会给他们带来几乎不可想象的巨大压力。

弗兰克把隔热包装塞回原处，拖下舱盖并将其关闭。把上面的固定螺栓重新拧紧后，他思考了一会儿，抓起两把灰尘撒在货舱上，以掩盖用手按压过的痕迹。其实他也不太清楚自己为什么要这么做。他又不是真的偷看，只是想帮忙罢了。

驱车回到“高地”后，他还是不知道自己下一步该怎么办。如果德克兰和泽罗是同伙，即使他们不是，但是在彼此独立行事的话，他需要同时阻止他们两个人。

要阻止他们，只有一个方法。布拉克清楚该怎么做，弗兰克也是时候该接受了。弗兰克开着越野车越过飞船，开始往基地靠近，仍然不见布拉克的踪影。日落大约在两个小时后来临。无论他什么时候出现，一场对抗都在所难免。德克兰会把所有事情怪到泽罗头上吗？又或者他们会共同咬定这一切都是弗兰克所为吗？

弗兰克十分明确自己的立场，他清楚自己并不是凶手，在这些人的死亡中，他都不可能发挥任何作用。不管德克兰怎么说，那些都与他无关。他绝不会想要让任何一个人死去。即使死亡是终将发生之事。

他看着远处的基地，白色舱体的表面由于红色地面反射着惨淡的粉色。他的宇航服指示灯看起来就是一道道发光的彩条，而宇航服本身则与背景融为一体。

他看到外面有人，便减慢车速，停了下来，然后从袋中取出了手术包。

它的设计让使用者戴着乳胶手套——而非宇航服手套——也能撕开，不过也可以直接用这些消毒器械的尖头刺穿外面的透明塑料包装。于是他用镊子在包装上戳出一个洞，前后活动着，直至横向撕开一半的包装。

他把仍带有塑料护罩的手术刀与铝箔衬纸一同推入手中。

它的刀片很小，不超过一厘米，手柄纤细且有棱，异常锋利。不过它是被设计用于向下按压，而非刺伤的。他从袋子里拿出一片即贴式补丁，把它靠在刀边。他小心翼翼地撕下衬纸——这是针对宇航服手套的特别设计——然后把贴片粘在手柄一头。

他将其牢牢地卷起，刀把握起来既扎实又灵活，这样一来，它既不会从手中滑落，刀片也仍然裸露在外。虽然它很快就会变钝，但到了他真的需要它那时，它只要可以保持一小会儿锋利即可。他知道该如何给对手来上锋利的一刀，就像缝纫机针一般迅速。

至于另外两人，他们可以使用厨房刀具、医疗用品或者园艺剪刀。直至目前，他必须假设他们俩都已经配备了武器。他们可能会猜到他也是如此。

他把刀套盖好后，将手术刀重新放回了袋子里。其他手术工具都被塞在正下方，以便他随时伸手抓取。

他不断告诉自己他并不是一个杀手，只是在正当防卫，只是不想在回家前就死掉。

弗兰克按了几下宇航服控制器，重新激活了麦克风，说道："德克兰？泽罗？我准备回来了。我觉得我们需要谈一谈。"

二十六

布鲁诺·蒂勒的私人日记

条目名称：2047 年 3 月 22 日

抄录自纯纸质副本

你知道他们是怎么称呼那些人的吗？黑猩猩。获得力量的人们会如何对待自己的同类，真的是一件非常神奇的事。

而我给予了他们力量。这样一来，事情就变得更容易了。

他们在船员居住区的厨房餐台边碰了头。弗兰克进入室内时，德克兰就已经站在了其中一边，泽罗在另一侧的中间，因此，他自然而然地占据了餐台的这一边。

他抓住一张椅子慢慢拖出，抬头打量着另外两人，开口说道："如果你们愿意坐下的话，那我也会坐下。"

"当然，为什么不可以？"德克兰点了点头，"我们只是需要谈谈而已。"

弗兰克将一只手伸进口袋，同时，他看到另外两人也摸着自己的连体工作服。毫无疑问，他们都带了武器。弗兰克的手术刀在另一个口袋里，他能够感觉到布料后面的那个硬物。他掏出那只蓝色乳胶手套，扔到了面前的餐台上。它如同一只搁浅的水母一般落在台面上，瘫软而无力。

然后他坐了下来，停留在椅子的边缘，随时准备跳起。德克兰和泽罗也是如此。

"那么谁想先讲？"弗兰克问。

"你为什么不先讲呢？"德克兰说，"你才是那个扮演警察的人。"

泽罗的目光在这两个年长男人之间飞快地来回扫射，说："发生什么事了？你说警察这是什么意思？"

"这可是个好问题，弗兰克。不如你来回答他，怎么样？"

"宙斯……死了。我本以为是由于我的错误所导致，可能是我弄错了什么事，或者某些地方没有做到位，又或者是车间的搭建出了什么问题。所以我又检查了一遍。那个时候，我才发现舱体本身并没有出现任何问题。没有发生泄漏，也不可能发生泄漏。没有发现任何会导致整个舱体失压，同时还会把宙斯困在里面的东西。"

"所以你就急得像一条赶着要去吃骨头的狗？急着想证明自己没有任何过错。"

"然后我就发现有两种方式可以做到这件事，但它们都属于蓄意破坏。你得真的想要这么做。某个人是真的想要杀死宙斯。"

德克兰双手按在餐台上，说："你肯定跟布拉克说了。"

"我确实跟他说了。"

"你是怎么跟他讲的，弗兰克？"

泽罗坐在椅子上，不安地上下抖动着，说："对，快告诉我们，弗兰克。你是怎么说的？"

弗兰克挠了挠下巴，说："我告诉他，我们的基地里有一个凶手。"

"你为什么不马上就告诉我们，弗兰克？"德克兰的声音低了下来，"难道你觉得我们没有知情权吗？"

"布拉克叫我别多嘴。他不想打草惊蛇。"

"所以你觉得是我干的？还是说，你觉得是泽罗干的？"德克兰把手放在胸前说道。

"不是我干的，所以肯定是你们当中的一个，或者是你们两个一起。我不清楚是哪种情况。"弗兰克来回怒视着眼前的两个男人说道。

"不是我干的，"德克兰说，"泽罗呢？"

"也不是我。我不是那种人，"泽罗抓住餐台的边缘，回瞪着弗兰克，"不过你是。你杀过人，不是吗？"

"当时的情况……"

"不一样？让我们来理性地梳理一下，"德克兰掰动手指，数着死去的人，"玛西，关掉了卡车的自动驾驶系统，结果撞死了几十个人。爱丽丝，天知道被她安乐死的人有多少个。宙斯，在酒吧里一拳把人打死了。"

"你又是怎么知道这些事情的？"

"因为我有跟别人聊天，弗兰克！而你，开枪打死了某个人。从我们的角度来看，你就是我们当中剩下的唯一一个杀人犯。在我们看来，似乎是有人在铲除自己的对头，那些有机会与你为敌的人。"

"但事实并非如此。"

德克兰还是不管不顾地继续道："然后是狄狄，他唯一犯过的罪就是入侵各种公司的系统，以自己的方式转移部分现金。"

泽罗耸了耸肩，说："我不觉得，那可是很多很多钱，老兄。他有可能只是在吹牛，但他提到的那个数字可是比我赚的全部加起来还要多。"

"关键在于狄狄并不是一名杀人犯，他精神很脆弱，"德克兰折下大拇指，"所以名单上的下一个是谁，弗兰克？我？还是泽罗？是变态白领，还是涉黑毒贩。你觉得谁更危险？"

弗兰克咬紧下巴，说道：“我什么也没有做。”

“弗兰克，宙斯那扇门是你打开的。”

“他那个时候已经死了。如果当时气闸舱处于正常加压状态，我是打不开那扇门的。”

“你完全可以给气闸舱手动排气，只要拉下闸柄就行了。拜托，弗兰克，我们受过跟你一样的培训。”

“但那并不是我干的。狄狄死的那个时候，你跟我一起在外面。你是亲眼看到的。我不可能一边待在越野车旁，一边还跑去抵住控制室的门。”

德克兰的面庞扭曲着，说：“是，行吧。也许那次是泽罗。”

泽罗回击道：“去你的，老兄。我可没杀狄狄。”

“你们俩一直关系不好。”

“那并不代表我想杀了他。”

“那到底是谁干的？”德克兰指着另外两个人，“从我的角度看来，我可是清白的。”

随后是几秒钟的沉默。

弗兰克清了清嗓子，他应该把水瓶带在身边的，缓缓说道：“可能这两起真的都是事故，是我搞错了。”

“可你并不相信，”德克兰说，“你害怕宙斯是因你的失误而死，才开始调查的。所以事实到底是怎么样？车间到底是不是因为你的安装失误才失压的？你到底希望是哪种情况？到底是你犯了一个灾难性的致命错误，还是我们当中的一个人杀了他？”

“我检查过车间。舱体没有问题。”弗兰克用双手手掌压住双腿，手术刀的刀套戳着他的大腿。

“那这就不是一场意外，是有人杀了宙斯。”

“有人杀了宙斯，”弗兰克重复道，“你们两个之中的一个。后来还杀了狄狄。”

泽罗从餐台边起身说道：“我受够了。我没有杀任何人。如果你们两个想打一架的话，那随便你们。结束以后再通知我。”

“你想怎么说都行，”德克兰说，“但我们也可以说你干掉了宙斯，而且你是唯一一个有机会杀死狄狄的人。”

“我从来不出基地的！”

“当时我和德克兰在一起，”弗兰克说，“除了狄狄以外，你是唯一一个待在室内的人。而且温室的另一边也有一个气闸舱。就算你要出去或者回来也没有人会看见。”

泽罗猛地站起，身后的椅子弹开撞到舱体柔软的墙壁后摔在了地上。他掏出一把短弯刀，用颤抖的双手将其握在身前。

“我什么也没有做。你们不能把这件事栽赃在我头上。我会去告诉布拉克谁才是真正的凶手。”

“你手里有任何证据支持吗？”德克兰仍然无动于衷，“不，你没有。所以赶紧坐下，然后闭嘴。”

泽罗犹豫了一会儿，然后捡起椅子，把它立起来，在离餐台很远的位置再次坐下。

弗兰克说：“这太疯狂了。我们都清楚这一点。如果杀死宙斯和狄狄的凶手是我们当中的一个，那个人是绝不会承认的，因为布拉克要对这个人做的事情是很可怕的。我们就只能干坐在这儿，也不知道下一个被杀的人会是谁。”

“我们几个谁也不想被扔到外面，”德克兰承认，“就跟不想被扔进洞里时一样。这也是我们会在这里的原因。虽然是被骗来的，但我们也只能接受这一事实并尽力而为。我并不认为在这里称得上是生活。我们已经被吓得不敢闭眼了。我们可能会被宇航服、周围的空气杀死，还有各种狗屁玩意儿的潜在危险，这里还有各种致癌的辐射，变低的重力还会导致骨质疏松。”

“不过我们的工作确实做得很好，”弗兰克说，“这个基地是我们建的。我们确实遇到过不少问题，但最终还是走到了一起，建好了这个基地。这是一件值得我们骄傲的事情。其他人也会为我们感到骄傲的。”

“所以现在发生在我们身上的这些事情简直莫名其妙。”德克兰深吸了一口稀薄的空气。他伸进口袋，将一把细长的螺丝刀扔在了面前的餐台上，说：“我累了。我敢肯定你也一样。”

“那我们该怎么办？”泽罗问，刀在两手之间轮流把玩着，“不可能是我们当中的任何人做的。”

弗兰克掏出他的那把手术刀，小心翼翼地放在餐台上。他清楚自己该做的事，如果不处理得非常小心，他就永远都没办法回家了。从在火星上醒来的第一个早上，永远无法回家的想法就一直在折磨着他。

“你们觉得芝诺可以听到我们的谈话吗？”弗兰克问。

德克兰瞥了一眼泽罗和他的刀说：“搭建控制系统的时候，我没有放置过任何麦克风。只有火情摄像头。”

他们都抬头看向天花板。

“还有这些，”泽罗用空着的那只手抚摸着胸骨处，“我也不清楚。我想我老是忘记它的存在。”

“我们可以关闭通信吗？”弗兰克摸着自己的胸口以及皮下的那个硬块，“狄狄说它们基本上是全自动的。”

“跟踪系统确实是，”德克兰说，“但我可以拉掉碟型卫星控制系统的电闸，这样就可以把它关掉了。不过当它对准天上的时候，人造卫星还是会接收到信号。”

“我们可以事先把它调整到火山方向吗？”

“我认为可行，但我们为什么要切断自己的通信？”

“因为我们有话要说。我不希望这个房间以外的任何人听到。”

“我来处理，”德克兰说，“这样可以吗，泽罗？”

“随便你。反正再怎么样也不会比现在更糟了，对吧？”

螺丝刀还在餐台上，德克兰的手停在了上方。最终，他还是拿起并放入了口袋，接着便出发前往通信室。“马上回来。”德克兰说道。

弗兰克和泽罗就坐在那儿，不耐烦地到处拍一拍、抓一抓，改变自己的坐姿，等待德克兰回来。虽然时间并没有过去多久，但仿佛已经过去了一个世纪。德克兰回来后坐在椅子上，再次把螺丝刀放在面前。

“直到碟形天线再次通电之前，我们会一直处于离线状态，”他说，“你有什么不想让芝诺知道的事要说？”

弗兰克合起出汗的双手，它们已经有些打滑。

“我刚才去了飞船，本来是想找布拉克谈一谈关于你们两个的事情。我清楚我自己没有杀死那些人。我能肯定是你们中的一个或两个。德克兰，你杀了宙斯。泽罗，你杀了狄狄。我本想告诉布拉克，让他必须把你们两个都扔到外面才能拯救这次任务，拯救基地。”

德克兰一把抓起他的螺丝刀，仔细地审视着尖头部分。泽罗则只是瞪着眼睛，嘴巴大张。

“但他不在那里。他开走了一辆越野车到外面的平原上去了。他是去回收圆柱体舱的。”

“什么圆柱体舱？”泽罗向前摆身，“你在说什么？我们已经回收了所有货物。”

“之前从天上掉下来的那些鬼东西中，有一部分是来自美国国家航空航天局的货物，”弗兰克说，“布拉克把其中三个货舱保存在‘高地’的底部。我检查了飞船并打开了其中一个。他把所有尸体都放在休眠舱里，地板上全是空的奥施康定。”他停顿了一会儿，低头看着膝盖，“在离开地球之前，我和布拉克进行过一次谈话。他说……”

深深的沉默。

“他说什么了，弗兰克？”德克兰问。

“他说如果我能帮他留意身后，我就可以坐着美国国家航空航天局的飞船回家。如果我把这件事告诉任何人，交易就终止了。”

“该死！”

“我告诉他我会找出证据，找出凶手。”

“我也是。”德克兰说。

弗兰克沉默了。他感觉到肚子里的那个结正在变得越来越紧，周围的一切都变得寂静无比。

“你说什么？”弗兰克问道。

“他也是这样跟我说的。帮他留意背后便可以安全回家。我猜泽罗也是一样，对吗？”德克兰回答道。

泽罗用力握住他的刀，然后刺向了台面。弯曲的刀尖刺入了塑料表面，并在上面划出了一道痕迹。

“我就当你是默认了。”德克兰旋转着螺丝刀，看着它在餐台上转圈。转着转着，刀口朝着他自己停了下来。他捡了起来，推回口袋里：“所以我们得到了什么？”

“我们什么也得不到，”泽罗说，“他对我们说了谎。他不可能让我们每个人都回家，而且我们当中还有一个杀人犯！”

“是啊！”德克兰说。

弗兰克站了起来，说：“我要去把宇航服穿好。我建议你们俩也这么做。”

泽罗再次刺向台面，说：“有人可以告诉我这到底是怎么回事吗？”

“是布拉克，”弗兰克说，“他已经疯了。”

“你在跟我开玩笑吧？”

“没有。”

德克兰一边走向连接舱一边说道：“可能他休眠太久脑子不正常了，也许是药物的原因，也可能是因为孤独和压力，又或许他本来就是一个疯子。我要先去穿上我的宇航服，然后再想别的事情。”

“来吧，我们会想出办法的。”德克兰继续说道。弗兰克和泽罗还在房间里。

“我永远没法回家了，是吗？”泽罗说。他瘦削的脸庞上，下巴下沿的一块肌肉正在跳动着。

“我们有三个人，而他只有一个人。也许我们可以把他塞回休眠舱里重新冻起来，直到援助到来为止。宇航员很快就会到了，毕竟他们的装备都已经出现了。我们不会有事的。至于现在，先穿好宇航服。”

泽罗看着手中那把园艺刀弯曲的边缘，说：“我相信了那个人。接下来到底会发生什么？”

“我们必须冷静地处理此事。我们需要联系芝诺，告诉他们我们所遇到的问题，然后等待指示。”

“我怎么知道这是真的？也有可能只是你和德克兰在暗中搞鬼。布拉克现在到底在哪儿？”泽罗说。

“他总是莫名地消失，我们不可能知道他在哪里，”弗兰克拿起手术刀，“我们得先把宇航服穿好，泽罗。至少比不穿要安全一些。”

“我们该怎么办？”泽罗开始哭泣。

“接下来我们还是和往常一样，照看彼此，团结一致。我们不会把你丢下的。忘记我们跟布拉克承诺过的一切吧。”弗兰克说道。他正想叫泽罗把刀放下，但他突然意识到自己也握着刀，毕竟他们还是有可能要用到它们。

泽罗问道：“所以说他也杀死了玛西和爱丽丝吗？”

“也许吧，我不知道。”

此时，德克兰加入他们的谈话，说道：“你们不会想留我一个人跟布拉克对峙吧？赶紧过来把宇航服穿好。”

“他说得没错。我们稍后再谈这件事。快来穿宇航服。”弗兰克说。他感觉自己身子轻飘飘的，甚至还有种莫名的饥饿感。

弗兰克给泽罗让出走向门外的路。这个孩子依旧神经紧绷，仿佛随时都会开始摔东西。他们什么都不知道，但现在所有的一切都已经变了。

这里曾是他们的家。他们建造并生活在这里，最终还会因为这里而死去。

这时，主要照明突然间失效了。

过了一会儿，应急灯源亮起，一阵强烈的蓝光闪过，眼前剩下一片或暗或明的景象。

“老天哪，就不能让我清净一会儿吗？”弗兰克听到德克兰如此说道。

弗兰克前去更换宇航服。

这里有足够的空间供他们三个人同时更换。弗兰克从衣架上取下宇航服，把它翻了个面，然后从架子上随便拿了一包生命保障系统——已经没有时间去查看它是充满了还是仍在补充过程当中——把它推到位，然后打开电源。他没有脱掉工作服，而是径直将左腿伸了进去，紧接着右腿，然后将宇航服上拉至腰间，塞进左臂、右臂，低头，挤过颈部的密封圈。他活动着手指，套上手套，检查了一遍有没有刺破的地方，上下跳了几下，以确保不会有过于紧绷的地方。他打开宇航服的控制盒，关闭后舱盖，随着它密封并锁定到位后，他感受着那片令人安心的死寂。

宇航服开始朝他脸上悄悄地送气，他把宇航服上的灯全部打开。一阵蓝白色的光出现在了连接舱里。德克兰几乎和他一样快，至于泽罗就没有那么熟练了。泽罗花了许久时间，等到宇航服关好后，他开始有些喘不过气。

“吸气，屏住，然后慢慢地呼气。再来一次。”弗兰克将头盔靠在泽罗的头盔上说道。

他向里面望去，泽罗点了点头。

“我没事了。我很好。”

“我们赶紧去把灯重新打开，然后联系地球方面。我们不会有事的。坚持住！”弗兰克笨拙地弯下腰，捡起手术刀。他宇航服的工具腰带上依然挂着平板电脑和电动扳手以及那个装着补丁贴片的小袋。他将刀片轻轻地收回刀盖中。

二十七

音源：布鲁诺·蒂勒与芝诺公司未知员工之间的私人通话

2047 年 8 月 13 日 15:50（主机时间）

蒂勒：不，我们得把他们的个人物品全部回收，然后在金山就地焚化。全都给我留在设施里。

芝诺：行。你觉得好就好。

蒂勒：一磅就要八万块，把东西跟他们一起送上去要花掉一百万美元以上，我可没有这个预算。他们并不需要，今后也不会需要。

芝诺：那需要告诉他们吗？

蒂勒：不需要。

重启电源后，他们聚集在了通信台周围。

“现在地球那边时间跟我们相差多少？”弗兰克问。

“说实话我并不清楚。八分钟？十分钟？甚至可能要等半个小时才能收到答复。”德克兰输入指令，让碟形天线开始搜寻并启动轨道卫星。他像往常一样盯着功率表，一直看着指数下滑才放心。此时太阳已经落山，直到天亮为止，他们仅能够使用储蓄在电池中的那部分电。

“等到那个时候我们可能已经死了。”泽罗说。

“没有人会死。我们会一直待在一起。”

“那些真正的宇航员差不多要接受五年的培训，”德克兰说，他继续盯着那些读数，“我们只培训了六个月。我们那个时候到底在想什么？”

“够让我们完成自己的工作了。”弗兰克说。

“刚好而已。”

“我们连上了吗？”泽罗挤向前，“连上以后我们该怎么说？会有人愿意听我们说话吗？”

“再给它一点儿时间，”德克兰把泽罗拉回来，试图让他放轻松，“必须先找到信号，锁定追踪，然后才能进行通信。”

“怎么这么久？”

“都是要花这么久的，”德克兰指着屏幕，“已经开始了。”

此时，屏幕上的一个正方块正由红转绿。

弗兰克打开平板电脑，再次搜寻着另一辆越野车的去向。依然不见任何踪影。

“完全找不到他在哪里，”他将屏幕转过去，以便他俩可以看到，“他有可能在数千米之外，也有可能就在外面。”

泽罗转过身看向他身后，说：“他也可能就在这里。”

“也许吧，”弗兰克说，“但是我们的目的并不是与他发生争执。他病了，我们得想办法让他好起来。”

“弗兰克，他至少已经杀了两个人了，也有可能是四个，”德克兰说，“你还要想办法让他好起来？那只能祝你好运了，如果他来找我的话，我可是要动真格的。不管怎么说，如果他觉得自己可以消失，那我们就陪他玩一玩。关掉你们的信号发射器。”

“等等，这样也可以吗？”弗兰克说，“我以为只能关闭麦克风。”

“一直都可以，你太落伍了。只是我们选择不去这样做罢了，不然芝诺就会知道我们在私下谈话，”德克兰把椅子从控制台边挪开，“去门口站着看着点儿，我要输入一条消息。”

弗兰克和泽罗翻着宇航服控制菜单，关闭了通信功能。结束以后，弗兰克望向通向院子的那扇门，然后向外走去，站在了那片宽敞的开放空间中。这里本该有健身器材的，但到目前为止他们还没有在补给中发现任何相关物品。

也许它们就在那些新的圆柱体舱里，正等待着美国国家航空航天局人员的到达。弗兰克又向厨房方向靠近了一些。他越过敞开的房门可以看到里面的餐台，这时，某样东西引起了他的注意。

“你要去哪儿啊，老兄？”泽罗问道。

弗兰克挥手示意他不要过来，说：“你在原地等着。”

弗兰克站在门口仔细检查了一遍里面有没有人。他拿回了一只蓝色手套。泽罗伸手拿了过去。

“我们是在失压吗？”他挤了挤手套。它看起来确实比之前要更鼓一些。

弗兰克打开宇航服控制器，查看外部压力读数说道：“我们失压了。”

“该死！他就在外面，是不是？”

“我们在里面，而且穿着宇航服，不会有事的。”

“但温室怎么办。”

“温室有单独的系统，它也不会有事的。那个疯子布拉克也不会对它出手的。”

“我必须得去看看。”

“不，你不用去。如果你一定要去检查的话，我们一起去，不能分开行动。明白吗？”弗兰克环住泽罗的肩说。

“发生什么了？”德克兰喊道。

“我们失压了。”

“是有人蓄意破坏吗？”

“等我一会儿，戴着手套很难打字。”

泽罗抽出身，探入通信室说：“就直接用麦克风讲吧。”

“没有你想的那么容易，还会有带宽以及压缩的问题。但文字是不会变的，就跟在没有数据信号时用手机发短信是一样的。就快好了。好了……发送。”

德克兰推开面前的泽罗。

“所以你发了什么？”泽罗问道。

“主要就是寻求帮助。向他们解释我们为什么现在只下剩四个船员了，布拉克跟吃糖一样狂吞鸦片类药物，还想把剩下的几个人也处理掉。不知道他们会建议我们怎么做。不管是过去、现在还是未来，我们都只能靠自己，”德克兰抬头看向弗兰克，“你清楚这意味着什么。”

“我清楚这意味着什么。在他毁坏基地之前，我们必须把他找出来并阻止他。”弗兰克说道。他曾尝试一切方法努力过，现在，他必须要再次以强硬的方式解决问题。

“不行，我们不能这样。你说过我们不会动用武力的。”泽罗说。

“布拉克还有可能破坏供水、供电系统，也可能会把温室的墙壁划开，任何可能都有。我们要么饿死，要么窒息而死。他逼得我们别无选择。”弗兰克一边说着，一边滑开塑料刀罩拔出刀。

“不要这样，好吗？布拉克跟我们每个人都承诺过可以回家的事情。如果你们中的一个人正在试图把这件事变成现实的话怎么办？”泽罗说。他双手抱着头盔，从他们身边退开。

“那你以为舱体失压是谁弄的，泽罗？”那只正在慢慢膨胀的手套还在泽罗手中握着，德克兰指向它说道。

“有可能是弗兰克在进入室内以前弄的啊！就是弗兰克，他想把我们都杀掉，这样他就可以回去了。”泽罗说，然后他把手套扔到了地上。它并没有瘫在地上，反而弹了起来。他想找到自己的刀，但不记得放哪儿了。他又向后退去，一直跑到连接舱处，“糟糕，我的刀呢？”

“我没拿。”弗兰克说。

“只有凶手才会这样说，”德克兰说。由于空气正在泄漏，他的声音变得更微弱了，“开玩笑的。我们得跟着他，确保他没事。”

“你先请。”弗兰克说。

“好吧，谢谢。”

等他们到了连接舱，泽罗却不在那里。园艺刀也不见踪影，如果他确实有把它落在那儿的话。

“泽罗？泽罗？”

“他去哪儿了？温室吗？”弗兰克检查了气闸舱，试着开启循环设备，“它失效了，”他再次尝试，然后看了看指示灯，“内闸门没有关闭。他把门卡住了，这样我们就进不去了。”

德克兰一拳敲向外闸门，喊道：“泽罗！”接着他又转向弗兰克，“如果我们要进入这个气闸舱的话，我就只能把电闸拉掉。老天啊，为什么事情总是要搞得这么复杂！”

“他还是个孩子。他只是在害怕。”

“我希望里面只有他一个人。”

“他不信任我们，”弗兰克伸手敲击着气闸门，“这样没用。如果我们要把里面的气排掉的话，作物会被毁掉的。”

“可我们也没办法塞个便条进去。我们还是得找到布拉克才行。”

“那去室内还是室外？”

“我不知道。我以前又没做过这种事。”

弗兰克望向连接舱另一头的医疗舱说：“那就从那里开始，然后再回到这里。”

从前熟悉的一切，现在却变得如此空旷而陌生：堆在一起的箱子、地板的嘎吱声、通往底层的梯子、头顶明亮的灯。他们在顶层走了一圈，接着又沿着下层返回。周遭的氛围安静得有些可怕。

“到底是哪里在泄露？”德克兰问。

“应该在某个气闸舱里。我们应该每个都检查一遍。”弗兰克打开身旁那个气闸舱，查看了它的内部。人工排气孔均处于关闭状态。

来到下一个气闸舱时，他们可以很明显地看到控制闸柄被人拉下了。弗兰克把闸柄推回，气流停止了。他用膝盖把最后一块罩板盖好。

“我们也得检查一遍剩下那些气闸舱。”德克兰说。

“当然。距离你发完信息后，已经过去多久了？”

“十分钟吧。”

“我们离地球那么远，一条信息怎么可能只要十分钟就能传到他们那里呢？”

德克兰一脚跨到一半，说：“弗兰克，你有时候说的话真的很蠢。”

“我们在地球上被弄昏，醒来时已经到达火星。如果我是醒着飞这么远的话，也许就可以更好地理解了，”弗兰克查看外部压力，“泄漏也许已经被我们及时制止了。”

“去船员居住区看看吧。”

他们检查了连接舱的底层，虽然它只是一个存储间，但里面挤满了各种箱子。顶层的气闸舱没有问题，他们便回到厨房，然后又来到了船员居住区。这些带有窗帘的房间仍然一片寂静。

“我来检查这里，你去检查厕所。”弗兰克说。

厕所在另一侧的尽头。德克兰挥舞着螺丝刀，迅速沿着通道而下，留下弗兰克拨弄着窗帘，四处张望。没有任何物品和人的踪迹。

“没有人，”德克兰说，接着转身看向气闸舱，“这里被动过手脚了。”他拉好第一根闸柄，拉开门，又拉好第二根。

“我们在这里检查来、检查去，他现在完全有可能就在基地的另一边把它们重新打开，”弗兰克咬紧牙关说，“我们总得要出去的，毕竟还得找到他。”

“这座基地是为了让人们能够在火星上生活而建造的，不是在火星上死掉。我们总得要出去的。如果泽罗能一起的话，估计会容易点儿。”

“再去找他试试呢？”

“那又有什么用呢？就算他不来，我们也只能继续。”

“我们一会儿从后面绕过去，从院子尽头的气闸舱出去。”

“不，弗兰克。我们有一辆越野车。越野车有车灯。我们爬上越野车，然后掉头，从远处用车灯照布拉克怎么样？”

“我更喜欢你的计划。”

他们穿过厨房，迅速地进入院子，然后进入了另一头的气闸舱。虽然很挤，但它还是勉强足够让两个人同时进去。直到德克兰关上了身后的门，气闸舱也已经开始循环换气时，弗兰克才意识到即便这时德克兰用螺丝刀在他背后捅上一刀，在两侧气压相等之前，他几乎无能为力。尽管坚硬的躯干部分以及头盔可以承受一定的冲击，但他的双臂在“射程”之内。

身处一个如此狭窄的空间，这是一次有关信任的练习。

气闸舱指示灯闪烁着绿色。弗兰克打开门，拖着大步走向外侧平台。其中一辆越野车就停在车间旁边。他并没有看到另一辆车，不过他本来就基本上什么都看不清。他们还在室内时，太阳就已经落山了，漆黑的夜晚没多久就来临了。

他们关掉宇航服的指示灯，离开基地，并以最快的速度跳跃着向越野车方向前进。到达以后，他们躲在了其中一个车轮后面。

他们并没有把头盔靠在一块儿，德克兰直接说道：“你来开车。你比较擅长。我在后面把风。”

“好的，走吧。”

弗兰克双手交替地爬上去，启动了电源。控制面板亮起，他立马点击屏幕，打开了车灯。一道明亮的白光照亮了整片地面。它投下的阴影又长又黑，光束中飘浮着闪光的灰尘。他握住控制杆，开始用力，这时他才发现后方的德克兰还没有爬上车。

现在掉头是不可能的，所以他只得站起来，握住翻车防护栏的顶部，扭过身查看。

他感觉手臂被拽了一下。他看向自己的手臂，就在肱二头肌上方的宇航服外层破了一个洞，正在往外冒着烟。一阵刺骨的寒意袭来，他赶紧用另一只手捂住裂口。

他被子弹击中了。

他立马从座椅上跳下，完全没有预想到自己会落向何处。他双脚落地，但没有稳住，向前跌了去。他以肩膀为支点翻了个身，在这片结实的尘地上停了下来。身上的“盔甲”碾过了几块石头，他还是设法护住了自己的面板。

头盔内部警报声迭起。他正处于失压状态，也有可能正在出血，但他现在没法查看。他坐了起来，把手用力地按在他认为的裂口所在位置。

他必须阻止宇航服的泄漏。他有一把手术刀，还有补丁贴片。在没有放开手的同时，他设法将袋里的东西全部倒在了沙地上。他捡起手术刀，活动手腕，把原本的裂缝割得更大，然后挑出了最小的那块贴片。

冰冷而审慎的镇定，之后会有时间让他慌张的。他剥下贴片膜，一拍到位。他能感觉到宇航服在身体周围重新膨胀了起来。

忽然间，弗兰克想起了布拉克刚来基地时带到医疗舱诊室的那个上锁的航空箱。他居然把枪带到了火星上。

不过至少现在警报已经停下，他能够再一次正常呼吸了。

真该死，什么人会把枪带到火星上？

某个需要监督一群服刑囚犯的人。这群囚犯不仅需要做一系列复杂而危险的工作，当情况不妙时彼此之间还会爆发争执。

德克兰在哪儿？天色已然几乎全黑，宇航服的指示灯虽然能帮弗兰克找到他，但同时也会让他们变成两个更为暴露的目标。越野车的前灯照亮了整个“高地”，刚好照到了通信室的边角处，院子也被照亮了，其他地方几乎都隐没在阴影之中。

德克兰就在那个巨大的金属板车轮的阴影之中。弗兰克急忙过去，德克兰面朝下趴在沙地上，一动也不动。弗兰克靠近，把头盔靠在上面，说：“德克兰，你还醒着吗？”

他所能听到的只有和刚才一样的刺耳警报声。

他把德克兰拖了过来，尽管宇航服十分笨重，它还是输给了事情之紧迫以及不懈地努力。

德克兰的面板已经不见了，只剩下边缘周围的一圈碎片，以及里面仍在冒烟的残余物。所有的应急灯都在闪烁着，水分以喷射的形式不断沸腾，而后结冰，又再次沸腾。

“真该死！”

布拉克完全有可能现在就在向他开枪，而他很有可能根本无从知晓。

他按下车轮的制动器，躲在越野车的车架下查看周围。布拉克一定就在基地附近的某处。

泽罗还在里面。一个人影出现在了通信室以及医疗舱之间的空隙中，手臂向前伸着，手套里横握着一件可怕的黑色物品。一步。两步。也许他以为自己已经把他们俩都干掉了，但他显然还不能确定。因为他看不到他们中的任何一个。

弗兰克的手术刀和剩下的贴片还在沙地上的某处。他身边还剩一把电动扳手，它很沉，但这里的重量和地球上并不一样。不过它仍是他唯一的武器，他紧紧地握住了它。

接着，人影重新退回至主气闸舱，迅速地消失在了他的视野中。

弗兰克喘了几口气。他必须快速想出一个计划。他觉得布拉克已经完全疯了。在火星上，没有人会来帮他们，他们只能靠自己。他查看了氧气余量，还剩六个半小时，比预期的要少，不过使用量确实因为恐惧、奔逃和攻击的行为而增加了。

他甚至都不清楚泽罗是否还活着。也许最后只剩他一人对抗布拉克。布拉克承诺的回程实在是太诱人了，即便他向所有人都发出了这一邀请。看来这是永远都不可能实现的。

弗兰克蜷缩着躲在这辆他参与拼装的越野车下，在这个磨损严重的车轮后。德克兰的尸体正在这片红土之中。突然之间，弗兰克终于意识到这是一场完完全全的骗局。

问题已不再是他们中谁可以回家。事实上，他们并没有一个人可以活下来。

那么就等着瞧吧。

二十八

音源：145816 号录音文件

2047 年 10 月 16 日 09:30（主机时间）

新墨西哥州，白沙导弹靶场，芝诺任务控制中心保罗：你总是能给人带来惊喜，布鲁诺。我很激动也很惊讶，没有你，芝诺绝不可能拥有今天的成绩。对此我表示非常感激。

蒂勒：能够听到您的赞许，这对我来说意义重大。

保罗：我们那名光荣又高贵的宇航员已经在路上了。他准备好要去照顾、培育我们的投资，确保我们成功地完成合同。让我们一起敬兰斯·布拉克几个月后在火星上的孤独时光。

蒂勒：他经历了多年的严格训练以及心理评估。不夸张地说，他就是这份工作的最佳人选。他一定能够好好完成的，您不用担心。

保罗：布鲁诺，你接下来想做什么？毕竟他还要等上好几个月才会到达火星。

蒂勒：保罗，我不会停下的。人员、工厂、生产，所有的东西都已就位。我们只需要继续发射。

保罗：我知道我们的预算不足，但是……

蒂勒：我们有足够的资金。火星就近在眼前，我们只需鼓足勇气，伸出手抓住这个机会。

保罗：我们必须和董事会说明此事。

蒂勒：我已经与董事会通过气了。他们都同意了。您呢？

除了自己的心跳声以及微弱的呼吸声之外，弗兰克什么也听不见。手套、宇航服、靴子以及头盔将他与周围的环境隔离开来，导致他找不到任何相关潜在线索。现在，他能依靠的感官只剩下了一个：视力。不过他现在的视力范围也很受限。

他一边看着基地，一边打开了平板电脑。他宇航服上的信号发射器已经被关闭，没有信号，无法同步，并且由于距离过远不能定位他所在位置，这可能就是布拉克选择撤回室内的原因。

但只要他靠近基地，系统就会自动获取信号，就算地图上没有显示，他的生命体征也会被导入医疗监控屏。这样一来，布拉克就会知道他还活着，并且正在靠近。

当然，布拉克完全可以一直等到弗兰克的储备耗尽。毕竟他拥有整个基地。现在，他几乎可以想怎么样就怎么样。他敢肯定弗兰克会去找他的。

按顺序捋一下，首先是玛西。这有可能只是个意外。他们那天已接近极限，都清楚氧气马上就会耗尽。只不过是玛西生命保障系统里的过滤器先失灵，但是它能够吸收废气的时间理应要比供氧的时间更久。有些可疑。

然后是爱丽丝。她是船员里最聪明的人。专业且知识渊博，从不贸然相信别人。当全部人员解冻后，她的工作也就结束了。实际上，正是因为她懂得多才会成为某人的障碍。只需清点一下药品数量，她马上就能发现布拉克对止痛药上瘾的情况。

这直接导致了他们建设基地时的人手不足，但直到基地完成前，再也没有出现过人员死亡。两名船员的死亡极大地缓解了食物紧缺的问题。他们本来是处于饿死的边缘，毕竟有八张嘴要吃饭，因此被压缩至六张嘴也绝不是什么巧合。玛西和爱丽丝如同两头牲口一般被宰杀了。至于前两个死掉的都是女人，当然了，这也不是什么巧合。

紧随其后的是宙斯。宙斯身体强壮并且懂得如何战斗。他同时也是一个将保护他人视作己任的人。当时他的工作也已完成，除此之外，还装好了中央供暖系统。他那汽轮机的梦想也随之而去了，他们并不需要他的发电机，也不需要他。也许芝诺会在以后的物资中送来更多的太阳能面板。

然后是狄狄。他只是一个单纯的受害者。当时，他已经安装好了整个控制系统，也许他还看到了技术手册中一些不该看的内容。芝诺知道他在看些什么，认为他是一个威胁，便让布拉克杀了他。

至于怎么杀的？这太容易了，因为没有人会想到接二连三除掉船员的人，正是那个本该监督他们工作并确保基地良好运转的人，等美国国家航空航天局的宇航员们到来以后，他还要负责热情地欢迎他们。

接下来，本该轮到弗兰克、德克兰和泽罗。布拉克和芝诺本想要以某种顺序除掉他们，直到确保除掉每一个囚犯。他们通过相互交流弄清楚了情况，从而破坏了原本计划的执行顺序。一场诚实的谈话就可以做到这一点。这也最终导致弗兰克现在要躲藏在这冰冷的火星之夜中，不敢靠近那唯一一处他可以生活的地方。

然而事实并非如此，还有飞船。

不过布拉克有枪，飞船的墙壁也并没有比基地舱体坚固多少，起不了多少保护作用。那里有什么他用得上的东西吗？会不会有别的枪，或者至少比手头这个好一些的武器？大概是没有的，而且比起徒步靠近基地，开车去飞船更容易暴露他的位置。

这样做不过是给自己换一个死去的地点罢了。

弗兰克没有任何优势，只有一堆问题，但他还是得必须去做。在这夜晚之中，至少在一个他熟悉的地方。

如果布拉克还在监视越野车的话，那么他很有可能会看到弗兰克出来。不过还有一种解决方法。弗兰克毫不犹豫地离开了车轮的掩护，迅速地移动着。子弹随时都有可能飞来，直到被击中之前，他都无从知晓。他抓住一个前车灯，转动它，让它笔直地射向舱体之间的空隙。

他看不到有任何人潜伏在那里。就算有，现在明亮的光线也正直射着他们的眼睛，因此他们也不会看到他。

如果布拉克并不是精神变态，只是一个冷血杀手的话，这反而也许会对弗兰克更加有利。布拉克一定不愿让太多物品被损毁，不会在室内动真格的，而且他也很难向别人解释舱体塑料膜上的子弹孔是怎么来的。

他必须赶快进入室内与布拉克做一个了断。

然而此时，他却不敢放开那只握着越野车底盘的手。他并不是那种有毁灭倾向的人。他的内心深处感觉到了恐惧。他就是个懦夫。上一次为了阻止事情的发生，他选择了最简单、最轻松的方法，选择开上一枪，这样一来，他不愿做出的那些复杂决定就会在一瞬间变成一条无法回头的路。

在监狱里待着是如此地纯粹，只需当好一名囚犯，并不用做别的。他之前到底在想什么，居然以为来到这里就可以摆脱过去，还梦想着自己也许可以拥有美好的未来？他不该有所期望的，蠢货！他做出的所有选择都将以凄惨而痛苦的失败告终。他今晚就会死去，唯一可能有区别的地方就是他的鲜血会浇灌在火星之上。

不过他还是得试一试。如果不是现在，那就一分钟之后，一个小时之后。到了某一个时刻，他总会说服自己的，因为不行动只会更糟。他会跑到最近的医疗舱旁，而他心里想的则是下一步跳跃会不会是自己跨出的最后一步呢？

他的宇航服手臂上那个被子弹划破的地方正在生疼。如果只是擦伤倒还好，要是流血的话，情况只会变得更糟糕。

那为什么不现在就去？

他强行松开自己的手，突然之间，他便冲了出去，从越野车后方绕过，尽可能迅速地冲向目的地，团团尘土在脚跟后面飞扬着。

他抓住角落里的一根金属支撑腿，一个摆身急停，背朝着舱体。他跑过来了，他还活着。基地的无线网络应该已经接收到了他的心率信号，他必须赶紧继续前进。他沿着舱体的横向支撑杆向前跑去，绕到位于后方的气闸舱处。他开启了循环程序，走进气闸舱，接着再次循环空气。

宇航服变得松弛下来。

又一个需要抉择的问题：是脱掉还是继续穿着？根据宇航服的控制器显示，外部压力已经稳定在 3.9，比正常情况低 20%。如果脱掉的话，他就可以自由地移动、奔跑和战斗了，但他会全程如同一条搁浅的鱼一样大口喘着粗气。不过宇航服在某种程度上来说也是一件盔甲，暂时穿着为妙。

他握住闸门的把手，迅速按下，闸门如同出拳一般猛地打开，没有抵抗的迹象。布拉克并不在门后，但这并不意味着他没有躲在其他地方。

问诊室就在弗兰克的左侧，那扇通常锁着的门现在半开着。他用脚轻推，门缓慢地打开了。映入眼帘的是一片脏污的海洋，然后是一张床铺和一个敞开的金属航空箱。里面的海绵垫被切割出一把枪的形状，旁边还有用于放置子弹的空槽。

这个金属包边的箱子可以当作钝器来使用。他滑步入内，弯下身关好盖子，然后按下锁扣。

就在这时，他听到金属撑条中传来嘎吱一声。这个声音并非由于夜间温度下降所产生的，他清楚那种声音是规律的嘀嗒声。而刚才的声音是有起伏的，是某个试图隐身之人所发出的一声静默呻吟。

弗兰克待在原地，一动不动。他刚好可以从自己蹲伏的地方看到门外。医疗舱外侧的灯光略微变暗了，地面再次发出一声嘎吱声。他正上上下下地查看着是否有任何物品被挪动的迹象。

弗兰克慢慢将手伸向航空箱的把手，伺机而动。他甚至不敢眨眼，生怕眼皮刮擦眼球也会发出声音。

又一声嘎吱，他看到芝诺工作服露出的边缘。没有穿宇航服。他紧紧握住箱子把手，同时绷紧了手臂。

那人转过身发现他以后，睁大了眼睛。

等意识到那并不是布拉克时，弗兰克已经把敞开的航空箱朝那人头上扔了过去。

箱子直接击中并包住了泽罗的脸，突如其来的撞击以及产生的动能使他向后倒去，他跌过一片并不牢固的帘子，撞在了一张医疗检查台上。箱子被撞得旋转了起来，伴随着一阵哗啦哗啦的巨大声响，它滑向了医疗舱的另一头。

弗兰克挣扎着站了起来，说:“该死！我还以为你是他。”

泽罗从脸上一把拿开箱子。他的眉毛和鼻梁上各有一个伤口，流着血。他走上前来，手里仍然拿着刀。

泽罗朝着弗兰克的胸口一个猛扑。刀片弯曲的外侧从宇航服躯体部分的硬壳上擦过，幸好弗兰克及时转动身体，刀刃才没有滑入他的手臂。他用力地把泽罗推开，体重更轻的泽罗几乎飞了出去。

那把刀仿佛是被焊接在泽罗手上一般。他再次弹起身，用手擦拭掉脸上的鲜血。

“是我，弗兰克！”弗兰克说。

“我知道你是谁！是你杀了大家。布拉克跟我说明了事情经过。”

“不是的。他在骗你。他刚才还朝德克兰和我开枪了，”弗兰克指着手臂上的破洞，“他并不是你想象中的那样。”

“他答应过我的，我会和他一起回家。”

“他和每个人都是这样说的，泽罗，记得吗？他现在在哪里？”

“他去飞船上找你了，很快就会回来的。”

“我们必须阻止他。其他船员都是他除掉的，接下来就轮到我们了。这是来自芝诺的命令，他必须解决掉我们。”

“不可能是这样，你才是那个需要被解决掉的人，”泽罗的双手颤抖着，向前逼近，“只有这样我才会安全。”

“你还没有弄明白。他们并不想让美国国家航空航天局派来的人看到我们这些人的存在。”弗兰克尽力向后退去，但最多也只能退到身后的气闸舱前。

泽罗已经离他很近了，足以再次发动攻击，但他仍旧犹豫了很久，只是转换着双腿间的重心，或是各种声东击西，始终没有出击。终于，他出手戳了一下泽罗的眼睛，并相信宇航服能够承受随之而来的反击。

泽罗抵御住了弗兰克的第一下攻击，却没有防住第二下。弗兰克膝盖用力，一下弹起，击中了泽罗的腹部，他一下子就失去了战斗力，发出一声闷哼声。

弗兰克继续进攻。他堵住泽罗，利用自己的体重以及坚硬的宇航服外层，把泽罗向后推倒。他一把抓住泽罗的手腕并猛地把他的手臂扭了过来。

泽罗的肱二头肌处发出一声脆响，一阵疼痛导致他暂时失去了视力。他趁此抬脚一踢，弗兰克直接向后摔在了自己的生命保障系统上，泽罗则压在他身上。他们的躯体仍旧锁在一起，谁都不愿放开对方。

低氧环境正在拖泽罗的后腿。他的脸上满是汗水以及鲜血，它们直接滴落在弗兰克的面板上，与此同时，他们两个都疼得龇牙咧嘴。泽罗想把刀尖转向弗兰克，弗兰克则用力地抵抗着。

“你搞错了，我不是你的敌人。”弗兰克说。

“布拉克不是这样说的。”

“他骗了你。他和我们说的一切都是假的。”

弗兰克的手被夹在中间，疼痛是如此强烈，他差点儿都要哭出来了。他双手用力，向上推着泽罗的脸，同时用戴着手套的手指刺向泽罗的双眼。泽罗把头扭开，但这也意味着他的注意力暂时离开了握着刀的手。弗兰克抓住那只手，猛地往地上砸，刀尖朝下，一下，两下，第三下终于成功了。

泽罗那只裸露在外的手从刀片上划过，被割出一道深深的伤口。

泽罗呛到了，大口喘气着。他又一次试图抢夺刀柄失败，因为他的手现在无法握紧，所有的东西都因为沾满了鲜血而变得滑溜溜的。

泽罗扭动手腕，但是弗兰克并不准备放手。泽罗的伤口被扯开了。

弗兰克没法起身，也没法翻身。由于背后那包巨大的生命保障系统，他现在唯一能做的就只有抵着它左右摇摆，但这完全起不了任何作用。他也没法抬起双腿，把膝盖顶在他和泽罗之间。他只剩下一个选择，就是抬起那只受了伤的手臂，并将其伸向泽罗的脸部。

他们陷入了僵局。双方对彼此都做不了什么。

“你必须得相信我，泽罗。我不想伤害你。布拉克和芝诺才是真正的敌人。”

“不，布拉克不会那样做的。他说过会带我回家。”泽罗再次试图摆脱弗兰克的控制，同时他也因疼痛而尖叫着。不仅仅是疼痛，还有狂暴。

“你必须搞清楚这一点，你现在正在帮他。我们还是可以合作击败他的。我并不想死在这里，只有你说你相信我以及不会再来伤害我，我才能放你走。”

泽罗用额头撞向弗兰克的面板，猛烈的一击。

这一击令弗兰克感到震惊。鲜血与泡沫状的污迹几乎模糊了弗兰克视野的大半。

“不要这样，泽罗！不要这样！”

他又同样猛烈地撞了一次。这一撞把弗兰克惊呆了。留下了更多的血迹。弗兰克的视野已然被一层鲜红的液膜所覆盖，几乎快要看不见了。

他什么也看不见了。

他放开泽罗的手腕，然后用尽全力一推。原本压在他身上、腿上的重量消失了，他抬起没有受伤的那只手，在凝固的血污上划出了五道线。

他几乎快认不出泽罗了。泽罗的脸已经模糊成了一团，上面满是肿块和瘀青。一连串红色的温热液体正从他手上不断地渗出，一直流向他的指尖，而后不断地滴落。

弗兰克撑着自己坐起，笨拙地将姿势调整为单膝跪地，以支撑自己的身体。

刀还在地上，就在弗兰克旁边。他看到泽罗正眯着眼睛寻找它。弗兰克伸出手，把刀推到身后，泽罗咆哮着朝他扑了过来。

他用力击打弗兰克的头盔。拍打逐渐变弱，最终，他没了动静。

弗兰克把他从身上推下，泽罗滑到了一边，他自己的刀子就插在肋骨之间。

“真的对不起，我尽力了，但你就是不听我的。对不起。”他抚摸着泽罗的脑袋说。

他还不能休息，还有布拉克要解决。布拉克知道他还活着，一定会来找他，不会善罢甘休的。

医疗舱的内部看起来就像是一间屠宰场，天花板、墙壁、家具、地面上都是血。

弗兰克清楚自己接下来该做什么。他怨恨自己不能缩起来睡上个一百年，再度醒来时发现一切都解决了该多好；他怨恨自己居然被逼至如此绝境。接下来，他还有更多需要面对的事情。

他打开宇航服的控制盒，然后打开了后背开口。他把头伸了出来，呼吸了最后几口新鲜空气。他的舌尖捕捉到了金属味。

他顺利地抽出了左臂。右臂卡住了，他别无选择，只得又慢又稳地继续向外拉动，直到完全抽出。那感觉就像是在终于可以松一口气之前的那种恐惧，对即将迎来的疼痛的那种担忧。

他变得虚弱无力且呼吸困难。他工作服的袖子上穿了一个洞，还沾了血，但并没有他想象中流得那么多。也许宇航服起了一定的止血作用，毕竟它一直紧贴着他的皮肤。

他摸了摸伤口，手臂上的血像果冻一样堵住了伤口，他可以摸到埋在肌肉里的子弹。他试着通过挤压周围把它挤出，但周围的肉太软了，子弹完全没有要出来的意思。

他抽出双腿，站在了黏糊糊的血泊中。

他清楚装有无菌包装医疗器械的箱子是哪一个，于是他走了过去。他撕开一包，思考着正确的操作顺序。虽然清楚并不剩多少时间了，但他依旧不想让子弹继续留在体内。

为了更方便操作，他剪开了伤口处的衣物。手臂上的弹孔呈锯齿状，看起来就像一个撞击坑。周围的皮肤肿起，摸起来很烫，上面的血块也已经发黑。

他用非惯用的左手拿起镊子，把胳膊放在架子上，另一边的手肘牢牢撑住，然后将张开的镊子伸入伤口深处。他必须全神贯注，疼痛让他皱紧了眉头。

血块被弗兰克夹了出来，它就像某种海洋生物的息肉一样从里面滑了出来。他浑身发冷。他转过头，艰难地吞了口口水，深吸了几口令人不适的空气，紧接着开始第二轮。

他可以看到深处的子弹，金属物体的外侧包裹着鲜血。他喘息着，接着把镊子伸进手臂。镊子的尖端碰到了子弹。他慢慢地张开镊子的双钳，滑到子弹边缘，然后夹紧。

他先是试探性地拔了一下。嘴唇被他咬出了血。他又一次大口喘气，然后咬紧牙关，向外一拔。

伤口并没有想象中那么疼。他反而感觉胃里怪怪的。他把子弹扔在地上，然后又把镊子放回了架子上。

他莫名其妙地感觉很好。兴奋、氧气的不足以及疼痛反而令他感到异常精神。一阵恶心突然袭来。他作呕，吞了下口水，最终平静了下来。他还有别的事情要做。

他拉开工作服前面的拉链，露出胸骨处显眼的疤痕，那是一个光滑的红色圆圈，不超过小指甲盖的大小。皮肤之下的监控器又长又硬。在把它割开之前，他拿起手术刀心想是不是应该擦拭一下呢。

他根本没有时间了。他甩开刀盖，将刀片拉出对齐，然后将刀子推入，向下划去。监控器埋得远不如刚才的子弹深。它差不多就是自己弹出来的。他用手术刀的水平面轻轻挑出剩余部分，然后将它放入手中，紧紧地握住。把手术刀的盖子盖好后，他把它放进口袋，然后把染了血的镊子和那包打开过的医疗器械藏回箱子里。

他一只脚跨过泽罗的尸体，然后把监控器塞进泽罗张开的嘴巴里。

“对不起。”他又一次说道。

他手臂以及胸口处的伤口正在出血，但不严重。两处伤口都不足以致死。他收起自己的宇航服，顺着梯子扔到了底层的地上。接着，他躺到了泽罗旁边，翻身，再翻身，直到他全身都沾上了鲜血。他面部朝下躺在医疗舱进门的不远处，头朝着外侧通道的反方向，泽罗则躺在他和舱门的中间。他张开双臂和双腿，想要假装自然的死后状态。

这就是他能想到的最优计划了。现在他所能做的就只有等待。

二十九

布鲁诺·蒂勒的私人日记

条目名称：2048 年 1 月 7 日

抄录自纯纸质副本

这就是成为上帝，完全掌控一切的感觉。我叫别人怎么做，他们就怎么做。太疯狂了。他们甚至都不再是人类了，只是一堆棋盘上的棋子。他们的愿望和想法都已然无关紧要。我让他们动，他们才能动。他们别无选择，没有退路。

尤为特别之处在于我的对手甚至都不知道自己在下这盘棋。他们看不见自己的棋子，看不见我的棋子，更看不到整个棋盘的排兵布阵。他们只会奇怪怎么就输给了我。即便我需要因战略利益而牺牲某些人，这些人也没有任何发言权。只需要在棋盘上挪动棋子，他们便随时都可以去死。

在为芝诺付出了这么多以后，难道我不应该得到它吗？我唯一的遗憾就是无法把这件事与保罗分享。对我来说，他就像父亲一般。不，不对。他就是我的父亲，我真正的父亲，那个我想要取悦、追赶以及捍卫的父亲，而非那个仅仅满足于现有生活的失败者。如果当年我听了他的话，我现在还在给人割草、给别人打工。然而现在，其他人在给我打工，他们的生存和死亡都取决于我的决定。

总有一天，这家公司将会属于我。爸爸，你能想象得到吗？我觉得你不能。

时间过去了很久。弗兰克反复睡着、醒来，每次醒来，他都奇怪自己居然会睡着。他仍旧躺在地上。渗进他工作服的那些血都已经干了。他感觉十分寒冷，身体僵硬且难受，但布拉克还是没有出现。

他很多次都觉得需要重新考虑一下自己的战术，也许可以改成站起来直接攻击，但装死可以让他占领先机。只因为不耐烦就放弃这个方案是很愚蠢的。因此，他尽可能地保持不动，仔细聆听着地板上是否有嘎吱声传来。

最终声音出现了。那绝不是来自一个年轻人的犹豫脚步。此人的脚步是自信的，随意的。弗兰克深吸几口气，然后慢慢地吐出。从现在开始，尽量放轻呼吸。

“你们倒是看看自己干的好事。”

脚步声停止了。

“小子们，你们玩得开心吗？”

一片寂静。

“你们完全可以死得更干净一点儿。可真是给我留了一堆活。真应该把你们重新弄活，让你们自己来整理。”

寂静。

“但这是不可能的，你们已经彻底死透了。看来这场刀战里只有我一个人带了枪，我猜是我赢了，对吧？”

寂静被打破，泽罗身上的某处遭受了重重的一脚。

“我刚问了你一个问题，小子。我说得对吗？”

他继续踢踹着。然而泽罗无法回答。

“让一群罪犯来做真男人的工作，可真是个蠢主意。你说是不是，弗兰克？”

如果布拉克过来踢他的话，他绝不可能保持住目前的伪装。也许是因为不想再把更多的血迹踩开去，布拉克并没有这么做。

“当然，现在都结束了。你们这些黑猩猩没有一个是可以离开这里的。这个地方可是给体面的人类准备的，我也可以离开这座该死的星球了。至于你们？我给你们准备了一些特别计划。等着瞧吧。”

泽罗又被踢了一脚。

“我得赶紧去告诉控制中心任务已经完成。没有比这更美好的声音了。”

布拉克咯咯笑着，弗兰克差点儿就要从地上爬起来，当场把他勒死。此时传来了离去的脚步声，然后又回来了。

“你们想知道我们是怎么掌握所有情况的吗？我们可以看到、听到你们所做的、所说的一切。只要我愿意，我随时都可以背着你们查看。你们从来都没发现，甚至连‘变态’都不知道这件事。你们本来就没有机会赢。”

脚步声再度离去，这次他没有回来。

在布拉克回来处理尸体之前，弗兰克都会被认为已经死亡。

看来他们曾经做出的推论以及得到的消息都不正确，他们几乎一直都处于监控之中。不过也有可能只是布拉克在夸大其词。至于信息发回地球时的十余分钟延迟才是关键，并且狄狄也确定数据的传输并不是持续的。他必须将所有文件打包，再以数据块的形式发送。

据德克兰所说，这里并没有安装麦克风。狄狄还说过这里的摄像头只能捕捉到红外线影像以及他们胸口的医疗监控器。如果这些设备连他们的呼吸也能够捕捉到的话，那么当然也能够接收到通过他们体内共鸣传来的声音。还有宇航服上的摄像头，真该死。

唯一一个可以实时监控所有情况的人就只有布拉克。他的工作就是观察他们，确保他们对实际情况一无所知，并等他们变成消耗品以后再杀死他们。这就是他日日夜夜在做的事，监视他的队员、吃药和加热食物。

不过他现在并不会监视他们，因为他以为他们都已经死了。

弗兰克现在有了短暂的一线生机，可以不受监视地采取一些真正的行动。

他甩了甩四肢，好让它们重新恢复些许活力。他的手臂上一阵闷痛，感觉虚弱无力。他并没有很好的解决方法，不过他正身处医疗舱。他小心翼翼地打开一个箱子，翻找着里面的药片，最终找到了氨酚双氢可待因片。他挤出两片倒入手中，干吞下去。他现在可是被枪击了，不是脚指头被踩了一脚。

接着，他蹑手蹑脚地走向通道尽头，顺着梯子滑下，找回了自己的宇航服。

只要布拉克一回来，马上就会知道发生了什么事。他会发现弗兰克骗了他吗？还是说，作为一个服用了过多药物的瘾君子，他会以为弗兰克已然死而复生，正准备对折磨过他的人进行某种超自然的复仇？

他承认这不太可能。布拉克是具有理性思考能力的，只不过行动并不理智罢了。弗兰克在底层爬入了自己的宇航服，打开开关，然后迅速地爬到上层，进入了气闸舱。

单单按下启动循环的按钮，是否也会向通信室发送警报呢？有可能。他打开罩板，按下了手动闸柄。舱内的空气流向了冰冷的火星夜晚之中，三十秒以后，他也来到了室外，站在了那个因结冰而打滑的平台上。

越野车的车灯已被布拉克关闭，暗色的天空要比同样昏暗的地面稍亮一些。各种星星与行星在天空中轮转着，月亮在头顶安静地划过。地平线之上，基地的舱体看起来就是一个个毫无区别的方块，他仅凭记忆与触觉的指引缓慢地前进。

指引是不会出错的。他亲自建造了这座基地，规划并负责指挥了整个建设工作。他对它了如指掌，一路上都没有被绊过一下。

碟形卫星几乎对准着正上方。在星辉的照映下，他可以看见它的轮廓，它正在追踪着上方中继站轨道。他爬上信号塔，摸索着那个连接基地与飞船的小型微波信号发射器。他把它推向无法收信的方向，然后爬回地面，打开了位于碟形卫星一侧的小块控制面板。一排绿灯正在稳定地闪烁着。

他冒险打开了宇航服上的照明灯，因为他必须搞清楚眼前要破坏的是什么东西。它们只是几个普通的跳闸开关，断电后想要恢复也并不困难。他需要让布拉克变得和自己一样孤立无援。从现在开始，芝诺将会被蒙在鼓里，直到他想出今后的计划为止。或者一直到他死了为止。

无论哪种情况，芝诺都将与他们的手下和投资数十亿美元的火星基地失去联系。就让他们担心去吧。

他将开关一个接一个地从绿色切到红色，然后合上面板，关闭了照明灯。

他沿着院子的一侧向前，经过厨房和船员居住区，绕过基地后方，来到了整个基地中唯一一处由两个气闸舱保护着的地方：温室。他给气闸舱进行了手动排气，然后进入，再将气压重新调整至与室内一致。

明亮的灯光，水流的声音，丛丛茂密的绿叶，与那酸臭的汗水与干涸的鲜血相比，这变化简直令人欣喜。泽罗再也无法看到这样的场景了。从现在开始，这里将会由最终活下来的那个人维持运行。

他从宇航服里爬出，那些营养丰富的液体正从几个种植槽的尽头处滴落，他泼了一些在脸上，还抹了抹后颈。这些都是常温水，但碰到皮肤时，他仍然感觉冰冷无比。他仿佛置身于超现实之中，灯光变亮了，噪声变大了，气味也更刺鼻了。就如同当年他在二号楼陷入昏迷时的那样。很有可能他今后都感觉不到任何东西了。

他很清楚自己在一对一的肉搏战中是无法击败布拉克的。特别是现在，他受了伤，还精疲力竭。而布拉克呢？他休息得很充分，而且就算没有枪，他也完全能够打赢弗兰克。他一定曾接受过军事训练，很可能以前在特种部队待过，而且任何人都很清楚他一定不会公平竞赛的。

弗兰克可能只有这一次机会，他必须毫不犹豫地抓住它，不能有任何怜悯。他已经杀了两个人。在那之后，事情就变得更容易了。

他需要武器。现在他只有一把满是自己鲜血的手术刀，实际上并没有什么更适合的东西了。这里的园艺工具都很小型，只有一些适合高科技水培装置的快剪、植物剪和挖苗器，并没有那些可以派上用场的铁锹或是长柄耙子。

只能用手术刀了。

他透过气闸舱上的小窗望向连接舱区域。有动静，他赶紧躲了起来。如果他被发现就全完了，不过这不太可能，于是他冒险地又瞥了一眼。

一个浅色人影在他的视野中晃荡着，那一定是布拉克，他正穿着宇航服背朝此处。他正准备出去查看信号发射器到底出了什么问题。

这意味着他看不见也听不见身后发生的一切。弗兰克完全清楚那种感觉。

弗兰克把气闸舱的空气排入温室，然后打开了闸门。他一直盯着小窗，以监视外部的实时情况。布拉克也在等待着气闸舱完成循环，自动抽气比手动释放用时更久。来得及，他可以先发制人。

弗兰克关上身后的门，将外面舱体的气体排入气闸舱。仅仅几秒钟之后，外闸门就已经可以打开了，因为两侧的气压本来就已经相差无几。就在布拉克准备跨入面前的气闸舱之时，他面前的闸门也打开了。

布拉克就在五米之外，这段距离足够弗兰克加速了。他猛地朝着布拉克的后背一击，布拉克随即朝着敞开的闸门倒下，一直倒向了气闸舱的另一侧，狠狠地撞了上去，狭小的空间中传来一声巨响。在布拉克得以转身、做出任何反应之前，弗兰克冲了进去，一把抓住他的脚踝，向后拖去。

布拉克摔倒了，面部朝下，四肢摊开。弗兰克拿出手术刀准备下手。他之前看过好几次具体的操作方式，他下意识地记住了。

他用拇指抵住短刀柄的顶部后，用力地、反复地把刀刺入布拉克的大腿后侧，刺穿外层布料、气密膜、下方的皮肤以及肌肉。这是一种残酷而野蛮的进攻方式。

他听见了布拉克的咆哮。他看到布拉克试着去够、去拍上方的气闸舱循环按钮，想要打开外闸门，那是他唯一可以逃生的方向，不过内闸门仍处于开启的状态，因此它并不起作用。

弗兰克用牙紧紧咬住血淋淋的刀柄，然后再次抓住布拉克的脚踝，把他半个身子拖进连接舱。布拉克的双腿以及躯体的下半部分都被拖出了气闸舱外，肩膀和头还在里面。他仍不知道攻击自己的是谁。

弗兰克再次以同样的速度快速地捅向布拉克的小腿，这次他更用力，捅得也更深了。布拉克的反应就只有拍打地板，双臂乱挥，并发出阵阵尖细的哀号。他的双腿一直在抽搐和痉挛，似乎已经完全无法控制它们了。

这种程度够了吗？他在这稀薄的大气中喘着粗气，他的双手沾满了鲜血。囚犯之间斗殴的铁律就是要打倒对手，并确保其再也无法起身。如果他起来了，那你就输了。

在他身后就是放置生命保障系统的架子，旁边就连着备用氧气瓶。弗兰克一把抓起其中一罐，拿它一遍又一遍地猛击布拉克的背部与肩膀处。后部开口的外壳被砸开了一角，然后裂开了。他用氧气瓶继续朝着裂缝猛击，仿佛在打篱笆桩一般。

弗兰克正在破坏他的生命保障系统和控制系统，击碎他的过滤器及阀门。随着弗兰克的持续轰炸，布拉克的宇航服内传来了警报声。布拉克还在不断地尝试起身，随着一次又一次的冲击，他又被重新打回地上。至少他不再尖叫了，取而代之的是随着每次击打而传来的含混声。

布拉克无力地瘫在地上。现在这种程度够了。

弗兰克把布拉克一路拉至连接舱的深处，然后把他翻过来，背部朝下。他可能已经死了。弗兰克心里清楚不该妄下判断。

他连续肘击敲碎了面板，然后把边缘处剩余的塑料也敲掉。随着新鲜空气的进入，布拉克的脸皱成了一团。

他还没死。

弗兰克再次抓住他的脚踝，一路拖着他穿过厨房、院子，最后进入了通信室。枪就在那里，就放在控制台旁。

弗兰克坐进椅子，捡起来了枪。这把枪被改造过，它没有扳机护环，可以在穿着宇航服的时候直接射击。可笑的是，这也会让它特别容易走火。

他把枪对准下方膝盖之间的地面，手指尽量远离那个触发射击的装置。手中握着这把导致他来到火星的东西，即便已经过去了很久，这感觉还是诡异极了。枪让杀人变得如此简单，它不像刀。

弗兰克很累，也不看看他杀死泽罗和打倒布拉克用了多少力气。周围这片稀薄的冷空气正影响着他。最好现在就结束这一切，然后好好休息一下。

他伸出一条腿，踢了踢布拉克靴子底部。

“嘿，布拉克，醒醒。事情结束了。”

事情结束了吗？并没有，永远都不会结束。目前这部分已经告一段落了。

布拉克眨了眨眼，而后盯着天花板。其实他的上半身并没有遭受什么损伤。尽管他经历了窒息，身上带有严重的瘀伤，但没有什么骨头断裂或被完全损坏的部位。也许神经系统中的鸦片药物含量正是他仍然存活的原因，同时也减轻了他的疼痛，就和弗兰克一样，只不过他服用的剂量要少多了。

布拉克笨拙地摸索着宇航服控制器，但就算他按下后背开口的开关也不会有任何反应的。

“没用的，布拉克。你已经卡在宇航服里了。虽然我可以去车间取一些工具，然后把它割开，但我并不想冒险，毕竟这可能会冒火花。”

布拉克任由双手跌落至身体两侧。

“是你。”

“就是我，杀人犯弗兰克。在整个事件当中，我们两个似乎都没有意识到我有多想活下来，有多想回家，以及我为了这个目标会做到什么程度。甚至连我自己都惊讶了。也许你应该在一开始就杀了我，而不是玛西。”

“他们会找到你的。”

“会吗？来这里的路程可是很长的，只为了一个老头子似乎不值得。”

“我们还有你老婆和你儿子。”

弗兰克看着手中的枪，掂了掂枪的重量。这里是火星，所以它比正常状态下要轻。这么轻巧的东西居然有这么大的杀伤力吗？

当然，他是绝不会在室内开火的。那样不仅有可能触发灭火器，而且还会在舱体墙壁上弄出一个洞。不过，拿着它感觉是一个正确决定。拿着枪的一定得是这个房间里最厉害的人才行。

“这问题确实很难回答。你觉得该怎么办？只要我帮你留意身后，我就可以回家，既然你承诺过的整件事只是在放屁而已，那我又该怎么保护他们呢？你对我们所有人都做出了同样的承诺，好让我们都乖乖听话，这样我们就不会随意挑战你的权威。你给了我们一个虚假的希望，这一点特别让人难受，更别提你和芝诺原本就计划要杀光我们。”

“你还是可以救我的。”

“爱丽丝本可以救你，但你杀了她，”弗兰克挠了挠下巴，“至于我？我敢肯定我没有那个能力。你们并没有训练我这方面的技能。我们只需要替你们完成特定工作即可，并不需要意识到自己所处的环境是否危险，”他俯下身，手肘置于膝盖上，“但我意识到了一件事，十年来，我一直都不肯承认自己是一个杀手。过去的日子里，我没有一天不对自己说，‘弗兰克，你并不是一个杀手’。然而事实证明我错了。在别无选择的情况下，我的内心深处其实是认可杀人这件事的。我并不喜欢这样，但我确实变得更像你这类人了。”

“我可以跟芝诺说……”

布拉克的话被一阵喘息打断，于是弗兰克又踢了踢他的脚。

“说什么？来救我们吗？不要去杀我的前妻和孩子？你真的觉得他们除了自己之外会在乎其他人吗？看看我们现在的样子，看看他们都对我们做了什么。当你把事情搞砸的时候，你也会落得和我们这些人一样的下场。我们可是身处地狱之中。”

布拉克摇着头，似乎是想要甩掉耳中的什么东西。也许他只是想把剩余的面板碎片甩掉。

“你还是可以回家的，只要别杀了我。”他回过神来说道。

“你要搞清楚一件事。你之前说其他船员不是我的朋友，我也不是他们的朋友。我只能说我们还算合得来。你给了我们一份工作，尽管发生了很多事，我们还是完成了工作，并且做得还不错。尽管你们的规划很糟糕，物资也不足，更别提对我们造成的个人影响。我们完成了你们要求的一切，”弗兰克看着手中的枪，“然而你们从一开始就计划好了要怎么杀掉我们。也许你把我留到最后是因为你跟我说你可以带我回家的时候，你清楚我是真的相信你，尽管你在之前对我是那么地恶劣。不过你还是准备在最后杀了我。我真的不明白芝诺为什么会做出这种事，而且你也同意了整个计划。”

布拉克只是不断地喘息着，弗兰克小心翼翼地把枪放回控制台上。弗兰克从椅子上站起，绕过地上的那片血泊，在布拉克的脑袋旁跪下。

“其他人罪不至死，但我确实活该沦落至此。我知道你把我带到这里是为了杀掉我，但我也是因为自己的所作所为才会来到这里。我现在终于明白了我最大的敌人就是我自己。”

布拉克向上望着他，望向他的身后。布拉克的眼神变得涣散起来，眼球在眼眶里抽动着。

“你再也见不到你儿子了。”

“说得不错，”弗兰克说，拍了拍布拉克的肩膀，“一句话包含了你心中所有的仇恨、痛苦与怨念。我会记住你这句话的。你说得很有可能是对的，但我还是不会让你一个人死去的，因为没人活该如此，即便是你这种人。”

弗兰克握住布拉克的手，他的手随即被慢慢地握紧。有一阵子，周围只剩下了他们的呼吸声。弗兰克的呼吸声平稳，布拉克的呼吸声很浅，并且正在变得越来越缓慢。

终于，弗兰克没有等来布拉克的下一声呼吸。他最后一次拍了拍布拉克的手，然后将自己的手抽了出来。他起身坐到椅子上，独自一人在寂静中等待着。

通信

2048 年 11 月 12 日

致火星一号基地（任务控制中心）

自火星一号基地（拉厄撞击坑）

我是弗兰克林·基特里奇。首先，我希望你们搞清楚一件事。不要轻举妄动，否则我会直接摧毁整个基地以及里面的所有物品。一旦发现任何看似针对我或破坏基地控制系统的行为，我都会把这整个地方直接捣毁。事后我也绝对不会清理。我会把这堆残骸留给后面要来的那些人，那你们跟他们可有得解释了。

我知道你们做了什么，也知道那些机器人的事了。我知道你们把我们运到这里是为了代替它们，我也知道你们计划把我们全杀了。要是你们试图否认的话，我很可能会因此气得发狂，然后把基地全砸了。所以别想否认。我已经拿到了第三阶段的所有文件。

尽管发生了这么多事，我还是想和你们做一场交易。我手上有你们想要的东西——你们这座耗资十亿美元的基地，还有你们的秘密。你们手上有我想要的东西——我的自由，还有回家的飞船。我觉得这场交易实在是过于公平了，毕竟你们会从中获益更多，因为只要一个不小心，正在阅读此信息的你们之中就会有很多人成为死囚犯。你们很清楚这一点。

因此，我愿意帮助你们，执行你们的第三阶段。我会清理并维护基地，就像你们原本想让布拉克做的那样，然后等待美国国家航空航天局人员的到达。他们来了以后，我会假装自己是布拉克，并保证所有事情的顺利进行。我并不想跟你们拼个鱼死网破。

虽然我不知道你们承诺要给布拉克多少报酬，但我猜是一整个装满美元大钞的手提箱，还有一辈子的清净吧。你们可以把它给我，不过我还有另外一个条件，我可不会再回去坐牢。我要的可不是假释，也不是什么提前释放。我想要彻底摆脱它，一个全新的开始。显然，我会取代布拉克登上那艘飞船。只要你们愿意奉陪，我就可以把这个谎撒到底。等我回到地球了，你们就把我的钱和身份文件交给我。这就是我想要以及需要和你们发生的唯一一次接触。在那之后，不要再来烦我。

最后一点。如果你们在谈判中威胁，或者试图威胁，或者以任何方式提及我的家人，我都会毫不犹豫地烧毁这个基地，绝不留情。我希望你们能搞清楚这一点，因为我真的会这么做。这笔交易仅限于你我之间，不会涉及其他任何人。

你们可以慢慢考虑，反正我也不急着去别的地方，这都是拜你们所赐。但也不要花太久的时间，因为在达成双方都可以遵守的协议之前，我什么工作都不会帮你们做的，连一根手指都不会抬。

归途漫漫

N O W A Y

PART 2

归 · 途 · 漫 · 漫

三十

内部备忘录

2048年11月10日

致布鲁诺·蒂勒

自火星一号基地（任务控制中心）

抄录自纯纸质副本

我们已与“火星一号”基地失联二十四小时。基地设施看上去并未损坏，高增益天线看起来仍旧完好，但没有载波信号。着陆飞行器[1]也未被损坏，并且可发射载波。我们尝试经由飞行器联系“火星一号”基地，但此链接并无响应。一台地面运输工具的西边可见一具穿着舱外宇航服的尸体。我们的轨道摄像头未捕捉到其他动静。

目前，我们既不能确认，也不能否认“火星一号”基地中的芝诺“资产”是否仍处于活跃状态。

现在已是中午，晨霜已然消融，天空一如既往地蒙着一层朦胧的粉色。弗兰克正在室外拖着一具尸体穿过那片红色的尘土。他用一块降落伞衣裹住了泽罗的尸体，然后拽着末端那个粗糙的结把他拖向德克兰的所在之处，也就是越野车的旁边。德克兰也死了，布拉克射出的子弹直接穿过了他的宇航服面板。弗兰克能够肯定的是，德克兰在被子弹击中眼睛时就已经死了，并不是在氧气散去或是体液沸腾之后才死的。

[1] 此处指飞船。

布拉克用来自温室的一把短小园艺刀捅死了泽罗。不过布拉克也死了。弗兰克用一把手术刀捅死了他。

弗兰克回忆起了事情的始末，那些细节已经深深地印入了他的脑海。他花了整整两天的时间才想起自己之前把宇航服放在哪里，虽然基地并不大。整整两天，他都全身赤裸地在通道里徘徊着，还在洗澡时把皮肤抓出各种沟沟道道，每天醒来时，他甚至感觉比入睡之前更为疲惫。

两天过后，他终于意识到自己是留在火星上的最后一个人了。

玛西是第一个死的，她的宇航服过滤器发生了故障，弗兰克没来得及把她带回飞船。弗兰克单单是想起这件事都会感到心痛。接着是爱丽丝，就因为她是他们的医生，可以接触到鸦片类药物，她是因服用药物过量而死的。当弗兰克不小心打开那扇气闸门时，门后的宙斯也死了，这本是一件不可能发生的事。然后是狄狄，当时整个通信室里都充满了二氧化碳。最后是德克兰和泽罗。

德克兰躺在冰冷的地面上，四肢张开、背部朝下地躺在一片拳头大小的红色石头中间。在破裂的面板后方，血迹已然干涸，他的皮肤和剩下的那只完好的眼睛也已经干掉了。一张干瘪的面孔向外凝视着火星这沉闷的白天，已然不成样子的右颊上有着一道长长的射入创口。

附近的地面上有一丝反光。弗兰克放下手中的降落伞衣，由于他的半硬质宇航服导致他不能弯腰，他便跪在地上把它捡了起来。那是一把手术刀，就是他那晚用来剪去宇航服上多余布料后又弄丢的那把，最好拿一片贴片把它封上。

他拿起手术刀，小心翼翼地不让上面的灰尘掉落。它仍旧异常锋利，他得找一个安全的地方来放置。他把刀刃放到面板前，仔细检查着，这时他注意到了金属表面上的那些白色小点，不锈钢的刀刃被土壤中的什么东西给腐蚀了。

他带着它来到车间的气闸舱。他就站在宙斯死去的地方。在当时，弗兰克还以为那是自己的责任。就像他以为玛西是因为宇航服失灵而死的，爱丽丝是自杀的，狄狄则是因为设备故障导致的气体泄漏而死的，事实上，这些想法都是被某人诱导的。

舱体的内部充满了加压过的火星空气，因此这里产生的火花并不会导致火灾。只要有潜水设备，他们就可以用没戴手套的双手在这里工作。工作台上仍旧散落着宙斯之前一直在制作、仍处于理论阶段的汽轮机零件，旁边则是德克兰之前在尝试修复的太阳能电池板的黑色玻璃碎片。

一时间，他仿佛看到这两个男人正俯身各自忙活着，紧接着，他意识到自己再也见不到活着的他们了。

“对不起，我们本应该好好照应彼此，早点儿搞清楚布拉克的计划，然后阻止他。如果有更多的人活下来，事情也会更轻松一些。我也就不会一个人被困在这里了，我完全不知道接下来该怎么办。”弗兰克自言自语。

布拉克原本打算杀死所有人，包括弗兰克。弗兰克清楚自己还有值得为之生存、为之奋斗的事物，这些事物值得他假装自己已经死去，然后在布拉克最意想不到的时候偷袭他。

弗兰克在地球上有一个儿子——迈克。弗兰克大概有十年没见过儿子了。其中的八年，他在圣昆汀监狱服刑，因二级谋杀罪名被判刑整整一百二十年。后两年，他一直在进行训练以及建造基地。

审判结束后，迈克的母亲杰奎马上就带着他搬去了东海岸。他们一起消失了，因为弗兰克杀死的是一名警察的儿子，这一事件的背后影响巨大。自那以后，他与他们唯一的联系就是在签署离婚文件的时候。一直以来，他对这个处罚结果并没有任何不满，直到有一天，芝诺找到了他。他与一群谋杀犯、毒品犯和心理变态者以及一名监督人员一起，被一家恰好同时拥有监狱管理及航天装备业务的公司送往了火星。他们承诺，如果他能够按计划把“火星一号”基地搭建完毕并好好维护，就可以坐着飞船回家。他相信了。他信守了自己的承诺。这里有着一整套功能齐全的加压舱体，包括温室、医疗舱、船员居住区、储藏间，还配备供电、供水、供氧设施等。然而原本那些负责维护的人已经不在了，一同消失的还有那张回家的船票。

打开车间气闸舱的循环系统，随着二氧化碳气体重新回到舱内，他能感觉到宇航服在身体周围伸展着。

他打开了外闸门，火星就在眼前。他第一次见到这番景象时，惊讶得甚至说不出话。至于现在，这里就只是一个工作的地方罢了。他爬下舷梯，把泽罗拖到德克兰旁边排好，然后返回去拖布拉克。

布拉克把他们这群囚犯全都摆平了。他在一开始很小心，每一次的事件表面上看起来都像是由其他原因导致的。这很容易迷惑他们，因为他们这群人本来就很不稳定，而且只要稍不注意，火星马上就会判你一个死刑。然而布拉克在宙斯身上栽了一跤。当然，布拉克也成功让弗兰克误认为凶手是其他人中的一个，弗兰克也理所当然地选择了相信他，毕竟他是否能够坐上那艘回家的飞船还要取决于布拉克向上级做出的报告。

弗兰克抓住裹在布拉克身上的降落伞衣，一颠一颠地把他从连接舱的舷梯上拖了下来。曾经存在于这具精瘦躯体里的恶意与怨恨已经全部消失了，现在它只是一具空壳。布拉克痛下杀手的原因已经不重要了，它已经随着那些流到地上的鲜血，以及蒸发到火星稀薄空气中的那些液体一同消失了。

他拖着布拉克来到另外两人身旁，然后把裹尸布的末端塞进布拉克尸体的下方。火星上也是有天气的，露在外面的降落伞布料可能会被风吹来吹去。他找来第三块降落伞衣，把德克兰也装了进去。收拢他摊开的双臂是十分困难的。弗兰克很有可能会把他的胳膊弄断，也有可能在推向身体两侧时弄脱臼了，但由于声音并没有怎么传播，他便还是可以假装无事发生。

弄完后，他直起了身子，沿着撞击坑壁一直往南边放眼望去，隐约可见远处火山的轮廓，它的高度约为五千米，顶部的缺口处流淌着一条河。狄狄曾给这条河取名为“圣克拉拉”。弗兰克开着车沿着这条河一路向上，欣赏完那里的美景后又返回了基地。他除了基地无处可归，只是从一所监狱换到另一所监狱罢了。这就是他与芝诺的交易，要么在地球死去，要么来火星生活。

当然，芝诺可不会跟你讲公平。当时出现了一个小小的问题，无论任何原因，只要未能完成全部的宇航员培训，他都会被送进一间单独监禁牢房度过剩下的刑期。那个“囚洞”会使人发疯，可真是个让人不想放弃的诱人条件呢！隶属芝诺的那些超级监狱可能早就被失败的挑战者们填满了，他们现在很有可能正对着四周的空白墙壁大吼，而那些能够让他们保持理智的方法大概也就存在于睡梦之中了。

不管是当时还是现在，弗兰克都帮不了他们。他甚至都不知道自己该何以为继。身体、宇航服、基地，只要任何一样东西出错就直接结束了。自那漫长的血腥之夜以来，他还没有做过任何维护工作。他胳膊上的子弹伤口还在，为了取出芝诺植入他体内的医疗监控器而在胸前割开的那个伤口也是一样，一切照旧。

他只用一把无菌手术刀给自己切了个口子，然后用无菌镊子取出了子弹，没有好好地做后续清洁，也没有服用任何抗生素或止痛药。布拉克之前吃了很多药，库存里应该还剩下一些。

也许他确实应该吃一点儿，反正现在尸体都已经被他搬到了基地外面。

在接受芝诺公司的培训时，他们只教授了一些基本的急救课程。事实上，他接受的大部分培训都只是看起来有用而已，真正所掌握的还是与自己工作相关的知识。以他自己举例来说，他就是负责如何组装整个基地。他有一名副手德克兰，同时德克兰也是玛西在运输工作方面的二把手。不管是在供电、管道还是通信方面，弗兰克都几乎一无所知，尤其是水培法，一直以来都是泽罗一个人尽心尽力守护着温室。

他经由连接舱的气闸舱重新回到了基地里面。地上还残留着大量血迹，仿佛一片片干涸的小型湖泊，拖拽的痕迹一直通向院子。这里是基地的主要放松区域，弗兰克也正是从这里把半昏迷的布拉克拖到了他最终死去的地方。他的双腿上都是一道道被刀划出的伤口，宇航服也被砸烂了，整个人都卡在了里面。

医疗舱在另一头，那里也同样满是鲜血。

弗兰克把自己的宇航服放在泽罗那件旁边，把生命保障系统在充气机上插好。现在，他浑身赤裸。他自己的那套工作服已经因为大片干掉的黑色血迹而变得硬邦邦的，虽然室外的温度有零下几十摄氏度，但室内还是挺暖和的。

医疗舱看上去仿佛一间屠宰场，家具侧翻倒地，弧形墙壁、金属支撑条以及悬挂着的分隔帘上全都溅满了血迹。泽罗就躺在那里，由于失血过多而死。那痕迹依然如此显眼。当时已经失去理智的泽罗袭击了弗兰克，误以为弗兰克这个一度犯过谋杀罪的人才是罪魁祸首。弗兰克活了下来，泽罗死了。弗兰克在门口站了好久才敢进入现场，再次面对当时的场景。他紧紧咬着牙齿，面部狰狞。整个房间已经乱成一团。他一直以来都喜欢保持一个整洁的工作环境，并以此为荣。现在也无所谓了，他只能先把泽罗扔在这里。

弗兰克在箱子里翻找着伤口敷料以及抗菌药膏。他并不清楚感染是否会成为一个问题，火星是无菌的，但基地里面不是。他估计自己已经把细菌给带过来了，至于会不会对人体有危险，他并不清楚。

他们用的水也是无菌的，宙斯之前告诉过他。因此，他在水槽旁俯下身，直接用水仔细清洗了胸部的伤口。伤口不是很大，只切开了皮肤表层，足以让他把监控器挤出来。这也意味着他必须把原来的伤疤剪开，这可能会有危险。

一滴红色液体滑过他的胸部，滴落在地板上。这么一点儿而已，没有问题。就算再多流一些也不会有什么大问题。

他用免缝胶带贴好切口，犹豫着该不该再在上面放一块绷带布。由于目前伤口看起来并不是很严重，他便没有继续。

他手臂上的伤口显然是个大问题。他可是从里面取出了一颗子弹，这是理所当然的结果。虽然之前从未被子弹射中过，但他以为疼痛感会比现在更强烈。目前的恢复状况似乎也不错，只是每次不小心撞到或者肌肉被拉伸时，他都会感觉到它的存在，但完全没有影响到他的睡眠。

他清理了伤口边缘，然后把一个大号方便贴片覆在上面。他仍然没有服用任何止痛药，一方面是因为他并不信任这些药，另一方面是他想搞清楚自己到底陷入了多大的麻烦之中。这里并没有其他可以依靠的人，他对于如何活下去这件事感到非常无助。

他处理了包装材料，整理了未使用的物品。因为不会有其他人来做这些。

他再度环视医疗舱，仔细观察着。他甚至不确定自己是否能够完成这里的清理工作。他需要一些真正的清洁工具才行，如各种清洁剂、漂白剂、拖把、水桶以及清洁刷。他们有这些东西吗？至少他没见过，虽然他不仅参与了基地的建设过程，还负责把那些火箭里的储备物品全运了过来。

他搬起泽罗当时撞倒的一张体检台，把它重新扶起，在低重力环境里，这本该是一项简单的任务。弯曲手臂时，他疼得缩了一下。这是一个之前并不存在的弱点。也许他应该放松一下。

无论出于哪个原因，他都停了下来，双臂落回他的身体两侧。从今往后都会是这样的吗？

弗兰克的内心正在交战。一时间有太多事情要考虑，他必须精简所有事项，只处理那些绝对必要以及最为紧急的事情，即便推迟某些事意味着某种灾难性的后果，他也必须先放到一边。

他已经包扎了伤口，注意保持伤口的清洁，不要感染，并且避免在康复之前过于劳累。这是一个好的开始，接下来呢？

他已经有多久没有好好吃过东西了？他目前的困惑状态有可能仅仅是由于低血糖而已。他有很多食物，多到不知道该如何处理，甚至最终可能不得不扔掉其中的大部分。那为什么现在不去找点儿吃的呢？

他来到温室，参观了一番各个水培种植槽，好好检查了每个种植槽里的作物品种以及它们所处的生长阶段。他花了好一段时间才搞清楚了哪些是可以收割的，哪些是需要继续放着的。有些庄稼看起来十分相似，只有细微的差别，而且全都没有标签，大概只有泽罗清楚每种作物的区别以及它们分别生长了多久。就算他做过记录，弗兰克也不知道在哪里可以找到这些文件。

除非它们在电脑里，也许确实如此。关于这件事，狄狄有说过什么吗？弗兰克想不起来了。德克兰曾责备过他对这些事毫不关心。也许德克兰说得并没错。

他到底是来这里干什么的？来找吃的，就这么简单。他找来一个干净容器做沙拉，里面放了很多叶子、西红柿、大葱以及一些嫩绿豆。他把这碗东西放在气闸门前，然后又拿了一个碗来到下面一层罗非鱼鱼缸的所在地。

泽罗用降落伞布做了一张网。弗兰克用它在水里捉了几条鱼，然后在最胖的那几条里又挑出了两条。到时，他需要捕杀掉其中一部分吗？毕竟现在已经没有一整个船组来食用它们了，繁殖速度一定会变得比他的消耗速度还快。这又是一件他暂时不打算考虑的事。

还有温室内部的大气平衡这件事，它是自动调整的还是需要他手动排出多余氧气并补充二氧化碳呢？不过他目前也不打算考虑这件事。

他带着两只碗来到了厨房，低头凝视着里面的鱼。它们茫然地回望着他。鱼鳃仍在开合着，鱼尾也时不时地抽搐一下。弗兰克皱着眉头，一想到要杀死它们便心头一紧。现在可不是犯神经质的时候，虽然豆子、坚果和谷物也有蛋白质，但是肉类的营养价值更高。

他打开抽屉，拿出一把刀，然后把一条鱼拍在台面上。他举起刀，慢慢向下，刀尖抵在鱼头与鱼身的连接处。

他弯起握着刀柄的手指，调整握力，开始向下压去。还挺简单的，不是吗？他已经不是第一次这样做了。他砍掉了鱼头，沿着腹部割开，挖出内脏。鱼很新鲜。鱼刺很多，但他并不准备花时间处理了。他深吸一口气，然后用力向下。利落地一刀切下去，碰到鱼的脊椎时发出了咔嚓一声。这声音让弗兰克开始干呕，他试图把上涌的胆汁咽下去，但随即他的胃便痉挛着，完全失去了控制。他还记得他倒向地面时，从旁边随手抓了一个餐盘。还在里面的那条罗非鱼扭动着身子滑了出去，他强迫自己俯身吐在了空餐盘上，吐完后，他虚弱地喘着气。

他的喉咙灼烧着。他用手背擦了擦嘴，任由那些冒泡的液体滴落在餐盘上。接着他翻过身，背朝下躺着，按住自己那发疼的肋骨。

真是一团糟。看看他都把自己搞成什么样了。他会死在这里，再也见不到儿子了。

这时，德克兰站在他的上方，低着头，用剩下那只完好的眼睛看着他。

“赶紧起来，弗兰克。你还有工作要做。你必须想想办法，可不能让他们赢了。”

“真该死，德克兰，我已经尽力了。”

“你现在衣服都没穿，呕吐物还在那里流来流去。如果这就是你所说的尽力，那你还不如把自己从气闸舱里扔出去算了。”

弗兰克再次擦了擦嘴，而后甩掉了手上的脏污。

“我会尽力的。”他说。

“可别食言。这取决于你自己的选择。”

他离去了，这里又只剩下了弗兰克一个人。

三十一

布鲁诺 · 蒂勒的私人日记

2048 年 11 月 11 日

抄录自纯纸质副本

我不知该如何是好。这是我人生中第一次感到不知所措。我本以为自己已经把这种无助感永远地抛在脑后了。在过去的十年中，我极尽努力想要成为自己命运的掌控者，同时主宰他人的命运。不过我确实做到了。我有着可以掌控这些陌生人生死的权力。

我明白现在还不是动摇的时候。没有人会知道我有困难。就算内部已经开始分崩离析，我也只需继续待在高墙里面，把所有人拒之门外就行了。但凡这件事进展得不顺利，那么一切就全都完了。我唯一要考虑的问题就是要把谁一同拉下地狱。

弗兰克尽自己最大的努力把现场打扫了一番。两条鱼都死了，它们被扔进了垃圾处理系统，他还把地砖一一撬起，然后放在水槽里冲洗干净。

德克兰说得没错。好吧，德克兰已经死了，但这并不影响他说的话是对的。

他在淋浴房旁边找到了之前扔在那儿的工作服。它已经干透了，而且变得硬邦邦的，他不得不一点一点地把它扯开。被击中时，他在宇航服里面是穿着工作服的，因此袖子上方也有一个对应的破洞。他把它放进洗衣机，手动摇了半个小时的滚筒。现在，有很多富余电力可以让他随便用，只不过这个洗衣桶原本的设计就是手动的。清洗完毕后，肉眼看去，工作服上的黑色印迹并没有变浅。不过它至少变软了。即便上面的印迹永远不会褪去，它至少还是可以穿的。

他把它挂在厨房的一把椅子上，想把它晾干，但马上又拿了起来，循着血迹穿过院子，一直来到了远处的气闸舱。他们平时很少使用这个气闸舱，大部分人会用连接舱的那个，它之所以存在是因为这个基地的设计就是模块化且可扩展的。

他把工作服扔到气闸舱的地上，关好门，然后又把里面的空气抽回舱体内部。随着压力的下降，布料里的水分蒸发了。他等待着水雾消散，然后把空气重新排回气闸舱。一旦两侧压力平衡，他就可以把衣服收回来了。

它现在很冰凉，凉得可以让水汽凝结，但已经比之前干爽多了。这种行为确实挺浪费水的，但现在他一个人住在一个为八口人设计的基地里。他有很多资源可以浪费，讽刺的是，在刚开始那会儿，物资根本就不够用。如果他需要更多的水，他脚下就有一座无限资源的蓄水池，只需要打开制水器的电源即可。

弗兰克把工作服又重新扔回一把椅子上，然后他自己也坐了下来。他仍旧感到非常疲倦。

他估计他目前离地球大约有一亿千米远。这段距离毫无意义，因为他整个旅程都处于休眠状态。他在地球上昏迷，又在火星上醒来。跨过了这么长的距离，他却没有任何感觉。他自认为了解地球在火星夜空中的样子。如果那个亮点确实如他所想就是地球的话，与所有曾经在那儿生活过的人相比，他就是整个人类历史上最孤独的那个人。

一艘美国国家航空航天局宇航员乘坐的飞船正在他与地球之间的某处前进着。弗兰克并不知道他们会何时到达，也不清楚本该在这里等待他们的是什么。他们肯定没料到自己会碰到一名目前已经杀了三个人的犯人。

弗兰克该和他们说些什么？他又怎么知道他们到达与否？也许他会看到他们进入大气层时发出的火焰，或者听见他们的超音速爆声。那些宇航员应该觉得会有人来接他们吧，但是如果他们的降落地点离他太远，或者他根本没办法找到他们的话，宇航员们会怎么做？最近有那么多火箭降落，他很难分辨来的到底是人还是货物。布拉克曾说芝诺并未独占火星。如果它们是用一号基地的补给物品，那么布拉克应该会把它们和美国国家航空航天局的组件包裹一起收在撞击坑底部。

如果美国国家航空航天局和芝诺是同谋的话，那么也许让他们远隔数千米之外也算是执行了某种程度上的正义吧。他们相互勾结的可能性又有多大呢？他们才是那些聪明的理想主义探索者。他们已经筹划这项任务很多年了，与仅仅训练了六个月的弗兰克完全不同。

当然，肯定有人签署了相关文件。一定有某个高官清楚弗兰克和其他犯人是被当作一群一次性劳动力送上这趟单程旅途的。如果不是那些宇航员，那就是他们的上司，或者上司的上司。如果真的发生冲突，他再清楚不过事态会如何发展。电视上经常这么演，在一场星际战争中，人类与外星人一直斗来斗去，最终好人总是会不可避免地获胜。弗兰克很清楚自己并不属于主角团。

他觉得自己这个想法很有意思，开始大笑起来。大笑过后他跪倒在地上开始哭泣，因为他清楚这件事只会有一个结局。最终，他抬起头，用手背擦了擦脸。

他该怎么办？

唯一对他有利的东西就是时间。美国国家航空航天局的人一时半会儿还到不了，也许他能够找出他们的到达时间。

他需要一个计划。

他待在原处，弯着腰，凝视着满地干涸的血迹，想不出任何可能的计划。他正身处一个绝望的处境，外面的人想杀死他，内部也一团糟，他必须继续工作才能维持基地的运转。只要一个错误，一切就结束了。他孤身一人，没有人会来救他。

“可恶！”

在这场骗局中，他是被盯上的目标，他完全没有预料到自己会被骗这件事，然而现在已经为时已晚。他感到羞耻。骰子已然掷出，他失去了一切。他确实杀死了布拉克，但那时他只是为了自保，甚至仅仅是为了挽回自己最后的颜面。可他并没有改变任何事，他还是不能回家，也见不到儿子，迟早还是会死在火星上。

他到底在想些什么。曾经有一个选择摆在他的面前，他只是选择了继续活下去。

那就先做要紧的事，确保基地的正常运行。虽然他可以直接在平板电脑上查询信息，但它现在在连接舱里，被挂在宇航服的工作腰带上。而通信室就在院子的另一头，那里的屏幕更大。

他跟随着锈红色的血迹来到通信室，然后坐在了椅子上。这里是属于狄狄的领域，他会在这里不厌其烦地翻阅各种技术文档，盯着各种地图看。他并不怎么喜欢出门，对自己的现状也挺满意。直到布拉克触发了灭火系统，然后抵住门让他窒息而死。

控制台上放着布拉克的平板电脑和他的枪。这只是一把普通的自动手枪，跟弗兰克用来杀死儿子毒贩的那把枪非常相似，但这一把去掉了扳机护环，方便穿着宇航服时变粗的手指射击。他小心翼翼地把它拿了起来。一个不小心的走火，就可能会让灭火系统以为出现了闪络现象，还会在舱体的塑料膜上留下一个洞。保险栓已关上，但这并不意味这把枪就是安全的。

他把手枪放在显示器的后面，然后把布拉克的平板电脑靠着桌腿放在自己脚边的地上。

他点了点显示器，等待着屏幕点亮。他们都已经习惯了要在不用的时候把电器关掉，为了节省宝贵的电能。

基地的对话框中弹出了提示错误的信息。通信中心处于离线状态。很好，因为掰下碟形卫星电闸的人正是弗兰克，为了防止自动控制系统与芝诺联系，或者芝诺反过来和系统、飞船以及盘旋卫星联系。但是这条信息显示内存不足？

狄狄曾经说过系统只能容纳七天的数据，可弗兰克完全不懂这个男孩是怎么做到让整个系统自动运行的。狄狄很可能从来没考虑过自己的死亡，以及人为切断信息发射器的连接这两件事。

电脑内存不足会妨碍到他的生存吗？如果由于舱体的各个感应器无法将环境数据传到主机，从而导致各种设备逐渐失灵也是很有可能的。在不造成更大损害的情况下，他能靠自己解决这个问题吗？

这可不是什么随便点来点去就可以处理好的问题。在经营自己的建筑公司时，他从来不会让其他人处理财务，一直都是自行管理各种账户。如果狄狄还在，他一定清楚该怎么做，也不会任由事态发展至此。如果是他的儿子同样也会清楚该怎么处理。

他一边想着，一边把手指戳向了那个警报窗口。想要继续活着，他就必须学会如何操作。

屏幕上出现了一系列选项，自动释放更多内存、手动删除文件、关闭警报。

他选了第一个，然后屏住呼吸，与此同时，屏幕显示电脑正在进行某些处理。接着，进程结束了，警报就这样消失了。这样看来还是挺容易的。

他检查了一遍其他功能，供气、供水、供电的图表都呈绿色，运转良好。发电系统也是周期性循环的，电池会在白天充满电，放射性热电机的基底负荷为三千瓦，可保持基地的夜间运转。由于德克兰不在了，太阳能面板上的灰尘便一直没有人擦，也没有人每隔几小时就把它们转向太阳，所以目前的发电效率并未达到应有的水平。这就是他现在需要完成的工作。

他还需要巡视基地确保没有螺栓松动，还有保养越野车，在必要时清理空气过滤器，保证温室中的气压平衡，清理循环设备里的泥土，还有其他的设备……一整个基地都需要他维护。深呼吸。

他孤身一人在火星上，不过没关系，因为这意味着除了这颗行星之外，没有人想要杀死他。布拉克死了，弗兰克还活着。基地的舱体依旧完好无损，芝诺发现不了任何问题，也找不到他。他总可以想出点儿办法来的。

他还是需要一个计划。

他有什么？他有“火星一号”基地。单单是开发和运输肯定就耗费了数十亿美元，更别提把人运到这里来搭建基地的成本了。不仅是芝诺，再说夸张一点儿，甚至美国国家航空航天局和美国政府也都被他捏住了命根子。就在无意间，他们把一名杀人犯变成了“火星之王”。

这件事一定自有其意义。以他对有钱人的了解，毕竟他曾为这些人搭建过房屋，比起其他任何东西来说，他很清楚他们最害怕失去的就是自己的地位。他们以为自己建了一个火星基地？弗兰克可以轻松地把他们那副爱吹牛的嘴脸撕破。

这样一来他也会死。芝诺也许会觉得他并不会铤而走险，他不得不给出一个可信的理由，好让他们认为他也是有可能选择破坏基地这条路的。作为回报，他要提出什么条件？

他想要自由，想要回家再一次带着儿子出去玩，当然前提是他还能找到儿子。比起一座价值数十亿美元、坐落于外星球的高科技设施来说，这值得吗？

是的，当然值得了。

不过还有一个问题。可以捎他一程的到底会是谁呢？

现在的情况不是要搭一只木筏，然后漂流回家那么简单。实际上，他手边就有一艘火箭飞船，但它只是这场单程旅行计划中的一部分。它哪儿都去不了，他也不会开飞船。这个想法可以划掉了。他只需要两样东西，飞往地球的飞船上的一个舱位，以及一个可以把它开回去的人。

布拉克曾经拥有这两样东西。如果当时布拉克把弗兰克也成功杀掉了的话，那么他就会坐上那艘回家的飞船，然后得到一大笔报酬，从此过上幸福生活。一个冷酷杀手所能拥有的幸福生活。

这带了些许讽刺的意味。他又一次思考着自己曾犯下的罪行，如果他从未做过这些事后看起来是完全错误的事情，他的生活又会是什么样的呢？

言归正传，既然布拉克已经没法坐上那艘飞船了，在美国国家航空航天局的人员到达后，他所需要的这两样东西就会被直接送到眼前。

弗兰克用手抓了抓头发，然后又挠了挠脸颊。他习惯埋头苦干，而不是用脑袋思考，这并不是他的长处。他现在无法打破窘境，但肯定有一个可行的解决方案。

他要如何取代布拉克在飞船上的位置呢？假设在美国国家航空航天局的宇航员们到达时，布拉克会去迎接他们。完成任务时，他也会跟在旁边。完成以后便会直接把他一起带走。一切都是安排好的。

芝诺绝对不可能允许他以杀人犯弗兰克林・基特里奇的身份靠近那艘飞船。毕竟只有他知道芝诺的那些尸体都埋在哪里。那些科学家、宇航员一定会提出一大堆问题，芝诺肯定也不想他们知道相关答案。

如果他在所有人面前假装自己是布拉克呢？

他大喘着一口气坐了起来。这个想法很荒谬，根本就是疯了。他不可能侥幸成功的。

芝诺到底清不清楚目前基地内部的情况？他已经关闭了碟形卫星，数据不会外泄。他们能做的就只有从上空往下看。他们会看到什么？躺在尘土之中的三具尸体？还是一名穿着芝诺宇航服的男子正在清理车间？也许可以看到一些星星点点的灯光。如果他们运气好的话，也许可以在卫星正好经过上方时，拍到一两张他的照片。他们不可能知道他是谁，因为所有人的宇航服从外面看起来都是一样的。

“弗兰克，不要。”

他抬头望去，宙斯就在那里。他的鼻子、眼睛、耳朵、皮肤正散发着一缕缕烟雾。

“那我还能怎么办？我总得想个办法逃离这个困境。”

“一旦开始撒谎，你就必须记住自己说过的所有谎话。不要说谎，兄弟。说出事实才能让你自由。”他说话时，那厚厚的水雾就仿佛一条条丝带，从他嘴中盘旋而出。

“你不能左右我的行动。”

“这是我唯一能给你的建议，”宙斯的身形巨大，他的存在几乎充满了整个房间，“和芝诺交易与和魔鬼交易无异。”

“所有的牌都在他们手上。”

“弗兰克，你自己的牌就已经很好了。你只需要直接打出去就行了。”

弗兰克吞了吞口水，说：“我杀死了你，宙斯。是我打开了你身后的门，是我杀了你。”

他正对着桌子和门之间的空气说话。过了好一会儿，他才意识到自己又一次在跟鬼魂交谈。

那他应该怎么做？他能够一直坚持到美国国家航空航天局的到来，并说服他们把他一起带走吗？在芝诺得知基地中有人故意切断了联系后，他能指望他们不对水源进行投毒吗？他对芝诺与美国国家航空航天局之间的协议又了解多少呢？

芝诺是真的想要把他们全都杀掉吗？会不会只是布拉克在发疯，以至于他认为自己一直在执行任务，与此同时，芝诺却一直很想要与他们取得联系呢？也许布拉克就像欺骗其他犯人时那样，只是把早期的那几起死亡当作意外事件报告给了他的上级。

芝诺绝不会承认自己知情的。当然了，他们一定会把这件事归咎于布拉克。正如他们过去从未告诉过布拉克真相那般，现在也绝对不会告诉他的。

也许是因为震惊的感觉刚刚消退，直到现在他才想起当初被强征入伍来到火星的原因。在监狱里初次面谈时，他问过为什么不干脆召集那些脑袋聪明的年轻人。他得到的回答是如果那些脑袋聪明的年轻人死了，则会招惹无数的麻烦。

这就是原因。死亡是必然的，那个打扮精致、律师模样的人当时就清楚这一点。他们要做出的选择无非就是杀谁。弗兰克想不出有什么选择会比他们已经拥有的这一群囚犯更好，毕竟囚犯是可有可无的。芝诺大概也是这样想的吧。

这么大的决定也许应该在穿着衣服的时候做，但反正现在也没人看得见。

他俯过身，把布拉克的平板电脑放到大腿上。这台和他自己那台是一样的标准配置，只不过外壳颜色不同。他打开它，本以为会看到某些花里胡哨的密码保护措施出现在屏幕上，如指纹、声纹、虹膜扫描一类。他确信自己每次看到布拉克使用这台设备时，都会做一些类似操作。但现在什么都没有出现，甚至没有图形解锁或者文字密码。安全性如此之低，弗兰克一度以为里面没有什么值得查看的文件，正当他要把盖子盖好并扔回桌上时，他突然发现了几个从未在他自己那台平板电脑上出现过的图标，主机上也没有出现过。

几个放满了文件的文件夹，还有电子邮件功能。它居然还有行星际的电子邮件功能。

他再度望向屏幕，甚至都不敢碰它，生怕碰了以后这些图标会消失。但这是毫无道理的。因此他最终还是伸出了手，指尖轻击了电子邮件图标，然后看着它打开，窗口弹出。

里面有过去好几个月的邮件，记录着布拉克与芝诺的所有往来。曾经摆在他们面前的是一个坚不可破的密码，狄狄也说过即便尝试破解也是徒劳。然而现在那一篇篇的纯文本记录就在布拉克的电脑上。

他滚动浏览着，任由标题因快速滚动而变得模糊。邮件有很多。

弗兰克把邮件应用最小化，然后把手放在胸前。他的心脏正在猛烈地跳动着。这就是确凿的证据。他得把所有内容都看一遍，了解现在的情况有多糟糕。

他点击了其中一个文件夹。图标打开后就是几个文件，其中一个文件写着他的名字。是他的犯罪记录表吗？也有玛西、宙斯和狄狄的文件。然后还有一些其他文件，有几个是用字母以及数字字符命名的，但它们对他没有任何意义，不过另一些文件的标题似乎在暗示着更深的秘密。

首先要看什么呢？弗兰克扫视了一遍系统上的这些文件名。那些可以等等再看，也许这些也是。这里有一个“斯巴达项目概要”文件。他从来没听说过斯巴达，只知道那部电影里的斯巴达人是一群超级厉害的古代士兵，但这与他目前的处境没有任何实际联系。

他依旧打开了它，开始读了起来。

三十二

图像分析

自火星一号基地（任务控制中心）

记录日期：2048 年 11 月 11 日

与上一个火星日的差异：

一、1 号尸体仍在原地，但目前已被盖住（降落伞衣？）；

二、1 号尸体（降落伞衣？）在 2 号物体（尸体？）旁；

三、2 号物体（降落伞衣？）在 3 号物体（尸体？）旁；

四、探测车的充电导线已插入燃料电池中；

五、6 号圆柱体舱的舱门原本为关闭状态，现在为开启状态。

结论："火星一号"基地中，肯定有某人（1 号人物）仍在活跃状态中，能够进行舱外活动并执行任务。目前，我们看不到通信设备的外部有任何损坏，但并不排除出现了其他故障模式。重新与"火星一号"基地取得联系仍是当务之急，但如果发生了"控制权丧失"的情况，我们应尽快讨论应急预案。

一段时间过后，他猛地发现自己躺在地上，头顶就是通信控制台的底部。他并不清楚刚才发生了什么，明明刚才还坐在椅子上，现在却背朝下倒在了地上。他晕倒了。

那些该死的机器人。

他这一辈子始终面临着被自动化机器代替而失业的威胁。所有人都受到了影响，首先是制造业，接着就是司机。玛西就是当时最后一批大型货车人工操作员之一。银行、零售业纷纷解雇了人类雇员，雇用了机器。建筑业则是人类还可以用双手工作并获得可观工资的少数行业之一。

他们用自己的劳动甚至生命建造的这座基地，这里本应该是由机器人建造的。

现在他之所以在火星上是因为机器人会失灵，沙子会跑进它们的连接处。它们距离地球太远且不够聪明。送一些廉价的、可消耗的人到这里来代替那些昂贵而脆弱的机器人工作，这可要容易多了。

即便如此，这也不算最坏。芝诺还想让基地看起来就像是由机器人搭建的，并且这里只会有一个人类监督员。杀死参与搭建的工作人员本就是计划的一部分，他们本来就是注定要被牺牲的。芝诺拿到了钱，还在火星建立了据点。美国国家航空航天局则会拥有一座可以直接使用的基地。幸运的是，他们似乎对斯巴达项目完全不知情。

布拉克在第一阶段的工作就是确保基地的建成，第二阶段的工作则是必须确保其他人全部死光，至于第三阶段……

这就是他晕倒时读到的地方。晕倒时，无情的硬质塑料地面给他狠狠地来了一击。他用手摸着脸颊，告诉自己这只是瘀伤而已。这里的重力只有正常的三分之一，意味着他跌倒的速度并不足以造成很严重的伤害。

他翻了个身，皮肤被拉扯着，他不禁疼得龇牙咧嘴，接着他按住书桌角借力起了身。他把椅子重新扶起，然后又一次坐了下来。

布拉克有三个月的时间用来清理那些会让别人觉得火星上有过其他人的痕迹，如尸体、设备、任何看起来老旧或有使用痕迹的物品、数据等。美国国家航空航天局想要见到的是一座由机器人建造、仅由一名人类维护的崭新基地。芝诺本就打算把这里全部清理干净，假装弗兰克从未来过。

他看着身后那道经过门口一直穿过院子的血迹。

怪不得布拉克看到医疗舱的样子时会这么生气，他得做多少工作才能把那些从泽罗身体漏出来的血迹全部清理干净。这就是尸体会被保存在飞船里的原因，以及他们的个人物品从未出现过、科研设备和美国国家航空航天局的专用材料都还在“高地”底部的舱体里放着的原因。囚犯都不在了，芝诺也因此取消了布拉克平板电脑的加密功能，也就不需要密码了。

第三阶段应该是缩减水培设施的规模，及时为新的合法船员扩大产量。这会在三个月内完成。

该死！他怎么会那么蠢，那么天真，那么容易轻信别人？

事实上，这比他预想的还要糟糕。他们一直都没有被当作人类对待。他们就是一群被圈养起来的牛，失去了利用价值后便会被屠宰。他甚至有些庆幸布拉克已经死了。弗兰克想着是不是应该把他的尸体挂到舱体的某个支撑条上，好让头顶的卫星拍到。

弗兰克的脸颊酸痛，双眼浮肿。眨眼时，他的眼皮绷得很难受，便用手按在了上面。

芝诺肯定想让他消失。这已经不再是一场因为某个人的压力和孤独而发疯所导致的事件了。这是一场经过深思熟虑的阴谋，不是几个人就能完成的，更不是布拉克一个人能够想出来的。

他在金山遇见的所有人，如医务人员、技术人员，甚至司机都清楚这个芝诺兜售给美国国家航空航天局的计划意味着什么。他们去那里只是为了工作，下班后会回家，回到家人和孩子的身边，也许还会带狗散散步，看一场比赛，或者给那些上了年纪的邻居帮忙提一提杂货。至于这七个被他们亲手扔进休眠舱的囚犯会迎来什么样的命运，他们也早已知晓。

再说了，芝诺公司里总会有人对把七个人全部杀掉的事情感到不适的吧？他们会对自己的妻子、丈夫或父母亲说些什么吗？他们会因为听了家人的话而去通知相关部门吗？

所有的知情人员并没有做出任何行动，弗兰克还在这里，他很清楚他的猜想是不切实际的。如果他们说出了真相，他也就不会在这里了。

他们做了这么多工作只是为了掩盖那些……他真不知道该怎么描述这件事。芝诺承诺以某种方式交付一座火星基地，后来却发现完成不了。

与道歉相比，他们反而认为造假才是唯一的解决方案。当然了，在这个过程中，他们还得杀掉几个人，反正也没人会想起这些人。

禽兽不如。就好像他无意间闯入了一部色情血浆片的片场，不得不眼睁睁地看着其他的演员们被一个接一个地杀害。如果只是被困在伯班克市区的一间外景片场里的话，他完全可以走路回家。可事实并不是这样的，他们偏偏要在没有大气且荒无人烟的一亿千米之外进行造假。

他无路可逃，不如现在就把这个地方毁掉算了，一了百了。唯一遗憾的是，他将无法听到芝诺会怎么向美国国家航空航天局解释基地怎么就变成了一大堆废弃金属以及一片片在空中飘动的塑料布，这就是他要为复仇付出的代价。可他真的很想再次见到自己的儿子。

这一次，他慢慢地起身，然后犹豫了好一会儿。

如果美国国家航空航天局的那些人需要一个完整的基地，否则撑不到回家的时候怎么办？他但凡有一点儿轻举妄动都会使他们陷入危险的境地，尽管他们现在还没有到达火星，而且他也无法与他们取得联系并发出警告。在冲过大气层撞向陆地后，他们本以为会有人来把他们接至安全地点。他忍心如此对待他们吗？虽然从未见过他们中的任何一个人，但和他自己相比，他们更不应该死在火星上。

他没法联系美国国家航空航天局的人，只能联系芝诺，芝诺必然不会给他什么好听的回应。他想象了一下对话的流向，伴随着二十分钟的延迟，他们将会恶言相向，威胁并指责对方。虽然他很想把对他们的愤怒之情表达出来，但还是把这一强烈愿望压了下去，因为他们一定会趁此机会试图弄清楚基地的哪些部分是可以远程控制，以及如何利用这些功能达到杀死他的目的。系统深处存在着一些对于居住舱的稳定来说至关重要的功能，如果想要控制这些指令，只需要使用任意一台平板电脑即可。只有布拉克会想要利用这些功能来杀人。

弗兰克再次扶正椅子，坐了下去，他俯下身，继续盯着这篇“斯巴达项目概要”。里面还有可以打开其他文件的各种链接，各种精心设计的可怕细节。

该死！他到底该怎么做才好？

把文件最小化后，他在那里坐了片刻，指甲轻敲着平板电脑一侧，思考着一个爆炸性的选项。拿着手术刀划过整个基地，打翻全部的种植槽和鱼缸，砸碎碟形卫星和太阳能接收板，然后开着越野车驶入那片沙漠之中，直接找一道峡谷冲进去。

如果这就是唯一一个可以使芝诺受到重创的方法，那么他愿意这样去做。自杀，用这数十亿美元的投资项目给他陪葬，芝诺对此也无能为力。他很好奇他们在这段与宝贵的基地断了联系的日子里在想些什么，那些轨道卫星摄像头又告诉了他们些什么呢？有一个人还活着，三个人死了吗？

布拉克发给他们的最后一封邮件，日期是在九号。在医疗舱发现弗兰克和泽罗，并认定他们都已经死亡之后，他马上就发了这条消息："第二阶段已完成"。自此以后，碟形卫星就断线了，因此芝诺的回复大概还在他头顶某处的队列里飘着呢。随之而来的大约还有各种越来越急迫的询问，以及不清楚为什么布拉克没有回应。

是的，他完全可以破坏整个基地。可他就不能回到地球重新得到自由，也见不到他的儿子迈克了，也许也不能见到他的前妻，尽管这还要取决于她有没有决定放下他继续生活，这情况也许有些微妙。不，画掉这项。她当然已经放下了。只想儿子就好，在弗兰克的想象中，儿子已经改头换面，念完了大学，并且已经开始走上了自己选择的那条并不富裕但幸福的职业道路。弗兰克必须为了这个目标而活着。为此他需要美国国家航空航天局的帮助。

他可以在这个地方存活多久？

无限期？没那么久，总会有某个他无法修理的设备出现问题。如果搞不定水培装置，在几周内，他就有可能从饕餮走向饥荒。如果他没有鱼吃，也找不到可以替代的蛋白质，那么他就会开始生病。

但是他并不需要无限期这么久。这个地方就白纸黑字地写着美国国家航空航天局的到达时间为三个月后。就需要坚持三个月，他能做到吗？

他走向温室，启动气闸舱的循环，另一侧的室内因为有作物而有着较高的二氧化碳浓度，不一会儿，他就站在了门旁的这片网格地面上。明亮的灯光、不断循环的水声和一簇簇看起来很复杂的绿色作物，从初始搭建一直到收获，都是由泽罗管理着整个系统。不过，既然这个孩子能做得到，他心想他应该也能做得到。

用水培法种植的草莓长势良好，花生也是一样。他各装上一碗，然后直接带回了厨房，任由一堆碎掉的果壳以及绿色的茎叶落在台面上。

吃东西这件事让他慢了下来，这能让他专注于现在。他咀嚼着，再次环顾四周，但这一次展现在他眼前的景象与之前并不相同。这座基地本应该是他的监狱，他签下了合约，要在这里度过自己剩余的刑期。原本以为完成工作后，他就能够回家并且获得赦免，然而几年后情况变了，他发现这个承诺并不是真的。紧接着情况又一次急转直下，直接演变成了一场为了生存下去而展开的殊死斗争。那些暴政统治者们原本计划把他和他的同事们全部屠杀，还准备在有人知道他们的存在之前，就把痕迹全部清理干净。

他所在的地方已经不再是监狱。狱警已死，法律又遥不可及，无法对他采取任何行动。

这里就是一座荒岛，就像那部讲述包裹投递员的老电影一样。他拥有生存所需的一切，食物、水、住所、供暖，只要他足够谨慎确保一切正常运行就行。他被困在了一个比太平洋中央的孤岛还要遥远的地方，这是并不会改变的事实。

一艘可以把他带回家的飞船正在来这里的路上。

好吧，这点是能够确定的。他可以试着维护整个基地，假装这里就是一个比遥远的地平线还要遥远的海中孤岛。他可以探索、种植、修补，这能让他保持忙碌，还能让他保持专注，让他保有希望。

狄狄早已翻遍了基地的所有相关手册，以及那些芝诺发来的技术文件。至于他该不该随意翻看现在已然无关紧要。和其他人一样，他已经死了。弗兰克必须得好好安排自己的时间表才行。

他得尽快学习一切生存所需之事，不仅要像泽罗一样学会种植食物，也要像宙斯一样维护供水系统，还要像德克兰一样保持电力流入电池，沿着电缆流向各处的循环。他已经拥有了基地建筑结构的相关知识，也知道该怎么保养越野车。学会控制计算机系统将会是一项十分艰巨的任务，至于那些比较简单明了的工作，他还是能够胜任的。

还有，如果稍有不慎，他就会死去。

死亡的威胁是挥之不去的。最好还是接受这一点，然后继续前进。他现在拥有的每一刻都是借来的。不，应该说是偷来的。他是一个被判了刑的杀人犯，偷点儿时间来用又算什么，这完全不在话下。

然而他没有考虑到一件事，他现在所处的是布拉克的位置。从任务第二阶段结束一直到美国国家航空航天局团队到达的这段时间内，布拉克本应该还活着。布拉克接受过的培训很可能要比弗兰克多得多，而且他能够使用芝诺的各种监测系统。不过，这也说明了这并不是什么不可能的任务。不仅是可能的，而且原本就在计划之中。

整理、销毁证据以及等待就是第三阶段的全部内容。

这一切都取决于美国国家航空航天局。只有他们可以帮他，但他们想见到的人本应该是布拉克。如果他们不相信他是布拉克，所有的通信都要经由芝诺控制的线路，那就全完了。如果为了防止芝诺接管权限而摧毁一切，待在一座完全没有通信能力的基地里，他也还是会完蛋，更别提美国国家航空航天局的那些人一定会把修好这些线路当作绝对的优先事项。

在执行任务的途中，他们肯定会联系地球方面的，如果认为他们不会的话，那实在是太可笑了。他们可都是有家人和朋友惦记的体面人，更别提他们还有工作要完成。就连芝诺也无法像对待人质一样随意摆布他们，更别提弗兰克了。除非弗兰克准备在美国国家航空航天局到达之前就把碟型天线完全损坏，同时永远地切断今后与地球通信的一切可能，否则他就得想点儿别的办法出来。

任何一个宇航员来到这里，他们第一眼见到的会是连接舱地面上的大屠杀痕迹。只要他们进一步深究，一切就都会真相大白，那些尸体、药品、手枪、宇航服都会指向一个简单的事实，这些种植出来的食物并不是给他一个人准备的。不管怎样，就算是为了保持外观的合理性，他都必须把第三阶段的计划全部完成。

这部分工作并不困难，布拉克只是一个名字而已。美国国家航空航天局的人想见到的人是他，又或者说是一个与他类似的人。如果他们已经见过布拉克了，那么到时候弗兰克就会功亏一篑。

这才是真正的问题。只有他们认可他是布拉克，他才可以继续假装下去。

对此只有一种解决方案。他需要和芝诺谈一谈。他们这个数十亿美元的基地还在他手上，再加上他们那些肮脏的小秘密，一定会与他进行交易的。他们很难拒绝。事实上，他们必须接受。当然了，芝诺一定会想方设法在他背后做手脚。不过弗兰克现在手握多张底牌，他相当确定在自己离开火星之前，他们是不会动手杀他的。

他决定假装自己是布拉克，然后坐上那艘回家的飞船。

三十三

内部备忘录

2048 年 11 月 12 日

致布鲁诺 · 蒂勒

自火星一号基地（任务控制中心）

抄录自纯纸质副本

我们已与“火星一号”基地失联五十六小时。基地设施及其他组件看上去仍处于未损坏状态。自 2048 年 11 月 11 日起，没有记录到基地或着陆飞行器的外部环境发生任何变化。

目前，我们数据不足，仍旧只能推测通信消失的原因以及 1 号人物的身份，无法得出任何结论。基地所产生的活动与系统的全自动运作功能一致，但不能排除其内部存在一个或多个人员的可能性。遗憾的是，“控制权丧失”发生的可能性很高。应立即开展“控制权丧失”的全面应急措施。

昏暗的太阳刚刚爬到了东边撞击坑壁顶上，太阳能接收板捕捉到了第一缕微弱的光线。外面很冷，弗兰克的宇航服显示外部温度为零下九十摄氏度，地上覆盖着一片白霜。阳光袭来，地上冒出水汽来，化作阵阵低垂在那些石头上方的雾气。他从连接舱走向碟形卫星时，这些雾气也一直在他的脚踝附近盘旋着。

他的脚步几乎可以说是无声的。靴子下方的结冰土壤踩起来脆脆的，但声音没有传播。他只能听见自己的呼吸声，以及循环风扇发出的微弱嗡嗡声。

他审视着碟形卫星的那些跳闸开关。为了阻止布拉克跟地球联系，他把它们全掰了下来。是时候重新打开它们了。他打开盖板，用拇指一个接一个地抵住，每个间隔几秒钟，以确保随之而来的电涌不会导致它们重新跳掉。

“慢一点儿，轻一点儿。”德克兰说道。他又穿回了他的宇航服，面板仍旧是破碎的，他的眼睛仍旧不知所终，脸颊也还是伤痕累累的。

“好的。现在轮到我来负责供电问题了。”

信号发射器本身并不会消耗多少电力，需要担心的是用于卫星校准的电机。每台需要两百五十瓦，这足以让电力系统超负荷运行，甚至还会导致跳闸。

他拨起最后一个开关，看着碟形卫星缓慢而无声地启动，然后从正西方一直转向头顶的天空。他欣赏了一会儿自己的工作，抬头看向几乎全黑的天空，他找到了那枚正在飞行途中的花生状月亮，从天空的这一侧跃向另一侧。

不会超过十分钟，芝诺就意识到有信号了。弗兰克是时候开始做准备了。他已经考虑好了今后的战略，如果最终发现他们还是想杀了自己，他也保留着随时按下关闭键的权力。

他穿过主气闸舱回到室内，收好自己的宇航服。近几天，他一直都光着身子在基地里走来走去，现在他还是觉得应该把衣服穿好。他自己的蓝色工作服仍旧处于被血染黑了一半的状态。无论洗了多少遍，都洗不掉上面的血迹。管它呢，布拉克有备用的，尽管布拉克没有他高，但他的体重更轻一些。他试穿了一件想看看大小，袖口和裤脚都短了，尽管对于它的前主人来说已经算是挺宽松的，但对他来说脖子和裆部之间还是有点儿紧。不过总体的合身度也并没有他想象中那么糟糕，这是好事，毕竟他很难向美国国家航空航天局的人解释他的那件衣服到底是怎么回事。最好先留着这件，现在可以先穿原来的那件。

他坐在厨房的餐台旁，面前放着一个潜水面罩和一个氧气瓶，还有一副外科手套，它的手腕处打了个结，现在微微有些瘪。这是他之前用来检查失压的警报器，芝诺连这是什么都不知道，更不用说夺取对它的控制了。布拉克的平板电脑放在最前面。行吧，现在这是弗兰克的平板电脑了。他又读了一遍第三阶段的概要文件，好让自己对今后的工作有一个真正的了解。算上那些清洁工作的话工作量还是很大的。他得将自己之前的平板电脑处理掉，或者至少也要把数据清零。这一点应该有被写在那些小小字体中的某处，他现在看的只是一份概述文件而已。

在美国国家航空航天局的人到达之前，弗兰克有三个月的时间可以做这些事情。三个月的时间很紧张，但他无力改变。六个月前，他们就已经坐上了那艘大型运载飞船，可能快要到了。一艘真正的宇宙飞船上是不会为宇航员们提供休眠舱的，风险太大，只适合像他这样的一次性船员。

基地的电脑已经与轨道卫星同步，屏幕上弹出了几条信息。有人上线了。

有人回复了布拉克的最后一条信息，随之而来的又有好几条。最开始以大约一小时一条的频率出现，随着之前的通信石沉大海，便逐渐减少到了每四个小时一条。

他花了一整晚的时间来打磨文字，删删改改，最终准备好了信息，芝诺一定想不到。他把它从草稿栏里拖了出来，又重新检查了一遍。

“我是弗兰克林·基特里奇。首先，我希望你们搞清楚一件事情。不要轻举妄动，否则我会直接摧毁整个基地以及里面的所有物品。一旦发现任何敌对行为、看似针对我或基地控制系统的破坏行为，我都会直接把这整个地方捣毁。事后我也绝对不会清理。我会把这堆残骸留给后面要来的那些人，那你们跟他们可有的解释了。”

这开头应该够震撼了。

“我知道你们做了什么，也知道那些机器人的事情了。你们把我们运到这里就是为了代替它们，然后把我们全杀了。要是你们试图否认的话，我很可能会因此气得发狂，然后把基地全砸了。所以别想否认。我已经拿到了第三阶段的所有文件。”

虽然没有全部读完，但读过的部分已经足够让芝诺了解个大概了。他并没有说谎。

“尽管发生了这么多事情，我还是想和你们做一笔交易。我手上有你们这座耗资树十亿美元的基地以及你们的秘密。你们有我想要的东西，也就是我的自由和回家的飞船。我觉得这笔交易实在是太过公平了，毕竟你们会从中获益更多，因为只要一个不小心，正在阅读此信息之中的你们就会成为死囚犯。你们很清楚这一点。

“因此，我愿意帮助你们并继续执行第三阶段。我会清理并维护基地，就像你们原本想让布拉克做的那样，然后等待美国国家航空航天局人员的到达。他们来了以后，我会假装自己是布拉克，保证所有事情的顺利进行。我并不想跟你们拼个鱼死网破。”

这是一个诱饵，接着提出自己的报价。

“虽然我不知道你们承诺要给布拉克多少报酬，但我猜是一个装满美元大钞的手提箱和一辈子的清静吧。除此之外，我还有一个条件，我可不会再回去坐牢。我要的可不是假释，也不是什么提前释放。我想要彻底摆脱囚犯身份，拥有一个全新的开始。显然，我会取代布拉克登上那艘飞船。只要你们愿意奉陪，我就可以把这个谎撒到底。等我回到地球了，你们就把我的钱和我的身份文件交给我，这就是我需要和你们发生的唯一一次接触。在那之后就不要再来烦我了。”

芝诺有能力做出这样的事情，不可能不清楚他在某个方面的软肋。接下来就只剩下一件事了。

“最后一点。如果你们在谈判中威胁或者试图威胁我的家人，我都会毫不犹豫地烧毁这个基地，绝不留情。我希望你们能搞清楚这一点，因为我真的会这么做。这笔交易仅限于你我之间，不会涉及其他任何人。”

很简单的几句话，清楚而有力，不会给他们留有任何疑虑。如果他们违反自己的意愿，他将会采取一定行动。

“你们可以慢慢考虑，反正我也不急着去别的地方，这都是拜你们所赐。但也不要耗太久了，因为在双方达成协议之前，我是什么工作都不会帮你们做的，连一根手指都不会抬。”

这差不多就是他想要的效果了。他深吸一口气，然后点击了发送按钮。

十分钟以后，芝诺会收到这封信。在那之后，这条星际电话线另一端的操作员还要花上一点儿时间，一级一级地往上报告，最终把这封信送到一个可以真正做出决定的人手上。

他甚至有点儿想变成一只墙上的苍蝇去偷看他们的反应，但他同时又很庆幸自己不在场，因为如果他们的第一反应并不是愤怒而是乞求他原谅的话，他很可能会感到不知所措。

他并不准备干坐着等待回复，还有诸多杂务等待着他。他查看着温室又长又详细的任务清单。不过他可以按照上面的指示进行操作，如果他可以搞清楚的话。

经过一番挖掘后，他发现主计算机上存有诸多与水培相关的文档，甚至还有图片，这非常有用。他没有去研究那些理论性的知识，因为他并不需要了解管理作物的十万个为什么，需要的只是一套完善的、简单明了的“如何在火星上种植吃的东西”的说明。

尽管这些文档是写给一群杀人犯的，但那些负责编辑的人还是很好地完成了自己的工作。

他拿起平板电脑又在温室里晃了一圈。经过仔细观察后，他已经可以通过叶片的形状来识别各个幼株的品种，无须依靠成熟后才会长出的那些明显有别的果实。他意识到如果让泽罗之前种下的所有作物都继续生长的话，他整个人都会被淹没在食物之中。这里没有害虫，植株也不会生病。为了最大限度地提高收成，他将流入每株作物或每种作物的营养液都做了个性化的调整。

他完全可以把温室里的一半东西都扔到气闸舱外面去，即便这样也还能剩下许多。

他继续阅读文件后，发现为了今后能够持续种植还需要采摘并保留其中一部分的种子。剩下的其他作物则将继续产出果实，即便他不打算吃，他也必须让它们继续生长。大米、小麦、玉米以及燕麦等谷物能够以常规方式收割、播种并储存，这对他来说尤为重要。

罗非鱼则需要那些能生成水藻层的营养废水，因为这就是它们的食物。更少的植物则意味着更少的废水。他总有一天需要处理这些鱼。

为了平衡起见，如果他把一半的区域用于种植谷物，另一半区域种植生菜、香草、豆类和小型无核水果的话可能也不赖。这样一来，第三阶段的小部分计划会被推翻，但这样更加便于他操作，虽然在这之前他连盆栽都没有照料过。当然，他修剪过草坪，不过那纯粹是机械式操作罢了。他只要出力完成美化环境的工作，至于那之后的植物照料工作就留给专业人士来做了。

他仔细观察着水稻。种植槽中，每株水稻都被好好地插在各自的孔里，底下渗出一层水来，根部则被富含矿物质的混合液体不断地冲刷着。从地球上带来的三个密封容器上直截了当地标注着 A、B、C，里面存放的是高浓度的矿物质。每一批植物的种植都需要把三个容器中的物质以不同比例混合，然后注射器会按时将浓缩液推入。

部分注射器都快要空了。他已经搁置太久了，是时候认真对待活下去这件事情了。

现在，他需要确定哪些东西是要关掉的，哪些东西又是今后必需的。先做最简单的选择，留下谷物和小型无核水果。可以将它们冻干保存，他以前怎么就从来没想到这个主意呢？下一步可以去掉一半的蔬菜种植，但他必须确保每个生长阶段都留下一部分。

每个种植槽都带有一个控制料斗水流的阀门，他把认得清楚的那几种给关了。料斗里的液体还要一段时间才会流光，因此他还有时间可以用来纠正任何自己可能犯下的错误。

看着这些作物逐渐枯萎并死亡会有些伤感，泽罗的心血即将付之一炬。他还没有想好要怎么处理它们。难道是扔进气闸舱，让里面的水分蒸发完，然后把残骸装进袋子包好？第三阶段的文件里可能会有相关指示。

他的平板电脑发出了一声提示音。回信终于来了。打开应用查看后，他感到有些失望。

“请确认兰斯 · 布拉克的状态。”

他们就只回复这一句？大概是因为弗兰克没有具体告诉他们布拉克到底出了什么事情，但他们肯定已经猜到了。弗兰克坐在温室的椅子上，思考着回复应该写得多直白才好。他把平板电脑放在膝盖上，然后敲下了一段文字。

“他死了。他先是开枪打伤了我，然后我想办法用一把手术刀杀死了他。他倒在了控制室的地上，失血过多而死。我用降落伞衣包好了他的尸体，然后把他跟泽罗和德克兰的尸体一起放到了基地外面。如果你们想要照片来证明也不是不可以，但这似乎并没有什么意义。如果他按原计划把我杀了的话，我们也就不会进行这场对话了。”

他按下发送键。

他又读了一些之前的邮件，里面的一个词引起了他的注意：黑猩猩。在他狂踢泽罗尸体的时候，布拉克曾经这样叫过他。他们所有人都被这么叫过。一股愤怒之情油然而生，随后他又冷静下来。他现在有了一个新计划要执行。

半个小时又过去了，仍旧没有任何回复。他咬紧牙关，重新投入工作中。

他摘下一大堆生菜叶，能让他吃的菜叶子也只有这些了，而且它们的热量也不高。他还留下了部分香草叶，即便它们死了，也可以干燥后保存起来，照样能够食用。葫芦和胡椒则属于多产的果品，并且不能保存很久。他都留下了一些作物，然后把剩下的都给处理了。

这些多出来的空间则可以用来种植更多高热量的农作物。种植桶里的土豆看起来长势良好，里面铺着经过脱氯处理的火星碎石土。他可以拓宽一下坚果与谷物的种植区域，并将部分营养液资源转移给它们。这样便可以得到坚果油，他也许还能炸薯条呢。不过别忘了，如果油温高到能够炸熟土豆的话，也会触发火灾警报器的。

到目前为止，他应该已经做得差不多了。他最想尝试的其实是把草莓做成冻干草莓。

他在最红的那批草莓里面挑了一颗，放在一个小餐盘里，然后把它滑入温室后方的气闸舱里。显然，他不可能总是一颗一颗地处理，这样气泵会把电用光的，但现在只是做实验罢了。他透过舱门上的窗户往里面望了望，接着开始抽出舱室中的气体。

这颗浆果开始冒烟、收缩，直到缩至葡萄大小。餐盘上的它小小的、红红的、皱巴巴的。弗兰克将它重新放入空气，然后取回了这颗草莓。

它摸起来就像橡胶，略有弹性，仿佛一颗弹跳球。他舔了舔它，尝起来还是草莓的味道。他完全不明白自己为何会对此感到惊讶。他咬了一口，嘴里一股浓郁的草莓味。中间还是软的，并未脱水。也许下次应该直接切片，好让真空全方位地脱水。但这是第一次尝试，还算成功，他还没想好要怎么在室内储存它们。事实上，他也可以放在室外那些没用的空货桶里，等需要的时候再去取。也许这样更好，因为外面温度低，只要把货桶放在圆形舱体的阴影里，那么它们在白天也不会遇热。

平板电脑再次发出了提示音，他前去查看芝诺这次回了些什么。

“请报告你的状态。你的医疗监测数据已离线。”

就在刚才，他的肋骨处还因此而突然发紧，几乎无法呼吸。他的健康状态到底怎么样呢？他手臂上被布拉克射中的位置似乎恢复得挺好，血块已经凝固，只有在使用这块肌肉时，他才会感到不适。他早上已经清理过伤口，擦掉了从里面渗出来的液体，还下意识地闻了闻，想知道是否有出现感染。尽管周围的皮肤仍旧处于瘀青状态，但似乎并没有发炎或发烫。他胸口处的伤口则更加湿润一些，边缘有些发皱，结满了小颗红宝石色的痂，看起来似乎也在康复。

他不会因此而死，至少今天不会。

那种独自一人在火星上活下去的恐惧似乎减轻了。现在，他在与真正的人类进行对话，尽管这些人曾经想要杀死他，这个想法很可能到现在也并未改变。事态的发展总是会超出他的想象。

邮件的标题显示现在是 2048 年 11 月 12 日。再过三个月，也就是 2049 年 2 月。他们本计划让布拉克在那之前完成清理工作。在这件事上，他们也没有什么备用人选。

“我的身体状态能够执行第三阶段的任务。”

他点击屏幕发送信息，然后重新投入到工作之中。

他摘下全部的香草叶，直到只剩下了光秃秃的茎，然后把它们放在一个托盘上，按照种类分成几堆。他把它们推进气闸舱，然后看着它们变干、变脆。

工作起来的感觉很好，这是在为未来做准备，不禁感觉自己可能真的还有未来。香草叶变成了干香草。他嗅了嗅指尖上面残留着的青紫色叶片所散发的香气。

他给气闸舱重新充满空气，然后检查了托盘里的东西。当他把这些罗勒叶举到作物上方不远处的LED强光照灯下时，甚至可以看到上面一道道的叶脉。他把它们在指间揉碎，可能有点儿太碎了。再强调一遍，某些准备工作还是必要的，得把这些叶子在干燥前就切碎。不过他也可以直接把完整的叶片保存起来，放进袋子包好，然后直接使用。

美食大厨，弗兰克林・基特里奇。

这一瞬间，他仿佛忘记了眼前的重重困境。他的脸上重新出现了微笑，接着，他穿过排排架子，关掉那些不需要的灯、水泵和注射器驱动器，这样可以大幅提高电力预算。他查看平板电脑，发现自己已经省下了四分之一的电力。这已经很好了。

他重新回去检查稻谷区域。由于不知道该如何分辨它们是否成熟，于是他再次读起了文件。

“谷粒应处于坚硬、不易碎的状态。”他蹲在记忆中叫作大米的作物旁。一根根短茎上长着重重的大脑袋，压弯了黄绿色的长条形叶片。他念道:“80% ~85%的谷粒应呈黄色。”好吧，它们差不多都已经变成浅棕色了，熟了的可能性很大。他薅下一把谷粒，放在手心里。

他把它们放在手掌之间，磨擦去皮，然后轻轻吹掉了谷壳。这看起来就跟大米一样。他感觉十分惊喜，紧接着他对自己的无知程度皱了皱眉。大米当然是从稻子里来的，不然还能是从哪儿来的?

在地球上时，他们的食材都是从超市里直接买来的。他在其他领域也有所专长，因为这些责怪自己是毫无意义的。毕竟大多数人也并不清楚煤渣砖的制作方法吧。

他又拿起一个空盘，然后用手扯下顶部的谷粒，一颗接一颗，直到全部摘下来。数量很多，够他吃的了。不仅够吃，还有很多可以用于补种。按理来说旁边应该放有几台切割机，泽罗好像把它们藏了起来。

手册上说，他现在必须对这些谷子进行脱粒，把所有米粒从壳里剥出，并且这一操作应在收割后尽快进行。他真希望脱粒这步也有相应的说明，因为一颗一颗地对谷粒进行去壳可要花上好久时间。

也许他应该先把这一部分全部读完再操作，因为他后来发现采摘时应该掐断茎的底部，而不是顶部。他不会再犯第二次这种简单的错误了。现在的问题是他没有任何可以用来打谷的工具，也许可以使用某种带盖的密封容器，然后一直摇晃它，直到某些神奇的事情发生。这可不是魔术，人类已经这样做了上千年。他只是第一个在其他星球上这样做的人而已。

提示音响起。

他刚才把平板电脑留在了椅子上。他把它拿了起来，想看看他们这次写了些什么。

“说实话，我们确实有些惊讶，因此可能需要花点儿时间才能讨论出一个解决方案。我们无权擅自做出决定，还得跟上级报告此事，然后再花上几个小时来讨论你的情况，全部完成后我们才能回复你。

“在这段时间里，无论结果好坏，我们都不会轻举妄动。你可能在想，尽管时间上会有很大的滞后，但我们是不是可以远程控制基地的部分基础设施系统呢？我们确实可以，但你也可以直接在本地覆写我们的命令。无论如何，没人会试图干扰基地的操作系统，这一点我可以向你保证。因此，请不要做出任何会伤害基地完整性或者你自身安全的事情。如果发生以上任何一种情况，都将意味着我们之后与你达成的交易宣告无效，一切都会白费。坚持一下，我估计需要四五个小时，请你绝对要等到本个火星日结束之前。发件人：路易莎，芝诺火星一号基地任务控制中心。”

他读了两遍，这封邮件看起来似乎很真诚。他并不清楚这个路易莎是谁，又是否见过她。

无论如何，她所言不假。以目前这个距离，即便他想摧毁基地，他们也无能为力，至少在失守前，他完全有足够的时间来完成这件事。她的言语很诚恳，这说明终于有人把他当回事儿了。至于那些大人物是不是也这么想就完全是另一回事了，但他们清楚这件事情的严重性。

弗兰克摸着口袋里那只系好的橡胶手套。没有泄气。他考虑着是不是该把潜水装备时刻带在身边，以防他们出阴招，比如偷偷修改这里的气体成分。他可不能忘了邮件另一头的芝诺员工对他还活着这件事情感到惊讶，因此他绝对不能信任他们。

今天结束前，他会得到一个回复。他完全能够想象到他的信息被一级一级地上报给芝诺的领导，随之而来的会是混乱、恐慌以及即将爆发的各种争论。

最终，他们会与他达成交易。虽然他们今后一定会想方设法地背弃承诺，但目前只能选择与他达成协议，弗兰克只需要保证自己棋先一招即可。

三十四

布鲁诺·蒂勒的私人日记

2048 年 11 月 13 日

抄录自纯纸质副本

我通常不会情绪激动，因为情绪于业务而言毫无用处。但我承认，我今天十分愤怒，并且感到了极度的失望。所有的一切都在分崩离析。我现在就要赶去那里，亲自主持会议。芝诺公司以及我本人的声誉绝不能受到任何损害。

我无法接受任何其他结果。

弗兰克现在正处于合作者与受害者之间的灰色地带。芝诺同意和他达成协议。他逼得芝诺别无选择，但是反过来说，他也被对方逼得别无选择。他不是什么律师，因此他拒绝签署任何形式的合同。在圣昆汀监狱的那间会见室里，他就上过一次他们的当，绝不会再重蹈覆辙。他得到的只是一个约定，就跟往手心里吐口口水再握手一样。就是那种很老式的信任，尽管他们之间并没有任何信任可言。

弗兰克会继续执行第三阶段，清理基地，为美国国家航空航天局代表团的到来做好准备。他会以“布拉克”这个名字介绍自己。作为回报，芝诺会帮他安排好回家的事宜、帮他减刑以及给他一笔钱用来开始新的生活。除此之外，他们今后还会每年支付一笔费用，用来永远地封住他的嘴。

这个协议其实没有任何的强制性，只不过违约的后果是无法想象的。毫不夸张地说，他们命悬于此，弗兰克也是一样，还有那些毫不知情的宇航员。如果这件事闹上了法庭，要接受大众陪审团的审判的话，那么一定会有一大堆芝诺员工愿意出卖彼此，以此来换取一纸从轻量刑的协议。毕竟没人不想看到这帮人受到最重的处罚。

就弗兰克而言，他很清楚自己回到地球后麻烦也不会结束。一家把赚钱建立在杀人之上的公司并不会比黑社会好多少，他们随时都有可能找上门来。就算弗兰克去找记者或者联邦调查局，事情也不会因此改善。他只是一个被判了刑的杀人犯，身上有一些近期的伤疤。虽然美国国家航空航天局的宇航员可以证实其中的部分细节，但他们对到达火星之前的事情并不知情。

他清楚自己想用这段时间来做些什么，首先找到儿子，给儿子一个拥抱。告诉他，爸爸很爱他，为他感到骄傲。其次是向杰奎道歉。在她不知情且没有同意的情况下发生了这种事情。那个被弗兰克枪杀的少年的家人呢？虽然他很抱歉，但他们很可能并不希望与他联系，更别提见面了。

在那之后呢？芝诺要来就来吧。到了那时，该做的事情也差不多做完了。反正生活也不可能一直顺利，也许他可以跟芝诺的人玩一玩捉迷藏，也许这样一来他们就会先行放弃，不再来烦他，或者他也可以干脆放弃，直接让他们找到他算了。他总有一天要面对这个问题。

至于目前，他已经得到了这份协议。这份协议的第一步就是把三具尸体运到飞船上。

在那黑白相间的降落伞裹尸布之中，他们的尸体是硬邦邦的，仿佛几块木板。现在看起来更像是几包行李，而不是几具尸体，搬运工作因此而变得简单了。他可以把它们直直撬起，然后推入拖车的开放式格栅底盘，最后把推车在越野车后面挂好。把每具尸体都纵向摆好后，他又用了圆柱体货舱上的棘轮皮带把它们固定好。

他将燃料电池的插头从基地的电源上拔下。寒冷使电缆变得僵硬无比，很难把它收回原本的货桶里去。他直接将电源连接器放到了桶盖下面，准备等回来暖和一点儿后再处理绕线的动作。

在经过被狄狄命名为“高地”的三角洲时，弗兰克故意放慢了速度。越野车的车轮护板现在很脆弱，他目前还未找到制作备胎的方法。他可不想沦落到在这个荒无人烟之地独自一人修理轮胎的地步。从现在开始，他必须更加谨慎，再也不能在“圣克拉拉”周围愉快地兜风了。

整段路只有两千米，但是花了他一刻钟的时间。晨雾已然蒸发殆尽，坚硬的地面上只剩下了拳头大小般的粗糙乱石所投下的道道长影。每道阴影中都闪着一些白色，那是成霜洼地，它们也很快就会蒸发掉。阵阵尘土在转动的车轮后扬起。

升起的太阳照亮了地平线，那里远比上方的天空明亮。风把灰尘吹到了空中，光线映衬着它们。天顶仍旧近乎全黑。在那中间，一条条高悬的云带从粉蓝色的天空中划过，它们似乎正在等待着夜晚的到来。

如果有合适的人陪伴的话，这番风景可以说是相当美丽。即便现在没有想要杀死他的活人，他也很清楚火星的致命之处。于他而言，这就是一片荒蛮之地，无论他是死是活，这片土地都无动于衷。只要犯一个错误，就全部结束了。

他们降落时乘坐的那艘白色飞船形似一颗子弹，呈圆锥体状，有着四条立在火星表面的可伸缩支腿。它灰白色的表面已经随着时间被染成了红色，餐盘形状的支腿上堆积了许多急风吹来的沙尘，以至于现在已被完全掩埋。它看起来已然是景观的一部分，弗兰克也已经习惯了它的存在，它既可以是远处的一颗小珍珠，又可以是他行驶时的一个地标。

近期需要他停下车入内的只有那一次。当时，他发现地面上堆满了止痛药片的空壳以及拆封过的食物包装，还在睡眠舱中发现了四名死者的尸体。讽刺的是，直到那个时候他才突然发现布拉克的不对劲。

他松开了小型方向盘上的油门，这个方向盘被固定在控制杆上。接着他把越野车车头朝外，慢慢地停在了飞船气闸舱的舷梯前。他跳向地面，这里的低重力使得他看起来仿佛在飞。

飞船下面就是一块平地，着陆的火箭烧尽了表面的物质，只剩下了基岩。现在，尘土又重新将其吞没了。弗兰克把尸体从拖车上一一搬下，并把它们在朝下的火焰喷嘴下方安顿好后，他抽身而出。他准备等到飞船载着大批证物离开的那天再把它们搬到里面。毕竟它们是要腐烂的。

他爬上通往气闸舱的舷梯，他并不确定它的换气功能是否还能运作，因为这是芝诺的飞船，他们很可能可以远程控制它。这时，指示灯的灯光变了颜色，外闸门自动打开了。如果芝诺确实控制着这艘飞船，他们能对他做什么呢？等到信号传到地球后再发回指令，大概需要二十分钟的时间，在这段时间里，他们应该做不了什么。他得定一条规则，不能在飞船上待超过二十分钟。不过，芝诺现在很可能还在操心别的事情。

他进入气闸舱，开启了空气循环。外闸门关闭，声音慢慢地回来了。

这里面和他上次来的时候一样。当然了，这里除了他没有别人，不会有人移动任何东西，而且他也并不认为那些四处晃荡的船员鬼魂是真实存在的，以及那些梦魇中的他赤裸地站在火星的日光中，因为体内水分正在沸腾、蒸发而惊声尖叫着的场景。那只是一种应对机制，他眨了眨眼睛。

地上依旧堆满了垃圾。布拉克的睡垫依旧从第二层延伸出来，那四台装有尸体的睡眠舱依旧在更高处的第三层。他确实需要检查一下储物柜，看看还有什么可以用的东西，但不是今天。他甚至不明白自己为什么要进来，也许是想确定这里真的只剩他一个人了吧。

控制台上的灯还亮着，红色的、琥珀色的、绿色的。蓝灯代表电源。有几个灯在闪，他清楚不该随意碰触，因为随意拨动开关可能只会给他带来更多的问题。为何要给自己徒增烦恼呢？基地完全可以满足他目前的需求。

他还是感觉有些诡异，甚至可以说是毛骨悚然。这艘废弃的飞船现在已经变成了太平间，当初它载着八个人来到了火星，最后却只剩下了一个人。现在，弗兰克也不再需要它了。无论那段时光是多么漫长，也只是属于他的过去，而不是他的未来。它只是一座纪念碑。

他开启了气闸舱的循环，随着空气的抽离，他的宇航服开始变硬。他查看了数据，确保氧气余量与电量充足。他打开外闸门，火星又一次出现在了他的眼前。还是那么冰冷、毫无生机。

布拉克之前把四个装有美国国家航空航天局全部设备的货舱存放在了山坡底下，反正也把拖车带来了，干脆就去运一个回来好了。总有一天要把它们运上来的，为何不趁现在呢。他可以先把它们堆在基地外侧的废料场里，然后等到每次需要使用气闸舱回到室内时，再慢慢转移。不然他需要花上整整一周的时间来进行各种搬运工作，气闸舱的气泵也得持续工作，这会耗费他大量的体力以及基地的电能。在太阳能面板的清洁工作方面，他做不到像德克兰那般勤劳。正常情况下，他有足够的电量，但是如果他不停地循环气闸舱内的空气呢？

他很快就会陷入一片黑暗，甚至可能因此死掉。所以最好不要这么做。

他已经很久没有去过撞击坑底部了。上一次，那是一个漫长的夜晚，他想忘却忘不了的那个晚上。他小心翼翼地从坡上驶下，身后的空拖车因为重量不够在松散的沙子上滑行，这导致它一直弹来弹去，并且总是改变方向。理想情况下，电动绞盘上的缆线是足够让他把车停在山坡顶上，并直接把圆柱体货舱拖上来的，但事实上，坡顶与坡底的落差远远超过了四十米。

玛西曾经教过他把拖车倒到位的方法。她是第一个死的。那并不是一场意外，是早就计划好的。如果当时是弗兰克的二氧化碳过滤器发生故障的话，他也并不清楚接下来的发展是否会有所不同。剩下的人还是会在失去他的前提下继续前行，就如同他们在失去玛西的情况下也继续下去了那般。她死后，少了一张吃饭的嘴，也少了一对呼吸氧气的肺。

她像牲口一样被屠宰了，接着是爱丽丝。该死！这一切都是他刚刚与之达成交易的那些人策划的。

“恶魔的交易，”宙斯说道，“你还是这么做了，弗兰克。我明明跟你说过不要的。”

尽管宙斯穿着宇航服，但这并不能阻止那些烟不断地从他身上冒出，在他的面罩内盘旋着。

“现在不行，宙斯。”

弗兰克并没有看他，而是径自把布拉克的平板电脑从腰带上解下，然后打开它，查看圆柱体货舱的清单。他想也许等他看完之后，宙斯就会离开了。

地图弹了出来，就是他心里想的那个地方。但这些又是什么？塔尔西斯平原的腹地及其近处的几个地方也标注着叉叉，他正是从那里回收了那些用于建造“火星一号”基地的圆柱体货舱。

好吧，这是旧版的地图。布拉克应该是好几个月都没再更新过。已经被弗兰克和其他人回收的所有货物都还被标记在初始位置。

不对，那些货物就在废料场里，那一大堆明亮的叉叉几乎都快要盖住基地本身了。他刷新了一下地图，进行了重置操作。地图刷新后，那些叉叉又毫无例外地重新出现了。

它们是哪儿来的？

画掉这个问题。它们当然是来自地球的。

这些是芝诺的货物，因为它们只在布拉克的电脑上显示，不在弗兰克的电脑上。只要他点一下叉叉，就会出现内存货物的简介。他点了点离他最近的那个叉叉，就在拉厄撞击坑另一边以南的几千米处。

太阳能农场。

“可恶，你看这个。”弗兰克转过身，想把平板电脑拿给宙斯看，然而宙斯早就已经消失了。弗兰克很快就意识到了自己怪异的行为，于是颓丧地转了回来。

这些都是他的备用组件，它们就散落在这片平原上，甚至比第一批的舱体组件散布得还要更广、更乱。如果地图准确，那么一个人是不可能完成其中一部分的回收任务的。

它们在火星表面待了多久了？弗兰克无从得知，过去几个月以来，基地上方的天空就一直动静不断。布拉克曾警告他们不要去招惹那些“太空海盗”，弗兰克一直以来都知道这些货物就是给他们的基地准备的，并且作为第三阶段的一部分，他需要前去回收它们。

美国国家航空航天局的货物可以放一放。他现在就要去给基地的电量扩容。他已经厌倦了小心翼翼地用电。尽管德克兰在别人使用他的那些宝贝电力上真的很烦人，但他们之所以能够在整个基地搭建过程当中生存下来还是多亏了他。这些新的太阳能接收板来得有些晚了，已经来不及让他享受这突如其来的幸福，但弗兰克还是可以把它命名为“德克兰·默里太阳能纪念农场”，同时，他也很想看看芝诺因此不爽的样子。

他打开了平板电脑上的邮件程序，打字道：“路易莎：你之前怎么没有跟我提起那些新的补给品呢？你肯定是知情的吧，这又是一大堆我要做的额外工作。我就跟你说清楚吧，我希望你们能够及时地把所有相关事宜都告诉我，从现在开始，一旦我找到什么新的东西，我都会认为你们是在故意隐藏不想让我知情。

“我们的交易必须建立在信任的基础之上，要么干脆就不要交易。你们得知道，现在搞砸了的人是你们。我现在要去回收那些太阳能接收板。等我把它们带回来以后，我会把它们接入电路，然后把所有的灯都打开。这就是我的第一要务。希望今后别再发生类似的事情。”

发完邮件后，他关闭了应用程序，看看还有什么在等着他。

他点开另外一个叉叉，那里面全是食物。一整个货舱里面有六个大货桶，装满了来自地球的脱水食物。随着继续深入，他发现散落在外的舱体组件、越野车的轮胎和备用燃料电池，这些组件甚至都可以再搭一座基地了。这个现场资源管理设备又是什么？听起来花里胡哨的，但现在是他的了。

他检查了氧气及电池余量。两样都没问题，足够去回收太阳能面板了。之前，只要他的宇航服或者越野车任何一样出现了问题，他就会死在外面，或快或慢，都是一样的。没有人会来救他，因为这里就没有其他人。但是不入虎穴，焉得虎子。

他抬头看了看天空，而后又看了看平板电脑上更为准确的时间。他回来的时候应该已是黄昏，不过他有照明灯，而且他也很清楚自己的路线。“日落大道”现在已然变成了一条细细的沟渠。他不禁好奇从太空中能不能看到它。为什么不能呢？既然狄狄已经给它起了名字，那也没有理由不让它被官方认证。它就是火星的第一条人造道路。

弗兰克出发了，尘土在身后飞扬着，以平稳的速度缓缓前进。车子驶过的地面要比周围的颜色更深一些，因为上面一如既往地覆盖着一层烟雾，就是之前沾在他们头盔上的，以及被越野车的金属车轮轧过的那些尘雾。驶过拉厄撞击坑，再开上狄狄称为“长滩”的撞击坑壁坍塌部分需要两个小时。再花一个小时去那个平原上回收货舱，回程则又需要两个小时。

在穿越撞击坑的底部时，“比弗利山庄”的山脊一直在他的左侧。这段路很长、很无聊。在火星上，无聊已经成为常态，这种感觉正变得越来越强烈。尽管周围满是异星的风景，红色的岩石、红色的尘土、赭石色的天空、苍白的太阳，但依旧没有什么意思。这不是火星的错。除了温室外，火星上唯一的活物就在他的宇航服里面。外面几乎没有什么氧气，只有一片并不完美的真空。火星上到处都是死气沉沉的，可人们仍然想来这里探索、工作。但这些人是出于自己的意愿，并不像弗兰克一样是被迫来的。

驶出撞击坑的这段路更具有吸引力，是因为更加危险了。斜坡陡峭，地面松散，隐藏在下面的不规则坚硬岩架则又是一个巨大的威胁。必须以适当的车速小心行驶，才能保证有足够的动能让越野车越过那些并不稳固的地方，如果车速太快，车轮很可能会失去牵引力。如果这样的情况发生，并且在一段时间后也未能恢复的话，越野车便很可能发生侧滑。翻车的可能性是真实存在的。即便车上装有翻车防护架，身上也系着安全带，但他也几乎能够肯定车轮会被撞毁，这将直接导致他滞留此处，这里远远超出了飞船和基地的行走可达范围。

无聊和恐惧就是他的两种默认状态，他似乎一直在这两种状态中不停地切换着。

十分钟、二十分钟，一直在上坡，弗兰克被惯性压在座位上，眼前只剩山坡与天空。车轮转动着，轮胎板咬着地面。他能听到车子在撞击坑壁上前进而发出的巨大咆哮声，一路上，他一直努力保持越野车车头朝前。

接着，他猛地加快车速，梯度随之变小，大片火星景色呈现在他的面板前。一座座上万千米高的火山从平原拔地而起，直直通向天空的蓝褐色穹顶。除了几顶软趴趴的降落伞以外，眼前的这一整片景色空无一物，只是涂满了深深浅浅的红色。

他在平坦的地面处停下，跳下车检查了车轮和拖车，然后再次检查了氧气和燃料电池的余量。这些动作仿佛已经变成了他的肌肉记忆，他完全没有思考就做了。

时间已近黄昏，正是那些“沙子怪”要从平原升起的时候，太阳低垂在乌拉纽斯山的上空，在尘土飞扬的空中投下了一个巨大的漫射阴影。他打开地图，核对方向，突然发现了一个问题。他自己以及货物的位置都没有被标记。

他想起来了。他宇航服上的信号发射器仍旧处于关闭状态。他在那天晚上就把它关了，在那之后也没有重新打开过。由于与基地和飞船的距离过远，地图应用程序无法与上空中的卫星通信。他敢冒险打开宇航服的通信器吗？如果他没法在地图上确认自己的位置，那么最终的结果很有可能会是他在寻找货物的途中，晃晃悠悠地穿过半个火星，最终错失回家的机会。

反正也已经与芝诺进行了交涉，他们定位他的位置也无妨。他在宇航服的菜单上点击着，直到找到了那个正确的选项。他按下开关，几秒钟过后，他的定位信息重新出现在了地图上，他的目的地也在地图上亮了起来。他正位于“长滩”的顶部。

他继续向南出发，绕过撞击坑的山缘，直到他要找的那个叉叉与自己的定位重叠在了一起。然后他停下车，站在越野车的车架上，靠着翻车防护栏，扫视周围的环境，寻找着圆柱体舱或者降落伞的迹象。地图只能把他引导至正确的区域，在那之后，他就得自食其力了。

尽管这里是一片平坦得仿佛被激光扫过般的平原，但地面上还是布满了大大小小、边缘清晰的撞击坑。他要回收的货物就躺在那些坑里，其中几处甚至还需要他在山缘处放下拉索，才能把那些该死的货物拖出来。它们飞越了一亿千米的路程才来到这颗异星球，看上去需要他拖出来的还不少。

货物的一半隐藏在一个轻微凹陷的地洞中。美好的未来在等待着他。他从未想过在火星地表捡东西这件事竟会让自己如此兴奋。他可以整晚都不关灯。

他把车开了过去，跳下车去查看这座圆柱体舱。它的一头略微翘起，看上去就像一支白色铅笔。上一个装有太阳能发电场的货舱发生了硬着陆，里面超过三分之一的太阳能面板都因为当时的冲击而破裂了。当时的电池没有损坏实在是不幸中的万幸，不然的话，他们会因此而冻死。这个除了侧面上方有一些焦痕外，几乎完好无损，一直往下还可以看到芝诺公司的标志。

他用工具打开了两个侧舱口中的一个，根据经验，他知道货舱门在松开后会猛地弹出。因此当它突然弹出时，他并没有感到惊讶。接着，他把舱门全部打开，扒开那一层层的隔热材料，直到看见货桶侧面的标签。接收面板：太阳能，一千瓦 ×5。这就是他要找的东西。

他按下舱口，重新锁好，然后用电动绞盘把货舱拖到拖车上，刚好拖到超过平衡点的位置，这样货舱的一头才不会拖在地上。降落伞不见踪影，应该还在某处。有时候它们会顺利地与舱体分离，最终落在数千米之外。其他时候它们则会继续挂在旁边，火星的风力还不足以把它们吹走。

降落伞还是有用的。弗兰克总是喜欢把所有能带走的东西都带走，毕竟把东西运到这里可花了不少钱，除非有危险。不过如果短时间内找不到的话，他也只能把这一顶留在这里了。

他再一次从越野车车架上站起，在这片沙色的土地上寻找着那黑白相间之物，但他一下子还找不到。他检查了氧气和车灯，然后决定在降落地点周围转上十分钟来找它，这点儿时间他还是有的。由于载着货物，他的行驶比之前更为稳当了，向南行驶了三百米后，他又慢慢地向东转去。他每隔一段时间就停下车，然后爬上车架，靠在翻车防护栏上看一看，但他还是没找到它。

不过他看到了某些其他东西，有轮胎印。他以前从来没有在这段路上行驶过，这不可能是他留下的。他在轮胎印旁停车确认，生怕它们和那些死去船员的幽灵一样，只是他的幻想。

他笨拙地在尘土中蹲下，先是看了看两条平行痕迹。当他用手划过旁边的沙土时，地面上留下了痕迹，他的手套也染上了红色。它们是真的。与他的轮胎印相比，这些轮胎板印子的边缘已然模糊不清，他还发现有些部分已经完全消失了，大概是火星上的龙卷风所导致的。这些印迹并不是最近留下的，应该是数周前，而非数月前。

他的车轮所留下的印子都带有方向，轮胎印中央呈“V”字形。这些也一样，实际上它们是完全相同的。他能确定这是芝诺公司的越野车，向北行驶后所留下的。那么说明布拉克之前来过这里，很有可能是他在回收了美国国家航空航天局设备后回来的路上留下的。弗兰克站起身，凝视着南方，他的目光越过了什洛尼尔斯火山一侧的山坡，一直望向尘雾之中。那里同样什么也没有。

他再次检查了氧气余量与越野车的电量。现在该把降落伞的问题抛给火星了，他调转车轮，准备回“长滩”。他总觉得有什么不对劲，某件事正令他浑身不安，可他要担心的事情太多了。直到又一次看见自己留下的车轮印时，他才意识到是什么。

之前并没有其他往南的车轮印。

他停下车，站了起来，转过身向后看去。还是什么都没有。他在“长滩”右转后大约向南行驶了五千米。在这之前，他驶过了地图上所有的降落点，北、东北、西北、西，从来没有去过南边的地方。所有的补给货品都降落在塔尔西斯平原上，三座火山中间那个近似三角形的区域之中。部分降落点超出了一个生命保障系统包的可达范围，因此有必要在中途进行一次危险的更换。

然而，没有任何货物降落在南边。

布拉克有可能去过南边，但他必须先向东行驶，然后再向南，最后原路返回。要在一个三角形的两条边周围来回开两遍，他明明有更短的路线可以选择。毫不夸张地说，他们完全可以在火星上随便开来开去，除非路上碰到某些不可逾越的地方，他们才会选择绕道。最短的路线总是最好的。

这会是布拉克的诡计之一吗？向南的轮胎痕迹可能会让船组人员发现新货物的到来。不过在他们回收完第一阶段所需要的最后一座货舱后，便没有人去过“长滩”那么远的地方了，而且那已经是数月之前。布拉克选择把美国国家航空航天局的设备堆放在“高地”底部，这也算不上藏得很远。显然，他在这件事情上的选择并不是很高明，不过在那之后，他成功设法杀掉了三个男人，还差点儿把弗兰克也杀了。他并非完全失去了行动能力。

这根本说不通。任何人要往南走，都会选择先开到“长滩”，然后再直奔目的地。这本身就是一段漫长的车程，除非……

除非在拉厄撞击坑以东那片平原的远处藏着什么东西，布拉克才会在外出以及返回的途中前往那里。这样一来就说得通了，但是他今天没有时间，也没有足够的物资余量去找它了。

那就尽早行动，这些轮胎印就在那里，他只需要跟着它们前进，看看前方到底通往何处。

三十五

87472 号通信文件

2048 年 11 月 14 日 14:37

致火星一号基地（拉厄撞击坑）

自火星一号基地（任务控制中心）

我很抱歉，弗兰克。目前这种情况，我们也是第一次遇到。我们正在努力地把这件事处理得更专业一些，而任何会影响到此的因素——其中当然也包括你的感受——我们都会当作第一要务来对待。我们一定会更加努力地让你感受到这一点，如果我们现在让你感到失望了的话，我为此向你道歉。

祝你好运。

路易莎

弗兰克得把每座舱体上上下下都检查一遍，对这座基地进行一场地毯式搜查，清理掉任何可能表明有八个人而非一个人居住的东西，如宇航服、平板电脑、工作服、睡过的床垫、用剩一半的洗护用品、有刮擦痕迹的餐具等一切物品。必须特别注意如个人涂鸦或笔记一类的东西，至于这些东西会写在哪里就只能靠猜的了，因为这里根本没有纸。还需要清除并处理人体的残留物，例如头发、指纹等，同时还要彻底清洁下水道和所有的血迹。

现在，卫星天线已经开始重新工作，得益于七天的信息循环保存周期，计算机上的数据也会自动清除。剩下的工作则全部需要由他来完成。

他得找出那艘带他们来到火星的飞船的最终目的地才行。在初始阶段，就在他们遭遇电力以及零件短缺的问题时，布拉克曾很直接地告诉过他们绝对不可以拆卸飞船上的零件，他当时没有对此做任何解释。究其原因，那就是飞船一定会再次起飞。

它的燃料余量并不足以重新进入地球的轨道或大气层，它下方的火箭已经发挥不了减速作用，它的隔热罩以及降落伞也在使用后脱离了。

它要做的事情有两件。首先，为了掩盖这座基地里没有自动建设机器人这个问题，它会负责抛出一颗烟幕弹，他们只需假称出于商业机密，已经将它们送回了地球。其次，它将会负责把七名死者的尸体以及一切能够表明他们曾来过火星的证据一同带走。

弗兰克对此疑惑地眨了眨眼。他又不是火箭科学家，并不清楚这需要消耗多少燃料，不过制定行进路线的那些人一定不会弄错。它可能要一两年才能飞进去，但为了消灭这些有可能用于审判的证物，把它们扔进一颗恒星的办法似乎还是挺靠谱的。

毫不夸张地说，他们考虑到了一切。让他们所有人重新进入休眠，飞回地球轨道，然后再派一架运转飞船把他们接回去。他心想这又能多花多少精力呢？

显然答案是太多精力了。在某人的电子表格报表中，重要的并不是这七条生命，而是制造一批火星级机器人存在的假象。弗兰克以及其余队员只是消耗品罢了。

愤怒之情此刻又沸腾着涌了出来，誓要压倒一切。他为什么不来一次先斩后奏，干脆直接把基地夷为平地算了？

不过这样一来，他就得不到他想要的了，而且这是他们欠他的。

芝诺给出的解决血迹方法很简单粗暴：把染了血的地板拆掉，拿到外面用沙子磨干净。弗兰克本来还希望能得到一份关于如何炮制化学清洁剂的说明。他已经把通信室里的地板给撬了起来，从布拉克流血而死的地方一直到狄狄窒息而死时一直关着的那扇门边。他把它们一一撬起并带到了院子尽头的气闸舱处。完成后，他跪在地上仔细地检查了各处缝隙里渗进的血量。

他拖着尸体经过的地方并没有，而尸体躺了很久的地方则渗进去了很多血。部分血液还滴进了地板与下层天花板间的空隙之中，那里铺设着管道以及电缆。这……很不巧。他才不会为了确保每块血痂都被清理掉，排干并拆掉整个系统的管道，即便只拆一部分管道也不可能。他会试着尽量将那些很容易看见的地方全部弄干净，把天花板也拆开，从上下两个方向进攻。

弗兰克想要把这件事做好，但凡有一滴血迹被发现，他都没法向那群好奇的科学家解释。他们只需一瞬间就可以拆穿他编出来的借口，然后事情便会复杂化。即便这意味着让芝诺摆脱犯罪嫌疑。

外面的天气十分宜人，他在火星上待了这么久，已经完全能够分辨天气的好坏。晨雾已然消融，高悬的冰云向西飞奔而去，含尘量也要比平日更低。在乌拉纽斯山的另一边，那仿佛被砍去了一截的火山顶部清晰可见。

地面经过受热后，“沙子怪”会在下午时分出现，那时视野将会变得逐渐模糊，直到太阳又一次沉入地平线。在那之后，可以预见的是一个紫色的黄昏，以及一个寒冷的夜晚。

他把地板放在碟形卫星附近依次排开，它们的塑料硬质表面在微弱的阳光下闪闪发光。他用电动扳手和降落伞布料做了一个简易的翼片砂轮，它的效率并不高，但如果他用力到位的话，工作也算能够进行。他不但有电力，还有满满一星球的沙砾可以拿来当研磨剂。

虽然进度缓慢，但这些沙子确实可以去除血迹。为了检查实际进度，他不得不时常停下并把上面的沙子倒掉，不过这样还是比手动擦除的效率要高多了。

他擦干净一块地板，然后甩掉上面的红色沙土，开始擦下一块。

擦完两块后，他就累了。他在宇航服里喝了点儿水，然后坐下背靠在碟形卫星上休息了几分钟。太阳爬得更高了，这个小小的黄色圆盘后方透着一圈粉蓝色的光晕，接近地平线的地方则呈现着更暗的浅棕色。

他在几乎沉默的环境中工作着。他手上的工作并不足以发出能够在火星这片稀薄空气中传播的声音，不过他能感觉到来自手部的震动，同时在脑中想象着研磨的声音。

这就是他为什么错过了最开始的轰鸣声，直到声音已经大到无法忽略时，他才站起身来抬头查看。

弗兰克扫视天空，寻找着长条状的烟雾痕迹或是代表降落伞的亮点。他什么都没有找到，不过这只是因为他所处的位置太低了，他本以为这次它也会像之前那几次一样划过平原上方。直到向后仰去，抬起脖子，他才终于看到了它。

燃烧着的返回隔热罩画出了一道黑线，准确来说那是一个进入隔热罩，因为它现在并不是在返回。它几乎与天顶一般高，对准着他身后的火山顶而去。他朝它的行进方向望去，凭肉眼可以看见沿线周围有一些很小的降落伞，但实际上那一顶顶红白相间的伞衣远比那些带着它们穿过这片稀薄大气层的金属块状物更为巨大。

随着它的不断下降，细节也越发清晰可见。那个挂在降落伞下方的物体形似一座飞船，虽然还很难判断出它有多大，但至少绝不是那种像铅笔一般纤细的箭形载货飞行器。

他意识到它正笔直地朝他的头顶飞来。如果他的医疗监护仪还在的话，它一定会捕捉到他那疯狂加速的心跳声与急促的呼吸声。两个可怕的想法突然间冒了出来。

那是美国国家航空航天局的飞船，他完蛋了。基地里还满是各种证据，完全没有办法隐藏。他们来势汹汹，会直接撞向基地的。

他瘫在了原地，无法做出任何判断。现在赶紧开上越野车离开，在氧气耗尽前他也许还能多活一会儿，但现在是否已经为时已晚了？还是飞船撞向“高地”时，干脆就让那颗火球击中自己算了？

快啊，弗兰克！动动脑子啊！

那不可能是美国国家航空航天局的人。如果是的话，那说明他们来早了，但他们不可能提早到达，因为太空飞行可不是闹着玩的。不过他懂得也不算多，因此他并不确定。它看起来确实像是一艘正在降落的飞船，转瞬之间，它就以肉眼可见的速度变大了。它每一刻都在变大，并且降落速度非常快，已经非常近了。

它会坠毁吗？这种事也不是没发生过。撞进火星表面的货物，或者直接撞出一个撞击坑。现在这个速度是正常的吗？他降落的时候是这样的吗？

目前可见那顶巨大的降落伞遮盖住了天空，它仍在向下方冲刺。罩子之下挂着一艘飞船。作为载人级飞船也够大了。周围的空气都在颤抖，尘土飞扬，仿佛重力发生了倒转一般。如果真的是他们来了，那就完蛋了。该死，怎么没人提醒过他。他该如何是好？

他把整个身子向后靠去。这时，不明物体长出了几条腿，它们纤细得看起来完全不足以支撑本体的重量。它离他很近、很近。

接着，从他的角度望去，这艘迎面驶来的空中飞船终于开始向侧面滑去。头顶倾斜了几度，然后他可以清楚地看到它向北面落了下去。它会越过基地以及他的那艘着陆飞船，并不会撞向他。

降落伞在空中自在地飘浮着，仅仅数秒间，它们就从几只紧绷的圆盘变成了一群水母。烟雾从坠落的飞船底部喷涌而出，一把把半透明的蓝色火焰长矛刺向地面。从自由落体到完全停止，这艘新来的飞船只用了短短几秒，火星的地表在震动着。

火箭熄灭后，灰尘和废气直接席卷了基地，在整个“高地”上方升腾着。随后飞船降落时形成的那团褐色烟雾逐渐消散了。

两千米之外，再沿着那道通往撞击坑底的陡峭山坡望去，可见一个闪闪发光的白色钝头圆锥结构体。他完全没有准备好，地板上还全是血迹以及那些未埋葬的尸体……

如果是布拉克的话，他肯定知道这到底是什么以及它到来的时间。芝诺明确告诉过他美国国家航空航天局的人还要三个月才会到，他们不会瞎说的。快仔细看，他自己的那艘着陆飞船还在，而它本该在宇航员们到达之前就离开的。

不是宇航员，那到底是什么？文档里的什么东西被他漏掉了？他暗自下定决心，绝不会在传回地球的信息里透露出任何惊慌，因为这会让他显得很无能。

他强迫自己走向满电的越野车，然后爬了上去。他并不想前去查看，因为他害怕自己将会找到的东西。另一方面，他又明白自己必须要去搞清楚那到底是什么。他以前也有过这种感觉，在他父亲的葬礼上，但那是很久之前了。然而，这是他必须要做的事情，必须得穿过那道门。

他穿过“高地”，朝陌生的北方驶去，绕过坐落在山群中间的那个大型撞击坑。随着他的不断靠近，飞船的细节也慢慢显露了出来。那些支腿绕着那个更为粗壮的圆锥体一圈排开，彼此之间的距离相等。在重力仅有地球上的三分之一的情况下，其坚固程度已经足以应付这项工作。圆锥体的所处位置很低，以至于底部都几乎要碰到地面了。

弗兰克放缓车速，在一定距离之外停了下来，他抬头望向这个结构体。他在侧面看到了美国国家航空航天局的标志。上面还有其他文字，但是字太小了，从他的位置看不清楚。一条条从下至上的乌黑的煤烟由深变浅，挡住了其中一部分文字。他突然意识到，他一直觉得火星是属于自己的，而这艘新来的飞船则属于非法入侵。他这个想法可真是太疯狂了。火星可是很大的。

他从越野车上爬下，向它走去。他的心脏仍在剧烈地跳动着，衣服也被汗水浸湿了。就目前而言，飞船没有任何动静，只有一片寂静。

“撑住，弗兰克。”

“玛西？”

他最后一次见到她时，她整个头盔里都是自己的呕吐物。当然，她现在也是这副样子。她正透过面板上飞溅的呕吐物和他说话。

“慢慢来，弗兰克。好好做。”

“是的，好好做。明白了。”他点了点头，她似乎对此挺满意的，因为当他又一次看向那里时，她已经不在了。

他把注意力转回了这个降落物上，飞船下方的地面似乎挺稳固的。火箭发动机已经把上面的尘土都轰走了，只剩下石子落在一片光秃秃的开裂平地上。这看起来就像泥裂。

他走到近处，可以看清楚那些小字了。上面写着：“山茱萸号”“MAV”。

“MAV”这几个字母唤起了他模糊的记忆。

他一边在飞船周围徒步绕圈，一边抬头望向那倾斜的空白侧面。没有窗，也没有任何外部特征可言。不过其中一条支撑腿上装有一个带盖的盒子。弗兰克打开栓锁，里面有三个按钮：两个绿色的和一个红色的，各自标有上、下箭头。他环顾四周。没有人会出来阻止他按下按钮，因为他是这里唯一的人。他按下标有向下箭头的按钮，接着向后退了一步。

飞船侧面出现了一个入口，随后一架可伸缩梯落到了地面上。梯子尽头有着一个较大的门形物，以及一个可能是开门装置的较小矩形物。他双手交替地爬了上去，用力按下那个弹簧盖，它弹开了。

又一组按钮，两个绿色的和一个红色的，这一次的箭头朝向是向内及向外。他按下进门按钮，舱门先是向外弹出，差一点儿撞到了他的脸，接着才滑到了一边，里面就是气闸舱。

他又犹豫了一会儿要不要继续前进，是不是应该先联系地球方面，弄清楚这到底是怎么回事。但他还是爬了进去，找到控制装置后，他关闭了身后的气闸门。

主舱体的大部分都是空的，这里也只有这一个房间。唯一的物件就只有从地面伸到天花板的三根柱子。墙壁上只有一些了无动静的控制器和面板，所有屏幕都处于熄灭状态，只有几盏灯是醒着的，这就是全部了。里面没有人，考虑到这艘飞船的大小，这里的空间也并不算大。他的那艘着陆飞船与其体积相当，而它有三层。

他低头查看宇航服的控制器，确认了他的身体早已告诉他的事实：飞船内部是真空的。

他爬出飞船，关好所有东西。他又一次围着它绕圈，然后停下脚步，望着山坡的方向，想看看那些降落伞落在哪儿了，就在这时，他感觉到了轻微的震动，于是转过身去。飞船中部位置的各个百叶通风口打开了，两侧的凹槽中各有一组太阳能电池板，它们如风叶一般展开了。太阳能面板阵列先是发出一阵黑色碎闪，然后才对准了阳光。显然有什么事情正在发生，弗兰克却对此毫无头绪。

然而还是没有宇航员出现。他仍旧是独自一人，一直如此。突然之间，他似乎可以接受这里只有他一个人的事实了，因为他现在还没准备好，基地也没有清理干净。他得把所有东西都整顿好，让一切就绪，还要适应自己将要变成兰斯・布拉克的这一事实。

他今后要顶着这个名字生活。那是很难的。

这里已经没有要做的事了。他得回到基地，搞清楚“MAV”到底是什么，然后他才能继续工作。这艘飞船的到来，至少令他意识到了一件事，整个计划的时间表并不在他的控制范围之内。

弗兰克驱车回到基地，捡起已经清洗干净的部分地板，踏入了自己的气闸舱。

他把生命保障系统放回架上，把地板铺好，然后重新读起了第三阶段的文件。

“MAV 将于第 529 火星日左右到达。”他得研究清楚“MAV”到底是什么，他在另一份更具技术性的文档中找到了相关解释。

“MAV”也叫火星上升飞行器。它就是那艘载他回家的飞船，至少是载他离开火星的那艘。它能够吸入火星空气，并将其转化为燃料，整个过程大约需要 120 个火星日。它将会载着他和其他宇航员回到火星轨道，并与转运飞船对接，然后飞回地球。

那时就是他的生死时刻。他有了一个截止日期。

三十六

98943 号通信文件

2048 年 12 月 3 日 18:43

致火星一号基地（拉厄撞击坑）

自火星一号基地（任务控制中心）

弗兰克，非常感谢你为我们提供了上升飞行器的“健康证明”。它降落时的景象一定很壮观吧！我都希望可以在那里和你一起观看！

第三阶段的工作你似乎进展得不错。我知道这对你来说很艰难，也不是你想要选择的道路，但我感觉我们现在合作得挺好的。你一直在很努力地工作，对于那些突然出现的问题，你也总是能想出富有创意的解决方案。我很高兴能看到你有这样的主动性。

请记住，无论火星上是什么时间，我随时都在邮件应用的另一头等着你，我会以最快的速度做出应答。

保重。

路易莎

弗兰克在系统中加入了一组新的电池，以及十千瓦供电量的太阳能接收板，由此拓容了电力总储量。他还添置了大量的即食“果冻”和冲饮粉末，在储藏室里摆了一整排。现在，他有了备胎、备用的燃料电池、舱体组件以及更多的气闸舱。他在“长滩”顶部留了一个气闸舱，里面放有备用的生命保障系统以及氧气瓶。如果他在外面遇到了麻烦，就可以随时使用。

这些补给品早就该来了，芝诺从一开始就把他们蒙在鼓里。他还记得在最开始的阶段，电力不足、食物短缺，还有那并不充足的舱外活动时间，而且他们完全没有得到布拉克的任何帮助或指导，只能通过内部讨论来决定哪些事是首要的，哪些事可以晚点儿再做。这一切都是故意为之，这也是弗兰克厌恶他们的原因之一。从这第二轮的货物发射可以看出，他们完全有能力更早地提供补给。尽管如此，弗兰克还是得压抑住自己的愤怒，和芝诺合作。

外面还散落着更多的补给品。他在基地的工作进度刚好比原本计划的要稍快一些，他可以休息一天，从那单调且长时间的近距离工作之中抽出身来。他盯着平板电脑看了一会儿，他确实想去看看那个现场资源管理设备是干什么的。它位于什洛尼尔斯火山的东侧山坡之上，绝不是落得最远的那批货，但它距“长滩”仍有三十千米之远，往返需要约六十千米。用一个生命保障系统包应该刚刚好。

也不是说路易莎就不担心他的这些出行。她也告诫过他要小心，也曾反复地询问他本次出行是否必要。如果他在外面的平原上死了，那么“火星一号”基地就会维持在他离开时的状态。其中一部分被血迹所覆盖，这显然不是由机器人建造的。

也许这就是他想来这里的原因吧，下意识地想要打破与芝诺的协议。他并不想把有关爱丽丝、玛西、宙斯、狄狄、德克兰与泽罗的相关记忆全部抹除。他们真实地存在过，然而现在，弗兰克却与那些可恶的杀人犯们勾结在了一起，就是那些曾经试图让他也加入死亡行列的人。

他总是会见到他们，不管是在基地的内部还是周围。这很不对劲，但他确实很孤独。他甚至已经开始通过翻阅布拉克与任务控制中心之间的通信记录来消愁，记录中，随着他对鸦片类药物依赖程度的不断提高，他的通信内容也变得愈加失控与健谈，辞藻也越发华丽。

他从没觉得自己是一个热爱社交的人。然而在他的大部分人生经历中，他每天都在与他人一起工作。孤独正在吞噬他。尽管他有一整个火星可以探索，但对他来说，这里仍是一座监狱，仍是一间单人监禁牢房。这一切很快就要结束了。只要再坚持几个月，宇航员们就会到来。在他们到达之前，只要他不哭，他就可以撑过去。在这期间，他还有路易莎。他总是忍不住把一些不该告诉她的东西说出来。他并没有其他倾诉对象，毕竟他们都已经死了。

也许他像布拉克一样已经开始崩溃了，也许这一切只是一场噩梦，醒来后他会发现些什么。

他会发现现实仍旧如此。

他穿好宇航服，循环了气闸舱的空气，打开气闸门。他是被放逐到火星之上的，他无法摆脱这一切，不要再一厢情愿地以为自己的处境会有所缓解了。

他拔下越野车的电源线，检查好拖车的挂钩是否仍然牢固，接着便离开了基地。他甚至觉得面前的这股微风还挺像行驶时吹在脸上的那种，然而事实上，无论车子是否在前进，它的风量都是恒定的。

火星上升飞行器就在他的左侧，它的那些太阳能接收板正在追踪着太阳，同时它还在制造着燃料。在他右侧的几千米处则是那艘着陆飞船，被黑白罩子盖住的三具尸体仍旧塞在底下。他又沿着山坡下到撞击坑底部，进入了“日落大道”。很矛盾的是，刚刚升起的太阳正直射着他的脸部。他终于明白了为什么会在月球上、太空中给宇航员配备一种下拉式的深色遮阳板，那是为了防眩光。而在火星上，太阳不过是一个发光的圆盘而已。它的亮度也就刚好足以投射出清晰的阴影，但这也取决于天空中的含尘量，在大部分时候，阴影就像是一块坚实的固体，像一块从空中割裂出来的深色平板。

在他那转动的车轮间，尘土飞扬着。其中大部分尘土就如同被抛撒的沙砾一般，呈弧形落下，不过这些尘土的颗粒要小得多。而那些几乎不可见的、最细小的颗粒则像薄雾一般飘荡在空中，碰到什么就直接粘在上面，尤其是他的宇航服面板。在舱体内部的潮湿环境下，他们带进去的灰尘最终会掉在地上，把地板弄脏，但在室外它们只会单纯地紧紧粘住。

火星上的幽灵也可能是尘土做的。

当他到达“长滩”时，山坡正处于完全背阴的状态。他以前也在黑暗中行驶过，这并没有想象中那么有趣。沿着撞击坑壁的坍塌处往上，可以去往上方更广阔的平原，整段路地形复杂，需要不断地艰难攀登。他紧紧踩住油门踏板，能够感觉到自己被向后压在了座位上。

电机嘶吼着，下面的石子嘎吱作响。这对于他和电机来说都是一场关于耐力的考验。

越野车爬过撞击坑的山缘后，弗兰克把它停在了那座气闸舱旁。他把石头松散地堆在它的两侧，然后用一条货物固定带绕过车身顶部，带子两头的锚杆则伸进两座石冢中固定。

他进行了象征性的例行检查，然后打开了地图，以便确认接下来要往哪个方向行驶。东南方向，还要爬一些火山的低坡。只需要爬低坡也是件好事，因为在到达那个张着大口的平底火山口之前，山顶最高处与平原的高度差有两万千米之高。

他沿着之前自己留下的轮胎印向南驶去。他一直没搞清楚布拉克为什么要采取这种迂回式的路线。以防自己漏掉什么，他又检查了手上最新的卫星地图，东边并没有什么特别的东西，只有更多的石头、撞击坑以及尘埃。

他完全可以想象在这片平原上迷路的场景。可以当作路标的东西太少了，如果起了风沙，又或者平板电脑无法通过他的宇航服与卫星建立连接的话，那他可就麻烦了。

他全身都在冒冷汗，呼吸也变得急促起来。这座星球是如此之大，他却是这里的唯一一个人类。不要惊慌，深呼吸。

恐慌消失了，在不必要的时候离家那么远，他不确定自己冒的风险是不是有点儿过大了。他几乎就要转身回去了。路易莎会喜欢这样的。

其他人很快就要来了，一切都会变好的。

他再次查看地图后，把车头转回了火山群的方向。沿路的地质又一次慢慢发生了变化，撞击坑变少了，光秃秃的岩石变多了。各种细小的沟纹与沟渠蜿蜒而下，仿佛一个个小号版本的“圣克拉拉”，那景象宛若一片坑坑洼洼的尘之海，它不断冲刷着大陆，然后又从海角处撤回，从而形成了道道河流。

他已经离目的地很近了，可他又该如何通过面前这一片迷宫般的水道到达所想之处呢？他再次瞥了一眼地图，发现信号正在变弱。在重重高地的阻隔之下，他的宇航服已经很难收到信号了。

他可以现在就回去，也可以再看一眼最新版本的地图，然后继续往上。如果他继续往上，驶出他目前所在的山谷，上方山坡的视野应该会更清晰。他放松身体，向前倾去，他越过了这片陌生的地形，视野再度变得开阔起来。再过去是一段石阶，它似乎正以一种不规则且不完美的方式一直往上延伸，一直通往了最高处。

信号又出现了，目标货物的叉叉与弗兰克所在的位置重叠着。他寻找的东西就在他周围数百米之内的某个地方，但他怎么就看不见它呢；他停好车，走向位于上方的下一个岩石台阶处。尽管这个台阶立板并不尖锐，但他穿着宇航服攀爬还是十分困难。他双手、双脚并用，由于用力过猛，他的膝盖也发出了异响。

他直起身子，望向较低处的那些斜坡，寻找着来自着陆火箭的色彩混合物或焦痕。这时，就在平原之上，他一瞬间看见了一个穿着宇航服的人影从一处峭壁后走出来，又走回了另一处峭壁的后面。从岩壁的大小来看，可能是玛西，或者爱丽丝，又或者德克兰。绝不可能是宙斯。他举起手，但这蠢极了，于是很快又放了下去。反正他们从一开始就没有真正存在过，最终都会消失。

他的时间并不宽裕，必须继续搜寻货物，或者干脆放弃。这个降落点到底藏在哪里？

附近有一条河道，两侧的河岸十分陡峭，有点儿像悬崖。虽然需要警惕过于接近断缘的危险性，但他还是得看一眼内侧，以防万一。他慢慢地爬了上去，接着让眼睛适应了一会儿黑暗。就在那里。降落伞几乎把整个圆柱体舱都包裹住了，他还是第一次看见这样的情况。当他再度仔细查看时，降落伞看起来似乎鼓鼓囊囊的。里面货物的状态似乎也并不理想，但他还是得过去检查一遍，看看是否还有有用的物品。

最佳方法是从河道的顶部进入，然后向下行驶。越野车面对这些石阶也是一个很大的挑战，他不得不把轮胎板的触地面积调整到最大，只有这样才能获得足够的抓地力，即便是在最慢的车速下，也是如此。拖车无法顺利前进，他不得不硬拖着它前进。拖车不断地震动着，只有在撞到石头时，它的轮子才会绕着石阶的拐角慢慢地滚动。

在路面变平整之前，他的拖车架底面还得在坚硬的火山岩上剐蹭两遍。在那之后，他就可以拐进河道了。河岸在他的两边逐渐升高，不过还好河道底部还挺平坦的。他一会儿向左、一会儿向右地曲折向前驶去，最终，他在圆柱体舱旁停下了车。

乍一看，你会觉得它是先安全地降落在了河岸顶部，然后才落进了这道沟壑深处约三十千米的地方。货舱门因此而被震开，然后降落伞又刚好落在上面，把它盖住了。

弗兰克双手紧握着伞衣，用力把它朝自己这边扯，就像是在扯一张巨大的床单。他没有看错，两扇舱门都开着，外壳上还有明显的各式凹痕，某些凹陷处已经被砸得都露出来了金属层，散发着暗淡的银色。

舱内只剩下了一半的货桶，他掉过头去查看，本以为会看到散落在河道各处的货物碎片。然而并没有。他回到圆柱体舱旁，望向舱内。可以肯定的是，原本的六个货桶现在只剩下了三个。它们外面的隔热材料也消失了，固定它们的皮带也不见了。

那些货桶消失了，而剩下的那几个货桶全都完好无损，这根本讲不通。

他检查了舱门的门闩，通常来说，他要使用挂在腰带上的工具才能转动它们并把门打开。舱门并不是爆炸开的，是被人打开的。至于那顶降落伞也并不是正好落在货物上面的，是被人故意放在这里，为了防止落灰。

他看向脚边。这处河床的底部是由基岩以及上面覆盖着的一整层风化砂以及风积尘组成的。在他没有经过的地方，却有着与他相同的靴印。不仅如此，二十千米之外还有轮胎印迹，曾有一辆越野车沿着这座峡谷向上驶去，然后一个三角调头，又开了回来。

布拉克？

不可能是布拉克。布拉克是有拖车的，他会用绞盘把整个圆柱体舱拖上车并直接带走。

难道是弗兰克自己？难道他患上了某种精神病？

他把手放在火箭一侧。它是真的，就像靴子和越野车一般真实。

他茫然地爬回了越野车的驾驶座，把所有东西保持原样留在原地。他系好安全带，并下意识地向前倾去以测试卡扣是否卡好，因为他听不见它卡进去的声音。

他看着前方地面上的那些车轮印，开始缓慢地向前驶去，然后跟着它们沿河道向下方驶去。有叠在一起的两组印子，一组朝着他的方向，一组朝着反方向。在过去的几个月中，曾有某个穿着芝诺宇航服的人，驾驶着芝诺的探测车来过这里，也许是布拉克，也许是他自己。这样推断并没有问题。

弗兰克想起了与德克兰的谈话，当时，他们认为有人在夜间偷偷使用越野车进行未经授权的短途外出。他们当时认为这个人只是在着陆飞船与基地间往返，而不是到这么远的地方。但布拉克肯定去过外面的平原，他要去回收那些美国国家航空航天局的设备。但就算多开一千米，德克兰也会发现电量的差别，至于一块电量耗尽的电池就更不可能瞒过他了。因此，布拉克为了不让他们这些幸存囚犯知道他在背地里的勾当，一定是在返回基地前用飞船给燃料电池充电了。

一定是布拉克。但出了河道后，这些车轮印就坚决而无情地转向了东南方向，绕过参差不齐的火山岩，沿着尘之海的边缘向前而去。那么说明这辆越野车是从南面来的，它才会因此回到那个方向。

再往南除了这片红色的沙漠，空无一物。

他终于清醒了过来，停下了车。他的氧气余量已经不到一半，车子还能开近一百千米。无须过度自责，不过他得快点儿开车回家了，不然就得用上位于“长滩”顶部的那套生命保障系统了。这只找食的乌鸦现在已经飞了五十千米之远，如果在火星上有乌鸦的话。再加上“日落大道”以及开上“高地”的三十千米，这辆越野车的可达范围大约在两百千米左右。

即使按他自己的标准，他也已经不再处于安全范围之内。而且他还带着拖车，尽管没有载物，但它仍旧会给燃料电池增加额外的负担。

无可辩驳的是，他刚才追踪的那些车轮印是通往南方的，这是他亲眼所见。它们的起始点位于南方的某处，回去的时候也是沿着原先向外探索的路线回去的。

回到哪里去?

弗兰克看着地图，把细节放至最大。上面并没有显示具体的道路，这个等级的分辨率还是太低。令人失望的是，上面甚至都没有显示“日落大道”，它可是火星上规划得最好、使用得最多的道路。他检查了其他可能的物体。上面没有火星上升飞行器，它是最近才降落的，也许卫星摄影还没来得及更新。但是可以看到飞船，至于“火星一号”基地，可以看到一片很明显的浅粉色与白色人造物。

他用手指上下左右滑动着地图，查看着更南部的地方。就算那里有什么，地图上也没有显示出来。

那些车轮印可不是他想象出来的。某个穿着芝诺装备的人曾经到过那座圆柱体舱，然后又消失在了那里。弗兰克可以确定那不可能是布拉克。

他从座位上站起，靠在翻车防护栏上，直直地盯着眼前的平原，直到自己看不见为止。他努力地眨了眨眼，把地图举到面前，试图把它与眼前的景观对应起来。

仅仅是站在那里呼吸着，也是在消耗他身体中的能量。他的判断力、他的理智都是有缺陷的。他本应该直接掉头，再也不来这么远的地方。好好在基地待着，等待美国国家航空航天局团队的到来，保证自己安全活下去，然后回家。

他把平板电脑挂回腰带上，重新系好了安全带。

他跟着轮胎印又开了一小段。绕过一处海岬，就在远处的下一道海湾那里，他看到了一辆越野车停在一条河道的尽头处。

他慢慢地停下车。一辆和他一模一样的越野车。他想要看到的绝不是这番光景。这怎么可能呢?

三十七

内部备忘录

2048 年 12 月 8 日

致布鲁诺 · 蒂勒

自火星一号基地（任务控制中心）

抄录自纯纸质副本

我们遇到麻烦了。

他不清楚自己在那里坐了多久，只是呆呆地望着。等到他终于摇了摇身体并清醒过来时，他的氧气储量积分早已掉了好几分。

那辆越野车还在那里，并没有像其他的想象产物一样消失。它是被人停在那里的？还是被丢弃在那里的？一辆有人使用的越野车会产生灰尘，车架、车轮以及控制装置都会被一层膜覆盖。不过很难分辨它到底是在那里待了两分钟还是两周，又或者更久？

弗兰克松开刹车，又前进了约二十千米，还是没有看到任何人。没理由有人。因为他是火星上唯一的人类，不是吗?

他又靠近了一些。如果这发生在几个月前，爱丽丝一定会在他耳边唠叨半天，逼问他到底出了什么问题，还会威胁要改变他呼吸的气体成分，好让他平静下来。

但是她不会这么做。她已经不在了，她死了。他是最后一个活着的人了。那么这辆该死的越野车到底在这么远的地方干什么呢？

他继续驱车向上，朝着那辆越野车驶去，在两千米开外停了下来。他爬下车，刻意而缓慢地绕着它踱步。

它积了一些灰尘，不过它并没有被废弃。如果车轮在一段时间内一直没有转动，车子的某一侧便会积灰，而这一辆并没有，由此可以推断它是近期被人开到这里的。

弗兰克伸出手。他犹豫了片刻，然后才将手指轻轻放在了车架上。他摸到了坚硬的金属，仿佛被烫到似的甩开了手。

这太荒谬了。他害怕极了。它不应该在这儿的。他嘬了几口水以平息口干舌燥之感，为了能够看清驾驶座，他费力地爬上了车子的底盘。这个被螺栓固定在车架上的塑料座椅就跟他自己的一模一样，只不过这把椅子被压碎了，有人在上面贴了一排舱体补丁贴片用以固定。座椅上并没有灰尘，仿佛被清洁过一般。还曾有人把手放在屏幕上，然后把它抹干净。他看到了四根套着手套的手指所留下的痕迹。

他爬下车，检查着地面。地上还有通往最近一处河道的模糊拖痕。

有人在海角上方的一块石阶处回望着他。

那个人也穿着芝诺的宇航服。可以看到那坚硬的躯体部分、一体式头盔、后背的生命保障系统和舱口，以及前部、顶部的发光区域。那人的肢体语言很难解读，毕竟那笨重的隔热层隐藏了绝大部分的信息。但是弗兰克能够从那人盯着自己的方式中感觉到，那人同样也没想到他会出现在这里。

时间可能只持续了几秒钟，但仿佛过去了许久。

接着那个人转身离开，消失在了他的视线中。那人是准备从河道下来见他吗？如果这个人像越野车一样是真实存在的话，那也许是吧。

他该怎么办？他还有时间可以考虑。他可以干脆就开车离开，驶向远方。但这样一来，他也会留下可以让其他人追踪的车轮印，就像他追踪痕迹时一样。他可以弄坏这辆越野车。他清楚这些东西的构造，给仪表控制盘猛地来上几下，就足以把驾驶员困在这平原之上，直接宣判死刑。他也可以直接攻击那个宇航员，杀掉，然后把越野车带走，毕竟他还有一辆空拖车。

他又吸了一口水，卡在原地，一动不动。他仍旧不敢相信眼前发生的事。他的手已经下意识地伸向了腰带上的电动扳手。作为一件钝器，它的重量被低估了，毕竟它的一部分是金属制的，他完全可以用它挥出一记不错的击打。考虑到他可以举起地球上的三倍重量，也许使用一块真石头会是一个更好的选择。但是一上来就被一个高举巨石的人问候，这可不会有助于开启一段友好的关系。

天哪，弗兰克。你连一条鱼都杀不了，居然还在考虑打别人脑袋的事情。你根本不知道那是谁，也不清楚那个人为什么在这里，你对那个人一无所知。你完全可以直接跟这个人交谈，不必因为害怕就把所有人都杀了。

没有时间让弗兰克摇摆不定了。那个穿着宇航服的身影已经随着峡谷的风向朝他慢慢走来，很明显，他的双手都没有拿东西。他双手抬起，轻轻拍了拍头盔侧面两次。这表示通信没开。弗兰克学过同样的手势。

透明面板后的脸变得清晰起来。那是一个男人，留着稀稀拉拉的长胡子，跟弗兰克一样精瘦，甚至比他更瘦，几乎可以说是枯瘦。一双巨大而无神的眼睛凹陷着。他看起来似乎不太好。弗兰克已经好几个月没照镜子了，也许他也是如此。

这个男人也刚刚看清楚弗兰克。他花了点儿时间打量弗兰克，他的目光在脸部、宇航服、越野车以及拖车之间飞快地来回切换。他似乎正在进行着与弗兰克相同的精神体操。

弗兰克还是可以选择直接转身离开，启动引擎，然后把车开走，找一块岩石来截断他回家方向的印迹。但他并没有这么做，虽然他刚才一直都在想着，要在他们在峭壁与越野车的中间位置见面的那一瞬间就跑。

弗兰克看向那个男人的功能腰带，想看看上面挂了什么，他腰间的登山钩上几乎没有什么设备。没有电动扳手，也没有平板电脑，只有一个布袋，里面大概装了一些补丁贴片和卷好的货物固定带。有些不对劲。说不上来具体是什么，但弗兰克还是本能地退后了一步。

这个男人用食指打着手势，表示“你，我，碰头盔”。现在是弗兰克逃走的最后机会。

他也可以率先发动攻击，尤其趁现在这名男子没有通信设备的时候。但如果这是一个陷阱，就是为了让弗兰克进入攻击范围内的话呢？那是监狱版弗兰克的想法，但正是得益于监狱版的他，才活到了现在。也许他应该多听听那个家伙的话，少对他的判断指手画脚。

该死，赶紧冷静一下。这个人并不会攻击我。他甚至有可能是来自环形监狱的另一名囚犯。就跟弗兰克一样，被挟持着参与了芝诺的另一场游戏。

为了检验这个假设，弗兰克伸出一只拳头，微微侧向一边。这个男人对着弗兰克皱了皱眉。顺势碰拳应该是一名犯人的第二本性。他不是囚犯。他会是来自芝诺公司的人吗？

如果是的话，那对弗兰克来说形势会变得非常糟糕。

男人伸出手，等待着和他握手。弗兰克盯着那只手，然后犹豫地握了上去。这个男人是真实存在的。他不是幽灵。

他该怎么办？见机行事吧。先观察一下情况如何。那家伙没有通信。在作出决定之前，弗兰克完全可以试着先弄清楚情况。

就在他们向前倾身并碰触头盔的同时，弗兰克把手放在了他的电动扳手上，并解开了搭钩，把它藏在身侧下方的隐蔽处。

“嘿，”男人说，“你是布拉克？”

弗兰克现在该如何回应？这个人很明显是知道他的，也知道火星一号基地以及其他的一切，然而弗兰克却完全不清楚眼前这个人在火星上做什么。

“是的。”

“不错。东西都搭好了吗？一切都在正常运行吗？”

“我们挺好的，”弗兰克说，然后无意识地加了一句，“我们所有人都挺好的。”

“你们所有人？”一下明显的停顿，“行吧。我都记不清现在是第几个火星日了。我在回收设备。你也在做同样的工作吧？”

弗兰克的越野车挂着一辆拖车，但是这个人的车没有。如果他真的在回收设备，那他的拖车又在哪儿？

“货物降落的地点都乱套了，”弗兰克说，“美国国家航空航天局的包裹少了一件。我刚才去检查了一处卫星地图上显示的疑似降落地点。”

这听上去还挺合理的，不是吗？如果定位信标离线了的话，那么这就是他们唯一的寻找方式。

这个男人似乎毫无疑问地接受了这一解释，说道：“就是说啊。跟那些该死的彩纸屑似的，散得到处都是。”

“差不多吧。”这是有用信息吗？是的。这说明火星上还有另一座芝诺基地的存在，而他们正跟他一样遭遇着同样的问题。弗兰克突然意识到了问题所在，他沉默了。另一座芝诺基地。真他妈该死。

“你最后还是把所有需要的东西都找到了吧？”男人问。

这些多出来的货物不是备用组件，也不是那些丢失或损毁的货物替代品。它们根本不是给“火星一号”基地的。他偷走了这个人的组件。除了这个人，火星上还有另一座基地，一整组船员，包括舱体、地板、车轮、燃料电池以及食物。他拿走了他们的东西。

“你还好吗？”

这种面对面的提问对他来说还很困难。弗兰克已经习惯了在答复与下一条通信之间有一些思考时间，以及一段送信时间上的延迟。

“没事，挺好的。”该死的芝诺。他们明明清楚他一直在做什么。每次他把降落点的货物带回基地，他都会把清单上报给他们。他们随时都可以叫他停下。但他们没有。

“所以你最后还是把所有东西都运行起来了吧？”

“是的。”这是他第二次提出这个问题了。

“温室呢？通信系统呢？”

“我刚才说过了，我们挺好的。”弗兰克全身的皮肤都开始发痒了。

“不错。”那个男人再次说道。

到目前为止，所有的对话流向都是单向的。这个男人、这个闯入者属于弗兰克的火星的陌生人，还没有告诉他任何信息。除了他的存在本身，这已经能够说明很多事了。

“你们遇到了通信问题？”弗兰克问。

“我们吗？一些设置上的问题而已。我们可以搞定的。”芝诺男人吞了吞口水。抛开胡须，他看上去真的很枯瘦。通过他凹陷的双颊和双眼可以看出他已经很久没吃食物了。弗兰克至少偷了他们的一部分食物。

“我就是注意到你只有一个人在这儿，手上也没有地图。这只会给本就困难的工作雪上加霜。”

“设置问题，”这名男子重复着，“只是设置的问题而已。”

弗兰克清楚自己的问题被挡了回来。这可不是什么设置问题，这是一场生存危机。如果他们没有通信系统，他们就无法与芝诺联系，也就没法找到属于他们的那些圆柱体舱。如果找不到他们的圆柱体舱，他们能找到哪些基地组件就只能纯靠运气了。如果他们找到的东西不够的话，那他们都会死掉的。只是迟早的问题。

弗兰克却坐拥食物、供热、灯光、供电、供氧、供水以及大量空间。他什么都有了。

他差点儿就想邀请他们过来，分享他所拥有的海量资源。但他们是芝诺的员工。芝诺明明知道他们的存在，却故意一直没有告诉他关于这座二号基地的信息，以及他们目前所处的状况。芝诺什么都没有告诉弗兰克，因为芝诺的人就是一群混球、撒谎精、谋杀犯、绑架犯，他们甚至比以前的他还漠视人的生命。

现在，弗兰克只有一个人。如果他让出位置的话，这个人完全可以接替他，完成布拉克的职责。即使他不让，他们也完全可以干掉他。他并非无力抵抗。现在唯一可以保护他的，就只有那失效的通信系统。芝诺没有办法告诉他们，他并不是布拉克。如果他们的下行链路又恢复正常了，他就全完了。

弗兰克编了个借口说:“希望你们可以尽快解决这个问题。通信有问题真的很麻烦。但我现在必须回去了。我的氧气量有限。”

“你外出的时候，有见过任何属于我们的装备吗？”

“这里以北的地方什么都没有了。建议你在南面集中搜索。你有见过有美国国家航空航天局标志的任何东西吗？”弗兰克说。好吧，确实什么都没了，因为他已经把所有东西都捡走了。

“美国国家航空航天局吗？没有，没见过。”他有可能是在撒谎。弗兰克当然也是。他又说:“你是从火星一号基地来的吗？你可以从这里一直开回去吗？”

“我有一个中途转换站，但这基本上也就是我可达范围的极限了。我猜你也是吧。你从哪儿过来的？”弗兰克说。

“从南边，”男人说，他犹豫了一下，绝对是犹豫了，“南边。”

“好吧。祝你好运。顺便一提，我叫兰斯。”

“很高兴认识你，兰斯，”这个男人把头盔挪开了一会儿，他并没有说出自己的名字，接着他又一次把头盔碰在一起，“你看上去就像刚打过仗似的。”

一时间，弗兰克并没明白他的意思。似乎比起他自己，外面的人更容易发现他宇航服的手臂上贴有一块贴片。其实很难发现那是一个弹孔:他用手术刀在外层面料上处理过了，不会有问题。

他决定拼一把。

“其中一只黑猩猩干的。没什么我处理不了的事。”他极为仔细地观察着此人的反应，当他意识到自己那莽撞的谋杀宣言不过只获得了对方的一下点头后，继续说道，“我还是得走了。氧气有限，我还得去跟美国国家航空航天局那些人进行通信。他们搞得我可忙了，你懂吗？”

弗兰克的手指不禁握住了电动扳手。他可以现在就给这个男人来上一记重击，趁他倒下的时候赶紧揍他。没有人可以干预，也没有人会知道。弗兰克的第四次谋杀是为了保护他自己。

“当然，我都懂的。我们下次再见。”这听起来像极了一句威胁，弗兰克从未听过如此具有威胁性的话语。这名宇航员退开，然后看了他一眼。他们的肢体语言已经出卖了他们两个。

弗兰克退回他的越野车旁。他绝不会转过身去，从而让那人进入他的视野盲区。与此同时，那名无名的宇航员也紧张地立在原地，他的重心落在脚掌上，身体则左右摇晃着。

在两人之间有了一定的距离后，弗兰克伸出手，把自己拉进了车子的驾驶座。那人仍旧看着他，看着他要去往何处，并且一直看着他留下了一组车轮印。

弗兰克调头转了一个小圈，然后开始尽可能地沿着那些已然被印在土中的轮胎痕迹向前驶去。轻击打开后置摄像头后，他能够看到那个男人仍旧站在那儿，一直看着他消失在了一块从沙之海中冒出来的手指状岩石后面。

三十八

101862 号通信文件
2048 年 12 月 8 日 08:45
致火星一号基地（任务控制中心）
自火星一号基地（拉厄撞击坑）

你们本该对我毫无保留的，能不能不要再撒谎了。你们居然向我隐瞒了一整个火星基地的存在，还眼看着我拿走了那些他们需要的东西。你们明明知道他们需要这些，而且也清楚如果没有这些，他们就会死掉。然而你们什么也没说，只是袖手旁观。

所以到底怎么样？等美国国家航空航天局的人来的时候，你们还想不想要基地维持原状了？还是说你们想让美国国家航空航天局知道你们在这里做的好事？一旦我发现你们想用他们中的一个代替我的话，那我一定会想办法把你们一起拉下水。

我已经准备好了，随时可以把休战协议作废。

你们有一个小时的时间，要是给不出什么合理的解释，那我们之间就结束了。明白了吗？

他的归途颇为艰辛，为了穿越陌生且严峻的地形，他只能依靠地图的指引。他得在火山的低坡区域行驶很长一段距离，一路上全是冷却了的熔岩石阶以及少量的尘埃。他有必要考虑到车轮损坏的风险。这里的沙层很薄，而且似乎常被风吹。他刚才留下的车轮印会在几天后重新浮现。当然了，无遮挡的山坡很可能要比平原有更多风。

单单是祈祷一场能够抹去一切的风暴降临毫无意义。他必须得制订一些计划。

他得把坐落于“长滩”顶部的气闸舱移走，连同把剩余的所有备用氧气瓶也一起带回。其他人可以很容易地利用这些东西来对付他。

还有什么？他得弄清楚芝诺另一队宇航员的降落地点以及时间。不管他们能不能找到他，他都需要为自己谋一条后路。他还得弄清楚他们在那儿执行什么任务。

他估计他们是在他以南的位置。但是距离多远呢？他们的可达里程是刚刚好重叠，还是说，他们是有可能从自己的着陆飞船处直接到达“火星一号”基地的呢？等到他开出这片如岩石般坚硬的熔岩区，并且车子不再晃来晃去以后，再拿出地图来好好查看一下。他很了解自己的越野车，因此他很清楚它可以到达多远的距离，当然具体还要取决于地形、是否挂着拖车、是否需要开灯，以及他是否可以慢慢来。过快的车速会消耗更多的电力。如果按照三百千米来算的话，在火星上，他可以到达的地方是不可限量的。

当然了，如果要算上往返的话，那就只有一半了。但即便如此，越野车里程也不是主要的限制因素。除非有可以更换生命保障系统的设施，否则在八九个小时内，宇航服的氧气就会耗尽。即便把越野车开至最高时速的二十码——这一速度也只有在完全平坦的混凝土地面上才能实现——从基地出发的可达里程也只会降至一百千米左右。

如果二号基地的所在地超出了这个范围，他说不定还是能够到达。可能吧。但距离越近，他们之间产生交集的可能性也就越高。弗兰克可不想跟这些新来的人有任何交流，更不希望与他们扯上任何关系。他们可把他吓坏了。

也许他应该在刚才有机会时就把这个人做掉。他咬紧下巴，绷紧干裂的双唇。他把这个人放走了。出于各种原因吧。他之所以会在布拉克垂死时握住他的手，也正是出于这些原因之一，尽管弗兰克就是杀死他的那个人。

他的氧气与电量都快要用完了。通常，这都会让他变得极为忧虑，他从来都不喜欢让这些余量变得像现在一样少。但现在，这是一个好兆头。余地越小，那个人——那些人，他也确实应该设法搞清楚他们到底有几个人——能够到达“火星一号”基地的可能性也就越小。

他已经越过了南边的撞击坑壁，爬上了火山的岩架，到达了“圣克拉拉”。他差点儿就叫出了声。他是应该找出一条可以下去的路，还是把越野车留在原地，然后徒步跳跃几千米穿过“高地”，并最终到达火星一号基地呢？对此，地图并没有为他提供什么线索。虽然它的分辨率已经不算低了，但是在特写镜头下，颗粒感还是很重。

这段路并没有像他担心的那么难走。这里发生了某种坍塌——也许是山体滑坡，某座悬崖向内坍塌到了“高地”上——他也因此得以直接从火山滑到了现在的平原上，而就在这片平坦土地之上，坐落着火星一号基地、火星上升飞行器以及他的着陆飞船。

他用最后剩下的一点儿电量竭力把自己带回了基地。尽管这时他的氧气量已经不足10%，而且由于存在一定的误差，他的生命保障系统随时都有可能下线，但回来后，他的第一件事仍旧是扫视整个平原，查看是否有人跟来。

没有扬起的尘土，没有移动的物体。仿佛自他到达火星以来，这里就一直如此。安静、荒凉、死寂。

接着，他把越野车重新插上电，进入了连接舱的气闸舱。

他的手又一次伸向了电动扳手。会有人趁他不在的时候溜进来吗？

当然有这个可能。根本没有可以把所有舱门都锁上的方法。不过有一个办法，他突然想起，他在室外可以操作。但还是没有可以保护舱体本身的方法。它们是由可拉伸的塑料膜搭建，以金属框架固定，并通过螺栓被拧在一起的。只要愿意，任何人都可以破坏它。那正是他威胁芝诺的筹码，而现在他又被反过来威胁了。

该死，简直糟透了。他居然允许自己拥有那种希望，居然还以为自己能够以智谋胜过这家公司。他怎么会这么蠢？居然相信芝诺？以后再也不会了。

气闸舱完成了循环。他先是检查了室内空气，脱下宇航服，然后把潜水面罩和氧气瓶夹在腰带上，准备彻底检查一遍所有的舱体，上层、下层都要检查。他本以为自己已经不用进行这类工作了，但显然他错了。

他沿路打开了每座气闸舱的内闸门。这样一来，气闸舱本身的设计会使得面向火星一侧的闸门无法自动打开，在两侧的压力相等之前也无法手动打开。弗兰克也就有更充足的时间来穿宇航服并制订计划了。

他的最后一站是通信室。

那把枪仍旧藏在显示器的后面。他的手在它上方停了一会儿，然后才小心翼翼地拿了起来，他痛苦地意识到，这把枪与最初导致他来到火星的那一把非常相似。它仍旧轻得极不自然。一把枪本该具有一定的重量，符合其用途的重量，而不是像现在这样，跟一把塑料枪似的。

他松开弹匣，然后把枪放在了键盘前的桌子上，他把子弹一颗一颗地取出，放入手中，一共十五颗。他又把它们重新推回去，然后把弹匣放入了左边的口袋，枪则放入了右边的口袋。

他坐在椅子上，挠着脑袋。他并不清楚这是什么感觉，仿佛这就是他想做的最后一件事，同时也是他可以做的唯一一件事。不，他很清楚自己的感受，他觉得自己很脆弱。他已经被逼入了绝境，他的本能告诉他得拿起这把枪，并做好使用它的准备。

美国国家航空航天局的人还要多久才到，四个星期吗？在那之前，他只有自己一个人。不对，他并不只有一个人，只是误以为如此罢了。

现在的情况更糟。

他的平板电脑还挂在宇航服上。是时候联系地球方面，要求他们给出一些答案了。

他生气地编辑好文字，然后发送。至于路易莎和她在任务控制中心的团队会回复些什么，他只能等待。与此同时，他还有一些地图要看。

现在的问题——这个价值一百万美元的问题——很简单，那就是：他们可以到达他的所在之处吗？

无论是宇航服还是越野车的续航，都已经到了承受力的极限。至于那个家伙？好吧，他看上去确实状态不佳，但他确实有一辆可以行驶的越野车，因此也肯定有可以充电的地方。也许是用了着陆飞船上的电，也有可能他们比较幸运，找到了那台可以提供一部分基本负载的热电机。但目前可以确定的是，他们肯定没有找到那组太阳能电池板，因为它们就在一号基地外面插着呢。他们会不会有另外一组？也许芝诺突然之间变慷慨了呢。

那个人说了还要往南，当时，他在一号基地东南方向的八十千米处。那座被打开过的货舱距那里只有几千米——地图上的叉叉很清楚地标出了它的位置。弗兰克估计，他在平原上发现的那些车轮印，那些看起来似乎是去往南边的印迹，就是由这一批新的船组人员留下的。完全可以把那些痕迹当作他们可达范围的极限，因为他在北面并没有发现任何其他的印迹。

有了他猜测的这两处他们可以到达的最远点，他就可以大致计算出他们的起点。

向南一百四十千米，正好落在平原的中央，那一片巨大的地面裂缝的尽头处，在地图上，它们被称为乌拉纽斯堑沟群。实际上，如果从东南到西南画一道弧线，从什洛尼尔斯火山的南坡一直到茫茫荒野之中，他们完全可能在这条弧线的任意一点上。

如果他们在南方或西南方，那么他的所在位置是超出他们的可达范围的。只可能是单程，并且他们只能寄希望于在一号基地进行充电以及更换。如果他们在西南方向的尽头，那么几乎很难想象会有人敢踏上这段旅程。这样弗兰克就安全了。

如果是在东南方，在火山的南坡上，那么他们与一号基地的距离就不到一百四十千米了。他们得开到这座高山上，不过弗兰克并不清楚这是否可行。他又看了一会儿由一颗颗像素组成的地图，测算着各种距离，然后把平板电脑推开了。

如果由他来在火星上设计一个殖民地网络的话，把各个基地彼此隔绝是没有任何意义的——会分开一段距离，以确保它们在能够自给自足的同时，不会过度使用附近的资源，这当然没有问题。但也不会隔得太远，为了以防出现问题，它们至少也得在彼此间的可达范围内。就比如某件设备发生了故障，本基地的人无法进行修复，但另一座基地的人可以进行修复的情况。芝诺故意把两座基地放置在一趟来回车程的范围之内，这样的可能性大吗？他想到这一点时，答案已经很明显了。他们是邪恶的，但并不愚蠢。

在他脑海中一直盘旋着那名宇航员饿坏了的样子。

他们在火山的另一边待了多久了？天上掉东西已经掉了好几个月了，直到最近几周才消停下来。可以确定的是，他们已经在那里待了很久，早就有机会占领一号基地了。如果他们已经知道了他的所在位置，而且也知道他只有一个人，还杀死了布拉克并以此要挟芝诺的话，那他们为什么到现在都还没对他采取任何行动呢？

唯一的理由是，他们不能。

他遇见的那个男人没有通信。在外面的火山上，只要他无法收到货物降落点的定位信标，他就没有通信，就这么简单。弗兰克的那艘着陆飞船是有通信功能的，而二号基地的人显然也在火星表面成功着陆了……

但如果飞船坏了呢，他们没有下行链路的话呢？他们没法联系地球方面，地球方面也没法联系他们。

这样就说得通了。

这也意味着，尽管他们知道他的位置，他们可能也记得一号基地应该在的位置，但他们没有地图，只能通过太阳的方位辨别方向。而且指南针在火星上也是不管用的。

因此，如果——这是一个大胆的假设——他们无法与芝诺取得联系并且芝诺也无法联系他们的话，他们实际上就相当于被隔绝了。与地球，与一号基地，与他们所有的供给货物隔绝了。他们只能使用随船携带的物品，或者废物利用，如果说弗兰克他们在火星地表上的初始建设可以称作艰难困苦的话，那么这些家伙面对的情况可谓是更为严峻。

如果不是现在这种情况，他一定会为他们感到抱歉的。

弗兰克检查了平板电脑，想看看路易莎有没有回复。如果她没有很快答复的话，他就得好好想想该对此做出什么反应了。但就在他拿着它的时候，提示音响了。

她只是写道："弗兰克，请保持冷静。我完全不明白你说的'另一座基地'是什么意思。请不要做出任何会危害你自身安全的事。你可以更详细地告诉我到底发生了什么事吗？这样我才能知道该问他们什么。"

当然可以了。

"就在什洛尼尔斯火山的东面，我遇到了另外一个穿着芝诺宇航服、开着芝诺越野车的宇航员。他能够到达那个地方的方式只有一种，那就是芝诺把他送到那里的。我给你们用来回答的一小时已经快到了，我说到做到。"发送。

正当这件事的复杂程度降到了他可以应对的程度时，某个新的问题又闯了进来——毫不夸张地说，就是现在这种情况——并把他的整个推进流程搅得乱七八糟。

他坐在那儿，在通信台的边上，他的身上很干净，饮食良好。他有供水和供氧，还带有再次回家的那份希望。而在山的那一侧，那群人几乎什么也没有，却有可能会来杀死他。他应该率先出击吗？把那辆越野车弄坏？算了，只要他们不要来打扰他就行。

但并没有人能够保证这一点，如果弗兰克的分析无误的话，那也就根本不可能有人可以保证。

见到那个男人时，他所显露出的惊讶会是一个错误吗？那会是他已经"丢球"的证明吗？也许真正的布拉克早就知道二号基地的存在，因此也就不会有这样的反应。也许他已经露馅儿了。但那个来自芝诺的男人确实也称呼他为布拉克了。

如果他们知道布拉克是谁、他的任务是什么的话，也许这会让他们有理由暂时按兵不动。

在所有的猜测中，他清楚地知道一件事：只有他自己才会真正地在乎自己，只有他自己才能护自己周全。

因此，在芝诺厘清楚自己的狗屁事情之前，他会重新穿好宇航服，带着拖车开往“长滩”，把那个气闸舱带回来。在太阳下山前，他刚好有足够的时间做这件事，然后再也不会把它放到外面了。当然，近期他也不会再到那片平原上去了。

他得做好防御，坚持四个星期。他可以做到的，不是吗？

他把平板电脑扣在宇航服上，然后从口袋里取出枪和子弹，没有组装，而是把它们一同放进了小布袋里，换上新的生命保障系统包后，他从后舱开口爬了进去。

他的宇航服看起来就跟他一样疲倦。时钟要转过几圈，才能等到这些玩意儿穿破的那天？他也可以问一问自己这个问题。他今年五十二岁了，他现在正在火星上，他的儿子在地球上。专心点儿，弗兰克。

他循环了气闸舱，他不禁好奇现在有没有人在监视他。

第一辆越野车还在充电。用电力把燃料电池中的水汽化回原本的合成气体要花上数小时。不过他有两辆车，这会是他相较于那些人的一项优势吗？也许并不会。既然他们有第一辆，那就会有第二辆，虽然他们可能并没有可以同时给两台车充电的电力。

他把拖车换到这辆车上，然后开到了下坡入口处停了下来，顺着拉厄撞击坑向远处望去，他想看看下面有没有什么正在移动的东西。视野清晰与否，总是与空气中的含尘量有关。现在的能见度约为二十千米，虽然已经不低，但还是不足以看清撞击坑另一头的细节。他沿着“比弗利山庄”的山脊望去，然而在这几近黄昏的黄光之下，他只能看见一圈勾勒山体形状的线条，撞击坑壁则散发着朦胧的玫瑰色光辉，明亮而模糊。

无论眼前的景象如何美丽，他还是得去回收气闸舱。他把车开下斜坡，来到了“日落大道”上。

为了避免第三阶段出现差错，芝诺从一开始就准备了另一个团队。如果出现问题，或者布拉克出了什么事，他们就会介入并接管。这便是弗兰克能想到的最糟糕的情况了。

但这似乎说不通，因为一开始用囚犯代替机器人的原因就是囚犯们更便宜、更可靠，并且最终是可以被抛弃的。放一整个额外的团队在这儿，是一件荒谬且代价高昂的多余举措。他们还不如再多花点儿钱来确保基地的建成呢。

最好的情况呢？弗兰克思索了好一会儿。他完全想不出芝诺要把另一个团队送上火星的理由。也许他们之所以这样做，单纯是因为他们可以。也许这支队伍和他自己的队伍一样，管理不善且资源匮乏；也许，尽管火星这个目标物这么巨大，发射后还是出现了大幅偏航，导致降落在了错误的半球上，他们只是偶然降落在这附近；也许这支队伍是由一群体面又能干的人组成的，他们根本不会想要伤害他一丝一毫，而他也确实应该去帮助他们，为他们提供食物及设备。

如果路易莎叫他做个好邻居的话，他应该怎么做？那个人看起来真的很饿。

回到最糟糕的情况上来。她叫他装一整车多余的食物运过去，然后他去了以后就再也没回来，因为那里的某个人知道布拉克的长相，由此他们就知道他是假冒的了。

他还想到了一种更糟糕的情况。如果他们有命在身，要杀死布拉克的话，怎么办？那这件可怕的事就说得通了。雇用一名冷酷杀手来执行第二阶段，然后再解决他。因为布拉克的上瘾症状及精神问题，会在一群正常人类的陪伴下逐渐露出马脚，芝诺最不想要或者最不需要看到的，就是一个疯子当着一群受人仰慕的宇航员的面，在那覆盖着薄膜的舱体里横冲直撞。最好的选择，就是用一名看起来并非杀人犯的技术人员取代他。

布拉克原本会成为那名最后的受害者。而现在，弗兰克就是布拉克。

三十九

103025 号通信文件

2048 年 12 月 10 日 22:06

致火星一号基地（任务控制中心）

自火星一号基地（拉厄撞击坑）

路易莎，这是我的底线，没有余地。

我知道这是芝诺计划的。货物的降落区域理应和载人飞船的预计降落区域是一致的。芝诺故意在一号基地附近设置了第二座基地。我有理由认为，这对我来说是一件坏事。

你告诉过我，二号基地收到过明确的指示，不要接近火星一号基地，但我并不相信芝诺，我也不认为他们会安安静静地不动等死。他们知道我在这里，也知道火星一号基地里有他们需要的一切。

你也说过，由于通信问题，现在没有人可以联系到二号基地。我也并不打算与他们联系。芝诺在所有事情上都说了谎，所以我不会冒着生命以及失去重返地球机会的风险去做这件事，让我落入如此境地的人就是芝诺。因此，他们也必须承受后果。如果二号基地继续待在山的那一侧，那没事。我也不会告诉美国国家航空航天局任何关于这项“机密任务”的事。说实话，我并不在意火星上有什么人，如果芝诺希望把对这件事保密作为我回到地球的条件，那么也是可以的。

但你必须明白，我和现在的你们一样，并不能控制二号基地的行动。就算二号基地离开了既定领地，某个来自美国国家航空航天局的家伙发现了他们的存在，我对此也是无能为力的。因为这是芝诺的问题，并不是我的问题。如果他们自己暴露了的话可别怪我。

芝诺要么接受，要么就不接受。反正两个月之后，美国国家航空航天局的人就要到了。

他还是得把这些尸体挪到飞船上。他以前之所以没有这么做，是因为他不想每次带一批物资过来时，都要看到它们。不过事实也并非如此：他其实每次都可以清晰地看到着陆飞船底部火箭头下方的那些伞衣罩子，一直要等他到达通往飞船气闸舱的舷梯底部时，它们才会从视野中消失。

现在，他已经没有借口可找了。这就是他清单上的最后一项工作，其他的所有项目都已经被他勾掉了。不，这也不完全是事实，不过对此，他有充分的理由。

他开过一小段距离，来到了着陆点。今天是他来到火星八个月的纪念日——2 月 6 日。自从爱丽丝叫醒他以后，他陆续失去了他们。

自他误以为自己孤身一人以来，已经过了近三个月。

自发现芝诺在火星上安置了另一个基地以来，已经八周了，他们就在山的另一侧。奇怪的是，正是自那时候起，死去船员的鬼魂便不再出现在他的眼前了。自那之后，他就再也没有犯过病。如果说那些鬼魂实际上是来自二号基地的人，这个想法很可能会把他吓个半死，所以他并不会这么去想。

即便如此，弗兰克还是过得不好。他总是辗转反侧，难以入睡，每每终于进入梦乡时，他又会因为听见了一丝真实或幻想的声音而被惊醒。之前的那些噩梦就已经够糟糕了。现在它们变得更为具象了，原本只是存在于梦中的威胁变成真的了，如果基地被入侵，他将被拖到外面，被按倒在地的同时，他的宇航服被人打开。因为他们并不想损坏任何属于芝诺的资产。在火星上，资源比人都要重要，更别提一群囚犯了。

至于最近几个火星日发生了什么，他的记忆早已模糊成了一团。他并不清楚自己什么时候才是清醒的，唯有神经能量在支撑着他。总有一天，他会崩溃，而且是狠狠地崩溃。但不是今天，今天还不行。

他从越野车上爬下来，环顾四周，检查有没有人来过飞船——他把一块降落伞布假装不小心地夹在外闸门里，作为他的标识。它还在那儿。没有无法解释的车轮印，也没有不属于他的靴印。时间与风侵蚀着飞船外面一直通往下坡入口的那些痕迹，把它们变成了一团团模糊的深色污迹，就仿佛铅笔画出的线条被抹开了一般。

没有什么新的事物，也没有任何迹象表明二号基地的人来过附近。这很好，但他还是每天都担心，特别是现在。他已经完成了所有工作。虽然一号基地并非一尘不染，但至少很干净。它有那种有人在居住的样子了。他已经把地板全部清洁完毕，把干掉的血迹从金属支撑架以及各处设施中刮掉后，把地板下方的空隙也刮得干干净净。医务舱也再次变得井井有条，问诊室里的所有东西，包括布拉克带来的那顶海军陆战队帽子也全都被他清理掉了。

那是唯一一件从地球带到火星地表的私人物品。他们这些囚犯的私人物品——包括弗兰克的几本书和那些信——则全都消失了。他并不清楚它们去哪儿了。与其他的垃圾一样——平板电脑、工作服、宇航服、排水管里的头发以及过滤器里的皮肤碎片——这顶帽子也必须被丢进太阳的心脏之中。

他收到的指示是，只需要把它们全部堆在里面就行，不必考虑它们会不会撞到仪表板一类的问题。到时，芝诺会远程控制这艘飞船，那些东西不会有任何影响。

他准备计时一个半小时。他每次进入飞船，都只会待这么久。这段时间并不长，因此飞船不会留下他激活气闸舱的记录并向地球发送信息，他不会留给芝诺任何可能把他困在里面并把他带进太空的机会。当然了，他们已经做过一次这样的事情了，但是那跟被发射进一颗恒星有着本质上的不同。

也许他们并不会那样做，也许他们会遵守这份协议。但在这件事上，如果他把自己的生命当作赌注的话，那就太蠢了，他完全没有必要冒这个险。每当他躺下睡觉时，都会抓着一只半充气的橡胶手套，还会将整套潜水装备和他的宇航服放在触手可及的范围之内。

还有他身边的那把枪。

他决定要留下它。无论如何，芝诺永远都不会知道的。他已经把那个金属外箱和布拉克的其余私人物品都一起带了过来，并在飞船自带摄像头的注视之下扔了进去，枪现在正待在他宇航服的腰间小布袋里。

等美国国家航空航天局的宇航员来了以后，他还没有想好该怎么处理它。也许可以把它埋在外面，因为如果把它藏在基地里，不管藏在什么地方，他都要一直担心它会不会被发现。为了解释自己为什么会拥有一把经过改良的自动手枪，很可能会导致他之前的所有谎言都出现漏洞。

他抬头看向飞船。他不确定自己是怎么到达这里的。越野车就在他身后，还能是怎么来的呢？

坚持住，弗兰克。坚强一点儿。

他钻进飞船的船体下方，一把抓住第一张裹尸布。他把它拖了出来，看着那些原本堆积在布褶间的灰尘是如何落到地上，又是如何划出一道拖拽痕迹的。他在拖的这个尸体是谁？这个皱巴巴的包裹非常纤细，体积不大，里面也没有任何类似宇航服的东西。这应该是泽罗。

他把泽罗放在舷梯底下，然后回去搬布拉克和德克兰。他们两个都还穿着宇航服，两人的面板都是碎裂的。布拉克的生命保障系统在最后也被锤得稀巴烂，那时，弗兰克把一个氧气瓶当作攻城木一般，反反复复地锤向面板，直到面板被打得完全无法使用。德克兰的应该还是完好的。但是他真的没有勇气为了卸下生命保障系统去解开那块裹尸布，如果弄错了，他不可避免地还得去解开另一块。

就让它们跟着飞船一起飞走吧，就这样好了。

他激活了平板电脑上的计时器，然后打开了气闸舱。他把泽罗一颠一颠地拖上舷梯，然后拖进气闸舱，接着再循环空气。内闸门打开后，他又一次面对着那一大片由他们产生的垃圾。布拉克对此做出了绝大部分的贡献，由于他逐渐染上了那无法摆脱的药瘾。

他把泽罗拖过这片垃圾，然后将泽罗放在了已经关闭的电脑控制台附近。他本想站起来，好好想一想自己现在正在做什么，他到底同意了什么。但时间依旧在飞逝。于是，他转身回去拖剩下的人。

七具尸体。四具在楼上的睡眠舱里，但他们肯定已经死了。楼下有三具，被裹在黑白相间的裹尸布里。这些就是他的船员。

他想象着终于可以好好睡觉，不必再担心二号基地，不必再担心被闷死或捅死，更不必再担心基地的方方面面。

他终于有了一些自己的时间。他以前很喜欢休假的时光，可以前往各个遥远的地方旅行，钻进汽车里，在地图上标记出自己的路线。最后一次是什么时候？十年前？十二年前？黄石公园？对，就是那次。迈克好像是十四岁，正处于从好奇转变为愤世嫉俗的年纪。

他平板电脑上的闹钟响了。是时候停止做白日梦了，现在得赶紧出去。他打开气闸舱的循环，匆匆忙忙地回到了室外，他大口地喘着气。他跌跌撞撞地走到了越野车边，靠在巨大的车轮上，等待着自己平静下来。

结束了，他逃了出来。太阳已经落下了一半，时间不多了。所有工作都完成了。如果芝诺要有所行动的话，那么就是现在，等到他完成所有苦活的那一刻，他们就可以找人取代他了。只要度过今天和明天早上，随着下一艘着陆飞船的到来，他就可以真正解脱了。

他真的累极了。

不过他还是开车去了“日落大道”上方的斜坡，他凝望着整个撞击坑。拉厄撞击坑一如既往地空旷，那是一个巨大的椭圆形深盆地，周围是一圈由破碎岩石组成的山壁以及参差不齐的山脊中线。坑底还有一些宛如雨后春笋般的新撞击坑。

拉厄撞击坑的底部被阴影笼罩着。他没有看到上面有任何往这个方向来的扬尘，也没有前进的越野车和挂在两侧的宇航员。他们在什洛尼尔斯火山南侧的某处，如果他们想来找他的话，他猜测他们应该需要越过山顶。他想过要设置某种警报系统，但他并没有这方面的技术专长。他思考着设置警报需要做的事，包括自动照相机、震动传感器或者物理绊线，他甚至都不知道该从何处下手。

这只是看似已经摆脱他们威胁的又一天罢了。相信芝诺说的话……那令人心累无比。自从火山坡上的那一次后，他便再也没见过属于二号基地的任何迹象。他想知道为什么。也许他们终究还是没有来到这里的能力，也许是因为越野车坏了或者无法充电，也许他们由于饥饿和口渴最终都倒下了。他们基地里没有被弗兰克拿走的东西都荒废了，也许那里已然是一座坟墓。

也许他们只是不知道他的具体位置。也许他们知道，但他们只是在等待一个机会，在他做完所有苦活累活之前，他们准备先用手头紧张的资源撑过去。

慢慢驶回基地的路上，他经过了那台上升飞行器。

火星上升飞行器似乎一直在做着它自己的那些事。提取大气中的二氧化碳将其分离，然后隔离在不同的储存罐中。它大部分时间都是静止的，不过为了更好地接收那微弱的阳光，太阳能面板会每隔一段时间就转动几度。通风孔会在日出以及日落时分关闭，接收板则会旋转着回到起始位置，准备收取下一束破晓时的曙光。

美国国家航空航天局的宇航员们已经来到了他的上空。他们正整装待发，准备着要从转运飞船降落到火星，只剩最后的几千米了。关掉那一台机器，然后唤醒这一台。他在地球上看过的一段训练视频中，将最后的几千米称为"恐惧的七分钟"。而那个时候，想来已恍如隔世。

如果他们在这个过程中死了怎么办？航行了这么长的时间——全程都保持着清醒——这么久的距离，仅仅是为了在大气层中被点燃，然后飞快地撞进那片红色的冻土之中，最后只留下一团焦黑的痕迹。对此，弗兰克无能为力。如果他们下降得太快或太远，他都无法为他们提供帮助，他只能充当一名见证者。然后给地球发送信息。

现在唯一有用的准备工作就是确保越野车已经充满电，平板电脑已同步，并随时做好准备。他清楚自己的指令，那就是成为布拉克。

他抬起头，望向天顶。宇航员们会活下来，并最终带着他回家，他也不必随时随地都感到心惊胆战了。一切都会好起来的，他们会称他为兰斯·布拉克，这段时间里，他必须穿上另一名杀人犯的伪装外衣——但这也没关系，因为弗兰克林·基特里奇清楚那种感觉，他清楚压在肩膀上的重量到底是什么，也知道如何在这样的负担下继续生活。

只要再睡一觉，再试着入眠一次。他有可以服用的药物，虽然他之前从来没用过。他一直坚持到了现在，一部分是出于恐惧——他害怕药物对自己的影响，也害怕在药效影响下，他自己会做出什么——另一部分是出于那根贯穿他全身的那名叫“固执”的铁棍。

他很坚强。他觉得任何人都可以坚强。没人需要那些狗屁玩意儿来帮助自己应对问题或者做一些正常的事情，例如睡觉。在一些更清醒的时刻，他承认自己的这种应对方式正在折磨着他，但他绝对不会屈服。至少不是现在。

再过一个晚上，再过一个早晨。

时间越是逼近，他的恐惧感就变得越强烈。他掌控不了这件事，也永远不可能掌控：他所拥有的，只是自己能够掌控一切的幻想，假装自己可以制定时间表，撰写工作事项清单，就好像他是现场监工的工头一样，但他不是老板。芝诺和美国国家航空航天局才是。他只是在按照他们的时间表干活罢了。

就比如现在。他正驱车向南穿越“高地”，开往基地，他看着那堆脆弱的灰白色管状物体，他觉得那并不是某种近似奇迹的东西，而是他亲手搭建的家。他给自己建了好几次房子，眼前这个也并没什么不同，只不过是在另一个星球上罢了。

他停下车，把车头朝向着陆飞船，然后检查了一下氧气量。还有几个小时的余量，这绰绰有余了。他把平板电脑放到大腿上——上面的所有犯罪证据都已经被清除：文档、文件以及与地球之间的所有历史消息记录——打开了邮件应用程序，然后开始打字。

他写道：“第三阶段完成。”这基本上是真的。他仍旧带着那把枪，也并不打算把它放到别的地方。

他跟他们说过，完成后，他会通知他们——又是那种以为自己可以掌控一切的幻想——尽管他曾经反反复复地威胁他们，要把布拉克绑起来，像一个临时绞刑架一样挂在一号基地的墙体支撑条上，但是无论如何，他们最终都是会发射的，不论他是不是真的会这么干。反正最后需要做出解释的人也只会是他，而他早就没有做这件事的精神能量了，他的全部能量根本都没剩多少了。

他坐在越野车上等待着。他的工作已经全部结束了。明天将会是第四阶段的开始，在那一刻来临之前，他都处于下班状态。

二十八分钟后，他的平板电脑收到了一条新信息。

“你做得很好，弗兰克。没有人可以像你这样应对问题，在完成一切工作的同时保持镇定自若。你属于最优秀的那批人。我们以后永远都不会见面了，对此我感到心碎不已。我们正准备进行着陆飞行器的发射。路易莎。”

飞船就位于“高地”过去的两千米处，一个几乎不到大拇指指甲盖大小的白色锥体与火星落日的耀眼红色相映成趣。随着太阳的下沉，颜色逐渐向黑色靠拢着，空中尘埃投下的阴影变得越发密实。这就是所谓的凄凉之美吧。

当越野车下方的地面突然开始震动时，他正望着什洛尼尔斯火山的方向。这时，有一堵红色的云墙以飞快的速度朝他冲过来，他猛地转过头。它直接穿过了他，第二股更强劲的风也已经在路上了。代表飞船的那个小点稳稳地坐在脏兮兮的灰色烟雾圆柱上，正从这片沉寂已久的世界缓缓升起。

它飞得又快又猛，就在第二场暴风雨仿佛毯子一般罩住他时，他听到了火箭的点火声。

尘埃落定。由于不完全燃烧，空气中发出了爆裂声。推进器的主体早已模糊不清，只见一道白炽火焰继续向上攀升着。在远方的土地与黑色天空之间滚动的雷声也在逐渐减弱。

当然了，即便二号基地一开始并不知道一号基地的具体位置，那根底下呈圆弧状的、朝下的冒烟“手指”也一定会让它的位置暴露无遗。在它飞出地平线之前，甚至还捕捉到了一缕即将消失的阳光，它的颜色逐渐从烟灰色变成了古铜色。

天空高处的大风吹着那些烟雾，把它们打散，弗兰克也终于低下了头。在真正的夜晚之前，暮光降临了。他把车开到充电点，然后把越野车插上，进行充电。他现在有了可以随意使用的充足电力，完全可以让它一直在那儿充电，直到燃料电池充满为止。

他睡前的最后一项例行事务早已经进行了很多次，尽管现在的光线已经不足以用眼睛进行最粗略的检查，他还是绕着基地外侧巡视了一圈，然后他进入了连接舱的气闸舱，循环空气后，他把手放在枪上走了出来。他左看看、右看看，没看到任何有被除了他以外的人动过的东西。自从他把其他所有的内闸门都打开后，这里就是基地的唯一进出口了。又是一个他在明天之前需要忘记的预防习惯。

他把身后那扇内闸门也打开了。

这里目前也没有其他人。他把枪放在生命保障系统的架子上，然后检查了外部压力情况。读数稳定，也没有任何氧气警报响起。他现在可以从宇航服里出来了，他用拇指在胸口的下拉菜单向下滑动着，找到了正确的命令栏。

他向后从宇航服里爬了出来，挂好宇航服，把生命保障系统放入架子，然后把平板电脑从挂钩上取下，用前臂擦去了屏幕上的灰尘。不管到了何时，他都不忘了把衣服穿好。穿上布拉克的工作服。他已经把自己那件血迹斑斑的工作服送进了那艘飞船。宙斯的工作服大得过分，而其他人的则都太小了。

但他总不能像一个流浪汉一样在这儿晃荡吧。他得习惯这一点。说话的能力。他在大部分时间都只穿着一件贴身连体衣，只是为了能够更快地钻进宇航服罢了。随着其他人的到来，他就可以恢复至某种程度的正常。不管那到底是什么，火星上的正常吧。

于是他特意穿上了工作服。衣服的肩膀以及裆部位置都感觉有点儿紧。穿久了，布料也许就会松一些吧。

他把枪放进口袋，还拿上了食物、咖啡、潜水装备以及平板电脑。

一切准备就绪。基地里有其他人存在过的一切证据均已被删除。这把枪在明天早晨之前也得处理掉。以防被碱性土壤腐蚀，他会先把它包好，再把它带到外面埋掉。他们在建造基地时，把那些可能会刺破地垫的乱石都拿开了，他准备放进那个搭出来的石冢里。

那是一个大约两米高的石堆，由于低重力，它很细长。他会用上它的。他可以把石冢顶部重新搭一下。他终于可以把这堆破事儿抛诸脑后了。明天，他就安全了，至少比之前安全，毕竟他永远都不会得到真正的安全。

至于今晚，他会紧紧握住这把枪，以防万一。

四十

274-1058 号通信文件

2049 年 2 月 7 日 14:37

致战神四号火箭“草原蔷薇”号（火星轨道）

自战神四号火箭指令舱通信员（任务控制中心）

山楂号：

所有系统正常。地表状况良好，火星第一基地就在下面等着你们。

你们即将进行降落。一路平安。

十分钟前，弗兰克接到了联络电话。他穿好宇航服，准备走到外面观看。他只能在那儿看着。那些宇航员也是这个状态吗？他们是只能把命运交给自动控制系统呢，还是可以自己驾驶呢？但到了那时，由于整个过程很快，即便发生错误，他们可能也无法及时纠正航线了。无论发生什么，弗兰克都只能充当一名见证人。

他把平板电脑夹在腰间，检查了袋子里有没有足够的补丁贴片，接着最后一次环顾四周。有什么本不该出现的东西吗？那只蓝色外科手套。他不再需要它了，不是吗？它就在生命保障系统的架子上，它好像没什么理由待在那儿。他把它拿了起来，想要解开手腕处的结，但解结的难度与戴着宇航服手套打结时的难度无异。

最后，他用拇指用力在上面戳了一个洞，然后用其余手指把洞扯开。他不是很确定目前该如何处置这只破手套，所以他干脆就把它塞进了腰间的那个小布袋。

潜水装备可以放在原处。它的存在是有理由的。现在，他穿着自己的贴身连体衣，布拉克的工作服正挂在一个衣架上等待着他换上，还有拖鞋。他今天早上洗了澡，也吃了东西。他感觉不错。他觉得自己做得够多了。

但这并不意味着他把所有东西都处理了。目之所及是否会有所遗漏呢，会不会有因为他已经习惯了而没有注意到的东西呢，也许那会立刻吸引新来人员的注意——也许有人会想要拿起来看看，并询问那到底是什么。这样一来，弗兰克就瞒不住了。

同样的事情，他已经做过几十次、上百次了。他没有找到任何那样的东西。他很焦虑，这也是可以理解的。接受它并继续前进。

他走出气闸舱，走进了火星早晨的昏暗光线之中。飞行器进入大气层的时间定在八点左右，到了那时，影子会缩短，冰霜也会蒸发。外面没有物品被挪动的迹象，即使如此，他还是摸了摸自己的布袋，他清楚那把枪已经不在里面了，以后也不会在那里出现了。从现在开始，他可以保证自己的安全。

他可以做到的，他会回到家，那些充斥着血浆与失压人体的噩梦终将平息，他可以重新过回正常的生活。

他不能再想那些事了。那只存在于遥远的未来，而且只会让他的压力更大。他一个人生活了太久，然后又因为一批错误同伴受到了威胁。

他得专心于日常事务，比如把越野车的充电线拔掉，把那团硬邦邦的、像蛇一样的电缆线在它的容器里绕好，踢一踢轮子、摇一摇车架，以确保没有任何东西松动。还有更换车轮——这项工作需要两个人来完成，既然他现在已经有了备用胎，不管它们是偷来的还是本来就是他的，他都已经迫不及待地想要用那些布满齿轮状凹痕的轮胎把那些出厂轮胎都给换了。当然，他也可以使用千斤顶，但如果多一个人帮忙还是要轻松多了。

燃料电池点亮了显示屏，还是一如既往地可靠，他在座位上系好安全带，然后等待着。他的平板电脑显示现在的时间为八点零三，还有一封新邮件。他打开应用程序，是路易莎写来的。

“欢迎来到第四阶段，弗兰克。现在是属于你的时间了。接下来的事情真的就完全取决于你自己了。我知道你有多想回家，老实说，我很高兴那个人是你，而不是布拉克。经过最近几个月的相处，对我来说，你已经不仅仅是一个屏幕上的名字了。我希望你对我也有同样的感觉。我相信你能做到的，弗兰克。等着你回家。路易莎。（等我知道你看过后，就会从服务器上把它删除，然后重新发一封‘正式’的邮件。但这确实是我的真实感受。路。）”

路易莎已经开始为了他而做出冒险举动了，他不知该对此作何感受。他在芝诺有了一个盟友？她会愿意为他走多远？她除了发出信息外，是不是还可以把信息传进去？这很值得探索，也许改天吧。他早就习惯了依赖她这件事。

现在，他还有一件大事需要担心，他得全神贯注。

八点零四。马上就要来了。为了让双眼捕捉到更大范围的天空，他向后靠去。

天空的高处飘着片片薄云，就仿佛一团由东向西伸展的褶皱面纱，随着季风的吹拂，正在以肉眼可见的速度移动着。远方的地平线被拉厄撞击坑的残垣断壁以及一大座火山挡住了，直直向上望去就可以看到广阔的天空。

八点零六。他们离开运转飞船了吗？火箭发射了吗？势不可挡的降落过程开始了吗？为了到达这里，他们在太空中整整待了九个月。他们有争执过吗？他们有吵过架吗？他们还是一个团队吗？他希望如此。他自己的船员，七个完全不搭调的囚犯也相处得并不赖。除了最后，他们一直都没有反目成仇，甚至那个时候也是因为生与死的问题。主要是他自己的生死。美国国家航空航天局一定有好好地挑选过这些人。他们可不像芝诺。这几个是好人，对吧？

他们会带他回家。

八点零七。他用目光扫过视野中的每一个飘浮物、每一朵翻腾的云。什么都没有出现，也没有任何迹象。也许他应该闭上眼睛，然后非常努力地祈祷，但是自从他脱离孩童时代以来，他就没有这样做过，而且现在这样做似乎也不合适。真是自私。想要某样东西，却不愿意为此做出任何努力作为回报。无论如何，就算真的有上帝，在他的整个成年生活中也一直都是自食其力，他从不会向外部力量寻求救赎。他没有被说服信教，也没有得到过任何启示。他很确定事实就是如此。宙斯肯定会有不同意见，但他又不在这儿，他的尸体正在去往太阳的路上呢。

八点零九。说真的，他们到底在上面干什么？什么东西拖住了他们的脚步？难道是着陆飞行器的某个部分出现了问题？如果真是这样的话，这便意味着他们必须中止任务。如果他们可以修好，那就可以再来一遍。不然，他们就会被困在那里，同时，他也会被困在这里。只有二号基地陪着他。但是他还有那台上升飞行器。如果他们愿意在上面再待上几个月，也许他就可以自己飞到轨道上，然后加入他们的运转飞船。

八点十分。他以前没想过这一点。他知道上升飞行器需要收集多长时间的燃料才能把他们全部送上轨道，但如果只有他一个人呢？有效载荷仅为其设计目标的七分之一。他也许现在就可以出发。它是全自动的吗？还是说，他需要一个飞行员？如果宇航员们不得不放弃着陆，这对他来说会是一个更好的解决方案吗？他现在倒是陷入了困惑。他不知道自己想要什么。

八点十一。当然，他们在整个宇宙航行的途中都是醒着的，一切都是为了这一刻。在日常维护中，他们一定会把这艘飞船检查、再检查。它有任何问题，都应该会在数月前被发现并修复。他们已经在轨道上了，他们会下来的。如果出现其他情况，他会收到通知的。他们一定做了万全的准备。

八点十二。那他们到底在哪儿？从接触火星大气层到着陆，整个过程只需要七分钟。他已经等待了数月，现在，这一刻来临了，他就像一个期待着圣诞节的孩子。他的心猛烈地撞击着胸腔，仿佛要跳出来一般。

八点十三。是那里吗？是它吗？如果他们发射过度或者不足的话怎么办？万一他们偏航了数百千米，那他就完全没有办法找到他们了。他眨了眨眼，甚至希望能把自己的眼睛洗一洗。还是什么都没有。只有风扇往他的脸上吹着，不断地吹干他的汗水。

八点十四。等等，那里有东西。有灯光。仿佛火柴坠落般的一股闪烁的微弱灯光。那是好的信号吗？其他的货舱降落时也都是这样的，所以这并不罕见，但他还是眯着眼睛，想要确认它是否在正常下降，有没有什么零件在燃烧或是掉落。灯光的大小和亮度都增加了。比太阳还要亮，亮得眼睛生疼。还是说，其实这是由于他的胸闷和呼吸困难导致的？

八点十五。一道烟痕划过。再说一遍，这是正常的，但是眼前这个的烟量怎么这么大，它到底有没有着火？第一声响雷震击了撞击坑底部的整个圆形剧场，里面的沙子也随之起舞。烟雾变得更浓了，发光模式发生了质变。光源变得不再炽烈，而是变成了一个红点。

八点十六。降落伞从后方弹出，一顶、两顶、三顶，仿佛一根根长蜡烛。接着，砰的一声，降落伞打开了，它们各自吞入一大口空气，在火星稀薄的空气中抖动着，张牙舞爪着。地面和山壁都发出了轰鸣般的闷声，隔热罩上的灰烬不断掉落，一个黑色的圆盘翻滚着，盘旋着，在空中疯狂地扭动着，一直朝着火山西侧的平原坠落而去。

八点十七。它的下降速度飞快。他还记得上升飞行器降落时的模样。他想起了当时的那种恐惧，担心它会撞向基地，但事实并非如此，一切都很顺利。降落伞变得巨大无比，就像是几只橙白色相间的巨型飞碟。接着，出乎意料，它们脱落了，然后瘪掉以后就翻滚着飞走了。挂在它们下面的那个深色斑点就像一块石头一样掉了下来。

八点十八。火点着了。明亮的火矛向下喷射着，突然之间，周围的空气开始嘶吼、震动。一道阴影划过天空，遮蔽了太阳，然后不断地坠落、坠落，最后减速。一个真实存在的光滑而简洁的白色物体，它正在逐渐减速，飞过“高地”的山缘，从他的视线中滑了出去，朝着撞击坑底部而去。扬尘和烟雾在空中到处弥漫，然后是一片寂静。

弗兰克喘着粗气，大口大口地吮吸着空气，搞得宇航服都快要供应不过来了。他把手放在胸板前，调整着呼吸速率。慢慢呼气，屏住，慢慢吸气，屏住。好的，他不会晕倒了，至少这一刻还不可以晕倒。风扇吹干净了面板，然后他从吸管里吸了一口水。

他们到了。他感到十分宽慰，身体颤抖着。在经过这一切的种种考验后，他做到了，他活下来了。

尘埃云正在慢慢地塌陷。沙粒啪嗒啪嗒地落下，那些更细的尘埃则在不断上升并逐渐消散。一次发射后又是一次降落，他还得把太阳能接收板清扫干净。多么平凡而乏味的工作。他一直等到自己的情绪稳定下来，才向前伸出手，抓住了行驶控制杆。

他握紧油门，越野车向前驶去。他有忘记什么吗？肯定会有某处遗漏。也许他应该最后再检查一遍……

不，他已经完成了所有工作，可以出发了。他现在是布拉克了。他在扮演他的角色。布拉克要开车去跟那些宇航员碰头，他想表现得很冷淡，那也无所谓，只要接到他们然后带回基地就行了。他不会有事的，毕竟他们本来就是好人。他终于可以放心地睡觉了。

他朝着下坡入口出发，经过他自己那艘着陆飞船二次起飞时留下的冲击痕迹，仿佛一圈圈向外辐射的黑色轮辐，污迹越往外就变得越模糊。他从那烟灰组成的圆圈上驶过后，车轮在地上轧出了两道黑印子。他在下坡入口的边缘停了下来，表面上，他是在研究下坡路线，实际上是在检查美国国家航空航天局的飞船是否真的抵达。

它真的到了。它就在那里，离这个三角坡的山脚还有很远，几乎要到“比弗利山庄”西坡的一半位置了，它也有一道很长的冲击痕，划过了整个撞击坑底部。现在，它底部的四根折叠支撑脚已经伸了出来。它看起来比他自己的那艘飞船还要小，这在某种意义上是有道理的，因为它只需要把船组人员从轨道运送至地表，而不是从地球上送过来。一次单程发射的滑行，仅此而已：一颗矮胖的钝头子弹。

真正的大家伙还在上面的轨道上：一艘现在正在沉睡的、无声的尖顶飞船。总有一天，他也会登上那艘飞船。

弗兰克转动着控制杆，将越野车对准下方，开过了那段通常是通往“日落大道”的斜坡。不过他这一次得左转，那是一个陌生的方向，这让他突然意识到自己其实只做了很少的探索工作。他仅仅是坚持不懈地致力于基地的建设，为自给自足做好准备，然后生存下来……

不过当然了，芝诺肯定也不想那些原始区域被过多伤疤一般的轮胎痕迹覆盖。弗兰克本该只有自己一个人，监督着那些幻影中的机器人，因此肯定是没有时间在火星上瞎转悠的。

现在，这里的样子就跟他们想要的一样。除了撞击坑和“高地”，除了他八个月以来一直生活、工作以及差点儿死掉的地方，他还有那么多从来没去过的地方。他甚至连火山顶都还没去过。

似乎是挺可惜的。如果他要跟别人叙述这段经历，他也会希望有一部分好的故事。不过从今天开始，一切都变了。他终于有机会创造一些自己喜欢的记忆了。就从现在开始。

越野车在斜坡底部发生了轻微的漂移——一些火箭吹来的灰尘罢了——他为此校正了一下方向。他被吓了一下，但他还是本能地进行了处理，他很清楚往哪边转可以恢复车子的抓地力。在一堆宇航员面前翻车，那可真是一点儿都不危险呢。就像他的老船员们曾经互相鼓励彼此的那样，他会保持处变不惊的状态。

他已经来到了撞击坑的底部，在满是乱石以及斜面石板的路面上颠簸着，一直驶向美国国家航空航天局的飞船。他知道那就是美国国家航空航天局的飞船，因为即便在一千米之外，他也可以清楚地看到侧面的那几个字母：NASA。他注意到上面并没有芝诺的标志。也没有任何人爬出来的迹象。他希望他们在里面一切都好。着陆过程看起来很完美，飞船也完好无损。他们只是在等他。

但是现在耳机里不是应该有点儿什么声音吗？也许他们的频道跟他的不一样，也许他们还没有切换过来。一定是这样。

不要再胡思乱想了，弗兰克。他们已经来了。

着陆飞行器的形状在这片平地的另一头显得有些模糊。他绕过几个已经被侵蚀的旧撞击坑，然后停下了车，他抬头看着那倾斜的苍白外壁，上面写着这艘飞船的名字：“山楂号”。之前的上升飞行器叫作“山茱萸号”。很显然，项目的某个负责人是一个植物迷。

当时，上升飞行器的一条支撑腿上有一个盒子，通过操作，可以让一架梯子降至地面。这艘飞船也有。也许那就是他们还在等待的原因。

不对，他们应该可以自己从内部操作才对。

他们是不是不知道他已经在外面了？这段时间里，他有说过话吗？他是不是忘记该怎么说话了？几周前，他还跟另一个来自芝诺的宇航员说过话。他很清楚地记起自己当时是怎么做的，但现在他却突然发不出声音了。

他咳了咳后喝了一些水，清了清嗓子问道："你好，有人在吗？"

"早上好，兰斯。我们还在想你到哪里了呢。我是飞行员指挥官露西·戴维森，团队的其他成员跟我一样，已经迫不及待地想要与你见面了。我很理解，现在的情况可能会让你有些不知所措，因此我们将会分阶段进行个人介绍。我和吉姆会先出来，接下来的事情就交给我们吧。"

一个来自其他人的声音。就在他的耳朵里实时语音。一个完全不想让他死掉的人。

"当然，好的。"他脑海中原本想说的一切全消失了，就连装酷也没有做到。该死，就连狄狄都可以把话说得更清楚。他仍旧像一个白痴一样被安全带绑在座位上。他一把敲向安全扣，敲了两次才把它解开，然后他把安全带从身上抖掉。

梯子从飞船上落下，咔嗒一声，各个台阶固定到位。外闸门正在开启。有两个人就站在气闸舱里。

弗兰克蹒跚着从驾驶座里爬出来，尽管已经全神贯注在手脚的抓点上了，但在越野车的网格车架上转身时，他的背还是撞到了支架，还好手没松开，不然他就滑倒了。

与此同时，他们正在双手交替着往下爬，训练有素且高效。

他落到地面上，然后转过身。第一位宇航员在爬下梯子的最后一阶前，稍微停顿了一下。

让他们好好感受这一刻吧。他们不会再有这样的时刻了。他们也不会想听他在那儿高谈阔论。

"妈妈，爸爸。这是献给你们的。"她的一只脚牢牢地踩了下去，她的靴子踩在了这座异星球的红色尘埃之中。她又在梯子上继续保持不动了一段时间，然后才把另一只脚放下，慢慢地向左侧挪动着脚步。

他想起了他第一次接触到火星引力的时候。它可把他搞得够呛，刚刚从休眠中醒来，他的身体还只记得地球上的重力。他完全没法正常走动，感觉自己随时都要扑进空中。而且他也从未接受过相关培训。就跟那一大堆其他事情一样，芝诺认为这并没有必要。

第二位宇航员则没有任何犹豫。他直接放开了手，任由自己落下，同时弯曲膝盖以减少冲击。“砰！”他说道。紧接着，他弹起身来，挥舞着手臂转过身，就好像他是一名体操运动员或者花样滑冰运动员。不对，应该是跳水运动员。转到一半，他又放下了手。

“吉姆，别闹了。”

“遵命，长官，”那人再次抬起胳膊，指着弗兰克，“去见见我们的东道主吧。”

飞行员指挥官露西·戴维森——她的左胸口上写着“戴维森”，下面则标着美国国旗——站在吉姆旁边显得非常瘦小。吉姆则有着高高的个子，胸口写着“萨穆迪奥”。

弗兰克需要敬礼吗？需要进行某种正式的交接仪式吗？使用固定的某句话把基地移交出去？他甚至连自己的名字都快不记得了，更别提他现在还得使用别人的名字。

飞船与越野车之间的距离很短，但这一刻的时间似乎是有弹性的，它可以一直延伸。

全部记忆突然一下子涌现，路易莎曾经告诉过他现在应该怎么办，他突然就回想起来了。他可以做到的。他很清楚该怎么做。

飞行员正式伸出她的手，说道：“兰斯，谢谢你来接我们，还让我们分享你的家。”

弗兰克低头看向自己的手套，他的手张开着，里面空无一物。他把它向前伸去，然后她一把抓住了它。不是碰拳，而是一次友好地握手。她不是一名囚犯，并不了解监狱内部的打招呼方式。这感觉……怪异极了。

“欢迎来到火星。”弗兰克说。他可以感觉到脑袋里的血液正在涌出，他清楚自己这次真的要晕倒了。他的脸颊发热，视野逐渐变小，他最后就只能看见她上方的面板了，透过它，他可以看到无檐便帽与她的额头的交界处。她正皱着眉。

“吉姆，”她说，“快接住他！”

四十一

发件人：卡罗莱娜·索莱达 <cmsoledad@usach.cl>
收件人：米格尔·阿尔瓦拉多 <maaverado@usach.cl>
时间：2049年2月7日（星期日）09:03:29，时差 −0300
标题：熔岩管项目

教授：

您好！昨天晚上，我进行了一些测量（睡不着，雨声实在是太大了！），然后我发现了一个问题。我看了之前的照片，标记点的反照率一定发生了某种变化。不知道您是否在该区域发现过处于活跃阶段的侵蚀现象，这有可能会导致地下沉降。这很有可能是因为熔岩管最近发生了局部坍塌，并且未腐蚀的岩石也发生了崩落，从而影响到了目标物的亮度。

卡罗莱娜

他失去意识的时间不会超过几秒，在头垂到低于心脏的位置时，他瞬间就恢复了意识。即便如此，他醒来后还是看到四个戴着头盔的脑袋，而非两个，他们正低头看着他。

其中一个男人的皮肤是他见过最黑的，正跪在他身旁，往他的胸板上施加着轻柔的压力，好让他不要随便乱动。

“早上好，兰斯。你感觉还好吗？”

过了一会儿，弗兰克才意识到这个人正在和他说话，他现在是兰斯·布拉克，而不是弗兰克林·基特里奇了。他本可以现在就告诉他们，把整件事脱口而出，让它从此揭开面纱，但是他还是没有说出口，并用一种极易伪装的困惑掩盖了他内心真实的纠结。

“我挺好的。对不起，我不是故意的。”他上一次晕倒，是因为他发现自己在火星上做的这些工作本该是由机器人完成的。在那之前呢？就算芝诺对他进行了那么多非人的高压测试，他也从来没晕倒过。他吐过，但没有晕倒。

“没事，慢慢来，兰斯。顺便说一下，我是这里的医生，法努埃尔。大家都喜欢叫我法努。”

弗兰克看了一眼男人的标签，上面写着“佩雷亚”。国旗是……古巴的吗？不对。巴拿马？蓝色的三角形，白色的星形，三道红色的以及两道白色的条纹。是波多黎各。

“我挺好的。你可以让我起来了。”

“不要怪我有点儿大惊小怪。也许等下我们可以在医疗室里碰个头，我来帮你检查一下。八个月可以发生很多事情，而且对于他们给你用的那个休眠模式，我只能说不敢苟同。”

弗兰克的身体就像一张地图——胸前和手臂上还有最近才形成的伤口——任何稍微有点儿脑子的人都能看懂。而且不用怀疑，能被美国国家航空航天局派来火星的人，肯定头脑都很聪明。

“我得先跟芝诺联系一下，”他说着路易莎告诉他的话，“我的病史属于商业机密。”

“患者和医生之间是有保密协定的，他们永远都不会知道的。但我不会勉强你，”法努松开手，然后滑到了弗兰克的头盔下方，“让我们坐起来看看情况如何。你最近吃得怎么样？睡眠呢？最近的健康状况有什么异样吗？”

“我得……”

“先跟芝诺联系，没有问题，我能理解。把手抬起来。利兰德，抓住他的左手。吉姆，麻烦抓住右手。”

弗兰克突然意识到自己的两只前臂都被人抓住了，不管他喜欢与否，现在，他被困在了一个尴尬的半坐姿势里，以至于那硬质的盔甲都压到了他的大腿上。他眨了眨眼，突然意识到这几个正在抓着他、摸着他的都是人类。尽管隔着好几层布料、绝缘层以及橡胶层，这感觉也无比奇怪。

“我很好，”他说，“让我起来。”

“你确定？”法努一定是看到了弗兰克脸上那一闪而过的怒气，因为他马上就走到了他身后，叫吉姆和利兰德——利兰德·费舍尔，来自美国——把他扶起来。

弗兰克眨了眨眼，把眼前的光斑眨走，风扇正在给他的皮肤降温。他不会再晕倒了，他也不知道为什么刚才会那样。也许是因为太过突然的释然吧。过去几周，他的精神一直处于紧绷的状态，他感觉那蠢极了。现在，他站在这里，他的胳膊还是被人紧紧握着，他的背也被人撑着，他发现焦虑的感觉已经差不多全都消失了。他已经没有那种担忧得内脏都在翻腾的感觉了。他现在很平静。

“我没事。你们可以放手了。”

两人等到医生的确认后，才向后退去，给弗兰克腾出一些空间。他不知道自己是否应该感到尴尬。但现在他只有感激之情。

“你现在没问题了吗，兰斯？”

兰斯。得牢牢记住。从现在开始，他就是兰斯。

“谢谢，挺好的。没问题。不是故意要昏倒的。”弗兰克的双臂无力地垂在两侧，他总觉得应该用它们做点儿什么事。于是他抬起它们，茫然地指向撞击坑壁，“那就是拉厄撞击坑。没什么可看的，但它至少是在别的星球上。你们的行程应该很满吧。你们有东西要拿的吧？如果你们想赶紧拿到自己的东西，我现在就带你们回火星一号基地。”

弗兰克数了数人数，一共四个人，他记得一共应该有六个。最后两名宇航员还在爬梯子，其中一个要先等着另一个下来，才能过来加入他们。他一次大概可以带两三个人吧。

“不要着急，兰斯。”飞行员指挥官露西说道。他可以叫她露西吗？她看上去不像是那种喜欢别人直接叫她名字的人，更别提把她昵称为露西了。叫长官吗？他也不知道。要想在耳机里引起某个特定人物的注意，你就得叫出那个人的名字，除非周围根本没有其他人。“先让他们到处走走，活动活动双腿吧，刚才我们的降落过程，”她顿了顿，“挺有趣的。”

“她的意思是，我们降落得太快，差点儿就落到撞击坑外了，最后好不容易才成功着陆的。”

弗兰克试着判断出说话的人是谁，但他对他们的语气和说话节奏尚不熟悉，无法辨别。不是法努，也不是利兰德或者吉姆。

“她的意思是，”露西更明确地说道，“尽管遇到了一些异常的大气条件和遥测问题，这名飞行员还是通过自己的眼睛锁定了目标，并在预计范围内成功地安全着陆。我会在适当的时候提交一份完整的报告。”

“等等，”弗兰克说，“刚才是你开的？差点儿坠毁了？”

“不，”她说，“差点导致坠毁的是自动驾驶系统。是我及时接管并手动控制了飞船的着陆，我完成得很好。这也是他们会让我来执行此项任务的原因，兰斯。”

“我不是那个意思……”

“没有关系。阿姆斯特朗在月球上降落的时候，他身后并没有那么多后备军，因此我甚至都没有吹牛的权利。我接受过比现在的情况更为严峻的培训，而且我们刚才遇到的问题完全是可以人为解决的。现在，我们已经安全到达了，至于到底是什么问题，就留给那些工程师们去搞清楚吧。”

她的嗓音中带着一丝脆弱，这说明在刚才那段迅猛的降落中，她化险为夷的过程还是很惊险的。她很生气，但她同时又松了一口气，由于她是领队，所以她并不会把自己的情绪表现出来。他很欣赏露西这一点。

“我……很高兴你能让大家安全着陆。”

“我们都这么觉得，”利兰德说，“我们的工作都变得轻松多了。”他一拳击向弗兰克的上臂，那里正好是靠近子弹伤口的位置，因为这突如其来的剧痛，弗兰克咬紧了牙关。

利兰德望向上方及四周。其他宇航员正在四处走动，测试着身体与宇航服跟重力与地形的适应性。他们像鸟儿一样喋喋不休地在弗兰克的耳中飞进飞出。对于他们来说，似乎一切都很有趣，石子、云层、中间飘浮的尘土、大地的形状，太阳透过大气层的发光方式、太阳发出的光晕，以及天空中的光与影。

只有飞行员看上去没什么动静。刚才的胜利与灾难之间只有一线之隔，全靠着她的技能与反应，她当然可以重新回味一下飞行的最后几分钟。但是在那光学级的塑料板后面，她看起来面无表情。

“兰斯，你对我们这些新来的有什么建议吗？”利兰德说。

弗兰克回复道:“就，别搞砸？”

利兰德笑着说:“很好，这是一种我可以学习一下的哲学。”

“在这里，任何东西都有可能让你丧命。如果你搞砸的话，它就会杀了你。”

“你就做得很好啊，兰斯。”

弗兰克之前就差点儿死了，但是他不能说出来。关于那件事，他什么也不能说。他唯一的错误就是错在了信任芝诺，他不会再犯这个错误。

“那是因为我没搞砸。”

“这话法努一定爱听。安全第一，始终如一。”

“我是来这里服务大家的，”法努说，“平等地服务所有人，只要有人需要。我在这里也是为了提醒大家，用我们这位朋友的话说，就是别搞砸了。”他把手伸向弗兰克的宇航服，碰了碰那个被子弹弄破的地方，“你这里是怎么了？”

“我在一个未完成的侧翼区域被打了一下，”弗兰克感觉应该再修饰一下这个故事，“机器人的传感器估计出问题了。”他似乎可以把一切都归咎于那些机器人，因为它们本就不存在，反正也没有东西可以让这些人检查。

“真是一段有趣的经历。不过你是怎么处理的？”

弗兰克把手伸进他的腰袋，然后掏出了几块补丁贴片，说:“你们也应该随身携带一些，一直带着。”

“有备无患，我们会传达下去的。谢谢你，兰斯。”

他已经逐渐找到窍门了。兰斯，这就是现在别人叫他的名字，尽管他的宇航服上并没有印这个名字。

“好了，大家过来集合。我们还有任务安排，任务控制中心会想知道我们的进度的。先进行自我介绍吧。这位是芝诺在火星一号基地的代表，兰斯·布拉克。等我们到了一号基地以后，他会带我们到处熟悉一下，如果例行事务以及基础设施有任何变动，他也会告知我们，好让我们尽快进入状态。兰斯已经一个人在这里待了八个月，突然有这么多新的人降落，对他来说将会是一次艰难的调整，所以请给这个男人一些空间。如果你们的问题不是很紧急，就请先暂时缓一缓。好吧，兰斯？如果你需要个人空间，我们一定不会来烦你的。”露西说。

现在，他们所有人都围成一圈站着。一共七个人，仿佛回到了过去训练时的样子。这就是他原本期望在火星上会迎来的生活。他们七个人站在一块儿，看着他们亲手搭建的基地，他们并肩生活与工作的地方。其中并不包括布拉克，因为他从来都不是团队的一员。但包括弗兰克的那些同事们，那些不善与人共事的囚犯。一个奇异的小分队，一个属于他的团队。

该死，他才不会哭。

“法努埃尔已经介绍过自己了。吉姆则是我们的地质学家。伊斯拉是负责种植试验的。这位云——冯云——则是一名大气科学家，希望你已经把她的所有装备都收集齐了。至于利兰德的负责领域，等到需要的时候便会了解，正式的名字叫作‘人为因素’。至于我负责什么，我想你已经知道了。我负责他们所有人。保护他们的安全就是我的事，因为等到回程时，我们所有人要一起回家。

“今天下午将会进行定向及安全演习。明天以及接下来的几个火星日，我们将集中进行任务专用设备的组装和测试。我们走过了一段漫长的旅程。对于我们中的大部分人来说，这将是我们职业生涯中，甚至可以说是一生中的制高点。为了现在这一刻，我们努力了很久，这些时刻在我们今后的人生中不会再出现了，因此，火星上的每一小时、每一分钟都是尤为重要的。今晚，我们可以尽情庆祝。明天，我们就要开始工作了，好吗？我们开始吧。”

大家齐声赞同着——其中还有人说了一句“众人同心”[1]，这让弗兰克

[1] 原文为“so say we all”，出自剧集《太空堡垒卡拉狄加》。

隐约回想起了一部存在于遥远记忆中的重播科幻电视剧。

“利兰德，伊斯拉，你们先去。兰斯，请你送他们回到火星一号基地，然后再回来接下一批。”露西说。

“我这边有两台越野车。你们可以派一个人跟我一起开回来，然后把大家一起接走。”

“还可以这么操作。利兰德，你准备好了吗？”

“完全没有问题。兰斯，可以告诉一下我绳子在哪儿吗？”

“你是需要拖车来运东西吗？我那里也有两台拖车。”

“我们是轻装上阵的，只有随身行李。”

“好的。你们只需要在后面抓紧就行了，我会尽量慢一点儿开。”弗兰克带着两名宇航员来到了越野车边，现在他已经习惯了。他感觉不可思议。这里有六个新来的人，他这就已经习惯了。也许要等到他们全部到了他的基地以后，才会出现异样感，会出现各种噪声，管道也会开始堵塞，还会有人把尘土踩得到处都是，一切都要等到他们常驻此地以后。

他们可不只今天一天在这里，还有今后的一年以及更久。他必须得进行一些巨大的调整，露西很有智慧，她知道要叫她的组员在他需要时给他空间。这个人从一开始就赢得了他的尊重。

弗兰克用以往的方式爬了上去，抓住最低处的那根支撑条，把一只脚抵在车轮上，半走半爬地上了车架，坐进了驾驶座中。

“快跳上来。”他通过话筒说道。它很吵，但他不能把它静音。或者更确切地说，他可以静音，但现在不像之前，他不再需要保护秘密，他现在只想要安宁。伊斯拉——“韦伯”，来自美国——没有用脚，双手并用地把自己拉了上来。

“我们应该站在哪儿？”利兰德抬起头问道。

“随便你，只要在我身后的某处，然后靠在翻车防护栏上就行。可以坐下，然后把脚架在支撑条上，那样会轻松一点儿。”

就像之前我们所有人做的那样，但是我不能说出来，因为如果我坐在后面的话，那当时又是谁在开车呢？

弗兰克捆好安全带，看着控制系统。一时之间，他的脑子莫名地有些茫然。他眨了眨眼，向前伸出手，他的双手自然而然地伸向了正确的位置。很好。利兰德上来后，弗兰克能感到底盘在摇晃。他没法转身查看他们的状态，于是只好问道:“大家都没事吧？都抓牢了吗？”

“我们很好，兰斯，带我们回家吧。”

其中一个人拍了拍他的肩膀——弗兰克猜一定又是利兰德，他似乎很喜欢接触别人——他认为这是他可以出发了的信号。他带着他们绕了一圈，然后驶离了“山楂号”，接着他沿着“高地”的底部回到了“日落大道”的起点处。

他差点儿又要说出“我们”，在说出口前，他把它硬生生地吞了回去，说道:“我通常都是走这条路下坡的。这里的坡度很稳定，不陡峭。如果你们要去东面的平原，这就是最方便的路线。沿着‘长滩’一直往上走，就到了撞击坑壁的坍塌处。”

“长滩？你是洛杉矶人？”利兰德问。

狄狄是。狄狄死了，但他取的这些名字还会继续存在。“这是任务控制中心那边取的，”弗兰克说，“基地就在‘高地’的另一边，中间的这条路叫‘日落大道’。我们把撞击坑中间的山脊叫作‘比弗利山庄’。”

“我们”这个词又溜了出来，但现在没关系，因为他已经引入了任务控制中心的概念。

“这些地貌都是有正式国际天文联合会名称的，你不知道吗？”这是伊斯拉第一次开口说话。当然了，这是对他来说。所以这也许是她第一次开口说话。

“不，我不知道。”谁有这闲工夫来告诉他或者纠正他，因为他现在本该像狄狄一样，已经死了。内心深处的愤怒不由自主地从他的声音里漏了出来。

他不知道该如何对此道歉，又或者怎么平缓事态，所以他只好闭嘴，专心致志地开自己的车，千万不要翻车，把这些新来者给撞死了。他把车对准了上坡的方向，为了平衡后面多出来的重量，他还不忘把前轮胎的紧度调整得比平时更低一些。

“如果滑坡了的话，就赶紧跳车。”

“你不会滑坡的。”利兰德说。

“计划总要做的。要处变不惊。”

“记住了，处变不惊。”

这是弗兰克会和他的船员们之间说的话。现在，他不得不再一次忍住自己的眼泪。他的情绪即将喷涌而出，他就是没法控制：从绝望到愤怒再到悲伤，周而复始。他已然残破，仿佛发生了一场身体与心灵的双重车祸，他在没有中间地带的两个极端之间疯狂摇摆着。

他睁大眼睛，让风扇帮他吹干，他感谢那个设计他们宇航服的人，因为面板让他只拥有十点钟到两点钟方向的视野。

越野车嘶吼着，沿着山坡艰难前进，最后来到了“高地”。然后他又把轮胎的硬度重新调了回来，它们再次在地表上颠簸着。

“那是你们的上升飞行器，”弗兰克说，“那里就是基地。”

“我喜欢你的工作成果。”利兰德说。

“我们有可以直接呼吸的空气、热水以及足够持续保持照明的电力。”

“听起来很棒。伊斯拉已经迫不及待地想要看看温室了。”

她就是那个植物专家，对吧？弗兰克说：“之后我会带你们参观的。我不是这方面的专家，只是按照说明进行操作而已。”

“你对它进行了调整？”

“我只是做了自己认为正确的事情而已，”他感觉应该解释得更清楚一些，“鱼有点儿问题。”

“问题？报告说蛋白质输出刚好处于预期平均值的中间段。”

弗兰克花了一会儿才想明白她的意思：“它们长得很好。我，我就是没法吃这些鱼。我没办法杀鱼，吃鱼。”

“哦，所以……”

“所以我种了更多的谷物、坚果、豌豆和其他豆类，削减了鱼类的产量。为了你们的到来，我已经重新增加了产量。我觉得我时间应该没算错。”

“我得去看看。我们还有以备不时之需的脱水食品。”

“够你们吃的。”

“我还是得去看看。”

“够你们吃的，”他重复了一遍，接着又充满恶意地继续道，“我的货桶里已经装满了谷物和坚果干，我没有把香草扔掉，而是自行对它们进行了冻干。我一直在好好工作，吃的还有很多。”

好吧，他现在大概应该道歉。她也是。但是她并不清楚自己做错了什么，他也不清楚自己的防御心为什么会这么强。

他们在沉默中驶完了余下的车程，幸好路程剩得不多了。当他们在基地外停好车后，伊斯拉就从车上爬了下来，向弗兰克表达了正式的感谢。接着，她没有问路，便径直朝着连接舱的气闸舱走了过去。

他们已为此训练了多年。他们和他一样，都清楚这里的布局。

“我知道这很难转变，兰斯。来到这里的人，没有一个不对自己的观点充满了巨大的自信，不然他们也不会被选来执行任务了。这没什么大不了的。我们赶紧去接其他人吧。”

弗兰克眼看着伊斯拉越走越远，却还是无法说出那句最简单的对不起。

“没问题，我们走吧。”

四十二

137405 号通信文件

2049 年 2 月 11 日 08:12

致战神四号火箭（任务控制中心）

自火星一号基地（拉厄撞击坑）

一个男人独自在火星上待了八个月，我们非常理解他需要时间与六个新朋友好好相处。他应该还算挺喜欢我们的。只是一些口角上的问题。芝诺做了一个不错的选择。

利兰德

弗兰克没想到会有音乐。他——他的老队员们——从来没有用过扬声器，而它们居然就存在于那些之后才到达的、他没有打开过的箱子里。这些新的船员来到这里以后做的头几件事之一就是把它们找出来，把它们与基地的电脑同步，然后就开始大声播放各种歌曲，歌单的范围极广，有老歌，也有新歌。

有几首实在是太新了，弗兰克都没听过。当他思考这些歌是什么时候出的时，他突然间意识到，对他来说，“新”的含义就是“自从他入狱以来”。已然更迭了十年的流行文化、时事、科学进步以及其他的一切，对他来说，就仿佛钻进了一台时间机器一般，全部都被一下跳过了。

他本以为自己并不想念它，直到面对这无可辩驳的事实后，他发现自己确实很想念它。

他一时间有些难以接受。他感到不知所措。一切都朝他涌来，一场失忆与回忆的完美风暴，他想起了他失去的一切，也想起了其他人并没有拥有与他相同的经历。监狱里的犯人总是会迷失在过去之中，现实早就抛弃了他们。这也是为什么会有那么多犯人屡次重犯的原因之一：他们并不是真的那么想犯罪，只不过是受不了来自未来的冲击罢了。对他们来说，外面的世界完全就是异国他乡，有着奇怪的习俗，人们还说着不同的语言。

弗兰克没有想过这些，因为他一直以为自己会在狱中待到死。突然之间，面对着这世界已经抛下了自己的事实，他落荒而逃。

虽然这并不是真的。这不是逃跑。所有人（这个词就跟“我们”一样，让他难以启齿）似乎都在厨房里，正在听取着各种各样的简报。如果他需要参加其中任何一场的话，露西肯定会告诉他的。于是他穿好宇航服，去了室外。他没有征求任何人的许可，也没有告诉任何人和留下便条。他就是想假装自己还是一个人，还待在那颗他想象出来的完美泡泡之中。

就连这也是虚假的。他只是无法摆脱那一个又一个的幻想。他并不是一个人。尽管他再也没有见过那些鬼魂，但还有六名宇航员在基地里面。在火山的另一侧，还有一整个芝诺基地，里面全是芝诺的人。

尽管声音并不清晰，他甚至还能透过头盔和已然关闭的内闸门听见小提琴弦的歌声。只有等到空气被抽走时，周围才变得安静下来。

他回到了原先的日常中去。他绕着舱体转了一圈，检查着有没有东西松动，确保热电机的供热系统仍然完好无损，他想起来，他还得去清洁那些被吹了两次灰的太阳能面板。在将他们进行安顿以及了解周围环境的这一段时间，他还有很多事情可以做。

他们看上去很能干。他确定他们已经清楚该怎么进行他原本的那些工作了——维护基地的基本功能——他完全有理由坐在旁边休息，并且想坐多久都行，最后再跟他们一起回家就好了。不过，他知道自己不会那样做。他会及时地找出一些事情来做，就算是帮他们当司机或者提包也行。

但是现在，他还有工作要做。

他解开之前那块德克兰用来清洁面板的降落伞大方巾，然后习惯性地绕到了其中一架太阳能面板的后面。正午已过，这些黑色的圆盘正朝着西边。在新的阵列安装好之前，这项工作并不需要花费很多时间。然而现在，这个数字已经翻了一番，这是一件需要写进计划表的工作，已经不是经过的时候顺手弄一弄就可以完成得了的。

他一排接一排地进行着有条不紊的工作，先是把上半面擦干净，然后把下半面上的沙粒刷到地上。就算现在有七个人，他们也有足够的电力可以使用。

随着清洁工作的有序进行，他的节奏也随之慢了下来。这是他习以为常的工作，就在他全部完成并甩开了那块清洁布时——他尽自己所能判断着迎风位——他平静了下来。

他用手指把玩着电动扳手，检查着各个金属环上一部分螺栓的扭矩。他特别留意了一下车间，尽管他清楚它的整体架构并没有什么问题，但宙斯被困在气闸舱里的那番场景一直在他脑中挥之不去，并且正是因为弗兰克把闸门打开了一条缝，才发现了宙斯。

他跪在尘土之中，检查了从热水箱一直通向居住舱的管道系统，这些地下管道的外面全都包着隔热材料。总是会有土壤移位的可能性。永久冻土，这是一种弗兰克从未在加州的建筑工地上处理过的东西，它极易发生膨胀或坍塌现象。宙斯是这么说的。

弗兰克很想念那个男人。这样很蠢，或者也不蠢。他不知道。他甚至都有些想念德克兰，在进入第二阶段的人当中，他是最粗鲁、最容易令人感到尴尬的那一个。但现在，弗兰克无法与任何人谈及他们。因为他们从来没有来过火星。他们已经在地球上的某处死去，他们的尸体已被火化，他们的死亡证明已经被起草，而他们的私人物品则被扔进了某个仓库，或者和他们的尸体一起被烧掉了。

他查看了越野车的充电情况，并检查了碟形卫星上的灰尘，也不是说之前有出过什么问题，但还是值得注意一下，至少现在是这样，因为他为了避免回到室内，一直在找事情来做。

最后，已经没有可做之事了。于是他通过连接舱返回，随着气闸舱的重新加压，那陌生的乐曲——又长又慢的和弦之上夹杂着一些快速变化的音符——又偷偷渗了进来。还有各种其他声音，开箱和移动设备时产生的杂音。

弗兰克把宇航服和生命保障系统在架上放好，他之前已经这样做了数百次。他还记得要换上自己的工作服。是布拉克的工作服。他感觉它有些紧，比第一次试穿时更紧了。但他只有这件。他可以说是芝诺送错了尺寸。

船员们很明显听从了露西的建议。他们没有来烦他，但是他们的存在本身仍然太过显著。他走进温室，然后任由自己沉浸在那潮湿的浑浊空气之中。

这样更舒服一些，他用手指梳理着那些幼苗，显然这样有助于它们的茁壮成长。他看到玉米已经长出了一丝丝的胡须，折下了一部分正在授粉的玉米穗，用来给此区域的每株作物进行除尘，他再次进入了有条不紊的工作模式，以免漏掉任何一株。

然而他漏掉了伊斯拉。她正一动不动地站在气闸门旁，以至于他的视线直接略过了她，因为他觉得那里不会有任何人。直到她举起手，表明了自己的存在，弗兰克直接叫出了声。

不仅如此，他还踉跄着向后退去，尴尬地撞到了架子上，为了不让自己跌倒，他不得不丢掉了手中的玉米穗。幸好没有丢掉最后的尊严，他紧紧地抓住了放着慢速滴液作物的台子，好让自己平静下来。

他还以为她是一个幽灵。

“对不起，”她说，“我不是……故意的。”

可能会留下瘀青，但这没什么。他真正出了问题的地方是内心，而不是外在。

“这不是你的错，”他说，“你什么都没做错。我也不是说这是我的错，不过我需要在这儿做一些工作，而且还需要一段时间才能做完。”他站直了身子，他能感觉到这件过小的工作服在拉扯着自己，在低下头寻找落下的玉米穗之前，他还注意到了她那一头往后梳起的浅色金发。

他俯下身捡起玉米穗，然后丢在了堆肥桶中。“你有什么事吗？”他终于开口问道。

“我只是想来好好看看，”她指着身后的气闸舱，“但如果你需要一些空间，我可以等下再来。”

“没有关系。这也不是我的温室。你完全可以随意进出。”

“但我们是新来的，兰斯。我们……我们不想让你觉得太拥挤了。”

弗兰克转过来，又转了回去说：“没关系的。反正我们都是来这儿工作的，不是吗？你不会妨碍我的，而且这个地方够大，如果我需要逃离，我完全可以找到去处。”

“只要你觉得没有问题就行。我也不会妨碍你的。”

当弗兰克走过去检查储液器和营养液液位，并对那些看起来快没了的营养液进行补充时，她一直与他保持着一段礼貌的距离。其实他也可以就这样放着不管的。他居然给自己找了那么多事情做，正是这些例行事务让他一直撑到了现在，他不禁对这个发现感到震惊。由于新来人员的打断，他的平板电脑上全是那些未处理的警报和通知，不过大多数其实也是完全不紧急的。

他爬了下去，来到底层，用手以及数字显示器检查了罗非鱼缸中的水温——由于好奇，鱼儿们游到了水缸的上方，一直碰撞着他的手指。

“假期结束了，孩子们，”他对它们说，“他们可不会像我一样对你们那么好。”

“你刚才有说什么吗，兰斯？”

他提高了嗓音，说：“我在跟鱼说话。”

“好的，抱歉。”

他俯身靠向那个离他最近的水缸，继续说道：“我对此无能为力。我也不知道你们是继续活着，吃吃东西，然后做做那些会生出小鱼来的事情更好呢，还是干脆只当一群冷冻鱼卵更好呢，”他看着不断流动的水所折射出的破碎光影，“我真的不知道。”

它们会被吃掉。为此，他还增加了产量。但他不清楚的是，新来的船员里会不会有人是素食主义者，又或者如果他不必自己杀鱼的话，他是不是可以吃得下去。可能他会尝试一下。他喜欢它们的味道，但是那刀子刺穿骨头的声音——即便只是想起来，他也会有呕吐反应。

他看着地板，艰难地吞咽着口水，他把双手伸进鱼缸里浸湿，然后在额头上擦了擦。现在，他身上会不会有一股隐隐约约的鱼腥味？之前他来这儿的时候，旁边从来都是没有人的。他嗅了嗅手指，上面只有营养水的味道而已。

他还读取了储料罐的部分数据，在外部管道出现收缩和膨胀时，它能够起到缓冲作用，让这里的系统不至于被影响。其读数完全处于宙斯最开始构建的弹性范围之内，并且自系统安装完毕以来，也一直都保持着稳定。它对于任何变化都具有很强的适应性，并且也没有任何活动部件发生过故障。完全没有必要的检查。没别的事了。

他爬回到顶层，她还在那儿检查他种草莓的那个平台。她看到了他，或者说，至少感觉到了他，她花了一些时间检查作物的上下部分，上面是叶子与果实，下面则是被不断滴入的营养液泡着的根部。

她的浅色金发被编成了一根几乎及腰的辫子。

“你收到的授粉操作说明是怎么说的？”她问，同时把草莓放回盘子里。

“用刷子，”弗兰克走到放置小型工具的那个抽屉旁，他的手在上方盘旋了片刻，然后拿起了一把看似微型剃须刷的东西，“每次用完，我都会把它们洗干净，因为我不知道如果把花粉从草莓转移到胡椒或者西葫芦上会不会有问题。最后会不会长出一些奇怪的半辣椒、半瓜果实之类的东西来。我只是按照芝诺给我的指令列表工作，除此之外，我其实并不太懂。但我没有饿死，所以我觉得我应该没做错。”

这是他几个月来说过的最长的一段话，他甚至感到有些头晕。他终于记起了该怎么好好说话，而不是对着别人恶言相向。

“看来机器人也不是什么事都能干。”她说，并且在不经意间提醒了弗兰克在这里的原因。她看见他的脸抽搐了一下吗？“你说你储存了谷物？”她又问。

“是的。不过不是在这里，这里太潮湿了，我可不希望它们在我跟前发芽。”

“我可以看看吗？”

“当然可以。”

他们一起通过了温室气闸舱的循环。弗兰克最后一次跟别人一起从这里出去，是他和德克兰试图突袭布拉克的时候。在那之后，他们俩很快就被击中了，子弹直接穿过了德克兰的面板，并导致了他的死亡。尽管现在的情况与之前完全不同，但他还是得把指甲深深地抠进手掌，才能让自己不在墙面上留下一道向外延伸的抓痕。

即便伊斯拉注意到什么不对劲，她也没有说出口。

他们走出气闸舱，来到了连接舱，弗兰克立刻就爬进了下方区域。它看上去就像是一个存放食物的好地方，低温、干燥、背阴且远离医疗设备或是废水回收系统。他使用的容器并不是密封的，但这些基本上都是他自己用圆柱体货舱上的材料做的，所以他对此已经很满意了。

比起气闸舱来说，这里的空间要大得多，但是她的靠近还是令他感到紧张，他向右后方退去，好让她检查那些货桶，上面的涂料被划出了一个个扎眼的字。基地里没有纸，因此也没有可以用作标签的东西。

“燕麦、小麦、黑麦、大豆、花生、玉米。”她边看那些字边念道。

公平一点说，其中一部分字其实是很难辨认的。她取下一个货桶，惊讶于它的重量，皱了皱眉，然后小心翼翼地打开了盖子，惊呼道："天哪！"

"怎么了？"

"怎么这么多。"

这些或多或少属于常规尺寸的容器堆了好几层。

"我有点儿……无聊。我有告诉过你我不吃鱼吗？所以我稍微改了一下饮食习惯，然后就变成这样了。我们好像还有很多营养料，所有那些有机废料也都还在。我还没动过。如果你想接管温室的话，我觉得那很好。就像我说过的，我其实并不太懂我在做什么。"

她扭过头看着他，她的辫子仿佛慢动作一般甩动着。

"你已经做得很好了，芝诺选择你不是没有理由的。我们可以做面包。至少目前可以做扁面包。我有一些干酵母，但在我们弄清楚它不会损坏基地之前，还不能随意打开。"

"我们这里没有可以用来磨面的工具。我猜我可以做一个出来，但是……"

"我来研究一下，看看我们有什么可用设备。"

"你很熟悉磨面的事情？"

她耸了耸肩，说："我是个农场女孩。你呢？"

弗兰克自己的经历——建筑工人、杀人凶手、囚犯——似乎不太像是一个能够来到火星的人会有的人生轨迹。而布拉克背景中最基础的部分——弗兰克曾被告知要故意地含糊其词，以免引起对方进一步的追问——都跟弗兰克不符合。

"职业军人。"他说。

"哦，哪个军种？"

"这，这属于机密，"这很牵强，他知道他甚至都不用假装尴尬了，"抱歉，这是命令。"

"没关系，我不会追问的。谢谢你让我参观这些，我认为你在这里的工作完成得相当出色，而且我也无意把你赶出温室。当然了，除了确保大家都能吃饱之外，我还有一大堆实验要进行，而且只有十五个月的时间。只要你愿意，你可以根据自己的意愿继续做自己想做的事，”她把盖子放回容器上，然后把它轻轻地放回了架子，“这也会让我有更多的时间去做科学工作。我无意给你增加工作，如果你喜欢这件事的话，我们可以一起完成。”

“听起来很合理。只要我们不会因为另一个人在做了，就把某件事给忘了就行。”他伸出手，想跟她碰个拳。这是一种本能的惯性，而她只是疑惑地盯着它。他收回手，径直走向梯子。

有那么多方式可以让他暴露，不仅仅是他说的话，也可以是他的举动，也可以是他自己。他在前往厕所的路上还碰到了其他人——利兰德和云——他们看起来简直完美得不可思议，身体健康、投入、热情满满。

至于他和他的囚犯队伍则是完全相反。他们只是一群工作完成后就会被扔掉的一次性黑猩猩。每天一起床，就要面对疾病、饥饿、口渴以及内斗，他们被剥削、被虐待。

这才是该有的样子。只要稍微多上一点儿心，他们本就可以变成这样。真他妈该死，芝诺！

他拉上身后的隔间帘子，然后把工作服一直脱到膝盖以下。他把手肘靠在腿上，然后把脸埋进手里。他等待宇航员们来的这一天已经很久了，现在，他们就在这里，他却不知道这是否如自己所愿。

“兰斯？”是利兰德，就在外面。

“让我待五分钟，好吗？”弗兰克回复道。真该死。德克兰之前总是喜欢这么做：他总是在各个地方埋伏着，那个时候，没有人喜欢这样。

一阵沉默后，利兰德说：“我只是想说会好起来的，我就想说这么多。”

弗兰克可以听到他沿着通道向后退去的脚步声。他确实就说了这么多。

是这样吗？真的会好起来吗？他看过、做过以及在他身上发生的所有事情的重量全部累积在一起，是不是快要把他压垮了？不，不管怎么看，他的状态都是已经被压垮了。而压垮他的最后一根稻草居然就是这些愿意运用他的技能与经验、不忍揭开他那伤痕累累的内心、想跟他成为朋友的人。

他感觉自己离他们很遥远，此刻也因此而不知所措。

不能哭，绝对不能哭。深呼吸，把眼泪憋回去。

他按下冲水按钮，洗手，然后拉好拉链。他要去做他唯一能做的事了。继续前进，希望事情能够像利兰德说的那样变得好起来。

四十三

139697 号通信文件

2049 年 2 月 15 日 17:08

致火星一号基地（拉厄撞击坑）

自火星一号基地（任务控制中心）

我们的团队正在这边检查美国国家航空航天局的所有通信，以确保他们没有怀疑你或者基地，到目前为止，没有问题！不要忘了，只要有需要，你随时都可以用“商业机密”作为借口。宇航员清楚他们的分寸，如果有人向你施压，你就马上去跟戴维森指挥官商量，或者也可以告诉我，我来跟她说。

我们上周并没有捕捉到二号基地的任何活动迹象，也没有收到任何通信。看起来，他们没挺过去。所以你也大可不必担心他们了。虽然这很令人难过，但并没有人更早地告知我们两个这件事，对此，我到现在还是很生气。

弗兰克，你现在做得很好。对于基地里那些拍到你的照片和视频片段，我们都是可以进行实时修改或编辑的，所以你完全不必那么频繁地躲开！我这边有原始图像，我很喜欢看一看你在做什么，了解一下你的工作状况。这会让我觉得我们之间是相通的。

路易莎

就在弗兰克快吃完早餐时，云坐在了他的旁边，手里抓着她的平板电脑，满怀期待地看着他。弗兰克接收到了她的暗示，于是他把咖啡杯放在桌上，但并没有转向她，说道："你找我有事吗？"

"你知道规定的。"她说。

"我只知道你们的规定。"

"接下来的四个火星日，其他人都会很忙，但我想尽快把气象站都搭建起来。我收集的数据越多，我们就能知道得越多。"

"当然。"弗兰克说。

"我需要证明它们是可以在实地工作的。它们其中的一部分是我自己设计的。"

"好的，没问题，我同意，"他摇了摇马克杯，"麻烦让我先喝完这杯，然后再让我上个厕所。你跟露西说过这件事吗？"

"我会去说的。"

她把平板电脑滑向他，然后弗兰克把它拖近。这张带有注释的照片上有着一座火山，也就是什洛尼尔斯火山，还有一堆标记沿着"圣克拉拉"这条线一直往上，一直标注到了山顶那个巨大的火山口及其周围的一圈。

二号基地就在这座山南侧远处的某处，火山顶很有可能处于他们的可达范围之内。就算他们已经没有办法开那么远了——就算他们已经都死了，面对这一可能性，弗兰克还是不知道该做出何种反应，因为他的情绪仍在愤怒与恐惧之间摇摆着——那里也很可能会有他们去过的证据存在。

也许他应该改变主意，改成自己一个人前去侦察。但现在为时已晚。

"你是不是觉得这个地方太远了？"

弗兰克用手指在火山口上方转着圈，说："你接受过培训。你应该清楚，单单是穿着宇航服就要花好多力气。我们可以试一试，但很可能需要出去不止一次。"

也许这能让他有些时间去检查高处的山坡。

"我被寄予了厚望。"她说。

“他们更希望你能安全地回来。”

她皱了皱眉，仿佛弗兰克没有理解她的意思，继续说道：“他们花了很多钱才把我送到这里。”

弗兰克环顾四周，确保没有人可以听到他们的对话后，说：“我们会尽己所能，但无须强求，好吗？火星随时都有可能杀死你。”

她点点头，带着自己的平板电脑离开了。他看着她离去。她并不需要向他，还是向她的政府，或是向任何人证明什么。但是显然，这件事自有其压力。

规定是这样的——露西的规定，美国国家航空航天局的规定——外出时，必须有人陪同。只在基地周围一圈没关系，但是为了以防万一，还是需要有人坐在通信室里监听，以防出现求助的警报。时刻保持警惕，这是非常合理的安全程序。

不过弗兰克除外，他并不需要遵守这个规则。虽然露西并不喜欢这样，但她又不是他的老板，无权管他。无论何时何地，只要他想，他就可以外出。他甚至都不必告诉她，不过他并没有这样做，因为他并不想要瞎搞。而且他挺喜欢她的。她做事情很有效率，执行力极高。她也非常关心自己船员的安全，同时也包括弗兰克的安全，这件事让他们两个都有些不愉快，但总会有办法解决的。

她所做的就是信任他，放心地让他和她的队员组队外出。但这……让他有些坐立不安。他是一个骗子、一个冒名顶替者，他并没有告诉她真正应该知道的事情。

如果她发现了真相，她会怎么做？会把他扔在这儿吗？肯定的。那艘容纳六个人都够呛的宇宙飞船，她不可能选择和一名杀人犯在那上面一起度过八个月，她会选择将他放逐。该死，如果是他，他也会这么做的。这是唯一一个明智的选择。

因此，他不会告诉她真相。完成工作，回家，找到迈克。没有什么比这更重要了。除此之外，他别无选择。把这个秘密深深埋藏在心底。他喝完这杯冷掉的咖啡，起身走向厕所。

在他穿好宇航服之前，云就已经在外面装拖车了。她正在把气象站设备——实物并非仅止于此，但她就是这样叫它们的——从废料场的货舱火箭，一直拖往五十米外的拖车上。它们虽然不重，但体积庞大，而且他们在出行前打包的时间花费越长，那么可以用来搭建实验设备的时间也就越少。

因此，弗兰克直接倒车，把拖车开到了那些火箭旁边。他居然很轻松地就完成了，但这根本不是他的本意，他本只是想练习一下而已。玛西是一个好老师。

弗兰克把货物绑好，晃了晃它们，又把棘轮带扣紧了一些。他们整装待发，就剩和通信室里的露西做最终确认，然后就可以朝着“圣克拉拉”的入口处出发了。

虽然这里并没有可用于作为基准的海平面——云称其为“基准面”——但从数据上看，什洛尼尔斯火山有近三万米高。由于穿着宇航服，所以海拔的变化对他们来说并没有什么影响，只是会损耗电池而已。不过，这仍旧是自他遇到二号基地的人以来最长的一段旅程，而他现正朝着二号基地的方向前进。

他感到一阵胸闷。“圣克拉拉”的河床蜿蜒、曲折而宽阔，高大的拱形河岸遮挡着前方以及两侧的视野。随着他们的每一次转弯，崭新远景的每一次出现，都有可能看到一个宇航员或一辆越野车的影子。

每一次转弯都没有发生任何事，弗兰克随即便会感到如释重负，但随着他的焦虑情绪再次袭来，这种感觉又会慢慢消失。他开始慢慢地认识到，帮助芝诺保密到底意味着什么。并不是说，他做不到撒谎、误导和假扮他人，而是说，这会让他付出实实在在的巨大代价。

他经历过更糟的事，但他也活下来了。他现在只需咬紧牙关，尽力而为。

幸好云很爱说话，这挺好的。弗兰克并不怎么介意，因为她更多时候似乎只是在自言自语，这样会方便她记住这些东西，她并不需要对话：她似乎连他的聆听都并不需要，更别提他的回应了。如果她提到他的名字——布拉克的名字——那他就知道该调回收听的频率了。

她描述了沿着火山坡一路蜿蜒而上的蛇形河床，那些沙子是怎么在尖锐的山谷边缘，特别是河床通道的那些外弯处堆积起来的，以及在风力影响下，这些固态物质又是如何往山下迁移的。对此，证据就是那些被刻入干燥大地之中的凹坑，它们的边缘都呈现着仿佛一颗颗泪滴的形状。

即便她注意到了他之前留下的那些车轮印，但时间早已模糊了这些痕迹，这说明造成沙地表面起伏的这一自然现象并没有停止。不过她也没有说出口。

他们继续向上爬去。弗兰克用一只眼睛盯着行进的方向，另一只眼睛则关注着电池的电量数据。下坡时，他们所需的电量更少，但他还是不准备让它低于 50%。到最高处，还有约九十千米，现在往回走也差不多是这个距离。虽然理论上可以轻松完成，但如果真的被困在这儿了，对他们来说可不是什么好事。

“兰斯，你可以停一下吗？”

他放松了握着控制杆的手，越野车滑行一段后停了下来。云从他身后的车架跳到了地上。她拿起挂在腰间的手持防抖相机——有两台照相机在两侧并排放着，中间有一个支撑架以及一个防尘外壳，这样的设计可以让人用两手握住——并朝着山谷壁走去。她莫名地安静了下来，仿佛在追踪猎物一般地前进着。

她举起相机，构好图，拍摄了几张照片。

“你以前见过这个吗，兰斯？”她指着地面上的一块深色土壤，它出现于沙堤的顶部，向山下的方向蔓延而去。

“我应该是漏看了。它是什么？”当然了，它一直都在那儿，他大多数时候又都是开着车经过这座山谷的。

“这个叫‘季节性斜坡纹线’。你能从拖车上帮我拿一下测距杆吗？”

弗兰克爬下车，拿起那根伸缩杆，然后一边走向她，一边把每一截都撑开固定好。

“这是什么导致的？”

“水。”她说。

“但水会沸腾、蒸发啊。”他转过身，透过头盔，可以看到她那认真的神情。

“当水处于盐过饱和状态时，它就可以在目前的温度和压力下保持液态。尽管蒸发率还是很高，但只要被夹带在晶粒大小的颗粒基质中，水就可以在地下流动。这是从地下融化而来的水，到了晚上，它就会重新冻结，这块深色的东西就会消失，但是一旦白天温度再次升高，它便会再次出现。”

她让他从侧面靠近那道水流，然后把那根带条纹的测距杆放到它附近，但不要放在上面。弗兰克照做了。浅色与深色之间的分界线并不明显，在近处观察，它似乎也没有肉眼可见的延伸迹象。

云拍摄了许多照片，在它的根部附近缓慢地绕着圈，然后她轻击了一下平板电脑，并用一根手指快速地打着字，标记了它的所在位置。“你是用什么作为制水仪的原料的？”

“我们——我是说，我和机器人们——就只是把基地附近的土铲进机器而已。我本来以为机器就是把土块煮了，然后把水分逼出来。我并不知道原来水就在地下。”

“火星上也不是到处都有水，”她说，“但这也是一号基地选址的原因之一。那是一个资源丰富的地点，无须耗费太多能源就可以释放出挥发物。在地图上标注资源的具体范围，这会有助于我们确定未来任务的可行性。”

“你的意思是殖民行动吧，在这里永久居住。”

“是的。兰斯，你对此有什么想法吗？”她自行捡起测距杆，然后把它扭回到适合运输的原始尺寸。

“我的想法？”他撇了撇嘴，“在某种程度上，我觉得这里不适合我。”

“你想念地球吗？”

“有点儿。”他说。

“你可能会改变主意的。”

他重新爬上越野车，云也回到了之前在他身后的那个位置，又开始了她的各种评论。她指出，他们越往火山上开，山谷的拐弯处就变得越小，几乎就像是一个个重叠并相互连接的“C”字形，随着他们慢悠悠地左转和右转，还能见到一个个朝着河床方向的陡峭悬崖状突起。

弗兰克从来没有开到过这么高的地方，他们接下来还有一段路要走。开到五千米处时——他好不容易才算清楚那到底是多少——他们停下了车，然后把一箱仪器从拖车上搬下，准备运到山谷一侧的上方，货箱悬在两人之间，他们一人拿着一根固定带。脚下的沙子很松散，坡度也很陡。于是，更熟悉室外环境的弗兰克规划了前往河岸顶部的路线。

在那之后，他们又在呈阶梯状的火山表面走了一百米左右放下了箱子。目前，弗兰克除了在云忙着搭建时欣赏景色之外，并没有什么可以做的。他们现在位于什洛尼尔斯火山的西北坡，他能够认出那块严重崩塌的位置，大概在这里往西九十千米左右？乌拉纽斯山在他的右侧。他觉得现在的尘雾量应该是属于平均水平。肯定不像之前见到的那么模糊，也不像在某几个出乎意料的日子里那样如玻璃般清晰。

几乎很难看见火山底部的具体地貌，他甚至都已经看不清火山与沙海的交界了。至于他现在站着的这块巨大的岩肩，他也看不清楚有多大，他能看到的几乎只有山坡本身，他的左边是向上的山坡，而其他各个方向则是向下。无论他们现在是什么状态，二号基地的人暂时都不会出现了。只要这个山顶没有任何无法解释的物体碎片或者尸体，他就不会有事。

他并没有问云在这之前，她练习过多少次气象站的搭建，但是他可以通过她的行动速度以及准确性看出，就算蒙住她的眼睛，她也能完成。气象站安装在一个她保证不会被吹倒的三脚架上，上面还有一根搭载了压力及温度传感器和用于测量含尘量的激光雷达的吊臂。设备由一块巴掌大小的太阳能电池板进行供电，一个由树脂制成的方形电子设备盒会负责收集所有数据，并通过安装在顶部的弹性天线传回一号基地。

她通过平板电脑开启设备后，运行了诊断程序并检查了设备与主计算机之间的连接。从开始到结束只用了一刻钟。这是一套优秀的组件，她——可能还有背后的一整个团队——一定很用心地设计了它的组装方式。怎么可能设计得不好呢。毕竟连芝诺都没有忽略设计这件事。

然而，设计这个气象站的那些人和把他困在火星上的那些人相比，他们的思想之间显然有着极为鲜明的对比。最好不要多去细想这些事。

云把盖子放回箱子上，然后他们沿着那条由自己之前的靴印形成的小路，把它又从山上抬了下去。云似乎特别执着于不要踩到别的地方这件事，好像走出一条新的小路并留下更多的痕迹会破坏这个地方的独特性。虽然他并不觉得那有什么问题，但他还是跟着她的脚步往前走去。

把设备装回越野车上后，他又查看了一下氧气和电池余量，他让云也照样检查一下自己的宇航服。他向后仰去，抬起头，观察着日光和天气的状况。没有什么理由不去山顶。

他们越是接近山顶，山谷便变得越发崎岖：那些更急的转弯、更陡峭的两侧，河道支流还有大量水流落下的痕迹，甚至还形成了岛屿，隔开了高处的主河道。

弗兰克查询地图，为了避免最终驶入某个湖床，他选择了右侧的岔路，开车驶入了其中一条支流河，这条路最终带着他们来到了火山的开阔斜坡上，就在那个巨大的平底火山口的边缘附近。

现在，他们位于基准面之上的两万千米处，但完全感觉不出来。火山的形状让人很难看到除了火山本身以外的其他东西。唯一可见的地貌就只有撞击坑另一侧的山壁，它比他们目前所在的火山口还要高出五千五百千米，几乎就跟一座山一般高。

他们停下车来搭建了第二座气象站，把它与网络连接后，便直奔上方火山口的边缘处。云称之为“破火山口”，弗兰克任由这个词从耳旁滑过，免得显露出自己更多的无知。

管它是火山口还是破火山口，随便吧，它的直径有十千米，底部非常平坦，周围包着一圈陡峭又参差不齐的山坡。原本从地图上看，要想进入它的底部几乎是不可能的，但现在站在它的边缘处，似乎从某些位置进入又是可行的。在较远的东侧，山体的坡度较大，他们现在所在位置的坡度较小。

“我感觉吉姆应该会想来这儿看看。”他说。

“我感觉吉姆应该会想要住在这儿。”她凝视着这只岩石做成的巨碗，从左向右慢慢地转动着身体，想要把它尽收眼底，“你看到中间那块粗糙的地面了吗？”

“看到了。”它看上去就像一锅滚烫的开水，却在突然之间被冻住了。

“那可能是岩浆库的顶部，可以看到丰富的矿物。具体是什么矿物，我也说不上来。但很可能是金属。我们需要对这个地区进行调查、取样和化验。”

“那我还得来好多趟。”

“我们还有备用的舱体组件。如果能在这里搭一个舱体的话，那我们就会有更长的舱外活动时间了。真可惜那些机器人已经被送回地球进行评估了。”

弗兰克眯起眼睛望着远方，思考着如何回答比较合适。如果二号基地的人确实已经消失，那是没有问题的。到这里来是完全安全的，并且也不必担心撞见他们的邻居。搭建舱体本身并不困难，困难的在于如何保持内部空气的可呼吸性以及内部温度的稳定。此外，如果真的不需要再担心二号基地的话，他似乎并没有充分的理由阻止这件事。他得和路易莎谈谈。

“我知道该如何搭建舱体，”他说，“为了以防万一，我接受过相关训练。如果我们所有人都愿意一起参与搭建工作的话，都用不了一天。如果有人想上厕所的话，我不知道该怎么办。还有供热以及供电的问题，但如果只是为了最大限度地利用日间时间，把它当作一座日间救生舱使用的话，那就会容易很多。”

“我们还可以把样品和设备存放在这里。”

“有何不可呢？我们中的某个人可以在早上开车把另一个人，或者两个人送到这儿，然后在晚上之前把他们接回来，这样一来，山底下就可以有两辆越野车随时供我们使用了。”

“这是一个很棒的建议，兰斯。我会和吉姆谈谈，让他去问问露西。

当然，我们也需要你的参与。”

“我没有建议什么。这也算不上是一个问题。那些组件就在那里，不用白不用。”

她回头看向顶部的火山口，问道：“我们今天能登上山顶吗？”

弗兰克把宇航服的控制盒翻开，说：“露西不想让任何一个人跌到40%以下，是这样吧？”他的宇航服显示还剩51%。

“你最低的时候低到过多少？”

该死，弗兰克的心中只剩愤怒。玛西就是那天死的，因为布拉克需要牺牲一个人来缓解他们的粮食危机。他说：“比那要低。”

然后他做了一件以前与其他囚犯在一起时会做的事情。他们会关闭自己的麦克风，这样一来，布拉克就没法偷听他们的对话了。当然，这实际上并没有用，因为他们所有人的胸骨上都被植入了装有麦克风的医疗监视器，它可以通过他们胸部的共鸣接收到他们说的每一个字，而后再通过仍在工作的宇航服天线将信息传回。但现在这些是好人，他们不会那样做。

美国国家航空航天局的宇航服与他的宇航服有着非常相似的设计，那么控制器当然也是如此，他翻着她的控制器指令，并最终关闭了她的麦克风。他用自己的头盔与她的头盔相碰。

“你能听到我说话吗？”

“可以。兰斯，我们为什么要这样做？”

“因为如果我们要讨论违反规则之事，那就不要在一个公开的频道上，现在这个频道上既有可能只有我们两个人，也有可能所有人都在听。”

“我们这是在讨论违反规则的事？”

“如果我们准备去山顶的话，那么是的。我现在还剩51%，你的更少，而且我们还得往南绕一段远路，根据地图显示，我们并不能向北走，因为途中有一些大型的岩壁。所以，我们还要走一共约九十千米的往返行程，这大约需要四个小时，然后从‘圣克拉拉’回去还有五十千米。就算它一个半小时吧。等我们回到基地时，还剩10%就已经是很幸运了。”

"噢。"

"而且，露西不是我的老板。如果她朝我生气，我完全可以叫她走开。但是你呢？你到这里只有一周，而且这是你的第一次长时间外出。所以我的建议是，我会配合你，我们可以明天或者后天再出来，到时再去山顶搭建。"

"但是到时候我们要开车的距离难道会和今天有什么不一样吗？"

"我知道一条直通北坡的捷径。到山顶大概五十千米。我们可以在一个上午之内就回来。"

他们现在的位置距离山顶仅十千米远，就在这个张着大嘴的"破火山口"的另一边。虽然弗兰克很确定自己可以开进去，但他感觉从另一边上坡的时候会很困难，他并不想冒险。看上去就很难完成，它比"长滩"更为陡峭，还高出了近五倍。

"如果你要我开车带你过去，那我们就去。但在露西开始怀疑我们到底在做什么之前，我们可能根本开不了多远。或者我们也可以直接回去，你来决定。"

"不，你是对的。明天再来就可以了。"

"明智的选择，"弗兰克先是向她展示了应该如何重新打开麦克风，然后又打开了自己的，"我们回去吧。"

如果二号基地的人真的在某个时候到过山顶的话，那他们也一定是从南边过来的。他们的车轮印肯定不会消失，因此弗兰克想自己先去检查一下，如果有需要的话，留下一些他自己的车轮印。通过带着云从南边上山，他可以避免很多不必要的麻烦。他现在的麻烦已经够多了。

他等着她再次爬回他身后，然后开着越野车绕了一个大圈。当车头对着南方时，他趁机观察了一下远处。在看到那里只有一块块锈红色的石头以后，他松了一口气。

如同指南针上的指针一般，这个瞬间飞快地划过了，他已经开着车朝着河床的入口处而去。如果可以一直保持这种状态就太好了。

四十四

音源：迭戈·费拉尔（芝诺法务，纽约市）和布鲁诺·蒂勒之间的私人通话

主机时间：2049年2月18日09:51

蒂勒：她想要多少？

费拉尔：这就是问题所在。她想要知道她的女儿到底去哪里了。

蒂勒：这世界随时都有人在失踪，迭戈。我们不希望有人来找她。

费拉尔：此言不假。但我们还是希望你们能够提供某些证明文件，比如一份来自私人侦探或者警察的报告，可以证明你们的这名员工在工作或者私人生活上有问题，比如涉嫌吸毒或者正在考虑自杀等等，这样我们也好跟她说，很抱歉我们没有早点儿发现。

蒂勒：这会有用吗？

费拉尔：母亲是一种神奇的生物，先生。我敢肯定，只有这种足够令人信服的证据才能让她死心，并且不再来烦我们。

蒂勒：我让人去办。

“等一等，兰斯。”

弗兰克此时正好经过院子，他停下了脚步。吉姆——地质学家詹姆斯[1]——刚从健身单车上爬下来，并用超纤毛巾擦了擦座椅。一块真正的

[1] 吉姆可作詹姆斯（James）的昵称。

毛巾，而不是从降落伞衣上撕下来的一小块布。

属于美国国家航空航天局专用设备之一的举重器，是由一根金属棒以及一组半刚性桶状容器组成的，不同尺寸的成对容器中装着水。在当时，囚犯们并不能使用这些设备。即便弗兰克亲手组装了所有的健身器材，但他对院子里的东西有着一种奇异的漠视感。一方面，他觉得这些东西并不适合他这种人，他还不够资格使用它们；另一方面，它们只会让他想起监狱以及芝诺在金山对他进行的那些体能测试。他从来没有去过自由世界之中的健身房。他的工作差不多就可以让他保持身材了。

“我还有事要做，”他说，“我得遵守时间表。”

在旁监督不仅仅是为了社交，也是出于安全考虑。当然，在监狱里，那是建立相互联结以及确定权力结构的又一种方式。

“你总是在忙来忙去，完全可以放松一下，休息五分钟，然后再回去干活也不迟。来吧，我们可以不聊天的。”

“那就五分钟。”弗兰克把他的电动扳手塞进腰带。也许这样也不错。

吉姆选择了自己想要的重量。最大的那对容器简直重得不可思议。如果是在地球上，即便是行业里最厉害的肌肉专家也可能要尝试推举好几次才能成功。然而在火星上，在这个重量只有三分之一的地方呢？这些数字显得毫无意义。

吉姆整个人躺在长凳上，弗兰克来到长凳的末端。弗兰克举起杠铃，后背伸直，膝盖弯曲——他清楚自己在做什么——然后把它放在了卧推架上。并没有那么重。毫无疑问，他举过更重的东西，如那些水泥袋、脚手架，还有工具。

吉姆看上去很认真。他握住杠铃，神情专注。当他进行推举时，弗兰克本能地伸出了他那双建筑工人的双手。

“你还好吗？”

吉姆点点头说：“我没事。”

“因为它看起来挺重的。”

吉姆伸直双臂，把杠铃保持在胸口上方。他把它放低，然后慢慢地推回原位。

“这就是我平时的重量，”他说，“不成问题。”

他把它从架子上取下，又再次稳稳地举起，前臂上的肌肉轮廓清晰可见。这个男人身上根本没有什么赘肉，他很瘦，但是他的身体里显然充满了力量。尽管这个男人的行为举止与布拉克完全不同，但他们俩的头顶都同样稀疏。

这到底是什么意思？吉姆是不是已经感觉到了弗兰克对他的戒心，因此正在试图和他一起做一些正常的、不具威胁性的事？

吉姆又做了一个推举。

“你感觉怎么样，兰斯？”

“关于什么？”

“我们入侵你的空间。”

“我没有意见。”

“你是真的没有意见，还是在打官腔？”

“我没有意见，”弗兰克重复道，“我还以为我们不用聊天。”

吉姆把举重杆放低至贴近胸前的位置，然后再次向上推起，肘部锁死。他的手臂微微颤抖着，说道：“八个月的时间很长，你一定已经习惯只有自己一个人了。希望我们没有吵到你。”

“你们一直很有礼貌。”

“但你宁愿我们现在不在这儿。”

弗兰克宁愿他们直接带着他回家。他已经受够了火星。但是他不能把原因告诉任何人，因为他需要保守那些秘密。

于是他以此回答道：“你们就是我会在这里的原因。”

“你会讨厌这样吗？”

这到底是什么意思？他是想激怒他吗？

“不会，”弗兰克说，“只是变得不一样了，仅此而已。”

吉姆又做了几次推举，然后说：“好吧。”

弗兰克从他手中接过杠铃，然后把它放回推举架上。他能感觉到自己的肌肉在拉伸，但并不是很勉强。

“你没问题吧，兰斯？”

“当然。”

“但你并不想要证明自己，是吗？”

“我有我的例行事务，它们会让我有事可做，”吉姆确实在试图激怒他，“如果我需要举重，我去更换越野车的车轮就好了。”

“你就不想看看自己能举多少吗？法努有一张比赛名次表，是根据个人体重按比例调整的。”

“所以你想让我参加你们的比赛，是吗？你完全可以直接问我的。”

“我只是想看看你有多少斗志，兰斯。所以你对跟我们比赛这件事完全不感兴趣吗？”

“我不喜欢这种无聊的比赛。”弗兰克说。

“我不是那个意思。”

“我也不是，”弗兰克把杠铃从推举架上拿下，放到地板上，“你们的团队在一起待了一年，就知道搞这种比赛，是闲得没事干吗？我可是被冷冻着运到了这里，解冻后就直接投入了工作。在你们到达之前，我的工作应该算是完成得差不多了，尽管我可能还可以做得更好。我得专心建设基地，维护它的运行，还得注意不要让自己死掉。游戏？比赛排名？也许某一天会考虑参加，但我现在没有那个时间。”

吉姆从卧推凳上坐起，把腿跨过来，好让自己侧坐在上面，说：“好吧，看来我是捅了马蜂窝了。自从我们来到这里以后，这是你跟我说话最多的一次。”

这事已经变得过于私人了，弗兰克没有接话茬，简单地说道：“除非你还需要我帮你在旁边看着，不然的话我还有工作要做。”

“兰斯，我不是这个意思。只是聊聊天而已，随便聊聊。”

“没事。”弗兰克看着那个男人，试图读懂他的表情。

“如果我有冒犯到你的话，我向你道歉。”

“我没有感觉到被冒犯，”弗兰克耸了耸肩，“只是有些困惑。我不明白你想要让我做什么。”

“我只是想多了解一下你。我知道我并不是利兰德，但我只是想知道你对什么事情比较在意，这也没有什么害处吧。除非那是商业机密。”吉姆笑着说道。

“所以你是觉得打探我的个人信息这件事很好玩吗？”

“挺有趣的，”他说，“但也有点儿令人沮丧。只有当我们想让别人不要多管闲事的时候，才会说那句话。”

“所以你是听不懂我的话吗？”

“我已经道歉了，兰斯。”

“没关系。我接受。”弗兰克应该现在就离开吗？这场痛苦的对话终于结束了吗？他并不知道。既然他并不是兰斯·布拉克，他又需要在取悦美国国家航空航天局团队这件事上做出多少让步呢？

“至于我听不听得懂人话？虽然有时候我确实会不管不顾，但当他们选择我们进入团队时，他们也考虑到了我们是不是可以一起工作。由于我们都是非常不一样的人，因此他们也确实花了好些时间来挑选这份名单。某些更出色的宇航员还在地球上坐冷板凳，就是因为他们太容易生气了。”

“那你是说我有问题？”弗兰克突然发现他们有了一名听众，而吉姆还没有注意到他的司令员就在连接舱的通道里，倚在院子尽头的墙壁上。

“看来我解释得不是很到位，”吉姆说，“你之所以被选中，是因为你很有韧性，因为你可以在很长的一段时间里，只靠自己解决问题，不需要其他人。让你得以完成任务的那个部分，也正是你现在觉得我是个混蛋的原因。”

“我们可都觉得你是个混蛋，吉姆，”露西直起身子，看似随意地从健身器材间穿过，“至少，有时候我们都这么觉得。兰斯不需要参加船组人员的任何活动，也不需要回答任何与任务无关的问题，他甚至不需要向我报告与关键任务无关的活动。你现在这种行为是绝对禁止的。我希望兰斯并不会收回他的慷慨提议，关于教导我们如何在什洛尼尔斯火山顶峰上建立一个模块舱体这件事。首先，这会让我们受益匪浅，其次，我是想来这里告诉他，我们很愿意接受这个提议。”

“你说得对，”吉姆把手甩到空中，“我是个混蛋。那我先去洗澡了，然后做一些计划。”

他拿起自己的毛巾，敷衍地擦了擦卧推凳，然后朝着卫生间的方向走去。

弗兰克看着他离开，摇了摇头说：“刚才那真是……”

“很奇怪？”露西接话道，“这我可以解释。当他们在考虑船员的平衡性时，人为因素专家认为，我们真正需要的是一名‘社会破坏分子’。这个人不仅仅要在自己领域中出类拔萃，全心全意地投入于整个任务以外，他还得是一个难以捉摸的人。他就是牡蛎里的那颗沙，但没有他，也就不会有珍珠。还有各种比喻可以用来形容他。可能吉姆表面上看起来就是一个超级讨厌鬼，但实际上，我们确实需要他那样表现，这样才能让整个团体更加正常。他确实觉得一个能够在几乎完全孤立的环境中工作八个月的人，并不一定可以很好地融入一个团队，但我们都清楚这一点，也希望你能够继续按照自己的步调前进，你觉得舒服才是最重要的。我们都能理解你是一个独来独往的人。”

弗兰克突然冒出一阵冲动，他想把一切真相都朝她吼出来。他想要对她大喊：“那不是真的！”他有过一个团队，而芝诺把他们全都杀了。这种感觉是如此强烈，以至于他不得不闭上眼睛，艰难地吞咽，并放慢自己的呼吸。

“你想要在火山上再搭一个舱体是吧？”他说。

“是的，还需要麻烦你。”

“你想什么时候搭好？”

“你需要多久来训练我们？”

“你的队员动作快吗？”即便是一群囚犯，弗兰克也只训练了没几节课。

她笑了，不是客气的那种笑，她只是对这个问题感到惊讶，说道：“我想他们应该能够胜任。”

“如果你明天可以安排出几个小时的话，我可以带你们捋一遍整个搭建过程，到时再看你们的进展如何。然后我们就可以随时准备前往‘圣克拉拉’了，看你们的时间。搭建需要三个小时，然后还要充气和装配。并不是一定要在一天内完成。只要把框架搭好就行，你们可以慢慢弄。”

“你安排了很多舱外时间，兰斯。”

“毕竟我们有事情要做。”

“你不会考虑这件事的危险性吗？”

当然不会。如果他会顾虑危险的话，他就不会总是把自己置于那般境地了。唯一横亘在他与那几乎是即刻的、必然的死亡之间的东西，就只有那头盔面板的厚度。

“我还需要考虑其他因素。”

她认可了这个答案。毕竟，那艘几乎快要坠毁的飞船，就是经过她的操纵后才得以平安降落的。

“从明天十点开始，我会安排出两个小时的舱外训练时间。如果到时你认为我们已经准备好了，那么我会空出一天的行程。如果没有，那我会安排更多的培训时间。你会介意指挥我们这件事吗？”

“如果你们都按照我说的去做的话，那就没有问题。”

“我向你保证我们会的。”

露西让他想起了爱丽丝：有能力、直接、不感情用事、正直。不过露西少了一点儿谋杀的倾向。他可以很好地与她一起工作。他转身离开，然后又转了回来。有个问题一直在困扰着他。在某些别有深意且含糊其词的对话之中，他确实捕捉到了某些东西，但并没有接收到完整的故事。自那以后，他一直在担心着那背后隐藏着的含义。

“我可以问你一个问题吗？”他问。

“当然。”

“你们差点儿坠毁时到底有多危险？”

她犹豫了，这就已经透露了弗兰克需要知道的一切。

“没事，你可以不回答，商业机密嘛，对吧？”

露西攥紧了双手，直到手指都变白了，说：“事实上，从任务控制中心是可以直接控制上升飞行器的。他们又不是不知道‘草原蔷薇号’的位置——那是我们的转运飞船——在任何特定的时间都是可以的，尽管由于遥感勘测技术存在一定的时间延迟，他们可能需要多绕几圈轨道，才能协调好对接程序，但他们都很擅长自己的工作，他们会带你回家的。”

“即便你们都死了？”

“我们还有另外一组训练中的船组人员，定于2049年中期发射，并会在九个月后到达。不过到了那时，你就已经一个人过了两年了。差不多就是一个火星人了。”

“火星之王。”他说。

“我之前就已经想过这一切了，”她摊开双手，“毕竟除了想今后会遇见什么问题这件事之外，也没有什么可以想的了。事实就是，训练是有效的，我确实成功地降落了飞船，我们没有死。就算再给我来一百种不同的紧急情况，我还是会成功降落的。因为针对每一种情况，我都已经进行了训练。这五年来，我一直都在为了那七分钟而训练。他们会让我驾驶上升飞行器，但正如我刚才所说的，他们其实并不需要我来驾驶它。”

“好吧。”

“这不是什么假谦虚。如果我没法降落‘山楂号’，那我根本不用来到这里，更不用成为船组的一员。等到我们离开火星的那一天，如果你问我是否值得为了那七分钟穿越一整个太阳系，那我会向你展示我们做过的所有科学实验以及我们的所有发现。我从十五岁开始就是一名飞行员了，我从来没有过一次幸运的经历。我只是在做我的工作。”

“所以你不喜欢被人夸奖？”

“我刚才已经说过了，”她露出一抹悲伤的微笑，“到底什么才是更重要的？是我做得很好，还是让人注意到我做得很好？”

“但如果没有人注意到，你也就不会在这儿了。”

“这句话也适用于你。”

“我们的人生经历应该……挺不一样的。”这回轮到弗兰克露出半个苦笑了。“但你确实来到了火星，是精英中的精英。希望你不要介意，但你确实比我预想的年龄要大一些。为了来到这里，你一定打败了一大堆比你年轻的人吧。”

此言不假。那座超级监狱现在想必一定塞满了由于各种原因从项目中淘汰下来的囚犯吧，还有正在向太阳前进的那七具尸体。只有爱丽丝的年纪比他大。

“差不多吧。”

“你不能透露芝诺的选择程序，我也不会强求，”她说，“但是我们之所以能在这里都是有原因的，没有人是来凑数的。包括你，包括我，甚至也包括吉姆。”

“我明白。”与他自己那队随时会被送去胶水厂里做原料的农场老马相比，这些家伙可都是纯种赛马，训练有素，也很值钱。他们之间的区别是如此明显，弗兰克才刚刚开始理解这到底意味着什么。他说:“谢谢你抽出的时间。”

“也谢谢你。既然你问我了，那我就想解释清楚一点儿。我没有做什么特别的事，也不想要任何人对此感恩。”

“但你也拦不住他们，不是吗？”

“是的，我想我确实拦不住，”她朝他的腰带点了点头，“你叫这个东西什么？”

弗兰克有些不解，低头看向腰带上挂着的东西。终于，他举起了电动扳手问道:“这个？”

“对，就是这个，这个电动扭矩扳手。”她说出了它的正式名称。

“就叫电动扳手。”

“它也不是唯一的一把。”

“我有八把。”

“你为什么会有八把？”

现在应该怎么回答才好？如果他是火星上唯一的人，那他又为什么会有八份一样的东西呢？

“为了现在这种情况准备的。”他心想这种解释还不赖。

露西似乎接受了。这完全是讲得通的，而且比起她刚才直白地指出自己是一名多么优秀的飞行员时，她现在似乎显得更为尴尬，因为她没有想出这个结论。

“当然了。晚餐时间在七点半，如果你想加入，我们随时欢迎。不然的话，就明天十点见。”

“我会去的。”反正他也没有别的地方可以去。

四十五

发件人：米格尔·阿尔瓦拉多 <maaverado@usach.cl>
收件人：马克·伯纳伯格 <mbernaberg@lpl.arizona.edu>
时间：2049 年 2 月 21 日（星期日）10:15:59，时差 −0300
标题：二代高分辨率科学实验照相机

马克：

这就是一次二代高分辨率科学实验照相机图像的常规请求，这次的经纬度是北纬 22 度 39 分 59 秒，西经 97 度 41 分 25 秒。在下周结束前，如果有机会可以经过这个区域上空的话，我会非常感激的。那里似乎有一些近期发生或正在进行的地质活动。

我会在之后补交正式请求文件的。虽然现在是周末，但我知道你在工作！原始图片就可以了。

米格尔

弗兰克还是会在温室里工作。吸引他的与其说是作物本身那各式各样的绿色叶片，还有那非合成的纯天然叶子质地，不如说是水的声音、气味以及在他皮肤上的那种感觉。

原本分开的各个滴液种植槽现在被放在一起，形成了某种静态液体结构，就像是他小时候玩耍的那条河。当他下楼来到放置罗非鱼鱼缸的底层时，又产生了一些新的声音，有氧气机吐出的泡泡声，还有鱼儿们在跳出水面时所发出的声音。在这个完全人造的环境中，这种机械式的节奏令人感到放松和自然。

待在基地其他地方的时候，舌尖上会有一种轻微的苦涩，经过最开始的几天后，他就已经习惯了，除非这种味道突然消失，不然他平时都不会意识到它的存在。温室的湿度似乎可以中和这种味道，虽然这并没有让这里变得更像地球，但它至少让这里变得更不像火星了一点儿。

他会在某些一夜未眠后的早晨前往温室。有时候，伊斯拉也会在那儿。她在上层隔出了一块区域，用塑料布封好，为了试验是否能够加快那些玉米幼株作物的生长速度，她刻意提高了内部的二氧化碳浓度。然而事实并非如此：对于实验失败与作物能够茁壮生长这两件事，她抱有相同的兴趣。她只是单纯地想知道会发生什么。她在地球上也进行了完全相同的实验，现在，她正在火星上进行着又一次的尝试。结果会有所不同吗？这没有关系，这就是科学，这和最看重结果的建筑业截然不同。

温室拥有足够的空间，两个人可以同时待在里面且不会感到局促。确实，他们并不太会见到彼此，伊斯拉就是双层塑料布后面的一个身影而已。弗兰克正在检查营养液泵，并把新的 A、B、C 营养剂注入那些看上去会在下一个火星日用尽的泵里。

这时，气闸舱突然打开了，云走了进来，朝弗兰克挥舞着她的平板电脑。

“我需要你。”她说。

弗兰克皱了皱眉。云很直接，有时候甚至有些粗鲁，然而他必须学着理解，这就是她。她想要做到最好。在他看来，不管她去到任何地方，她的行为举止都如同背后正有一大群人在看着她一般，只要她有一刻不在执行任务，他们就会默默地评判她。

“没问题。”他找出一面小旗子，这是一根上面绑着一块降落伞布的硬质金属丝，然后他把它插进了种植槽与架子之间的缝隙，用来标记位置。他问：“怎么了？”

“七号气象站停止发送数据了。”

“所以……”

“我必须出去，要么就地修理，要么把它带回车间。今天就得去。”她举起平板电脑，向他展示气象站的位置，但由于她一直在把它甩来甩去，弗兰克完全没法认出到底哪个才是七号气象站，以及它的具体位置。

他把平板电脑从她手里拿过来，放在了种植槽的边沿上。七号气象站就在破火山口的另一头，大约在什洛尼尔斯火山的五点钟方向。在可达范围内，不过不怎么方便。他试着回忆放置这台仪器时的状况，然而他的记忆有点儿模糊。思考了一会儿后，他没有想起任何特别的事，他们的每次停靠都和以往没有什么区别。

除了山顶的那次不太一样。世界之巅。

“那如果我带你出去的话，谁跟吉姆一起呢？”如果可以的话，吉姆会直接住在那儿的。

一时间，云似乎很惊讶，就仿佛她确实忘记了别人也有任务安排似的。此时，她显得有些无助。

“但这个问题需要赶紧解决。”

“没有人说它不重要，但我们还有时间。找一个人和吉姆一起去。”弗兰克说。基地外边，太阳才刚刚升到撞击坑边缘，给舱体染上了一层玫瑰般的粉色。

“其他人都还没起来。”

“伊斯拉起了。”

在云回答之前，弗兰克能感觉到她的一丝犹豫。谁规定搭档就是固定的了。他们只要同意一起工作就可以了，就像弗兰克的队员那样。而且虽然看不见，但他能感觉到，此时在半透明塑料布另一侧的伊斯拉僵住了。她当然听到了。

“伊斯拉有自己的工作。”云这样说道。

“吉姆也有他的工作。听着，我们就等到吃完早餐。有可能因为太冷导致电池罢工了，或者别的什么原因。等一会儿热起来，它可能就会重新上线了。”

弗兰克离开了温室，带走了满满一碗他平时吃的那些谷物和水果。尽管他一直在咀嚼，但他还是能感觉到一直有个人一脸期待地在他旁边晃来晃去，有时候在他身后，有时候又退到一边。这时，法努飘了进来，径直走向厨房冲了杯咖啡。然后，他又像平时一样飘了出去，在医疗舱的问诊服务开张之前，他习惯花上一个小时来阅读并制订计划。对于火星上的宇航员来说，尽管医患间的保密协议并没有实际的法律效应，但他们表面上还是会假装如此。

法努很愿意给弗兰克提供医疗服务，但路易莎警告过他：除非是极为紧急的情况，不然不要去看医生。他的皮肤就是一张地图，直指芝诺想要掩埋的那些秘密。

弗兰克得出了答案。其实很明显，他可以把云和吉姆一起带到前方哨站，更换自己的生命保障系统后，独自开车绕过火山口并回收故障的七号气象站。他可以把它带给云，让云就地进行评估，这样一来，也就不用破坏其他人的工作模式了。

当然了，露西还是不喜欢他独自外出这件事。虽然她自己从来没有向他提过这类请求，但她允许其他人提。当然，她是可以叫他们别提的，但是她没有这么做。弗兰克心想，她一定觉得这对原本过于严格的规则执行是有改善作用的。

云必须做出妥协。但她只花了几秒钟就同意了，在那之后，她就让弗兰克一个人待着了。

在出发前，弗兰克还有一个半小时，于是他回到了温室，继续他刚才停下的工作。他拔出小旗子，继续沿着这一排完成剩下的工作。

“兰斯？”

“怎么了？”他继续埋头种植槽的工作。这些豆根已经长得很熟了，它们上面长出的那些节结会限制水流。他以前从未见过如此高的生长密度，也许他把营养剂混合错了。把这些作物稍微抬高一点儿，再赶紧把那些最长的豆荚都给采摘下来，应该是这样做。

“你没有必要所有事情都答应的。”

“我知道。”他直起身。是伊斯拉在说话。一瞬间，他差点儿以为是玛西，尽管她们的口音和说话方式都完全不同。他给她看了那张根须织出的网，她仔细地观察着，然后用指尖把那些白色纤维给拨开。

她似乎觉得他把粮食作物照料得还不错。这算是信任吗？感觉很像。她肯定会在他不在的时候再自己检查一遍，好在问题变严重之前就把它们解决了。现在已经过去两周了，她完全没有提过类似的事情。

仅仅两周，他就得到了信任。他感觉自己是个骗子。

“你肯定清楚。只是……”她把豆子植株放回水流中，“如果你觉得自己被利用了的话，一定要说出来。”

“利兰德也跟我说过，”弗兰克说，“但是我本来就应该帮忙。我的职位描述就是这么写的。”

“那也一样。”她说。

“没关系。我并不在意。”

她低头看着这些作物，用手从它们的顶端抚过。先是从一个方向，然后从另一个方向。

“你并不是我们的员工，”她说，“你只是一名船员，然而你还是会来这儿。”

这到底算什么意思？他的肚子突然间开始翻江倒海，威胁着要把早饭排出来。

“你喜欢保持忙碌。”然而她并没有进一步说明，也许她的意思是，他在八个月前——现在快九个月了——在被冷冻的状态下独自来到了火星。但是，他在今后也不可能仅仅只是一名船员。他知道得太多了，而他们知道得太少了。

“我得走了。吉姆和云要等急了。”他把旗子放回种植槽里的最新位置，然后轻轻地走到伊斯拉和下一组滴液种植槽的中间。肠内的紧绷感已然开始逐渐缓解，当他出现在连接舱时，这种感觉还是在他的脸上显露无遗。

“你还好吗？”吉姆问，他已经一半身子在宇航服里了。

“没事。在我们出发之前，我得先上个厕所。”谈论膀胱与排便并不是什么不寻常之事。尽管这短暂的拖延让云有了一丝转瞬即逝的不耐烦，但她并没有说出口，只是继续把那些备用的生命保障系统包塞进外面的气闸舱里。

弗兰克与拉链和马桶盖做了一番斗争后，他的屁股感觉到了那来自塑料的冰冷。

没有人怀疑他。和他待在一起最久的伊斯拉没有，露西也没有，更不用提利兰德。这个男人身上有某种特质，会让弗兰克有把一切都告诉他的冲动，这就是为什么弗兰克要极力避免与他待在一起的原因。弗兰克甚至更想和吉姆待在一起，尽管他已经对这名地质学家有了抗拒之心。

他可以倾诉真心的人就只有路易莎。但这也是有问题的。他离她有多远？九千万千米？他的红颜知己、他最依赖的人却在芝诺的中心团队工作。他们俩都很脆弱，他很担心她。

他揉了揉脸。良好的饮食习惯已经使得他的皮肤恢复了一些弹性，并且脸色也不再像是囚犯中常见那种的“监狱灰”。不过，他感觉自己老了。五十三岁。他在匆忙完成第三阶段的过程中错过了自己的生日：芝诺对此毫无表示，就连他自己也是如此。自然也没有纯氧环境中的生日蜡烛。

不过路易莎却记得。

弗兰克按下冲水按钮，然后拉上拉链。等到他回到连接舱时，那里早已空空如也，他快速穿好宇航服，朝外面走去。

云和吉姆已经在越野车上了：拖车已经挂好，生命保障系统包也捆好了。弗兰克踢了踢车轮，晃了晃拖杆，他们的工作完成得不错。吉姆坐在驾驶座上，这让弗兰克有些不适。尽管吉姆确实开过很多次车，但这是他的座位，今天也没有理由不让他来开。

弗兰克并不喜欢当一名乘客。这会让他想起坐在玛西身后的那段日子，也给了他过多的思考时间。今天大概也只好这样了。

吉姆并没有在方向盘后面胡乱捣蛋。他开得很稳，没有把“圣克拉拉”当作是赛马场，也没有试图要开到那些岸坡上。他没有试图超过最高时速。也许他和云在一起时会那样做，但今天弗兰克在车上，所以他表现出了最好的那一面。

前往哨站的路途依旧艰辛。他们没有任何办法可以加快或者缩短路程。眼前的景色就只有道道破损的岩壁，以及如同慢动作一般流淌进河道的条条尘土细流。

露西想在河道中放置路标，用以标注什洛尼尔斯火山和一号基地的方向和距离。弗兰克还没有着手处理这件事。他已经切割了货运火箭的舱体，将其用作标牌，还做了一个用来书写信息的划线器，具体的安装还需要一些时间。

但就算没有标牌，弗兰克也很清楚快到山顶时的样子：这条路他已经走过好多遍了，无须转身回望山谷的下方，他也完全能够分辨出地貌中的细微区别。

随着车轮的最后一次旋转，越野车艰难地驶出了河道，来到了火山的上坡位。吉姆开完了剩下的一千五百米，到达哨站后，他把车停在了外面。

“好了。我们来卸货吧，好让兰斯快点儿去找七号气象站。”

云爬下车，径直走向了拖车，她热切地想要弗兰克快点儿出发。

“直接把它带回这里，不要试图修理。”她说。

“如果很明显是电池断开连接，或者太阳能电池板阻塞导致的，也不要吗？”

“是的。我需要搞清楚这些事情发生的原因，以及如何防止它们再次发生。”

“好吧，听你的，”弗兰克凝视着火山口，“你要不要再检查一遍，看看它现在有没有恢复？”

“我还是得看一看实物，得先把失灵的原因弄清楚才行。”

“那就走吧，七号气象站，”他把自己和云的地图进行了同步，并检查了氧气，“我得进行更换。它离这儿还有三十千米。”

弗兰克从拖车上拿起一组生命保障系统包，然后爬上了气闸舱的舷梯。在其他两人收拾剩余设备期间，气闸舱完成了循环，然后他走了进去。

他已经有好一段时间没有来过哨站里面了。搭建完成后，他已经检查过它了，因此他一直没有必要进来。他每次都只是开车把宇航员或者货物送过来，就连这项工作，他们通常也会由自己完成。

舱内有些脏乱，他并不喜欢这样。露西也不会喜欢。这会让他想起走进着陆飞船时看到的。布拉克在逐渐失去理智的不可逆过程中所制造的一地碎屑。

虽然这不关他的事，但是脏乱就意味着马虎。任何一个错误都是需要不惜一切代价去避免的。他得跟这些人一起工作，向露西告密显然不是他的风格，但他还是必须说些什么。他仔细查看了各项指数，在确认室内空气可以呼吸以及室温足够温暖后，他才把宇航服打开。

在他经历了艰难爬出、更换生命保障包，又再次爬进宇航服的艰苦历程后，云和吉姆一前一后地进来了，他们把生命保障系统堆放在舱门旁，然后脱下宇航服，进入了干燥的冰冷空气之中。

“你们得把这些乱七八糟的清理干净，”弗兰克说，“露西看到了会气炸的。”

“我印象中没这么糟啊，”吉姆说，“但确实是需要整理一下。”

“用袋子装起来，到时我可以把它们带到山下去。最多三小时我就能回来。”弗兰克关闭了宇航服，就算他们中的任何一个回答，他也听不见。

气闸舱里，宇航服在他的周围膨胀着，接着他走到室外，还要向上爬两万千米，才能到达这座异星球火山的顶部附近。这就是他的日常。

他站在舷梯上，望向火山口以外的方向，所有的地面都有着缓和的曲线。除了尘土、石子与朦胧的天空之外，空无一物。

很久以前，这里曾有过一场从山顶流下的洪水。那是怎么发生的？山上面有冰吗？还是说水会像喷泉一样直接从地里涌出，然后散落在什洛尼尔斯火山的宽广山坡上？它还灌满了拉厄撞击坑。他洗东西、喝水、种植作物用的都是那些水。

他正在耗费氧气量。他得继续前进。

他重新爬回越野车上，检查了燃料电池的电量，开去七号气象站以及回程要六十千米，再加上下山的路程也足够了。这并不需要很多电，因为在极端情况下，路途的大部分是可以滑行的。

他把车头对准南方。最近，他总想起这个方向的事情。自从芝诺宣称其已死亡后，二号基地就已经从他的担忧列表中消失了。路易莎说过，至少在目前，她并不赞成他前去查看的想法。没有必要增加额外的外出，来验证一件他们已经知道的事情。

当他想到这件事时，他还是心存疑虑。他是唯一一个可以帮助他们的人，但他没有这样做，因为这存在着他们抢走他的东西并杀死他的风险。

对于他而言，这一决定是出于人身安全的考虑。然而对于芝诺而言，却要复杂得多。与其面对两个基地都出现问题的可能性，他们反而宁可让其中一个基地蓬勃发展，任由另一个面临灭顶之灾。再加上几层神秘的面纱，这个公司的声誉以及一大捆现金，被芝诺说服这件事就理所当然地变得模棱两可起来。

弗兰克已经经历了太多不可思议之事，现在，只要能让他活下来并按原计划回家，不管什么方式都是最好的。他讨厌妥协的感觉，但现在芝诺让他所做的一切其实都在把他进一步地推向那个深坑。

当二号基地的人可真惨。但他并不会为此而采取任何行动。

他经过了六号气象站，火山口位于东部山脊以及地下塌陷造成的“荒地”之间，而七号气象站就坐落在火山口西南面的边缘之上。第一次在崎岖不平的地形中穿行绝非易事：一个个如同高尔夫球场地中障碍沙坑的凹坑，周围全是断裂的地面。第二次，他寻找着自己留下的车轮印，但风早已侵蚀掉了它的踪迹，他必须重新找出一条穿越这个区域的路线。

他在这段路上花了许多宝贵的时间，随后地面又变得清晰可辨起来，只有一些规则的、可避开的凹坑以及高低不平的无沙层熔岩。距离七号气象站还有九千米。

但七号气象站并不在那儿。

弗兰克仔细研究了地图，他可以确定自己就在正确的区域。他知道定位器只能精确到一百米之内的范围，因此它只能告诉他应该去哪里找，但是这里并没有任何遮挡性的地貌，没有新形成的撞击坑，没有碎石堆，什么也没有。云是在距离破火山口边缘四分之一处的位置安置这台设备的，并不存在因为滑坡或塌方把它带走的可能。

它就这样消失了。

他下意识地往南边开去，一直到下方的平原以及更远处，几乎都是开阔的地面。上方的含尘量很低，他甚至都能看到被吹动的尘土。一切可能被留下的车轮印都已经不在了，和七号气象站一同消失了。

风力并不足以吹翻任何东西，更别说把它吹走了，他应该是能够看见它的。其他的气象站都还在。如果他现在开车前往八号气象站，他完全能够很早就发现它。毕竟它是整个自然景观中唯一的人造物体。

还有其他可能的解释吗？也许是吉姆在捣乱？但是他不会对科学开玩笑，其他人也都不会。这根本说不通。

二号基地本应该存在于过去，但由于这件事的出现，他们又咆哮着卷土重来了。

真该死！

四十六

147146 号通信文件

2049 年 3 月 1 日 05:42

致火星一号基地（拉厄撞击坑）

自火星一号基地（任务控制中心）

你被吓了这么大一跳，对此我很抱歉。我们正在和美国国家航空航天局的同事们一起研究原因，一定会有自然方面的原因的。我们仍然非常确信二号基地的人没有活下来，但在极低的概率下，如果有一个人幸免于难，这个人也很可能只是想要拆一些气象站的零件来修复通信系统。这对你或者一号基地的其余人员不会有任何威胁。

你只需要说出实情：你并不清楚发生了什么，也不知道是什么原因导致的。因为你确实不知道。我们也是如此。我们所有的算法都显示二号基地的人已经死亡或者正濒临死亡。即便有人没死，他们也快无法生存了。我知道这听上去很糟糕，你肯定会本能地想要帮助他们，但事实上你对此无能为力。你不可以去帮他们，也绝对不能提及二号基地，这会损害到你和我一直以来的共同努力，以及你回家的机会。

再坚持一下。我们会解决这件事，一切很快就会恢复正常的。

路易莎

在卧室隔间的一片黑暗之中，他没有开灯，只有平板电脑亮着，他在一张卫星图上发现了它。图上有着某道看似沟渠的东西，像是溢洪道，又像是那种矿井入口的通道，就是卡车会沿着这条斜坡道进入，然后缓慢地沉入地下并最终消失的那种。

它一定是自然形成的：长约八千米，宽超过两千米。如果芝诺能够开凿出这样一条道的话，他们根本也就不需要任何人了，更不用说他了。这道沟渠越往西越深，最西边的末端看起来似乎——从卫星地图上很难看清楚——一直延伸到了一条隧道中。显然，这道沟渠的尽头也不止于此。从地面上方看，可见顶面下陷的迹象，可能发生了局部的塌陷，但只要入口没有被堵住，那下面一定还有一个隐藏着的巨大空间。

那里还有一处疑似太阳能农场的地方，但是由于分辨率过低，那看上去只不过是几块亮度稍高一些的难以分辨的马赛克。他确实找不到任何舱体的踪迹，但也不排除它们被搭建在地下的可能，远在他每天工作与休息的致癌性辐射范围之外。然而那艘着陆飞船所投下的阴影清晰可见，就在沟渠里面，正好就在那个疑似洞穴的几百米之外。在照片拍摄的这一瞬间，这道从西侧开始的深色阴影被拖得长长的。

这个地点离这里的直线距离为一百二十千米。刚好位于二号基地的可达范围内，这实在很可疑，而弗兰克又是喜欢怀疑的类型。尽管路易莎的语气很缓和，但他很清楚，七号气象站就是因为芝诺的这座二号基地才消失的。他从骨子里清楚这一点。他们跟她撒了谎，而她又把这个谎言传递给了他。

在向云报告她的设备消失这件事的同时，还要保持一副毫无波澜的表情，这是很难的。感谢上帝，他有通信设备，并且只有独自一人——至少在现在这一瞬间——在火山上。在回去之前，他就已经完成了大部分的必要交流。

与露西的谈话则非常折磨人，就他个人而言，那更像是一场审讯。她分别与云、吉姆和弗兰克进行了一对一的谈话。他并不想对她说谎，可他必须这么做，在整个晚上的余下时间里，他都非常难受。

第二天，他们进入了封锁状态。也不完全是封锁，各种实验照旧进行，维护仍按计划进行。但在露西跟美国国家航空航天局做出决定之前，他们所有行程都要暂时搁置。

如果连他都能发现这艘飞船，那某个来自美国国家航空航天局的人肯定也可以吧？他给路易莎发消息，她回复说火星很大，篡改几幅公用的图像并不困难。只需要抹除一切有关飞船降落的迹象就可以，没什么可担心的。

弗兰克并不这么觉得。他意识到，他其实是希望二号基地的人已经死光了的，他厌恶这样的自己。二号基地有着一张具象的脸庞：一张憔悴而饥瘦的脸庞，有着凹陷的双眼和令人厌恶的笑容。即便在梦中，他也无法摆脱这张脸。他的前船员们也会出现在他的梦中，而现在二号基地的人已然占据了中心位置。他现在非常饿。

他担心露西他们会不会自行推理出这一结论。气象站会消失的唯一可能就是有人移动了气象站，如果不是一号基地的船组人员做的，那么显然就只剩下了一个合乎逻辑的结论。

随着时间的流逝，吉姆又开始再度谈论起了灰岩坑、熔岩管、障碍沙坑、冰晶结构等地质现象，并且他还总是喜欢去烦云，跟她说这次重大发现正是她以牺牲了一台设备的代价换来的。美国国家航空航天局也提出，要提前安装原先计划中的地震台网。

即便他们这次逃过了一劫，芝诺肯定也不能把这当作一种持续性的战略。这只能起到灭火的作用，而整栋建筑已然快要被烧毁了。如果二号基地出问题了，就算他们已经死在那座平原上，或者被风干了，到了某个时刻，还是会有人发现他们的痕迹并提出各种疑问。

二号基地距离这里有一百二十千米。现在有一种潜在的危险，那就是在当前任务的限期内，可能会有某个人——很可能会是吉姆——想要去往那么远的地方，勘察一下这个洞穴。难道弗兰克还要负责清理二号基地的痕迹吗？他又该如何向露西解释自己的消失呢？

他没有办法做到。他告诉了路易莎自己的担忧，她是他仅有的安慰。他不能告诉其他任何人。

他在温室进进出出，继续进行着他的维护工作。他根本吃不下东西，更别提睡觉了。每次平板电脑发出新信息的提示音时，他都会发抖。他恐惧所有想跟他说话的人，伊斯拉有好几次想试着与他交流，他却几乎听不进去她说的任何一句话。于是她放弃了，他则继续等待着路易莎告诉他最终的结果。要么就是与二号基地取得了联系，要么就是确认他们都已经死了。

终于，在某个深夜，他写下了这样一条信息："路易莎，如果你们不把二号基地的事情告诉他们，那就让我来跟他们说吧。你们想让我保守秘密，但这个秘密已经要藏不住了。我甚至都不明白为什么要对二号基地的事情保密。他们到底在那里干什么？美国国家航空航天局总会发现真相的，只是时间问题。而我又是芝诺的人，我确实可以告诉他们我不知道，但是利兰德总会有办法像开罐头一样把我的嘴撬开的。我不会告诉任何人一号基地是怎么搭建起来的。但这件事不一样。露西和其他人有权知道二号基地的存在，也有权决定接下来该怎么办。他们又不是犯人，也不是什么黑猩猩。你们无权这样对待他们。"

他熄灭了平板电脑的屏幕，然后把它扔在床上。他终于能够鼓起勇气来面对芝诺，并且也终于觉得自己做了一件正确的事，这样的想法让他得以小睡了一个小时左右。

他的平板电脑响起了提示音，他立马就醒了，并在黑暗之中摸索着它。

"弗兰克，这不是开玩笑的。上面的人对你刚才那封邮件很不高兴，所以我把原话复制并粘贴在下面，以下这些不是我说的。'告诉那个狗娘养的谋杀犯，他可没有选择的权利。那座基地里的每一滴水、每一口空气、每一盎司食物都处于我们的掌控之下，如果他连话都说不对的话，我们完全可以直接把基地关停。既然他这么喜欢那六名宇航员，那他们的生死也需要由他来负责。如果他现在撂挑子的话，那他们就会成为过去。告诉他，如果他不配合，他们就全完了。明白了吗？’”

他笔直地躺在床上。他已经和这些人达成了一个简单且直接的协议：弗兰克不要把事情搞砸；他们带他回家。还有什么会比这更简单吗？他还以为自己有足够的筹码，可以重新议价。原来他错了。美国国家航空航天局到达以后，芝诺又收获了一大批新的人质。他根本就没有考虑过这一点。

“我不清楚他们为什么对这件事反应这么大。但他们并不是在开玩笑，是真的会这样做的。拜托，千万不要说。至少现在还不行，先让我弄清楚这件事为什么对他们这么重要。如果不是因为你，我早就想辞职了。我希望你能活着，好吗？路易莎。”

真该死！他该怎么做？

在昏暗的夜间照明下，他轻步快速经过船员居住区、连接舱、循环气闸舱后进入了温室。为了模拟地球上的昼夜循环，部分托盘上的灯光已被调暗，其余那些则依旧被明亮的照明所笼罩着，滴液的声音无处不在。

如果失去所有的这一切，那将会是一场悲剧。他丢了性命当然也是很悲惨的。但如果他要眼睁睁地看着这些作物因为失去了空气和营养液的供给，最终枯萎而死的话？

这太荒谬了，但他继续思考着。芝诺能够用来杀死他们的方式有很多种，那么多的自动控制系统，例如他们赖以生存的功率调节器，以及其他所有那些有可能被篡改以使基地失去居住条件的设备。不过，直接剥夺他们生产粮食的能力，可比其中的绝大多数方法更能将他们置于死地。

他找来一把椅子，一下子坐了上去，手肘抵在膝盖上。

他们什么时候才可以逃离？七个人，一台上升飞行器。五月？六月？芝诺知道这一点。现在才三月。也许他们会因此更早计划杀死他们。趁他们睡觉时，对空气动动手脚，便没有人再会醒来。或者他们可以挑一个人，用以杀鸡儆猴。干脆挑他算了。

等一等，只要他完成了第三阶段，即便是在美国国家航空航天局的人降落以后，他们明明都可以这样做。一封想要悔过的邮件，一个把尸体包好的请求，甚至仅仅是暗示兰斯·布拉克真正想要的是被埋葬在火星上都有可能激怒他们。明明有人可以代替他来维护基地的运行……芝诺还是能够得到报酬的。

也许他们没法针对他，但是可以针对其他人；也许他们只能对整个基地进行控制，却无法精确到个人。

他挠着头皮。这太难了。他没法做出决定。在地球上那个黑暗的后半夜里，他也有过相同的感觉，后来他带上枪，开车来到了毒贩住的地方，并开枪打死了他。但凡有任何能够打破这种紧绷的事，但凡有任何更简单的解决方案，但凡有任何可以阻止它发生的……

“兰斯？”

他花了很久才让自己出声回应。

“是……”是我。我是兰斯·布拉克，退役军人、芝诺员工、宇航员、幸存者、杀人凶手。他回过头去，看到了气闸门边的伊斯拉，她先是犹豫了一下，然后才走近。

“你还好吗？”她轻轻地碰了碰他的肩膀，他不禁颤抖了起来，“兰斯？你是不是生病了？”

“我就是睡不着。”

“你得让法努给你检查一下。这背后可能隐藏着别的病情。”

“我没必要去占用他的时间。”弗兰克说。他不想让法努看到自己的伤疤。法努总是对他那么好。他又说：“不会有事的。”

“已经好几周了。”她从他身后绕过去，站在他的面前，双手叉着腰。

他抬头看着她，说：“我没事。”

“你得休息一段时间。”

“我需要保持忙碌。”

“找利兰德谈谈。”

“不！”他几乎是喊了出来。他根本不想和利兰德谈谈。但他把她吓到了，这完全不是她的错。混蛋芝诺！“不。”他温和而平稳地重复道，他不想让她觉得他要崩溃了。不过谁又能相信呢？

“我很担心你。”

他再次抬头看着她，然后又低下了头。

“你一个人在这里待了八个月。你受了伤没有人照顾你，又很孤单，那一定很可怕吧。”

这时，他本可以说些什么的，把一切都告诉她，让他那破碎的内心重新愈合。

弗兰克深吸了一口气，什么也没说。

“兰斯？”

“只是睡眠的问题。你赶紧去做自己的事吧。我要去检查罗非鱼了。”这样就行了，因为鱼在离她远一些的下一层。但她仍旧站在他的面前，所以他只好从椅子的一侧起了身。

他走向梯子，开始向下爬去。

“我们明天就可以出去了。我们在什洛尼尔斯火山上的舱外活动审批已经通过了。”

他在梯子中间停了下来，回应道：“这很好啊，说明没有什么可担心的。”

“你说过，任何东西都有可能让你丧命。这是你在我们到达这里后说的第一句话。这次为什么就不一样了？”尽管他的头和肩膀还在层板之上，她还是再次挪到了他的面前，“地面都直接裂开了，七号气象站也被吞了。你应该跟我们一样结伴出行。”

她说得没错，可他还没有准备好要放弃这种自由，他也没办法放弃，因为现在芝诺的高层已经放出了致命的一招。他基本上就是他们的一颗棋子而已。如果他们想让他去往二号基地的所在位置，他也不得不去。难道他们想让他为了这个团队牺牲自己？在他经历了这么多事情以后，他们应该清楚不能把他逼过头。

这是一种边缘政策。目前，他已经输掉了这个回合，但接下来还有其他战斗。他需要准备好迎接每一次的战斗。

“兰斯？”

“我脑子里面很乱，”他看着她的膝盖、小腿和双脚，“你是有事情要做才起来的，并不是来陪我的。”

即便是在到达底层后，他也还是能感觉到她仍旧停留在上方，凝视着他头顶地板上的那个洞。接着，他听到了塑料面板的弯曲以及金属梁发出的嘎吱声，她离开了。

他站在罗非鱼缸旁，看着它们游来游去，水面上的泡泡是增氧机与鱼的游动共同作用的结果。

至少在他的眼皮子底下没有人会死。如果这就是他要付出的代价，那么他就得去做。他的控制者们会为他感到骄傲的。

四十七

布鲁诺·蒂勒的私人日记

2049 年 3 月 2 日

抄录自纯纸质副本

我拒绝受到一名普通劳工的威胁。在以前，我想我甚至都不记得他的名字。那不过是电子表格里的一行字。但是现在，我确实注意到了他。他得知道，在这两个世界中，最可怕的事就是引起我的注意。即便在一亿公里之外，我也会击垮他，谁也救不了他。

弗兰克的车上有三名乘客：吉姆、云以及利兰德。这个人数刚好能让他们不来找他攀谈，毕竟他还得开车。拖车上装着地震仪——这个弗兰克能理解，毕竟他是来自加州的——以及其他那些他理解不了的设备，尽管它们是被装在火箭上，从地球发射，一直撞进火星的大气层，并最终从约三十千米高的位置直接掉落在地面上。不过他也确实很清楚，它们也并不喜欢被随意地扔来扔去。

他们一致决定把七号气象站的消失归结于自然现象。这件事让弗兰克很惊讶，因为他一直坚信是二号基地的人偷走了它。

这是一群训练有素的科学家，在他们的背后还有一大批美国国家航空航天局招揽的人才，如果连他们都认为除了有人故意关掉气象站并为了零件把它拿走之外，还有其他的合理解释的话，那也许他们才是对的。

在明亮的日光下，也许他才是错的那个人。也许是缺乏睡眠？也有可能。被害妄想症？也可以理解。创伤后应激障碍？他的这串神经病症清单足以让利兰德忙上数月之久了。

目前的情况有很多可疑之处，这足以逼疯一个男人，而他在这一点上也确实没有什么回旋的余地。

可以肯定的是，芝诺对他、对宇航员们的威胁是真实的。这不是他想象出来的。二号基地也是真的，那里的人要么活着，要么死了。

等他们到达前方哨站后，弗兰克在室外逗留了一会儿。他告诉其他人他想好好检查一下舱体，紧一紧螺栓，确保没有东西磨损。他也确实这么做了，还搜寻了地面，看看有没有其他人留下的车轮印，在他没有走过的地方，有没有其他人留下的脚印。

这里不止他一个人，这使这件事变得更加困难了。吉姆和云的这对常规组合时常随意地在山顶附近走来走去，时常还会自己开着一辆越野车去往更远处的景观。不过，风总是很快就会侵蚀掉最上层的车轮印。某些新留下的、无法解释的车轮印也许可以说明二号基地仍处于活跃状态，他们还在找东西，还在继续往北探查。

也许他们确实在活动，弗兰克没法确定。在那片稀薄的尘土之中，轮胎痕迹几乎可以说是随意地出现或消失。可能是由靴子造成的痕迹无处不在，但当他仔细查看时，又都不是。

只是自然现象。也许二号基地与七号气象站的事根本无关。他可能只是为了一件子虚乌有的事危及了他回家的可能性。从现在开始，他不会告诉芝诺任何事，包括路易莎。无论发生什么，无论他多么依赖她，他都会守口如瓶。他唯一的后路已经被切断，他不得不戴着枷锁继续前进，因为但凡他擅自做出任何行动，都有可能会伤害到她以及宇航员们。

他已然跌入谷底，但他还是得履行职责，继续在所有人面前扮演兰斯·布拉克。他调整好脸部表情，穿过气闸舱，回到了舱内。

“都还好吧？”利兰德问。

弗兰克必须提醒自己这并不是一个陷阱问题。他刚才去外面检查舱体了。利兰德问的是这个，而不是他的精神状态。

“情况还不错。现在这里变冷了。等到了白天，会出现更多的热膨胀现象，但螺栓似乎还受得住。”

“出现问题的时候，它会发出什么声音？”

“发出什么声音？”弗兰克皱了皱眉，“我想它应该不会发出什么声音，因为所有的空气都在忙着逃散，没时间传播声音。”

“你说得对。我的意思是在那之前。”利兰德大笑起来，但这件事明明并不怎么好笑。

“噢，你可能会听到螺栓脱落的声音。但这也要看情况，”弗兰克从宇航服中抽出身，来到了舱内的冰冷空气之中，“你们做过相关训练的吧？”

“最短纪录二十秒。当然了，那只是训练。他们并不会真的让你在有死亡危险的情况下进行测试。”

弗兰克转过身，假以拆卸生命保障系统来掩盖他的不爽。芝诺给他的待遇还没有那一半好。他不过是一件一次性用品，现在也还是。

云和吉姆正在底层测试电池。他们先是把它们取出，用测量仪确认有电流以后再把它们放回去，这是在为接下来的外出做准备。

利兰德用他那舒缓的南方口音温柔地诱导着：“那你退役以后在哪儿工作？喷气推进实验室？洛克希德马丁？波音？”

基特里奇建筑公司，不过利兰德大概从来都没听说过。他说：“你知道我没办法回答你。”

“你不会觉得不爽吗？我们这些小屁孩在你面前晃来晃去的，还各种炫耀自己的学位和经历，你就不想让我们乖乖坐好，然后用你那见多识广的经历教育我们一番吗？”

“我有命令在身，仅此而已，完全没必要因此不爽。而且你也不是‘小孩’了。你差不多有三四十岁了吧？”

“三十七。比尼尔·阿姆斯特朗第一次登上月球时还年轻两岁。他完成的那次着陆就跟露西那时候一样。这段历史本有可能有一个完全不同的结局，”利兰德举起他的生命保障系统，把它在上层的架子上放好，“但你的人生还有很长。你会回到地球，重新回到之前的生活当中。你还有自己的生活，说不定还有孩子。你显然是一名资深职工，解决问题的老手。回到地球以后，你可以过得很好，不管是在芝诺，还是在任何别的公司。”

“你想要说什么，利兰德？”弗兰克也放好了他的生命保障系统，然后抓了一包他们新带来的。

“这就是我们人生的巅峰，我们不会再有更高成就了，我们所有人都签署了协议，也很清楚自己可能会因意外身亡。我们之所以在这里，是因为我们认为这是值得的，就算有很多因素可能会导致我们的死亡。但你似乎没有这样的热情，我想我大概是想要搞清楚你到底能从中获得什么吧。”

该死，他们本来都准备要杀了他，然后再把他发射到太阳里了。但是现在，也许他可以活下来并回家了。他说：“等你在这里待满九个月以后，再来跟我说这个问题，利兰德。”

“你说得有道理。好吧，我希望他们能付给你足够多的钱。”

弗兰克举起那包新的生命保障系统，把它安装到位。跟他想要从芝诺手中榨取的东西相比，让他们付出代价现在看来似乎只是一个白日梦。话虽如此，局面也有可能会发生扭转，他也可能会占据上风。

“我准备好了。”弗兰克说道。

云带着电池包爬了上来，吉姆紧随其后。

“利兰德，你应该没忘了地震仪的安装方式吧。”吉姆问道。

“我记得可清楚了。”

“那我和云负责在火山的这一面进行安装，你和兰斯开着越野车去西部和南部，四个小时后，我们在这里集合怎么样？”吉姆说。

为什么非得是南边？为什么非得是利兰德？诚然，他比吉姆要好，但云也是一个很好的伙伴。他懂得她，了解她的喜好倾向，而且她也不会向他询问私人问题或者各种打探。

“七号气象站发生的那件事呢？”弗兰克问，“我们不是应该完全避开这个区域吗？”

“当然。如果你愿意打开地图看一下，你会发现这些地点还在更南面或者更西面。我们需要跟七号气象站之前所在的位置保持一定的安全距离——现在这个距离是五百米。我还是认为那跟‘破火山口’的二次地下塌陷有关，现在这个‘破火山口’已被标记为 CT-B，在七点钟方向。”吉姆说。

两天前，弗兰克去过那里。那里并没有任何新火山口的迹象，尽管他还没有仔细察看过，但他很清楚这一点。他仍旧认为是二号基地的人所为。

“如果整片区域的路况都很糟，全是坑怎么办？”

“这也正好是我们想确认的部分。这次任务是一次性的，只不过我们刚好碰上了这糟糕的时机。现在你有同伴了。利兰德会护你周全的，对吧，利兰德？”

“我确实有和兰斯一样的担忧。不过你才是地质学家。如果你自己不愿意冒这个风险的话，你也不会要求我们去的。”利兰德也换上了新的生命保障系统，把宇航服撑起后，他爬了进去。

“不会有事的，一旦我们把网络搭建完毕，我们就可以用火星地表结构探测器把这个地区好好勘察一遍了。下个礼拜找一天吧。”吉姆说道。

“好的，那就准备出发吧。四个小时后回来，也就是，”他看了看内置时钟，“三点十分。”其他人看上去都清楚这个火星地表结构探测器是什么。在这一点上，弗兰克并不介意不知道。

“十五点十分。明白了。”

他们一个接一个地离开了气闸舱，每个人都带了四分之一数量的电池。弗兰克和利兰德把他们自己的电池运到拖车上，吉姆和云则选择堆放在舷梯上。他们分配完设备后，弗兰克打开地图查看。

“我觉得我们可以先开到最远的地方，然后原路返回。这样如果有什么问题，我们也可以提前知道，而且现在电也充满了。”

“收到，”利兰德说，“你开车？”

“这能让我有点儿事情做。”弗兰克一边说着，一边开始往驾驶座爬去。

等利兰德在翻车防护栏上靠好后，弗兰克朝着距离下坡处约两千米的一个地点出发了，它位于什洛尼尔斯火山差不多四点钟方向。他不得不再次穿越这片“荒地”—据说造成这一地貌的那次塌陷也要为七号气象站的事件负责—才能开到火山宽阔而平坦的另一边。这里只有无尽的冰冻熔岩以及尘土，偶尔会出现一个撞击坑或者一条蜿蜒的地表沟纹。虽然能见度有几千米，但现在他几乎看不清前方。眼前的景观向各个方向弯曲着，或是向上，或是向下。这让他感觉地平线好像既远在天边，又近在咫尺。他去过火星上的那么多地方，这个地方是让他感到最陌生、最孤独的。

他完全可能就像七号气象站那样消失在这里。

弗兰克想专心开车，而利兰德想讲述他在密西西比河岸边的《费恩历险记》式童年故事，关于他家族缓慢的迁徙过程是如何被那些决堤的洪水所打断的，而那些最难缠的南方家庭又是怎么全都搬到了北部的。

不可避免地，在利兰德倾吐完那一大段几乎是自曝式证词般的关于流离失所，以及大水频发的成长经历后，他问道：“兰斯，你呢？又是什么样的经历塑造了现在的你？”

弗兰克很清楚布拉克生平的基本框架，出生、长大、上学、工作。

布拉克是一名雇佣军。这也很可能正是他会来到火星的原因。他的这种特殊才能——他对谋财害命这件事显然毫无歉疚之情——正是芝诺会找到他并雇用他的原因。

也许利兰德已经知道了其中的一部分，又或许他只是没法把档案中的布拉克与现实中的这个人对应起来，因此正在试图搞清楚其中的差异为何会如此之大。目前，他可能还未想到真正的原因，弗兰克当然也不会给他任何可乘之机。

“我有权利不告诉你，利兰德。发生了某些事情，导致我最终来到了火星。如果你还想跟我讲那些在大街上冲浪的事情，我愿意听，但我不会谈论自己的事。”

“大多数人都会想要谈论自己的，兰斯。”

“大多数人都没有在火星上度过九个月。”

“我真的很理解你，但是你不觉得时不时地敞开一下自己才是健康的吗？”

弗兰克想起了芝诺的威胁，那不仅针对他，也针对他们这些宇航员。他说：“我没事，我现在这样就很好。我想继续保持这种状态。”

空气中一片死寂，然后利兰德开口说道：“如果你需要我的话，你知道去哪里找我的。”

“我知道。希望你不要介意，我对所有人都是这样的。”

到达地图上所标注的最远位置后，他们爬下车，友好地一同肩并肩工作起来。弗兰克比利兰德更熟悉凿岩机的操作方式，于是他负责值第一班，与此同时，利兰德负责将其他零件组装在一起。虽然地面是由熔岩构成的，但最初的几千米钻得还是很顺利。再往下，他就需要把身体的重量压上去了，还要注意尽量别让钻头过热。在地球上的时候，他们会冲水来使其降温。然而这里并没有这个条件，因此他必须时不时地停下，让机器冷却一下。

每个孔都应为一米深。弗兰克准备在打到一半时就停一下。在这片铁锈色的霜层之下，坚硬的灰色岩石上散落着白色的斑点。他每次按动按钮，底下都会喷出一缕淡淡的灰尘。一旦停下，灰尘便飞速消散，只剩一点儿薄雾在空中。在地球上，磨床喷出的灰尘给每个人都带来了很大的困扰，那时的情况跟现在全然不同。

在几乎无声的环境里，他只能感觉到自己的手在震动。他回忆起了在金山的那座巨大真空实验室里，狄狄是怎么弄破了他的宇航服，爱丽丝又是怎么割伤了这个男孩，并用他的血作为补丁来密封伤口的。

他已经有几个月没有想起过这些了。他不得不把凿岩电钻放在一边，然后等待着这种感觉自行消逝。

“兰斯？”

“在等钻头冷却，马上就完成了。”

弗兰克凿完了要求的深度，回到洞口边。他们在某个地方有备用的钻头，或者是有用来磨钻头的东西，因为钻头的顶部已经开始变钝了。

完成后，利兰德将地脚螺钉放入，并用螺栓把它固定，再把底板插在上面，最后用曲柄扳手把它拧紧。地脚螺钉逐渐收紧，很快，底板就被牢牢地固定在了岩石表面上。

在那之后，就只需要把地震仪在底板上拧紧并把它激活即可。地震仪在进行了自动调平后，就即刻开始向主计算机发送起了基本的遥测数据。

“弄完一台还有三台。”利兰德说。

弗兰克用手擦了擦面板，然后开始帮忙收拾工具并装回拖车上，最后把它们绑好。他们一起检查了除地震仪之外是否有遗漏物品，并且在查看了各自宇航服上的数据后，出发前往第二个地点。

钻地脚螺钉孔所花的时间比预期所想的要久，已经快花费两个小时了。他们今天能否全部完成，完全取决于剩余地点的岩石硬度是否和第一个地点的一样。也许从现在起，他们的运气将不会那么好了。

“这里是云。”

“收到。”利兰德说。

“吉姆的宇航服出现了故障。正在回一号基地的路上。”

“出什么问题了？”弗兰克问。他离得太远了，没法帮到他们。即便他就在附近，也还是很有可能帮不上什么忙，就像上次和玛西一起的时候一样。

“通信故障。”云说。

只是通信问题，并不是生命保障系统，也不是宇航服开裂。吉姆没事。

“好的，任务中止，”利兰德说，“我们也撤退了。你多看着点儿他。”

“好的。”

“我们大概会在五十分钟后回来。通信完毕。”

弗兰克继续开着车，然后说道：“只是通信问题而已。”这既是因为不吐不快，也是为了确认他并没有听错。

利兰德似乎并没有理解他的意思，说道：“这是标准操作程序。只要宇航服出现任何问题，就立即回到加压环境中。你也学过的，不是吗？”

“我学到的是，我可以自行判断……”

“这就是我们的工作方式，兰斯。出现任何问题，我们就回到安全的环境中。然后再考虑到底是什么问题。”

“我明白了。”

“这是协议规定。我们都签了字的。”

“我已经在开回去了。我甚至都没有想要和你争论。我们争取在四十五分钟之内回去。”实际上，他松了一口气。至于他和利兰德没法好好相处这件事，算了，这不是重点。重点是，他们都会活下来。

四十八

发件人：米格尔 · 阿尔瓦拉多 <maaverado@usach.cl>
收件人：马克 · 伯纳伯格 <mbernaberg@lpl.arizona.edu>
抄送：卡罗莱娜 · 索莱达 <cmsoledad@usach.cl>
时间：2049 年 3 月 3 日（星期三）12:10:41，时差 −0300
标题：回复：二代高分辨率科学实验照相机

马克：

非常感谢！我已经把图片都发给我的研究生卡罗莱娜了。如果你接下来对那个区域还有拍摄计划的话，她对接下来的更新也非常感兴趣。我把她也抄送进来了，这样你就有她的电子邮件地址了。

米格尔

他们在哨站外停下车，弗兰克跳到了地面上。他刚才开得太用力了，以致关节都酸痛了。他并不清楚这个状况会持续多久，他得进行一些真正的负重训练。

利兰德率先通过了气闸舱，然后是弗兰克。

就在踏入舱内的那一刻，弗兰克猛地意识到事情非常不对劲。

云已经脱去了宇航服站在那里，利兰德正在打开自己的宇航服，吉姆不在。就在弗兰克几乎就要张口说话时，他瞥见了云的手指正紧紧地按在她的嘴唇上，示意弗兰克不要说话。

弗兰克按着自己的控制器，宇航服打开后，他往后爬了出来。

“有没有人能告诉我一下，为什么我们要这样神神秘秘的？”

在这寒冷的高原上，在这没有供暖的舱体内，利兰德只穿了一件贴身连体衣，他正在用胳膊拍打着自己。接着，他发现了一件备用的保暖外套，挣扎着把它穿上后说：“吉姆失踪了。”

弗兰克环顾室内，看了看云，又看了看他们的设备，说：“什么？你不是和他在一起吗？”

云的脸扭曲着，说：“他说他看到了露出地面的岩层，要走开十分钟。我说那我来完成剩下的钻孔工作。半个小时以后，我联系他，用了某种不会让露西知道他擅自离开的方法，但他没有回应。”

“那你去找他了吗？”

“我当然去找他了！我找了一个小时，但我找不到他。所以……我就联系你们了。”

利兰德沉默着。他的嘴巴动了动，但不知道该说什么才合适。

“宇航服故障是你瞎编的。”弗兰克说。

“我一直在找他。”

“你们不应该都是天才吗？怎么还给我搞这一出！”

她低头看着地面。

“这不是你们第一次这样做了吧？”利兰德终于找回了自己的声音，“你们之前就这样干过，虽然感觉不对劲，但是没有人发现，已经变成一种习惯了。等人回到山下以后，你们就会分头行动，只需要确保你们俩最后都及时赶回接送地点就可以了。”

弗兰克开始重新爬回他的宇航服里，说：“待在这儿。至于你要告诉露西什么，什么时候告诉她，这取决于你。我要出去找他了。”

“我们应该一起去。”云说。

“不，你们两个留在这儿。他往哪边走的？”

“从第二个安装地点往南一两千米。那里有一条他觉得可能出现了晚期侵入现象的山脊。”

第二句话对他来说没有任何意义。一千米可一点儿都不远。他说：“等我找到他了，我就联系你们。”吉姆往南边走了，该死！

他用拇指操作宇航服，把它关上后，他重新进入了气闸舱。循环完毕后，他再一次站在了舱外坚硬的红岩上。某种“除尘”工作正在进行着。也许是因为午后的高温，也许是因为一场正在酝酿的暴风雨，但随着风携卷着这团尘埃飞扬而过，视野逐渐变得清晰起来。在舱体逆风的那一侧，岩石基层就仿佛一条表面如同锻钢的康庄大道，还有一部分沉淀物。

他一边极力控制着说脏话的冲动（即便是很小声也不行），一边爬上了驾驶座，准备穿越这片高原。

每隔几秒钟，他就想着吉姆会不会在此刻出现，肩上扛着一大袋石头往回走。可是并没有看见吉姆。几分钟后，他到达了地震仪的安装现场。工具仍旧散落一地，他几乎不假思索地爬下车，把它们收起来并放回拖车上，这耗费了他的一部分氧气。

把宇航服上的灯和越野车灯都点亮后，他抓着翻车防护栏站了起来。如果吉姆还在外面的话，说不定会注意到这座像圣诞树一样闪亮的物体。弗兰克没有找到吉姆，显然对方也没看见他。但他看见了吉姆的目的地。在那无处不在的熔岩中，升起了一座形状难以描述的乱岗。尽管有时候，它的一部分会被尘雾所掩盖。弗兰克系好安全带，前去查看。

这道山脊只有近一百千米高。他沿着它的底部行驶着。吉姆不在那儿，除非这里有什么凸出的岩壁或者洞穴。他同时也在寻找着任何可以证明吉姆来过的东西：最近被凿开的岩石、工具、袋子以及任何形式的标记。

什么也没有。人是不会随随便便消失的，气象站也是。千万别是二号基地。

他心想，也许他应该去河床那边看看，它的起点在大约九点钟方向，然后在中途开始分叉，直到最后全部通往平原。它顶端的两侧都很陡峭，吉姆很可能就在那两侧峭壁导致的无线电静区中。

他现在已经来到了这道沟渠的顶端。它十分蜿蜒曲折，因此他看不清它的远处，不过也并没有任何迹象表明吉姆走了这条路。或者说，这里根本没有任何痕迹，没有脚印，也没有鞋底下所携带的尘土。他必须开车进入沟渠才能确定。

弗兰克已经离开多久了？大概二十分钟吧。没必要担心。他看了看平板电脑上的地图，发现只要开车从山脊的西面绕过去就可以到达山顶。他已经离那儿很近了。于是他继续前进，转了个弯，然后往上。他从东侧下山，一直开到没了去路。“破火山口”的血盆大口挡住了他的去路，他也许可以开着越野车沿山壁而下，但他知道自己将没有办法再次开上来。

那吉姆会不会是不小心掉进去了？这里的山坡坚固吗？

他下车并尽可能地靠近。山缘的形状非常明确，但是他绝不会傻乎乎地去冒险。他掏出五十米长的拉索，然后把钩子穿过皮带，最后再把它扣好。他双手握住拉索，向山坡处靠近。

从这里往下有很长的一段路。差不多一千米吧，并且某些地方非常陡，一路上有许多突出物或者石阶。不管是不是低重力，只要他掉下去，他和他的宇航服总会有一个受伤。他抓紧了拉索，鼓起勇气向前走去。

他调整着姿势，好让自己看清楚“破火山口”的底部，以及自己悬挂之处的左右两侧。整个火山口都空荡荡的，不见吉姆的踪迹。他小心翼翼地转过身，然后把自己拉回了平地上。

吉姆到底在哪儿？

很显然，吉姆并不在他应该在的地方。他不在那座峭壁上，也不在回哨站的路上。弗兰克往其他方向望去。如果吉姆是在躲着他，为了开某种病态的玩笑，他一定会让露西来处置吉姆。他非常确定，不管他做什么或者说什么，她都可以给吉姆剥一层皮下来。在火星上到处乱玩可是会受伤的，或者发生更糟糕的事。而且在陷入绝境之前，他还得把他自己、云以及利兰德运回一号基地。

可能导致吉姆失踪的还有更可怕的原因。

吉姆并没有呼救。毕竟他的通信系统可能已经失灵了。也许他被困在了某个地方，也许某处的地面真的把他吞了进去。

弗兰克把拉索重新绕回绞盘的绕线轴上，然后沿着山脊缓慢地向前行驶着。他开始害怕起来。在某个时刻，吉姆将会面临氧气不足的情况。吉姆和云都是走路的，这比开车更消耗氧气，而且他们还安装了两台地震仪。不过他们身边还有备用的氧气瓶。弗兰克早已经习惯了计算氧气的剩余时间，但现在的情况是完全不同的。

吉姆还剩四五个小时的时间。他在哨站里还有一瓶没用完的备用氧气，可以在回基地的路上用。

弗兰克把越野车驶入了西向的干燥河床之中。它和“圣克拉拉”很相似，在仿佛流淌着盐水的陡峭山壁之间弯曲着，这条“C”字形曲线沿着什洛尼尔斯火山的山坡一路往下。

在沟壑的平坦地面上，有着更多的沙尘。他沿着其中一条路驶下，然后下车，站在越野车的前面，他面对着车灯，凝视着地面，只能看到自己的脚印。吉姆并没有走这条路。

虽然吉姆告诉云说要去那座峭壁那里，但他会不会一时兴起改变了主意，决定要去别的地方了呢？还是说弗兰克在这片视野开阔的土地上错过了他？当然，这里有各种大大小小的凹坑，但在峭壁与哨站之间的那条路线上并没有任何明显的障碍物。如果他的通信出现了问题，他有可能也无法使用导航功能。但是话又说回来，如果是弗兰克的话，他只需要沿着山坡往上走，走到能看见“破火山口”的位置，然后再向左转，这样一来就可以找到哨站了。

如果吉姆已经回到利兰德和云那里了的话，弗兰克会很想要给他来上一拳的。现在，这种愿望真的很强烈。不过，弗兰克并没有收到任何联络信息，不管是加密的还是没加密的。

他开始倒车，掉头后从山谷中驶了出来，他真希望这时远处能出现一个朝着哨站方向而去的小点，或是一个穿着宇航服的人影。

可恶。

“呼叫利兰德、云。”

“利兰德收到。”

“我们得上报这件事。我会继续在外面找他，能找多久就多久，你用别的频道来上报这件事。我需要集中精力。”

一段很长、很长的停顿，时间久到弗兰克差点儿以为自己的信息没有传过去。

“你收到了吗？”

“收到。祝你好运。”

弗兰克回想着他自己以及其他人独自外出的那几次，大概离基地有几千米远，但也没有发生过迷路、受伤或者丧失行动能力的情况。他们有能力在外面维持自己的生存，这在无意间让芝诺的工作变得更加困难了。只有一个主动进行攻击的人才有可能杀死他们。

如果这件事和二号基地有关的话，那他该怎么办呢？

空气中的尘土正在变得越来越浓，他并不清楚接下来会不会变得更糟。他还没有遭遇过真正的沙尘暴——它们大多数都发生在南部的地方，偶尔才会发生外溢的现象。但是现在这一幕，尘土似乎正在叫嚣着要越过赤道。现在，任何会阻碍他视线的事物都不是小事，即便只是吹过一阵雾状的尘云，也有可能意味着他会错过某些显而易见的东西，而过高的风速则会消除一切可能留下的痕迹。

如果他没有去他说的那个地方，这名地质学家又会去哪里呢？弗兰克站在越野车上，利用这一高度来扫视这片无尘的裸岩，寻找着有没有任何可能引起他注意的东西。

这里最显著的地貌就是北边的那片陡坡，它就在“圣克拉拉”顶点处那片荒地的另一头，山壁上的那些流水仿佛在各自寻找着那条最快捷的路径，直到最后才汇聚到了一起。这座峭壁很高，从上到下有五六百米，它迎着午后的阳光，发出了粉色的亮光。

但是那是北边。吉姆去的是南边，朝着二号基地的所在方向去了。

弗兰克从来没有警告过他们要避开那片区域，因为他并不觉得自己可以这么做，也因为他与芝诺进行了交易，看看这都让他沦落到什么境地了。

他再度朝南边和东边出发，重新开过他已经搜寻过的土地，寻找着他可能错过的任何线索。如果吉姆走得比较远，那么也许——只是也许——他并不在无线通信的范围之内。

“吉姆，你能听得见吗？我是兰斯。我就在哨站以南的一千米处。闪一下你宇航服上的灯，完毕。”

他一遍又一遍地重复着这一信息，开一小段路，然后停下。

没有越野车的轮胎印，也没有靴印，没有任何痕迹。

最终，他停了下来，因为他自己的氧气储量让他不得不这么做。他停在一道山脊的顶部，看着眼前的尘土像片片雪花一般飘扬而过。

“利兰德？云？是否收到？”

利兰德回答道：“请说。”信号时好时坏、断断续续的。

“我准备回来了。我的氧气快没了，我找不到他。”

一片寂静，只有一阵阵数据传输的电流声，就像是蟋蟀或者小鸟的声音。

然后他说：“我们都听见了。你已经尽力了。”

“我必须得尽力。”

“快回来吧，兰斯。我们得回一号基地了，这是命令。”

“我大概还能在外面再找十分钟。”

“兰斯，”利兰德说，“我理解。但是你现在必须回来了。我们还得靠你把我们带下山。”

如果他现在停下，吉姆一定会死掉，如果吉姆目前还没有死的话。如果吉姆没法靠自己找到回哨站的路的话，他肯定活不到明天早上。就算他找到了，晚上也会非常寒冷。

但如果弗兰克现在不掉头回去，他很可能就会杀死自己以及他需要负责照看的那些人。

“吉姆，你这个该死的混蛋，”他说，“我们本不应该失去任何人的。我已经没有时间了。我不能为了救你而把他们的生命置于危险之中。我已经到处找遍了，我尽力了，但是显然我做得还不够，因为我并没有找到你。现在，你可以留在这儿，但我们得回去了。对此，我根本无能为力。我希望无论你刚才在做什么，那都是值得的。”

他握住方向控制杆，抑制着把它整个拔掉的冲动。他并不清楚这到底是意外还是愚蠢所致，又或者是有人故意而为之。这种不确定的感觉在他的心中燃烧着，使他在一片恐惧、愤怒及无助中颤抖着。

四十九

内部备忘录

2049 年 3 月 4 日

致布鲁诺 · 蒂勒

自火星一号基地（任务控制中心）

抄录自纯纸质副本

先生，我们需要私底下谈谈。十分紧急！

第二天，他们全体出动去寻找吉姆。两辆越野车，每组三个人，最高分辨率的卫星地图也已经下载到了他们的平板电脑上。在弗兰克向露西展示了他之前搜索过的地方后，她用极为清脆的语调感谢了他的付出，以防他没有意识到她确实是在感谢他，在那之后，她又感谢了他一遍。

他很清楚失去一个人的感觉。他一直在想自己在搜寻过程中有没有漏掉什么。也许其他人也在这么想：如果是他们去找的话，就肯定会找到吉姆的。这件事如同一头猛兽般啃咬着他的骨髓。

路易莎帮不了什么，她也同样无能为力。不过她说了很多好听的话，安抚了弗兰克。但是此时此刻，她不得不遵循芝诺的指令，坚称二号基地已经成为历史了，二号基地里的人也已经死了，失去了行动能力，不可能掳走吉姆。七号气象站掉进了某个洞里，也许吉姆也是一样。火星是一个未知且不可预测的地方，充满了危险。谁又知道呢？也许他们在这件事上说得没错，但弗兰克绝不相信芝诺会告诉她任何真相。

根据弗兰克的经验，问题不在于火星，芝诺才是问题所在。

弗兰克开着越野车，后面载着法努和伊斯拉。除非必要，否则没有人说话。他起得很早，在一片冰冷的黑暗之中检查好了车子，他得确保车都充满了电。为了确保每块燃料电池都处于满电状态，他还伸进电解液里检查了一下。太阳能面板上已经堆积了很多垃圾，不能再任由灰尘继续这样堆积了，这也是一件他们必须上心留意的事。他没有睡觉，也没有吃东西。他已然精疲力竭，是毅力驱使着他继续前进。

他们往高处开去，这里的尘土变得更具流动性了，片片尘雾笼罩着他们的视野，弗兰克必须不断地擦拭他的面板。“圣克拉拉”山谷的山壁上撒满了密密麻麻的沙粒。

露西在他后面驾驶着第二辆越野车。无论她对云本身还是云和吉姆一起违抗命令这件事有什么看法，她还是选择把他们俩当作成年人来对待，而不是把全部责任丢到其中某个人的头上。就算她有骂人，弗兰克也没有听见，再说了，他们的基地也不大。也许冰冷比火热会更令人难受，反正这一切都不是冲着他来的。

弗兰克打开了一部分的灯。由于天气的原因，现在的光线特别昏暗，而且他们在日出后不到一刻钟就起床出门了。浓重的阴影仿佛触手可及，每辆越野车都只带了一块燃料电池，开灯只会不断地耗费电量。他们带上了所有的生命保障系统包，每一个都充满了。他已经很熟悉搜寻的方式了，这将会是漫长的一天。只有在尸体被发现的情况下，这一天才有可能会变得短暂。

并没有人假装他们是一支搜查队。这只是一种安慰罢了。每个人说话时，都还是用现在时提及“他”。虽然他们都很清楚吉姆已经死了。相反，只有弗兰克认为他也许还活着。

弗兰克并不确定自己更想要见到哪种情况。他既希望他们能够找到一具尸体，这样他就不必违背芝诺的指令了；他也希望找不到，因为这有可能意味着吉姆是被二号基地的人带走的。他们有理由这么做吗？为了得到帮助，把某个人强行带走？芝诺对美国国家航空航天局团队的威胁会不会变本加厉？他们会不会威胁弗兰克的家人？弗兰克并不清楚。

一具尸体至少可以带来释怀。法努可以对吉姆进行检查，其他人可以对宇航服进行“验尸”。他们会得出结论，这是自然原因所导致的死亡，这样弗兰克便可以再次安然入睡了。他还没问过宇航员死去时需要执行什么样的程序，大概并不包括把他们送到太阳里这一条。

他在河谷的顶部猛地调转方向，朝着宽阔的山顶区域开去，在那尘土飞扬的天空中，他捕捉到了太阳初升时斜射下的一缕缕摇曳微光。那更像是暮光，而非阳光，它们的出现也绝非出于任何好意。弗兰克以前从未见过这种天气变化，他不知道这是否会给美国国家航空航天局带来某种超出承受范围的风险，因为毕竟他们正在寻找的很可能只不过是一具尸体罢了。他们仿佛正在不断靠近地狱之门。

吉姆是他们的朋友。他们一起训练、一起航行，笑过、争论过。他们当然会想要知道吉姆到底出了什么事，想要为了他做最后一件事。如果是弗兰克，比起死者，他一定会优先考虑还活着的人，不过露西显然对这类事情有着不同的权衡方式。虽然管不了弗兰克，但总体上，露西肯定还是负责人。

火山的顶部就仿佛被雾笼罩着一般。粉色的火星雾气如同雨滴一般成群结队而来，好似一片片由固态物组成的帘子在地面上拖动着。视野时不时地会清晰一会儿，他可以看到离他最近的那个凹坑和陡崖，然后接着又是下一道尘雾之墙。这是一条断断续续地输送着遮挡物的传送带。

最令人不安的是那个声音。火星通常都是无声的，一切噪音都是人为的。除了现在这个，这座行星仿佛正在对着他轻轻地呼气。

他们在哨站旁停下车，寻找吉姆的每分每秒都很宝贵，令人欣慰的是，露西的行动十分干脆。

“我得去里面检查一下。”她说。

他会在里面吗？如果在的话，他能熬过这一夜吗？

答案很快就出现了。

“他不在这里。把生命保障系统包放到气闸舱里。我来把它们转移到室内，然后我们开始，”她竭力控制着自己的声音，而通信载波则不然，“我们来把他带回家，好吗？”

“众人同心。”是利兰德。

他们把备用的生命保障系统包堆在气闸舱中，为了帮助露西更迅速地把它们转移到架子上，法努也一起挤了进去。然后他们又重新回到了舱外，准备出发。

露西并不支持进入“破火山口”内部的想法。在这之前还没有人下去过，因此她也不会要求任何人去尝试。当然，吉姆也有可能是被落石埋了，也许他站得离边缘太近了，而这时又刚好发生了崩塌，导致大量碎石掉落在他的身上，但这只是他们不敢去尝试的又一个原因罢了。虽然他们有登山绳，越野车上也有拉索和绞盘，但弗兰克当时并没有在那里面发现任何踪迹，他成功说服了露西。

于是他们还剩下两个需要搜索的区域，一片是北部和东部，另一片是南部和西部，就在面前这片弗兰克已经搜寻过的区域之外。露西负责北边，法努自然就负责南边了，这名医生似乎很乐意让弗兰克来开车。他们将会越过吉姆说他要去的那座山脊，然后再往下，前往那个在他们的地图上被标记为CT-B的巨大火山口，据吉姆自己的报告称，那片坑坑洼洼的地方发生过由空熔岩管所导致的地下塌陷。

也许那会是吉姆可能想要去探索的地方，并导致他被困在那里。弗兰克、法努和伊斯拉决定前去查看。搜索区域以第二台地震仪为中心，横跨了差不多六千米的长度，最远处距哨站则有九千米。很难想象吉姆会在一时兴起之下走那么远，他明明可以等到越野车和后援回来以后，再进行一场安全的探险。

吉姆一直都是对规定不管不顾。现在，他消失了。

弗兰克开到了指定搜索区域的边缘处，伊斯拉和法努跳了下去。他们各自往越野车的两边走了几百米，然后转过身面对着接下来要行进的方向。

“准备好了吗？”法努问。他的声音断断续续的。

弗兰克调整了越野车的前车灯，这样一来，它们不仅可以照亮前方，还可以照顾到左右两侧，然后他爬回驾驶座说：“准备好了。”

越野车以步行的速度缓慢地向前驶去，这件事本来就很难，而弗兰克又必须不断地在座位上左右转动，才能看见那两个超出他视线范围的护卫，这件事又变得更为困难了。他们一直搜索到了那条沿火山西侧而下的河道处，然后又重新往回搜索。

还在基地的时候，这看似是一个好主意，然而现在它的本质已经显现出来了：简直不合时宜到了荒唐的程度。但他们还是得继续，因为他们根本没有别的方法了。他们正在寻找一具穿着宇航服的尸体，而他们自己也穿着宇航服在一座近三万千米高的山上，在一年中最严重的沙尘暴之中。由于卫星静电噪声的原因，他们的通信也开始变得断断续续的。

他们来回走了两个小时，把哨站与河道之间的区域全部搜索了一遍。弗兰克先是与伊斯拉交换位置，然后又与法努交换位置。当弗兰克在左侧时，他可以清楚地看到越野车，至于在另一侧远处的另一名步行者就只能看到一片宇航服灯所发出的光晕。

大多数时间，弗兰克会凝视前方，搜索地面。他所寻找的已经不再是脚印，而是一具上面布满了扬尘的白色宇航服。

即使他们已经把灯全部打开了，能见度也依旧很差。每走几步，弗兰克就得擦一次面板，那些可恶的玩意儿会沾在一切东西上。他们已经越过了河道，进入了一片崭新的领域，现在，他们正在沿着河道的另一侧向山下走去。

这时，空中出现了一阵如闪光灯一般的亮光。他停下脚步环顾四周。接着，一阵听起来像是飞行器进入大气时的声音在头顶轰鸣着。

“这又是什么？”

“闪电。”法努说。

“你是说真的闪电吗？雷电？”

“是灰尘所导致的。”

“我们在山顶上，没有任何掩护。”

“我们得继续搜索，我们得……”法努停顿了一下，“我们得找到吉姆。”

弗兰克望向越野车，与周围的一切相比，上面的那个身影显得高高在上，比伊斯拉的头盔更高的就只有翻车防护栏的栏顶了。

“伊斯拉？”

“我们得继续找。”她说。

她听起来像是在害怕吗？弗兰克呢？

“好的，我们继续吧。”

他们走到了搜索区域的最西端，然后伊斯拉把越野车转向南边，堵住了这片区域的尽头。闪电在他们的头顶闪烁着，照亮了那些正在移动的尘云，在一切重新归于黑暗之前，层层叠叠的云带显露了其真容，在那之后，山腰处发出了一阵嘶哑声。

弗兰克面板之外所发生的一切都在告诉他，他正在一场飓风中前行。已然呈颗粒状的空气动荡不安地拉扯着他的宇航服，它所发出的声音令他联想到了极远处的喷气发动机所发出的哀鸣之声。不过他并没有感觉到任何抖动，什么都没有。这种奇怪的感觉就和他在平原上被困在龙卷风之中一样，这可真是令人不安。

就在他的前面有一道轮胎印，就在一个小型凹坑的积尘之中。它已经被侵蚀掉了一部分，甚至就在他的眼前逐渐消失，大风吹过，车胎所留下的独特峰谷痕迹正在被不断剥离。

他盯着它。这是吉姆留下的吗？从这段仅有几百米长的痕迹中可以看出当时这辆车很可能是在向北行驶。

“兰斯，你怎么停下了？”

吉姆有开着越野车来过这边吗？弗兰克没法确定，至少最近没有。弗兰克昨天主要是在破火山口的附近寻找，并没有往下走这么远。

这是弗兰克要找的东西吗？这是能够证明二号基地的人来过这里的证据吗？他们找到了吉姆，然后带着他回到了二号基地？

“兰斯？”

他突然意识到伊斯拉正在和他说话。

“我没事，我没事。”

“你找到什么东西了吗？”

“没有。我以为是，但其实只是……我看错了。”

他必须得开走一辆越野车去二号基地看看，否则他一定会在压力之下崩溃的。不管能不能得到芝诺的允许，他都要去。除非他们今天就能找到点儿什么。

就在他盯着的同时，这道车轮印依旧还在消失。他故意用靴子蹭了蹭它，然后继续前进。

闪电呈片状，越发猛烈。

越野车正在发光，一股闪烁的蓝绿色火焰正附着在金属车架上。

“伊斯拉？”

“兰斯？”

“这到底是什么？”

她停下车，关掉了灯。现在，那看上去更加明显了。

“我受够了，”她说，“法努，我知道吉姆是我们的朋友。他对我们所有人来说都很特别。但我们不能再在这里停留了。回到越野车上来，我们得开到河道里找个地方避一避。”

她再次起步，掉转车头，车灯从弗兰克身上扫过。他稳稳地朝着越野车走去，用手抓住它那被尘土笼罩的车架，把自己拉了上去。法努则从另一侧靠近爬上了车，他直直地盯着前方，既没有看弗兰克，也没有与伊斯拉交流。

最终，伊斯拉找到了河堤的所在位置，这与其说是靠判断力，不如说是靠运气，然后她沿着陡峭的山坡慢慢驶入了河床。这里的空气并没有变清新，但他们至少处于低于周围地面的位置。又是一阵闪光灯般的电闪，几秒钟之后，传来一阵断断续续的、咆哮般的巨响。

弗兰克习惯性地检查了氧气余量。他的氧气瓶里差不多只剩下一半了。哨站还有备用的，但这已然不是现在最重要的限制因素了。

“有人知道这会持续多久吗？”弗兰克问道。

没有人回应。事实上，他可以看到法努的嘴巴在动，但他什么也没听见。风暴和高耸的山谷正在彻底切断他的通信。但貌似只有他的通信系统出现问题，因为法努很显然正在与伊斯拉进行对话。

弗兰克轻轻拍了拍法努的肩膀，等到引起了他的注意之后，弗兰克又轻拍了两次头盔两侧，这是表示“没有声音”的通用手势。

法努皱起眉头俯过身来，这样弗兰克就可以听到所有人的对话了。看来，美国国家航空航天局的通信系统可比弗兰克的系统设计得更为细致。

“……往北走了这么远，”伊斯拉正在说话，“我们对火星的天气了解得太少了，也没有办法预测。它可能会持续数天，甚至数周。我们只知道自己正处于这场风暴的最边缘处，如果风暴能够向南移动，即便是一点儿也可以马上恢复晴朗的天气。”

“我们可以等一个小时，”法努说，“然后再重新开始。”

“听着，”弗兰克说，“我对你们的朋友感到非常抱歉，但我们现在对此无能为力。我现在担心的是我们会不会死在这里。我们正处于一场沙尘暴之中。我们什么都看不到，身上穿的宇航服是依靠复杂的电气设备来维持我们的生命的。一道闪电下来，我们中的任何一个都有可能停止呼吸。现在，哨站可以为我们提供足够的缓冲，可以重新把我们的氧气充满。如果我们可以离开这片沙尘，还能吃点儿东西、喝点儿水。我们不能冒着被奥丁电熟的风险继续前进了。”

“是索尔，”伊斯拉说，“索尔才是雷神。”

“随便谁。法努，你是这次外出的负责人，我不会自己擅自走掉把你们丢在这儿，但是这太疯狂了，你得意识到这一点。”

法努身体向后仰，抬头望向缝隙中的天空。又一个闪光灯般的瞬间照亮了干燥的河床和从河岸上流淌下来的沙子，几秒之后，又回到了一片黑暗之中，随之而来的是一片天空中的轰隆声，这似乎重新激活了他的行动。

他再次俯过身，用自己的头盔碰向弗兰克的头盔，声音经由这两个表面之间的灰尘与沙粒传递着。

“我会和露西谈谈。不，作为高级医务官，我得告知露西我们得暂停这次行动。”

他们没法很快就找到吉姆，现在得放弃搜寻他的行动。如果他还在火山上，也许可以通过卫星找到尸体的所在位置，但这仅限于天气晴朗的时候。如果这样可以找得到的话，他们就可以等到安全的时候去把他运回来。

但如果他不在的话呢？弗兰克又该如何解释这一切呢？

伊斯拉调转越野车的车头，沿着来时的路一直回到了山谷的顶部，天气变得更加恶劣。她把自己的宇航服照明调至最高，只有这样才能够看清屏幕并重新打开越野车的车灯。

她向左开去，以几乎是走路的速度艰难前行着。到哨站的距离应该不会太远，但这段路仿佛无穷无尽，看不见尽头。除了就在他们面前的东西之外，他们什么也看不见，往哪个方向前进几乎全靠猜测。

弗兰克不禁开始流汗。火山的顶部非常平坦，但一旦掉进破火山口，那可是会致命的。不管是上坡还是下坡都差不多。他的平板电脑更多时候还是处于失去连接的状态，就和他的宇航服一样，甚至在出了山谷以后也是如此。但他们能依靠的也就只有它了。他把平板电脑打开，举在面前，这样尘土就只会吹到它的背面，不会吹到屏幕了。

只剩一百米了。

“我们快到了。”弗兰克说。他把平板电脑放在伊斯拉的面板前方，然后又重复了一遍，因为他又掉线了。

“收到。”她转动着控制杆。透过这片不断呼啸着的褐色尘雾可以看到另一组灯光开始慢慢变暗，然后又亮了。他们在打信号。

“我们看到你们了。”法努说。

哨站就像是一个苍白的幽灵，几乎看不见，甚至在开着宇航服照明的情况下，也很难看清一级又一级的台阶。为了节省电力，他们一次在气闸舱里循环两个人，弗兰克和露西留在外面。这时，弗兰克突然发现露西正在发呆，也许她是正在想由于自己的失败危及到了自己船员的安全，她意识到了自己是被感情蒙蔽了双眼，因此错失了最理智的判断。

他轻推她的手臂，指着气闸舱，有一瞬间，她的目光似乎穿过了他的身体。他也有过这种感觉，那并不怎么好受。她恢复了过来，转过身走进空荡荡的气闸舱。弗兰克跟上她，关上了闸门，等待着气泵的启动。

五十

新闻发布会的文字记录

2049 年 3 月 5 日

来源：美国国家航空航天局新闻秘书长，得克萨斯州休士顿市

我不得不十分遗憾地宣布，前往“火星一号”基地执行战神四号火箭任务的地质学家、机组人员吉姆·萨穆迪奥博士现已失踪。吉姆能够生还的时间窗口现已关闭。没有人想听到这样的消息，我们将与幸存的船员一起哀悼。

就在日落之前，露西终于下令中止并离开哨站。虽然外面的风已经小多了，但还是有固态物不停地撞到舱体表面，舱体发出阵阵如同贝斯一般的闷声。声音一直萦绕在他们的耳边，以至于有些宇航员开始抱怨自己出现了恶心的症状。

法努给受到影响的人进行了检查，但他并没有办法让那个声音停止。而且室内已经热到了无法理喻的程度，这也让情况变得更加恶劣了。这与弗兰克本来以为的大相径庭，他本以为在夜幕将近时，气温会冷得把他们的屁股都冻掉。云解释说，尘土撞击到舱体时会以热量的形式传递能量，也就是说，尘土越多，热量越大。

这还不是第二个说服露西放弃的因素。尽管他们把越野车都停在了哨站的下风一侧，它们还是在暴风雨中待了整整六个小时。如果说沙砾会想要钻进轮毂或者控制装置里，又或是磨损电缆及各个连接处的话，

今天就是绝佳的机会。

还有氧气和水的不足，以及缺少卫生设施以及食物的问题。在这种情况下继续搜查是不可能的。她一直到了坚持不下去才最终决定撤离。

舱体的地板已然呈一片红色，上面全是从他们宇航服上掉下来的尘土。在他们重新爬进宇航服的时候又掉下来了一些。如果这个地方需要再次作为一间科学工作站来使用的话，那它需要一次彻底的清理。

下山之前，露西命令所有人都换上新的生命保障系统，以防他们需要走路的情况。这是明智的做法。如果不是因为吉姆，他们也就不会来到这里。

“兰斯，你比我们其他人更清楚这里的路线。你来带我们回去。”

弗兰克抱起用过的那包生命保障系统走进了气闸舱。有某个人跟着他走了进来，弗兰克用手肘轻击了循环按钮。气泵慢慢地卡住了。电池的电量太低了，好在他后面的每个人都知道该如何给阀门手动排气。

弗兰克想起自己还是个孩子的时候，家里是那种只能播放广播节目的老式电视，而非数字节目的电视。电视后面接着一根电缆，屏幕不断晃动且显示着发出嘶嘶声的黑白静电雪花。只不过现在他面板的另一侧，就只有一片黑色和红色。

在走出这个拥挤的气闸舱之前，他就放下了保障系统，他把照明调到最高，然后探身到外面的平台上。他只能看到各种物体的轮廓。

“情况不妙，先待在这儿。”弗兰克说。

他转过身，向前把自己的头盔和身后伊斯拉的头盔碰到一起。她看上去是真的吓坏了。他向她点了点头，重复了一遍刚才的警告。她也点了点头回应。

他转回前面，摸索着走下舷梯，到了底下后，他还记得要向右转，绕过舱体，然后就来到了它的下风侧。可见性稍微变好了一些，他可以清楚地看见越野车正面的形状。他绕到另外一边，站在车轮的背风处。

“我现在爬回去。等我到了，就把保障系统递给我。”

他再次放下自己手里的保障系统，重新双手交替着爬回了那片红色静电之中。他擦了擦面板，转过身背对着风暴，拿起已经被放到外面的生命保障系统包，用固定带把它们扎紧。

这时，外面出现了第三个保障包，是法努的，他将再次乘坐弗兰克的车。弗兰克把最后一个保障包固定到位，并尽可能把驾驶座上的沙石清理干净后，才坐了进去。

几乎看不见控制屏幕。他把灰尘全都胡噜到一边，然后按下开关。

什么也没有发生，一个令人心跳骤停的瞬间过后，灯亮了。

后一组穿着宇航服的人经过，朝着第二辆越野车走去。他检查了燃料电池的剩余瓦数并进行计算，他认为足够了，但仅仅是刚好。如果山底下的情况和山顶一样糟糕的话，那么他们近期就没法给它们充电了。

在他们上来时，越野车的底盘在不停摇晃着，随后又稳定了下来。他们已经准备好了面临这片嗡嗡作响、下着细沙雨的黑暗，他们干坐着，都在等着有人先说些什么。

“露西？”

“收到，出发。”

弗兰克把前车灯调至最亮，然后轻轻地向前开动。这场风暴笼罩着他们。通常，这些车灯的明亮程度足以把夜晚变成白昼，然而现在，它们似乎只能照亮弗兰克的正前方，以及宝贵的一小块地面。他能找得到通往“圣克拉拉”的路吗？他应该至少可以带着他们试试看。

先绕到舱体的前面，然后转向西北方向开上一千五百米。希望能成功吧。

他设置了计数器，打开了虚拟指南针，然后如爬一般地前进着。计数器嘀嗒作响，上面的数字开始变得模糊不清。他用手指划过自己的面板，接着又擦了一次。他碰到了他看不见的撞击坑边缘，通常他是会绕过去的。装在车轮里的悬架反应有些迟钝，这让车架出现了轻微的横向振动。

他停了下来，望着不断从眼前吹过的道道红色沙壁。他的眼睛没法聚焦，完全没有办法看清。

“等一下，我得找一下入口，”他解开安全带，站了起来，“你们当中得有一个人来开车。”

伊斯拉说："我来开。"

弗兰克爬下车，然后用一只手搭在侧面，向后走去。

"松开绞盘，不要锁死。"

弗兰克抓住拉索，先是把它送入后轮之间，然后送入前轮之间，这样一来，拉索就可以直接从越野车底下穿过，一直通到最前面。他把它绕在车子的支撑条上，然后又把那个沉重的钩子固定在腰带上后向前走去。

他已经走了，他勉强可以看清前车灯那两个惨白的圆圈。他继续前进，直到感觉到拉索在他身后抽紧了。

"伊斯拉？跟着拉索，很慢很慢地往前开。"

"收到。"

绳索松动了，然后弗兰克继续往前走去。他宇航服上的照明灯几乎派不上任何用场。它们照亮的就只有尘土，而不是尘土后面的那些东西。他只能跟着自己的感觉前进。这可是在火星，他到底在干什么？原本的猜测已经完全变成了盲目的试探。那道山谷就在某个地方，然而他找到它的唯一方法就只是碰运气。

"伊斯拉？停一下。"

"收到。"

他再次捡起松掉的绳索，往右转去。依旧是原先的那种路面，毫无其他变化。于是他又向左转去走了几步，突然开始踉跄，他试图稳住自己的双脚。由于什么也看不见，他滑倒了，膝盖着地。他一定是发出了某种响声，因为他耳边立刻就传来了伊斯拉的声音。

"兰斯？请回答。兰斯？"

"我没事。给我一点儿时间。"

他撑着自己起身。是这里吗？根本无法辨别。它也可能只是一个比较深的凹坑，但他记得山谷顶部附近确实没有什么凹坑，除非他已经完全偏离了正确路线。这个绝对是下山的方向。

"伊斯拉？我希望你前进几步，然后往左转二十度停下。"

"收到。"

他的腰带处又放松了，他拉起多余的绳索，把它绕在手臂上。他向前走去，含尘量似乎变小了一些。沙尘更像是在他头顶吹过，而不是环绕在他周围。在他的前方和后方似乎都有突起物，但他的左边和右边没有，而且这里的地面似乎更低。他扯出一部分拉索，突然之间，他看到脚下有几条正在消失的车轮印，就是这里。他找到了“圣克拉拉”。这里的地面是干的，天哪，现在这一时刻完全值得他们开一瓶酒来庆祝。不过，他更希望能喝上一杯温热的咖啡。

“我这边进展顺利。往前走二十米，注意观察裂口处。”

他解开了挂钩，但没有松手，然后他退到了山谷较远的那一侧。被越野车撞倒可一点儿都不讽刺，那纯粹就是蠢。仿佛经过了一个世纪以后，越野车的灯光终于照亮了河岸的边缘。

“伊斯拉？停车。”

她突然刹车。

“收起绞盘，等收完以后，把车轮向右转差不多三十度。下坡入口就在你前面。”

“我看不到你。”

“没关系。很慢很慢地开。法努，往后车轴上加些重量。”

一阵停顿后，越野车一顿一顿地向前挪动着，直到车子的前轮压在了斜坡的碎石边缘上面。

“继续向前。就是这里，放手吧。”

她照做了。她放开了刹车，越野车直接滑进了山谷的底部。她向右转去，在这片更为清晰的视野中，她很可能已经看到了弗兰克的宇航服灯光。

第二辆越野车出现了，弗兰克把它引导下来。露西是一名飞行员。她很擅长这件事，甚至可能比弗兰克还要擅长，况且她还拥有辨别自己何时不在最佳状态的智慧。这可比玛西的行事方式要聪明多了。

他们六个人都在这里，本来应该是七个人。弗兰克爬回了第一辆越野车，把双腿塞进驾驶座后方的格栅里，紧挨着法努。

“你不想开车了吗？”伊斯拉问道。

说实话，那也没有什么问题。他完全可以与伊斯拉交换位置，然后把他们全部带回家。然而，就在穿过那团红黑相间的雾霾时，他内心的某样东西被扰乱了。他只要闭上眼睛，就可以看到那幅场景，雪花不停地晃动着，仿佛印入了他的脑海里。山谷保护他们免受恶劣天气的侵扰，此刻的他们就仿佛待在一间烟雾萦绕的房间里，而不是被一大堆尘土团团围住。

她不会有问题的。这可以让他放松一会儿，暂停一下。他得试着依靠一下她，而不是单纯地觉得其他人都做不到。

“兰斯？”伊斯拉再次问道。

“如果你愿意的话，请把我们带回家，我会很感激的。”弗兰克说。

“收到。”她说。

此刻，车灯照亮了前方的路，视野也逐渐清晰起来，他们可以更快地前进。尽管山谷在变宽，山壁也在变高，但不断地向北移动确实在远离这场风暴。等他们穿过了山谷的“喉咙”，并顺势进入“高地”后，最恶劣的天气已然被他们抛在了身后。

他们目前最担忧的是一直在转圈的碟形卫星天线，云急急忙忙地跑到里面把它转向背风处。四处飘散的沙尘上出现了一朵朵涟漪和沙丘，踩下去便会发出嘎吱嘎吱的声音。

弗兰克前去检查太阳能电池板的情况。由于无法检测到阳光，它们并没有转向，上面也没有积起巨量的沙子。他用平时系在支撑架上的那块降落伞布，花了十分钟把黑色玻璃表面上积灰最严重的地方给擦干净了，但他还是觉得就算到了明天，甚至后天，它们也没法吸收到什么阳光。

“兰斯？”

他继续擦拭着，回应道：“露西，怎么了？”

“我就在你身后。”

他停下来，转过身。

“快进来吧，我们今天的任务已经完成了。”露西说。

“我还有一整张清单的项目需要检查。”

“兰斯，我不想再失去任何人了。我希望你现在就进来。”

“你并没有失去吉姆，而且没有人会为此而责怪你。”而且吉姆可能还活着。但是弗兰克之所以没有这样说，是因为他完全不知道该怎么说明。他甚至都不清楚这个可能性是否存在。

“都一样，他已经不在了。我知道我没法强迫你。但我还是需要确保所有人都待在安全的室内，直到明早之前都不要出门。我们今晚不会有问题的。”

“我们得把各种设备都关了，这事宜早不宜迟。你知道的，不是吗？”

“云已经在做了。兰斯，你已经不再是孤身一人了。你完全可以进来休息。”

她说得没错。这一天真是糟透了，这些该死的尘土！他累坏了。

“是的，我们完全可以等到明天早上再检查。”

“当然可以了。”

他把尼龙降落伞布重新绑回支架上，然后跟上她一起穿过那片医疗舱末端投下的熟悉阴影，来到了连接舱的气闸舱前。他们爬上舷梯，突然之间，她开始拍打着他的全身。

“喂！你在干什么？”

“在我们进去之前，清理干净身上的沙子，”她疑惑地看着他举起双臂，“你是不是以为我在……抱歉，我很抱歉。”

她举起双手，尽可能地在这个狭小的平台上向后退去。弗兰克看向自己握紧的双拳，他的肩膀下沉着，随时准备着反击。

一时之间，他不知道该怎么办，也不知道该说些什么。在她眼前发生的一切是那么明显，已经没有什么可以说服她事实并非如此了。

“你只是有些吓到我了。”

“我很抱歉，”她再次说道，“我应该先说点儿什么，请求你的许可的。”

他并没有真的打到她，有一部分原因，是因为他已经很疲倦了。换作是其他任何时候，他都会本能地把她狠狠推开，然后随手抄起手边有的家伙。

“没、没关系的，下次事先提醒一下。好了，你现在可以弄了。”弗兰克说。

她警惕地帮他完成了灰尘清除工作，然后叫他也帮她进行同样的操作。这是他们在训练中学到的，这是标准操作流程。没有什么特别的含义，只是延长宇航服使用寿命并防止灰尘进入基地。

他们一同进入气闸舱，进行了循环后，又把自己的生命保障系统在其他人的旁边挂好。弗兰克把宇航服挂在衣架上，然后拿起了他的工作服。

其他人似乎都分散在各处，做杂务、关闭设备、检查系统，各自忙碌着。其中一些事情本来是弗兰克的工作，但他们正在帮他做，代替他做。就算失去了一个人，他们也还是可以在没有他的情况下运行好这整座基地。

“如果你不需要我做什么的话，我想去洗个澡。”

“对不起，因为我没有根据准则行事，做了一个错误的决定。其他人本应该阻拦我的。是你把我们从这个烂摊子里解救出来，对此我很感激。”云说。

她就穿着一件贴身连体衣站在那里，看上去十分无助。然而他没法安慰她。

“不……不客气，”他说，“我是说，不然我还能怎么做呢？我们只有彼此了，必须得互相照顾才行。”

她点了点头，说：“你是一个好人，兰斯 · 布拉克。”

他并不是一个好人。他甚至都不是兰斯 · 布拉克。

“是啊。”坦白之词差点儿就要脱口而出，他赶紧转过身去。

他直奔船员居住区，拿了自己的毛巾跑到洗澡间，把折叠门在身后关上。他闭上双眼，把额头靠在冰凉的隔断门上。

他在小隔间里脱光了衣服，然后打开水阀，把水调到他能承受的最热程度，踩进了那滚烫的水流中。他已经在火星待够了。也许明天早上会好一些。

他见证了那么多人的死亡，经历过比这更糟糕的事情。他还是设法让自己振作了起来。他完全不明白这股力量是从何而来的，但他现在很清楚的是，它已经快要耗尽了。

他想要摆脱现在的困境，想要回家，想要再次见到儿子，坚守与芝诺的协议，不过他的这些想法都消失了。

隔间的折叠门啪的一声打开了。

“该死，等一下。”

门又关上了，但他突然意识到有人在那儿，就在浴帘的另一边，那个人走了进来，和他一起待在水流之下，然后紧紧地抱住了他，头靠在他的肩膀之上。

他不知该如何是好。曾几何时，他也许知道该怎么办，但就和很多其他东西一样，他现在已经忘记了。

她紧紧地抱着他。慢慢地，他也用自己的双臂环住了她的身体。

他不清楚他们那样子站了多久。即便是在伊斯拉离开之后，他也没有搞清楚这到底是真实的，还是他在做梦罢了。

五十一

149438号通信文件

2049年3月5日03:34

致火星一号基地（任务控制中心）

自火星一号基地（拉厄撞击坑）

路易莎，你知道吉姆失踪的事情。但你不知道的是，火山上还有最近芝诺越野车留下的车轮印，那可不是我留下的。你一直在跟我说二号基地已经消失成为历史了，但我并不相信芝诺说的这些话。先是七号气象站，现在又是吉姆。关于那些他们不想让我知道的事情，你有什么可以告诉我的吗？什么都可以。

如果吉姆还有任何活下来的可能性，我需要你尽快给我一个答案。

十二个小时之后，弗兰克终于能够向芝诺发送信息了。

碟形卫星躲过了一劫。云进行了检查，虽然略有变形，但数字信号强度未受影响，因此可以完全忽略。事态本可能会更糟的。这么多的尘土，完全有可能导致圆盘与底座的分离，那样的话，他们就没法进行通信了。虽然着陆飞行器上面装有低增益天线，他们可以把它与转运飞行器的连接断开，并重新对接至中继卫星，但这仍然会带来问题。

输入完邮件信息后，弗兰克进行了加密发送，然后等待着答复。在等待的期间，他来到了室外。仅仅是循环气闸舱、重新加满生命保障系统这种小事，也必须算入整体预算之中，仿佛回到了他以前没有多余电力可以挥霍的那些日子。

电力……德克兰可能会对现在的情况又爱又恨。他们刚好有足够的电力，用于维持温室的运行。如果不是因为来自热电机的热水，以及室外温度的不自然升高，他们可能就得在温室里睡觉了。再加上要运行空气过滤器，给计算机系统供电，还要让碟形卫星指向正确的方向，他们甚至都没法达到收支平衡。虽然目前电池组的储存电量还很充足，但他们并不知道这场风暴将会持续多久。只要使用量大于发电量，那么他们只是在向明天借今天需要的东西罢了。

他打扫了太阳能电池板，手动把它们转向东方，因为它们自行转动会消耗的电量几乎与它们产生的电量相差无几。功率本应该接近十五千瓦，但根据他平板电脑上的彩色状态栏显示现在还不到一千瓦。

再加上基底负荷，白天只有不到四千瓦。这远远不够，都不够给一辆越野车充电的，更不要说两辆了，这也意味着，除非天气情况发生变化，不然他们就被困在了火山底下。

现在，弗兰克抬起头，目之所及只有尘土。蓝粉色的天空已经变成了棕色，而且太阳的亮度也很低，他甚至都可以直视它了，都不用眨眼。再往南望去，在那被遮挡的山顶之上，那里的天空依然更为昏暗，还会时不时地被闪电照亮，像一只藏身远处的怪物一样咆哮着。

芝诺威胁他，只要他透露任何有关二号基地的信息，就会伤害他以及宇航员们。他还是担心二号基地存在的目的，也许就是为了确保布拉克活不过第三阶段。他是不是太多疑了？也许吧，但也还是不能否认，外面还有一群芝诺的人正随时准备着要来找他。

如果吉姆真的是被二号基地抓走了的话，他们想要什么呢？食物？住的地方？好吧，弗兰克也许确实能够提供。他甚至可以再多建一个舱体，并扩大温室。如果他们能够识时务一些的话，这并非无法想象之事。不管芝诺最初把他们投放到这里的原因是什么，他们现在都已经被抛弃了。二号基地的人会感激他的。可是到底还有几个人活着呢？这个数字一定大于零。

他必须想个办法出来，完成这件不可能之事。

他把拳头放在太阳能发电场的一侧，斜眼看着太阳的方向。即便他要匆忙地进行某种救援行动，那在短时间内也是不可能的。除非他现在就把电力存量用完，不给基地留下足够的电力。而且他大概还需要两个备用的生命保障系统包，一个给他，另一个给可能还活着的吉姆。

他并不需要解释自己的行动。他已经用“商业机密”这一借口掩饰了太多的问题，甚至已然成为他们之间的一个笑话。基地、越野车以及电池中的电力全都属于芝诺。带着越野车外出一整天，不告诉任何人他要去哪儿，这可能会损耗他已经赢得的信任，但是只要露西不知道，她就没法阻止他。

等他回来以后，他完全可以把它归结于公司业务，就这么简单。当然，她会把他骂个半死。她和他一样，已然处于崩溃的边缘。但只要不做出任何危害美国国家航空航天局人员安全的事情，他就不会有事。他会默默承受她对他的大喊大叫，但他什么都不会说的，这是为了确保他们所有人的安全。

他知道二号基地在哪儿，只是不知道那里的人目前的状态。

如果二号基地的人已经死了，弗兰克就不必再透露任何有关他们的信息了。

如果他们没有死，吉姆也没有死，那么弗兰克能任由他们在那儿腐烂吗？如果他们知道，救援就在山的另一边，他们还会乖乖待在原地，忍受船员的不断减少，并最终死去吗？弗兰克会这样做吗？不，当然不会。这太荒谬了。

如果吉姆在他们手上，弗兰克能把他带回来的话，露西大概会原谅他的一切所作所为，即便他把二号基地的幸存者也一起带了回来。

芝诺会放过他吗？以现在的情况看，肯定不会。

他现在应该做的，能带他回地球的最直接的做法，就是继续他在一号基地的生活。吉姆没有遵守规则，所以他不见了。据推测，他已经死亡。每个人都不好受，但他就是个蠢货，他自己搞砸了，是火星带走了他。生活还得继续。

弗兰克只需要在接下来的十三个月中继续保持低调，并且希望二号基地不要再出现。可这样是行不通的。

也许他可以过去一趟，在远处观察，搞清楚他们现在的状态。如果没有发现什么，他也许还可以再靠近一点儿，仔细打探一番。如果他们死了，那就结束了。他也可以问心无愧地把他们扔在那儿了。

弗兰克皱起眉头。都用了“问心无愧”这个字眼，他是真的准备这样做了。

他绕着基地走了一圈，检查着舱外支架是否仍然牢牢地固定在岩层上，气球般的覆膜有没有发生漏气现象，把所有东西固定在一起的螺栓有没有出现断裂或者松动的迹象。这就是他的工作。在经历了最初的安营扎寨阶段后，它依旧坚挺无比。这种结构一旦搭建起来能坚持多久？好多年吗？那之后又该怎么办？他们要怎么样才能把它一直维持下去？

二号基地接下来之后也许就是三号基地，每个基地都会根据前一个基地的经验进行调整，变得更加坚固和可持续。

所以这就是芝诺的目的吗？在火星上争抢资源？

他们的脑子没坏掉吧？他们不可能把这件事隐瞒过去的。也许他们想率先占领那些最好的地点。也许，美国国家航空航天局在无意之中付给了他们足够的资金，他们的计划中本就不只有一座基地，而是两座。该死，难怪芝诺不想让二号基地曝光。

他对此无能为力，也没法告诉别人，但也许可以暗示一下路易莎，他可能终于要解开这个谜题了。与此同时，他还有杂务要进行。

他来到了热电机旁边，这里已然是一个沙坑。热水箱盖子的后面堆积了很多沙土，他不知道这是好事还是坏事，是会增加隔热效果，还是会导致腐蚀性土壤与容器接触。他绕到迎风面，把手放在涂有白色油漆的盖子上。它是用补给舱火箭的外壳做成的。油漆掉了下来，像滑石粉一样覆盖在他的手套上，它下面的金属层露了出来。他很了解喷丸处理的工艺，也很清楚自己看到了什么。

它被沙尘暴打磨了。这意味着，舱体中那些暴露在外的零件也会发生同样的事情。

他继续走来走去，到处检查着。那些硬质的表面是受损最严重的。至于那些帮助他们在密封空间生活的同时将火星隔绝在外的厚塑料外膜则几乎没有受影响。不过他还是得向露西和芝诺报告这件事。

碟形卫星现在看上去有些奇怪。除了用锤子捶一捶之外，他也想不到什么别的处理方法。如果他能够确定自己不会制造出更多凹痕的话，那么他会非常乐意做这件事的。

他在基地周围绕了一圈。舱外已经没有什么可做的工作了，于是他经由连接舱重新回到了室内，在那之前，他还把脚上的尘土给抖掉了，然后还拍打了身体上每一处他够得到的地方。粉色的云雾从他身上飘落，融入了头顶那片一如既往的沙尘之中，似雪，也似灰。

基地的内部正处于夜间照明状态。

他找到了露西，她正坐在通信室里，盯着唯一一块点亮的屏幕，其中一个窗口显示着正在慢慢变低的功率水平，而另一个窗口上则是最新的天气报告。

“我们的情况怎么样？”

她没有转身，她需要集中注意力，那是唯一一件可以阻止他们沉入这片冰冷黑暗之中的东西。

“在接下来的一到两个火星日里，可能会出一会儿太阳，”她把卫星天气图的窗口拖到最前面，上面以不同的颜色标示着不同的风速，“云一直在跟地球方面联系，没停过。风暴有40%的概率会在明天零时之前重新回到赤道的另一侧，有60%的概率会后天回去，还有20%的概率在未来一整个礼拜内维持现在的情况，在那之后就只能靠毫无根据的猜测。”

“如果你是想问我该怎么办的话……”

“我知道我该怎么办，之所以迟迟没有这样去做，是因为只要我们把除了核心服务器以及温室之外的所有设施都关掉的话，电力预算仍旧是足够的。这是个好消息，我们不必放弃这座基地，”她紧皱着眉头，“不过，所有计划中的科学实验都暂停了。当然，我们也没有办法重启，这不是我们想要做的。”

“抱歉。”弗兰克说。这样的感觉已经出现了上百次了。这不是他的错，但也有可能是，他想解决，但他没有办法。

露西没有意识到这一点，继续说道：“问题在于要保留多少电力储备量。我正在计算我们需要的东西，每个火星日需要启动碟形卫星一个小时，平板电脑需要充电，灯光、供热、各种资源的补充，甚至还有娱乐设施。等我计算完毕后，我会通知大家的。”

弗兰克告诉了她磨损的事情。而她告诉他宇航服也会发生类似情况。面板上的那些雾可不仅仅是灰尘。透明面板有三层，每个人都需要定期更换最外层，而这是法努的工作。

他并没有注意到视野模糊的问题。他只是习惯了，并把它归结于自己只是懒得去抹掉那些灰尘。

“我得去休息一下，”他说，“目前基地没有什么问题。我等下会再去外面清洁一下太阳能面板，顺便再把它们转一转。”

“谢谢你，兰斯。”她转过头，笑了一下。那是凄凉的一笑。

失去了一个成员，科学实验也停止了，没有可用的车辆，还被困在基地里。这对她来说可不是一个好的开始。

“会好起来的。”弗兰克说。

“但吉姆再也不会回来了，”她转了回去，看着屏幕，“任务控制中心正在找我的麻烦。”

“那些混蛋又不在现场。”

“他们确实不在，”她把手肘靠在桌上，“你有失去过需要你负责的人吗？”

“有过，”弗兰克说，“我失去过。”

她再次转过身，看着他的眼睛说：“就是在这种时候，我们才会觉得自己才是最大的敌人，对吗？”

“差不多吧。”

她抿着双唇，然后说：“找利兰德谈谈，他就是做这个的。”

“我并不是喜欢说话的那种人，”他耸了耸肩，“我宁可找点儿事情做。”

“理解。那就去打打沙袋。如果有什么状况的话，我会联系你的。”

她把头转了回去，继续盯着那些数字和状态栏。弗兰克穿过院子，回到了船员居住区。他把自己隔间的帘子在身后拉好，为了给基地省下几瓦电量，他并没有按下照明开关。

他擦了擦平板电脑的屏幕，然后轻击唤醒了它，他把亮度调低，免得感到过于刺眼。

路易莎回复了。无论地球上的昼夜周期如何，她好像总是在上班，并且回复他的人也总是她。他应该为此感到担心吗？他们是否又真的亲密到足以让她在监视之下偷偷地给他透露消息呢？

“我们知道你失去了你的同事，也都为此而感到悲痛。我敢肯定，你的感受和那些宇航员一样强烈，所以你就开始寻找任何可能证明他的死是其他人，而非他自己导致的证据，因为只有这样才会显得更人道一些。我为吉姆感到非常抱歉，但你的内心深处也很清楚，这就是一场悲惨的事故，究其原因就是他没有遵守命令。不可能是别的原因，因为那里并没有其他人。

“我们会尽力通过卫星影像来帮你们找到这名失踪的朋友。我们也只能做到这样了，但是我们可以做得比大多数人都更好。我们整个团队随时准备着，只等暴风雨的消散。

“吉姆已经离开了，弗兰克。请不要给自己或一号基地的其他人惹麻烦。我会受不了的，尤其现在发生了这种事情。你得保证自己的安全，然后回家。路易莎。”

这些话挺好听的，但他还是无法忽略他在山顶上看到的那些印子。二号基地的人最近去过那儿，如果他们确实去了，那么他们也许会知道吉姆出了什么事。尽管路易莎给他发的每一封邮件，都一直在重复地说二号基地的威胁已经不在了，但弗兰克还是愿意相信自己的眼睛。

芝诺的卫星到底有多厉害？他并不认为自己每天在平板电脑上看到的那些照片，可以清晰到辨认出宇航服的程度。实际上，他现在就可以测试一下。

他打开文件，在翻看了几十张缩略图后，找到了一张“高地”的照片。他加载了图片，然后把它一直放大，直到图像溶解成了一个个灰色的、难以理解的小块。

这就是分辨率的极限了。即便再翻一倍，他也分辨不出那到底是什么物体，但他或许可以看出这个地方有东西，因为它跟周围地面的颜色不一样。

他重新回到大图，查看一号基地的卫星轨道图像。

舱体是很容易辨认的，温室、船员居住区、院子也是如此。他也看得到它们的影子，那个投在地面上的黑色椭圆形阴影就代表着碟形卫星的圆盘。

越野车？他知道应该去哪儿找，他确实也能勉强认得出来。不过，它们的形状并不明确，他还能够透过底盘的网格看到下方的地形。车轮倒是比较容易辨认，不仅是因为其本身的存在感比较强，也是因为它们有影子。除了路况良好的地方，轮胎在地面上留下的那一道道黑色印迹都不怎么清晰，而且断断续续的。

要找出一个穿宇航服的男人绝对是不可能的。芝诺一定在撒谎，要么他们并不想寻找吉姆，要么他们的分辨率根本就没那么高。

但这就是路易莎告诉他的话，不管是二号基地仍旧处于失联状态，还是那里的人已经死了，以及吉姆不是被二号基地人带走的，为了让大家活着，他必须表现出全然相信的样子。

弗兰克还是得回复，他当然不会把自己接下来的计划告诉他们。一个男人失踪了，也许他还活着，就在那座他不能透露其存在的基地之中，只要有一丁点儿的可能，弗兰克就得在这真真假假之中寻出一条路来。

“在迎来暴风雨的短暂停息之前，我们大概也就只能继续等待了，希望你们能找到他。我不清楚露西会不会继续搜寻。她可能还是会执意要继续，这意味着我们会往南走，会靠近二号基地。不过，既然他们已经不在了，那我们也就不用担心会遇到他们了吧。”他最终这样输入道。他按下“发送”按钮，然后关闭了屏幕。

弗兰克坐在一片黑暗之中。

一切皆有可能。这是他第一次主动出击，他得亲自过去看看。

五十二

发件人： 卡罗莱娜 · 索莱达 <cmsoledad@usach.cl>

收件人： 米格尔 · 阿尔瓦拉多 <maaverado@usach.cl>

时间： 2049 年 3 月 7 日（星期日）08:43:41，时差 −0300

标题： 回复：熔岩管项目

我都不知道该怎么描述了。我用红线把这个区域圈出来了。可以说一下您的看法吗？

卡罗莱娜

天空已经放晴了。他们很幸运地遇到了云所说的 40%的概率。风暴已经变弱，并往南移动了。火星赤道的另一侧仍然笼罩着大片飘浮在空中的赭石色沙尘，风暴还是有可能会回来的。不过，弗兰克已经可以放心地让越野车充上一整天的电，也不必担心基地会不会供电不足了，而且由于他们的发电能力过剩，电池中的电力储量几乎快满了。

到了晚上的某个时候，他也终于睡了一会儿。但这算不上真正的睡眠，因为他定了三点的闹钟准备独自一人前去二号基地查看。他没有跟其他任何人提起过这件事，包括路易莎和露西。

他还是没弄明白之前那到底是什么意思。即便那真的发生了什么，即便那只是他的幻觉，伊斯拉也都没有提起过这件事。跟其他那些事不同，他没法随意地把它抛诸脑后，他也不想忘记。只是……他到底应该怎么做才好?

他来到外面时，天还是黑的。他很小心地没有吵醒任何人。他把两个已经充满电的备用生命保障包偷偷放进了医疗舱的气闸舱里，然后再绕出去，把它们取出来，最后把它们绑好在他准备开走的那辆越野车后面。

他到达哨站需要一个半小时。他会在那里更换掉生命保障系统，再继续前往二号基地。具体路线并不确定，并且由于他目前只能全靠灯光前进，因此速度也会相应变慢。

这会消耗他的电力预算，不过一旦天亮，他就会把灯关掉。他也许能在七点前到达他的目的地。那样的话，他在到达之后还有一些可以到处查探的时间。除非二号基地的人也正好开着越野车外出，否则他们不太可能会发现他的接近。他们可是住在一个山洞里。他认为自己完全可以在瞒过他们眼睛的同时进行侦察。他也可以根据情况再决定之后的行动。

尽管他认为自己可以，但实际的进展也并不一定会顺利。到时，他必须见机行事，这让他非常不安。前去查探的这一决定是危险和鲁莽的，甚至还可能毫无意义，实在是糟糕极了。他对于二号基地的恐惧，以及他们可能会对他做什么的想象再一次卷土重来了。

天还没亮。弗兰克望向什洛尼尔斯火山被隐没了的山顶，望向哨站以及二号基地的方向。他有些紧张，不得不艰难地吞咽，并放慢呼吸了好一会儿。他是唯一一个可以做成这件事的人，他必须去做。

他爬上越野车，开启电源，等到车头转向山上那一大片黑暗之后，他才慢慢地把车灯调亮。地面上闪烁着亮光，在车轮板抓地的同时，下方的冰霜脆片发出了嘎吱嘎吱的脆响。

他沿着“圣克拉拉”向上驶去，在经过河道的第一个弯道时，他把车灯调到了最亮。这样好多了。现在，这里基本上就是一片平坦的河床，虽然没有什么障碍物，但是上面的尘土层变厚了，正是这些尘土让行驶变得比平时更为吃力了。因此，他也相应地调大了轮胎的接触面，调低弹性。

这勾起了他的回忆，在大部分成员还活着时，为了摆脱基地里的压力，他总是会独自一人外出，一个人开车上山，从远处欣赏这片风景：天空、拉厄撞击坑以及远处隆起的那座乌拉纽斯火山。在享受完几分钟的平静后，他又重新下山，那还是在他知道芝诺的计划之前。

终于，他到达了山顶的这片平原，然而他没有想到的是，哨站仍旧完好无损地伫立在原地。尽管他很清楚风力并不会真的造成很大的压力，但在他的印象中，这场暴风雨实在是太猛烈了。就算现在眼前只剩下几片缠在金属支架上的塑料碎布，他也不会感到惊讶的。他快速地在外面转了一圈后，发现它仍旧牢牢地钉在地上，没有失压，也可以继续正常使用。下过雨之后的空气很清新，并且寒冷也有助于解决残留的沙尘问题，不然余下的尘埃还是可能会持续不断地在空中飘来飘去。他查看了温度，与昨天相比，温度又下降了。

舱体的背风面比迎风面要高一些。尘土和沙子几乎都落到了那一侧，现在已经被冻在了原地，而另一侧干净得只剩下了基岩。不管那上面原来有多少车轮印以及足迹，现在它们都消失了。

至于那些铝制的支撑杆与支撑环，暴露在外的部位已经被风刮得几乎光滑如镜，他甚至都可以在上面看到自己的倒影。只见宇航服的灯光和一片模糊的面部，连他自己都认不出来。

他从越野车上取下一包生命保障系统，然后带着它进入了气闸舱。闸门表面比以往更为光滑，部分零件已被磨平。密封条的外观也发生了变化，从饱满变成干瘪。他们有一些备用的，他需要趁失效前把它换掉。

不过，当他往气闸舱里放气的时候，压力还是一如往常，并没有出现漏气的现象。由于他只有自己一个人，所以为了更换生命保障系统，他必须从宇航服里爬出去。他刚才用的那包生命保障系统还剩六个小时的使用时间。等在回程途中经过这儿时，也许他可以把它再换回来，他只是想要新的生命保障系统给他带来的那段缓冲时间。

该死，这里好冷，他应该提前想到这一点的。他会被冻伤的。就算是在他们没有暖气的时候，基地也从来没有这么冷过。如果被冻伤或者发生低温症的话可太蠢了。

他赶紧先拿起船组成员用过的一件夹克，把它垫在脚底下，与此同时，他解开旧保障包的搭扣，把它取下，然后插入新的生命保障系统，最后再以最快的速度爬回带有保温层的宇航服里。他用拇指在控制器上按下“关闭”按钮，在等待暖气循环重新启动的同时，他在原地跑着步并拍打着双手，试着让自己的血液重新循环起来。

当时，他和宙斯为了回收最后那批散落远处的物资时，他们两个人一起拖了一座气闸舱到拉厄撞击坑另一边的东部平原上，在当时那么狭窄的空间里更换生命保障系统是极为困难的，当然了，也很冷。等到今天回程的时候，应该还是白天，室外温度也会上升至冰点温度，那个时候应该没事了。当然不会像他刚刚经历的那么可怕。他这一次给自己造成了一些伤害，而这正是因为他没有考虑周全。

他蜷起脚指，双手握拳。他还是有感觉的，那就好，但他的脚指尖和脚掌还是冻伤了。是的，这是一个教训。如果不采取额外的应对措施，他确定自己再也不会这么做了。

也许是因为他现在所处的海拔比珠穆朗玛峰还要高，所以他多少能够意识到关于接下来会变得多冷这件事。东西变冷之后就会变得很脆弱。他必须格外小心，因为如果他弄坏了车轮护板或轴承的话，他就会被困在这儿。不过关于前进路线，他确实没有什么其他选择。如果选择绕过山脚，那么来回的路程将会超过两百千米，这完全超出了他的可达范围。

弗兰克爬上车，重新启动了越野车，开始朝着火山口驶去，准备穿越接下来的那道河谷。他绕过 CT-B 火山口，向南转去，然后又顺着熔岩的流向再次回到了平原之上。在到达那道沟渠之前，到达那片由于西南部一个大型火山口造成的更为崎岖的地形之前，他眼前还有一大片延绵的平坦地面。

越野车在行驶过程中隐隐作响，他能感觉到双手以及脊椎的震动，冻结的地面在车轮底下发出阵阵闷声。他让减震悬架保持着松弛的状态，因为他需要把抓地力放到最大。山顶这片宽阔的地面似乎无休无止地延绵着，一段时间后，胸口终于感觉到了来自安全带的压力。他开始下坡了。

这是他开得最远的一次，远远超出了他们在沙尘暴期间的搜寻范围。没有车轮印，也没有被飞沙覆盖的宇航员尸体。他的灯光把阴影衬得更深邃、更紧实了，但他还是能够看清那些需要避开的凹坑，并成功地绕过了它们。

由于前大灯的亮度，以及一直望着前方被照亮的地面，他逐渐失去了夜视能力，但即使如此，他还是可以看到火星的月亮在头顶这片黑暗的天空中划过，最东边已经冒出了第一道亮光。虽然只有一小片，仅仅是黑暗之中的一小道粉色。从火山脚开始，一直延伸到平原上方的地平线，他已经可以隐隐约约地分辨出各种地貌了。

燃料电池……状态还行。上坡总是会很费电的，虽然他现在可以放松一些了，但在回程路上，他也还是会面临同样的上坡问题。最好还是多留意一下电量。不过，他的宇航服状况很不错，而且由于他不在山顶了，温度也就没那么低了。现在是五点，再过一个小时左右就会迎来黎明。

他一直向前驶去，而远处的地貌似乎完全没有变近的意思。但亮度确实变高了，最终，他彻底关闭了越野车的车灯。他已然离家很远，来到了一片完全陌生的风景之中，就算以火星的标准看待也是如此。

终于，他开到了山底。随着最后一次从熔岩架落到沙海之中的轮胎震荡，他与目的地之间的距离只剩下不到二十千米了。过去要一个小时，回到这里要一个小时。现在是五点四十，他的时间掌控得不错。

从现在开始，但凡是他行驶过的道路都会留下印迹，但现在还很早，而且也不可能会有人来到二号基地的活动范围之外。他检查了氧气余量，又再次检查了燃料电池的液位。他的宇航服依旧状态良好。至于他的燃料电池？他做了一些快速的计算。只要他能回到山顶，那就没有问题。他完全可以一路滑行到“高地”，再从那里步行回去也不是不可以。虽然现在还没有到那个程度，但他还是得小心行事。

太阳出来了。那些逐渐变灰的漫射阴影拥有了更加明确的轮廓，整片土地在一瞬间变成了玫红色。紧接着，冰霜开始融化，浓浓的雾气覆盖了地面，弗兰克不得不停了下来，雾气过了很久才再次散去。

在那之后，巨大火山口周围的丘陵地貌清晰地浮现在了眼前，就在他西南方向的数千米处。在更近的地方，大约正南方向，就是那道他绝不会错过的沟渠。一切都很顺利。

至少到目前为止，还没有迹象表明有人看到了他。

等他离开这片平原，驶向一片更加混乱的碎石地时，双手所能感受到的震动模式发生了变化。表面的沙层底下隐藏着各种裂开后四处飞溅的石块，中间还夹杂着粉碎和熔化了的碎石。这就像是在某片裂开的水泥地上开车，他必须费力地找出那些深埋在沙层底之下的平整路面。

接着，他到了。眼前的地面仿佛被切断了一般。两侧陡峭的悬崖边缘有着一道道裸露的岩石、黑色的块状熔岩以及夹在中间的固态物。他让车子滑行至停下，然后缓慢而僵硬地从越野车上爬了下来。

就在走向山壁的边缘时，他突然发现自己比想象之中要更加接近洞穴的入口。这是一个真正的洞穴，顶部悬垂的岩架下方是一道宛如人工雕琢般的拱门。沿着光滑的两侧和舒缓的曲线一直往下就能看到沟渠的底部，很明显，里面还别有洞天。隧道并非圆形，而是椭圆形，它的宽度比高度更长，尽管这条隧道的下半部分全是凝固了的熔岩，它的高度还是轻轻松松就达到了一百千米。

这里曾经发生过塌方。上面的那些巨大石块现在就躺在通往隧道入口的路上，但它们并没有把路堵死。他看不到洞穴的内侧，它可能很浅，也可能有数千米之深。从外面是完全无法判断的。

但是他可以看到着陆飞船的顶部，它正好降落在沟渠的正中央，距离洞穴入口几百千米，坐落在一片碎石与沙子之中。它看起来几乎完好无损，也许稍微有些倾斜，但这里的地形也算不上是最平坦的那种。

那片空地上有一片小型太阳能发电场，弗兰克估计有三到五千瓦的发电量。那些蠢不拉几的电池板已然转向了冉冉升起的太阳，太阳也用红润的光晕照亮了由东至西的整条沟渠。在最初阶段，火星一号基地本应有十千瓦的发电量，而现在他们只有十五瓦。

他们之所以只有十五瓦，正是因为芝诺任由弗兰克以为那些本属于二号基地的电池板，是属于一号基地的备用零件。他们当然会这么做了，因为二号基地并不存在。

他们怎么只觉得自己可以再度蒙混过关呢？它就在那儿，一览无余。当然了，只有着陆飞船如此。他也许确实辨认出了山洞内那些惨白色舱体的曲线轮廓，也许只是他臆想出来的罢了。面板的磨损增加了辨认精确细节这件事的难度。

没有任何无线电波。他尝试了每一个频道，包括他们在基地搭建过程中共享的那个常用频道。根本没有任何收讯，甚至都没有嘶嘶声。没有信息，也没有载波。只有随机的咔嗒声和爆裂声，没有任何意义。如果他们真的拿走了七号气象站，那么说明他们的可用零件或者专业程度还不够。

它看上去一片死寂，什么动静都没有。

没有别的东西了。他得把车开下去，再仔细查看一番。

往东开四千米到沟渠的起点处，再往西开五千米到山洞的入口处。他再次检查了氧气与燃料电池的余量，在必须启程回哨站之前，他可以花上一个小时在这里进行查探。

进入沟渠的坡道又宽又浅，上面点缀着被沙子填满的凹坑。最终，坡道逐渐收窄，山壁逐渐升起变成了悬崖，从上方掉落的石头似乎只是散落在沟渠的底部，并没有滚到中央的凹陷处。等他开到与飞船的平行处时，两侧的沟壁已然在他头顶高耸着，隧道口则像一个无底的黑坑。

就在那儿，他可以辨认出一座居住舱的轮廓，但只看得见一侧。山洞深处大概还有其他舱体，如果他们能够以如此微弱的功率给它们充气并进行供暖的话。他完全无法想象要在如此低的功率下运行一整座温室，而且也没有迹象表明他们已经回收了热电机。

他们一定是死了。他浪费了时间，冒着假身份暴露的危险，甚至还有可能毁掉与芝诺的约定，使得美国国家航空航天局代表团陷入危险。在装备如此少的情况下，没有人活得下来，而且现在都过去多久了？都快四个月了吧?

他就要掉头回去了，但他都开了这么远的路过来，必须要进去检查一下，以防万一。他那爆炸了的思绪终于可以停歇了。也许他可以真的安心入睡了。

然而就在那儿，有一个人影，正无精打采地朝着电池板前进着。弗兰克坐在原地，一动都不敢动。他似乎没有发现过这个人或是他的越野车。这个人不是出来找他的，而是打算做别的事情。

他身上穿的和弗兰克的宇航服不一样，那并不是一件带有芝诺标志的宇航服，也不是之前见过的二号基地人员穿的那件。那是美国国家航空航天局的宇航服。他所在的位置足以辨认出那枚花里胡哨的任务徽章。

那是吉姆的宇航服。

弗兰克赶紧开着越野车向前驶去，进入了那名宇航员的视线范围内，大约离他有三十米。宇航员转向弗兰克，面板上反射着清晨的阳光。然后他停下脚步，退后了一步。

弗兰克把安全带抖掉，从越野车的座位上一跃而下，爬下车，跑过眼前这片沙地，大喊着:“吉姆！天哪，你这个幸运的混……”

但那并不是吉姆，是开着二号基地越野车的那个人。他自然也认出了弗兰克。但这绝对是吉姆的宇航服，上面还有名牌、小小的美国国旗以及手臂上的任务徽章。他并没有看错。

“吉姆在哪儿？”弗兰克本能地问道。现在没有通信，无线电波上没有任何信息。他必须换一种方式进行交流。

那名宇航员透过一块磨损程度跟他一样严重的面板瞪着弗兰克。弗兰克透过他的面板看到了自己。他看起来糟透了。如果说他之前是憔悴的话，那么他现在看起来简直就是无比衰老。一个干瘪的老人伸出手，用两根手指轻轻拍了拍头盔两侧。

弗兰克很清楚自己应该怎么做，但他犹豫了。这可是二号基地，乍一看，这根本不是一座能够运行起来的基地。这个家伙本应该已经死了。如果他们的目的是来这里抢占火星的话，那他们的工作似乎做得可真不怎么样。他之前在脑海中构想的那种威胁，似乎也已荡然无存。

但是这个人穿着吉姆的宇航服。弗兰克必须得搞清楚为什么。

他举手示意“你，我，谈一谈”，然后小心翼翼地拖着脚步走来。这个人并不是空着手的，他有一把手动扳手，而弗兰克有一把电动扳手，仅此而已。

现在，他们之间只有一臂的距离，然后又靠近了一点儿。这个男人对这次会面的紧张程度似乎与弗兰克不相上下。他很清楚弗兰克要问什么问题。

他们把头盔碰在了一起。弗兰克尽量站在了一个能看见扳手的地方，开口说道:“吉姆·萨穆迪奥，他在哪儿？”

“他在里面。”

他居然真的还活着。

“你为什么穿着他的宇航服？”

“他借给我用的，我的出了点儿问题。”

“他在那里面？”弗兰克指着里面的居住舱，“他怎么会跑到这里来的？”

“我之前在火山上发现他迷路了。反正他现在就在里面，你进去看吧。”

这名男子中断了他们的接触，但弗兰克又刻意与他恢复了接触，有机玻璃发出了一声脆响。

“你去了火山上。当时你距离安全地点只有十分钟的路程吧，而你为了吉姆开了将近三小时的路程，然后一路把他带回了这里？”

“我不明白你在说什么。什么十分钟？”

“我们在山顶就有一座舱。那里有供氧，还有收讯。吉姆明明可以带着你回那里的。”

“好吧，他当时的状况挺糟糕的。他可能脑子不清醒了。”

“你刚才还说你发现他迷路了。他当时明明和我一样有足够的氧气。”这说不通。

“宇航服出问题了，好吗？你自己进去看看吧。我还得处理这里的事情，你正在浪费我的氧气。”

这名男子更加坚定地再次断开了接触，然后朝居住舱处指了指。他的嘴唇在动，但声音在他们之间无法传播。

弗兰克抓住他的手臂，把他给拽了回来，说："他的宇航服出问题了，但你现在穿着它。我还以为是你的宇航服出问题了。"

紧接着，他的头盔发出了一声敲锣般的巨响，就在突然之间，他倒在了地上。他被人推倒了。那个压在他身上的人影此时正高举着手中的扳手，准备要把它狠狠地砸向弗兰克的宇航服。

弗兰克一脚踹向这名宇航员的腿部，然后挣扎着滚向一旁，费力地站起身来。那个人也重新站了起来，挥舞着手中的扳手，朝他扑来，但他的每个动作都被弗兰克看穿了，因此弗兰克无须费很多力气来躲闪，只需退后一步即可。

但他退得太远了。那个男人现在正处于他和越野车的中间。他把扳手朝弗兰克扔了过来，准头极差，扳手从弗兰克的肩膀处擦过。然后他开始往越野车的底盘上爬去，他的最终目的是驾驶座。

他在干什么？劫持弗兰克的越野车？不对。很显然，是要阻止他开车离去。弗兰克一跃而起，抓住那个男人的一条腿往后拖去。那个男人卡在轮胎一侧的另一条腿此时也滑了下来，现在，他只有两条手臂吊在上面，弗兰克则紧紧拽住他的腿。他踹向弗兰克，但没有踢中，因为弗兰克在没有放手的情况下猛地躲开了。他试图仅用双手继续向上爬去。尽管他很虚弱，但他的那股狂怒仍旧使得弗兰克在沙地上不断摩擦着。他又一次试图把弗兰克踢开。

弗兰克感觉到胸部遭受了一记重击，但除了在白色塑料外壳上留下一个靴印之外，这一击并没有发挥任何实质性的作用。他抓住刚才一直抱着的那条腿，然后以超过直角的角度掰着它。在这个男人动作变得僵硬的同时，弗兰克能感觉到他放弃了抵抗。现在，弗兰克很轻松地就把他从越野车上拽了下来，而吉姆的头盔则重重地撞进了沙地之中。

那个男人的扳手离得太远了，拿不到，因此弗兰克从腰带上取下电动扳手，把那个男人面朝下地按在泥土之中。弗兰克用电动扳手敲向对方的头盔，一下、两下、三下，力道足以给对方一个警告，甚至让他开始感到天旋地转，但同时不会把密封层给打裂。

弗兰克什么也听不到，因此他必须回头查看，才能确定有没有从背后偷袭的人。而且除了他前面这块狭窄的窗口之外，他什么也看不见，不过这里仍旧只有他们两个人。里面那座居住舱的气闸舱仍旧处于关闭状态。

弗兰克跪了下来，低下头，直到他们的头盔碰到了一起。他能够听到呻吟声，但这并不是他现在要顾及的事。

“你对吉姆做了什么？”

没有回答。

弗兰克拿着电动扳手，再次砸向属于吉姆的头盔。

“你对他做了什么？”

“去死吧！”

弗兰克略微调整了一下姿势，以便把自己的重量压在那个男人的脚踝处。

“我再问你最后一次，吉姆·萨穆迪奥在哪里？他是活着还是死了？”弗兰克在那个男人的尖叫声中喊道。

他抬起脚，减轻了一点儿压力。他可以听到这个男人在吉姆的宇航服里喘着粗气。

“他……他……”

如果吉姆真的还活着的话，说一句“活着”又能有多难呢？他用手指拽着宇航服手臂处的任务徽章，把它扯了下来。他把徽章塞进腰带上的布袋里，又把电动扳手重新放回套子里，然后再次看向洞穴入口。该死，有人正在飞快地朝他接近。

弗兰克爬进越野车的驾驶座，直接紧紧地按住了加速油门，他甚至都没有心思系好安全带。在轮胎护板抓入地面之前，车轮就转了起来，他猛地向前开去，一路驶过了着陆飞船，朝着沟渠的尽头而去。车架发出的响声越来越大，于是他暂时放缓了车速，并系好了安全带。

他激活了车上的后视摄像头。这块小小的屏幕证实了他的怀疑。那两个人就在他的身后。

五十三

发件人：穆罕默德·阿齐兹 <m.aziz@jpl.nasa.gov>
收件人：杰伊·弗雷德里克斯 <jgfredericks@berkeley.edu>
时间：2049 年 3 月 7 日（星期日）23:26:21，时差 −0700
标题：回复：人为干预

杰伊：

我可以向你保证，这些数据绝对不是由火星一号基地、着陆飞行器、火星上升飞行器或转运飞船传出去的。他们已经运行了完整的诊断程序，并没有发现任何漏洞。是的，我知道你的下一个问题是什么，答案是不，我不知道它到底是哪里来的。一旦我们锁定了来源，我会马上跟你联系的。我们不会怠慢这件事的，但你肯定也清楚，目前这件事并不是我们首先要解决的。

穆罕默德

即便弗兰克是因谋杀罪，而非劫车罪入狱的，现在，他还是得尽全力把他的追赶者甩开才行，难道他还有其他选择吗？停下来，遭受与吉姆相同的未知命运吗？

他收紧了悬架，朝着什洛尼尔斯的山顶驶去。接下来的路会很难走。由于车架持续不断的震动，还会时不时地因撞到岩石而受到巨大的冲击，他几乎看不清后置摄像头的画面。他飞快地瞥了几眼，但除非放慢速度，否则还是没法搞清楚二号基地的越野车在哪儿。他也没法在座位上转身，他不可能为了那十点到两点方向以外的视野而猛地掉转车头，并且他也听不见背后的声音。

他能做的就只有继续往前开，并祈祷不会有事。

前轮擦过一道山脊，他被弹到了空中。转距控制系统使得感应电机减速了，最终，他狠狠地落在了地面上。他花了一些本不必要的时间来重新加速，接着，同样的情况又发生了。如果他稍微降低一点儿车速，会不会反而更快呢？在空中停留的时间更短，也就意味着车轮在地面上的时间越久。他无法判断。玛西一定清楚，如果是玛西的话，一定可以带着他摆脱现在的困境。因为她是一名专业司机，而不是像他这样的门外汉。

平原到了，好样的。更深的沙层，更少的石头。

越野车的车头沉了下去，陷入了那红色的土壤之中，紧接着，它又从刚刚制造的凹痕中驶出，继续向前狂奔。

弗兰克不得不承认，即便在火星上待了这么久，他也完全没想到过居然会陷入一场追车大战。这里没有街道，没有建筑物，也没有其他车流。他只是单纯地被追赶着。

他看向后置摄像头那摇晃的画面。什么也没有。他只能看到遥远的地平线。这是不是说明他们已经放弃，他只是因为两个早已不再追赶他的人而白担心了一场呢？他敢不敢左右摆动车子一下来确认呢？还不到时候。

他们到了什么程度才会放弃？等弗兰克开到火山上的时候？等他上山上到一半的时候？还是说，他们会一路追到山顶？如果这取决于他们的电池或氧气余量，那这就根本不是他可以控制的事情了。他们也完全可以一路追着他回到基地，不过这样一来，他们的氧气也就所剩无几了。他们的越野车都在遭受着剧烈的撞击，这样的驾驶方式可不利于有效地利用剩余电量。比起已经开过的路，他们接下来的可达里程会因此而大幅下降。

该死，他必须得做点儿什么。

捋一下。现在，他正在回家的路上。他唯一需要担心的就是，剩余电力和氧气够不够他回到一号基地这件事。而他们则属于向外探索，因此，为了能够顺利返回，他们需要预留充足的余量，他们开得越远，需要预留的量也就越多。与此同时，弗兰克只需要继续保持领先位置。他们若是想让他停下，至少也要把他围住才行。他们没有通信，但也许在靠得够近时是可以互相交谈的，就像美国国家航空航天局的宇航服一样。这也意味着他们可以商量进攻的方式。

如果输掉这场比赛，弗兰克非常清楚自己会失去什么——他那来之不易的自由，还有他今后回到地球的船票。虽然这可能会失去他的生命，甚至可能是所有美国国家航空航天局宇航员的生命。而且他不知道到底要把吉姆算作活人还是死人。

在这场比赛中，追赶他的人风险几何？他们想从他那儿抢走什么？他的宇航服？他的越野车？他本人？这些他并不清楚，但他清楚自己一定不会让他们轻松得手。

他用余光瞥见了人影。他转过头，但只是看到了更多的头盔内部。他再次挺直身子，稍微调整了一下屁股的位置，这样一来，他就可以转动自己的身体了。

该死！一个人已经开到了他左侧的水平位置，离他五十米。他查看了右侧，能见范围内什么也没有。他望向下方的监视屏幕。那个人就在他的正后方，紧追着他的后车轮。

他松开了一会儿油门，任由那辆越野车从旁边擦过。他再次握紧了控制杆，现在，他来到了他们的后方。

尘土如同喷雾一般从车轮上喷出笼罩了他。他什么也看不见。他轻推控制杆，来到了两组车轮印之间。他们的越野车没有车灯，没有绞盘，也没有摄像头。他已经成功地消失在了前方那个人的视野中。

这意味着前方那个人必须得掉头，然后试着再次追上他。

弗兰克再次松开油门，又让他们之间的距离增加了几十米。他左边的那辆越野车正在转一个大弯，尽管车头还是朝着前方，但车子已经开始慢慢向右转去。这个人一定会把弗兰克的位置告诉他正在尾随的那辆车。这名驾驶员还是得尽快调头。是向左，还是向右？

向左。它发生了侧倾，这辆越野车快要翻车了。拐弯时，它减速得过于激烈，导致朝着弗兰克的那一侧车轮抬了起来，在空中飞快而无用地转动着。他用力地按下油门，感谢着自己的急中生智。

他朝着那辆越野车撞了上去，他的车头对着对方的后轮，他的轮胎则远离着撞击点。车轮护板与格栅车架发生了剧烈的碰撞，其中一片护板被直接撞掉了，猛烈而飞快地旋转着，飞到了高空之中。弗兰克感受到了随之而来的冲击，以及因为车轮在金属车架上的不断摩擦而产生的剧烈震动，他甚至都可以听到电机发出的嘎吱声。

他继续发力，展开了车轮护板，以获得最大限度的牵引力。他继续向前撞去。那辆越野车的车身发生了倾斜，最后翻了过去。现在，他几乎就在这辆车的下方，而他们双方还在移动着。如果他现在把方向杆向左转，那他很可能会被这辆越野车压住，会成为另外那辆越野车活生生的靶子。所以，他决定往右转。

就趁现在，他竭尽全力把方向杆推到极限，那辆越野车只有一边着地，在尘土中飞快转动的车轮开始变得模糊不清，然后它飞了起来，翻滚着，重重地落在地上，然后又翻了一圈。最终停下的时候，整辆车都翻了过来，驾驶员则被吊在安全带上，双臂瘫软地垂向地面。

弗兰克已经没有时间去检查损坏情况了。另外那辆越野车已经在他前方完成了掉头，正朝着他所在的方向驶来。

他绕过翻车现场，思考着下一步该怎么处理。有一种显而易见的方法。但如果他操作不好，他们可能会全死在这儿。如果他操作无误，那他就可以安全到家。

家，所以一号基地就是他的家吗？现在可没时间深究这些了。他看着前方那片飞扬的尘土，看着那辆车从侧面转向正面。

他有多勇敢呢？老实说，他一点儿都不勇敢。他已经一次又一次地证明了这一点，每一次，他都会挑选那条阻力最小的路，直到只剩下那些最极端的情况。他之所以杀了布拉克，是因为那是他唯一的选择，不然死的人就会是他。事实总是无情的。他可以为别人而战，但总是救不了自己。

二号基地的越野车停了下来，弗兰克也停下了。他的后面和两侧都没有人。这里只有他们两个人。除了也许会经过的卫星或是上帝之外，没有人会见证这一刻，弗兰克并不相信上帝。他检查了电池和氧气。发生了太多让他用力呼吸的状况，也因此用掉了比预期更多的氧气。目前这些足够让他开回哨站了。虽然他还有一个充满了的生命保障包就固定在车子的后方，但他还是需要一个充气环境来更换它。这可不是被追赶的时候能完成的事。

他开始向前驶去，逐渐提高车速。另一辆越野车就在这片平原的五百米之外，挡在他和火山的低坡之间。这时，它也开始了移动，灰尘在它后面飞起，而后又像流水一般落下。

弗兰克并不确定另外那名驾驶员有没有看穿他的把戏。

两辆车以极为稳定的速度向彼此靠近着。这并不是正确的操作方式。成败在此一搏。要么迎来一场灾难性的车祸，要么他们的其中一个临阵退缩。就这么简单，当然了，他们两个也可以选择全都在最后一秒转向，但如果他们在那之后还是发生了碰撞，那可就不能保证存活了。

时速四五十千米其实并没有想象得那么快。撞车以后，他们俩也许都还能活下来，但是他们的交通工具可就另当别论了。他们会被困在这里，然后窒息而死，没有人会来帮他们。这就是他的制胜点。

在火星上死亡的方式可以有很多种。

又近了一点儿，弗兰克现在已经可以看到驾驶员那惨白色的宇航服了。那个人应该也能看到他。他已然无处可躲，是时候全力以赴了。他用力地按下油门，他能感觉到越野车的响应，他不断增加着悬架紧度，直到它再一次收到最紧。地面不断地冲击着他的骨架，车轮在各种突起物上弹跳着。

码表上的数字攀升着，二十、二十一、二十二……

他们越来越近了。他能看到对面的驾驶员也俯身在控制面板上方，但看不到对方的脸。弗兰克几乎一动不动，仿佛趴在上面一般，精神紧绷，等待着撞击的那一刻。

紧接着，在开始之前，这场比赛就结束了。

在这场谁先眨眼的比赛中，另外那个人输了。他撇开了车头，在这片柔软的沙地上侧滑着停下了车，弗兰克则从他旁边擦过，继续驶向那片一直流向平原的熔岩。

他满身大汗，但他在狂笑。天哪，这个在火星上穿着宇航服的胆小鬼居然躲过了一劫。

到达火山后，他终于松开了油门，在往北上山之前，他掉转车头，查看南部平原的情况。

弗兰克并不认为那个家伙会死。翻车防护栏会抵挡住冲击，但也免不了一定程度的伤害，里面的人或多或少还是会受一些伤。那辆越野车的损坏程度则应该更严重。他并不清楚需要花多久才能把它修复至差不多能开的程度，但是滚了好几圈，并最终翻倒在地这件事估计还是会给他们造成不小的麻烦。不会有什么很严重的后果，但如果轮毂坏了的话，那就再也无法修复了。

他们现在肯定是无法继续追赶他了，必须得先回到自己的基地。至于在那之后，他们会怎么行动就不得而知了。

但是现在，关于他是不是要把这件事告诉露西的这个问题，已然尘埃落定了。他会告诉她一切。他手上有吉姆的任务徽章。可以证明二号基地的人那天就在山上，可以证明他们抓走了他。但除此之外的事情，弗兰克还没准备好要说。但吉姆可能还活着，还在二号基地里面。这件事可没有什么回旋的余地。不过，他也可以把徽章给扔了，但是……他已经变了。这是不是意味着他心里的某些东西破裂了，而某些东西则被修复了，他并不清楚。他只知道他已经不是从前那个弗兰克林·基特里奇了。

这是他欠露西、欠他们所有人的。吉姆也是其中之一。

芝诺对此肯定会不开心的。也许他可以把碟形卫星给关了，就和他之前为了阻止布拉克和地球方面联系，以及为了向队员们坦白的那个时候一样。得让每个人都有机会决定自己接下来要做什么、说什么。

面对他与芝诺的欺骗，他也并不奢望露西他们能够很友善地接受这个消息。露西完全有权力把他铐起来，然后丢出气闸舱。弗兰克觉得她不会这么做，因为他们都是好人——至少肯定比他好——也许他们会意识到他也是一名受害者。

也许这些都无关紧要。露西的任务是确保整个团队的安全。弗兰克会告诉她这里有一个逍遥法外的杀人犯，并且正生活在他们当中。

这件事的后果可能还是会比他想象得要复杂许多，但是他至少可以不必再假装成其他人，可以再次使用自己的名字了。他并不是什么奋斗在人类前沿的勇敢且足智多谋的先锋，而是一个被判了刑的杀人犯、骗子和幸存者罢了。

当年自首的时候，他很清楚接下来会发生什么。逮捕、审问、传讯、审判、判刑、入狱、离婚、死亡。自他扣动扳机，并将子弹射入毒贩体内的那一刻起，他的这条道路就早已被划定了。而那个人也只比他的儿子迈克大不了几岁。

该死，弗兰克。在那个时候，你就已经狠狠地搞砸了。

他打算把决定权交给露西。他现在只是在干坐着，浪费氧气罢了。无论接下来的结果如何，他都得回去。于是他把越野车转向火山的上山方向，直奔山顶。即使已经在以较低的速度上山了，电量还是用得很快，终于到达山顶后，他开始极为谨慎地使用剩余电量。他觉得自己应该刚好可以开到另一侧的山底，并不需要下车推行。车上有一种行驶模式，可以解除电机与轮毂的连接，从而让车轮自行转动，这个模式是为了让有电的越野车用拖车装置把没电的越野车拖走而专门设计的，他可以用这个模式一直滑到山底。如果他必须下车走路回去，也是可行的。另外那辆越野车应该已经充满电了，回收工作并不难完成。

不过，他还是得再一次更换生命保障包。他现在装着的这个已经不到两个小时了，留在哨站的那包还剩六个小时。

“兰斯 · 布拉克，请回答，完毕。”

他已经进入了哨站中继器的信号范围内。信号断断续续的，一下子没有，一下子有，但他还是可以勉强听得清。他深吸了一口气。

“收到。收讯不佳，完毕。”

“……他妈的去哪儿了？完毕。”

“我只能说这属于‘商业机密’，没法多说。我刚才去处理芝诺的事务了，完毕。”

“……告诉我们的，你应该提前告诉……”

“你是谁？完毕。”

“……西。”

“好吧，露西，我只能听到一部分你说的话。我去执行芝诺的任务了。我会在一个半小时之内回到一号基地。等回去了，我会去找你的。”他很清楚，现在通过信号传播的任何内容都会直接进入数据库，而芝诺完全可以把信息从中抹除。他必须当面告诉他们，或者他也可以什么都不说。至少，肯定不能像现在这样说。

“……随便瞎跑……你的目的地。完毕。”

弗兰克觉得自己已经度过了艰难的一整天，而其实才刚过中午。虽然中继器在风暴中受损、电池电量不足，导致现在信号很差是个很好的理由，但他其实只是单纯没有精力在这件事上浪费口舌。

“如果你不喜欢目前的计划安排，你完全可以说出来，你也很清楚该找谁。通信完毕。”

他考虑过要把宇航服的信号发射器给关掉，但此后无线载波的另一头便没有再传来任何信息了。他低头向右侧望去，他可以看见破火山口的内侧，这说明快到哨站了。

他空开一定的距离，沿着边缘向前驶去，他越过了那片开阔的空地，然后向西北方向转去，朝着那座孤单的舱体前进。它看起来已然和之前在黑暗中以及暴风雨中的样子全然不同了。它只是一座普通的居住舱，经过了风吹雨打，有些磨损，由于尘土把塑料膜上的那些微小凹痕都填满了，它看上去比平时还要更粉一些。至于那些太阳能电池板——只是一组仅一千瓦的发电阵列，它们原本都对准着上空——都已经被吹跑或者吹翻了，又或者是面朝下倒在尘土之中。

他停在阵列旁边，爬下车把电池板捡了起来，晃干净，然后重新放回支架上。他重新连接了电缆和为中继站服务的伸缩天线。他之后还得再过来一趟，给整个舱体做一次完整的检查，调高气压，以确保没有东西会突然失灵。如果他们允许他再次离开基地的话，他最早明天就可以来弄。在这件事上，他肯定也得费一番口舌。

在进入气闸舱之前，他有很大概率还是得使用手动阀门。他转过身，望向他的越野车。固定在驾驶座后方的那个生命保障包昭示着他的失败。他出去是为了找吉姆，然后把吉姆带回他的朋友们身边，即便只是一具尸体。

可弗兰克甚至连这一点都没有做到。经过了这么漫长的跋涉，冒了这么大的危险，他能够带给他们的就只有一块被扯下的任务徽章。

五十四

发件人： 马克 · 伯纳伯格 <mbernaberg@lpl.arizona.edu>
收件人： 杰伊 · 弗雷德里克斯 <jgfredericks@berkeley.edu>
时间： 2049 年 3 月 8 日（星期一）05:12:15，时差 −0700
标题： 回复：人为干预

杰伊：

关于有人偷偷传输的问题，也许我可以帮到你。一个智利的研究生发现了这个，就在什洛尼尔斯火山的东南侧山脊上。由于一些与商业机密有关，芝诺并不允许我们在火星一号基地的搭建过程中拍摄拉厄撞击坑，但只要你把这张照片跟他们着陆飞行器的新闻图片对比一下，那答案就呼之欲出了。

那就是一艘芝诺的飞船，如果不是，我欠你一顿饭。

马克

弗兰克几乎是一路滑行到了“圣克拉拉”。剩余的电量刚刚好足以让他开完从高地到一号基地的最后半千米，不过等他开到的时候，低电量警告已经整整响了五分钟。他在车间外停下越野车，随后立即给它插上了电源。

接着他又检查了损坏情况。车头有擦伤，被他当作攻城锤使用的那个地方已然凹陷。车子的右侧则有着一道道浅色线条，那是对方的车轮护板留下的印迹。他自己的车轮护板也出现了一定程度的损坏。考虑到之前的状况，他显然是逃过了一劫，他只有手上和脚上的几处小面积冻伤，以及新长了几根白头发。

他回到连接舱内，两手各提着一包生命保障系统。正如他所料，露西已经在那儿等着他了。她一言未发，只是看着他进行一系列的常规操作，他从宇航服里爬出来，把装备放好，然后重新穿上他那套过小的工作服。

他穿上飞船专用拖鞋，在她面前直起了身子。

“你欠我一个解释，”露西说，“也欠我们所有人一个解释。快进来，到厨房去。”

“我这次再说是‘商业机密’也已经没用了吧。”

“是的，没用了，兰斯。快过去坐下，我们需要谈谈。”

“你这句话的语气听起来没比我妻子好多少。”

她本能地瞥了瞥他左手的无名指，问道：“妻子？”

“前妻，至少先让我泡一杯咖啡吧。”

“会有人帮你泡的，兰斯，”露西深吸了一口气，“你就……赶紧过来。”

他假借解开平板电脑的机会，偷偷把吉姆的任务徽章塞进了袋子里，然后跟着她穿过了连接舱的通道。他们都在那里。伊斯拉和法努坐在对面，露西在他们之间的空椅子上坐下了，于是弗兰克只好坐在了云与利兰德中间。露西向利兰德微微点了点头，于是他站起身，把热水倒在那些咖啡颗粒上。他把杯子在弗兰克面前放下，又坐回了原先的位置上。

弗兰克看了一会儿桌面，然后皱起了眉头。

所有人都坐好后，场面一度沉默。在露西俯过身并进入弗兰克的视线之前，一直都没有人说话。“兰斯？”露西开口说道。

“露西。”

“我们已经向任务控制中心报告了你消失的情况。我们并没有多少其他选择。芝诺给我们发来了一大堆文件。上面记录了你的间歇性精神失常，你的幻觉，你在深夜里给某个叫‘路易莎’的人发的那些消息。他们说你以为自己的真名叫作弗兰克林·基特里奇？你还觉得自己其实是一名被送到火星服刑的杀人犯？这……这是真的吗？”

弗兰克抬起头。可恶，他没有预料到这一招。

说真的，这确实可以称得上是神来之笔。从现在开始，没有人会相信他说的任何一个字，他必须要不断地抗议，告诉他们自己是清醒的，但这也只会进一步印证芝诺的故事罢了。

他不禁大笑起来。

“有什么好笑的，兰斯？”

弗兰克让自己平静下来，喝了点儿咖啡。这是一杯温咖啡，但还是比圣昆汀监狱里的要好多了。为了能喝上一杯好咖啡，他还有很长的路要走。

“我没有精力继续对抗了，随便你们怎么处置吧。”弗兰克说道。

露西望了眼利兰德。这似乎和他们所预想的不太一样。

利兰德在椅子上动了动，说：“你在大半夜跑到外面，还带了两个备用保障包，消失了好几个小时。你到底去哪儿了？”

“我去找吉姆了。”

桌子周围再次传来了一片不安的波动，这并不是他们预想中的答案。

“那你找到他了吗？”

“没有。不过，我带回来了这个。”弗兰克伸进口袋，然后把任务徽章丢到了桌子中央。

所有人都盯着它看了很久。然后法努伸出手，把它拖了过去。他查看了一番，可以看到刺绣边缘垂下的一根根散线、沾在上面的尘土以及那苍白的底衬。他把它递给了露西。

露西指着这枚徽章问道：“你在哪里找到的？”

“你们一定不会相信的，所以我为什么还要费这个口舌呢，”弗兰克看着露西，她的表情开始变得严肃起来，“但这事关吉姆和他的去向，所以你们就给我闭嘴，一直到我说完为止。”

他迎上桌子周围所有人的目光，一动不动，直到他们移开了视线。伊斯拉的表情算什么意思？他搞不清楚。

“成交？”

“告诉我们吧，”利兰德说，“我们不会插嘴的。”

弗兰克戳了戳鼻梁，说：“芝诺在这里往南一百二十千米的地方还有另一个基地。他们叫它二号基地。”

“一座有人的基地？”

“天哪，法努。”

“抱歉，请继续。”

“已经在那里三四个月了，”他顿了顿，“听着，如果不把整个背景故事讲清楚，这其实很难理解，先让我给你们说几个重点。我们目前使用的设备有一半是他们的。当时，他们完全没有通信，也找不到货物的降落点。不过我找到了，但由于芝诺不想让我知道二号基地的存在，所以他们告诉我这些东西是给一号基地送来的补给。有一次，我在火山东侧的那片平原上偶然遇到了其中一名成员，在那之前，我对他们一无所知。芝诺逼我对此保密，他们说不能让你们知情。只要能够继续保守这个秘密，他们甚至愿意让整个二号基地的计划失败，任由里面的每一个人死去。

“而至于我为什么不想去那儿也是有我的理由的，但你们肯定不会相信，因为芝诺甚至把这一点也算计到了。让我们直接跳到七号气象站消失的那个时候吧。他们告诉我二号基地不可能还有幸存者，但我清楚一定是他们把它拿走了。那个时候，我就想把二号基地的事情告诉你们了。但芝诺说如果我这样做的话，他们就会破坏一号基地，如果有任何人因此而死，那将会是我的错。所以，我什么也没说。”

露西看了看他。可以看出她正在组织语言，但她最终还是什么都没有说。

“然后，吉姆就消失了。也许你们是对的，也许这跟洞穴、结冰之类的东西有关，也许是他的宇航服发生了故障，也许他就是走丢了。有些时候确实会发生这种事。后来，我们一直找不到他，我想我也许可以去二号基地看看。去看看是不是真的像芝诺说的那样，二号基地里的人已经死了。结果，他们没死。”

沉默蔓延着，气氛变得愈加尴尬起来。

终于，露西把那块扯掉的任务徽章放在了他们面前的桌子上，说道：“你是说，是二号基地里面的某个人给你的吉姆的徽章？”

弗兰克说：“并不是给我的。当时，基地外面有一个男人——就是我在东边见过的那个——他穿着吉姆的宇航服。他告诉我，吉姆在他们的基地里，想让我也进去。我感觉到有些不对劲，当他发现我不想进去的时候，他就用一把扳手朝着我的脑袋敲了过来。我们……打了一架。”

“穿着宇航服打的？”

“当然是穿着宇航服打的了！他还试图开走我的越野车。我弄断了他的脚踝，还从他的手臂上扯下了这块徽章，然后赶紧逃了出来。他们在后面追我，越野车就是那个时候弄坏的，”他再次挠了挠胡茬，“我逃脱了，然后回来了。差不多就是这样。当然，之前还发生了很多其他事情。”

“你知道的，这实在……”

“当然。你们现在准备怎么办？”弗兰克晃动着咖啡杯里的残渣，现在估计已经冷了，他露出了痛苦的表情。

露西绝望地耸了耸肩，说：“这关系到基地和整个团队的安全，这是我的责任。你在没有任何解释的情况下，带着重要的任务设备消失了。不管是在我们航行的途中还是降落以后，他们都没有选择告诉我们，他们对此的理由是，他们认为随着我们的到来，你会好起来的。这件事就先留给地球上的人员来解决。至于现在，你才是我要处理的问题。接下来，法努和利兰德会给你进行一次彻底的医学评估，我觉得你不会通过。”

“我认为你没必要让他们撒谎。”弗兰克说。

这时，一直沉默到现在的云开口说道：“兰斯，你对吉姆做了什么？”

“我没有对吉姆做任何事。我也不知道他是否在二号基地里，是活着还是……死了。我只看到了他的宇航服。如果你想要答案，那你就去问二号基地的人。但是他们似乎对于回答问题这件事并不怎么热衷，毕竟我也不是没试过。”

“他最开始不见的时候，只有你一个人出去找他了，那时你是不是在火山上找到他了？你是不是趁机拿了他的徽章？那个时候他还活着吗？”

“我没有找到他。”

“二号基地真的存在吗？还是说这只是一个……”

“云，我他妈的可以直接把地图拿给你看，上面就有他们的着陆飞船。”

“如果是这样，那么……”

“够了，”露西说，“这事关吉姆。你是从哪里拿到这个徽章的？”

“我已经把全部都告诉你们了。我也希望这件事都是我编出来的，我也希望能把吉姆带回来，但事实并不是这样。我只是想做一件好事，好吧，我想我大概是失败了。但在你们把我拖走之前，请记住芝诺对我以及对你们的威胁仍然没有消失。我们呼吸的是芝诺的氧气，喝的是他们的水，管理整个系统时用的是他们的电脑，联系地球的时候用的也是他们的轨道卫星和碟形卫星。你们得意识到这一点。”

“法努，利兰德，赶紧去做你们的事吧，你们可以多花点儿时间，慢慢来。”

利兰德把手放在弗兰克的前臂上，弗兰克猛地抽了出来，说：“我知道去医疗舱的路怎么走。”

等到他们离开后，云便俯身向前，开始对着露西发狂般地窃窃私语起来。弗兰克听不清楚她说的话，但利兰德和法努还在他背后，他没法在这里停留。他们跟着弗兰克穿过连接舱，进入了医疗舱。

“去那里面？”弗兰克指向问诊室，“它是整座基地里唯一一扇可以上锁的门。”

“不要紧张，兰斯，”利兰德说，“我们只是想好好检查一下。”

“当然，”弗兰克推开门，躺在了检查台上，“随便你们检查。不管你们对我做什么，都不可能比那些已经发生或者接下来要发生的事糟糕。”

他伸展着身体。他能感觉到关节正在发出异响。全完了。他试过要打赢这场游戏，但他还是输了。他把吉姆的安危置于自己的安危之上。他还是不够残忍。如果他不去管吉姆，什么也不说，什么也不做，也许他就能够幸存下来，回家并再次见到迈克。

现在，所有的一切都被他亲手搞砸了。他没有想明白。吉姆的失踪并不是他的错——那是吉姆的错。弗兰克并没有接受吉姆自己才应该对此负责这一点，而是决定要自己解决它。历史正在重演。他曾想治好儿子的毒瘾，这件事却最终以弗兰克被判终身监禁而告终。这个错误的决定很可能会导致他在没有穿宇航服的情况下，被扔到气闸门的另一侧。

他还要抗争吗？还是他已经太累了？他并不清楚。

“你愿意让我给你检查身体吗？”法努问。

“你是说，我会不会打你一顿，然后逃走？这整个地方都是我建的，如果我想出去的话，我根本就不需要费劲就可以逃到门外，”弗兰克坐了起来，在地板上方晃动着双腿，然后拉开了工作服的拉链，“尽管检查吧。”

“这衣服是不是不太合身？是你长高了一点儿？还是它缩水了？”

“这根本不是我的衣服。”弗兰克轻轻起身，把衣服推到脚踝处，然后又把它踢到了地板上。他开始脱他的贴身连体衣。

“根本不是你的，”利兰德重复道，“那是谁的呢？”

“你知道我编的那个故事吧？里面说，我其实是一个名叫弗兰克林·基特里奇的囚犯，”检查台很冷，他瑟瑟发抖，“我不知道该怎么跟你开口，但这句话基本上就可以概括这个故事的中心思想。”

“所以这些都是弗兰克林的东西。”

“不，这些都是布拉克的。我才是弗兰克林，”他观察着利兰德的反应，“别那样子对着我抬眉，利兰德。”

此时，他正赤身裸体，看到法努正皱着眉。

“你胸口那是什么？”

“我把那里的监视器给割了出来。它会测心率和呼吸。事实证明，它还可以被用作定位器以及麦克风，当时，我们都以为自己的谈话进行得很隐秘，但实际上，布拉克可以听到我们的所有对话。”

“我们？”利兰德来到法努旁边，俯身查看。

“我们有一整支队伍。七名囚犯，再加一名监督员，也就是布拉克。”

“你们八个人，”利兰德说，“七个是……囚犯？”

“我们先专心检查身体，”法努戴上了一副丁腈橡胶手套，白色的粉尘在空中盘旋着，“是你自己把这个监视器割掉的？”

痂很久之前就脱落了，但原先的伤疤仍旧在他的胸骨上。法努把弗兰克的胸毛拨开，并用一支手电筒作为补充光源来检查伤口。

“你这里有两个疤。”

“一个进去的位置，一个出来的位置。当时我赶着处理第二个伤口，所以我就直接割了。”

“当时真的应该好好缝合一下。”

“我本来是想自己缝的，但是我觉得自己并不能完成，除了一些基础的急救知识以外，我没有接受过更进一步的培训。”

法努的眉头皱得更紧了，他叫利兰德也靠近查看，说道：“白色的那个是老伤疤，已经有几年时间了。”

“我想让布拉克以为我已经死在了与泽罗的刀战之中。所以我必须把它割出来，还有那颗子弹。”对他们来说，这只是一个名字罢了，只是为了给他的幻想增添更多细节。

法努把目光移到弗兰克的手臂上。那个伤疤很丑，边缘起皱，中间凹陷，仍旧呈一片红宝石色。

“这里就是你被机械臂打中的地方，对吧？”

“不是，但这正是我想说的。是布拉克射中了我。”

“布拉克射中了你，用的是……”

“一把改良过的自动手枪。”真该死。那把枪现在还在舱外的那堆石头下面。他在第三阶段没有遵守的那个部分，一件真正的物证，一件能够证明他确实没有发疯的证据。

法努花了很长时间来检查这个伤疤，观察着它伸展以及变色的方式，问道：“你是怎么处理那颗子弹的？”

“用镊子把它拔了出来。”

“之后呢？”

“和其他的垃圾一起被我扔进了着陆飞船里。这是在把我们全部干掉以后，本应该由布拉克负责的清理工作。”

“刚才我叫利兰德先不要介入，所以我希望你现在也先不要说这些。现在是身体检查，好吗？我是负责检查身体的。”他咕哝着，把弗兰克的手臂抬起、放下，又向前、向后地推来推去。

“好吧，这看起来确实像是子弹伤口。”终于，他如此说道。

“你见过很多？”

“我在迈阿密的急诊室工作了五年。趁我还在这儿，我可以检查一下你身体的其他地方吗？”

“你的态度可比随便一个芝诺的医生都要好。”

法努抄起他剩下的营生家当，先是听诊了弗兰克的心脏和肺部，然后又对他的各个部位进行触诊，最后用手电筒照了他的眼睛、耳朵和喉咙。完成后，法努脱下手套，将手套甩进了医疗废物桶。利兰德则一直站在角落里，双臂交叉地观察着他们。

“你今年多大了？”法努问。

弗兰克眯着眼睛望向天花板，回答道：“五十三？”

“你的生日？”

“一九九六年，一月二十日。”

“几乎可以算是千禧一代了。”

“我想是的。”

“我想冒昧地问一下，你说这是你第一次进入太空，对吗？”

弗兰克皱了皱眉，说：“嗯，是的。”

“我们都是三十多岁。你当时应该差不多快五十岁了吧？你是什么时候开始训练的？”

“我只训练了不到六个月。某个西装男到狱中找到我时，我刚刚迈入五十一岁。法努，你得知道，他们关心的只有两件事：我是不是可以在休眠舱中存活下来；我是不是能活到工作完成的那一天。我和其他的船员都是一次性的。你知道他们叫我们什么吗？”

“他们叫你们什么？”利兰德问。

“黑猩猩。不过不是当着我们的面，而是在我们背后，因为那样可能会让我们猜到接下来会发生的事。”

“你对此很生气，是吗？”

“我知道我做了一些很糟糕的人生决定，枪杀一名毒贩显然是当中最糟的那一个决定。我杀了一个人，也许现在这种情况就是我要付出的代价。但是其他人呢？尤其是狄狄，他还只是个孩子。他们罪不至此。”

再强调一遍，那只是一个名字。既然他们并不相信他，他又为什么还要费这个劲呢？

“也许你们听说过爱丽丝，”他说，“爱丽丝·谢泼德医生。”

法努撇了撇嘴，说：“好像在哪儿听过，利兰德？”

“非自愿安乐死案件，当时很轰动的。”

“就是她，”弗兰克说，“她当时也在这里，是我们的医生。”

“她在监狱里。”

“如果你去查一查的话，你会发现我也在监狱里，或者也有可能最近死了。”

法努向后退后了一步，说：“你的身体还算健康，考虑到你的年龄，现在再对那个伤口做什么处理也都无济于事了。这里有一些药膏，你可以涂在上面，还有……你手臂上的那个孔。至于你脑子里是什么情况，又是另外一回事了。”他犹豫了一下，看了看利兰德，然后又看了看弗兰克，“兰斯，这到底是怎么回事？有些事情不对劲。”

利兰德插嘴道：“现在让我来接手吧，好吗？”

法努嘘了一声，说：“我知道。我并不是想揽你的活。我就是有一种奇怪的感觉。不会有事吧？”

门开了，是伊斯拉。

她看到了弗兰克赤身裸体地坐在检查台上。弗兰克没有动弹，也没有试图盖住自己的身体。在监狱里，他是没有任何隐私的，而且她之前也不是没见过。她眨了眨眼，望着地面，说：“法努，露西找你。”然后她离开了，没有关门。

“利兰德，该你了。我马上回来。”法努说。

离开的时候，法努眯着眼睛看向弗兰克。弗兰克看得出来，他的心里出现了疑问。那是一种好的疑问，他可以从那里下手。

“你要不要把衣服穿上，兰斯？”利兰德说，“然后我们就可以开始了。”

弗兰克费劲地把衣服重新穿好，然后再次躺回检查台上。

接着，他把一切都告诉了利兰德。

五十五

内部备忘录

2049 年 3 月 8 日

致布鲁诺 · 蒂勒

自火星一号基地（任务控制中心）

抄录自纯纸质副本

针对“控制权丧失”的完整程序现已启动。我们已经通知美国国家航空航天局火星一号基地已失联，并且我们正在尽全力重新建立联系。现在，我们还可以假装是他们的航天指挥中心，但随着时间的流逝，这会变得越来越困难。我们有没有相关的退出策略？

某个时候，法努回来了。等到弗兰克讲述完全部经历后，这名医生轻轻地把利兰德推开，站到了检查台的另一侧。

“兰斯，我们看过你的平板电脑了，上面什么也没有。”

弗兰克把目光从天花板转向法努，说：“没什么好惊讶的，他们已经事先想到了一切。”

“删掉的不仅仅是所有的私人文件，甚至连操作系统也都被清除了。整个内存都被覆盖清零了。不管那里本来有什么，现在都已经被全部销毁了。云说恢复这些文件已经根本不重要了。至少对她来说不重要。是你做的吗？”

“也许我确实是从加州来的，但我可不是硅谷的。”

“他说他是一个建筑商。”利兰德说。

“是不是你清理了平板电脑？”法努说。

“我又不会。”弗兰克说。

法努紧紧攥住检查台的边缘，说：“好吧，那这个呢：我们去找那座基地了，但照片也不见了，什洛尼尔斯火山以南的所有图片都没了，每一个代表着两个经纬度的像素也全都没了。我们已经发送了重新加载的要求，现在正在等他们发回来。”

“等你们重新拿到以后，就会发现它们早就已经被编辑过了。芝诺已经知道了。”

“他们知道什么，弗兰克？知道你已经把有关自己的所有数据删除了，还清理了那些可能证明你在说谎的地图？”法努俯向他，“我们找遍了，没有任何证据可以证明你说的是真的。你所说的一切都可以有其他解释，甚至连你的伤疤也是。但是，如果你可以告诉我吉姆在哪儿的话，我个人将会对此感激不尽，因为无论如何，我们都要把他带回家。”

弗兰克坐了起来，和法努面对面。他第一次意识到法努的身躯是如此高大且壮实。

“我已经把一切都告诉你了。”

“当你一个人出去找吉姆的时候，你肯定找到了他，扯下了他的任务徽章，然后把他扔在了那儿，是不是这样？”

“法努，我没有。”

“还是说，你发现他的时候，他还活着？只是失去了意识？然后不知怎么的，你就把自己的臆想和真实情况搞混了，是不是？”

“不可能。”

“吉姆的徽章只可能是你从他的宇航服上弄下来的。这是现在唯一可以确定的事。”

弗兰克和法努之间仅有几厘米，弗兰克说道：“我只想回家，就这么简单，这就是我坚持到现在的原因。但是现在我再也没有机会了。”

“为什么？”

“因为你们现在觉得是我杀了吉姆。你和利兰德打算怎么做？接下来的一整年里，一直给我打镇静剂吗？最后再坐上飞船回家？那绝不可能。只要露西不把我扔到气闸舱外面，你们所有人就都会一直活在危险之中。那才是正确的选择，但原因并不是你们想的那样。芝诺想要我消失，因为我说得太多了，为了达到他们的目的，不管需要干掉你们几个人，他们也都不会在意的。”

“你知道临床上有种病吗？症状就是总觉得别人想杀了自己。”

“我没有疯，”他看着自己的大腿，“在你们做出最终决定之前，我还有最后一个请求。派人开车去二号基地，你们自己亲眼去看一看。好吧，这是两件事。但第二件事比第一件事要容易多了。”

“你还想让我们去找那把枪。”利兰德说。

“枪就在那堆石头下面。你们在找的时候可以问一问自己，为什么一个独自在火星上的人会需要一把枪，又是谁把它带上来的呢。”他又重新抬起头，对法努说，“我知道，以现在的情况来看，我确实很可疑。但是你心里清楚，我说的也有可能是事实，如果确实如此，那吉姆就有可能还活着，但你会这么想也不仅仅是因为这个。”

“利兰德觉得你满口胡言。”法努说。

“那可不是我的专业意见，”利兰德马上说道，“我还要花一些时间才能得出结论。在那之前，我持保留意见。每个人都应该如此。”

“我知道你想把吉姆找回来，我也想，那正是我出去的原因，”弗兰克低头望向法努握紧的拳头，“你不会想要殴打一个老人吧？”

利兰德把手放在法努的肩上，可以看到他的手指在用力，然后他把法努拉了开去，说：“你这样可帮不上忙，暴力不是我们该做的事。”

“现在这到底是怎么回事？”法努把怒气对准了利兰德，“我都不知道该相信什么了。”

“我们是科学家，只看证据，讲求理论，然后得出最合适的结论。这才是我们该做的工作。”

法努放低了声音：“万一他是对的话，怎么办？万一这个二号基地是真的话，怎么办？我们不应该去看看吉姆到底在不在那里吗？”

“那得让露西决定。那段路很长，而且也存在一定风险。目前，我们只有一辆充满电的越野车。如果要开那么远，她肯定会要求开两辆车的。”

“他就做到了！”法努猛地指了一下弗兰克，“他一个人去的。”

“那是他自己说的，但没有任何证据可以证明。”

“你怎么可以这么……这么冷静呢？吉姆都……没了。”

“能够随时保持冷静正是我加入这个团队的原因。我们去找露西谈谈，”利兰德用手环住法努，“兰斯，你可以留在这里吗？”

“悉听尊便，但我宁愿待在温室里，我在那里还有很多工作要做。”

“我敢肯定露西不会同意的。温室可是非常关键的任务设备。你想吃点儿、喝点儿什么吗？上个厕所？”

“我已经很累了，我还是在这里躺一会儿吧。”

“没问题。如果有什么新进展，我会回来的。”

弗兰克躺下，然后闭上了眼睛。他听到门关上了，片刻之后，门锁发出了一声咔嗒。没有关系，毕竟他已竭尽所能了。他不知道自己做得够不够。但他现在要做的就只有等待，并希望事情顺利。

想着想着，他突然发现自己困了。他甚至被自己入睡的速度惊讶到了，他隐约还有一些意识：我居然真的可以睡着了。经过了这么长时间，这一刻终于来了。然后他又醒了。从舱壁外侧透进来的微弱光线发生了变化，现在已经是晚上了。

下午的某个时候，利兰德站在他旁边。弗兰克问道：“怎么了？”

“我们得去厨房谈一谈，有点儿事情。”利兰德的声音……很警惕。弗兰克不明其原因。

“等我一下。”

“你要吃午饭吗？”

“是的。”

“还没有人做出任何决定，”利兰德站在敞开的门旁，“我等你，慢慢来。”

弗兰克轻快地走向厨房。所有人都在，全都坐在之前的位置上。他们面前都放着自己的平板电脑、杯子和吃剩下的饭。露西的面前则放着几个塑料袋，上面全是灰尘。

“你要不要坐下？”利兰德在他身后说，“我给你弄点儿吃的。喝咖啡吗？”

“当然，”弗兰克坐下，然后把椅子往前挪了挪，“你们找到它了？”

“我们找到它了，”露西把袋子往自己那边拉了拉，让它们离弗兰克远一点儿，“但我们并不清楚这意味着什么。”

“你告诉芝诺了吗？”

“没有，我还没有说。”

“我能问下原因吗？”

“你可以问，但我可能不会回答。”

弗兰克露出些许困惑的神情，然后耸了耸肩，说：“好吧。”

云把她的平板电脑滑了过来，上面显示着一张卫星图片。

弗兰克接过它，为了更好地聚焦，他把头稍微往后靠了靠。那是什洛尼尔斯火山，他已经看过好多遍了。拉厄撞击坑在它的上面，平原则在它的下面。

“他们把地图发回来了。”他说。

“是的，”云说，她俯过身，用一根手指把火山南坡的部分放到屏幕中央，“你能告诉我，你说的那个二号基地在哪儿吗？”

弗兰克把地图轻轻往上拖了点儿，然后把它放大，说：“就在那儿。飞船在最西边，距山洞几百米的地方。”

云把地图继续放大，弗兰克这才发现，她已经把其他所有人的平板电脑都跟她的进行了同步：他们都能看到她看到的东西。她问：“这里有发生了部分坍塌的熔岩管？”

“他们的居住舱就在山洞突出物的下面，洞口的南侧还有一片太阳能面板。”

“你应该也可以看到，这里并没有任何你刚才描述的东西。”

“他们把那些都编辑了，我早说过他们会这样做的。”

云点了点头，说:“所以我试着去找了找这张照片有没有什么不自然的地方，可以证明这张图像有被人工处理过，或者有没有重复的纹理、模糊的地方、人工拼接处以及不一致的阴影等。”

“你找到了吗？”

“没有，”她的脑袋歪向一侧，“但是这些图像本身就是拼合的。卫星会在上空不断移动，然后拍摄出一张张很长的条状图片，最后把它们拼在一起。你会发现眼前这张图片也是如此。”

她把整张图片往东挪，在两道较暗的边界之间可以看到一条较亮的灰条。

“你还会发现每张条状图片都是按相机的行进方向排列的。这是相机相对于地表移动的特征，由于我们常常看到，便很容易就会把它忽略了。”

然后，她又调回到了沟渠这边，弗兰克可以看到那些从平原上穿过的线，它们穿过沟渠底部的时候变得很明显，然后又继续往另一侧的平原上延伸着。

“如果我做一个图层，把这些线都标记出来，然后再比较一下……”云用触屏笔标出了这些线条的南北两端，“你会发现一件非常有趣的事情。如果我把这个图层调淡一点儿，请看底下的线条。”

弗兰克凑近屏幕。一开始，他没明白。过了一会儿，他意识到了。

“这里的这条线断了，它并不连续。”

“是的，虽然这里确实有一条线，原始图片也不一定就没有错误，但这也许可以说明某个很有技巧的人截取了另外一张照片，然后把它拖到了现在这张照片里。除此之外，我找不到其他错误。这里只缺了一到两个像素。”

“那就是飞船的所在位置啊。”

“这件事本身确实非常有趣，但还不足以得出结论。接下来还有别的。”

“你是在故意暗示什么吗？”弗兰克问。

“我没有暗示任何事情，”云说，“我只是在解释目前的情况。”

“所以你到底有没有发现什么东西？”

云做了个鬼脸，说：“没有，我只是发现某些东西不见了。”她把照片划到北边，差不多快到火山口的顶部位置，然后把它放大，几乎放到了最大，直到图片变成一块一块的颗粒状，“在这里，你们应该可以勉强从太阳能电池板投下的影子辨认出二号气象站。我可以把它在一个新的图层上画出来，就像这样。”

她沿着影子的外轮廓勾勒出了气象站的样子，我们可以很清楚地看到吊臂的形状。

“然后，这里是八号气象站本该在的位置。”

云把它放大，再放大。除了一片光秃秃的熔岩之外，那里什么都没有。

“这可以说明，芝诺给我们发送的是一系列并非同时拍摄的、被更换过的照片。八号气象站的照片是确实存在的。之前在检查纬度和经度的时候，我亲眼看到过。现在这个情况，可能是由于急于重新上传被删除的文件，所以某个人犯了一个错误，上传了一张之前的照片。我会要求他们把最新的图片再发一遍。”

“暂时先不要这样做，”露西说，她靠在椅子上，“基地里每个人的安全与健康都是我的首要任务，但我还没有弄清楚怎样处理现在的情况。一方面，有人告诉我兰斯的精神病发作了，他对我们所有人都构成了实实在在的危险；另一方面，兰斯也给出了他的证词，利兰德也认可了其连贯性和内在一致性，但这不可能是真的，如果是真的，那实在是太荒谬和恐怖了。”

“谢谢，利兰德。”弗兰克说。

“不客气。”

“还有第三个方面，仍有一些令人不安的疑问在不断涌现。我们发现了一把自动手枪，它的扳机护罩已被移除。它出现在火星上这件事本身也是令人难以理解的。我确实听说过以前的宇航员会携带救生刀、信号弹，甚至手枪，以防他们回程时意外降落在危险区域的情况，在以前的空间站里，确实是会存放武器。但我想不明白的是，这把枪在火星上又能有什么用呢，至少肯定不是为了把熊吓跑。而且也没有人告知过我火星一号基地里有枪，他们应该本来也不准备告诉我。我也搞不明白它为什么会被埋在外面。

“然后还有云刚才告诉我们的那些事。错误？人工痕迹？也许吧。任何一个除此之外的解释都太荒谬了。在我们不知情的情况下，火星上居然还有另一个与我们同时存在的宇航团，光是想到这一点，我就觉得可笑。而且，他们居然就在山的另一边……

“兰斯提出要我们派人过去，亲眼看一看所谓的二号基地所在的沟渠，然后对他的心理能力做出最终的判断。我做了很久的思想斗争。我完全没有理由接受这个提议。我们的地图上根本没有任何相关迹象，但这里面还存在着一个可能性——虽然并不一定是真的——吉姆有可能在那里。所以，我准备明天过去，给这件事画上一个句号。我会带上伊斯拉。兰斯，这是你最后的机会，希望这不是在浪费时间。”

“不会浪费你的时间的，但是你得小心点儿。”

露西朝他眨了眨眼，说：“你都弄坏了越野车。”

“他们想撞我，所以我朝他们撞了回去。”

露西低下了头，说：“我的话已经说完了。这就是目前的决定。其他的一切事务都暂时搁置，直到我们回来为止。明白了吗？”

弗兰克忍不住问道：“那你要告诉任务控制中心你要去哪儿吗？”

露西瞪着弗兰克，说：“我们之所以变成现在这样，就是因为我们没有遵守规定。因此，我们需要遵守规定。”

“但你还是不准备上报枪的事情。”

“我还没有做出决定。兰斯，不要得寸进尺。”

“我说完了。”他望着利兰德从他手肘边塞到桌上的那一盘子绿色。直到现在，他才发现它的存在，他把椅子推开，然后拿起了旁边的咖啡，补充道，“你并不需要派人看着我，但那大概属于你必须遵守的那些规定之一吧。”

他回到问诊室，坐在检查台上，聆听着基地周围的声音。这里是他亲手建造的，他可以为之骄傲的也就只有这件事了。

五十六

内部备忘录

2049年3月8日

致布鲁诺·蒂勒

自火星一号基地（任务控制中心）

抄录自纯纸质副本

根据他们传来的最新信息，我们大约还有十二个小时来决定接下来的行动。如果我们禁止他们的出行，他们一定会有疑问。如果我们让他们去，二号基地就会被发现。第三个“未执行”选项是我们目前的最佳选择，但这解决不了长期的问题。

先生，现在非常需要你的意见，对此你有什么看法？

外面传来一阵巨大的撞击声响，听起来就像是架子倒了，上面的东西散落一地的声音，弗兰克一下子醒了过来。不知道迷迷糊糊了多久，他眯起眼睛，喊道：“喂，外面没事吧？”

并没有立即传来“我没事”的回答，于是他立刻从检查台上滑了下来，把耳朵贴在门上。

外面有……某种动静。

然后，门变形了。门的合页掉落了，弗兰克立刻弹到一边，力道猛得把墙壁都撞凹了。法努紧随其后，他正在疯狂乱挥着双臂和双腿。他撞到了坏掉的门上，然后撞翻了检查台，最后整个人滑到了地上。

某个穿着芝诺宇航服的人走了进来，手里拿着一根貌似支撑杆的东西，举起手臂朝趴在地上的法努挥去。

“你想得美。”弗兰克跳了起来，扑向那个人，用手抱住他肩膀下方的位置。他们一起倒了下去，纠缠在一块儿，身子的一半压在了法努腿上。

弗兰克一把抓住支撑杆，双手握紧并用力转动。他成功地把它抢了过来。现在，他有了一件武器，他得用上它。他把它用力敲向那人的头盔，不一定要敲坏，但传到里面的声音一定要响。现在，他可以清楚地看到面板的内侧。不是之前的那个家伙，考虑到那人的伤势，他能这么快下地走路才怪呢。不同的人却有着同样绝望的、恶狠一般的面庞。

穿着宇航服的人试图起身，他的背压在自己的生命保障系统上，身体不断左右晃动着，想要找到一个着力点。弗兰克很清楚，绝对不能让他站起来。

法努气喘吁吁地从那堆东西里爬了出来，他显然已经自顾不暇，没法指望他帮上什么忙，但弗兰克很清楚该怎么和一个穿着半刚性宇航服的人战斗，面对面的公平竞争绝不是选项之一。

用支撑杆给头盔来上最后一记后，弗兰克把注意力转向了他面前的控制器。他把杆子的末端朝下，用力地捅了下去。他身下的那个人见状，一个扭身侧向了一边，让盔甲来承受这一击。弗兰克顺势把他翻了过去，现在，那个人面部朝下，还被他自己带来的那根金属管敲了一下头。

法努喘着粗气坐了起来，弗兰克把支撑杆扔给他。为了进行接下来的操作，弗兰克需要用到双手。他把手指伸进对方宇航服的后侧面板，把盖子扯开，然后按下了生命保障系统的手动关闭按钮。然后，他按住了那个男人，看着他在逐渐窒息的过程中，徒劳地拍打塑料制的地板砖，用手指抓地，以及不停地蹬腿。整个过程花费的时间比弗兰克预想的要更久。

“法努，你还好吗？”在那个人终于不再挣扎了之后，弗兰克问道。

法努用力按着胸口，小口地喘着气，点了点头。

“他不可能是一个人来的。”

他把尸体推到一边，走到了门口。利兰德……他就躺在地上，周围散落着各种储藏箱以及其他东西，他的脑袋下面还流出了一大摊血。弗兰克没看到其他人，于是他迅速回到问诊室。

“利兰德倒在外面了。你去看一下，我去找剩下的人。”

法努把支撑杆递了过来，弗兰克摇了摇头。这就是默契相通的瞬间。法努知道，法努能明白。

弗兰克爬了出去，在拐角处观察着连接舱的情况，船员居住区的门口有各种影子——椅子、人、各种物品——正在不断晃动，一片混乱与嘈杂。中间的通道上没有人。没有人在那儿放风。到底有多少个入侵者？他不知道，他也不在乎。如果有必要，他会把他们全都干掉。

他在路上抓起一个氧气瓶，因为他知道氧气瓶很重，可以对宇航服造成更大的冲击。不过，现在还有枪的问题要考虑。露西是怎么处置它的？现在没有时间考虑这些了，他径直冲了上去。

他们每个人都装备了一件临时武器。最有用的是露西手里的那把厨刀，伊斯拉手里拿着一把正准备扔出去的椅子。对手的武器显然要更好一些，一个拿着一把扳手，一个拿着一块装满了石头的降落伞布，一个拿着一支临时长矛，那是一根塑料管，它的一头被斜着切了一道，从而形成了一个尖头。它完全可以扎破舱壁。

露西和伊斯拉已经被逼到了厨房的一侧，几乎可以说是被包围了。拿着扳手的那个人的手臂处已经被割了好几刀。

“滚出去，滚出去，滚出去！”露西正在大喊着，弗兰克趁此机会迅速从他们背后接近，并借势把其中两个人给一起撞倒了。

弗兰克从地上跳了起来，用氧气瓶挡住了石头袋的攻击，紧接着，长矛的尖头刺向了他，他赶忙向后翻去。接下来就是一场乱斗，不过他至少知道他应该负责哪一个。露西在身前甩着刀，伊斯拉挡住了扳手男，弗兰克则成功进入了长矛男的攻击范围，并用碳纤维氧气瓶的钝头一下子砸向了那个人的面板，与此同时，那个家伙的手中仍然握着那根长长的管子，并试图用尖头对准弗兰克。

弗兰克猛击了三下之后，对方面板上的透明塑料板才就此破裂。为了进入攻击范围，弗兰克每一次进攻之前都需要再往前几步，裂痕从右向左贯穿了对方整个面板。这时，宇航服里那人的注意力从弗兰克身上转移到了这条裂缝上，于是弗兰克趁机砸向长矛，逼得那个人松开了手。

失去了武器，宇航服的完整性也受损了，那人见状赶紧把弗兰克推开，径直冲向了气闸舱。至于那个人的宇航服到底有没有出现泄漏，就只能听天由命了。

接着，局势变成了三对二，输赢的天平已然倾斜。伊斯拉并没有选择防御，她选择了直接扑上去，引诱那个人来攻击她，最终，那个塞满石头的长袋子并没有击中她，而是缠在了椅子腿上。接着，她松开手，趁那个人在试图解开袋子的时候，一把将其推倒。就和刚才一样，弗兰克又一次用力地挥舞着氧气瓶，击向那个人的头盔将其打破，那些尖锐的塑料碎片飞了出去。

露西的对手转身逃走了，然而她没有放弃，追了上去。那个人比她先跑到了连接舱，已经开启了气闸舱的循环程序。

“兰斯，穿上宇航服，出去找云。”她喊道。

“云在外面？”

她说得没错，得赶紧穿上宇航服。

“把这个人绑起来，”弗兰克对伊斯拉说，“法努和利兰德在医疗舱。你没事吧？”

“你快去吧。”伊斯拉点了点头，她也只点了一下。她身上有好几处正在流血的伤口。

弗兰克再次捡起氧气瓶，赶忙去穿他的宇航服。

露西的速度很快。但弗兰克比她更快一些，当他启动了宇航服的电源后，他的耳边就立即传来了云的阵阵呼救声，混合着英语以及某种很有可能是普通话的语言。她正在激烈地反抗。

弗兰克和露西一起进行了气闸舱的循环。他们来到了舱外，没有进行惯例的宇航服检查，并不是忘了，而是直接忽略了，径直奔向通信室外面的那块空地。一辆越野车正朝着“圣克拉拉”的方向驶去，车子后面有几个人影，但是飞扬的尘土以及过远的距离令他们无法分辨出到底发生了什么。云被他们带走了吗？此外，还有一辆越野车，车上有两个人，他们正在拔掉其中一辆属于一号基地的交通工具的插头。

无线电的特性就是，它不关乎远近，去往收听者耳边的距离都是一样的。不管是云在怒吼的时候，还是要求他们放开她的时候，还是她最终开始乞求怜悯的时候。弗兰克既希望她不要放弃抵抗，也希望她不要再继续了。与此同时，二号基地的人正在试图偷走他们的其中一辆越野车。关于后者，他可以做点儿什么。

弗兰克捡起一块石头扔了过去，并不是一定要打中那个人，而是为了提醒他已经被发现的事实。如果可以把他从越野车上吓跑，弗兰克就不必再跟他一战了。

石头飞向了轮胎护板，然后弹到了那名男子的生命保障系统上。他站了起来，看到弗兰克正猫着身子以那种适用于火星的行进姿势朝他冲来，他吓得直接丢掉了电缆线。他在犹豫不决，是爬上去把越野车开走，还是直接逃跑？他什么也没做。弗兰克的靴子不断地踩进那易碎的火星土壤中，不断地缩短着他们之间的距离，与此同时，那个人一直僵在原地。直到最后一刻，那个人才反应过来要逃走。

弗兰克从背后给了他一击，他直接飞了出去，是真的飞了出去，他的双脚离开了地面，双臂和双腿张开着，在空中画出了一道弧线。弗兰克也摔在了地上，用肩膀止住滑行后，他赶紧爬起身。那辆刚才正在转弯的二号基地越野车这时也掉转了车头，径直朝着他驶了过来。

但它的车速并不快，他因此得以及时往后一跳，避开了它，他摔在自己的生命保障系统上，向后滑去。越野车马上就减慢了车速，等那名闯入者爬上去以后，便赶紧开走了。灰尘从车轮上喷出，沙砾撒了弗兰克一身，那辆越野车和他们的同伴云朝着河谷方向驶去，他已经追不上它了。但云依旧在他的耳边叫喊着。

“兰斯，情况？”

弗兰克躺在地上，翻开了他的宇航服控制器，上面依然全是绿灯，然后说：“我没事。云？云，我们会去救你的，坚持住。”

“云？”露西说，“我向你保证，我们一定会把你带回家的。”

“他们人太多了！至少有六个人。我试着挣脱，但没有成功，我很抱歉。求求你们快来。”云说。

弗兰克站了起来，凝视着那团不断变小的尘埃云，说：“露西，如果要去的话，我们现在就得出发了。”

她没有理会弗兰克，说：“云，听我说，你挣扎得越厉害，消耗的氧气也就越多。你只能让他们把你带走。我们会来救你的，我们会守住基地，联系地球方面，让他们提供帮助。你不会有事的，我们会把你救回来的。”

“他们要逃走了！”弗兰克说。

“我们对此无能为力！我们完全还没有准备好。而那……那都怪你，兰斯，或者弗兰克林，天知道你的名字到底是哪个。”

“如果我在一开始就把所有事情都告诉你，为了除掉我，芝诺会不惜把你的整个团队都干掉的。我已经尽早告诉你了，而你没有选择相信我。”弗兰克从满是尘土的地面上捡起了氧气瓶，“该死！对不起，云。”

“快来救我。求求你们了，我吓坏了。”

“我们会来救你的，”露西说，“我保证，很快，云，坚持住。”

“如果他们把她的宇航服给打开了的话，她再怎么坚持都没用了！”

“够了。我来处理这里，你赶紧进去，”露西站在碟形卫星的旁边，“趁你还没在公共频道上说出任何会让自己后悔的话之前，赶紧进去。”

“你又不是我的负责人。”

“现在，你要么选择成为队伍的一员，要么你就是一个需要我们警戒的对象。你可以自己选择。你选择了自己一个人开走那辆越野车，很显然，你对此已经做出了选择，你会让云陷入更加危险的状况之中。也许，我们可以在这里进行一场不涉及其他人员死亡的‘调解’。你觉得怎么样？”她开始在他面前刻意地拨下碟形卫星的跳闸开关，一个接一个，“你想要救云吗？还是说，你想要另外那个选项？”

弗兰克已经快要看不到那两辆正沿着火山一侧向上行驶的越野车了，它们此时已经隐藏在了山谷的那些弯道之内。只剩一片淡淡的扬尘，别无他物。

“云？”他说，“我们会把你救出来的。如果吉姆也在那儿，告诉他，我们也会去救他的。”弗兰克关闭了信号发射器。他再也受不了了。不管露西有什么话要对他说，他都不在乎了。他把越野车的电缆线插了回去，然后朝连接舱走去。

他挂好宇航服，任由自己把额头在制氧机上靠了一会儿，感受这台不断发出嗡嗡声的冰凉机器，然后又去检查了基地有没有受损。

那个被他和伊斯拉制服的二号基地的男人已经被绑了起来，他被扔在院子的地上，离所有运动器材都远远的。弗兰克路过时，那家伙扭过头，他们凝视着对方。

这个男子透过碎裂的面板望着他。其中一块塑料板的碎片落在了地上。枯瘦、饥饿，眼睛发黄，皮肤发灰。

“对不起，对不起。”

弗兰克从厨房拿了一把刀，检查了船员居住区的所有上层和下层，也检查了气闸舱。他先是瞥了一眼里面，确认里面没人，然后把所有的内闸门微微打开一些。就像他只有自己一个人时所做的那样。

他重新回到了院子里，也进行了同样的操作，然后又检查了通信室以及位于它下方的控制室。一些指示灯在闪烁着，他得把这些留给露西来处理。

他又回到了院子里。

“我是被迫的。”那个被绑的男人说道。

“赶紧闭嘴。”

他又从上到下地检查了温室，确保架子之间和高大的绿色植物后面没有藏人。他对通往外侧的气闸舱也进行了同样的操作，甚至还把手臂伸进罗非鱼缸里检查，以确保没有人躲在里面。

鱼儿朝他涌来，除此之外，里面没有任何其他固态物了。

他检查了连接舱的下层，然后回到了他一直恐惧着的那个地方：医疗舱。

法努面色极为沉重地靠在其中一张滚轮床上。伊斯拉在他旁边，手搭在他的肩上。一张绿色的医用床单下，浮现着一个轮廓，那是一具尸体。弗兰克四处寻找着利兰德。利兰德倒下后被架子压住的那个地方已经被人动过了，但仍旧很乱，医疗舱的地面又一次沾满了血迹。终于，他意识到了利兰德的去向。

“该死！”

他离开了现场，正好遇到露西从气闸舱进来。她打开宇航服上的密封条，然后从里面爬到了地板上。

“你没有手下留情。”她说。

“我还有……”

“我是说你打的那个人，就是从健身房气闸舱里进来的那个人。”

“现在那不重……”

“面板炸了，他死了。”

“露西，别……”

“什么？”

“利兰德，他……只是刚好经过医疗舱，”他指了指她扔在地上的宇航服，“我来帮你处理这个。”

她几乎是蹒跚着跑了过去，与此同时，他挂好了她的生命保障系统和宇航服，通道中回荡着她痛苦的叫喊声。然后，她回来了，他看着她大步走向厨房。他挡住了她的去路。

“让我过去。”

“不，不行。”

“我需要答案。”

“答案会有的，但不是以这样的方式。他只会把你想听到的事情告诉你。但如果你想要知道真相，就必须等待。”弗兰克张开双臂，向后靠去，挡住了整个门口。

“弗兰克林。这是你的名字，对吗？弗兰克林？在我弄清楚该怎么处置你，以及你在这项任务中到底扮演着什么角色之前，我绝不会听你说的任何一句话。”

“那你打算怎么办？跟我也打一架吗？”

“如果有必要的话。为了确保船员的安全，我愿意做任何事情。”

“比如关掉碟形卫星，不让芝诺与主电脑系统建立连接？我看到你这么做了。”

她握紧拳头，说:“走开。”

“不行，女士。”

“你甚至都不应该在这儿！”

面对这突如其来的刺痛，弗兰克眨了眨眼，说:“你不觉得我很清楚这一点吗？我每天都在这么提醒自己。他们杀了我的队友，现在又准备把你的队友也杀了。我们才应该是一伙的！为了保护你们免受他们的伤害，我真的尽力了，但还是搞砸了。他们甚至还准备让我和你们一起同归于尽。”

弗兰克站到一边让她过去。但她什么也没做，只是站在那里，喘着粗气。

“进去吧。随便你怎么问，怎么打他，都只会得到一堆毫无意义的胡言乱语，仅此而已。一旦你把他扔出气闸舱，他所知道的一切都会随他一起消失，而你再也没有机会搞清楚他告诉你的那些是不是真的了，”他再次指向厨房，“你不是说愿意做任何事吗？”

“我难道还有别的选择吗？”

“我可以从他那里问出真相。”

“难道那能让云回来吗？能让吉姆回来吗？”

“我不知道。如果我搞砸了，你还是有机会审问他的。”他慢慢走到温室的气闸舱旁，往里面望去。植物使他平静了下来，他没有那么生气了。

“你是一名空战飞行员？”弗兰克问道。

“是的。我来自斯坦共和国。”露西说。

“你被审讯过吗？”

“别的不说，我至少通过了。”

“你觉得那对你有效果吗？你有说什么吗？”

“姓名、军衔、编号。”她说。

“所以，相信我这个老家伙一次，因为我很清楚，比起各种威胁，怜悯更能让我从那个叛徒那儿得到更多信息。”

露西走到了开放的通道上，说：“你在监狱里待了多久？”

“八年了。刑期共一百二十年，不可保释。”

“你做了什么？”

“我在近距离内枪杀了一个十九岁的孩子，”弗兰克耸了耸肩，“就算你有任何同情之心，请留给他的父母。我不想要，也不需要，而且我也很确定自己不值得。我做了一件恶事，也不知道该如何弥补。你只要给我十分钟，我会坐在一个可以给你打暗号的地方告诉你行不行得通。然后，我还需要法务的帮忙，不管他愿不愿意。他是唯一一个可以做到的人。”

他把计划告诉了她，在这一前提下，她终于点了点头，然后前去传信了。

弗兰克从生命保障系统的架子顶部拿起那把刀，轻轻地握着它，走进了船员居住区。弗兰克在被绑着的男人身旁蹲下，然后把他转了过来。他的面板又掉落了一些，弗兰克把那些碎片拨到一边。

这个男人瞪大了眼睛，一脸惨白。他以为弗兰克要对他做什么？他本来又打算对弗兰克做什么？他是不是觉得自己也会有相同的遭遇？

“你知道我是谁吗？”

那人摇了摇头。更多的塑料片散落了。

“你叫什么名字？”

“杰里。”

“G开头还是J开头？”

“J。”

“杰里，杰里米[1]，”弗兰克站了起来，给自己找了一把椅子，放好并向后坐了下去，“杰里，我叫弗兰克，你们刚才试图杀死我的同事们。”

“我们别无选择。”

“我得打断你一下，杰里，因为那并不是真的，我只对已经发生的事实感兴趣。我没有时间听你废话，也没有时间跟你玩游戏。你刚才说

[1] 杰里（Jerry）是杰里米（Jeremiah，一般译作耶利米）的昵称。

‘我们别无选择’，真正的意思其实是‘我们没想到你们会反击’。我说得对吗？”

“你不知道我们的状况有多惨。”

“我不知道？这听起来像是要我听你继续废话啊。不管你跟我说什么，我都不会为你们感到抱歉的。目前，我们少了一名地质学家、一名大气科学家，医疗舱里还有一个死了的心理医生，可不剩几个人了。”

“但你不是芝诺的人吗？”

“芝诺的人已经死了，是我杀的。我是黑猩猩当中的一个，那才是我的真实身份，可我没有选择坐以待毙。”弗兰克仔细地观察着杰里。如果那真是他的名字的话，不过弗兰克对此并不抱太大希望。他那一时间的错认和畏缩都在告诉弗兰克他很清楚第三阶段的计划。弗兰克说：“你以为我是芝诺的人，那我可得再想想。”

“你想要我怎么样？”

“我想要怎么样？我想要芝诺履行他们的承诺，想要你们别来找我们，想要坐上飞船回家。至于现在？我已经不清楚我真正想要的是什么了。你们带走了吉姆，带走了云，还杀死了利兰德。也许，我想让你也一起死了算了。”

“我该怎么做，你才能改变主意？”

“我不知道，如果……”

一声尖叫传来。更准确地说，是一声逐渐变成呜咽的吼叫。弗兰克装出一副惊讶的样子，他确实演得很逼真。

“那是什么声音？”杰里问。

“那是我们的医生，他正在没有麻醉的情况下给人进行手术。你可不是我们抓到的唯一一个人。”

杰里干呕起来。“你在开玩笑吧。”他好不容易才说出口。

“我不认为这是个玩笑。你觉得呢？”

“他在对他做什么？”

“我可不敢过去问他，”弗兰克伸出手，把刀放在桌上，“看来我是用不上这东西了。”

"他想怎么样？"

"他想知道到底发生了什么。你们为什么会在火星上？是芝诺让你们入侵这里的吗？你们对吉姆做了什么，又准备对云做什么之类的。"

恰好这时又响起一声尖叫。弗兰克感觉这声听起来有点儿过了，但杰里现在已经慌得无心分辨了。

"我可以告诉你，我可以现在就告诉你。"

"我觉得你说不说，结果都是一样的，他等下就来收拾你了。我们的外科医生可气坏了。"

"我什么都告诉你。"

"我可不想知道所有的事情，太浪费氧气了。"

"那你快问我问题，拜托了。"

"我说过了，"弗兰克说，"结果都是一样的。我在这里已经没有那么大的影响力了。"

"天哪，你总得试试吧。"

又一声，这一次很短，并以痛苦的窒息声结尾。这声演得更好。

弗兰克装出一副正在考虑的神情，说："我想，如果你能比他提供更多信息的话，那我愿意给你一点儿时间，反正也没啥可损失的。但我不知道我们还有多少时间，这取决于他们还能在里面待多久。"

"随便问我个问题，随便问。拜托了。"

这手段算是干净还是肮脏？现在，弗兰克可没时间考虑这些。

"没问题。那我们就来聊一聊你们为什么会在火星上，又为什么会驻扎在山的另一侧呢。"

五十七

战神四号火箭任务航天指挥中心紧急会议的文字记录

2049 年 3 月 9 日

加利福尼亚州帕萨迪纳市，喷气推进实验室

GT：通信及跟踪负责人，现在是什么情况？

MA：根据芝诺的报告，主天线发生了故障，无法运作。他们说正在尝试更换线路，但现在高增益天线和低增益天线都处于离线状态。没有一点儿载波信号。

GT：行动计划负责人，你那边是什么情况？

TY：根据行动计划负责人和舱外活动负责人两者的记录，最近一次授权的舱外活动发生在火星日第622天，五名船组人员和芝诺的员工携带了两辆探测车前往什洛尼尔斯火山的山顶搜寻吉姆·萨穆迪奥。目前，所有人员以及设备均已回到“火星一号”基地，以上就是全部。

GT：远程联络负责人呢？

LS：在本次会议结束后，我会再次联系他们。我很感谢他们到目前为止还没有找我的麻烦。

GT：环境控制及生命保障系统负责人呢？

PO：搭载于“火星一号”基地的线路信号发送器是需要主电脑系统通过舱载数据接口及网络来维护的。供电、供热、铰接及照明控制功能也是同样。如果主机出现了故障，他们可以手动操作基地的线路信号发送器和供电、供热、铰接及照明控制功能。

GT：舱载数据接口及网络负责人呢？

WM：我已经检查了所有日志。没有发现任何程序错误或硬件故障的迹象。如果非要找一个原因，也许是系统出现了性能过高的问题。不能排除关键系统出现了致命性故障的可能，但无法证实确有其事。

GT：那我们就只能等他们把它修好了。与此同时，女士们、先生们，二代高分辨率科学实验照相机的项目负责人给我发来了这封邮件，上面也写了他对此的想法。

PO：这是我想的那样吗？

GT：那你就说一说你的想法吧，我们可以就此展开讨论。

弗兰克和剩余的船员们一起在厨房的餐台边坐了下来。这名囚犯已经被脱掉了宇航服，正坐在院子另一头的一把椅子上。伊斯拉已经把他重新绑了起来，她的动作迅猛得有些可怕。也许这跟她在父母农场里处理牲畜的经历有关。

那两具尸体依旧躺在医疗舱里——利兰德以及攻击他的那个没有名字的人。那个面板被弗兰克打碎的男人仍旧躺在他死去的地方，也就是院子外侧的舷梯上。目前，活着的这个是他们的当务之急。

桌上放着一些弗兰克冻干的浆果。他往几个碗里倒了一些，然后放在了其他人够得到的位置。大家已经有一段时间没吃东西了。等弗兰克把杰里说的那些事告诉他们以后，他们可能就更不想吃了。

他俯过身，抓起一把草莓片分给大家。然后他坐回去，叹了口气。

“我们有机会把云救回来吗？”露西问。

鉴于他已知的情况，弗兰克考虑了一会儿，说：“也许吧，但愿如此。只要我们别搞砸的话。”

法努伸手拿了一片草莓片，先是在手中把玩了一会儿，然后才咬了一口，说：“那吉姆呢？”

“嗯，关于这件事……已经不可能了。”

“我带着五名船员来到这里，”露西咆哮着，看向院子另一头的囚犯，“现在，我身边只剩两个了！”

“弗兰克林，吉姆怎么了？”伊斯拉说。

“你可以叫他自己说。我不想再当芝诺的傀儡了。”

“他是谁？他到底为什么会在这儿？”

弗兰克的额头皱成一团，开口说道：“他说他的名字叫杰里。可能是真的，也可能不是真的，但这并不重要。他们降落于 2048 年的 11 月中旬，比你们早三个月，也使用了和我们一样的休眠舱。着陆没有问题，整个过程都是自动的，他们准确地降落在了原先计划的位置，这比我们当时的情况要好多了。但是，等他们醒来以后，他们却发现自己的飞船出现了故障。通信有问题，整个系统也都坏了。他们没有办法接收或发送任何信息。他们联系不到芝诺，芝诺也联系不到他们。”

伊斯拉皱了皱眉，问:“那他们的货舱呢？”

“他们和我们遇到了同样的问题，货舱散落在了各处。其中一部分落在了正确的地点，但大部分都散落在南部以及东部的平原上。他们在早期就回收了热电机，这也救了他们的小命，但这只不过是在延长他们的痛苦罢了。他们有两座居住舱，但是没有足够的电力来同时运行两者。没有制水仪，他们只好用零件随便造了一台。没有温室，没有通信，没有蓄电池。从我第一次在平原上看到那个家伙，一直到现在，他们在这期间设法找到了一座食物补给货舱。另一座被我拿走了。我可以看到定位标，但他们看不到，芝诺故意没有告知我这一点。所以，是我拿走了他们的东西。截至目前，外面还有一组未被回收的组件：某种可以把土壤制成砖块的东西和一个 3D 工厂，但这并不是重点……他们有了一些食物，但是没有办法种出新的食物。在这三个月的大部分时间里，他们都处于饥饿状态。他们的水、氧气以及电力都不够。”

“那芝诺呢？”

“芝诺也不知道他们处于什么状态，只能通过轨道卫星和我告诉他们的那些事情推测。”

露西把手背抵在嘴上，低头思考着。

“但是为什么呢？我们是为了科学而来，他们来这里又是为了什么？”

“殖民、抢地、部署。该死，还是你们给他们提供的资金。”

“我们？”

“美国国家航空航天局给火星一号基地的那些资金，芝诺能用它在火星上建两座基地。我只知道这一点，至于其他的细节并不清楚。”

“所以他们才不直接来找你帮忙？他们明明知道你在这儿，不是吗？”

“他们当然知道了。一开始，那个人在平原上碰到我的时候，他甚至还叫我布拉克了。但神奇的是，天不亡我，他们没有通信，也就意味着他们甚至都不知道日期。我告诉他，你们已经到了，然后他也信了。他很显然是芝诺的人，并且我认为，他们本准备要来取代当时假装成布拉克的我。这也是你们到达时，我状态很差的原因。我抱着枪睡了整整两个月，我一直在害怕他们会闯进来，把我扔到气闸舱外面。”

“但是……”

“他们不想让你们知道二号基地的事。即便他们想，也已经不能随随便便就闯过来了。对他们来说，在一号基地中，不但有六个身体健康、饮食充足的宇航员，还有我这名刚刚遵照命令解决掉了七个囚犯的‘前军人’。他们担心自己寡不敌众，而且氧气和电力也都非常短缺，因此他们需要最优先考虑的是回收那些货物并人工搜索火星。”

“那芝诺这段时间都在做什么？他们为什么不让你过去？”

“我拒绝了他们。”

“他们也没有继续坚持？”

“是的。”

“但就算二号基地的计划失败了，里面的每个人都死了，芝诺也都无所谓吗？”露西说。

“听着，如果你想知道芝诺在想什么，你可以自己去问他们。事实证明，在那种情况下，说谎已经是我的最优选项了。”

法努低声说道：“这是什么意思？”

“他们……”弗兰克把那碗草莓推了开去，“他们已经不对劲了，就好像发作了一样。”

“发作了？”

“疯了。”

“你是说，他们有精神问题？”

“他们中的一部分有，至少他们的指挥官肯定是有。他们会通过打架来决定谁干活、谁吃东西。最弱的那个人得包揽所有的工作，还得最后一个吃东西，如果食物还有剩余的话。自从意识到再也没有机会建起一座能够持续运行的基地后，他们就一直是这种状态。他们拿走了七号气象站，想用它跟卫星建立联系。显然，在这件事上，他们有了点儿眉目，但他们就是搞不明白怎么发送信息。那是压垮他们的最后一根稻草。他们的头头，贾斯汀，最终得出了一个结论，如果他们，或者他自己要活下去的话，就必须得占领一号基地。至于原本在这里的人？那就去死吧。”

“那场太阳风暴是什么时候发生的？”法努问露西。

“十一月七日。当时，我们在飞船中央的一个绝缘笼里待了十个小时。”她向弗兰克补充道。

“它足以干扰飞船的系统，损坏他们的通信设备，也许他们的休眠舱在那个时候也出了问题，”法努说，手里仍然拿着草莓干，好像从来没见过似的看着它，然后又把它丢回了碗里，“那是非常实验性的设备，美国国家航空航天局不会允许我们以这种方式航行的。”

“芝诺可不管那对我们来说多有实验性。”

“我并没有参与那个决策。”弗兰克说。他突然意识到自己的愤怒正指向着错误的人。

“好的。所以现在对他们来说，机不可失。他们的食物吃完了，他们的系统也无法维持运行。我不清楚吉姆之前有没有跟他们说过……”弗兰克望向杰里坐着的位置，他被绑住，独自一人待在远处，“你们自己去问他吧，我的话已经说完了。”

露西推开椅子，起身，法努和伊斯拉跟在她后面。他们站在了杰里的面前。露西双手叉腰，法努双臂交叉，伊斯拉为了不让自己出声，则把所有手指都压在了上唇上。

弗兰克把自己的椅子踢到一边，走过去站在了他们的后面。在那儿，他可以看到发生的一切。

“你叫杰里，对吗？”露西说。

“是的。”

“我是露西·戴维森指挥官。我需要你告诉我，吉姆·萨穆迪奥发生了什么事。”

“他……”杰里朝弗兰克点了点头，那基本上就是他唯一可以挪动的部位，“他说他可以帮我修理设备。”

“不管弗兰克答应了你什么，他都是没有办法帮你实现的。吉姆·萨穆迪奥。”

“把你告诉我的事情告诉她。”弗兰克说。

杰里纠结了一会儿，最终他意识到自己别无选择，说道：“我们那天在火山上找你们的其他设备，在想是不是可以再带一点儿回去。这就是我们上山的原因，并没有其他目的。通信设备已经修理得差不多了，我们还需要一些零件。就是这样。”

“那吉姆呢？”

“我们拐过一个弯，他就突然出现在那里，背对着我们。他当时正在低头观察一块岩石，根本没看到我们。我本想倒车，但是珍，她疯了。她看到他就直接开车冲了过去，狠狠地撞他。他被撞倒了，晕了过去。”

“不是你撞的？”

“不是我！”杰里舔了舔嘴唇，双臂朝着绑绳的反方向伸展了一下，“她想脱掉他的宇航服，然后把他扔在那儿，但我为他挺身而出了。我们不能把他扔在那里，不是吗？”

“所以你们把他带回了二号基地。”

“是的。我以为我们会留着他一段时间，然后再把他带回这里，换一些我们需要的东西。但是贾斯汀……”

“你们的指挥官。”

“他是个……”杰里犹豫了，弗兰克盯着他，于是他继续道，“很可怕的人。他真的很可怕。他说什么，我们就得做什么，因为如果拒绝他的话，你可不知道会发生什么。”

法努俯身，问道：“吉姆怎么了？”

杰里没有马上回答。“他死了，他不会再回来了。”杰里最终说道。

“你们带走他的时候，他还活着。那他怎么就死了？”

“是贾斯汀干的。是贾斯汀的主意。是他逼我们所有人这么做的。”

“现在赶紧告诉我，不然我就把你从气闸舱里扔出去。他逼你们做什么了？”

“吃了他。”

一阵绝对的死寂。随着话音落下，甚至都没有人喘气。

接着，法努向前冲去，弗兰克对此有所准备，因此他及时地把这名医生扯了过来，抓着他，最终，他倒在了弗兰克的肩膀上哭泣着。

这安慰蹩脚极了，来自一个已经杀了五个人的男人。弗兰克根本没有能力为法努提供任何慰藉。吉姆死了，云也即将遭受同样的命运。最初的六名船员，现在只剩下了三名，即使他们想现在就放弃任务，上升飞行器也还要好几个月才能准备就绪。仿佛所有的希望都消失了。事实也确实如此。

越过法努的肩膀，他可以看到露西和伊斯拉。她们俩仿佛都被掏空了一般。这让他想起了那天晚上，他与德克兰、泽罗聚在一起谈论那件事时的表情。

“我知道这不是你们想看到的。你们本应该来这里做做科学实验，然后发现各种各样的新奇东西，弄清楚该怎么在火星上生存，然后回家，把方法告诉所有人。我很清楚你们的感受。我本应该来这里帮大家搭建基地，照顾它，然后服完我的剩余刑期，也终于能够为自己的人生做一些有益的事情，也许，只是也许，还能让我的儿子为他的老爸重新骄傲一次。我本以为我会在这里死去，但那没关系，因为我以为那会是十几年之后的事。我并不知道他们打算在六个月之内就杀了我。你们不知道，他们居然在火星上放了一群随时准备把你们的一切都蚕食殆尽的虫子。对于接下来要发生的事，我们都没有任何选择，但我们还是得解决问题。”

露西把法努从弗兰克身边带走，然后温柔地把他带回到桌边的座位上。她站在他后面，双手放在他的肩上按摩着。伊斯拉和弗兰克则站在另一侧。

“弗兰克，我们居然要在太空里面对一群食人族，”她一脸痛苦，“培训可没有教过我们这件事。”

“我们得想个办法把云带回来，还得消除威胁。”

“就像你消除你的威胁那样？”

弗兰克眨了眨眼，说：“不然你指望我怎么做呢？坐着等死吗？你难道不是一名快速喷气机飞行员吗？你在斯坦共和国杀过多少人？你是算不过来，还是你根本就不知道？”

“够了，弗兰克。”伊斯拉说。

“至少我还会看着我的受害者的眼睛，这是你在两万千米的高空里根本做不到的事。”

“够了！”伊斯拉挡住了弗兰克的视线，于是他只好看着她，而不是露西，“你说得没错，但你现在就是个混蛋。”伊斯拉说。

她任由弗兰克自行消化这句话，然后，她转过身去。

“露西，他说得没错。我们必须把云带回来，也必须阻止他们再次回来攻击我们。我们要么这样做，要么就只能坐以待毙，等着他们把我们剩下的人都带走。这不是我们想要的，但这就是我们现在的情况。”

一两分钟之后，露西坐在弗兰克之前的座位上，然后把它拖回桌边，说：“所以，我们现在有什么？”

伊斯拉回到了她的座位上，然后踢了踢她旁边的椅子。弗兰克坐了下来。

“有我们四个。”弗兰克说。

露西脸色惨淡。

“我们四个当中的三个应该是超级聪明的，我们得利用一下这个优势。”

她的脸色看起来并没有变好，但至少也嘀咕了几声以示感谢。

“我们有两辆越野车，有可以消耗的电力，有宇航服，有可以随身携带的备用生命保障系统。我们知道他们在哪儿，还知道有他们有多少人。”

“真的吗？”

“他们一共有八个人。两个死了，一个被我们抓了，还剩五个，其中一个没法好好战斗，因为我已经弄断了他的脚踝。”

“弗兰克林！”

“他当时想要杀了我。我是一名被判了刑的谋杀犯。你能指望我怎么做？跟他闹着玩吗？”他停了下来，确认没有其他异议后，继续道，“我们知道他们基地的布局。他们在进攻一号基地这件事上用尽了一切，所有的储备已经消耗殆尽。他们已经所剩无几了。我们知道他们有一座居住舱和一艘着陆飞船。云一定在这两者当中的一处。”

“如果她还活着的话。”

“露西。”弗兰克说。

“好吧。法努，她能回到那个叫什么的地方……”

“二号基地。”弗兰克说。

“可以，只需要四到四个半小时就可以到达。如果她能够好好地调节呼吸的节奏，那就是可行的。但在现在这种情况下，我不知道这是不是一件好事……”

“法努，我们还在试着制订计划，”弗兰克把玩着冻伤的指尖，“她的宇航服还在工作，我们完全可以给它换上一个新的生命保障包。”

“那如果是其他人在穿着它呢？”

“那我们就让那个人脱掉，”他环顾了桌子一圈，“如果你们当中有人受不了，那么最好现在就说出来。因为云还在等着我们去救她，在这件事上，我必须确认我们是认可彼此的。”

“你这是要我杀人啊，弗兰克林。”法努说。

“刚才我还阻止你掐死杰里来着。”

“想是一回事，做又是另一回事。”

“你已经做了。”弗兰克说。

“我当时很愤怒。”

“如果我失去了自己的船员，却不愤怒，那才是真的有问题。”

伊斯拉把手放在弗兰克的手上，于是他闭上了嘴，安静了下来。

“不过你并不愤怒，不是吗？”她说，“你从来都不会生气。你只会决定要做什么，然后去做。现在，你已经决定了二号基地的人必须死。”

弗兰克慢慢拿开了伊斯拉的手，说：“差不多吧。有时候，杀生纯粹就是一个基于现实的决定，除了那些蠢鱼之外，”他看着自己的手指，然后甩了甩身子，“我还挺喜欢你们的，你们都是好人。就算我回不了家，你们也应该回去。但光是想这些并没有任何用处，我们每个人都必须做好豁出去的准备，把云带回来。不管为什么，也不管在那之后我们会有什么样的感觉。”

“同意，”露西说，“他们有什么？”

“五个人，其中一个不能走路。有限的氧气和电力，足以让两台越野车进行一次跨越一百二十千米的进攻，但短时间内应该进行不了第二次。没有中央通信，但是有跟你们一样的宇航服间通信，有效通信距离大概在三十米吧。”

“武器呢？”

“没有人朝我开枪，如果你是这个意思的话，”弗兰克思考了一会儿，“我认为没有人朝我开过枪，至少我没有被击中。一个人用扳手攻击了我，另外两个人试图用越野车撞我。”

“而我们有一把枪。”

“我们还可以制作一些其他的武器，”伊斯拉说，“我们有管道，还有压缩气体。要做一台土豆炮很轻松。当然了，发射用的是石头或者螺栓。锐器可以用我们这里现有的，钝器外面就有，还可以把货桶盖当作盾牌来用。攻击范围是很重要的，”这时，她意识到大家都在看着她，“我小时候有很多兄弟和表兄弟。”

“我们不能在这个上面花太多的时间，”露西说，“我们得尽快出发。”

“如果我们现在出发，等到了那里，天就黑了，”伊斯拉说，“弗兰克是在凌晨出发的，到那里的时候刚好是黎明。我们也可以这么操作。”

现在，伊斯拉已经从震惊中缓了过来，她已经下定决心准备好了。

桌子周围一片安静。最终，露西打破了沉默。

“所以这就是我们的计划？我们准备好工具，开车冲过去，杀掉任何一个试图阻挠我们的人，然后把云救出来？这真是一场灾难，它也许会变得更糟。”露西站了起来，看着他们每个人，“好吧，如果这就是我们的最佳计划的话，那我们就去做吧。但我们应该如何处理芝诺的问题呢？”

“我们别把插头插回去就行了。”弗兰克说。

“从长远来看，这是不可行的。”露西说。

“跟芝诺斗并没有什么长远可谈。”

“我们至少还要等到上升飞行器的燃料加满，而且还得告诉任务控制中心到底发生了什么事。通知吉姆和利兰德的家人，他们没法回来了。而且，如果我们留下来……”

“你觉得他们会让你跟任务控制中心联系吗？会让控制中心知道数十亿美元规模的诈骗？谎称有机器人？让七个男人、女人去送死？”

“我们不可能一直不联系地球的，弗兰克。等我们把云带回来以后，将会决定下一步该怎么做，”她从上方望着他，“我们花了好几年的时间才来到了这里。不仅仅是八个月的航行，还有我们的整个职业生涯，为了进入候选列表，我们拼了命地赚取宇航员积分。是的，你是对的。我们谁都不想遇到现在这样的情况。我从来没有想过我需要解决这种问题。但是对我们来说，这会产生不良后果的，而我需要为此做好准备。”

弗兰克把手撑在桌面上，站了起来，说：“你也看到他们对我的平板电脑做了什么，还有那些地图。他们只需要伸伸手就可以把它们全部清除。如果你让他们重新进入系统的话，他们什么事都做得出来。”

“他们不会把我们杀光的，弗兰克。”

“他们当然会把我们杀光。比起你们，他们更在乎自己。”

“我还是得跟任务控制中心取得联系。”

“你怎么联系？你必须要通过芝诺。你能做到直接跟地球方面联系吗？”

露西低头看向法努，说：“云应该有办法。她是专家。但没有她的话，我做不到。”

“那我们就赶紧去救云，”弗兰克说，“我们不能联系芝诺。”

“我才是负责人，弗兰克，”露西不为所动，“如果我们必须跟芝诺联系，那我们就去联系。也许我们就得让他们来处理这乱摊子。”

“不要让他们进入系统。千万不要这样做。”

“感谢你的意见。”

“好吧，该死。”弗兰克望向院子的另一头，看着那个仍旧被绑在椅子上的囚禁之人，“在你制订计划的同时，也应该想想怎么处置他。”

五十八

布鲁诺·蒂勒的私人日记
2049 年 3 月 9 日
抄录自纯纸质副本

自我们这个项目开始以来，对我来说，金山一直都是很特别的存在。我下令建造并给它配备工作人员。我确保这里的每个人都效忠于我，而非芝诺。所以，现在回到这里似乎是最为正确的选择。我们还有很多东西要准备。

距离黄昏还有一个小时。弗兰克已经用切割机割下了货运火箭的舱门，并把它们切成了一段一段，用来制作越野车前方、两侧以及后方的保险杠，它们会比车轮更为突出。此时，他已经切完了用于第一辆车的材料。他计划在车头做出一个类似攻城木的物体。为了把一个货桶固定在上面，他在货桶的底部打上几个孔，把多余的舱体螺栓穿进去，并用钻了孔的金属条把它们在车架上钳好。

“要帮忙吗？”

他手里拿着电动扳手，转过身，看到了伊斯拉。他还看到了碟形卫星天线，它正在为了拾取信号而向东转动着。

“那是谁的好主意？”

“是我们共同决定的，”伊斯拉说，“我们不能没有上行链路。露西还没有告诉他们所有的事情，只说了二号基地袭击我们的事。”

“不是说过要不惜一切代价保守二号基地的秘密，你们到底是哪里不明白？”他俯身靠在越野车的车架上，拧紧了一个螺栓，“你们犯了一个巨大的错误。你们只会联系到一堆芝诺的人，他们会用尽一切办法不让自己被关进监狱。”

“就算不这样做，我们在这里也活不下去。”

“你们错了，就是这样。”

“我们已经决定了。”她再次说道。

“好的，我知道了。”

“我们总得从某个地方获得帮助吧，弗兰克。”

他拿起货桶盖，把它推到位，然后把弹扣一个个关好，固定住盖子，说：“露西真的联系到了美国国家航空航天局的人吗？还是只联系到了芝诺的人？”

空气中一片死寂。

“你们只是没办法相信他们对我和我的船员做的那些事，因此你们就准备再给他们一次机会。别以为你们是美国国家航空航天局的人就不会有事了。”弗兰克继续说道。

“他们不会那样做的。”她说。

弗兰克晃了晃货桶，向后退去，欣赏着自己的劳动成果，说：“我对司法系统并没有很大的信心，我也并不觉得它是公平的，甚至不觉得它运行得很好。但有一件事，我很确定：只要这件事被放上法庭，那么从执行总裁到下面的每个人都会被判上很久。他们不会想要那样的。监狱不适合他们这样的人。他们会用尽一切方法来避免这一点。就算那意味着要把你们都解决掉，他们也会连眼睛都不眨一下的。”

“弗兰克，我们只是……”她停顿了很久，久到让弗兰克不得不转过身来查看她有没有事，“我们总得做点儿什么，总不可能一连好几个月都躲着，也不跟地球上的任何人联系吧。”

“你们已经搞砸了，伊斯拉。露西现在就正在搞砸这件事，就在她跟芝诺联系的此时此刻。就算她不告诉他们，你们已经知道我不是布拉克，她也会把你们知道二号基地的存在这件事告诉他们。虽然我不知道芝诺准备怎么处理这件事，是准备让二号基地的人把我们杀了呢，还是干脆把所有人都杀了呢，但反正我们横竖都是死。”

“好吧，那我们就只能等着瞧了。”

弗兰克拿起切割器，准备再去割点儿货舱门，说：“你想打赌吗？我赌一百美元，我是对的。”他已经脱离现实很久了，并不清楚一百美元在现在的世界中还算不算是一笔大数目，“该死，我可以帮你洗一个月的衣服。”

“那如果你是对的，我就帮你洗？”

“如果我是对的，我们两个也就都不会在意这件事了。但至少临死之前，我还可以说一句‘我早跟你说过了吧’。”切割锯盘转动着，他把它放置在货舱门的弯曲表面上。他可以感觉到来自双手以及地面的震动，它的声音听起来却像是某种动物的轻微咆哮声。

“我出来是为了给你帮忙的。”她迟疑地说道。

“那你能做一下你说的那种空气炮吗？”

“可以，只要有合适的固定器就行。”

“我弄这个，你去弄那个，我现在不太想说话。”

她默默地走到废料场，与此同时，他继续埋头工作，用自己的双手做一些建设性的工作，虽然他只是在为了接下来的大战给两辆越野车进行装甲而已。他放空自己，专心搭建，完成之后，他感觉很好。算不上非常棒，因为他仍然觉得他会和其他船员一起死掉，但除开这一点还算不错。

法努和露西还在里面。他们有两具尸体要处理。杰里还要吃东西、上厕所。他可是个食人族。

哦，当然了，杰里说他是被迫的，而非自愿。弗兰克很了解那种情况，他们团队的负责人贾斯汀想要确保每个人，是每一个人都吃，他要让他们全都跨过那条线，让他们再也没有回头的可能。他要把他们跟自己捆绑在一起，就像一个帮派一样，立下血誓。

弗兰克当时差点儿就把杰里扔到太空里去了。就算他杀了第六个人，也没有人会责怪他。他也并不清楚自己阻止法努的缘由，但是他确实这么做了。弗兰克向杰里保证过，不会让医生用刀处理他，虽然那本身就是一个谎言，但弗兰克也确实信守了诺言。

这就是他当好人的下场：事情变复杂了。露西打算怎么处理那个曾经吃了她同事的囚犯呢？这事不用他操心，至少现在不用。

他过去查看伊斯拉的项目进度。

下水系统用的塑料管就是他们手头最好的管子了。一根直挺挺的金属管当然更好，也能够承受更大的压力，更坚固，并且磨损也会更少，但他们现在不过是一群流浪汉罢了，只能尽可能利用手头的废料。

管子越长，精度越高，同时下垂得也越多。但还是有相应的解决方法。

她在末端安装了直角转阀和集水箱用来充当储气罐，还加了两个固定装置：止逆阀和独立的水龙头。她居然还有时间制作了一颗颗用降落伞衣包好的火星石子作为子弹。

“我们有压缩二氧化碳吗？”

“如果你想把灭火系统给拆开了的话，那么是有的。但没有可以随身携带的那种。”

“用氧气好像有点儿浪费。”

“你是想让我给你取一瓶我们确实有的东西来呢，还是想干站在这里幻想些不切实际的事情？”

“面对现在发生的这些事，你已经调整好了，因为你经历过了，但我还没有。所以，在我搞明白为什么你对我这么不满之前，我需要告诉你，你这样是无济于事的，一点儿忙都帮不上。”伊斯拉没有看他，直接转开了炮管开口处的压力接头，然后把一块用布包着的石头塞了进去。

“我去叫法努扔一个氧气瓶到气闸舱里。”弗兰克说。他联系了通信室，露西回应了，等到他来到连接舱处时，那个被抽空的舱室里已经放了一个黑色的氧气瓶。弗兰克只需要把它拿起来，然后带回废料场就行了。

伊斯拉从他手里接过它，插进了集水箱里。

“这东西有可能会爆炸。”她一边打开调节器一边说道。

集水器原本是一个立方体，现在它正在迅速地膨胀成一个圆形，并且已经远远超过了弗兰克会选择关闭氧气瓶的那个节点，但她还在继续。

"你刚刚说它可能会爆炸。"他说。

"我以前做过。"她简略地回答道，然后转了一下调节器，"你来压住它。我不想冒让它破掉的风险。"

"所以我得抓着一个有可能会在我面前爆炸的东西。"

"是的，弗兰克，这就是你要做的事。"

她先是等弗兰克弯下腰，用双臂围住那个绷得像水桶一样的水箱，然后才在他旁边蹲下，把手放在直角转阀上面。炮筒被架在一堆石头上，略高于地平线。她说："不要堵住回流阀。好，三、二、一。"

伊斯拉迅速转动水龙头，弗兰克感觉到水箱朝他踢了一脚。这后坐力可不小。他抬起头，想看看子弹飞了多远，他的目光先是被炮筒末端不断扩散的雾气所吸引，而后又飘向了远处那道黑白相间的晃动尾迹：它居然还在空中。

它的轨迹终于开始慢慢向下弯曲，当它最终撞到地面后，又弹了起来，翻滚了三四十千米远。

弗兰克站了起来，想要估算一下总距离。现在，石头已经不动了，但也已经完全不见踪影。

"比地球上的表现要好。重力低，没有风阻。"她关上阀门，准备重新把炮筒的口子拧开，"超出预期了？"

"这取决于我们要拿它干什么，但远一点儿挺好的。"

"要是我们能有压力表和安全阀的话……爸爸总是对那些东西很坚持，"她又装了一块石头进去，然后费劲地把盖子拧好，"还有旋转后拉式枪机。我知道我们没有相应的零件，也没有时间来制作。在这件事结束以后，我也希望我们永远都用不上这些。"

"我很抱歉让你们陷入了现在这种境况。我也很抱歉这是唯一的解决方式。对此我无能为力，我也没办法让已经发生的事情消失。你们所有人都不应该经历这些。"弗兰克说。

"我们得把它装在越野车上，绑好，也许还可以给装子弹的人弄一个座位，"她停了下来，转身对着弗兰克，"他们居然吃了吉姆，他们怎么会干出这种事情？"

“我也不知道，”弗兰克弯下腰，解开氧气瓶，“我在监狱里待了很久，我很清楚，即便是在最有利的状况下，人们也不一定能够做出明智的决定。我也见到过警卫不作为，让帮派接管时会发生什么情况，你必须得加入其中一个或者几个小团伙，就只是为了勉强度日。你没有任何中立的余地。所以杰里说得没错，都是由领头的说了算，虽然那是绝对不可为之事，但为了让自己变得更加强大，他会不断地通过贬低来控制其他人。那时，还是多数人反对他一个人，但他们都太害怕了，没有人敢去挑战那个怪物。然后，有一个人看到了其他人害怕的样子，于是他会想那我要不吃一点儿吧，然后他就吃了，突然之间，这个数字又变成了两个，他们已经组成了一个小小的团伙。剩下的那些人很饿、很虚弱，他们也很害怕，接下来，他们将不得不与几个食人族一起生活和工作，还要在他们旁边睡觉，显然加入他们要比与他们为敌容易得多。事情就是这样发生的。”

“弗兰克，我能理解。我只是不想去理解。”

“明白。”

“他曾是我的朋友。”

“我知道。所以现在，我们必须阻止同样的事情发生在云的身上。”

他把集水箱抬了起来，把炮筒的管子架在肩上。他把它朝着那辆已经装备好的作战越野车推去。

“你怎么能这么冷静？”

“因为我早已经麻木了，伊斯拉。你的反应才是正常的。这才是普通人在这种情况下会有的感受。至于我现在的情况，暂时还没法修复。所以，我倒不如利用它来帮助你们。”弗兰克把这座长长的空气炮推到越野车上，然后一直到把它拖到了满意的位置，“你可以递给我几根固定带吗？”

她没有动，弗兰克只好掏出了自己的固定带，开始着手把这台武器绑在车架上。

“要杀死一个人可不容易，”他说，“即便是对于受过枪支和刺刀使用训练的士兵来说也是如此，他们中的大多数也从未杀过人。他们并不想这样做。你们当然也不想。即便已经有人带着长矛和棍棒闯到你家里，想要杀了你们，你们也还是不想拿起锐器捅他们。这才是正常的反应。你很清楚这一点。我也很清楚，因为我曾经也像你一样。”

“你到底想说什么，弗兰克？”

“我想说，你们可以把杀人的脏活留给我。你们只要抓住机会把云救回来，然后就赶紧逃走。你们不用脏了自己的手，完全可以把这些芝诺的狗杂种留给我来处理。”弗兰克收紧了固定带，他思考着应该用什么东西垫在炮筒下面，才能让它保持水平发射位。可能要用上几个货桶盖，还有一个用于固定的支架。

“他们的人数那么多，你单枪匹马的当然不行，”她说，“还是说，你就是想要当那该死的英雄，所以根本不担心自己回不回得来？”

并不是那样的。真正的想法太过荒谬了，他并不想说出来：他已经和各种杀人犯、囚徒混迹了很长时间，他想保护伊斯拉以及团队其他成员的纯真。由他来执行那件可怕的事，这样他们就不用做了。就算他能够从二号基地脱身，就算他们允许他登上上升飞行器，返回地球，然后……根据现在这种情况，他应该已经不太可能拿到芝诺允诺的那笔钱了，他会在法庭上待很久，等到陪审团得出判决的那天，他的刑期都可能已经结束了。

弗兰克说道：“差不多吧。”他已经不想再深入探讨这件事了，但她显然并不这么想。

“那是不可能的，弗兰克。你现在已经是我们的一员了。”

“我永远不会成为你们的一员，伊斯拉。现实点儿吧。”

“弗兰克，你就不能好好听我说一句话吗？”

“我们还有事要做，伊斯拉。我们得把云救回来，太阳就要下山了，我们可没时间在这里闲聊。我要继续做事了。如果你想好好聊聊，我们可以挑一个别的时间。我的事并不重要。”

他就是那面盾牌，为其他人开路的人肉盾牌。现在需要最优先考虑的是怎么把云活着救出来。他们会冲着他一个人来，他愿意冒这个险，不，他不会丢掉自己的性命，因为只要他坚持得越久，救援任务成功的可能性就会越大。

他转过身，伊斯拉还在原地。透过这片接近真空的火星空气以及宇航服的面板，他们凝视着彼此。他的面板已然模糊不清，上面布满了各种擦伤，还有刚才工作时扬起的那些灰尘。她的面板则依旧通透。法努已经帮她换了新的，而且她中途也一直在用降落伞布擦拭。

“我会负责装好空气炮的剩余部分的，”她说，“你去做你剩下的工作吧。”

他点了点头，朝着货运火箭的方向走去，准备切割另一组舱门。他以为他们的谈话就此结束了。

“别以为这就完了，弗兰克。”

他几乎是踉跄般地放慢了脚步，然后他直起了身子，重新投入工作，不断地进行各种切割、塑形以及固定，直到暮光弥漫，直到他的氧气快要耗尽。

他先是把做好的这些武器放到气闸舱里，然后又把两辆越野车的控制杆都卸了下来，把它们也扔了进去，这样它们就很难被偷走了。虽然他很确定短时间内，二号基地的人并没有足够的资源来进行又一次突袭，但他并不准备冒这个险。

太阳落山了。温度正在下降。他累极了。仿佛回到了之前的日子。他关上气闸门，开启了空气循环。

五十九

听证会的文字记录

2049 年 3 月 10 日

特雷诺 · 威廉姆斯三世法官（科罗拉多州丹佛市，第二区）

威廉姆斯：所以你们认为这些行为严重违反了《太空商业运输条例》，并且在一直持续？

联邦航空局一号代理：是的，法官阁下。我们认为他们已经违反了多项条例，如第四百一十四条、第四百一十七条、第四百二十以及第四百六十条。您可以在证人签署的证词书中看到明确根据。

威廉姆斯：我已经看过了。我实在是难以相信他们居然能在没人发现的前提下把人送到火星上。

联邦航空局二号代理：呃，先生。我们可以确定，很多人都知道这件事。这就是我们要申请搜查令的原因。

威廉姆斯：在我当法官的这整整四十七年里，从来没有过这样的操作，所以请允许我花一些时间来表达一下我的惊讶之情。好吧，申请批准。愿上帝怜悯你们的灵魂，真希望是你们弄错了。

“芝诺想跟你谈谈。”露西说。

弗兰克不急不慢地挂好了他的宇航服，说：“你准备提前跟我说一下什么情况吗？还是我得在什么都不知道的情况下进去？”

“他们已经知道你把布拉克的事告诉我们了。”

“我想也是。是你告诉他们的，还是他们自己猜到的？”

“我没有告诉他们。”

“在你把碟形卫星关掉之前，我们一直在朝对方大喊大叫。”弗兰克穿上连体工作服，走到那个他塞了一堆东西进去的气闸舱旁，“好吧，既然这个秘密已经暴露了，那他们想要什么？你到底有没有联系上美国国家航空航天局的人，他们是不是根本不让你联系？”

“他们一直在跟我玩文字游戏，一开始，我是提出请求，到了最后，我甚至是在命令他们，但我没和任何有用的人说上话，”露西耸了耸肩，“全都是一些安慰人的胡话。我们遭到了攻击，他们很抱歉。我们的团队成员死了，非常抱歉。其中一个还被吃掉了，那真是非常、非常抱歉。”她又耸了耸肩，“他们说，这一切都不是他们的错。他们也不承认二号基地是用火星一号基地的合同款建造的。他们还说，在航行途中，他们就已经和二号宇航团的人失去了联系，并且无法恢复联络。二号基地那些人之前以及现在的一切行为都与芝诺无关。他们换掉了任务控制中心的整个团队，还说之前的那些人员正在接受调查。”

“他们带走了路易莎，该死！我什么也做不了，就跟我们现在一样，她会被扔进狼群里的。”弗兰克愤怒地说道。

“等我能够联系上美国国家航空航天局以后，也许我们可以做点儿什么。”

“嗯，她知道得太多了。那些人也是一样。所以，你有从他们那里得到什么有用的信息吗？”

“没有，什么都没有。他们说会把这些消息告诉吉姆和利兰德的家人，也会告诉美国国家航空航天局，让他们清楚情况，天知道这是什么意思。我只是想确认一下美国国家航空航天局到底知不知道我们的情况，好让他们来接手处理这件事。”

“你凭什么觉得芝诺会同意呢？你有问过他们，二号基地到底为什么会在这儿吗？”弗兰克打开气闸舱，准备把他刚才做好的那些盾牌和剑收进来。

“天哪！弗兰克。”

“剑头很锋利，剑刃也是。现在我们距离地球有一亿千米之远，要获胜就必须靠这些。二号基地怎么说？”弗兰克递给她一把，她小心翼翼地不让它的任何部分靠近舱体的墙壁。

“商业机密。”她说。

弗兰克把剑从她手中抽走，然后把它跟其他的剑堆在了一起，说：“不如我们一起去搞搞清楚他们到底想干什么，怎么样？”

“他们说想和你单独谈谈，这也是商业机密。”

“露西，我才不管芝诺想怎么样。现在，他们就是你的敌人。很久之前，他们就已经是我的敌人了。你就应该一起进来，也许这样你就可以亲眼看看他们是怎么处理这件事的了。”

他走进通信室，坐在椅子上。控制台上打开着一个留言板窗口，为了确保它处于激活状态，他轻敲了键盘上的几个字母键。

“我是弗兰克，你们想跟我说什么。”

他按下“发送”键，然后站了起来。露西就在门口。

“还要等半个小时。要不要我帮你弄点儿晚餐？”弗兰克说。

“我现在可没心思吃东西。”

“你是想让自己晕倒吗？听着，我经历过这个想要拒绝一切的阶段，但你这样是没法让任何事情好转的，肯定更没法把云救回来。”

她叹了口气，说：“随你吧，反正情况也没法变得更糟了。”

“那你是还没有看过我做饭。”

“现在别开玩笑，拜托。”

他查看周围，确认没有其他人后，说：“你必须坚强起来。伊斯拉、法努、云，他们都还要依靠你。”

“别给我扯这些大众心理学了。我清楚自己该怎么做。”

“那你就赶紧去做。你不但有一把枪，外面还有台空气炮。第一，除了芝诺自己外，他们是不会帮助任何人的，他们最希望看到的就是二号基地的人把我们全灭了；第二，他们希望看到的是我们两组人把彼此干掉。所以，我们能依靠的只有自己。”

“总该有可以不用战斗就把云带回来的方法吧。”

“你是想让我过去好声好气地问一问他们吗？吉姆那次，我不就已经去过了，结果是什么，他们居然吃了他。”

“这明明是一次科学任务。”

“这可是战争。”

他们正朝着对方大喊大叫。其他人会听见的。弗兰克不在乎，但这并不是他想要的。

“所以，在等待他们回复的同时，我会去弄一大碗绿叶菜，泡点小麦，摘点儿新鲜香草，再弄几根辣椒，然后我们看看味道如何。不管喜不喜欢，我们都要坐下来一起吃饭。我们需要早点儿睡觉，因为两点钟就要起来检查我们的装备，把它们装上车，而且那个时间会很冷。如果你有更好的计划，那就请你来说给我听听。不然就赶紧走开，别挡着我的路。”

“我没有挡着你。”她仍旧站在门的一侧。

“这只是个比喻。”

“有消息我会通知你的。赶紧去吧。”

弗兰克来到了厨房，把手洗干净以后，他开始在里面噼里啪啦地倒腾起了各种碗。他把水倒在一堆小麦粒上，然后放入微波炉进行加热，与此同时，他准备前往温室采一点儿菜。

那里只有他一个人。经过气闸舱时，他听到了医疗舱里传来很轻的声音，他估计大概是伊斯拉和法努。他没有问过杰里去哪儿了。也许在他们决定要和芝诺联系的同时，就已经把他扔到外面了。他们有可能一直把他关在这里吗？把他当作一名囚犯？甚至把他当作一名模范囚犯，给他一些活动空间？他会愿意与这个家伙分享自己的生活空间吗？讽刺的是，芝诺在一开始就告诉过他，这座基地就是一座监狱，弗兰克就是这里的犯人一号，这个家伙只不过是犯人二号罢了。

弗兰克确实也跟一群杀人犯、小偷以及变态一起工作过，那为什么杰里就不行呢？

他把摘好的菜带回了厨房，开始进行搅拌。还差一点儿用于调味的油，为此，他需要一台压榨机来压榨花生，但他还没来得及开始进行这台机器的制造。不过，他还是倒了一整杯花生进去，然后把切碎的辣椒和香菜放进了小麦做成的淀粉溶液，最后再把它淋到了整盘菜上。

某个时候，他突然发现露西已经坐在了桌子的另一头等待着他。

“你在那里多久了？”

“五分钟左右，一直看着你忙活。”

“你明明可以摆一下桌子啊。”

“是的，我确实可以。但是那样一来，我就得摆上四套餐具，而不是七套，这又会提醒我，我们现在的处境有多恶劣。你说得没错，我必须要坚强起来。但与此同时，我也是一个人，他们都曾是我的朋友，我有悲伤的资格。”

“我并不是要批评你，露西。你完全可以根据自己的想法来应对。我只是想给你提一些建议罢了。”

“你的态度很强硬，弗兰克。”

“我只是不想死在这里，至少现在还不想。仅此而已。”

“他们已经回复了。”

弗兰克把手伸进水槽里冲洗干净，由于没有可用的毛巾，他只好把手在工作服上擦干。

“他们怎么说？”

“你不妨自己来看看。”

她带着弗兰克回到了通信室，把椅子留给了他。于是他坐了下来，为了看清楚屏幕，他又挪近了一些。

他沉默了一段时间，全神贯注地思考着很可能是他与芝诺最后一次联络的内容。这条通信显然并非来自路易莎，上面的那些人已经完全控制了消息源。他退后一步，思考着自己该如何回复。

“你怎么看？简单一句脏话，还是写得再深入一点儿？”

“你不会觉得这是个好主意吧？我承认之前是我错了。芝诺无意与我们合作，但是故意和他们作对？”露西说。

“等我发完这封邮件以后，你应该不准备跟他们继续合作了吧？”

“他们可没给我留多少选择余地，”露西说，“他们居然跟你说什么保护火星的资产是你的首要任务，然后还威胁要起诉美国政府，赔偿被损坏物品的费用，这已经很明显了。就想确认一下，你会这样做吗……”她用指尖滑过一行行文字，“阻止第三方在未经事先授权及同意的情况下，对芝诺持有的设施采取任何行动，这一行为将会直接违反 1967 年颁布的《外太空条约》？”

“不会，你大可放心。”

“不然的话，我就得搬出 1968 年颁布的《营救协定》了，虽然准确来说，该协议仅适用于国家行为者，也就是美国国家航空航天局，但在现在这种情况下，芝诺是有义务为我们提供帮助的。”

“我再也不会受控于他们了。不管发生什么，我都已经见不到我儿子了。但至少，我还可以在火星上帮助我眼前的这些人。”弗兰克活动着手指，准备回复芝诺。

“跟我说说你儿子的事情吧。”

“他出生的时候是个金发小子。我完全没想到他会有一头金色的卷发。后来全掉了，又长出了跟他母亲一样的深褐色直发。他是个好孩子，运动员。他训练时，我会在看台上一连待上好几个小时。后来，他上了高中，成绩开始下滑。他跟一群错误的人混在了一起，不再专注训练，而是开始混迹各种派对。你懂的，毕竟我们都年轻过。然而我处理这一切的方式是选择一了百了，我做出了许多跟他一样错误的选择，只不过我采取的方式可比抽大麻、嗑几粒药要严重多了。我那个时候到底在想什么？我明明有很多别的选择。我失控了。但我对他的爱还是一如既往，从未停止过。”

“他不知道你在这里吗？”

“他怎么可能知道呢？”

“芝诺可真是狠狠地摆了你一道。”

“是的，确实如此。”他再次看向自己刚才写下的东西，“这样如何？”

她靠了过来，越过他的肩膀读起了他写的话：“亲爱的芝诺，交易已经结束。我不干了。如果我回得来的话，那么等我回来之后，我会把自己交由联邦调查局处置。当然，你们的结局也是一样。如果你们胆敢伤害路易莎，你们也一定会为此付出代价。她是你们这群混蛋之中唯一一个曾经体谅过我的人，她也几乎是我能够坚持到现在的唯一原因。弗兰克。”

“现在，我们只能靠自己了。我们和二号基地只能活一个。其他人离得太远了，他们帮不了我们。除非，你们不需要我。”

“完全没有那个意思。但是作为指挥官，我在这座基地里但凡做出任何可能影响到船组人员安全的决定，我都必须把原因向上级解释清楚。而这是一个无法撤回的决定。如果你真的要发这封邮件，那就意味着我们要切断所有联系了。”

“由你决定。”他等待着。他等了很久。

“反正我们也没有什么好失去的了。发出去吧，弗兰克，然后我们去吃饭。”

弗兰克按下“发送”按钮，他看着屏幕上这条信息从电脑系统一直传向了碟形卫星。他说：“我们得赶紧把那东西给关了。”

“我去关。在我们建立自己的安全频道之前都不会有任何通信了。”

他任由她自己去忙活了，然后起身准备去找伊斯拉和法努。

他们两个人正站在一张滚轮床的稍远处，床上放着一个黑色裹尸袋，里面的内容物实在是令人不安。

“露西叫你们去厨房。”他说。

他们有裹尸袋，而弗兰克的队伍从来没拥有过这些东西。美国国家航空航天局的某个人事先就考虑到了可能会出现伤亡的情况，并占用了一部分的货物空间，把这些裹尸袋送到了火星，最终，这些尸体也会被再次送回地球。船组的每个成员都很清楚，死亡的可能性是不可避免的，但与此同时，他们也清楚，即便死去，他们也会被带回家，而不是被遗弃在这里。

他飞快地眨着眼睛。在所有那些令人沮丧的事物之中，对一具尸体表示敬意实在是最蠢的选项之一了，他也从来都理解不了这一行为。然而，他现在站在这里，拼命地不想让自己的眼泪流下。

“露西在等你们。”弗兰克说。

他感觉到一只手放在了他的背上，温暖而短暂。看来，人与人之间的接触也并不一定是袭击的前奏。紧接着，房间里只剩他和这名逝者了。

他把指节抵在滚轮床上，低头看着那条贯穿了整个袋子的加强型拉链，还有那张用于分辨里面是谁的手写标签。利兰德·费舍尔，逝于2049年3月8日。怎么就已经到了2049年呢？袋上装有各种塞子和阀门，还有美国国家航空航天局和医疗公司的标志以及“送回地球”的字样和一串序列号。

“怪我做得不好，利兰德。”

不过话说回来，他又能做什么呢？吉姆还是会消失，二号基地的人也还是会发起进攻。他唯一可以做出改变的事情，就是在一开始就把一切都告诉美国国家航空航天局的团队，但芝诺还是会想方设法推翻他的证词，这样事情还是没法解决。

所以，唯一一个能让事态好转的选项是，二号基地的人能够顺利找到所有设备，这样他们就不会变成一群被疯子领导着的食人族了。他们和宇航员们分别在山的两侧。他们本可以相安无事的，如果是那样就好了。

然而事实却是一团糟。

弗兰克回到了厨房。他们已经在桌边坐好了，上面放着摆好的餐具和菜碗，水也倒好了，他们都在等他。

“你们得再等我一会儿。”弗兰克说。

他没有破坏原本的餐桌摆放，而是从储藏室里又拿了另外一个碗，用一把大塑料勺捞了一些沙拉出来。他又取了一些沙拉，把碗晃了晃，然后带着它和一把刀回了医疗舱，他经过利兰德的裹尸袋，打开了问诊室的门。他重新在身后关上了门。

杰里正缩在远处的角落里，身上盖着一条毯子，他没有动，但很明显正在观察着弗兰克的行动。他看到了那把刀，也许他会因此而误以为自己死期将至。

“该吃饭了，杰里。”

杰里眨了眨眼，马上一个打滚站了起来，把背靠在隔板上。

“给我看下你的手。”

“他们准备怎么处置我？”

“目前，他们准备先让你吃晚饭。除此之外，我并不清楚。这不由我决定。”

“他们会把我送回去吗？”

“回到二号基地？这就是你想要的吗？我们完全可以把你带上，等我们把云救出来以后，然后把你扔在那里，我们会把你们的越野车都开走，这样你们就再也伤害不了我们了。你们会饿死在寒冷和黑暗之中。也许很快，也许很慢。也许你可以吃到东西，也许你会被吃掉。你觉得怎么样，杰里？”

“别送我回去。”

“所以，给我看下你的手。”

杰里转了过去，背对着弗兰克。他的手腕被电缆线绑在一起，弗兰克割开了打结的地方。

“你是作为一名囚犯来到这里的，对吧？”杰里揉着手腕，“也许我也可以在这里给你们帮帮忙什么的。”

“你吃了他们的朋友。”

“我也不想，是他逼我的。”

“没人关心你的动机是什么，他们只关心你做了什么。他们都是体面人，对人类行为的底线可没有那么大的包容度，不像我。他们中的任何一个人都可能会觉得跟你一起生活是一件风险很大的事，然后就把你扔到气闸舱外边了。不管怎么样，只要他们能冷静地想一想，很可能还是会决定把你扔出去的。毕竟我们这里并不需要你。”

“我可以帮你们做事。我是电脑方面的专家。还有电子和电气，我都可以做。”

“杰里，那只是你曾经会做的事。你的那些证书和学位也许确实能定义曾经的你。我在这方面还是有所了解的。我以前是一名优秀的建筑从业者，我经营过自己的公司，也雇了很多员工，按时发放工资，我们一起盖了很多房子。然后，我开枪杀了一个人，在那之后，我就只是一个杀人犯。而你，就只是一个食人族。接受现实吧，这样你会轻松一点儿的，”弗兰克把碗推给杰里，“这就是我们在这里吃的东西，你可以选择吃或者不吃。但是我不会给你勺子或叉子，因为我知道一个人可以用它做很多事情。但凡你擅自离开这个房间，我就会亲自把你扔出去。我们永远都不可能成为好朋友，但无论如何，我就是你活过下一个火星日的最大希望，所以不要做出任何会惹我生气的蠢事来。”

杰里点了点头，说：“好的。我明白了。”

“我会把门锁上。这里有一个水桶，你只能用它，因为我们可没时间每隔五分钟就来检查一次，就为了看看你要不要尿尿。如果你试着逃跑，那这将会是你做的最后一件事。好了，我现在也要去吃东西了，在那之后，你可能会被重新绑起来。所以好好享受这段时间吧。我没法给你保证任何事。如果露西不想让你待在这里，我也救不了你。”

弗兰克关上了身后的门。他扣上门锁，然后把一张空的带轮医用床推到门口。如果杰里想逃走，他们会听到声音的。

然后弗兰克走了回去，在桌旁坐好。他们全都小心翼翼地盯着他。

“我为杰里感到抱歉，仅仅是现在，仅此而已。”他拿起勺子，自行取了一些沙拉。有好一段时间都没有人动这盘沙拉，在这之前，他们也没有动过。

终于，伊斯拉伸出了手，把餐盘拖到自己面前。她只取了很少的一部分，几乎等于没有取，但从她的表情看来，这就是她所能吞下去的极限了。随后，露西也勉强地取了一些，然后把它推给了法努。

法努盯着它看的时间是最久的。

“这是命令。”露西轻声说道。

他已然失去了斗志，已经没有违抗她的意志力了。他极为戏剧化地把勺子一下一下地磕在碗的边缘处，然后吃掉了最后几粒煮熟的小麦。

弗兰克环顾四周，发现所有人都在做着同样的事情。这简直荒谬极了，很显然也十分痛苦。于是他拿起自己的叉勺，把玩了一会儿，说道：“如果我要去赴死的话，我会选择填饱自己的肚子。就算死了，我们也会被带回地球好好埋葬，但某些傻瓜擅自认定这座基地已经没有希望了。”

他吃了一大口，吞咽后又挖起了一勺。

“我的父母从来都不喝酒，对我也是非常严格的。以前放假回家时，我总是得把啤酒藏在谷仓里，而最近的商店又远在五十千米以外。那些年的夏天总是很漫长。”伊斯拉一边吃一边说，“这很好吃，弗兰克。”

在那之后，闸门被打开了。大家回忆起了各自在城市或是岛屿，在草原或是空军基地度过的童年时代，他们做过的那些事、失去过的那些爱以及伤过的心。

这是最后一个普通的夜晚，因为他们并不知道到了明天，谁还能够回来。

六十

盐湖城警察局丹尼 · 卡夫特警官和调度员（杰姆 · 麦金太尔）的通信文字记录

2049 年 3 月 10 日

调度员：他们都不见了？

卡夫特：所有人都不见了。我知道在他们来这里之前，这个地方确实是个鬼城，但现在东西都还在，只有人没了。

调度员：门都开着吗？

卡夫特：都锁着。我可不会在没有搜查令的情况下打破窗户。

调度员：没有报警人的迹象？

卡夫特：没有任何人的迹象。我和皮特已经在这里转了一圈了，这里就像是末日来临了一样。你懂吗？

调度员：你们需要增援吗？

卡夫特：我不知道。人们突然出现然后离开，虽然这并不是什么犯罪行为，但这可是上千个人啊，况且我们还接到了那个报警电话。

调度员：你跟皮特要不要先回警局？

卡夫特：我们已经出来了，准备去围栏那边看看有没有什么东西。不知道有没有人可以问问。

调度员：好的，丹尼，小心点儿。

在这最寒冷的夜深人静之时，一切都被闪闪发光的冰层所覆盖着，装车一事现在变得尤为困难。塑料易碎，橡胶则变得像铁一样硬，就连他们的宇航服也僵化了。

弗兰克挂好一台拖车，把一个个货桶放到上面，其中一个桶装着武器，另一个桶装着盾牌，剩下的则装了绳索、固定带、生命保障系统、氧气瓶，甚至还有利兰德的宇航服，以防他们当中的某人或者云的宇航服出现损坏。他把它们全部用棘轮带固定好。他们把能够想到的一切都带上了，如用于空气炮的大量预制弹药、备用的降落伞布、橡胶制的补丁贴片和一个医疗急救箱，虽然就算能在加压环境中使用它，也很难说可以把问题处理好。但是，如果他们现在不带上的话，要用的时候再回来取可就来不及了。

三点整，露西开车朝着“圣克拉拉”的方向驶去，她身后的伊斯拉坐在一把从厨房拿来的斗式椅子上，身上也系着安全带。弗兰克拖着一辆拖车跟在后面，法努则坐在他的后面。车轮护板在结了厚厚白霜的松散石子上咆哮着，不断地发出阵阵噼啪声。

他们已经离基地有一段距离了，透过舱体那厚厚的外层，几乎看不见里面的灯光，碟形卫星茫然地指着天空。天空中星光点点。

他们花了两个小时才到达哨站，但凡是没有被固定在地上的东西全都消失不见了。太阳能面板、蓄电池、过滤器、氧气瓶以及那些对云的工作至关重要的电子设备，要么消失了，要么就是被破坏了。而其中有些东西，他们即便拿走也没有什么用，也许二号基地的人就是想要惩罚他们，仅仅因为他们拥有过于丰富的物资。

弗兰克叫其他人待在外面，自行先去查看舱体内部的情况。它仍然处于加压状态，有点儿瘪了，但还是挺牢固的，可能会有人在里面。天气太冷了，他穿过那片被洗劫过的废墟，他甚至希望自己可以碰到一个二号基地的人，这样他就能问一问那个人，他们为什么要做出这些毫无意义且昂贵的浪费之事了。

但除了他自己的脚步声外，没有任何其他动静。

“没有问题，”他说，“快进来吧，但不要用裸手或裸脚触碰任何东西，不然你的皮肤会直接被粘在原地。”

他们一个接一个地拆下自己的生命保障系统，重新安装好后再继续上路。这次换成弗兰克开车走在前面了，因为他知道该怎么走。

时不时出现在他耳中的那些声音开始变得断断续续，最终，它们完全消失了。只要他们待在一起，美国国家航空航天局的宇航服就会继续保持连接。但弗兰克穿着的芝诺宇航服就没有这个功能。他已经超出了火星一号基地主天线的范围，至于他们在哨站设置的那台也已经被偷了。

等他们到了二号基地之后，这会增加行动的难度，他真的应该提前考虑这一点，但现在为时已晚。也许他可以提前换上利兰德的宇航服，但利兰德的身材和体形与弗兰克也完全不同。他不得不在一片沉默中继续向前驶去。

他开到了火山那片崎岖的山脊地带。他们开着灯，很容易被发现。但前提是有人在看。在这寒冷的夜晚中站着放哨，这可是说起来容易，做起来难。一号基地可是在光天化日之下遭到袭击的，云甚至没能赶在二号宇航团的人穿过气闸舱之前通知里面的人。

冲进坐落于山洞内部的基地并不是最困难的部分。在不会弄死云的前提下，解决掉里面的那些居住者才是难题，当然前提是她还活着。

这就是一段漫长的路程会带来的问题。一个人总是容易胡思乱想，他唯一能做的就只有握着方向盘，然后望着眼前这片几万年来一直都没有变过，且今后也不会改变的风景。从长远来看，他们所做的一切都不会给这里带来任何改变。当然，有些人被救了，有些人则死了，接下来，还会有更多的火星宇航团，更多的火星基地。当人们开始书写火星的历史时，火星一号基地与二号基地之间的这场战斗也许能够占据那么一两段吧，他们甚至可能都不会提及任何人的名字。

这样一想，风险其实是很小的。地球上几十亿人口，不过是几个人在这座并不宜居的星球的地表上打来打去罢了。对他来说这很重要，但是一百年之后，谁又会在意呢？

他继续往南行驶。他这是为了什么呢？为了复仇？该死，当然了。任何能够惹怒芝诺的事情都是值得的。还有怜悯，云不应该被抛弃，和这群精神病生活在一起。正义虽然会迟到，但不会不到。但是对于那么长时间都站在正义另一边的弗兰克来说，这感觉还是很奇怪。

东边的天空开始变亮了，他抬起头，看到其中一个月亮正滑向日出的方向，而另一个则似乎粘在了西边的地平线上。整片大地仿佛一块空白的帆布，上面的黑色凹陷与灰色石子正在慢慢浮现。接着，随着温度的上升，冰霜也开始蒸发。

有人见过这番景象吗？弗兰克见过，不仅仅是在之前前往二号基地的路上，更多的是在那一个又一个数不尽的清晨里，那段日子里，他不得不像一个守财奴一样把日光一点儿一点儿地攒起来，然后再小心翼翼地使用。

地面上覆盖着一片蒸腾的雾气，露西停下了车。道道烟雾旋转着上升，然后消失，最后就只剩下某些被挡住的小块地方还有滚滚而出、向上飘散的白色蒸汽了。

那看上去宛若地狱之景，事实确实如此。

太阳照射出了今天第一缕倾斜的光线，越野车以及坐在上面的人们的影子被勾勒得更为深邃了，露西让弗兰克先走，然后，他们重新朝着火山脚下出发了。

他们来到了山底，弗兰克已经看到远处那道如黑色伤疤般的沟渠了。他略微转动方向盘，朝着东边的那一头驶去。由于增加了拖车及货物的重量，他目前的电力余量比之前那次还要更低。如果还有回程的话，他可能就得放弃拖车了，甚至还有可能得把越野车丢在哨站，之后再叫人去回收。

他一直留意着前方的动静，但什么也没有发生。就像火星的大部分区域一样，他眼前只有延绵数千米的尘土、岩石以及各种撞击坑和凹陷。为什么会有人想来这里呢？当然了，那些科学家会的，是为了争夺土地？谁会想要这些？为什么要把钱和人员扔到这样一个地方？

所以这就是芝诺的计划：它就是没有任何意义。也许他可以问问露西的意见。

现在，他们已经开到了那片平原上，他可以认出那些轮胎痕迹。他自己的，以及追赶他的那些二号基地越野车的。跟着它们找到沟渠的入口很容易，但逼着自己开过这段路可不容易，因为他很清楚在这条路的尽头等待他的是什么。

他们到了这条五千米长的沟渠的起点处。沟渠慢慢往下倾斜着，最终消失在了远处的黑色穹顶之中。着陆飞船清晰可见，仿佛一根直指天空的白色大拇指，但看不见藏在洞穴里的那座居住舱。

弗兰克将车子滑行至停止，露西也在他旁边停了下来。他们爬下车，在两车中间碰触彼此的头盔。

“你还好吗？”弗兰克问。

“这要视情况而定。”

“现在，我准备把武器分给大家，然后把拖车卸掉。接下来，我听从你的差遣。备用的宇航服在法努那里，我会尽我所能。不要等我，救出云才是最首要的。”

“你很清楚，我永远都不可能同意这件事。”

“只要有必要，我就会这么做的。”

“你当然会这么做了，弗兰克。但我告诉你，新的规则就是不失去任何一个人。”

他们断开了接触，弗兰克伸出拳头，她刻意且有意识地碰了碰它。没有什么要说的了。

弗兰克拿出他做的那些盾牌交给法努和伊斯拉，然后再回过身去拿剑。这些看起来很荒谬，但没人能想出更好的主意。不过，它看上去确实很能唬人。当你面对一群武装好的装甲战士，而你能够抵挡死亡的就只有身上那件充压宇航服时，那种震惊可能就足以迫使你举手投降了。

弗兰克解开了拖车，把盾牌固定在了左臂上，然后把自己的剑递给了法努。他爬上了驾驶座，他并不清楚接下来会是怎样的一场恶战。

他开始往前驶去，然后露西跟了上来。伊斯拉装载好了空气炮，还把氧气瓶固定在了集水箱上。

他们的前方很安静。没有身穿宇航员的人影，也没有人早起清理并转动那些太阳能电池板。也许他们已经反目成仇了，而云就在里面安静地等着他们的到来。又或许他们可以避免这场战斗了，那样的话，所有人都会感谢他们的。

他们经过了那艘着陆飞船，然后开始减速。当然了，二号基地的人很快就会发现的。不过现在还没有。

在距离那座被阴影笼罩的居住舱还有几百米时，弗兰克按下了刹车。他坐在驾驶座上，盯着那个气闸舱，但什么都没有出现。然后，他从座位上站了起来，回头看了看飞船。

那艘着陆飞船的外侧装有摄像头。

该死，他们得赶紧进去。

弗兰克爬下车，在法努下车时，他帮法努拿着剑，接着，他们一起慢慢跑到了居住舱的气闸舱前。

气闸舱的设计跟他们的完全一致，是来自芝诺的标准件。他跑上舷梯，按下气闸舱的循环按钮。

红灯。

这说明气闸舱有电，但无法进行循环。有人把内闸门打开了。现在唯一的方法就是平衡外闸门两侧的气压，弗兰克知道有两种方法。一种很慢且容易被阻碍，另一种则很快，不过手段十分复杂。如果云在里面没穿宇航服的话，那很可能是会致命的。

他与法努碰了碰头。

“我们从这里进不去，必须从墙壁入手。”

“他们已经知道我们在外面了吗？”

“是的，叫伊斯拉开火。”

露西把她的越野车开到了约五十米远的地方。她抓起利兰德的宇航服，迅速地跑过眼前这片空地，宇航服的鞋底拖在她的身后，然后她把它交给了法努。法努把他的那把剑藏在了金属舷梯底下，以防有人用它来对付他。

她对弗兰克做了个“行动”的手势。她转过身，也给了伊斯拉一个“行动”的手势。

他们全都蹲下身去，伊斯拉打开了氧气瓶。

等待是很漫长的，终于，弗兰克听到了一声爆裂声，舱体那厚厚的覆膜向内收紧。一个拳头大小的洞出现在了离地面约六米的地方，橡胶层没有承受住这一冲击波，直接裂开了。

弗兰克把剑捅进裂口处，向下割去。狂风逼得他不由地向后退去，露西已经开始逆着风向前冲了，弗兰克赶紧在后面推着她。

倒计时已经开始。他们只有二三十秒的时间找到云，给她穿上宇航服，再等它加压完毕。

弗兰克来到了舱内，他并不清楚会在这里看到什么。他从杰里那里得知的信息仅有这些：他们安装了顶层的部分地板，但是内部没有安装任何隔墙，储藏物品都放在底层，睡觉则在顶层。所以至少有一道可以用来爬上爬下的梯子，不过无论如何，往空中跳个两三米的高度对他来说应该不成问题。

这里比他预想的要脏和混乱许多，但基本的结构没有错。露西已经开始朝着左侧的梯子走去，所以他选择了往右走，他爬过一堆随意堆放着的货桶，来到了它们后面的那片空地处。气压正在飞速下降，除了露西的靴子在阶梯上发出的微弱声响之外，他什么也听不见。这时法努也进来了，狂躁地在底层寻找着云的踪影。

云好像不在这儿，所以弗兰克任由法努在那里搜寻，自己则来到了舱体上下打通的那个位置。

没有云的迹象。

他的上方有动静：微弱的灯光勾勒出了两个人影，他们正挣扎着想要钻进自己的宇航服里。弗兰克，要记住你是来这里做什么的，你是来救云的。这些人做出了他们的选择，所以你也要做出自己的选择。他们和你一样，都要为自己的选择负责。

弗兰克蹲下身子，用尽全力向上一跃。这里是火星，所以他飞了起来。

地板的边缘从眼前掠过，随后，他的双脚稳稳地站在了平台上，他伸出右臂，防止剑割到自己。不过眼前的这两个人——一个男的，一个女的——则对他完全不感兴趣，因为他们正在努力地想要把自己的宇航服给合上，并拼命渴求着可以呼吸的空气。

该死，云到底在哪儿？在这紧急照明的微弱光线之下，根本找不到她。

这时，露西出现在了梯子的顶端，她本能地用自己的盾牌砸向那个已经穿好了宇航服的人的面板。她脚下还有另外一个人，那个人正在虚弱地试图爬走。不是云，是之前和弗兰克打过架、穿着吉姆宇航服的人。弗兰克身后的那两个人也都不是云。

她到底在哪儿？

不会给他们时间穿好宇航服再战斗的。他一脚踹向那个女宇航员，把她踢了下去，紧接着又猛地挥剑砍向第二个人。那个人举起了双手，抵御着弗兰克的攻击。那是本能，但也绝对是一个非常错误的决定。

虽然剑刃算不上锋利无比，但弗兰克的挥剑速度很快，在击中宇航手套的手掌处时，它直接砍断了那个男人的手。他无声地尖叫着，弗兰克把他也踢了下去，他直接跌进了下面的那堆货桶和垃圾里。

他迅速地查看了一下露西的情况，她对付的那个男人已经倒在地上畏缩成一团，双手抱头背对着她，刚才那个试图爬走的人没有穿宇航服，因此也已经完全停止了活动。在弗兰克的下方，那个女人已经设法合上了自己的宇航服，她正朝着裂口和法努的方向而去。

弗兰克直接从上面跳了下来，靴子直接踩在了她的头盔上，他们两个人摔向了不同的方向。他们同时站了起来，但弗兰克知道他的敌人在哪儿，法努正在扒拉着那些货桶，与此同时，这个女人只能看到弗兰克宇航服上发出的灯光。

弗兰克用盾牌朝着她的生命保障系统猛地一击，她四仰八叉地倒在了地上。看着她穿着宇航服躺在那里，手臂伸着，双腿张开着，弗兰克不禁想起了布拉克，他能感觉到自己再次进入了那个冷血模式，杀人是必要的，也是挽救他和他所关心之人的唯一办法。

然后法努出现了，他抱住弗兰克，把弗兰克拉了回来。他们的头盔碰在一起，法努说：“没事了，弗兰克。已经没事了。你可以停下了。”他一遍又一遍地重复着，过了一会儿，弗兰克心中那种想要杀人的冲动渐渐消失了，他又重新恢复了理智。

弗兰克向后退了一步。云不在这里，这说明她在另一个地方。

弗兰克去检查了那个被他砍断手的家伙。这个家伙最终还是没关上他的宇航服。他吐出的最后一口气导致面板蒙上了一层厚霜，随着体液的沸腾，烟雾也已经开始从敞开的舱口处冒出来了。他已经没救了。

等到弗兰克回过身时，露西已经把她的囚犯带到了楼下，她让囚犯跪在地上。法努则站在被弗兰克打倒在地的那个女人旁边，他退开一步，好让她翻过身来。

这时，弗兰克发现自己低头看着的这个人还只是个孩子，也就二十出头。她瞪大眼睛，一眨不眨。她用力地喘息着，导致风扇都没法及时吹走面板上那一阵接一阵的雾气。弗兰克看着她，她抬头看着他。这是一种绝对的恐怖，因为死亡就在她的眼前。

弗兰克跪了下来，把头盔抵在她的头盔上。现在，他可以听到她发出的声音，她惊慌失措地发出阵阵喘鸣声。

“告诉我，云在哪里。”

“在飞船上、在飞船上，她和贾斯汀在飞船上，她还活着，我发誓，她还活着……”

弗兰克把头挪开，靠向法努，说：“云和那个头目在一起，在着陆飞船上。她说还活着。”

“我们该怎么把她救出来？总不能像刚才弄开舱壁一样把它割开吧。”

“应该把开罐器带来的，”弗兰克环顾四周，然后再次与法努接触，“我们先把这几个傻帽带到外面，然后尽快想出个办法来，不然我们很快就要氧气不足了。”

弗兰克把这个小孩从地上拖了起来，然后把她朝着那个已然松松垮垮的裂口推去。他把一只手按在她肩上，把她推到了外面，在此过程中，他一直紧紧地跟在后面。但他现在不必担心了，因为伊斯拉已经在外面等着了，她手里握着剑，蓄势待发，看上去彪悍极了。

接下来是露西的囚犯，然后是露西，最后是法努。利兰德的空宇航服仍旧拖在法努的身后。

他们把这两个二号基地的人绑在了通往气闸舱的舷梯上，然后弗兰克把头跟其他人靠在一起。

“那个头目知不知道我们要去找他了？”露西问。

“他全程都知道，”弗兰克回头望向山洞的方向，“我有一个主意。”

六十一

音源：保罗·利安德（芝诺执行总裁）和玛乔丽·贝灵汉（保罗的私人助理）之间的私人通话

主机时间：2049年3月10日 08:22

科罗拉多州丹佛市，光之塔，芝诺总部

保罗：小玛，布鲁诺有消息吗？

贝灵汉：还没有，先生。我已经找过他的下属了——实际上，是他下属的下属——他们并不清楚他在哪里。

保罗：你联系过金山那边了吗？

贝灵汉：先生，我到处都问过了。蒂勒先生和他的整个团队都消失了。他们既不接电话，也不回邮件，没人知道他们去了哪里。

保罗：我现在非常愤怒。火星基地的各项业务都在等待处理，芝诺的股票正在下跌，董事会也开始有疑虑了。布鲁诺本该站在镜头前把这一切解释清楚的，而不是躲起来。

贝灵汉：先生，我知道了。我会继续尝试各种途径的。

每一步都必须像齿轮一样严丝合缝地精准执行，能出错的地方太多了，对此，弗兰克一点儿把握都没有。但事实上，这就是他们唯一的选项。贾斯汀很清楚他们此行的目的。如果他并不打算与他们发生冲突，完全可以把云直接还给他们，而且刚才他有的是时间，但他既没有这么做，也没有尝试与他们沟通。因此，他们准备冲进去了。

他们无法强行进入着陆飞船的气闸舱。虽然有手动阀门，但它很可能已经从内部被堵上了。虽然外闸门是一扇移门，并非用合页安装的那种门，那他们也还是得破坏它才能进去。

然后，他们还得破坏内闸门。等到他们进去之后，飞船就会像刚才的舱体一样失压。贾斯汀有很多时间来准备迎接他们。他们得先制服贾斯汀，才能救出云，还要给她穿上宇航服。这一切都必须在三十秒钟之内完成，这已经是最大的限度了。

如果云是在居住舱里的话，他们也是一样的计划。但闯进一个塑料制的舱体和闯进一艘金属制的太空飞船是两种完全不同的情况。现在，他们得制订一个新的计划。

弗兰克解释了自己的想法，由于时间紧迫，其他人很快就同意了，甚至有些快得过头了。但是考虑到他们才是聪明绝顶的那几个，而他只是来自旧金山的一名建筑工人，只能说明这是没有办法的办法了吧。好吧，那就不要有太大压力了。

他在山洞深处发现了第二座居住舱的组件，杰里说过，他们没有足够的电力来给它进行供氧以及供暖。所有东西都在那里：支撑环、螺栓、塑料膜以及最重要的气闸舱。

他们四个人一起把气闸舱拖了出来，然后又把它搬到了飞船跟前。伊斯拉断开了空气炮与氧气瓶的连接，然后弗兰克把这个氧气瓶和备用宇航服都放进了这个未加压的舱内。他们把它固定好，用棘轮带把它缠在那些从洞穴顶上掉落的大块巨石上。

他们花了一些时间来完成这一切操作，在这期间，飞船的外置摄像头一直在注视着他们。

法努在气闸舱旁就位，他清楚自己接下来的任务。也许他也想去揍一顿贾斯汀，但由于他是医生，只有他接受过处理减压损伤的培训，所以这份工作就只能落在他头上。解救云的任务将由剩下的人来完成。

弗兰克爬上一辆越野车，然后把它开到飞船边上，掉转车头，把车朝飞船其中一根支撑脚的位置倒去。他松开一段绞盘的拉索，露西把它绕过那根支腿，然后用登山扣重新在后面的那段拉索上扣好。他把多出来的拉索收紧，她爬到他身后，拍了拍他的肩膀，让他知道她已经弄完了。

他们会在飞船里看到什么？也许云穿着宇航服，而这个失败宇航团的疯狂领导人贾斯汀才是暴露在空气中的那个人。这样一来，事情就简单了。也许，云已经死了，贾斯汀也死了。这样一来，事情也会变得简单，因为这意味着弗兰克不会为他们的死亡负有任何责任。

但这样的结果并不会令他好受，无论过程如何，他只是想要获得一个确定的结果罢了。在这座失压的地狱之中，能够拥有这种结果的机会就如一片雪花一般渺小。

他打开了车上的后视摄像头。在控制台屏幕上的小小影像之中，他可以看到飞船另一边的支腿，以及远处正在开着第二辆越野车转向的伊斯拉，她正在为接下来的冲刺做准备。

这要么行得通，要么就行不通。露西向他保证过，这是可行的……至少在理论上如此。

然而在实践中，这完全就是胡扯。

他坐着，用手指环住转向控制杆，等待着信号。也许会有别的什么情况发生，这样他就不必做接下来的事了，他们也可以再重新想一个更好的计划。

露西的手出现在了他的视野中，给了他一个“行动”的手势。

该死！到时候了。

他用力地按下控制按钮，用一只眼睛留意着面前的监视屏。

他猛地抽紧刚才放出的那段拉索，他的身体也猛地向前倒去，安全带紧紧地把他固定在原地。轮胎在尘土中扒拉出了一条道，不断地撞击着石子，红色的雾气不断地朝斜上方喷出。

“加把劲儿，你个该死的混蛋。”他把车轮的抓地力调到最大，并开足了电机的马力。

如果是在地球上的话，他现在应该已经能够听到那紧绷拉索的鸣叫声了。但他的耳中只有阵阵低沉的咆哮声，因为整艘飞船都被拖动了。

这根本不是他们想要的效果。

他盯着屏幕，把方向控制器向左拽去。前面有一个撞击坑。如果这根支腿不愿意自己塌掉的话，那么他就只得求助于地形了。当然，飞船被拖动也意味着它正在离那座气闸舱越来越远，也在离伊斯拉越来越远，但他们必须得把它弄倒才行。

露西在他的肩膀上拍了拍，见他没有回应，她又更用力地捶了一下。

他松开了控制器，不禁有些沮丧，靠回了驾驶座的椅背上。

她俯过身，把头盔跟他的碰在一起，说："这样没用。"

"确实，我们解开拉索再试一次。"

"哪条支腿？"

"你先解开，我开车转一圈看看。"

她爬下车，朝着着陆飞船半走半跑而去。他们没法出其不意。贾斯汀完全可以清楚地看到他们的每一步行动，然而他们对此无能为力。但贾斯汀对此也无能为力，或者说，至少弗兰克希望如此。

露西解开锁扣，把它放在地上。弗兰克把拉索收回，一直等到自动停止功能把绞盘关闭。接着，他调转越野车的车头，仔细地检查着地形。

不是他刚才一直试图想要弄弯的那根，应该是现在位于他和气闸舱中间的那根。他向露西示意。仿佛扫清前方障碍一般，从左向右大幅地挥动着双手。然后，他把手放回控制器上，用力地按了下去。

车轮轧入地面，他飞快地开了过去，尘土与石子在他身后到处乱飞。露西后知后觉地意识到了他的打算。她赶快把路让了出来，弗兰克用越野车上的货桶狠狠地撞向着陆支腿的一侧。

他撞得很用力。安全带紧紧地咬入了他那坚硬的盔甲，越野车的后半部分也翘了起来。忘了咬紧牙关，现在他的牙齿生疼。除此之外，还有他的脖子和肩膀。等到因为撞击而扬起的尘土落定之后，他开始把车往后倒去。支腿弯了一些，但是还没有完全变形。他又往后倒了五十米，然后铆足了全车的马力。

这一次，他把身体紧紧抵在靠背上，咬紧牙关，为即将到来的碰撞做好准备。

这一次比之前那次来得更加残暴。他甚至能感觉到自己体内的某些器官正以违反设计初衷的方式搅动着，他感到一阵头昏和恶心。尽管就在眼前，他还是好不容易才找到了控制器的所在位置，而且他还想了好一会儿才记起该怎么倒车。

整条支腿已经变形了，他得再撞一次，也许可以把它撞倒。

他向后退了七八十米，够了吗？他只知道这一次一定会很疼。他握住控制杆，按下按钮，俯身向着行进的方向。

这一次的撞击直接导致他整个人瘫倒在了控制器上，身上的安全带是唯一一样还能把他固定在驾驶座里的东西。他晃了晃头，眨了眨眼睛。他感觉眼睛里有眼泪。起初，他以为只是面板上的尘土进了眼睛，但也很有可能是他眼睛流血了。伊斯拉已经站了起来，朝他挥着手，指着他头顶的位置。

弗兰克仰起头，脖子的某处发出了咔嗒一声，但他已经没有时间用来晕倒或者呕吐了，因为现在有一艘宇宙飞船正在倒下，而它可不会在意自己会压到谁。

赶紧倒车！他花了好久才将手放到控制器上，甚至还不小心往前开了一点儿，再次撞上了那根因为越野车的反复撞击而折成两段的支腿。

就是那边那个按钮。他一巴掌拍在上面，然后再次用力按下。他向后弹出一条弧线，并最终以一场四轮飘移于火星表面收尾。他完全不知道自己在做什么。他把手指从控制装置上弹开。

越野车颤抖着停了下来，车子的一侧飞了起来，最终又落回了地上，猛地在地上弹了弹，这可能会给它造成严重的损害。弗兰克伸出手拍向胸口，一次、两次、三次，这才终于解开了自己的安全带。

飞船正在倒下，它的支腿已经弯得撑不住了，仿佛慢动作一般向一侧倾倒着，最终越过了那道无法回头的分界线。

弗兰克整个人瘫在车架上。在飞船的船身撞到地面的同时，他直起了身。飞船坍塌在那些散落的石子与巨石上，在一片近乎寂静之中喷出了片片尘云与阵阵沙浪，不过弗兰克还是能够通过本就站不稳的脚底感觉到了这一波动。飞船离他所在的地方仅有一米远，然而他完全反应不过来要逃走。

飞船又升了起来，巨大的阴影笼罩着他，他张着嘴巴看着它。

它终于稳定了下来，以不断变慢的速度来回摇晃着。此时，由于露西并没有意识到他受到了多大的冲击，一把将盾牌和剑直接塞给了他。弗兰克站在那里，呆呆地望着眼前的这些物件，他清楚它们是有某种用途的，但他现在记不起来到底是什么。

他还是把它们接了过来，然后任由自己被拖到一边。

在他的身后，伊斯拉已经开着越野车转过一个急弯，笔直朝着那艘倒下的飞船一侧驶去。

脆弱的金属表皮和复合材料内芯被捅破了，好像那只是一片金属箔。越野车的车头周围喷出了一片白雾，伊斯拉把车倒开后，裂口处露了出来，飞船的侧面被戳出了一个洞，这个洞的大小足以让人通过。

突然之间，弗兰克回过了神，倒计时已经开始了。只有三十秒的时间来救出云。

他把盾牌甩到胳膊上，举起原本拖在地上的剑。露西已经在他前面了，他赶忙追了上去。飞船的这个伤口是往里折的。因此，他们只需要克服迎面而来的大风就可以进去了。

他还记得里面的布局。休眠舱在最顶上，中间的楼板用的是格栅地板，底层有储藏物资、控制系统和气闸舱。他们来到的是中间这层，云就在那里大口大口地喘息着，她周围的空气正从圆形墙壁上那个永不满足的空洞中溜走。

他们找到她了，还没等弗兰克来得及反应，他就看到一个穿着宇航服的身影从右侧朝他扑了过来。一块格栅地板落下，猛地砸在了他的肩膀上，虽然这力道还不足以把他撞翻，但还是让他一时间失去了视力。

弗兰克的头盔内响起了一声敲锣般的巨响。他举起手臂，第二击意外地打在了自己的盾牌上。那很疼，但还是给了他一点儿恢复和重新拾回方向感的时间。

贾斯汀穿着一件和他一样的宇航服，正在用一把锤子攻击他。那是属于吉姆的地质锤。贾斯汀脸上的神情……甚为坚定，看得出来，他很想要杀了弗兰克，然后再继续下一项工作。他再一次把锤子挥了过来，弗兰克举起盾牌防御，这一次还是很疼，他的手臂刺痛着，肩膀灼烧着。

弗兰克看不到身后的情况。他只能假设露西已经带走了云，把她从裂口处推了出去，云也没有因为恐慌发作而反抗她，并没有因为栓塞或者过度惊吓而死去。外面的人也已经顺利接走了她。

锤子不断地举起、落下，当弗兰克没法及时用盾牌挡住时，它会打在他身上，在他得以防御时，它会打在他的手臂上，把他一直往后逼去。中间层的天花板离他越来越近，终于，唯一的出路就只剩下了反击，不然他就只有死路一条了。贾斯汀似乎完全没有意识到自己的绝望处境，还是持续不断地攻击着弗兰克，惘然不顾现在的情况。他的飞船已经倒在了火星这片沙地之上，被外面的人给剖开了。

他就是单纯地想杀了弗兰克。

也许这样也没有关系。因为弗兰克已经达到了来这里的目的。他已经厌倦了这些破事，也许是时候考虑一下退出的事了。他能够从那人眼睛的倒影里看到自己那狂乱的模样。他想起了自己拿着手枪从卡车里出来的那个时候，这与那时在后视镜中看到的模样别无二致。

弗兰克单膝滑倒在地，用盾牌护住自己的头部，另一侧的攻击如同节拍器一般有条不紊地进行着。他的左臂已经失去了知觉，而肩膀则火辣辣地疼。贾斯汀完全没有要停手的意思，他当然不会停下。弗兰克还有别的办法吗？

他肯定经受不住这般连续的猛击，他会被渐渐击倒在地，他的面板会被击碎，肺里的空气以及体内的液体均会沸腾，并透过身上的伤口逸散。他所见证、经历的一切也都会随之消逝。除非，他能够用上右手中的那把剑。

为了他们，弗兰克决定要战斗。

弗兰克把盾抬高了一些，击向贾斯汀的腿部。他打中了，但力道还不够。他把手抽回，与此同时，他那高高扬起的手臂又遭受了一记结实的锤击，差一点儿就被打脱臼了，接着，他再次甩动手臂。

这一次，他击中了对方的右膝。贾斯汀的腿如同飞船的那根着陆支腿一般弯了下去。他趁完全倒下之前稳住了自己，往后一跳，尽力调整着自己的重心。

弗兰克缓慢而痛苦地站起身来。已经没有什么需要他为之而战的了，云已经被带走了，二号基地也已经变成了一片废墟，但他和贾斯汀还是得在这里一决高下。这是芝诺与弗兰克队友们之间的一场代理战争，更是一场有关自尊的战斗。

他已经无法举起左臂了。如果他有时间的话，也许可以把他的左臂绑在胸前，用来保护他的宇航服控制器，但现在并没有这个时间，所以他任由它垂在一边。与此同时，他将那把临时制作的剑举在面前，给他们之间创造了一些距离感。

贾斯汀举起吉姆的锤子击向剑尖处，然后弗兰克又把剑重新举了起来。他至今从未用过剑，他心想，除了儿时举着小棍子假扮成绝地武士的那些打打闹闹外，大概是没有再用过了。但他至少还是可以侧过身子，把拿着剑的那只手举在前面，让宇航服和左臂远离锤子的攻击范围。不过这样还是很笨拙，因为他根本看不到头盔的侧面，当意识到这个姿势行不通之后，他又恢复到了原先那个面对面的姿势。

“所以真的要这样吗？”他说，“我们在这里一决高下？”

贾斯汀根本听不到他的声音。尽管如此，这个男人的眼睛似乎还是眯了起来。他也明白一切将要就此结束了。他再次挥动锤子，击向剑尖，把剑敲到一边，然后向前一跳，试图击中弗兰克。但由于腿部已经承受不了这样的力道，他跌了一跤，于是他急忙往后退去，试图重拾身体的平衡。

弗兰克猛地一击，剑尖擦过了贾斯汀的控制器上方，朝着他的腋窝处砍去，但他离弗兰克太远了，现在轮到弗兰克往后退了。他们互相探测着彼此，想要看看对方在这场战斗中到底有多少实力。

显然，弗兰克的攻击范围要更远，他开始转着圈，始终把剑举在他和贾斯汀之间。转圈意味着要一次次地沿着弯曲的墙壁前进，然后再回到中间线的位置。从对手那痛苦的跳跃中，可以看出弗兰克在操纵性方面明显有着更大的优势。只要他不犯错，他完全可以比对手更容易进行攻击。

弗兰克可以感觉到那个野性的部分再次占据了他的大脑，他在混沌与清醒之间左右摇摆着，动物的本能逐渐占据了他。

那真的是他想要的吗？血刃贾斯汀？复仇、正义，不管是什么名号，他又会杀死一个人，可他明明不必这么做。没有人强迫他如此，他完全可以径直离开。走吧，让贾斯汀自生自灭吧。

他艰难地做着抉择。这不是一场与贾斯汀之间的战斗，而是一场他与自己的战斗，是时候休战了。他已经不再是孤身一人了。可以预见的是，在这之后，他还是可以回家。在经历了火星和芝诺对他做的那些恶劣之事后，他最终还是活了下来。

但只要贾斯汀能够趁此机会进入他的防御线，这一切都将不复存在。

好，深呼吸。再转一圈，回到开口的位置去。

他紧盯着贾斯汀，挡掉了几次对方想要接近他的失败尝试。洞口的金属层歪七扭八的，向外飘散的绝缘层已经被冻在了原地，他用一只脚踩在上面。那些歪斜的飞船船身材料甚为锋利，他得小心前进。

每一次弗兰克试图退出去时，他都必须挺直身子并挥剑挡住贾斯汀，才能与他保持一臂的距离，防止自己被他击中。在另一只手臂已经受伤的情况下，弗兰克无法顺利逃脱，但他也不想再次杀人。然而，贾斯汀似乎很执着，一副非要跟他决出个你死我活的样子。

这时，露西爬了进来，站在弗兰克旁边。过了好一会儿，他才意识到她在那里，又用了更久的时间才认出她手里握着的那把枪。透过她的面板，他可以看到她那紧抿的双唇以及坚定的目光。

即便他们此时没法交流，他也接收到了她的信息。贾斯汀也是，于是他站在那里，重心放在一条腿上，放下了锤子。可以看出，他想要尽量地站直。弗兰克小心翼翼地摸索着，从这艘侧卧飞船一侧的洞口爬了出去。他站在沙地上，等待着那声低沉而遥远的“砰”，等待着露西出来告诉他一切都结束了。

六十二

战神四号火箭任务航天指挥中心紧急会议的文字记录

2049 年 3 月 10 日

加利福尼亚州帕萨迪纳市，喷气推进实验室

GT：我已经连续工作了四十八小时了。大家都懂的，依次报告情况。

MA（通信及跟踪负责人）：根据深空网络确认，来自芝诺的三颗静止轨道卫星是能够发射信号的。航空运输协会也证实了这一点。我们尚未与火星一号基地建立起直接联系。

LS（远程联络负责人）：现在已经不是我能处理得了的了。事态已经……控制不住了，抱歉。

WM（舱载数据接口及网络负责人）：如果他们的电脑出现了系统崩溃，那他们可能并无暇与我们进行通信。但是考虑到修复上行链路的优先级较高，我原本预计修复所有问题的时间为一个火星日，就算只是把东西随便拼一拼，也完全足以发出一条低保真信息……现在的情况可能远比我们想象得要糟糕。

GT：有多糟糕？

WM：舱体出现了灾难性的损伤，生存能力为零。

PO（环境控制及生命保障系统负责人）：在我这边看不到这样的情况，舱体是模块化的，系统很完善，所有人员也均受过训练。而且从二代高分辨率科学实验照相机发来的照片上也可以看出，基础设施并没有损坏。

GT：比起太空站维持阶段应有的电力使用量，他们目前用于营运的电量实在是很高。

TY（行动计划负责人）：我这里还是没有新的情况。不过探测车移动了，他们肯定也移动了，可以看到地表上有人。

GT：芝诺拒绝了我前往金山的请求。

PO：他们是认真的吗？

GT：他们说那个地点涉及“商业机密”，但我听说里面还藏着别的秘密。我已经备好了车，艾尔会在那里跟我会合。我倒要看看他们准备当着我们的面怎么说。

弗兰克已经记不太清那之后发生什么了。

法努打开了那座独立气闸舱的闸门，云穿着利兰德的宇航服，迈出了颤颤巍巍的几步。她的脸肿胀着，一片铁青。

弗兰克的胳膊不仅仅是折了，连骨头都裂了，法努不得不用自燃罐加热了吗啡自动注射器，等到里面的晶体融化以后，再把那几乎沸腾的内容物从已经贴了补丁的宇航服手臂处注射进他的血液之中。

那很疼，然而弗兰克那痛苦的叫喊声被掐灭在了面板的另一侧。接着，疼痛开始褪去，他陷入了几乎如梦似幻的神游之中。疼痛感也许一直都在，但他已经完全感觉不到了。他的嘴巴很干，眼前的火星仿佛在旋转，但那显然是不可能的。他眨了眨眼，用力眯起眼睛。他很确定火星在转，从左到右，然后再反过来，那是一个巨大的、冰冷的圆圈。

和那两个二号基地的囚犯一样，他被人拖到一辆越野车上绑好，只不过他是躺着的，火星的景观从眼前滑过，仿佛在爬一座永无止境的悬崖。

他意识到自己是真的受伤了，而且还是重伤。建筑工地是很危险的，但他总是一帆风顺。每个人都清楚这一行的危险，那些喜欢拿增压管和重型机械开玩笑的工人都是会被直接解雇的。他见过更严重的情况，弯曲的肢体、碎掉的脑袋，致死伤、粉碎伤、穿刺伤。现在，这发生在了他自己身上。他的胳膊可是被人用锤子捶了一顿，它当然会断了。

现在，他的胳膊能不能痊愈就完全取决于法努和他手头能用的设备了。该死，至少法努不可能杀了他，这件事是可以确定的。不像爱丽丝，她不知道杀了多少人，她对于谁应该活着，谁又应该被安乐死这件事的想法显然是很扭曲的。

他不禁想起了大家。身材魁梧且不知疲倦的宙斯，热情与鲁莽无缝衔接的玛西，喜欢挖苦人、跋扈又聪明的德克兰，致力于种植事业的泽罗以及还是个孩子的狄狄。狄狄可是个正常人。如果要在所有人之中挑出一个，来坐上飞船上那个唯一的位置回到地球的话，狄狄就是弗兰克会选的那个人。把他们送到火星，让他们建好基地，然后再把他们杀掉，只留下布拉克一个人，这整件事实在是令人发指。

布拉克来之前知道自己要做什么吗？他当然知道了，他签署了协议，当然也包括第三阶段的内容。他临死前还留下了一句威胁："你再也见不到你儿子了！"也许此言并不假。弗兰克甚至可能都回不了地球。

但是想想看他都完成了什么吧，他建立了一个能够让大家居住的地方，挫败了芝诺的诡计，竭尽所能地帮助了他的新船员并救下了其中的几个人。对于一个被判无期徒刑的囚犯来说还不赖。相当不赖。

"弗兰克？"

他突然醒了过来，他没有意识到自己刚才已经睡着了。法努正把自己的头盔抵在他的头盔上。越野车也停止了移动。视线范围内，他可以看到另一辆停下的越野车以及旁边的哨站。

"我们得更换一下你的生命保障系统，我还想检查一下你的生命体征。"

弗兰克呼吸了几口空气后开始清醒起来，说道："没问题，稍等我一下。"

他已经走了这么远，当然可以走完剩下的路。

哨站里面仍旧一片混乱。弗兰克对此颇有些气愤，得叫杰里和那两个迄今没有名字的二号基地人员过来把这里打扫干净。失踪的设备需要重新进行安装或者修理，希望他们有这方面的技能吧，因为回到地球的那天离他们还很遥远。

根据法努的说法，短时间内，弗兰克的伤并不致命。不过，这并不是这位医生最担心的事。他必须回到医疗舱里才能更好治疗他的病人，而医疗舱离这里还有几个小时的路程。此外，露西、伊斯拉、云和法努已经从他们的宇航服里爬了出来，可以随便挠自己痒的地方，与此同时，弗兰克却被困在了他的宇航服里。

他的手臂也许可以从袖子中一次性脱出，但可以肯定的是，再塞回去是不可能的。

法努还是想办法把诊断工具通过后背开口伸了进来，在确认了弗兰克的生命体征稳定后，他给弗兰克加了足够的化合物，好让它们维持住现在的状态。

法努更换了弗兰克的生命保障系统，并在弗兰克重新合上宇航服前又拍了拍他的背。弗兰克所能做的就只有竖起一根大拇指。他还是觉得身体不像是自己的，仿佛正在一步之外注视着眼前的一切。

法努帮弗兰克爬上了越野车，又检查了一下囚犯们的状况，然后把弗兰克在翻车防护栏上再次绑好。接着，他带头沿着“圣克拉拉”往山下驶去，伊斯拉则接替了露西驾驶着另一辆车。这片河床的平整程度与火山粗糙的山缘形成了某种令人舒心的对比。由于没有发生任何追车战或者赛车比拼，燃料电池中仍有足够的电力，他们完全可以开着车回到一号基地，不用仅靠重力来完成剩下的路。

随着最后一次转弯，他们离开了“圣克拉拉”的河口，回到了“高地”之上，基地就在那片粉色午后的阳光之中。弗兰克从一片恍惚中回过神来，从原本跌坐的姿势中稍稍挺起了一点儿身子。

这个姿势也不算很舒服，吗啡的药效正在消退。他手臂上的知觉正在逐渐恢复，但状况并不太好。又酸又热，感觉就像是有人在用砂纸摩擦他的皮肤。这件事已经告一段落，他即将迎来某个新的开始。

出了山谷之后，他可以再次收发信号了。断断续续地传来露西和法努之间的闲聊。等等，这可不是闲聊。

“法努，快回答我。法努！”

基座猛地从他的右侧滑过，紧接着，它便消失在了身后。

“弗兰克，你听得见吗？法努有点儿不对劲。”

弗兰克晃了晃自己，他发现法努已经趴在方向盘上睡着了，越野车正在转大圈。弗兰克由于被货物固定带绑在原地，他只好挣扎着向前伸出手，狠狠地砸向法努的肩膀。法努向左跌了下去，还好有驾驶员安全带兜住了他。

他的手从控制器上滑了下来。他不是睡着了，而是晕了过去。

弗兰克咬紧牙关，紧皱着眉头。思考，赶紧思考。紧接着，他发现自己的宇航服不再送风了。他单手翻开胸口的控制器。没有显示，没有读数，什么都没有。

他的宇航服刚刚被关闭了。如果同样的事情发生在了法努的……

这绝对不是巧合。

他还有一整个头盔的空气，事实上，还要更少一些。如果他的空气过滤器也停止了工作，那么他因二氧化碳窒息而死的速度将会比氧气耗尽的速度还快。他还有多少时间？一分钟？还是几秒？

法努的症状显然更为严重，因为他已经晕倒了，弗兰克也很快就会落入同一境地，他们最终会在“高地”的某处慢慢停下。

好，屏住呼吸。拉紧固定带的右侧，从里面出来。爬上去，然后重新启动越野车。别管你耳朵里那些心跳声。

他扯开固定带爬起身，在车架上挪动着，最终够到了控制装置。

他尝试了好几次，终于开始沿着之前的路返回了。其他人能否来得及过来帮他们？弗兰克用坏掉的那只手砸向安全带的锁扣。一下、两下，它就是不松开。于是他换了一只手，一下就成功了，但他滑倒了，直接摔在了车子的底盘上，他体内最后留存的那些空气全都跑了出去。

他必须得呼吸，但是一旦吸了第一口，他就得吸第二口。他很清楚，如果这样做了的话，他就再也不会醒来了。

他单手拉住法努，他们俩一起从越野车上滚了下来。

他们极为笨拙地摔落在一片尘土与石头之中。除此以外，弗兰克别无他法。他所要对抗的既不是疼痛，也不是必要的努力，是他的内心在渴望着氧气，在缺氧的情况下，他马上就要失去意识了。他的视野已经开始变暗了。他几乎快要晕倒了。他强迫自己跪在地上，一把抓住法努的后背开口。他的手指碰到了陷在里面的闩锁，然后一把拉开。

硬重置按钮就在那里面。他曾用过它来救玛西，就在他们第一次外出时，那是一段遥远的记忆，他只记得这些了。他已经不记得按钮的顺序，也不记得应该按左边还是右边的按钮。按钮的颜色会告诉他一切，一个是红色，另一个是绿色，但他已经快瞎了。

是的，他正在喘气，空气正在他体内进出。这没有任何好处。

他面朝下地倒在土里，一串汗水正沿着鼻头滴落。他可以呼吸了。

新鲜的空气吹在他的皮肤上，汗珠因此而抖动着。他的嗓子生疼。不对，哪里都疼。他微微转过头，用力含住出水口。可恶，没水了。

“弗兰克？”有人正跪在他旁边的地面上，把头降至与他相同的高度，侧过头望着他。

“怎么了？”

“你还好吗？”

“伊斯拉？”

“你救了法努。”

他的宇航服停止了工作。当他们接近基地时，他和法努两人的宇航服都停止了工作。

“太好了。”

“那两个二号基地的人……我们没来得及救他们。”

弗兰克把手臂伸到盔甲下面试图起身。一双友善的手拉着他坐了起来，靠在其中一辆越野车上。

他看到了法努、露西、云和伊斯拉。他的眼睛很酸痛，他快速地眨着眼。他们已经回到了“圣克拉拉”的入口处。

“到底发生了什么？”他问。

“不清楚，宇航服出故障了。”

“故障？它们自己关掉了。我们根本什么也没做，就像是有人拔了电源那样。”

露西双手叉腰站在那里，她越过弗兰克，望着位于“高地”远处的基地。

“你刚才离基地有多远？”

“四五百米。”

“就跟宇航服的无线信号范围差不多，是吗？”

“你说得没错，不过我这件的范围要小一些。”弗兰克想起了被布拉克追杀的那个时候，在那寒冷而漆黑的夜晚之中，他躲在离基地有一段距离的地方，胸口的植入物也正是因此而无法与基地的自动系统连接，这也正是当时他得以活下来的唯一原因。

“先是法努的宇航服连接到了信号。几秒钟后，你的宇航服也连上了。二号基地那些人的宇航服跟你的是一样的。宇航服和主机连接的一瞬间，电源就被切断了，”露西伸出手，擦了擦面板上的灰尘，“对不起，弗兰克。看来你才是对的。”

“那很好。我喜欢当对的那个人。伊斯拉得帮我洗一个月的衣服。”

“我以为……我也不知道我当时在想什么。但至少我们现在知道问题出在哪里了。芝诺安装了一个杀人开关，一定是在我们切断信号之前，他们就把代码通过碟形卫星写入了系统，然后它就一直潜伏在那里，等待着解决掉每一个从二号基地回来的人。肯定有某种解决办法的，”她看向云，“有什么建议吗？”

弗兰克趁此机会检查了宇航服的数据，那看上去没有任何问题，至少现在挺好的，除开被绑在越野车后面死掉的一男一女，以及只要进入主计算机系统的无线发射器范围内，宇航服就会被关闭的这一事实。宇航服里面的人也会被杀死。他说：“可惜我们联系不了杰里。就算我们可以，他也被绑住了。”

“有什么我们可以试试的方法吗？”云穿着利兰德的宇航服，它看起来皱巴巴的。她的腿比他短，胳膊也是，即使躯干部分是一个坚固的容器，她在头盔里的头似乎也显得很低。她看上去简直一团糟，她的声音听起来就像是在吞剃须刀刀片一般。但她仍在努力地说着话：“用平板电脑访问系统的根目录？”

法努把她的平板电脑递给她，她轻点屏幕。从她的表情和手指动作的频率，很快就可以得知她遇到了问题。她说："我没有被锁定，但我所有的权限都已经被撤销了。在初始的信号交换之后，马上就出现了第二层安全保护，我进不去。"

她继续尝试着，与此同时，伊斯拉建议道："我们可以回到一号基地，禁用发射器芯片后再开回来，希望我们能有足够的氧气做完这一切，也有可能会不够。"

"你们只要关掉信号发射器就可以了。"弗兰克说。

伊斯拉没理睬他，说："这是能够让我们进入基地并重置系统的唯一方法。"

"但你们可以通过宇航服的控制器直接把它关掉。"弗兰克说。

"系统会自动连接到网络。我们得想个办法不让它连上。"

露西打断了伊斯拉，说："再说一遍，弗兰克。"

"我可以关掉我的信号发射器，"弗兰克打开控制器，滚动着菜单，"看到了吗？"

他按下了按钮，一切通信即刻停止了。他又用拇指按了一下按钮，通信又回来了。

"我们不行。"露西说。

"不行吗？"弗兰克问。

"这个命令根本不存在。我们为什么会需要它呢？"

"为了阻止其他人破坏你的宇航服？"弗兰克拖着自己站了起来，他转过身去，看着基地。刚才可真是太险了。他说："现在问题大了。"

"现在的问题可大了。芝诺难道以为自己可以全身而退吗？"

"只要把你们都杀了，你们就没法告诉别人了。"弗兰克想要喝点儿什么，水就行，当然啤酒就更好了。现在，他们应该怎么做已经很明显了，至于该用什么方法还不清楚，他问："所以我应该剪哪根线？"

"没那么简单，弗兰克。"云说。

"你不能去，弗兰克。"法努说。

"为什么不行？"

“因为你体内还有很多吗啡，而且手臂也断了，如果你在那里出了什么事，我们没有人可以来救你。”

“吗啡在不久前就已经褪了。”弗兰克说。

“相信我，如果它真的褪了，你会求我再给你来一针的。你受伤了，弗兰克。”

“别让我后悔把你救回来，”弗兰克环视着其他人，“那还有谁可以做？你们吗？还是那些家伙？”他指着越野车的后方。

“我们去不了，那些家伙已经死了，弗兰克。”

“在我们剩下的人当中，看来只有我可以搞定自己的宇航服并且不被它杀死，”他似乎没有说服任何一个人，“当然，我们也可以一起回到哨站，冒着以后可能再也没法修好的风险，徒手把你们的通信线路给扯出来，还得寄希望于我们的氧气余量足够多。当然了，我们在这期间还不知道会遇到什么别的问题。或者，你们也可以告诉我到底该怎么做，我照着去做，然后你们所有人就可以直接过来了。后面这个方法显然听上去要更简单。”

露西咕哝道：“云，把整个过程教给他。”异议随之而来，“他已经是一个成年人了，完全有能力为自己糟糕的选择负责。”

“他现在没法执行任务，”法努说，“我才是医务负责人。”

“准确地说，你并不能命令我，”弗兰克说，“我们甚至都不为同一家公司工作。”

“但你现在已经不由芝诺指挥了，至少现在已经不是了。”

“那你们就当我是一个外聘人员吧。我可以做到的，不会有事的。”

“你敢！”尽管如此，法努随后还是闭上了嘴，转过身去。

云站在他的旁边，她手中的平板电脑仍旧处于无法操作的状态。

“所以我应该怎么操作？”他问。

“有几种可行的方法。无线总设备安装在通信室里，每个舱体里都装有一个中继器。你可以手动把它们全部关闭，但你必须找出所有中继器。它们是你安装的吗？”

“是德克兰装的，狄狄应该也帮了点儿忙。”

“但凡你漏掉其中的任何一个，那个杀人信号便仍旧可以广播。禁用它的最可靠方法，就是在主计算机上把它关掉，但是你访问不了。”

“我知道。那我不能干脆把电脑的电源切断吗？”

“可以，但它是基于不间断电源工作的，它有自己的电池。它的电量要等上一天才会耗尽。”云看到弗兰克一脸茫然，她解释道。

“我不能干脆把电池引线拔掉吗？”

“再说一遍，可以。但你知道在哪儿吗？”

“你知道吗？”

“它藏在很多面板的深处，但其中又有很多面板是不可以被打开的。而且，就算你真的关掉了电脑电源也不行，因为所有自动系统都是依赖于系统运行的。在你把它关掉之后，以及在我把它安全地重启之前，我们会冒很大的风险，东西可能会冻住，作物可能会死掉，基地的供氧可能会出现问题。这是我们的备用计划，但在此之前，我还有另外一个想要尝试的想法，相当具有技术难度。”

“如果你是要我重新编程的话，那你显然选错人了。把东西关掉，我可以。硅谷那些东西，我一窍不通。”

“为什么不先听我说完，然后你再决定呢？”

他的手臂生疼，这不禁令他烦躁不已。他深呼吸了两口气，说：“简洁一点儿。”

“这个新的代码肯定是在近期安装和激活的，或者是在过去安装的但是在近期激活的。电脑系统会定期进行自我备份。一个较早版本的内存就可以关掉这个杀人开关。你只需要加载一个旧的版本，来代替当前正在运行的版本。”

“你都进不了系统，凭什么觉得我就可以？”

“因为通信室的键盘并不是通过无线网络连接的。到时，你完全可以绕过那个把我拒之门外的东西。所以，你只需要重新启动计算机……”

“如果反正都要把它关掉的话……”

“先听我说完。”她重申道。

“抱歉。”

“你需要中断启动程序，访问系统设置屏幕。然后，你再找到电脑操作系统的所在位置。先把它定向到另外一个路径，然后你就可以让系统继续开机了。这至少能够在对核心生命保障系统造成很小影响的前提下，暂时解决这个问题。”

“但是杀人开关可能还在那里。”

“是的，所以我接下来一定会找出这个程序，并把它永久删除，”云的脑袋歪向一侧，“你怎么看，弗兰克？你能做到吗？”

“我……应该可以吧。你必须教会我每一个步骤。如果我不小心忘了其中的某一步会发生什么？我总不能叫你提醒我吧。”

“我给你全写下来。”

“什么？”平板电脑没法用，他们也没有纸或笔。

“你，弗兰克。站好，别动。”

云把弗兰克转向她，把手套放到他那部分结了霜的面板上，尽力把他的面板清理干净。然后，她把手伸到腰带处，掏出了一支又短又粗的铅笔。那是一支油性铅笔。

接着，在这块透明的塑料面板上，她开始用倒转的英语字母，从右到左写下了弗兰克接下来要用到的每一个步骤。

六十三

来源：九号新闻广播节目

主机时间：2049年3月11日07:32

主播：希拉·谭

谭：大家可以看到这里的空前盛况，数百名执法人员正在同一时间执行公务，这一针对芝诺特别行动公司丹佛办事处的突袭搜查令是由联邦航空管理局下发，并由联邦调查局负责执行的。

芝诺的总裁保罗·利安德现被已拘留，各种文件和电脑也正在被运离这栋叫作“光之塔”的摩天大楼。

近日来，由于芝诺与火星一号基地，以及目前正在那颗红色星球上执行任务的战神四号火箭宇航团失联一事，它已经受到了各方媒体的关注，但本次突袭搜查事发突然。搜查令列举出了多项违反《商业太空发射法》的行为，不过我们目前尚不明确他们具体违反了哪些条例。事态正在发酵，关于芝诺以及火星上的那些宇航员们将会受何影响，请锁定十点整召开的新闻发布会，联邦航空管理局负责人将亲自出席发表讲话。

弗兰克被扶上了越野车，然后在驾驶座上坐好。他得按住控制杆上的油门踏板才能加速，但不管他是按住其中一边还是同时按住两边，效果都是一样的，而且他也不需要做任何其他操作，甚至都不用系安全带。事情很简单，不管是从字面上还是从象征意义上来说……然后，他准备前往基地，他透过视野中那片蓝色的铅笔标记，眯起眼望着外面的世界。

至于他到达之前，宇航服能不能持续工作又完全是另一码事了。是的，他知道自己可以按下宇航服控制器上的按钮，然后告诉自己信号发射器已经关闭了，但单单是做到这样就够了吗，又或者，芝诺会不会提前安装了某种程序后门，从而能够在他不知情的情况下访问他的宇航服呢……

对此，他无能为力。他马上就会得到答案了。也许他能够及时注意到，并把越野车开回河道边，而其他人会试着重新启动他的宇航服；或者，他会直接晕倒，车子会继续往前开，直到撞到什么东西；又或者，他会从“高地”边缘直接跌落进下方的撞击坑中。

他回到了这个寂静的世界之中。他刚才的操作直接切断了语音通信。现在，只剩下了他和越野车。而且不管法努是怎么说的，吗啡的药效肯定已经过了。反正他也已经没法转过身看他们了，那也许会是最后一眼，但也许这样才是最好的，因为他们旁边的地上还躺着两个二号宇航团船员的尸体。无论他们是什么人，无论他们做过什么，都至少值得留下自己的名字。杰里知道他们的名字。

弗兰克举起没受伤的那只手，握住控制杆，越野车缓缓地启动。它震动着，发出阵阵轰鸣声，带着他向前驶去。

基地正在逐渐变大，他发现自己正在屏住呼吸。那可真蠢。于是他把手从方向盘上挪开，弹开宇航服的控制器盖子，检查它到底是处于通电状态还是只有一片空白。他继续往前，用一只眼睛望着前方不断缩小的距离，另一只眼睛盯着那小小的读数。这样就算屏幕黑了，他也可以马上知道。

屏幕一直顽固地亮着。

够近了吗？他跨过那条线了吗？

车速缓慢得如同在爬，他松开了油门，又检查了一遍宇航服的状况，到现在为止还没有出现问题。

“去他妈的。”他自言自语，然后用力地握紧了拳头。越野车加快了速度，当然，他现在肯定已经够近了，如果事情要发生，那肯定早就发生了。基地就在那里……看起来不太对劲。有些瘪，外层的覆膜也不如平常那般紧绷了。

芝诺刚才没能杀掉他们，现在，他们准备换种方法让他们慢性死亡。

他转向院子，把车停在旁边。他还未能掌握从越野车上单手下来的这门手艺。最后，他只得坐在车架边缘，在不松开手的前提下把自己推了下去。这个方法或多或少地还是成功了。

他的脚后跟碰到了土地，他弯曲膝盖，然后站了起来。他的双眼对焦在面前的这张清单上。

他大步跳了几下就到达了船员居住区尽头的那个气闸舱。他把自己拖上了这道金属舷梯，然后按下了气闸舱的循环按钮。

没有反应。他看着它，发现指示灯没亮。

行吧，那就来硬的。打开气闸舱的方法有很多种。但眼前这个打不开，因为他之前把内闸门打开了，而那正是为了让任何人都打不开这个气闸舱，无论它有没有通电。

得处变不惊，虽然他现在已经慌得不行了。

好吧，那就去连接舱。他爬下舷梯，绕过通信室，来到了连接舱的气闸舱处。它的指示灯也灭了，但他应该可以手动打开它。他把手指伸进外部舱口的凹槽，往外一拉，然后拉下闸柄，把气闸舱内侧的空气全部排入火星的大气之中。

一股气流轻声细语地流过他的脚边，它变成了结晶，如同一片细闪落在了最上面的台阶上。

他把闸柄重新推回到直立位，打开气闸门走了进去，关上了身后的外闸门。内闸门旁的第二个舱口盖下面还有第二根闸柄。他将其拉下，因为气压而发出的一阵嘶嘶声突然传进了这间小小的舱室之中。声音重新出现了，还伴随着阵阵警报声。

弗兰克花了点儿时间来检查外部压力水平。能呼吸，但是会像在山顶上一样。在对电脑系统进行任何操作之前，他得去查看一下杰里。

他进入了连接舱。天花板上氧气传感器的鸣叫声正在逐渐变大，宇航服的头盔帮他过滤了部分疯狂的哔哔声。虽然它听上去还是很大声，但至少在可以忍受的范围内。他从生命保障系统的架子上拿起一个潜水面罩塞进手臂下面，然后拖起一个氧气瓶，那些氧气瓶还是不在它们原本该在的架子上。要么是它变重了，要么是他变弱了。

他任由它拖在地板上，把它一路拖到了医疗舱。

诊室的门仍旧上着锁，外侧门框上搭扣的螺栓已经重新安好了。弗兰克用手背把它敲开，然后用肩膀推开了门。

杰里几乎是面部朝下地躺在地上，他的双手仍被绑在身后，双脚被缠在之前给他的那条毯子里。弗兰克撞进来时，他完全没有动，当弗兰克不小心跪倒时，他还是一直保持着原本的姿势。

弗兰克把他翻了过来。杰里的脸一片潮红，弗兰克一瞬间就想起了狄狄以及他的死因——因二氧化碳灭火器中毒而死。芝诺是不是也可以触发那些东西的开关？杰里还在急促地呼吸，他的整个身子在不断地胀大。他还活着，但除了赶紧把潜水面罩插上之外，弗兰克并没有什么办法，他打开氧气瓶，把杰里的脸压了进去。他一只手没法帮他戴好固定绳，于是他只能放弃。

他把杰里留在了那儿。他已经尽力了。如果法努进得来的话，他会有办法的。弗兰克唯一的任务就是与这里的电脑进行战斗。

为了提高房间里的氧气压力，他把门打开了，然后飞快地走向了通信室。他把椅子踢到一边，然后走到了电脑主机所处的那面墙边。他看着眼前的那些操作步骤，找到了重置按钮，然而他那戴着手套的手指太胖了，没法伸到那个凹洞里面，于是他开始四处寻找着可以伸进去的小东西。

咖啡勺的柄。

好，去厨房，打开抽屉，掏出一把勺子，把它带回电脑这边，插进洞里，按下按钮。

这时，警报声停了。感谢上帝。

下一条指令：回到终端前，在启动程序完成之前按下“Shift”键。

他要绕过桌子，再用手指按下按键。他最多只有几秒钟。他没来得及。他再次衡量了一下距离，然后把控制台拉近了一点儿，方向对着自己。他再次用勺子戳了下去，能看到监视器变黑了一会儿，上面突然弹出了“无视频信号”的字样。

他松开按钮，现在，他可以直接俯下身子按下“Shift”键。

成功了。他的面前出现了一系列选项。他选择了“高级选项”，然后又选择了恢复模式标签里面的第一个选项。由于太害怕犯错，他选择用勺子柄进行输入。他在键盘上按了一下向下的箭头键，然后按下了“Enter”键。

屏幕闪烁着，出现了又一个菜单。这次，他得选择……“根目录”。

接下来，就是噩梦成真的时刻了。他必须按照面板上写的东西输入一系列的指令，不能出一点儿错。只要弄错了其中任何一个字，他就得重来一遍。如果云弄错了其中一个，那会怎么样呢？那他就得开车回到“高地”，再叫她修改操作指南。而在那整个期间，他们的基地和食物供应就都会停止工作。

他输入第一行代码：“mount -o remount, rw”，然后按下“Enter”键。目前为止，一切顺利。然后进入系统文件，把它们全部删除，然后再从备份目录里复制了所有的文件。他已经出汗了，因为云说过，弄错的后果真的很严重。数据流飞快地从屏幕上划过，快到弗兰克没法辨认，甚至几乎没法看清的程度。

他一直没等来那条无法挽回的、通知他“重启失败”的消息。他成功地输入了云所写下的那些指令。

他退出了“根目录”，然后点击“恢复”按钮。屏幕暗了。

起效了。至少，它看起来是起效了。脚本开始运行，屏幕黑了一下，然后上面开始弹出各种图标。警报声再次响起，系统检测到了空气中的氧气含量过低，他打开了行动中心，里面堆积着大量的待处理警报，上面也显示制氧机已经开始工作，过滤器已开至最高档，正在努力地排出二氧化碳，气闸舱也已激活。灯光、音乐以及各种可动部件都恢复了。

但他有没有成功移除那个宇航服杀人开关呢？唯一的分辨方法就是重新打开他的通信功能。如果他没有成功，他会因此而死，所以他没有动手。

他已经完成了来这里要做的事。现在，基地已经开始在他周围重新膨胀了起来，也会很快就恢复到正常状态了。虽然他可以现在就把警报关掉，但这确实是一个很好的有声提醒，可以提醒所有人不要脱掉宇航服。等空气恢复到可以安全呼吸的程度以后，这个声音便会自行停止。

剩下的就只有检查杰里的状况，然后回到“圣克拉拉”了。很快，他们就能知道他有没有正确地使用云的咒语了。

杰里的状态很显然已经不能用“还清醒”来形容了。他整个人都在抽搐，努力地把头怼进面罩里，并且不断地呻吟以及咳嗽着。完全是给他松绑也不会出问题的状态，弗兰克单手就可以帮他解开。

他回厨房取了一把刀，然后在尽量避免划伤杰里手腕皮肤的同时，慢慢地割开了尼龙扎带，因为杰里的状况已经够糟了，不需要再给他多添一道伤。尼龙扎带发出了啪的一声，与此同时，杰里咳嗽着，双手按在甲板上，费力地把自己撑了起来。

弗兰克用没受伤的那只手把面罩递给了杰里，杰里戴上面罩。弗兰克并不是医生，甚至都不怎么了解基础急救知识。他已经尽力了。

弗兰克低下头，用盖过头顶警报器的电子蜂鸣声以及咳嗽和喘气声的音量喊道：“我会回来找你的，好吗？我现在去把法努带过来，他会治好你的。继续保持呼吸。”

杰里曾做过一些坏事，但弗兰克也做过。如果连弗兰克都能够获得救赎，那么任何人都是有机会的。弗兰克并不需要去喜欢他，只需要意识到自己也有过类似的经历，想要找到一条出路是很费时费力的。

他回到了连接舱的气闸舱，上面的指示灯又亮了，弗兰克本以为可以直接用手打开闸门并进入。即便制氧机仅仅工作了这么短的时间，气压也已经恢复到了足以将气闸门密封的程度。他循环了舱室内的空气，使两侧达到平衡，然后，他再一次走入了这片火星的午后之中，太阳正低垂在拉厄撞击坑的西壁上。

他的氧气余量还剩两个小时。等到氧气用完，居住舱应该也已经重新加压完毕了。或者说，至少不会致死。他走向停在那被切断了电源的卫星发射天线旁的越野车，想要爬上去。

他们反复地推敲了好几次这个计划。如果弗兰克无法访问电脑的话该怎么办；如果弗兰克无法关闭无线信号中继器的话该怎么办；如果杰里挣脱了束缚，躲到里面了的话该怎么办。每一个可能阻碍弗兰克移除杀人开关的情况，他们都想到了。

他们唯一没有想到的是他成功了以后该怎么办。

照理，他应该是可以单手爬上车的，但他现在又累又虚弱。车子的底盘刚好在他的头顶上方。在一般情况下，就算站着起跳，他也可以直接跳上去。然而现在，但凡能跳起来，他都会觉得不可思议。车架的较低处有两米高。如果他能踩到上面，那么他也许可以把自己拉上去。如果不这样的话，他将会走上很长的一段路。

他再次抬起头看着越野车。他需要梯子。

他从腰带上取下电动扳手，花了几分钟才把通往院子尽头气闸舱的那段舷梯上的螺栓给拧松了，然后把它拖了出来，绕过舱体，朝着越野车的一侧走过去。

他本可以早点儿想到这个办法的，但实际上，能够想出这个办法，他就已经很满意了。他爬了上去，小心翼翼地踩过那一根根空心管做成的台阶，坐进了驾驶座里。为了从这个障碍物旁驶离，他需要谨慎地转向，幸好他还记得该怎么操作。他开车驶过“高地”，当时船组的其他人都坐在那儿等着他。

所有的知识和训练终于都落到了实处。不过他并不是在吹嘘自己，只是很开心可以帮上大家，感谢芝诺以及他们的量产型宇航服。

所有人都坐在沙地上，为了节省氧气。当弗兰克靠近时，他们一个接一个地站了起来，走过来迎接他。

露西爬了上来，和他碰了头盔。

“快告诉我，你成功了。”

“我做到了。一次成功。”

“谢谢。”她给大家转达了这个消息，一瞬间，每个人都肉眼可见地变开心了，除了那两个已经死掉的宇航员，他们仍旧面朝下地趴在土里。

“芝诺还排出了灭火器里的二氧化碳，切断了气闸舱的电源，甚至还开始给舱体减压了。如果他们有办法可以直接毁掉基地的话，他们肯定早就做了。”

“损害情况如何？”

“我没有检查温室，所以不清楚作物跟那些鱼的情况。我离开的时候，杰里还活着，但他几乎快要把肺咳出来了，也许可以让法努帮他看看。”

露西断开了连接。法努的肢体语言发生了变化——毕竟要帮一个曾经吃了吉姆的男人进行治疗——露西似乎花了一些时间来说服他。最后，他甩了甩手臂表示投降，然后走向另外那辆越野车，坐到了它的控制器后面。

“法努会帮他看的。”

“他是自愿的，还是被你命令的？”

“这有关系吗？”

“大概没什么关系。不过我们之前的队医有给病人实施安乐死的癖好，所以如果是我去看病的话，可能会希望我的医生不要想着把我杀了。”

“最近这几天，我们每个人都过得很难，弗兰克。我们都有很多需要调节的情绪，也需要做出很多妥协。我会留意他的，但不管他心里想不想，我都不觉得法努会故意杀死他的病人，”她站直身子，望了基地片刻，“想试试吗？”

“你想自己去当小白鼠？”

“我总不能叫别人去吧？”

“你当然可以。但由于你是一个正派的人，所以你选择了挺身而出。坐在我能看到你的地方，如果你的宇航服出问题了，就赶紧把手举起来。我会慢慢开的。”

弗兰克向前开去。他很清楚自己是安全的，但是由于他的宇航服已经罢过一次工了，所以他很清楚露西现在的心情。现在到了吗？如果没有，现在呢？现在怎么样了？现在肯定够近了吧。

他差点儿就要忘了还有其他更紧迫的事需要担心。这种近在咫尺的死亡威胁居然变得正常起来，这是多么怪异啊！他已经在火星待了大概九十个月了，每一天，他都会穿上宇航服，在这已知最危险的环境之中到处走动。

很正常，这很正常。

曾几何时，他担心过自己再也不会有任何感觉了，他已与死人无异，无波无澜、毫无声息。但他现在真正地活了过来。

也许芝诺反而帮了他一个大忙。

露西的手一直没有举起。他做了一件好事。很久以前，他做了一个糟糕的决定。他很清楚一件善事并不能抵消曾经作的恶，但他确实已经为自己赢回了些许安宁。

六十四

音源：由 1 号检察官（匿名）和 2 号检察官（匿名）对本杰明 · 乔纳森 · 科恩进行的审讯

2049 年 3 月 17 日，美国犹他州盐湖城

陪同出席人员：斯蒂芬 · 布克律师

一号检察官：跟我说说路易莎的事。

科恩：路易莎就是我们所有人。

二号检察官：是你们所有人，还是你们当中的一部分人？

科恩：任何一个当班的人。我们每天大概要连续工作十八个小时，但是我们总得要睡觉。一个火星日比一个地球日要长出三十七分钟。二十天之后，昼夜循环就会完全颠倒。没人可以独自担任路易莎的角色。

一号检察官：所以你们是如何保证一致性的？

科恩：大概就跟那些作家的工作方式类似。大家可能会说这听起来不像路易莎会做的事情。我们很清楚自己的任务就是让他继续跟我们合作，那是接下来一切事情的前提。

二号检察官：所以路易莎就是负责唱红脸的？

科恩：是的。既然这个家伙很渴望跟女性接触，那我们就弄出点儿调情的感觉，让他觉得我们是站在他这一边的，让他以为我们并没有听管理层的。坚持下去啊，猩猩。

二号检察官：你是说星星，还是猩猩？

布克：你不需要回答这个问题。

一号检察官：所以扮演路易莎的人都是任务控制中心的常规人员。

科恩：我们并没有建立单独的路易莎团队。

一号检察官：在整个过程中，你一直都在任务控制中心？

科恩：（与布克低声交谈）

布克：我的客户想知道他能够获得什么样的认罪减刑协议。

一号检察官：到目前为止，我并不觉得我们有为任何人提供减刑协议的必要。

科恩：（与布克低声交谈）

科恩：是的。

二号检察官：整个过程持续了多久？从 2048 年 6 月开始的？

科恩：是的。

一号检察官：好，现在可以给我们几个其他参与人员的名字了。

现在，他们得先找到地球的所在位置，然后把地球的运动方式编写入一系列碟形卫星电机的执行方程式中，才能让它的天线指向天空中正确的位置。

云解释过，要解决这个问题并不容易。想要绕过轨道上的专用卫星，直接用一号基地的自有设备联系地球方面是一件很复杂的事，因为之前没人预料到会发生现在这种情况。在保证能够切换回来的前提下，把一整个数字系统切换为模拟系统，这既费时，技术上又很困难。

不过云在一周之内就解决了这个问题。从发出最初的求助信号到建立一个纯文字系统为止，只花了一周时间。视频是暂时不用考虑了，不过现在，他们已经可以通过深空网络发送高度压缩的语音信息了。与此同时，还可以接受到来自家人、朋友、同事的信息，那似乎是一件很重要的大事，事实也确实如此。每天，只有当火星转到背对地球的方向时才会变得安静。

弗兰克并不是想要故意忽略这件事。只不过这对他而言，不如对其他船员来说那么重大罢了。路易莎消失了，他和芝诺也就没有任何瓜葛了。为了尽可能地给大家传递更多本次事件的相关信息，露西几乎是住在了通信室里。

有时候，弗兰克会负责给她带点儿吃的——他也只能做做这些了——而她则忙着录制一段又一段长长的通信。每一次，她都会暂停录音跟他闲聊一会儿，但他还是可以明显看出她想要尽快继续。他只知道她背负着来自美国国家航空航天局的压力，但对于她说的任何内容或者相关状况，他一概都不知情。

弗兰克的手臂必须打上四个月的充气固定板，而且前两个月是完全不能摘的。这里没有照 X 光的仪器，也没有法努在地球上用的那种手术钢板和螺钉。就算不出现任何其他问题，他的骨头也永远都不可能恢复到跟之前一样的状态了。

固定板从手腕一直打到了超过手肘的位置。他必须随身带着一条挂带，所以，它就一直挂在他的面前，通过那层透明的覆盖物，他可以看到自己的皮肤已经变黄，上面还长出了斑驳的黑斑。它总是会在那些没有其他事情需要考虑的夜晚疼痛。

出于……某些原因，他并不喜欢吃任何止痛类的药物。但是有时候躺在一片几乎漆黑之中，他得咬住毯子才能阻止自己叫出声。他很确定法努不会介意被叫醒。他向弗兰克发出的这一邀请是长期有效的，但迄今为止，他还不打算接受这根抛来的救生绳。

在白天那清冷的日光之中里，他会觉得何必呢。然而到了晚上，他却又兀自坚持了下来。那宛如针扎的感觉，那时不时出现的疼痛，那规律的抽搐，那种骨头深处的痒。现在，疼痛已然成了他的固定状态。他本以为不会这么糟糕，失望增加了他的不适感。

杰里会做那些弗兰克用一只手做不了的工作，除了温室工作和搬动轻便物品以外。弗兰克不能外出。在过去的一个月中，他只能透过气闸舱上的那扇小窗户看一看外面的火星。是的，火星只是一片没有空气的红色沙漠，在这片剧毒的冻土之中什么都长不出来，但他确实很想念它。穿上宇航服，走到外面，可以看到头顶的天空，而不是那低矮的天花板，即便是如此简单的动作，对他来说也会是一种解脱。想要在不让手臂进一步受损的前提下完成这件事是不可能的。杰里穿上利兰德的宇航服，负责弗兰克以前的杂务工作。

这能让这个来自二号基地的家伙有事可做，让他免于自杀，毕竟弗兰克并不是利兰德。弗兰克可以负责倾听，但并不怎么热衷于给出建议。杰里给弗兰克讲述了自己的故事，他是谁，他为什么会来到火星，还有那些在地球上等着他回去的人，他想做的事情，以及他那驯服一颗新行星的理想主义又是如何在这片细小的红色尘土中逐渐干涸的，他的梦想最终变成了一副干枯而扭曲的讽刺画。

弗兰克对杰里并没有什么情感上的依恋。杰里只是一个倒影，他们都是各自团队中的唯一幸存者。弗兰克到达火星时就已经是一名罪犯了，而杰里则是在火星上被逼迫成为一名罪犯。弗兰克并不清楚他对此有何感想。

温室是唯一一个不会让他感到多余的地方。在那里，他可以给储液罐添营养液，记录各种读数、高度、重量、体积，小心地收获作物。他可以用油漆刷进行授粉，上下调整灯光的位置、播种以及各种其他必要的事务。

虽然并非刻意而为，但这也导致他与伊斯拉相处的时间变多了。

不过他也没有因此跟她说上很多话。她有实验要进行，由于部分舱体的失压以及大气的变化，她决定重新从头开始。在弗兰克进行烦琐的食物种植工作时，她会专心于自己的那些实验。

她确实就在他身后，一个令人安心的存在。他们总是会撞见彼此。弗兰克已经熟悉了所有东西的摆放位置，尽管他对于学习新事物总是有着某种惰性，但对于自己照看的这些作物，他需要不断扩充自己的知识储量，例如缺乏矿物质、突变、滴水速率、发芽的条件以及收获的时间等问题。她会询问他的建议，不管她是不是真的需要这些建议，至少这会让他觉得自己变得更加有用了一些。

他们也一直都没有提到过那天晚上浴室里发生的事。

无论如何，这都会是弗兰克珍视的一段回忆。它让他又重新体会到了人该有的情感。

至于云，她这段时间一直在进行着原本吉姆的工作，收集各种岩石、测量和挖掘。露西把吉姆的锤子从贾斯汀那里拿了回来。云一直把它挂在她的功能腰带上，其实是弗兰克的功能腰带，他的宇航服比利兰德的宇航服要更适合她一些。

结队外出的规则也已随着很多事情消散在了气闸舱之外。最坏的情况已经发生了，本着她死去同事的精神，她得尽可能地多收集一些数据。到了某个时候，总得有人要回到哨站或者二号基地去回收那里剩下的东西。不仅仅是设备，还有七号气象站和尸体，但那将会是在未来不确定的某一天，而非现在。

有一次，他们所有人在一起吃晚餐。对于弗兰克来说这并不奇怪。他的队员们也是如此。甚至连杰里都被邀请了，尽管他没怎么说话。毕竟面对着一群被他吃掉的人的朋友，他又能说什么？

就当弗兰克以为他们已然进入了一种新的常态时，温室的气闸舱打开了，露西走了进来。她在那里站了一会儿，没有跟弗兰克和伊斯拉对视，仅仅是查看了一下舱体结构以及里面东西的健康状况。弗兰克正忙着添加营养物料，把那些几乎用空了的注射器重新填满。他得用牙齿才能咬开那些软管，C 号营养剂尝起来特别的苦。伊斯拉正在用胶带黏合接缝，为一项新的大气控制实验做着准备。他俩都继续着手头的工作，随时准备着被打断。

露西没有说话，她沿着梯子爬到了底层，弗兰克抬起头，对伊斯拉扬了扬眉毛，伊斯拉则耸了耸肩。

弗兰克处理完西红柿以后，走到了一个可以透过格栅看到下面的位置。露西靠在其中一个罗非鱼鱼缸上，用手搅动水面。她的衣袖垂在上面，满是深色营养藻类的水已经一直蔓延到了她的手肘处。

“你还好吗？”

她抬起头看着他，然后又把视线移回到了鱼缸，说：“他们叫我做个决定，弗兰克。”

“什么决定？”

“留还是不留。”

他能感觉到身后的伊斯拉此时也在侧耳倾听。

“我还以为上升飞行器还没有准备就绪。”

“任务控制中心重新计算过了，由于船组人员的减少，上升飞行器已经有足够的燃料，可以进入轨道并进行对接。”

她说船组人员的减少，那应该不包括杰里和弗兰克。他之前没有问过她这件事。应该是某个地方的某个人——更可能是好几个人——已经下达了决定，好吧，反正他也不是第一次听到坏消息了。他问：“这是我想的那个意思吗？”

“地球上出了好多事，事情很严重，涉及各种法律和政治事务。真是一团糟。有一大堆律师和联邦探员正在处理，我已经尽我所能地在保护这里的每个人免受这场突发风暴的袭击了。他们把决定权留给了我，想让我在后天之前做出那个决定，”她再次抬起头，“我不知道该怎么办了。”

“我相信你会为了你的船员们做出最好的决定的。”

“我们现在面对的是一片未知，弗兰克。一方面，我已经不想再跟这个星球有任何瓜葛了，它已经带走了我的两个朋友，另一方面，我也不愿意去逃避任何挑战。”

“逃避也并不可耻。”他说。

“你不会被留在这儿的，”伊斯拉以只有他能听见的音量轻声说道，“我不会允许这样的事发生。”

他能感觉到她的手放在了他的肩上，她的手指压入了他工作服下方的皮肤以及肌肉之中。她用力地一抓，甚至有些疼，但没有关系，她是认真的。

“我得跟所有人谈谈，”露西说，“我不能一个人做出这个决定。”

弗兰克咽了咽口水，说：“好的，那结束以后通知我一下。”

“你也要一起。五分钟之后，厨房集合。”

她抬起她那滴着水的袖子，把水挤干净，爬上了梯子。离开之前，她好像用余光瞥了一下原地静止不动的弗兰克和伊斯拉。

伊斯拉更用力地抓了抓他，然后松开了手。他这个位置等下会出瘀青的，也算是跟上他身上其他瘀伤的步伐了。

“如果她想要我们在不带你的情况下返回，我可是会发起兵变的。”伊斯拉说。

“你知道你在说什么吗？”弗兰克回答道。

“我知道我在说什么。”

“你可是在火星上。这里只有一台上升飞行器。如果它要离开了，那你就应该跟着它离开。在这之后，我们甚至都不知道他们会不会再发射一台过来。”

“我们要么一起走，要么谁都别走。”

“如果她命令你离开呢？”

“那我们就不听她的。‘草原蔷薇号’上有足够的空间，完全可以容纳你，甚至杰里。我们只要再等上一两个月，就可以和所有人一起出发了。”

“也许露西只是想给你们一个选择的机会。不是因为她想自己走掉，而是她觉得也许有人会这么想。”

“我这样做不光是为了你，也是为了我自己。”她很坚定。弗兰克并不清楚这意味着什么，但至少肯定意味着某些事。

布拉克曾经讽刺过他，说像他这样的人是不会有朋友的。他说弗兰克身上有着无法抹去的印记，无法融入人群之中。当弗兰克在监狱里的时候确实如此。一边是警卫，一边是囚犯，他有什么理由跟这些人做朋友呢?

在他看来，他并没有做出什么能够赢得这份友善的行动。然而在这里，却有人明确表示要站在他这一边。行了，弗兰克，不要想太多，有没有可能她真的对你并无所求呢?

“我必须留下来，”伊斯拉说，“一直到任务结束为止。我再也不会有这种机会了，我们都是如此。我很遗憾，我们失去了吉姆和利兰德，”他可以听出她话语里的热情，“但在意识到会失去这个机会之前，我一直都没有意识到它对我来说有多么重要。”

弗兰克把营养液放好，把一面小旗子插在他最后加过液的那个种植槽里，用来标记他的进度，他喜欢把东西弄得井井有条。这样即便他突然死了，下一个人也不会因为他把这里弄得乱七八糟而骂人。

她继续说道：“考虑到辐射、低重力、各种风险、我的年龄……不要笑，事实就是这样，我再也不可能回到火星了。不管怎样，人们肯定会出于各种错误的理由记住这一次的任务。我能理解他们。如果我们现在转身跑了，就算是再过几个月再跑，人们也只会记得之前的那些事。我希望他们还能记得一些别的。”

“你没必要向我解释的。”

“有必要。云也是这么想的。”

弗兰克一边走在她的前面，一边用右手的手指抚过种植槽里的那些小麦分蘖。

“你跟她聊过了？”弗兰克突然意识到了现在的情况，转过身说，“等等，你是说我也有投票权吗？我敢肯定我没有投票权。”

“你是船组的一员。”

“我是一名囚犯，伊斯拉。我们这种人在这种事情上可没有发言权。”

“云大部分的设备还能用。我们还有机会可以补救二号基地那些人造成的损坏。这是大家唯一的机会了，法努也表示赞同。”

“法努有说什么吗？”

“他只说了你需要医生这一句话。”

“那可不太好。”

“那就够了，”伊斯拉低头看着弗兰克断掉的胳膊，“他的意思是，至少在把你治好之前，他不会离开。那要……”

“至少要四个月，也许六个月。露西知道你们已经私下谈过了吗？”

“不知道。但如果你想回家的话，你可以先回去，我可以跟你交换。你只需要把话说出口。”

他怀念能够靠在别的东西上的感觉。他说：“我并不清楚另一头有什么在等着我。你能明白吧。”

“我明白。”她说。

“在我把我真正的身份告诉了你们以后，我跟芝诺达成的协议就全都作废了。现在的我注定是要被扔回监狱里的。我还有一百零九年的刑期，这一点可是不会变的，你们可不要搞错了。”

“我们可以给你找一个新的律师。再开庭审判一次。”

“一审判决并没有错，伊斯拉。我之前做的错事是不会消失的，在这两颗星球上，唯一可以让我自由行动的地方可能就只有这座基地了，”然后他转了回去，“我是说，你们不要根据那些可能发生在我身上的事来做任何决定。我并不希望那样。”

“我们会想出办法的。”

“唯一的办法就是把死掉的人救回来。但那是不可能的。不是所有事情都是有解决办法的。所以不要管我了，拜托。”

她照做了。她离开了温室，去了别的地方，留下弗兰克一个人。他在那儿站了一会儿，然后跟着走了出去。

杰里正从外面走进来，看到利兰德的宇航服里的那个人并不是利兰德，他还是很不舒服。也许他们应该把利兰德的名字从这具盔甲上抹掉。也许那有些过分，不过等到基地里只剩下他和弗兰克两个人以后，也许就没关系了。

杰里打开后开口的盖子，探出了脑袋，问：“发生什么了？”

弗兰克看了看整条通道，说：“露西要做那个决定了。”

“做决定？”然后他明白了，“哦，对。”

“大概跟我们没关系，”弗兰克等他消化了一会儿，“他们没有理由征询我们的意见。我们两个本来就不应该出现在这儿。”

杰里向后爬了出来，他那灵敏的动作令弗兰克羡慕不已。

“那他们准备把我们怎么办？”

“留在火星上。不然你以为他们准备把我们怎么办？我们就照常维护基地。他们就照常回家，只不过比他们预期的要早一点儿。”

“你觉得他们会这样做吗？”

“这就是他们等下要决定的事。不久之前，我在地球上的后路都已经断了。至于你？我不太清楚太空法的规定，但我可以肯定的是，你会和我以及芝诺董事会成员一起被扔进监狱。”

杰里移开了视线，但弗兰克可以看到他下颌处的肌肉正在收缩。

“这条件可不怎么样啊。”杰里说。

“是啊，不过我也只能选择接受。我已经习惯了这里只有我一个人的日子。”

“监狱真有那么糟糕吗？”

“它的本质就是灰色的。想象一下吧，杰里。在那里，你生命中的所有色彩都会消失。”

杰里穿上那件借来的工作服，并把他的保障包放回架子上。

“我该怎么办，弗兰克？”

“像我们这样的人只是罪有应得罢了。今天，我们还可以进去坐下，听听他们要说什么。你只需要闭嘴接受他们的决定就好，我也是一样。我们现在赶紧过去吧。”弗兰克用他完好的那只手拖着杰里一起来到了厨房。其他人已经在那儿了，伊斯拉、法努和云坐在一边，露西则站在桌子靠近院子的那一头。那也是几个月前弗兰克坐过的位置，当时，他的面前是德克兰和泽罗，以及一桌子的利器。

弗兰克把杰里领到了厨房的另一头，让他在一把椅子上坐下，然后给自己也拿了一把椅子。他可以把手臂放在桌子上，减少一些脖子的负担。

一开始，露西并没有说话，而是在一直走来走去。终于，她开口了。

“现在的情况，”她面无表情，“还尚不明确。芝诺已经躲到了一大堆律师的后面，他们防得很严。他们不承认任何事情，还用上了我们的老朋友‘商业机密’来回答所有的问题。他们说，芝诺对于二号宇航团的任何行动一概不知情，他们在任务初期就失去了联系，所以他们对二号宇航团成员的行动不负有任何责任。以上就是已知的情况。”

她停了下来，看着杰里，杰里则低头看着地板，然后她开始继续讲话。

“在民事上，大概可以给他们定个罪，渎职或者欺诈之类的。那可能会花上好几年的时间。近期，项目核心人员也都消失了，转入了地下的某处。弗兰克，你已经在六个月前被申报死亡。这就是你还没被传唤做证的原因。没有人可以确定你的真实身份。你的骨灰也已经被处理掉了。你、爱丽丝·谢泼德、玛西·科尔以及德克兰·默里在内，都已经有了死亡证明。在缺少第三阶段相关文件的情况下，相关人员只能根据你告诉我们的情况来完善你们的船员名册。在这个项目或者其他任何项目中都根本找不到一个名叫‘兰斯·布拉克’的人。军方现在也已经介入了。抱歉，但是你的清理工作做得有点儿太好了。除了你本人的存在，这里没有任何实质性证据可以证明你说的那些事。如果你真的是弗兰克林·基特里奇，那么地球上应该会有人可以为你提供担保。”

“旧金山及其周边有很多人跟我一起工作过，他们都可以做证。还有我的前妻和儿子。”弗兰克揉了揉鼻子，“你们想要实质性证据？你们已经在上面走来走去好几个星期了。我确实把地板空隙里的血迹都清理得很干净，但肯定还会有剩下的。刮一点儿下来，装袋，然后带回去。”

所有人的视线都不禁投向了地面，沉默了一阵。

“我们刚才说到已经通知了吉姆和利兰德的家人。至于地球上发生了什么，我们是完全没法干预的。也许我们确实是宇航员，但这已经远远超出了我们的薪资范畴……”露西说。

她的声音弱了下去。她没有继续说下去，开始不停地踱步。

法努清了清嗓子，说：“所以是什么事远远超出了我们的薪资范畴？”

露西终于停了下来，指节抵在桌上，说：“我们应该留下来这件事。”她等待着其他人的反应，“这件事必须达成一致。我不会要求任何人违背自己的意愿。我们已经失去了两位亲爱的船员、朋友。我们在这件事情上没有任何经验。要做出一个有着如此深远后果的决定，我担心我们当中还没有人准备好。”

“留下，”伊斯拉脱口而出，她深吸了一口气，“我是说，我投给留下。”

“云，我知道你已经和你的政府联系过了，但你还是可以做出自己的选择。”露西说。

“他们希望我能一直留到这次任务结束为止，但他们并不理解我们经历过这一切后所留下的创伤。虽然我最开始的那一系列实验已经遭到了破坏，但我还是可以进行其他有用的科学实验。如果你允许的话，我也可以继续吉姆的调查和样品收集工作。我认为这是我在外星球上生活和工作的一次机会。虽然我很希望情况能有所不同，但毕竟事情已经发生了。我选择留下。”

法努耸了耸肩，说：“吉姆和利兰德还在这里，如果我留下的话，就可以离他们更近一点儿。所以我也选择留下。”

在那之后的很长一段时间里没有人说话。然后露西动了动，她抬起了头。

“弗兰克？你怎么想？”

“我怎么想？这由不得我。上升飞行器甚至没有足够的燃料可以容纳我。”

“它总有一天会有的。你难道不想回家吗？”

“我一直在想。但我还是没明白你为什么要问我。我对此没有发言权。我又不是船组的一员。”

“你是在担心回到监狱的事情吗？联邦调查局已经表示，如果你愿意做证，他们很愿意做点儿什么，更改你的判决或者甚至有可能赦免。”

确实，这会改变某些事情。他会跟各种陪审团和听证会纠缠上好多年，联邦调查局也肯定会想要他的充分合作。现在，到了这一刻，他却不知道自己想要怎么做了。他幸存了下来，他变了。而且说真的，他在地球上还剩下什么呢？他的儿子已经在没有他陪伴的情况下过了十年了，他的前妻也是一个好妈妈。已经过去了这么久，他们才不需要某个该死的英雄突然之间闯进他们的生活。

但如果是在这里呢？在这里，他会是一个有用的人。

“你是船组的一员，弗兰克，你自己决定留下还是回去。”露西说。

深呼吸。说吧，说出来。

“留下。”

尾声

121985 号通信文件

2049 年 6 月 5 日 00:45

致火星一号基地（拉厄撞击坑）

自美国国家航空航天局深空网络

爸爸？真的是你吗？